A VIAGEM IMÓVEL

FERNANDO DOURADO FILHO

A VIAGEM IMÓVEL

1ª edição, São Paulo

Copyright © 2024 Fernando Dourado

Todos os direitos reservados.

Título original
A viagem imóvel

Capa Marcelo Girard
Revisão de texto Marina Coelho
Editoração S2 Books

Imagem da capa Torre Eiffel (1928), óleo sobre tela, Robert Delaunay (1885 – 1941)

Direitos exclusivos de publicação somente para o Brasil adquiridos pela AzuCo Publicações.

azuco@azuco.com.br
www.azuco.com.br

Dados Internacionais de Catalogação na Publicação (CIP)
(Câmara Brasileira do Livro, SP, Brasil)

Dourado Filho, Fernando
    A viagem imóvel / Fernando Dourado Filho. --
1. ed. -- São Paulo : AzuCo Publicações, 2024.

    ISBN 978-65-85057-29-5
    1. Literatura brasileira 2. Memórias autobiográficas I. Título.

24-235365   CDD-B869.8

Índices para catálogo sistemático:
1. Memórias autobiográficas : Literatura brasileira B869.8
Eliete Marques da Silva - Bibliotecária - CRB-8/9380

O Halo Âmbar é extraordinário, uma daquelas sagas familiares em que acompanhamos várias gerações em diferentes épocas e geografias, desenvolvendo afetos e simpatias, antipatias e implicâncias. Ficamos íntimos das personagens como se as conhecêssemos na vida real. Não é qualquer escritor que consegue prender o leitor ao longo de 524 páginas, mas Fernando dá conta disso como se nunca tivesse feito outra coisa na vida a não ser cativar leitores. Como é bom descobrir um autor que sabe contar uma história. **Cora Rónai**

Em minhas conversas com Ariano Suassuna, ouvi dele a observação de que parte do valor de uma obra ficcional é devida ao que ele chamou de "força dos personagens". E posso dizer que os protagonistas e figurantes de *O Halo Âmbar* são caracterizados com tanta acuidade, tanto olho crítico, tanta sensibilidade, que bem se enquadram no conceito de Ariano. Enfatizo os perfis do patriarca Szymon, da matriarca Brenda e de sua enteada, Hana, comoventes, de tão reais. Através de mais de quinhentas páginas, a escrita avança cheia de verve, às vezes crua, às vezes pitoresca, sem que o leitor perca o interesse em nenhum momento. **Clemente Rosas**

Fernando esgrime as palavras como um fiorentino: precisas, afiadas, de uma honestidade literária rara. Tem domínio da narrativa, exprime sentimentos com uma leveza e profundidade ensaística que o coloca como um dos grandes de nossa literatura. Quem sabe um dia faremos um filme juntos. **Claudio Kahns**

Ler Fernando é mergulhar num universo de personagens fortes e envolventes, a ponto de ficar difícil você se identificar com apenas um deles. Em *O Halo Âmbar*, a complexidade de almas permite uma viagem na qual a realidade de culturas e países muito diferentes – que o autor, aliás, conhece bem - modela as contradições e vivências que, afinal de contas, são aquelas de cada um de nós. Sua escrita é fluida e cativante. Escreve para encantar. Impossível parar de ler. Estamos falando de uma das melhores revelações da literatura brasileira deste século. **Cuca Fromer**

Quem ainda não leu os livros de Fernando não faz ideia do universo rico que está perdendo. Seus personagens, meticulosamente construídos, ganham vida e, com suas sutilezas e contradições, transcendem as páginas. Passamos a vê-los como amigos, amantes, parceiros e até mesmo desafetos - tudo graças à excelência da escrita. **Deborah Charlab**

Fernando reetrata em *O Halo Âmbar* o cotidiano de uma família judia usando expressões e histórias intrínsecas ao judaísmo, nos fazendo muitas vezes rir, às vezes chorar, e nos surpreender e maravilhar ao relatar com tanta proximidade uma cultura que não é a sua, mas que demonstra conhecer com perspicácia. Um livro que cativa do começo ao fim. **Nira Worcman**

Talento, criatividade, senso de humor e experiência internacional inscrevem Fernando Dourado no panteão dos maiores nomes da literatura brasileira contemporânea. **Jacques Ribemboim**

Que importa onde o autor ancora suas ficções? Pelo Brasil afora ou onde suas memórias o levaram de volta? O leitor de Fernando, que as usufrui com satisfação a cada livro, é um privilegiado. *A Viagem Imóvel* é o melhor exemplo disso. **Nancy Rozenchan**

Fernando tece narrativas tão vívidas que desafiam a linha entre o real e a ficção. Cada palavra é escolhida com precisão, refletindo um profundo conhecimento da escrita, enquanto a beleza de sua construção textual captura a atenção do leitor a cada página. Em cada obra, uma jornada literária intrigante, onde a curiosidade não permitirá que se desvie os olhos da história até o último parágrafo. **Patricia Golombek**

Como leitora, sempre procuro textos que conseguem expressar a realidade cotidiana. Não me importo com histórias maquiavélicas ou surpresas retumbantes. Quero uma boa escrita, com narrativa fluida, que nos faça pensar: "É isto que sinto"; "É assim que me comporto"; "Conheço uma pessoa exatamente assim". Narrar o cotidiano é, para mim, a maneira como um bom escritor se mostra. Obrigada a Fernando. **Andréa Kogan**

Senti-me enriquecida após ler Fernando Dourado Filho, seja em sua tese cômica em *O Boiadeiro que tentou Devolver o Brasil a Portugal*, passando pelos personagens complexos dos contos de *Qualquer Sensação Súbita,* e mergulhando na história que parece nossa em *O Halo Âmbar.* **Sima F. Halpern**

O Halo Âmbar é a comovente história de um húngaro e sua filha que tiveram a vida destroçada pela guerra e encontram no Brasil a oportunidade de construir uma nova família em Recife, descrita com detalhes que nos fazem ver uma cidade bonita e acolhedora, cenário de uma saga familiar cheia de altos e baixos, onde o amor fala mais alto. Eis um retrato da Comunidade Judaica em seus diferentes aspectos. Leitura apaixonante. Texto conduzido com arte e talento pelo autor. **Bia Bitelman**

Uma pequena explicação

Que direito tem uma editora de se sentir atônita? Nenhum, talvez. Neste ofício, não se passa um só dia sem que a surpresa bata à porta e diga: olha eu aqui de novo! Que ninguém pense que os problemas se resumem a controlar a ansiedade de autores que querem ser publicados ou dos capistas que se queixam de mudança de *briefing* à menor correção de rumos. Não! Pode ocorrer de sermos surpreendidas por quem a gente acha que mais conhece.

Pegue-se o autor deste livro que você tem em mãos.

Depois de publicarmos *O Halo Âmbar*, eu e ele fomos a Frankfurt conversar com agentes literários no célebre Pavilhão 6 da Buchmesse. Para ele, viajante incurável, o romance também tinha que ter asas. Mas 2023 estava perto do fim e não tivemos novidades até a primavera europeia. Em abril, assinamos o contrato com a editora húngara. Consumado o batismo do Danúbio, como ele o chamou, fomos lançar o livro em Portugal.

Os irmãos Bago, da Livraria Theatro, fizeram uma festa na Póvoa de Varzim, não por acaso a terra de Eça de Queiroz. A caminho de Madrid, depois de cruzarmos a Serra da Estrela, ele me sugeriu que parássemos em Salamanca. O argumento tinha peso. "Só se vive uma vez, S. Vamos jantar na Casa Paca. A novidade que eu tenho para te contar merece um *chu-*

letón envelhecido e um grande vinho." O que responder, sabendo que literatura e gastronomia para ele estão tão irmanadas quanto estiveram em Eça? "Vamos nessa. Só não se esqueça de que temos avião para o Brasil amanhã."

O local era esplêndido. Começamos no bar. Ele se esbaldou com vermute e tapas de *jamón de bellota*. Eu me deliciava com gin e *pintxos* Gilda, essa maravilhosa invenção à base azeitona, anchova e *guindilla*, impossível de reproduzir em casa. Engana-se quem pensa que os acepipes o impediram de comer *croquetas* de entrada. Depois das primeiras garfadas na carne colossal, começou para mim a história deste *A Viagem Imóvel*. Ouvindo-o falar, tomei um longo gole de Protos e, sem achar que cometia grande pecado, liguei o gravador do celular. Santa providência! Já não sei quantas vezes a ouvi desde então.

"Quando a gente chegar a São Paulo, S., te mando o meu livro novo. Ele começa aqui na Espanha, no finalzinho de 2019. O personagem é um trotamundo, como alguém que você conhece. Recém-separado, ele acha que em 2020 a vida vai rodar tranquila, que tudo vai sair como ele quer. Mas aí, de país em país, o cara vê o coronavírus chegar à Europa."

Aquilo me pareceu um tanto banal. Tripudiei sem dó. "Não me diga que você acredita tanto na literatura a ponto de achar que isso pode render um bom livro. Milhares de tentativas pandêmicas já caducaram e viraram lixo informático, meu querido. Achei que você soubesse disso!" Para um cara que está sempre uns palmos acima das nuvens, um choque de rispidez pode fazer bem. Mas a segunda garrafa de Protos e a fala cheia de subtons foi me vencendo.

Ele retomou: "Escute! Homens também precisam ser ouvidos. Este personagem tinha saído de um casamento de 10 anos. Não guardava ressentimentos, mas achava que a mulher tinha mudado depois de virar avó. Por outro lado, achava feio culpar bebês divertidos e inocentes pelo desfecho. Vendo pelo lado bom, a nova vida de solteiro podia ser uma boa brecha para se dedicar a escrever. A viagem dele começa pelas bandas de Portbou, na Catalunha, que é uma terra cara à literatura. E segue pela Europa até o fim do inverno, quando aí as coisas se complicam de verdade, *capisce*?" Detesto quando ele apela para o italiano. Mais parece com a *nonna*, que Deus a guarde onde bem estiver.

"Não me venha com *travel writing*. Depois de Sebald, não consigo ler mais nada." Até eu senti que estava sendo muito incisiva. Podia ser uma evidência de que ainda cabia uma taça de frutas silvestres com sorvete caseiro. "Se não é para me levar a sério, não sei porque você acionou o gravador. Estou falando para a posteridade ou não?"

Sou da tese de que toda história encerra maravilhas. Duvidei disso durante muitos anos, achando que fora da grande literatura russa não havia salvação. Mas, como toda convertida, mudei radicalmente. Hoje ainda tomo um porre de Dostoievski, de Turgueniev, mas não abro mão das doses homeopáticas de Annie-Ernaux. *What a shift*, dizem minhas inimigas.

"Desculpe. O que acontece com esse personagem? Não me decepcione. Depois do seu romance, não vou arriscar sua reputação − nem a minha − por uma história qualquer." Sem me dar ouvidos, a caminho de arrematar a chuleta, agora quase reduzida a um osso, ele torpedeou.

"O cara é pesado, asmático, meio extravagante à mesa, sabe? A Covid pode decretar o fim da linha. Ele sabe disso, mas vai testando os limites. Entre idas e vindas, escolhe ficar em Paris. Para ele, é como se fosse uma cidade boa para tudo: para lutar pela vida, escrever e até morrer. Essa agonia dura mais de um ano. Bem ali, no coração do Vème, pertinho do Panthéon, ele embarca numa viagem atrás da outra. Algumas em direção ao passado, a partir de pequenas conexões que o dia a dia oferece. Que tal?"

O personagem só podia ser ele. Eu já o vira no seu elemento parisiense meses antes, quando me levou ao *La Coupole* numa tarde em que torcedores de rugby irlandeses cantavam hinos celtas turbinados a cerveja Guinness. "A Paris do confinamento fez dele um ser proustiano, como acontece a quase todos nós."

"Paris, a gente nunca descarta. O que mais tem? Imagino que você conte lá a historinha sórdida do dia em que Hemingway viu o pinto de Scott Fitzgerald e aprovou o tamanho. Estou certa?" Ele riu com vontade. "Foi no restaurante *Michaud*. Não existe mais. Quer dizer, existe no mesmo endereço, mas com o nome de *Le Comptoir des Saint-Pères*. Não há homem que vá lá que não se pergunte sobre o calibre da anatomia. Não, não conto. Mas por que é sórdida?"

"O livro já está pronto?" perguntei. Ele limpou os dedos gorduchos com o guardanapo e espremeu as últimas gotas da garrafa. "Já faz um tempinho. Descansou na gaveta, foi arejado, limpo e desbastado. Vai chegar a você branquinho Como os lençóis das lavadeiras de Graciliano. Só por isso, acho que você devia pagar a conta hoje." Como eu poderia dizer não? "A editora paga o jantar. Você paga os vinhos, senão o contador me mata."

Comecei a ler o livro na semana seguinte. Dividi os originais com a nossa melhor parecerista. Na terceira semana, ela me escreveu. "Uau! No começo, fiquei meio zonza. Quer saber? Mande já o contrato, mulher!" Eu já tinha feito isso dias antes.

Em agosto, despachei a primeira cópia da revisão. "Estou passando umas semanas aqui em Villa Crespo. Marquei um café com César Aira amanhã. Dizem que ele vai levar o Nobel deste ano. Não sei no que isso me ajuda, mas é divertido. Ontem lembrei de você. Almocei no *El Ferroviário*, fica no estádio do Vélez Sarsfield. Adivinha o que eu comi?" Cortei o barato. "Você devia ser mais frugal. Qualquer hora dessas você chega aos 70. E não gasta metade das calorias que ingere. Onde se viu?"

Semanas mais tarde, de volta à Europa, ele me devolveu o texto revisado com pequenas modificações. Em outubro, quando Han Kang ganhou o Nobel, eu telefonei. Sou das poucas pessoas que ele atende quando está viajando porque morre de medo de pagar *roaming* – como se isso ainda existisse. "O mundo é das mulheres. Teu argentino vai tomar muito chimarrão até a próxima edição do Nobel. Posso saber onde você está?" Eu deveria ter adivinhado a natureza do programa.

"Estou agora no Bar Antonio, comendo os melhores *pintxos* de San Sebastián. Tem um que se chama *crujiente de rabo de buey* que é um sonho. Hoje o outono está lindo. Mas estou fazendo caminhadas todo dia. São quase 300 metros do meu hotel para o bar." Na semana seguinte, nos encontramos em Frankfurt, na cervejaria *Daheim im Lorsbacher-Thal*, em Sachsenhausen, nome que ele tinha me ensinado a pronunciar no ano anterior. Afogueada com as doses de Calvados, entreguei o ouro: "Já tenho a capa do teu livro. Quer ver?" Mas eu sabia que por superstição, ele iria resistir.

Desde então, ele está quase evaporado. Pelo WhatsApp, só recebo monossílabos. Acho que por descuido, ele me retransmitiu um pensamento sobre cuja ironia silenciei. "Hoje vim comer um *Rösti* com uma tradutora da Ucrânia no hotel *Baur Au Lac*. Foi então que soube da morte de Antonio Cícero aqui mesmo em Zurique, certamente não longe de onde estou porque na Suíça tudo é perto. Já não bastava estar em Sevilha quando Lêdo Ivo morreu e em Nova York quando Tom Jobim se foi? Que sina!"

Ontem, minutos antes de eu liberar o arquivo para a gráfica, ele me mandou uma foto sem legenda em que aparecia de costas ao pé de uma imensa muralha que ele fingia querer escalar. Uma amiga que já rodou o mundo disse que aquilo era Tallinn, na Estônia. Como duvidar? Só não sei o que se come naquela bandas. *Borscht*?

S.

São Paulo, dezembro de 2024.

A tragédia da velhice não é que o indivíduo seja velho, mas que seja jovem. Dentro deste corpo que envelhece há um coração ainda tão curioso, tão faminto, ainda tão cheio de saudade quanto na juventude. Sento-me junto à janela e observo o mundo passar, me sentindo como um estranho em uma terra estranha, incapaz de me relacionar com o mundo lá fora e, no entanto, dentro de mim arde o mesmo fogo que um dia pensou em conquistá-lo. E a verdadeira tragédia é que o mundo ainda é, tão distante e esquivo, um lugar que nunca consegui captar totalmente.

ALBERT CAMUS
A Queda

Primeira Parte

O Trotamundo

Capítulo 1

Um bom lugar para começar o ano
(Girona, primeira quinzena de janeiro)

Tem suas vantagens ficar hospedado perto da catedral, a dez minutos da muralha que faz desta cidade uma das mais belas da Europa. Mas pede cautela descer até o Centro. Antes de cometer esse desvario, convém lembrar que serão pelo menos 400 degraus a percorrer de volta à base. A exemplo do que aconteceu em Évora, onde estive no ano passado, os sinos regem a rotina.

No réveillon, fiquei plantado na janela a partir da meia-noite, vendo a multidão passar. As pessoas tinham acabado de ouvir as badaladas no átrio da catedral, comido as 12 uvas de boa sorte, e desciam para o baile na praça da Universidade. A pensão Bellmirall é perfeita para assistir ao desfile. Lá de baixo, quem me via apoiado na janelinha, fazia acenos de feliz ano novo. *Bon any, bon any nou.* Como observador esforçado que me julgo, detectei uma certa piedade no olhar dos passantes. O que faz aquele homenzarrão no segundo andar, tão perto e tão longe? Será que não tinha condições físicas de acompanhar a festa? O que o impedia de ser feliz como todo mundo, soprar língua de sogra, usar um chapeuzinho de cone, tomar *cava* no gargalo e saudar perfeitos estranhos com a empolgação de amigos de uma vida?

Eu os via ali, eufóricos, sem qualquer inveja. O traçado das ruas, o caminho que se estreitava bem à minha frente, fazia com que parecessem integrar um imenso rebanho a caminho do matadouro ou, pior, prestes a receber uma marca de ferro em brasa no lombo. Com esforço de imaginação mínimo, dava para sentir o cheiro do couro queimado. Acenei de volta com preguiça, tentando parecer mais entrevado do que me sentia. *Bon any nou*. Para que a felicidade de alguém seja completa, às vezes é bom achar que muitos já perderam as esperanças em recuperar o vigor da sua. Quando rarearam os passantes, ainda fiquei ali, nos primeiros minutos do ano, meditabundo, olhando na direção de Portbou, onde Walter Benjamin viveu seu ato final. Quando os guardas irromperam no quartinho, viram um homem frágil, quase chapliniano, precocemente envelhecido, abraçado aos originais do seu livro.

É assim mesmo. No outono da vida, a gente vê da janela o desfile da alegria alheia. Isso enquanto ainda está bem. Vive-se uma prévia dos dias em que a incapacidade motora vai falar mais alto e os joelhos prejudicados nos farão optar pela poltrona. Até que cheguem os tempos em que já não será mais possível fazer tudo o que o homem comum que você foi fazia: aderir à farra, beijar uma *chica* fisgada na multidão, ignorar os interditos terrenos e garimpar o sublime do viver onde quer que ele se esconda.

Hoje é dia 2 de janeiro. Nesta mesma data, em 2000, meu pai morreu. Há 20 anos, eu guiava na ilha Sul da Nova Zelândia com a namorada e os 2 filhos dela. Eu falara com papai na noite de 31 de dezembro do Brasil – ele no Recife, onde tínhamos passado o Natal juntos, e eu em Auckland, já no fim de 1º de janeiro. Depois foi só estrada. À hora em que ele faleceu, eu já despertava no dia 3, embalado pelo fuso e por um *bug* do milênio manso, fonte de frustração para quem achava que a ordem do mundo entraria em colapso. Mas então aconteceu algo embaraçoso: eu fiz xixi na cama. Ao acordar, vi que estava boiando numa vexaminosa poça fria. Fiquei sem graça. "Desculpe, isso nunca aconteceu. Pelo menos depois de adulto," menti. Ela foi magnânima: "Bobagem, é normal. Bebemos um bocado ontem. Me ajuda só a colocar o colchão de pé na varanda. Os hotéis estão acostumados." Adorei-a naquela hora. Foi como se minha gratidão se transformasse em admiração por todas as mulheres. Quanto acolhimento, quanta cumplicidade. Fosse um homem, tripudiaria.

E continuamos a viagem.

Quando chegamos a Queenstown, achei um telefone. Mamãe me disse então que estavam voltando do enterro. Meu irmão tartamudeou que papai fora enterrado com uma expressão tranquila, e que tomara iogurte por um canudinho minutos antes de expirar. O detalhe se pretendia apaziguador. Então me recomendou entrar numa igreja. Coitados de meus pequenos enteados. A aflição estava estampada na expressão deles, então com 12 e 14 anos. Quer dizer que era assim que se perdia o pai, de uma hora para outra, sem aviso prévio? E se o mesmo acontecesse com o pai deles?

Pedi um tempo, tomei um uísque puro e fui caminhar sozinho. Era como se, ao redor daquele lago, eu ainda pudesse falar com o velho. Calculando os fusos, ele estava morrendo à hora que eu urinei no colchão. Ainda ficamos uns dias na Nova Zelândia, depois fizemos uma longa viagem pela Austrália. Cumpri meus deveres de chefe da pequena comitiva como se tivesse achado um lugar onde guardar minha perda. Sem espaço para a euforia, tampouco sentia dor. Anestesiado, segui adiante e posso dizer que um sentimento novo, como eu nunca sentira por criança alguma, me ligou aos meninos. O namoro com a mãe durou mais 2 anos, mas o vínculo com eles resistiu ao tempo.

Foi só semanas depois que cheguei ao Recife. Do aeroporto, sem nada dizer a alguém, fui direto para o cemitério. Lá estava escrito na pedra: Fernando Souto Dourado * 20.06.1927 + 02.01.2000. Então me dei conta de que, de fato, o perdera. Não foi fácil nossa relação. Dentro de 11 anos, terei a idade com que se foi. Quem dera tivesse a certeza de que chegaria aos 72. Quando fecho os olhos, vejo-o gesticulando com a expressão indignada, num jantar no *Ca L'Isidre*, em Barcelona, na viagem de despedida. "Verifique sempre sua glicemia. O diabetes é uma doença filha da puta. Nunca vi coisa tão traiçoeira. Ela te embosca. Veja que maravilha de guloseimas temos nessa mesa. Em tese, eu não posso comer porra nenhuma. Tudo é proibido. O pão, os queijos, o vinho, o conhaque, tudo. Mas quer saber? Foda-se a medicina. Foda-se." Isidre, o dono do restaurante, mexia a cabeça em assentimento.

Encontrei na recepção o vizinho do quarto 5. Estou hospedado no 6. Ele estava com a esposa, que podia ter uns 50 anos. Tomamos chá verde em xícaras enormes que nos aqueciam as palmas das mãos, falamos do tempo e admiramos um quadro que mostrava a judiaria de Girona. Ela, a madame, sentou junto à lareira, um pouco ronronante. Aí me lembrei que lá pelas 2 horas, ao adormecer, ouvi uns guinchados de cama ou de assoalho que vinham do quarto deles. Em dado momento, passei a monitorar a frequência. O casal celebrava 2020 quase em silêncio, é verdade, salvo por uns gemidinhos contidos. Memorizei a sequência. 21 rangidos para 4 segundos de pausa. Depois uma série de mais 26, e um intervalo maior. Até que a progressão caiu, as pausas idem, e se seguiu um silêncio. Então dormi, de bem com minha solidão. *Passa algo*?, perguntou o vizinho, talvez intrigado com meu ar ausente. *Nada, hombre, solo tonterias*. Ao pé do fogo, a madame cochilava como a angorá felpuda de uma água-furtada parisiense.

Seja como for, 2020 pede que eu reveja os hábitos alimentares, para dizer o mínimo. Estou muito pesado. Não posso deixar que a barriga tome de assalto a zona pubiana. Começa pois a era da frugalidade. Mais Esparta e menos Atenas – este será o meu mote. Penso assim: se a mente já veio avariada de fábrica, segundo dizem, e se tudo o que posso fazer para sossegá-la é tomar um lexotan noturno, paciência. Mas ajudar o corpo ainda está a meu alcance.

Enquanto vejo pela televisão a reprise do *Neujahrskonzert* da Filarmônica de Viena, sou servido de um clássico das montanhas da Catalunha: *butifarra con judías*. A salsicha é de Montseny, que fica aqui pertinho, e as favas de Santa Pau. Minha estalajadeira propôs uma taça de *cava* rosé bem fresquinho, engarrafado na propriedade. Eu não pedi, sequer pretendia beber. Vendo o prato, respirei fundo e fotografei-o. Parece que ela leu meus pensamentos. "Tudo o que sirvo aqui é natural, sem conservantes, sem congelamento nem microondas", reforçou Montserrat. Daqui para frente, *menos* vai ter que ser *mais*. A mudança de hábitos é uma terrível provação. Um velho me disse uma vez: "Quando falarem que tudo é *só* uma questão de mudar de hábitos, não se iluda. Abrir mão do segundo prato, da sobremesa, do vinho, é um suplício. Depois dos 50, é quase impossível."

De resto, aprendi desde cedo a dormir pesado. Mamãe costumava fazer uma vitamina de banana que eu tomava à hora de dormir, depois do jantar. Segundo ela, era para atravessar a noite imune à inanição. Quando tia Julieta, irmã de minha avó, soube desse estranho receituário, destilou na voz doce das sertanejas a sabedoria de quem tinha tido mais de 10 filhos: "Onde você está com a cabeça, menina? Isso vai dilatar o estômago do bichinho. Quando crescer, ele só vai querer dormir se estiver empanzinado feito sucuri depois de engolir um cabrito. Não faça isso."

Já na cama, depois de uma caminhada pela cidadela, me confortei com o frio que lambia a cidade. Para mim, dormir nunca foi um atrativo em si. Pelo contrário, achava um desperdício de tempo. Mas nessas primeiras noites de janeiro, é o ponto alto da jornada. Lá fora, não há vivalma no labirinto das ruelas. À meia-noite, o frio é enregelante. Deitado, quase dormindo, digo para mim mesmo, como se quisesse me convencer: o que importa em 2020 é trabalhar o máximo, comer o mínimo, e oxigenar o corpo sempre que der. Tudo mais é detalhe. Era minha introspecção invernal. De inconveniente, só uma pontadinha na região lombar. De onde viria?

É verdade que o tamborete alto da sala dos hóspedes me fez mal à coluna. Ele não foi desenhado para que ali se trabalhasse muitas horas. Mas as caminhadas ajudam a suavizar o problema. É como se a ossatura fosse uma catraca que precisasse de óleo nas dobradiças até parar de ranger. O calçamento das ruas, todo feito de pedras irregulares, é outro vilão. Agora que começo a ficar meio descatembrado, entendo as queixas das mulheres quanto à incompatibilidade de saltos com as chamadas pedras portuguesas. Com os pés pesados, preciso de superfícies planas para evitar as topadas.

Na manhã seguinte, fui ao bar comer pão com tomate e alho ralado, e um pedaço de *fuet,* o salame catalão. Depois visitei o apartamento que vou ocupar pelos próximos dias, no 34 do Carrer de la Barca. Batia sol no sofá. Tirei o casaco, mas mantive o cachecol de caxemira, e deixei a vista passear pelo apartamento. É bom viajar na baixa estação. De março a outubro, ele teria me custado o dobro. Gosto das paredes de tijolos nus, do chão de cerâmica fosca, da cama bem feita e do banheiro moderno e iluminado. Uma vez instalado, vou trabalhar muitas horas ao dia. 2020 será um dos melhores anos da vida.

Os dias têm sido agradáveis, bem sucedidos, posso dizer. Se houve produtividade, se eu sinto que avancei em alguma direção, tudo se torna um prazer maiúsculo. Almocei no pequeno *El cul de la leona* e fui cumprimentar o cozinheiro, o que está se tornando uma estranha mania de glutão *gentilhomme.* Ele me olhou como se dissesse que não era para tanto, mas gostou do meu abraço. Comi fígado de vitela com *gratin dauphinois.* Na Catalunha, cozinha-se com leve sotaque francês.

No dia seguinte, veio me visitar um casal de amigos da velha guarda que vive em Hospitalet. Jordi disse que era aniversário de Marta, a esposa. Então fomos jantar num lugar com ares de laboratório onde reinava outro chefe jovem, este mais provocador. Propôs um menu degustação de 7 pratos baseados na *Odisseia*. Uma verdadeira graça de inspiração em que, ao final, ele traz a resolução das charadas gastronômicas sob forma de um folheto que lembra os de cordel. De volta à casa, não me forcei a nada. Mantive o computador desligado, apenas sentindo pela trepidação das vidraças as lufadas que sacudiam os galhos da pracinha. É bom ter amigos. Mas impagável é quando eles vão embora e nos deixam sós, pensando em cada entrelinha da conversa. Era possível que Jordi estivesse fazendo o mesmo agora, ao pé da lareira, acariciando Tirant, o São Bernardo que ama.

Logo que o euro entrou em vigência, eu dei ao presidente da fábrica onde ele trabalhava e que eu representava uma sugestão para que a empresa continuasse próspera. "Não invista em Sant Celoni, *hombre*, é bobagem. Vamos comprar a fábrica de Colônia de Sacramento, no Uruguai. O maquinário está perfeito. Mesmo parado, os operários fazem manutenção preventiva, tudo pode voltar a funcionar em 2 tempos. Teremos isenções fiscais de Montevidéu para salvar os empregos. E atenderemos o Brasil com selo de origem Mercosul, sem impostos. Ninguém será páreo para nós. Expandir aqui é fazer mais do mesmo. Ao passo que lá, fica garantido um santuário de lucros perenes." Não teve jeito, ele estava irredutível.

À saída, Jordi me disse. "Você tinha razão. Mas o velho já não tinha pernas para pensar no outro lado do mar. As coisas são o que são." A fábrica da Catalunha foi mal vendida. A crise de 2008 engolfou-a. De vedete do ramo em escala mundial, quase sumiu na mão de oportunistas do mercado financeiro. Na euforia do dinheiro fácil, quem consegue enxergar claro?

Ser voto vencido é sempre doloroso. Havia ali um universo de subjetividades em jogo que contava mais do que qualquer visão estratégica. Sequer o fracasso daquela iniciativa evitou que anos mais tarde eu cometesse o mesmo erro quando consegui uma generosa oferta por uma empresa paralisada por litígio societário. Só no final, percebi que a motivação da matriarca não era salvar o legado do fundador. Tampouco era buscar uma solução econômica que trouxesse tranquilidade às filhas e selasse a paz. O que a movia era livrar a face do filho varão que tinha jogado a família num imbróglio insano por se recusar a aceitar regras de governança consensadas. Sequer a vontade das herdeiras contava. Pela honra ferida do filho, ela teria dado a vida. O que não dizer de uma empresa?

No meio da tarde peguei o caminho oposto ao costumeiro. Subi e desci os degraus do pátio do mosteiro, passei pelas termas romanas e andei em direção a uma mata fechada onde a umidade era intensa e rescendia eucalipto. Ao longo de um córrego atravessado por pequenas pontes de pedra, me senti na Catalunha profunda. Nas paredes de limo, lia-se *Fora Espanha*. Continuei a peregrinação ao fundo do vale até que esbarrei no restaurante *El cul del món* – uma denominação adequada às paragens. Como já tinha almoçado, pedi um chá de menta e fiquei na varanda. O garçom desatou a falar, adivinhando meus pensamentos. "Esta é uma zona onde o sol não chega. É muito úmida. Temos 20 tipos de sapos, acredita? E uma variedade imensa de pássaros." Na volta, me senti dentro de *O Grande Meaulnes*, de Alain Fournier, que li há 40 anos. Quase em casa, a zona úmida sumiu por encanto. O chão, de molhado e escorregadio, ficou seco e rugoso. Na virada final, a igreja de pedra e um quinteto de ciprestes me lembrou Jerusalém, às portas do hotel King David. Então dei o passeio da tarde por encerrado e desisti de ir à confeitaria ver as pessoas comerem a torta de Reis. Foi como se a caminhada tivesse me provido de tudo do que precisava para terminar o dia. Inclusive de bucolismo, de viagens interiores a zonas remotas e de frio suficiente para me extasiar com o calor de casa.

A propósito, a vida pode mesmo se confundir com um filme. Muitas vezes vejo no cinema uma cidade deslumbrante ou apenas bonitinha. Espero o fim da sessão para ver nos créditos onde a ação aconteceu. Agora foi o contrário. Você está morando a metros do cenário majestoso e não sabe o que ele já representou na telona. Foi o caso de hoje. À medida que Girona retoma o curso da vida, o dono do quiosque me contou que nosso bairro foi palco *Game of Thrones*, a que nunca assisti. Não muda nada, mas é uma metáfora da vida. Nem por isso me animo a conhecer a catedral. Meu pai também era dado à contracorrente. Quando João Paulo II desfilou em carro aberto sob sua janela, no Recife, ele não se abalou para dar uma espiada. "De polonês carola já estou de cota cumprida. Vi muitos assim no Paraná dos anos 50." E continuou a tomar seu uísque.

No fim da tarde, vi que o relógio de pulso parou de funcionar. Levei-o à loja para um diagnóstico. "Está comigo há 5 anos, nunca deu problema e custou 150 euros. Se o conserto for caro, melhor esquecer, vejo as horas pelo celular." Pouco depois, o rapaz o devolveu. "Era só a bateria. Já trocamos. São

6 euros. Consertamos também um mini ponteiro de segundos que estava solto." Fiz as contas: 4,5% do valor da peça depois de 60 meses no pulso, ou 1800 dias. Se não perdê-la, a próxima parada será aos meus 66 anos. Farto de pensar bobagem, sentei no terraço do café para sentir o declínio da temperatura no entardecer. Então vi um céu lindo, encarneirado de vermelho: "Vai chover na sexta," disse o garçom.

Um amigo do Recife parece aplicar a si esse raciocínio do relógio. "O dentista me apresentou um orçamento de R$ 40 mil para fazer um trabalho completo. Vendo o meu espanto, disse que podíamos nos virar com a metade, fazendo uma gambiarra. Não hesitei, cravei na segunda. Não pretendo fazer propaganda de dentifrício."

Mesmo no inverno, as cores explodem na Catalunha. Entre o mar e a montanha, nada falta. As lulas, lagostins, *navajas*, sépias, mexilhões e *rabas* exalam a alma do Mediterrâneo. Nas tascas, come-se coelho, codorna, perdiz, além, é claro, de *suquet de peix*, escalivadas, anchovas e enguias. Os embutidos são suculentos e a oferta faz pensar que há um paraíso na Terra. No mercado de Girona, tudo é abundante. Clementinas, morangos, pêssegos e peras fazem companhia ao que vem de mais longe como manga e abacaxi.

O domingo acabou. A semana começa para valer. Amanhã vou precisar de disciplina em todas as frentes. Chega a hora de levantar a âncora. 2020 começou bem. Fui passar um dia em Barcelona para ver as livrarias. Mas onde achar cabeça para comprar livros, se você precisa escrever o seu? Estive no Mercado da Boqueria, mas só petisquei. Rememorei a vez que estava lá às vésperas do Natal, com o *El País* aberto sobre a mesa. Um homem colocou o indicador sobre a foto onde se via uma barca cheia de africanos famintos que chegavam a Algeciras. "Imagine o senhor o que eles sofrem. Todo mundo à nossa volta, inclusive nós, está pensando em comer *mariscadas* de 100 euros nas festas. Que espírito natalino é esse? Diga-me se estou louco?"

Eu amo Barcelona nesta época do ano. No Bairro Gótico, famílias sorridentes levam barras de *turrónes*. As vitrines expõem brinquedos para o Dia de Reis, que o espírito catalão insiste em dizer que é a data certa para os presentes. Não foram os Reis Magos que trouxeram oferendas? Vivi aqui as angústias do terremoto de Banda Aceh, na Indonésia, que deslocou o eixo da Terra. Eu tinha alugado um apartamento na rua Balmès. A proprietária o tinha reformado pessoalmente. Ela disse que a mãe era de Cadaquès e prima de Salvador Dalí. Estava fazendo o possível para me mostrar seu pedigree, com medo que eu vandalizasse o apartamento, que desse festas ou descuidasse dos detalhes esmerados.

E agora, para onde vou? Nenhuma ideia. Chicago, Lisboa, Teerã, Beirute, Londres, Budapeste – tudo é possível, realmente não sei, cada escala é uma possibilidade, cada uma faz um aceno. O provável é que não seja nenhuma das opções acima. Durante 15 dias estive aqui, embalado por uma ou outra conversa entreouvida, no mistral e na tramontana. Alguém contou a história da psicóloga que sedou a filha de 10 anos com benzodiazepínicos esmagados, afogou-a numa banheira e ligou para a polícia para se entregar como assassina. Como tanta beleza pode dar margem à dor, à loucura e ao desespero? Caminhei uma média de 6 mil passos ao dia, segundo o telefone. Mantive certa frugalidade, comparada a meus padrões recentes, e fiz dieta severa de jornais – só 1 ao dia, no máximo 2. Nunca explorei tão pouco as tentações gastronômicas de um lugar, e tão poucas vezes saí de meus domínios para explorar a região. Quanto ao meu livro, progrediu o que pôde.

Fracassado como turista, que jamais consegui ser, sou mais do que nunca um viajante assumido. As questões que me mobilizaram pouco tiveram a ver com a cidade e poderiam ter me ocorrido em Timbuktu ou Denpasar. Então me perguntam, não sem razão: por que viajar sempre para tão longe? Eis um elemento sem resposta possível. Certas verdades só se evidenciam depois de vividas. Aqui eu estive perto de mim, à escuta das vozes íntimas. Aqui as casas são de pedra, a temperatura noturna despenca, fala-se um catalão melodioso, as livrarias são escuras e, depois das 10 da noite, é raro que se ouça um passo. Aqui pensei nos amigos que já morreram e nos que não estão tão bem, mas que vão melhorar. Acompanhei a chegada de 2020, a greve prolongada que castiga a França, a morte do general iraniano, e, sobretudo, a escapada para a liberdade de Carlos Ghosn, tão cheia de símbolos familiares: o Hyatt de Shinjuku, a estação de Shinagawa, a viagem de *shinkansen* até Osaka, e a decolagem para a liberdade sobre o Kansai. Mais do que tudo, acompanhei o movimento da barbearia que via da varanda. Amanhã tudo é possível.

Viajar é ter a sensação de que nos distanciamos da morte.

Capítulo 2

Viajar: ouvir o coração
(Belgrado, meados de janeiro)

Não me lembro de ter pousado sob semelhante neblina em aeroporto algum. O Airbus já deslizava na pista, mas eu só conseguia enxergar a luzinha disforme que reverberava num halo avermelhado na ponta da asa. No saguão de chegada, o cheiro de cigarro prevalecia, apesar das proibições lavradas em servo-croata, russo, inglês, francês, alemão, árabe e grego. Até o mecânico de pista dava umas baforadas em serviço. Mamãe e as irmãs quando se encontravam também conversavam numa nuvem de fumaça. Sinto uma vertigem. Por que um pensamento está sempre me levando a outro? Como estancar esse encadeamento obsessivo?

No caminho até o Centro, o motorista acelerou como se a paisagem fosse tão amigável quanto a de uma tarde tropical, com visibilidade de muitos quilômetros. Quanto mais ele desabafava em inglês trôpego, mais corria. *Slow down, man. I don't want to die.* Que culpa tinha eu se ele deixara Montreal para trás e decidira voltar para a terra natal? No lugar dele talvez também estivesse arrependido. Mas daí a querer que eu pagasse com a vida. *I was so stupid. So fucking stupid, man. Tell me what I should do now!* Então tirava o pé para logo voltar a disparar. Comandos aqui têm que ser repetidos.

Eu só pensava em Garanhuns abraçada pelos nevoeiros de antigamente, quando a cerração invadia até as casas. Foram 20 minutos a 130 km/h, e, afinal, ele apontou um prédio decadente, por trás da praça da República. "É ali o seu hotel." Disse que não podia chegar mais perto e fez sinal para que eu contornasse o rinque de patinação a pé. Fiz cara de enfado para tirar o dinheiro do bolso e paguei em dinares sonantes, não em euros, o que o frustrou. Mas o edifício não correspondia ao endereço. Sequer havia placa. Para piorar, não passava ninguém na rua, só se via a cortina de neblina, a 3 graus negativos. Ouvi passos.

Fiz uma expressão de desvalido e abordei 2 moças de 1,90 m – é quase o padrão na Sérvia – e pedi instruções. Elas abriram os celulares, mas também se enrolaram, indicando um endereço errado. Uma tentativa após a outra, lacei um rapaz e pedi que ligasse para o hotel. Veio uma indicação concreta e cheguei à recepção, que ficava no quinto andar do mesmo prédio que o motorista apontara. Ele tinha razão.

Disse cobras e lagartos ao hoteleiro que me olhou impávido, como se eu fosse um bezerro desmamado, e não um homem que inspira medo. "É simples. Não podemos colocar placa no térreo. É contra a lei. Me dê seu passaporte, vamos lá, o pior já passou." Vi que ele não se apequenava com cara feia. Baixei a pancada. "Voei mais de 3 horas, estou cansado. Faz uma hora que rodo atrás desse endereço." Talvez isso o tenha tocado porque ele trocou a chave que estava no meu envelopinho de reserva. Era indício de que ia me premiar com mais espaço, talvez com uma vista. Chegando à pequena suíte, abri a janela e vi que a neblina tinha cedido. Bem à minha frente, um cavalo majestoso, montado pelo príncipe Mihailo.

Depois do chuveiro, abri o computador para ver o que acontecia no mundo. Além da morte de Kobe Bryant, pincei uma notinha sobre o segundo óbito que se registrara na China por conta de um vírus novo. Como é comum, a divulgação tinha valido um puxão de orelhas ao médico que falara à imprensa a respeito.

É inverno e faz 1 grau negativo. Nada de grave, mas convém não facilitar. Não posso ficar doente. Viajo só, tenho 61 anos, ninguém sabe que estou na Sérvia, salvo umas pessoas das redes sociais. No geral, odeio ser rastreado. Mas na hipótese de passar mal no quarto, seria difícil escapar com vida. Convém ser prudente embora eu nem sempre consiga.

Aos 19 anos, estive aqui pela primeira vez. Tempo atrás achei no apartamento de São Paulo um cartão postal que mandei para meus pais em 1978. Elogio Belgrado, digo que achei-a luminosa; menos sombria do que Budapeste, e quase latina se comparada a Berlim Oriental. No postal, elogiei o Marechal Tito, que papai admirava, e esculhambei Brezhnev. Quando olho em retrospectiva, percebo que o fascínio que tinha pela Guerra Fria nunca me abandonou. Mesmo se ela terminasse um dia, continuaria a me intrigar. Nesse ponto, não me enganei

Na manhã seguinte ao reencontro com Belgrado, fui aos cafés do perímetro conhecido, explorando águas familiares. Era uma forma de identificar padrões, rastrear lembranças, escolher um favorito. Em 1978, eu esbanjava fôlego. Na reativação da memória, as dificuldades da topografia das cidades ocupam hoje o topo das cautelas. É como se ela não morasse mais no cérebro, senão nos joelhos.

Concluída a caminhada, sentei para um chá. As tortas flertam comigo, mas evito-as. Lá fora, um vestígio de Natal e a neblina que parece eterna. Olho em volta e observo detidamente as pessoas. Um homem de 50 anos, de boina de lã e inexplicáveis óculos de sol, fica de pé à porta do café, do lado de dentro. De vez em quando, sai por 2 minutos e volta queixoso. O garçom é seu confidente e compartilha a desdita. O que será que ele faz? Ambos fumam muito. Só depois percebi que ele é o camelô de adereços de couro, que fica à espreita, protegido do frio. Se alguém se aproxima ou ameaça surrupiar a mercadoria, ele atravessa o mar de passantes e vai lá conferir. Vender ou não, não lhe parece muito importante. Importante é poder fumar sem ser perturbado neste país onde toda hora é boa para fumar.

Nos Balcãs, fuma-se até nos elevadores. O garçom me falou que as pessoas têm evitado fumar nos quartos de hospitais e nas igrejas. Ah, bom! O que seria de uma recepção de casamento e das danças floreadas sem o cigarro? Não haveria festa. Na Macedônia, vi um vídeo de vestiário educativo. Jogadores de futebol escutavam cabisbaixos a preleção do treinador. Metade dos atletas tinha um cigarro entre os dedos. Na Albânia, passeando pelos becos de Tirana, vi um sujeito com a cara ensaboada num salão das antigas, deitado na cadeira reclinada e com um cigarro aceso nos lábios. A intervalos, o barbeiro batia a cinza e recolocava a bituca na boca do freguês. Só então voltava à navalha para terminar a barba. Na interação com estrangeiros, a oferta de cigarro é de lei, é símbolo de hospitalidade. Ai de quem disser: "Não, obrigado, deixei de fumar." A perplexidade no rosto do ofertante fica patente. Por quê? "Porque tenho asma brônquica e o oxigênio anda curto." Asma? Eles vão rir. "Isso eu também tenho." E como quem dá um parecer técnico, eles nos pegam pelo braço e tentam tranquilizar. "Quer saber, o cigarro até ajuda a combatê-la, acredite em mim, é um exercício respiratório." Balançando a cabeça, compadecidos de sua ingenuidade, eles dirão: "Agora pode fumar, não se reprima, sei do que falo, minha avó tem 102 anos e fuma desde os 10." Uma pessoa mais vulnerável pode sucumbir a essa ladainha e, temendo fazer uma desfeita, se enredar numa recaída desastrosa.

No café com ar vienense, as mulheres que têm entre 60 e 80 anos conversam num tom que já não se vê no mundo. Lembram a amiga de minha mãe dos anos 70, dona Stoyanka, cujo marido trabalhava com meu pai. Será o penteado? Seriam as pálpebras pesadas e o sorriso meio triste? Talvez tudo isso combinado. Aqui elas deixam as bolsas na cadeira e conversam num tom de Velha Europa, como se o assunto que as une fosse o mais importante do mundo. Umas poucas gargalham, outras gesticulam com irritação, outras desnudam a tristeza. São comunicadoras plenas, com grande apego à ênfase. Podem estar falando da saúde dos maridos, da precocidade dos netos ou se queixando dos filhos e da corrupção endêmica, temas de grande afinidade entre si. Educar hoje tem muito a ver com corromper, com comprar a paz a todo custo.

As moças daqui também têm muita atitude. Não ficam penduradas num celular, sem saber o que fazer com as mãos. Pelo contrário, são tônicas e vibrantes. Quando uma amiga chega, não há a obrigação de trocar beijos. No Brasil, se 10 pessoas estão sentadas, quem chega dá pelo menos um beijo em cada uma. Para depois, repetir tudo na despedida. Um dia essa etiqueta terá que ser revista. Os casais no café também são muitos. Percebo que falta um certo traquejo aos rapazes. Falam com insolência, com vago ar de superioridade, na tentativa de camuflar que estão ali graças ao dinheirinho suado da avó. Um deles segura a namorada pela nuca, mas é desengonçado ao executar uma coreografia que, para funcionar, também exige delicadeza. A despeito das cenas que se intercalam, dei um cochilo e deixei cair um livro. É o inverno, a idade, o torpor, o abandono à solidão. Perto da coluna, uma senhora de cabelos pretos e malha cenoura sorriu com a cena. Eu também. Peguei o livro no chão e pedi a conta. Saí levemente humilhado e ela deve ter se perguntado se deveria mesmo ter mostrado simpatia.

Caminhei até onde o Sava e o Danúbio se encontram, mas não achei um lugar aprazível para o almoço. Sequer no velho hotel Iugoslávia, um mastodonte que Tito construiu para atender Salassié que se queixava do Centro e queria ficar à beira da água. Mas que importância tinha isso diante do ocorrido pela manhã, quando fiquei preso no elevador? Num momento, materializam-se todos os meus temores numa ação combinada.

Como é praxe aqui, as áreas comuns dos apartamentos Airbnb são mal conservadas. O *retrofitting* é da porta para dentro – onde reina o melhor. É claro que os elevadores se ressentem da falta de manutenção. Como pode ser diferente se no tapete da entrada contam-se guimbas de cigarro, inala-se a acidez da urina dormida e chuta-se garrafas de rakia espalhadas na passarela encardida? O elevador parou diante de um paredão aterrador. Minúsculo, previsto para 2 pessoas, o alarme estava mudo. Bati na parede crua, mas não houve reação. Bati com força nas laterais de aço. Nada. Comecei a hiperventilar. Não, assim não ia dar certo. Então fechei os olhos, tirei o casaco, afrouxei o cachecol e respirei fundo, trazendo o ar para o diafragma. Sem nada para ler, estudei um mapa da cidade que levava no bolso. E continuei respirando, tentando pensar em coisas boas, poupando oxigênio. Então, ouvi uma voz. Vinte minutos depois, o elevador se mexeu devagarzinho, em modo precário. Menos mal que mantive a compostura. Não se deve mostrar medo neste país.

Duas vezes, sofri horrores em elevadores. A primeira foi na mina de sal de Wieliczka, em Cracóvia. A segunda, foi no caixote minúsculo do hotel Atlantis, em Saint-Sulpice, Paris. Tive também uma crise de pânico no último banco de uma van apinhada de chineses entre o boulevard des Italiens e o aeroporto. E, de novo, no assento traseiro de um carro confortável, atravessando de terno e gravata um túnel sem fim na Lombardia. Pedi ao motorista que parasse na saída. Tirei a gravata com tanta força que os botões do colarinho e dos punhos caíram no acostamento. Para não falar da claustrofobia insana na câmara mortuária do faraó, no coração da pirâmide de Quéops. Além da vez em que fiquei espremido entre 2 modelos masculinos de Fernando Botero, não por acaso num voo de Medellín para Bogotá. Somados, os 3 pesávamos meia tonelada, o que era uma ameaça à segurança do voo. Em suma, já tive muito mais medo do que admito.

Quando cheguei a São Paulo, aos 23 anos, disposto a viver lá, vivi um quadro tremendo. Já casado e com a sensação de que levava o mundo nas costas, tive a impressão de que tinha sido desligado da tomada. Faltou ar e fui correndo para o ambulatório da fábrica. A pressão estava alterada e jurei que tinha tido um infarto. O médico dizia que tinha sido só um pico hipertensivo e me receitou um xarope de maracujá e um ansiolítico. Não deve ter sido fácil continuar rodando o mundo e conciliar os quartos de hotel com o medo de que aquilo voltasse a ocorrer. O pânico e seus gatilhos não eram vistos como hoje. Diziam que no meu caso era só luxo psíquico de *yuppie*.

No meio da tarde de um dia que começou tão mal, fui caminhar na rua Mihajlovska e fui surpreendido pela parada do Ano Novo chinês. Tirei umas fotos, mas tratei de me manter à margem do cortejo, fugindo das estripulias que fazia o trenzinho de homens que animavam o dragão. Não voltei a ler sobre o vírus, mas sei que é uma questão de tempo.

Antes do anoitecer, zanzando diante do hotel Moskva, dei de cara com o mercado público de Zelani Venac, mas não entrei porque não queria me atrasar para o *Shabat* na sinagoga Sukkat Shalom. Foi um culto pequeno, para não mais de 30 pessoas, todos homens. No caminho de volta para o hotel, fui conversando com o *chazan*, um homem loquaz e prestativo. Quase nunca perco um *Shabat* quando estou viajando, o que espanta judeus e não judeus como eu. Qual a explicação? Gosto do ambiente, que me traz paz espiritual. Nas conversas que se seguem, sou informado do que está acontecendo no país, do panorama dos negócios, dos bons espetáculos em cartaz e dos lugares que vale visitar.

No sábado, voltei ao mercado. Nem metade dos comerciantes estava trabalhando. Mas comprei mandarinas a 80 dinares o quilo, ou apenas 60 centavos de euro, um recorde europeu para um estudioso do assunto. Aquele lugar está ligado a uma boa recordação de fevereiro de 1978, há 42 anos.

O que querem me dizer as cúpulas quadriculadas? Mais tarde, já na cama, lembrei que era no mercado que eu ia comer os aromáticos *cevapcici*, os espetinhos de carne na brasa com cebola. Daqueles dias, lembro das partidas de xadrez que os velhos jogavam perto do chafariz da Mihajlovska, tomando café turco. Um dos tabuleiros era gigantesco e as peças tinham o tamanho de pessoas. Ora, como ali todo mundo era muito alto e forte, ninguém precisava de ajuda para mover em *ele* um cavalo de 10 quilos ou um peão de 8. A vestimenta das pessoas tinha o padrão de sobriedade que, mais do que o de lá, era o europeu nos meses de inverno em que se viam poucas cores e muito cinza, grafite, marinho e preto. Lembro de ter abordado mulheres para conversar, mas o que de melhor sucedeu nesse terreno veio por iniciativa de uma sérvio-alemã rechonchuda que parecia à vontade na vida, e que me levou para uma sessão de afagos no primeiro andar da galeria, perto da estação. Terminados os trabalhos, me dispensou de forma pouco romântica tão logo voltamos à calçada. Até então, ninguém tinha me descartado sem sequer olhar para trás. Guardei a estranha sensação de ter sido usado.

Se em 1978 Belgrado me pareceu vivaz e quase alegre, em 2020 tenho a impressão de estar numa cidade de poucos sorrisos. Os gritos de guerra dos estudantes nas bebedeiras noturnas soam hostis. Embora não entenda a língua, há no não-verbal um subtom de acinte e belicosidade. É inevitável enxergar neles a geração da Guerra dos Bálcãs, que grassou nos anos 1990. É a geração anti-OTAN, sigla demonizada unanimemente. De conversa em conversa, depreende-se que ela significa o pior do Ocidente. "Eles passaram por cima de nossa soberania. O Kosovo é parte da Sérvia, como você deve saber. Os albaneses são traficantes da pior espécie. O que aconteceu aqui foi um ataque à Igreja Ortodoxa, nós terminamos pagando pelos pecados dos russos. Não há família que não tenha perdido um parente nas mãos dos croatas. Estes sim, são joguetes dos alemães desde a Guerra, quando os fascistas massacraram as minorias. Tito? No fundo, ele nos detestava. Se você for ver, sempre foi um agente austríaco. Para nós, só tem fama." Vem tudo embalado assim, em cascata, com a jugular saltando, latejando.

Tipos raros me chamaram a atenção. Para começar, o mendigo que parecia saído de Dostoiévski. Ele se explica, numa autovisão heroica: "Quero o bem de todos, mas ninguém quer o meu. Cortaram a luz da minha casa e eu me rebelei contra os fiscais. Se estou desempregado, é porque o presidente é ladrão e o sistema é corrupto. Para mim, nada quero, a vida já está perdida. Pelo bem de meus filhos e da pátria, estou pronto para sacrificá-la. Veja só, um homem como eu, que fala bem inglês, dormindo no parque no inverno." Se porventura lhe chega algum dinheiro, imagino que gasta-o com generosidades indevidas para voltar à insolvência e repetir o único discurso que conhece. Aos credores, dirá que também é filho de Deus, que pode errar.

Já os romenos que esmolam na rua, por exemplo, tão comuns na Europa do Oeste, são diferentes. Não têm uma visão messiânica de si, não invocam Deus e tampouco se humilham por uns cobres. Não desperdiçam a pobreza com lamúrias. Têm uma atitude positiva diante da vida e sorriem como quem não se leva a sério. Conseguem ver as vantagens e a independência que só a pobreza material dá. O pedinte eslavo se prostra, levanta os braços em súplica e emula um diálogo desesperado com um ser superior. O *rom* da Galícia, Transilvânia e Bessarabia traz Deus em si e vai se virando. Jamais sonharia com um emprego das 9 às 5. O eslavo aceita o emprego, mas já vai faltar no segundo dia. Nenhum cargo é grande demais para ele. Enfim, são digressões que me distraem. Não se pretendem verdades científicas. É só ciência de viajante em versão genérica.

Não são fáceis os sérvios, embora me tratem bem. Poucas perguntas podem irritá-los tanto quanto as razões pelas quais grassa tanto ódio entre os povos dos Bálcãs, depois de viver em harmonia aparente até as sacudidas dos anos 1990. É sintomática a resposta a uma pergunta sobre Srebrenica, onde o general Ratko Mladic orquestrou o maior genocídio europeu desde a Segunda Guerra: "Os nossos soldados não quiseram chacinar ninguém. Ninguém acorda dizendo que vai fazer uma chacina naquele dia. Mas são coisas que acontecem em combate. É a dinâmica do conflito. Até munição a gente vendia aos muçulmanos, que tinham dinheiro do Irã. Ou a trocávamos por cigarros. Vendíamos a mesma bala que mais tarde podia nos matar. Quem está lendo o jornal em casa não entende a essência da guerra." E pensar que eu já ouvi todo esse arrazoado com sinal trocado, tanto na Croácia católica quanto na Bósnia-Herzegovina muçulmana.

Contratei um motorista para me levar a Timisoara, na Romênia. Ele não parou de falar: "Por que nossos vizinhos podem ser europeus e nós não? Que culpa temos se nossos governantes acabaram com nossa agricultura? Por que os europeus não nos ajudam a recuperá-la? Tenho 4 filhos. O sacerdote da igreja do meu bairro me deu uma condecoração. Quando pararmos, vou lhe mostrar o vídeo da cerimônia. Quem me deu esse terno que uso foi a tenista Jelena Jankovic, ex-número 1 do mundo. Fui seu motorista durante 5 anos. A Opel, que a patrocinava, só deixava o carro à disposição se eu estivesse ao volante. Era exigência da companhia de seguro. Eu atiro bem. Foram bons tempos. Dirigi para ela em Nova York. Você gosta de Novak Djokovic? Pois bem, a Sérvia aprendeu com a guerra. Sofremos um bocado, mas somos bons de briga. Novak é um dos nossos. Se a polícia tratá-lo mal, me avise. Tenho amigos bem colocados que gostariam de saber disso. Agora sobre Petkovic, prefiro não opinar. Sei que ele é querido no Brasil, mas aqui ele caiu em desgraça com nossos chefões do futebol, que mandam no país."

A paisagem em torno da capital é desoladora. As margens do Sava são sujas e mal cuidadas. Milhares de sacos plásticos se agarram aos galhos secos das árvores e da vegetação mais rasteira, dando a impressão de integrarem uma instalação alusiva ao fim do mundo. Nosso amigo não dá trégua, agora secundado por outro passageiro que pegamos no caminho e que vai esperar alguém no aeroporto de Timisoara, rota habitual do táxi-lotação.

"Se os europeus querem rios transparentes, que nos ajudem a limpá-los. Não temos dinheiro. A poluição que provoca a neblina vem da queima de carvão e até de pneu. Que culpa eu tenho se o trabalho não me remunera à altura do que preciso para alimentar e aquecer meus filhos?" Atravessamos o Danúbio e o diapasão patético foi ganhando notas mais trágicas. "Cada vez que cruzo as fronteiras, rezo para que quando volte encontre um país melhor. Como viver com uma renda média de 500 euros?" Em todo lugar do mundo, a figura do patriota é uma ameaça à decência. Percebendo o quanto bordeja o patético, resolve ser pragmático e gentil: "Cá entre nós, por 20 euros você pode sair com uma boa mulher na Romênia. Interessa?" "Não, obrigado."

Na Sérvia, concluí que é melhor manter distância dos ambientes exclusivamente masculinos. O ar é carregado e um homem parece atuar para o outro. Não há espontaneidade à vista de terceiros porque o primado da força é pulsante. No geral, a rispidez perpassa o ar. Quando perguntei na farmácia se eles vendiam um antibiótico, o atendente disse que só com receita médica, o que é bem normal. Mas me lançou um olhar hostil, dardejante, como se eu pretendesse induzi-lo ao delito. Falta o sorriso das sociedades mais igualitárias. Falta aqui um componente de normalidade que custará a se enraizar. Quem quer servir bem, se avilta, se avacalha, se deprecia, parece servil. Da altivez sobranceira, eles descem ao poço da subserviência, sem escalas. A corrupção está por trás dessas deformações. Assim como uma subcultura miliciana latente. A que distância estamos disso no Brasil? Tudo se resume a quanto vale uma vida.

Capítulo 3

Exercícios de solidão
(Timisoara, última semana de janeiro)

Poucas vezes atravessei uma fronteira terrestre tão baça, tão sem cor quanto esta da Sérvia com a Romênia. "A fiscalização vem aí. Me dê o passaporte. Não precisa de visto, né?" O motorista nunca tinha levado um brasileiro. No acostamento, mais sacos plásticos enganchados na ramagem. Que praga! No asfalto, restos de cães atropelados e, nas laterais, os cemitérios de muro baixo. O guarda é amistoso. "O que vai fazer aqui?" "Conhecer uma cidade nova." Ele esboça um sorriso. "Comporte-se e divirta-se," disse como se fosse um mantra reservado a estrangeiros com quem simpatizasse. Passamos. O motorista sugere que paremos para nos aliviar e pegar o sinal da wifi. É um lugar triste, um nada absoluto. O frio belisca qualquer parte descoberta do rosto ou das mãos. A única cor à volta é o vermelho da bomba de combustível.

Timisoara é bela e passei a explorá-la mal me registrei no hotel Central. Diante da catedral, me protegendo da revoada dos pombos, perguntei a um janota onde se comia bem. Ele me avaliou. Parecia ter critério. "Vá ao Lloyd. A cozinha é a melhor, tem tradição." Gostei das luminárias chanfradas, do piso bizantino, do teto de alabastro. Era uma versão tosca do espírito austro-húngaro, mas tinha garbo e cheirava a boa comida. Não chamam a cidade de Pequena Viena? Cinco garçons sentados me observavam. Uma delas veio me atender. "Jantar?" "Sim, por favor." "Uma pessoa?" "Onde está a outra?" "Menu?" "É claro." Então ela sumiu. E, sem pressa, voltou com o cardápio. Não havia um sorriso, um gesto de simpatia. É má pessoa? Não. Mas é uma menina rústica da Europa Central, a quem falta mais do que polimento. Faltou explicar-lhe que de 30 anos para cá, o rei é o cliente – e não o dono do produto, como nos tempos dos pais dela. Que o restaurante não faz favor nenhum em acolher bem, pelo contrário. Que uma pergunta singela cria sintonia e aduba uma boa gorjeta, quem sabe.

"Traga o *stinco* de porco, por favor." Ela pega o cardápio e dá as costas, como se precisasse ir ao banheiro. "Escute, traga de acompanhamento os cogumelos grelhados." Nova escapada, ela tem uma expressão quase aflita. "Ah, e uma água Bukovina com gás." Ela quer sumir, acho que tem medo de esquecer o pedido. "E uma saladinha caprese de entrada, se for possível." Há uma comoção entre os garçons. Estão falando de mim, só tem mais um casal no restaurante e este já jantou, apenas vê o noticiário. Um senhor gordo vestido de maître se aproximou. "*Monsieur*, o senhor vai pagar em cartão ou em espécie?" Eu ri do toque de classe francês. "Cartão, monsieur." "Podemos passá-lo agora?" "Antes do jantar?" eu perguntei. "É praxe quando a conta passa de 50 lei." Tiro 100 lei e boto na mesa. "Leve e acertamos no final." Foi uma caução. "*Merci, monsieur.*" O jantar foi correto. Mas ficou no ar algo sinistro. Parece que a sombra de Ceausescu paira ali. Ele deformou as mentalidades para além de uma geração. Que estrago! Recebi o troco e deixei 10 lei para a moça aprender a sorrir. Precisava caminhar 6 mil passos já que passei boa parte do dia no carro. Levei um choque diante da linda praça Unirii. Uma alegria juvenil tomou conta de mim. Envelhecer é isso: nada mais surpreende, mas algumas coisas geram comoção à queima-roupa. Depois dos 55 anos, a gente percebe de sopetão quando está diante do sublime.

Ao lado da Ópera, faço um amigo a quem paguei um café. "Ceausescu, aquele degenerado, gostava de caçar urso nas montanhas da Transilvânia. Da mesma forma que a mulher dele recebia condecorações de doutora em química sem nunca ter sido uma, ele também era um farsante com a espingarda. Os batedores pegavam um urso na floresta e o amarravam a uma árvore. Então sedavam o bicho levando-o ao coma. Logo aparecia Ceaucescu com o rifle e o abatia. Todos os empregados aplaudiam a proeza quando ele voltava paramentado de caçador. Todos louvavam sua coragem." Que indecência!

Quando 1989 nos trouxe o fim de pelo menos 4 das principais ditaduras do Leste, nenhuma virada de mesa foi tão brutal quanto a daqui. Ceausescu era a quintessência do tirano cínico e desapiedado. Muito antes de bufões virarem moda no mundo, o ex-sapateiro se superava no ridículo, fazendo com que o povo acompanhasse suas pantomimas. Só usava os ternos uma vez, depois descartava-os. Os sapatos tinham uma palmilha reforçada para parecer mais alto. Gago, as câmeras de televisão só podiam filmá-lo por um ângulo pré-determinado.

Então eu disse: "Mas era bem merecido que a raiva do urso fosse maior do que a sedação e que um dia ele levasse um susto." Os olhos dele brilharam. "Mas isso aconteceu uma vez.

Ele errou os tiros e só feriu o urso. Em fúria, o bicho se soltou da corrente e ficou sobre duas patas na frente dele, que quase sumiu. Mas, *hélas*, logo caiu fulminado por 3 balas no coração. Por trás dos arbustos, atiradores de elite davam cobertura. Quando voltaram para casa naquela noite, os empregados começaram a aplaudir o *Conducator* – como ele gostava de ser chamado. Por uma vez, aquele verme se envergonhou de receber as palmas."

Foi aqui em Timisoara que ele começou a cair. A agonia durou duas semanas. Tudo começou com a malograda tentativa de transferência de um padre da minoria húngara para uma paróquia secundária. Era um castigo pelo discurso politizado. Então a população se rebelou, ecoando o que já era fato em outros países. Milhares se aglomeraram sob a janela do padre. Ceausescu tentou abafar a insurreição *manu militari*. Em poucos dias, virou fugitivo. Isso foi há 30 anos e um mês. Desde então, eu sonhava em vir a esta cidade. O legado do casal presidencial e da Securitate ainda é perceptível na expressão evasiva dos velhos. E, sem saber de onde isso vem, na abulia dos mais novos. Um dia ele morreu feito cachorro raivoso, abatido por companheiros de matilha. O caçador virou caça.

Aonde quer que vá aqui em Timisoara, a cidade dos anos de formação de Herta Müller, prêmio Nobel, ela está comigo, bem no fundo do bolso.

> *Nosso país todo era censurado. Censura não acontece apenas quando uma frase é cortada num livro. Tudo era censura. Tudo passou pela minha cabeça quando cheguei à Alemanha. No Ocidente, pensei sempre no respeito mostrado aos indivídu-*

os também nas menores coisas. Curativos adesivos, adesivos para calos, tampões, cotonetes – todas essas coisas banais. Mas elas não são banais e não são apenas mercadorias. Quem vem de uma sociedade empobrecida, como eu, tem um valor totalmente diferente.

Sublinho as frases e ainda faço umas garatujas na margem, como quando era adolescente e escrevia lembretes para mim mesmo. Na saída do café, garimpo outra pepita:

Também observei, como uma criança, as pessoas no metrô, elas tinham mãos tão limpas! Tanta coisa abateu-se sobre mim, o mundo era vistoso, meus olhos doíam, estava claro e as cores, confusas. E eu tinha vindo do silêncio acinzentado da ditadura e da pobreza. A publicidade olhava-me em toda esquina, ela era atrevida e alegre. E eu pensei: assim é a vida quando podemos pensar e falar o que queremos. Foi avassalador, quase insuportável. Isso me deixou alegre, mas também machucou. Não tive coragem de me sentir feliz, eu estava apenas perturbada. Quando fui pela primeira vez a um restaurante à noite, em Frankfurt, e vi os guardanapos, flores e velas sobre as mesas, assim como o cardápio, tive que primeiro chorar, antes de pedir alguma coisa.*

Gosto do recepcionista do Central. "Estou aqui há quase 40 anos. Cheguei rapazinho. O hotel foi construído para receber delegações do Partido Comunista para serem doutrinadas. Alguns delegados eram idiotas de tudo. Ficavam semanas aqui, fingindo que prestavam atenção às aulas. Uma vez um homem chegou aqui e me perguntou se eu falava francês. Eu disse: sim, o bastante. E inglês? Mesma resposta. E alemão? Idem. Eu não sabia onde ele queria chegar. Então, fingindo que

---

*   "Minha pátria era um caroço de maça" – Biblioteca Azul

me fazia um elogio, disse que era incrível que num país daquele, onde o presidente era um analfabeto que não formulava uma só frase sem cometer erros, um recepcionista de 20 anos fosse tão culto. Eu então respondi que devia minha educação ao Partido. Ele me deixou em paz. Então meu chefe veio me cumprimentar. Você fez muito bem, Eugen. Era um *agent provocateur*. Queria comprometê-lo para chantagear depois e obrigá-lo a delatar seus familiares e amigos. Continue assim. Era um bom homem. Devo muito a ele. Nunca soube o que é desemprego. Minha vida é essa recepção e meus netos".

Eugen me pareceu o homem mais feliz da Europa toda.

Ah, como uma coisa leva à outra! Em outubro de 2014, estive em Bucareste por alguns dias. Eis um ano em que me lembro de quase tudo que fiz – à base de meses, semanas e dias, se for preciso. No voo, famílias inteiras voltavam das férias. O começo do outono é sempre tentador. Uma dama sestrosa me lembrou Mariana, a romena dos dentes serrilhados, na Alemanha dos anos 1970. Incisivos de serra fazem um estrago! Na hora, a gente não percebe. O entusiasmo não deixa. Depois, vem a fatura. Melhor beijar uma folha de urtiga ou esfregar cansanção no prepúcio. Essa do avião tinha olhos verdes quase desproporcionais de tão graúdos, cabelo ruivo espetadinho e um nariz arrebitado, levemente insolente. Tinha também uma protuberância entre a bochecha e o nariz. Seria uma verruga? Nos confins da Valáquia, aquilo talvez fosse um atributo de beleza. Do contrário, ela já o teria tirado. Imagino que deva ser operável. A gente se cruzou com indolência estudada, a ponto de tocar-se algumas vezes entre embarque, desembarque e esteira de bagagem. Ela sabia o que borbulhava na minha cabeça e sorria com a boca meio torta. Como acontecia com Mariana, emanava do olhar um halo da concupiscência que, a um comando, ela abolia como se nunca tivesse existido. Preferi não enlouquecer e curtir o voo.

Naquela tarde, viajei escutando conversas. Incrível como meu *romeno* estava bom. Peguei frases inteiras. Mas então, apurando o ouvido para além da sonolência, me dei conta de que aquela discussão envolvia dois portugueses de sotaque desconhecido. Talvez fosse dialeto minhoto ou mirandês. Que decepção! Vinte minutos antes do pouso, vi uma infinidade de casinhas à beira de um rio. O aeroporto tinha uma fachada tão acanhada que mal comportava dez táxis. Apertei um botão para receber a placa do carro da vez, na impressão quase ilegível. Depois, foram mais uns minutos vendo o teatro dos taxistas jogando as corridas ruins uns para os outros, e tentando abocanhar as boas. Meu motorista era meio bronco, mas conseguimos conversar bem.

O hotel ficava longe do Centro. Como a gente tinha chegado mais cedo, vi que dava para pegar o Yom Kippur na sinagoga. Era uma chance única de ouvir o *shofar* na Romênia. Deixei a malinha no quarto e tocamos adiante. Diante do prédio do Parlamento, o motorista escandiu com uma espécie de raiva. *Ceaușescu: corupt, bandit, criminal, încornorat.* Passamos por uma placa de um candidato a alguma coisa chamado Ponta. Ele desacelerou e voltou a *apontá-lo*: *Ponta corupt, bandit, criminal, but not încornorat.* Colocaram abaixo o equivalente em área a um *arrondissement* parisiense para construir uma aberração, um prédio que só perde para o Pentágono em tamanho.

A sinagoga principal estava fechada, mas o serviço acontecia no *Shul*. Cheguei lá perto das 6 e saí às 8, pouco antes do *shofar*. Não queria perder o taxista, que chegou na hora que tínhamos marcado. Ouvi um cântico especialmente belo. Sem palavras, ele ia num crescendo encorpado. Observei as pessoas. Protegendo os bancos das mulheres dos olhares masculinos, corria um trilho com uma cortininha rendada. Fazia sentido, evitava a dispersão na hora da reza, muito embora elas estivessem um pouco desleixadas para a data. Para compensar, uma ou outra exagerava nos adereços, bem no estilo *fitosi*. Havia senhoras com um véu nos cabelos. As crianças eram ingovernáveis. Reinava o medo judaico de dar um puxão de orelhas pedagógico. Um menino jogou a kipá no chão, pisoteou-a e o pai riu como um *meshugge*. Um baixinho apertou minha mão como se fôssemos velhos amigos e moderei na pegada para não quebrar a dele. O pior é que, por um instante, eu desconfiei que já nos conhecíamos.

Quando tudo terminou, fui jantar com estilo no *Caru' cu bere*. Na volta para o hotel, eu sabia que a tarifa era de 3 euros, ou 12 lei. O motorista terminou de acender um cigarro e, antes de dar a partida, disse que eram 50 lei. Perguntei bem alto num italiano eslavizado se estava escrito *corupt, bandit, criminal* na minha testa? É importante usar rápido as palavras novas, assim elas se fixam. Ele recuou e tentou salvar a dignidade dizendo que era a tarifa noturna. Ficou por 15.

As lembranças se encadeiam como se eu precisasse botar os pés na Romênia para desempoeirar umas tantas imagens ligadas ao país. Onde ficaram elas nesse longo intervalo em que não as acessei? Uma vez eu lia o jornal na praça Buenos

Aires, em Higienópolis, quando uma mulher vistosa puxou conversa. Tinha os olhos claros, leve sotaque do sul. Era só um pouco mais velha do que eu. Levemente desengonçada, talvez porque de constituição grande, usava um sutiã antigo, pontudo. Por alguma razão, ela me achou com cara de confidente. Estava voltando da farmácia de manipulação ali perto, mas percebia-se que usava a melhor roupa e uma maquiagem quase ostensiva. Eis uma mulher que, antes de curtir sexo, curtia o desejo que despertava.

Contou que vivia num apartamento modesto no coração de Santa Cecília, um presente do falecido benfeitor. Ela fora sua secretária e ele estimulou-a a estudar, possibilidade que não lhe passava muito pela cabeça desde que saíra do Paraná. "Fiquei sem chão com a morte dele. Ele cuidou de mim por muitos anos. Era da Romênia, falava muito de Bucareste. Eu dizia: por que você não vai fazer uma visita? Conheço tudo da cidade, sem nunca ter colocado os pés lá. Era uma pessoa boa, mas perdia o prumo quando bebia. Sobrava pra mim, mas eu não me importava. Os herdeiros quiseram encrencar por causa do apartamento, queriam me dar só o usufruto, entende? Mas um advogado amigo disse que não cedesse, que ele queria ir embora sabendo que me deixava embaixo de um teto." O amante morreu de câncer de pâncreas relativamente cedo. "A bebida ajudou," ela concluiu. Uma vez soube por um pernambucano que conhecera um romeno nos Alcoólatras Anônimos. Tudo se encadeia e se concatena. Melhor parar por aqui.

Uma amiga me escreveu: "Meu bisavô deve estar enterrado aí. Só não sei onde." Fui até a sinagoga Josefin. O administrador disse que não ficava com os registros. Eles estavam no *Shul*, perto da sinagoga do Centro – agora em reforma. Lá o secretário disse: "Aqui já não temos mais nada. Vá direto ao cemitério. Mas se apresse porque amanhã é feriado na Romênia. E à tarde, obviamente, estará fechado pelo *Shabat.* Ah, tenha sorte porque o *gabai* só fala romeno." Fui lá. Ele mora com a esposa dentro do cemitério, ao lado da casa da *Taharah,* onde se lavavam os corpos. Pareceram felizes. E, milagre, conseguimos nos comunicar. Falar romeno é colocar 40% de italiano, 20% de vocabulário catalão, 10% de castelhano, 10% de português, 10% de francês, e deixar os 10% restantes para uma palavra russa, inglesa, alemã ou hebraica, se a comunicação empacar. Funcionou. Um sorriso ainda é o tradutor mais efetivo que se inventou. A tarde estava iluminada apesar de fria.

"Quando ele nasceu e morreu?" Chutei: "Entre 1850 e 1920." Então nos aventuramos entre os túmulos. Ele levou um grande livro com uns rabiscos. O chão era uma profusão de galhos secos, pedras irregulares, lápides partidas e superfícies escorregadias. É claro que me refiro à parte velha – onde as sepulturas mais novas têm 120 anos. A nova está bem conservada. Algumas famílias mandaram fazer pedras novas. Muito Hirsch, Polack, Bloch, Burger e Augenblick, que vi pela primeira vez e achei divertido. Um "piscar de olhos" é quase um epitáfio.

"Já vai escurecer," disse ele a certa altura. Já tinha tirado o limo de várias pedras, mas não correspondiam a quem buscávamos. Outras horas, ele colocava os dedos nas letras e lia-as com as digitais. Na Polônia, tudo está em iídiche ou hebraico. Aqui todos os nomes estão em letras latinas. Mas então ele sorriu e apontou uma casinha, tipo mausoléu. *Caveau, caveau.* Era ali. "Volte amanhã cedo que terei a chave para entrar." Foi uma busca leve, quase alegre. A grande maioria dos judeus romenos que sobreviveu ao Holocausto – particularmente agudo na Transnitra e Dohoroi – emigrou para Israel. E de lá para outros lugares.

É hora de me despedir daqui e achei um restaurante à altura da ocasião: *Le cabul alb*. Lá tomei um *velouté* de cogumelos do bosque cujo aroma era tão especial que não dava vontade de começar a degustá-lo a colheradas, salvo pelo medo de que esfriasse. Entre o magret e a coxa, optei por ela e não me arrependi. Via-se nas rodelas de maçã assada com canela e no adocicado do repolho roxo a mão de alguém que sabia o que fazia. Por fim, optei pelo suflê Eugênio de Savoia, uma obra-prima com leve retrogosto de queijo com um coulis de amora e sorvete de framboesa. Saí feliz com cumprimentos efusivos a uma brigada que, se pudesse, o *Conducator* teria mandado fuzilar por subversão. Que ideologia resistiria a uma cozinha de tanta qualidade?

Na praça da catedral, grifei outro trecho de Herta:

> *A batata era o alimento básico nos campos de trabalho força-do e até hoje, para minha mãe, algo sagrado. Tive que aprender a descascar batatas. Minha mãe exigia que a casca ficasse fina como pele e circular por inteiro, como uma fita enrolada. Ela gritava quando a faca entrava na batata profundamente e quando eu precisava interromper a rotação da faca, rasgando a fita. Ela era capaz de bater em mim quando as rodelas de batata cortadas ficavam desiguais e a superfície de corte, cur-vada. Depois de voltar dos campos, surgiram de sua fome crô-nica uma cumplicidade perpétua com a batata e a minha dis-tância em relação à batata. Como se a própria batata fizesse*

reivindicações quase impossíveis de serem cumpridas, como se exigisse respeito por ela.

Amanhã já não durmo mais no Leste da Europa. Tomara que volte no outono. Aos 61 anos, tenho a mesma sensação que tive aos 17. Este era o mundo engolfado pelos soviéticos depois da guerra. Era o mundo onde, bem ou mal, o nazismo e o fascismo tinham feito os maiores danos. Era justo que o Exército Vermelho fosse louvado e que os penduricalhos da democracia ficassem de lado para a construção de dias melhores. Não somente não deu certo, mas crimes foram cometidos em nome das bandeiras populares. Há 30 anos pelo menos, já sabemos disso. E, como esperado, as agremiações de maior apelo hoje são as da direita. Isso pouco importa para o visitante ocasional. Porque hoje como ontem muitas dessas cidades mantêm um charme de Velha Europa que as torna escala obrigatória para quem não esconde o romantismo.

Sou um deles. Amo o entardecer de inverno nos Jardins Saxônia; os violinos lacrimosos do Gundel; a beleza ultrajante das mulheres de Praga e o desmazelo das filas de ônibus de São Petersburgo. Acumulei relatos pungentes que sempre pensei em colocar num romance, mas desisti. Caso de Kaunas, onde conheci uma judia lituana, residente em Petah Tikva, que estava à procura da irmã gêmea. "Nasci em 1943. Nossa mãe me colocou num orfanato e deu minha irmã aos ciganos. Eu só soube disso recentemente, pela boca de um dos meus benfeitores, no seu leito de morte. Foi ele que me achou aqui nos anos 50 e me levou para Israel. Agora quem está muito doente sou eu. Acendo um cigarro no outro porque já não faz diferença. O médico me liberou. Vim à revelia dos meus filhos porque eu preciso ver essa irmã. Eles não me entendem. É como se eu sentisse que ela sempre existiu. Vou dizer mais: minha mãe é viva, mora em Rishon Lezion. Fui vê-la. Odiei-a quando ela me pediu que não a julgasse à porta de entrada. A visita não durou 5 minutos. Meu pai era um soldado russo de origem armênia. Minha irmã vive entre aqui e o Sul da França. Eu preciso achá-la. Como vou fazer?" São vidas dilaceradas! O que dizer?

Todo dia desperto com uma dorzinha, uma dormência, uma comichão. A partir de certa fase, já não importa que você se comporte bem, que evite beber, que vá dormir leve. O corpo agradece, mas não lhe dá um bônus significativo. Como os maus chefes, ele sabe punir, mas não gratificar. Tampouco importa onde e como você desperte. Se só ou acompanhado, se em Londres ou Porto Velho – nada disso conta. Ao acordar, você vai se submeter a uma verificação compulsória diante do espelho enquanto alonga a musculatura entorpecida. Daqui para frente, vai ser assim. Nada de levantar-se bruscamente para atender o interfone. Há de se ir devagar, com técnica e critério. *Forever.*

O motorista que me levou de volta a Belgrado era de uma curiosidade sem fim. Ele não se conforma de ter desperdiçado uma chance de ficar na Alemanha e de ter voltado para cá por conta de um amor que não deu certo. Com a honra ferida, achou que o melhor era ficar escondido com a família paterna durante uns tempos. Ele fala ótimo alemão e é uma máquina de perguntar. Tem fome de mundo, o que é louvável. "A empresa onde trabalho faz transporte VIP entre Tessalônica e

Viena. Viajo 20 dias por mês, mas ganho pouco. Agora diga: pretende voltar à Romênia?" Claro. "E do que mais gostou?" De conhecer Timisoara, a cidade onde as coisas começaram a mudar. "Gosta de política?" Já gostei mais. "Quantos países já visitou?" Perdi a conta. "Quais os melhores?" Impossível responder. "E os piores?" A Nigéria e mais uns 3. "Onde come-se melhor? Na Romênia ou na Sérvia?" Romênia, de longe. "E as mulheres mais bonitas?" Há uma leve vantagem para a Sérvia. "É bom viver no Brasil?" Sim, entre abril e outubro, se eu pudesse optar. "Qual sua classe social?" Como assim? "A, B, C, D..." Entre B- e C+ "Faz de conta que eu acredito. Quanto tempo fica em Belgrado?" Poucas horas, é só para pegar o avião. "Pena. Podia lhe apresentar a alguém!" A quem? "A um amigo que é *personal trainer* e nutricionista. Se quiser, ele podia dar dicas para perder peso. Ele também faz suplementos vitamínicos. Interessa?" Fica para a próxima vez. "Isso significa nunca mais, já entendi. Tem filhos?" Quanto tempo falta para a fronteira? "Meia hora. Vou parar logo mais para um café, um cigarro e preencher o formulário do carro." OK. "Dizem que falo muito. Mas é melhor do que dormir no volante." Então continue falando. "O Brasil é uma democracia?" Sim. "Você acredita em democracia?" É o jeito. "Você parece VIP. A gente reconhece quem é." Dessa vez você errou. "Você não ri, mas é brincalhão. Quando penso no Brasil, penso num grande coração." Eu penso num fígado inchado. "Você é meu melhor passageiro de 2020." Hum, está sendo um ano ruim então. "*Tja*. Sempre pode piorar."

Paramos no café perto da fronteira. Ele encontrou um colega e ambos conversaram acaloradamente no canto. Daqui vejo a grande cruz que orna a entrada dos vilarejos. O outro passageiro, um sérvio que fomos pegar no aeroporto de Timisoara, desperta no banco de trás e puxa conversa. "Fala italiano?" me pergunta. *Con piacere*. Então ele me contou que tinha chegado de Bergamo. "É mais barato circular pelos aeroportos secundários. Os voos diretos para Belgrado são muito caros." Picado pela curiosidade, e tendo ele dito que era enfermeiro, perguntei. "Você ouviu algum rumor na Itália sobre esse vírus da China?" Ele fez uma expressão de desdém. "É mais uma dessas coisas chinesas. Logo passa, eles devem conter isso por lá." Conversamos o restante do trajeto enquanto o motorista lamentava não falar italiano. "Podemos fazer uma foto quando chegarmos?" Concordei com alegria. "O povo do Brasil é simpático. Fique com meu WhatsApp, se precisar." Então ele mandou uma foto com a família. Um mês mais tarde, fiz um contato, mas já não tive resposta. Até hoje.

Capítulo 4

"Ela não se chama Corona"
(Paris, primeira semana de fevereiro)

Na sala de embarque do aeroporto de Belgrado, as pessoas não se incomodam com os avisos de atraso. Enquanto puderem fumar e dedilhar os celulares, pode cair o mundo. Já não vou conseguir chegar a Paris com a luz do dia. Resolvo comprar uma garrafa pequena de whisky e fico tomando golfinhos enquanto admiro a beleza das comissárias da Air Serbia. Elas fazem pensar nos tempos em que ser bonita era um pré-requisito de admissão. Mamãe ainda hoje fala de como eram lindas as aeromoças da Panair. Uma vez me confessou que gostaria de ter sido uma delas, ainda que fosse só para vestir o uniforme. Papai falava das louras da Panam – empresa que cheguei a conhecer. Já me apaixonei por uma comissária da Ladeco, do Chile. Talvez porque ela tivesse os olhos amendoados de que falava Neruda. A bebida faz efeito. Um amigo me contou que também se enamorou por uma aeromoça coreana que morava em Los Angeles, escala obrigatória no voo para Seul. Ela também gostou dele. Tão intenso foram os olhares que, quando as luzes estavam apagadas, ela levou-o pelo braço até o sarcófago do avião, um compartimento reservado para o descanso dos tripulantes. Lá, sobrevoando o Pacífico, deram livre curso à atração fatal, experiência que repetiram em outras ocasiões. Quando perguntei se o sarcófago não era muito pequeno para esses malabarismos e se os outros comissários assistiam a tudo passivamente, ele me cortou de pronto: "Não estrague a minha história, ela faz tanto sucesso. Por que você me vem com esses detalhes chatos?"

A falta de modos dos turistas chineses chama a atenção do mundo. Ninguém nega que são garantia de faturamento. Foi extraordinário o salto de sair da agricultura de sobrevivência a apreciadores das boas coisas do mundo. Mas não houve tempo para que assimilassem os rudimentos da etiqueta internacional. Isso causa estranhamento e mal-entendidos. No avião, havia um grupo de cantoneses. Reconheci pelo sotaque cantado, uma espécie de cearense do mandarim. As mulheres tinham os pés nas poltronas. Os homens berravam como se estivessem assistindo aos metros finais de uma corrida de cavalo. Mesmo assim, eles têm sido instruídos para não cuspir, não escarrar, não arrotar, não berrar, não xingar e não falar de boca cheia. Há outros ruídos em jogo, estes com direito a cheiro. Estão em transição e cheios de méritos. Foi assim quando os árabes do Golfo saíram do camelo para o Rolls-Royce. Ou quando os russos trocaram a *datcha* adormecida onde faziam as compotas de outono pelas mesas mais cobiçadas de Montecarlo.

É bom chegar a Paris no inverno. Tenho que convir que estava sentindo falta de uma cidade *world class* em 2020. Só peguei avião 2 vezes este ano. Eis uma desintoxicação bem-vinda. Uma assepsia de ambientes. A pergunta agora é: onde ficar? Faz bom tempo que não vou para a região do Vème, onde sei que há boas ofertas entre as estações de metrô Cardinal Lemoine e Monge. Sem qualquer esforço, achei um hotel que ficava diante da Arena de Lutécia. *Pourquoi pas?* Tão logo pude, fui dar um passeio no pátio interno da Grande Mesquita. Almocei um cuscuz lá mesmo, no restaurante que dá para o Jardin des Plantes. Coincidiu com o fim da reza. Senti-me transportado até Tunis, Istambul ou o Cairo. Os cheiros eram os mesmos. Cardamomo, alcaçuz, açafrão, coriandro e chulé de inverno.

Não sei muito da literatura para responder se uma cidade foi mais marcada por um escritor tanto como Paris foi por Hemingway. Conheci *Paris é uma festa* na biblioteca de um kibbutz, aos 17 anos. Na primeira página da edição americana de capa dura, que datava dos anos 1960, constavam letras hebraicas cursivas em que se lia, da direita para a esquerda, o nome do antigo proprietário: *Moris*. Deve ter sido o primeiro livro inteiro que li em inglês. Em parte, eu tinha vivido em pequena escala algumas daquelas delícias de que ele falava. É claro que não tinha degustado ostras da Bretanha com goles de Muscadet porque me faltavam paladar e orçamento, mas tinha lá dado meus tiros em incursões temerárias ao *La Closerie des Lilas* e ao *Le Select*. Algumas passagens do livro continham a sabedoria da *Bíblia*, que, esta, nunca li.

> *Se você não se alimentasse bem em Paris, estava sempre com uma fome mortal, pois todas as padarias exibiam coisas maravilhosas em suas vitrines, e muitas pessoas comiam ao ar livre, em mesas na calçada, de modo que por toda parte se via comida ou se sentia o seu cheiro.*

Podia haver verdade mais frontal?

Ler *A Moveable Feast* entre dois turnos de trabalho na colheita de ameixas me tocou por um par de razões: a prosa em inglês era tão fluída que até um principiante seria cativado por aquele fluxo narrativo, pelos diálogos ginasianos de tão reais. E depois, pelo choque de saber que o livro foi publicado postumamente, depois que ele sucumbiu à depressão – dizem que derivada da impotência – e se matou com o famoso rifle. Aquilo significava que mesmo uma vida recheada de boas recordações estava sujeita às reviravoltas do psiquismo e da amargura. Paris não o imunizara para sempre, apesar de ele se desdobrar em dizer que jamais a esqueceria porque ela fora insubstituível nos dias em que fora pobre e feliz. Durante anos, achei que um certo nível de pobreza era condição imprescindível para a conquista da felicidade, embora Paris fosse uma prova concreta de que um bolso sem francos não preenchia a pleno o coração.

Ao sabor da vida, fui me deparando com templos caros à mitologia de Hemingway. Um foi Oak Park, subúrbio de Chicago, onde ele nasceu. Lá eu pegava o trem com a melhor conexão para o *loop*. Certa vez em Cuba, no *El Floridita,* diante de uma namorada que se divertia e se preocupava com o espetáculo, eu bebi mais de dez daiquiris sem açúcar, ditos *machos,* na tentativa de quebrar o suposto recorde do *Papá.* Ainda na ilha, apertei a mão do pescador Gregorio Fuentes, herói de *O velho e o mar*, que não somente lhe valeu o Prêmio Nobel mas em que, contrariamente aos rumores de que estava morto para a literatura, mostrou-se vivíssimo, embora o livro tenha me parecido enfadonho. Também bebi no *Sloppy Joe's* de Key West e não deixei de pensar nele quando estive na Tanzânia e, meio desiludido com Dar es Salam, preferi ir a

Zanzibar, sacrificando o Kilimanjaro quando ele ainda era coberto de neve. E teve mais!

Por essas e outras, estar neste pedaço do Vème, perto da água-furtada onde ele morou, é como estar em casa. É uma boia convidativa num mar encrespado. Em Paris, sempre haverá Hemingway.

Crescem os rumores de que a eclosão de um vírus novo na China deriva de um chá de asa de morcego que um camponês teria tomado. Filho da mãe! Lembrei da bruxa da história em quadrinhos, a Madame Min, apreciadora dessa tisana. Querendo ou não, eles têm a melhor culinária no mundo. Vai muito além da cantonesa, a mais comum no Ocidente. A taiwanesa, a pequinesa, a de Hunan e a de Sichuan são divinas. O problema é o fetiche em torno da comida fresca. É comum ver animais vivos nos restaurantes, presos em gaiolas, prontos para o abate. É o caso de mamíferos roedores, tipo capivara e paca. Galinhas, faisões e pavões são comuns. E não há restaurante de frutos do mar que não tenha viveiro próprio de lagostas, lulas, mexilhões e de uma infinidade de peixes de rio e de mar. Trazer o bicho bufando à mesa e vê-lo servido numa travessa excita o paladar dos comensais e dá prestígio ao convidado. Agradece-se o anfitrião com um arroto sonoro, sinal de plenitude. Todo mundo à volta vai aderir a esse coral sinistro.

Quem se indigna com o abate de tigres, ursos e rinocerontes para extração de partes que ajudam a virilidade masculina, pode se contentar com insetos fritos de que não há escassez: grilos, tarântulas, aranhas e tanajuras. Se isso pode parecer exótico mas não tentador, tem bichos que são comidos ainda vivos: lula, embrião de pato na casca, cérebro de macaco, ratinhos e sapos – que eles dizem ótimos para problemas intestinais. Ou camarão bêbado, que vem pulando nas chamas da travessa regada a brandy. Ou ainda o exclusivo *ying yang yu* – que é a carpa viva na cabeça, com o corpo semifrito, em que os olhos piscam e o rabo sacoleja enquanto você destrincha a carne.

Com um quinto da população do planeta, era de se esperar que eles fossem inventivos. Daí a associação da China ao vírus. A India não surpreende nesse terreno. Sendo um terço da população composta de vegetarianos, a ousadia é mínima. Quem acha que o prato chinês por excelência é o *chop suey*, tem muito o que aprender. Já tomei um gole de sangue de cobra para mostrar valentia ao meu agente em Taiwan. Comi testículos de galo, um pequeno escorpião na brasa, língua de colibri, olho de carneiro, tartaruguinha e o proverbial ovo preto dos casamentos. Enfim, sou bastante conservador para os padrões de lá. Sou virgem em cachorro, macaco ou costela de jumento. Mas já comi ensopado de alce, rena guisada, filé de urso e sashimi de baleia, tudo isso em outras latitudes do planeta, na escuridão invernal de Saariselkä, para além do Círculo Polar Ártico, na Lapônia.

A China está na berlinda.

Numa rua bem ao lado do hotel, vi a placa: Suzanne Ridgeway – Psychanalyste Psychopraticienne. Se continuar assim, meio indefinido quanto a tudo o que é sério na vida e determinado a viver só o desimportante, eu poderia marcar uma consulta. Não deve ser muito caro. Como abriria minha conversa com Suzanne?

Merci de me recevoir, madame. Puisque nous n'avons que 50 minutes, permettez donc que je sois franc et direct. Je suis en Europe depuis quelques semaines et pendant tout ce temps j'ai été un homme fort heureux pour ce qui est de ma petite vie. Je me suis levé jour après jour de bonne humeur, voire optimiste. Voyez-vous ces messieurs qui fredonnent un air sous la douche? Eh bien, c'était mon cas. Et pourtant dans moins d'un mois, je rentre au Brésil. Et je vous avoue, madame, que je suis pris par le cou par un sentiment assez connu: l'angoisse du retour. Je me sens fatigué d'avance rien que de penser aux discussions stériles qui y sont régle. Un ressenti pareil m'aurait accablé voilà 10 ans. Tout compte fait, c'est mon pays. Aujourd'hui je me fous pas mal de cette notion désuète de patrie ou même de chez moi. Et pourtant, faute de mieux, l'angoisse y est...Vous devez vous demander: à quoi bon d'avoir frappé à la porte, puisqu'il s'agit du déjà vu? Que pouvez-vous faire? Eh bien, je vous le dirai. Je ne suis pas au courant des développements de la science. Toujours est-il qu'on teste des drogues jour après jour. Je vous prierais donc de gribouiller une prescription pour acheter un comprimé qui me permette de vivre la rentrée, pour ainsi dire, à l'abri des mots d'ordre de la droite et de la gauche. Que mes bons esprits ne soient pas pris au dépourvu par la méchanceté des provocations. Que je garde un sourire et renoue avec le côté bienveillant du Brésil. Enfin, que je ne sois pas englouti par la colère et par les débats sens dessus dessous. Si vous ne pouvez pas m'aider, docteur Suzanne, recommandez donc un bar sympa dans le quartier. Et souhaitez-moi bon voyage. C'est tout et au revoir.

[Obrigado por me receber. Como só temos 50 minutos, permita que eu seja franco e direto. Estou já há algumas semanas na Europa e fui feliz durante esse tempo, dentro dos meus modestos padrões de expectativa. Dia após dia eu me levantei bem humorado, quase otimista. A senhora imagina esses caras que cantam no chuveiro? Foi o meu caso! E no entanto, dentro de menos de um mês, eu volto para o Brasil. E eis que isso está provocando a angústia do regresso. Eu já me canso antecipadamente só de imaginar as discussões estéreis que se tornaram a regra por lá. Um sentimento parecido teria me deixado arrasado há uns 10 anos. Afinal, era o meu país. Hoje eu já estou me lixando para essa noção ultrapassada de pátria. E no entanto, isso me angustia. A senhora deve estar se perguntando por que eu bati à sua porta, se já é uma situação conhecida? O que está ao seu alcance fazer? Eu diria que não estou muito atualizado sobre os progressos da ciência. Todo dia se testam drogas novas. Ora, eu lhe pediria que me desse uma receita para comprar um comprimido que me facilitasse a volta para casa, a salvo das vociferações da direita e da esquerda. Que minha boa índole não fique à mercê das maldades e das provocações. Que eu mantenha o sorriso e reate com o lado bom do Brasil. Que eu não seja contagiado pela raiva e pelos debates bizantinos. Se a senhora não puder me ajudar, doutora Suzanne, me recomende um bar simpático no bairro. E deseje-me uma boa viagem. É só. Obrigado.]

Viajar para mim é isso. Gastar tempo fazendo esse tipo de elucubração sem pé nem cabeça.

Ontem fui a um restaurante grego na rue de l'École de Médecine. Vou cumprimentar Miki, o dono, e perguntar-lhe sobre a vida, pensei. Ele servirá uma salada grega com queijo feta, charutinhos frios de folha de uva, um pimentão recheado, uma baklava de sobremesa e, já que chegamos ao fim do mês, um quarto do vinho branco da casa que, graças a Deus, é francês e não grego. Atravessei o boulevard Saint-Michel e já antecipava os prazeres quando vi que o lendário *L'Acropole* tinha fechado as portas. Fiquei zonzo e desarvorado. Que seja pelo melhor para Miki, que nunca escondeu os planos de viver a *retraite* em Lâmia, de onde saiu menino.

É inverno em Paris, mas podia ser primavera. Na noite da sexta-feira, as cadeiras dos cafés da Place de la Contrescarpe estavam tão tomadas quanto em maio. Com o televisionamento dos franceses que chegavam de Wuhan para cumprir a quarentena, as atenções se voltaram para o coronavírus. Asiáticos em visita à França acusam os primeiros indícios de rejeição, ou, pelo menos, de distanciamento cauteloso, especialmente nos bons endereços locais. Nesse contexto, uma chinesa disse à televisão que a filha se recusava a ir à escola porque lá era tratada pelo pior dos apelidos. "Ela não se chama Corona," dizia em desespero. Os restaurantes chineses estão vazios.

No sábado, peguei o metrô para ir à gare de Bercy, onde tomei o trem para Vichy. Na estação Place d'Italie, entrei com vários passageiros num vagão que pareceu inusitadamente vazio. Todos os demais estavam lotados. A explicação estava já à entrada. De pé entre duas fileiras, apoiada nas alças dos encostos, reinava uma chinesa como milhares de outras que vivem aqui. Mas, sinal dos tempos, os passageiros prendiam a respiração ao cruzá-la. E outros tantos, para evitá-la, desistiam de embarcar por aquela porta e iam buscar outra. Eu fui um deles. Paramentada de emissária da morte, ela era pálida, tinha cabelos oleosos, um decote que desnudava um colo esverdeado e enfermiço, bochechas castigadas por erupções recentes e um olhar de peixe vencido. Nos ombros, uma capa preta. Cheguei a pensar que fizesse uma performance para um programa de câmera escondida. E se espirrasse ali? O *nós* contra *eles* dessas horas fragmenta a solidariedade.

Em Xangai, a Bolsa fechou em queda, depois do primeiro pregão do Ano Novo lunar. Os prognósticos são ruins. Espero que a engenharia chinesa, a mesma que permite que eles construam um hospital gigante para os infectados em poucos dias, debele o *demônio*, denominação do Premiê para o vírus. É nessas horas que se vê que a globalização dos padrões de consumo é também indutora da propagação do medo. Na hora de apontar o mal, como acontece em qualquer família, o perigo real é o que vem de fora, nunca o doméstico, a que já estamos acostumados. Até o momento, a marca da crise que abala o mundo foi a voz da mãe que, para defender a filha, bradava com forte sotaque chinês: *Ere ne s'appere pas Colona*.

Lá vou eu, Vichy.

Capítulo 5

Será que estou só?
(Vichy, de 5 a 16 de fevereiro)

Janeiro de 2020 foi meu mês mais frugal nos últimos 10 anos. Parei de petiscar nos intervalos, reduzi a bebida a um terço do normal e eliminei as frituras. Nos últimos 3 dias, cometi os abusos inevitáveis, mas hoje começa uma nova vida. Saindo de Paris, me distancio das tentações mundanas. No interior, cai o ritmo, despenca a adrenalina e pretendo me voltar mais para dentro de mim. O mundo externo vira puro cenário.

O trem está na plataforma e estivéssemos em outros tempos, o maquinista estaria apitando para apressar os retardatários. Hoje as urgências não combinam com a estridência. Elas chegam sem aviso, com o cutelo afiado. Quem quiser fique alerta para a mensagem digital. O alarme sonoro é só para catástrofes naturais. À hora precisa, as portas travam e a composição começa a se mexer. No café da manhã, comi um croque-madame, aquela grande fatia de pão de centeio, queijo Emmental gratinado, presunto e um ovo. Ao lado, uma saladinha para colorir. Estou com sentimentos ambíguos com respeito a Vichy. Acho que não vou passar nem perto das fontes minerais.

O rapazola, sentado no banco da frente do outro lado da mesinha, percebeu que não gostei da companhia dele e da amiga no trem. Como poderia? Ora, mesmo sabendo que tem coisa errada no aplicativo da geração Y, ela continua se superando. Para não se separar do computador enquanto comia, a moça deixou uma bolsa enorme no chão. Ora, os meus pés ficaram travados, o que me aflige. *S'il vous plaît, mademoiselle...* Ela deslocou a bagagem 5 centímetros e considerou o problema resolvido. Já com câimbra, com as pontas dos dedos entorpecidas, estiquei a perna para o lado esquerdo. Mas aí esbarrei com a bagagem do mancebo. *S'il vous plaît, monsieur...* Ele retirou-a de má vontade, e deixou-a no corredor. Ora, com o trem a 200 km, uma topada quase projetou uma velhinha para Marselha, sem escala. *S'il vous plaît, monsieur, rangez votre valise en haut...* Elevei o tom vários decibéis. Que geração! Durante 3 horas, negociamos espaço embaixo da mesa. Ah, se eu pudesse mandá-los para um treinamento em Wuhan.

A primeira vez que tive essa sensação foi em Aleppo, quando tinha 24 anos. Acordei num pequeno hotel da cidade velha. Então, abri os olhos, sem fazer a mínima ideia de onde estava. Não era ressaca, era só desorientação. Era como se as coordenadas geográficas estivessem embaralhadas. A sensação durou longos segundos. Quando eu ia abrir a cortina para debelar a dúvida, o chamado para a reza ecoou no quarto. Aliviado, matei a charada. Estava na Síria. Naqueles dias de caixeiro-viajante, cobria por terra Damasco, Beirute e Aman num carro-lotação. Dali, ia de avião a Larnaca, Cairo e Atenas. Eu adorava esse circuito. Impressionado com o estado de inconsciência momentâneo, que poderia ter sido um microacidente vascular, desabafei com meu cliente, que era dono de uma cadeia de ótica chamada Kouk Hazar. Ele fez pouco caso da minha preocupação: "Você não teve nada. Mas se continuar viajando assim, um dia vai levar minutos para se localizar." Desde então, voltei a sentir isso algumas vezes.

Hoje essa mesma desorientação foi aguda, prolongada, mas não propriamente aflitiva. Onde estava? Não tinha ideia. Fechei os olhos e ao invés de me desesperar, curti o vazio, fazendo do vácuo diversão, como se tivesse fumado haxixe. Até que me veio a palavra: Vichy. Não precisei sair do quarto para decifrar o enigma.

Não é raro que associe o mês de fevereiro a Iemanjá. Foi uma mãe de santo de Olinda que me falou que sou filho dela. "Tente passar a data perto da praia. Faça a ela uma oferenda de alfazema. Ela adora." Isso foi há muitos anos e lembro que cheguei a cumprir a recomendação. Esse ano, a praia mais próxima está longe e não acredito que Iemanjá aceite presentes no Mediterrâneo, morada de outras divindades. O que posso dizer é que tenho tido dias péssimos. Perdido num apartamento onde custo a me encontrar, não consegui progredir em quase nada na finalização do meu livro. Trabalho uma hora, 2 se tanto, e saio para uma caminhada. Que estranho inverno é esse? Com temperatura de 16°C, perdi o bom humor. Os europeus dizem que um inverno sem frio e neve é campo fértil para germes e vírus oportunistas. Com alguns dias a subzero, mata-se o inimigo e estancam-se os estados gripais.

Logo vou começar a espirrar. Cedo para almoçar, tarde para o café da manhã, decidi comprar frutas no mercado. Cheguei lá ao meio-dia em ponto. A porta corrediça se fechava. *Désolé, monsieur.* Fiquei azul de raiva, mas nada podia fazer. Começo a achar essa cidade esquisita, tem algo de higienista e autoritário nela. Será a associação do nome a um período negro da história da França? Tudo é escasso e caro. Em uma única semana na França, gastei mais do que num mês inteiro na Espanha, Sérvia e Romênia.

Ainda não achei uma posição boa para dormir. Amanhã isso tem que mudar, não há literatura que aguente tanto desequilíbrio. Ontem li que os dias ensolarados estão propiciando a floração prematura das cerejeiras. Fui conferir, mesmo sabendo que não estou em Kyoto nem em Washington. E sim na rue de Madrid, onde elas estão alinhadas em 2 calçadas, reverenciando o sol. Pelo andar do clima, logo teremos uma floração natalina de cerejeiras – justo elas que antes só apareciam em abril.

Tudo começou ruim por aqui. Cheguei ao apartamento numa tarde de sábado. Gostei do pé direito alto, mas estranhei a enorme pintura de uma medusa na parede da sala. Como me concentrar no trabalho com aquele par de olhos vítreos atrás de mim? A proprietária tentou se aprofundar em algumas explicações sobre as amenidades da cozinha e do banheiro, mas eu lhe cortei o elã. *Madame, je suis un homme très basique.* Ela engoliu em seco, meio sem entender. Gente básica não procura apartamentos como o dela. De qualquer forma, Solange – nome considerado antigo aqui, como Fernand – me desejou um *excellent séjour* e disse que eu era o primeiro belga que ela recebia desde que começou a alugar o imóvel. Seria alusão à minha mente quadrada e pouco inteligente, visto que esta é a reputação deles? Ou seria referência a meu francês de Antuérpia? *Je ne suis pas belge, madame.* Não, não era belga. "Ah, bem que fiquei em dúvida. Agora que o senhor falou, vi que é suíço." Deixei para lá. Insulto seria achar que era canadense, onde todos falam como Barney Rubble, de *Os Flintstones*.

Não tive tempo nem interesse em explorar a morada. Na primeira noite já estava familiarizado com a bailarina de estanho, o Buda de bronze, o par de elefantes de mogno de bunda virada para a porta, a *bonbonnière* da mesa central, o mergulhador em ferro fundido, o lustre espalhafatoso, o grande relógio de parede e, é claro, com o olhar perfurante que não desgruda de minha nuca. Foi só na noite seguinte que eu descobri, com estupor, uma cabeça de cavalo enorme a apenas 2 metros da mesa. Como podia? Será que ela estava aqui desde a véspera? Ou era obra do sobrenatural, operada pela medusa, que queria me castigar pelos sentimentos hostis? Será que vi o cavalo desde a primeira hora e o rejeitei? Teria alguma resistência atávica a cavalos pretos? Ou pendurei o blazer na crina e por isso não voltei a vê-lo? Espero que ele se incorpore de vez à paisagem. E não suma nem relinche.

Quando alugo um apartamento desse tipo, tem que ser por pelo menos 10 dias. Menos do que isso, é desperdício porque demoro a aprender como funcionam a televisão, o aquecedor, o wifi, a geladeira, a fechadura, a cafeteira e o chuveiro. Também preciso achar na vizinhança bar, padaria, bistrô, mercearia, quiosque, banco de praça, farmácia e hospital. Se for um imóvel velho, o que não é incomum, verifico a saída de emergência. E vejo da janela se há uma área de escape em caso de incêndio: piscina, árvore, terraço ou carroça de feno. No quarto, testo colchão e travesseiro. Vejo se a lâmpada da cabeceira funciona, brinco com a iluminação e traço mentalmente um roteiro para sair do quarto no escuro para ir ao banheiro. Três passos à direita, porta, mais 6 à direita e estou lá. O computador leva 15 minutos para embalar, depois das ameaças da expiração do antivírus e dos alertas de saturação de memória. Distribuo os livros entre a sala, o quarto e o banheiro e deixo uns óculos baratos à mão em vários cômodos. Isso feito, saio para a prazerosa compra de mantimentos. Então estou pronto para 10 dias, 1 mês. Menos do que isso, não vale o esforço de adaptação, é melhor ir para um hotel.

A tempestade *Ciara* não era para chegar a Vichy. Mas à medida que foi fazendo estragos no Norte, desentocando árvores em Paris e obrigando as companhias aéreas a cancelar voos na Inglaterra, Bélgica e Holanda, eis que os ventos chegaram até aqui na madrugada. Com as portas bem fechadas e as persianas arriadas, *Ciara* achou seus caminhos sem se deixar enganar pela rua pequena, meio na contramão de tudo. Então soprou com fúria, e teve momentos em que parecia que ia levar as portas que dão para a varanda sem flores. Imaginei que seres da minha imaginação estivessem forçando-as de fora com impaciência, beirando a violência. Um pequeno exército de pessoas com os ares veementes de Greta Thunberg. Tenho fascinação antiga pela natureza em fúria. Já vivi um grande terremoto em Taiwan e um tufão ensandecido nas Filipinas, semanas depois da deposição de Ferdinand Marcos. Importante nessas horas é saber ouvir os recados secretos. Foi arrepiante o que senti no meio da tempestade *Ciara*. Sentado no canapé egípcio, foi como se estivesse cercado de fantasmas. Quem viveu aqui? Quantos já morreram nesta sala? E quantos nasceram? O que a medusa quer me segredar? Por que às vezes o olhar dela parece bondoso e benevolente? Mas o que me faz senti-la perversa? A cidade é cheia de ícones neobizantinos, art nouveau, art déco e neoclássicos. Algumas horas eu me senti em Riga, e não na França profunda. Vou ter que aprender a conviver com tudo isso, sob pena de não avançar no meu livro. A pintura da medusa ocupa uma parede de dois metros por dois, e não há como lhe tapar os olhos com um pano. Que se comporte bem. Vi na esquina uma loja de tinta em spray, dessas de grafiteiro. Se ela me ajudar, não lhe tarjarei as pupilas faiscantes.

Quando chego em casa dos passeios vespertinos, deixo no aparador o livro de bolso. E então, antes de sentar para trabalhar, lanço as bolinhas de borracha ao chão, como se liberasse 2 cãezinhos para passear. A missão delas é a de me massagear os pés entrevados. Às vezes somem embaixo do sofá, como se tivessem vontade própria. Não dá mais para trabalhar sem senti-las na planta dos pés. Estamos juntos há quase 3 anos, comprei-as em Braga. De vez em quando me distraio e uma delas escapa para logo voltar. Para quem fica horas sentado, essa dupla é imprescindível. Faz bem à circulação, um pouco de cócegas e, acreditem, diverte. Chego a falar com elas, tamanha nossa intimidade, como se tivessem alma.

Faltam só 5 dias para ir embora e os progressos literários foram discretos. Haja eufemismo. Depois de uma semana de trégua, voltei a sentir que o sobrenatural me rondava, que os objetos da sala entrariam em estranha animação, que o demônio me tocaiava na imensidão dos corredores lúgubres, do elevador de carga quase industrial, que lembra os de um necrotério. Era como se satanás fosse puxar uma cadeira bem na minha frente e, vermelho como brasa, acariciando a barbicha, me dissese: "Vim aqui te dar uma missão intransferível". Senti um arrepio no couro cabeludo. Pontos pretos pareceram se deslocar no chão como se fossem enormes baratas. Então me levantei, fui à janela, tentei estabelecer contato visual com alguém, mas as janelas do bloco da frente estavam fechadas. Liguei a televisão em volume alto e percorri todos os cômodos com disposição beligerante, como se caçasse um ladrão. Abri bruscamente as portas dos armários para não dar tempo a ninguém de fugir e lancei ao vento impropérios em inglês, que é a mais universal das línguas, para que o mal apareça de uma vez, e venha travar um combate aberto. Pena que não podia quebrar nenhum daqueles objetos valiosos para mostrar a ele que não estava com medo. *Come on you fucking sucker. Show me your ass for me to kick it. Go to hell and don't come back here. Stay where you fucking belong. I am not afraid of you.* O inglês soa mais ameaçador nas lides do exorcismo.

Quando o surto terminou, me ocorreu a história de um padre húngaro que morava no interior de São Paulo. Ele tinha fama de ser exorcista. Um amigo levou até ele uma máscara africana que a avó lhe presenteara, sobre a qual tinha ouvido versões conflitantes. Desde que era um amuleto de sorte até as raias da maldição. O padre estava na sacristia. Quando o viu ficou roxo, escarlate. A carótida quase saltou. "O que você tem *nessa* saco? Não abra, eu não *poder* ver. Jogue *em* rio para correnteza levar. Saia de aqui, *sumir de aqui agorra*."

Aqui onde estou, na Auvergne, estão as pessoas mais sovinas da França. Na Europa, são comparáveis aos holandeses. Na Grã-Bretanha, aos escoceses. Muquiranas ao extremo, chegaram a Paris para vender carvão, atividade *suja*, que remunerava mal. Daí que um tostão é um tostão, e tem que ser valorizado. Dizem também que não são hospitaleiros porque são retraídos e desconfiados – como em Minas Gerais. Eles não negam. Gostam das pessoas, mas prezam os discretos, os conservadores, os que escutam antes de falar. Abominam os extrovertidos, os que falam alto e batem na mesa para reforçar as palavras. Por fim, estão perto de tudo e no meio de nada. Vivendo no miolo da França entre montanhas e vulcões, não têm trem veloz para Paris. Mas para quê? Donos de um sotaque engraçado, bem caipira, seu orgulho mundial é a fábrica da Michelin. E as fontes térmicas. Em vez de *assim*, eles dizem *achim*. Em vez de *ça c'est sensa-tionnel*, ou isso é bacana, eles dizem *cha che chenchachionel*. O ex-presidente Giscard D'Estaing falava assim. Ou *achim*.

Estive com um editor francês, que fala como os locais. É um homem conhecido no país inteiro. Rememorando o passado de viagens pelo mundo, ele contou um episódio que gostei de ouvir porque é ilustrativo de uma época que eu também vivi. Nos anos 1980, quando ia frequentemente a Moscou, ele levava meias femininas na bagagem. Era não somente um presente apreciado pelas mulheres, mas também uma valiosa peça de escambo. Pois contra um par de meias que lhe custava o equivalente a 5 euros de hoje, ele ganhava uma lata de 500 gramas de caviar – de valor pelo menos 100 vezes superior.

"O que mais me afligia era o trem lacrado de Moscou a Leningrado. A *provodnitsa* – aquela mulher antipática, dub-lê de agente da KGB – passava com um samovar fervente, oferecendo chá. Uma vez servido, ela lacrava de novo o compartimento. Era uma loucura." Acho que vamos nos entender. Perguntei-lhe: o que está achando desse vírus na China? Nada bom que tenha saído de lá, hein? Ele só disse: *Cha ch'est pas grave. Ch'est un phénomène chinois localiché*. Na saída, bem à porta da livraria *À la Page,* parei para vestir o cachecol quando uma senhora, do nada, apontou um cachorrinho e a dona dele. Com ar de entendida, disse que abomina os pequeninos. "Sabe, *monsieur*, eu os chamo de *échantillons gratuits* [amostras grátis]. Gosto dos grandes, dos cachorros de verdade, desses que são generosos e balançam o rabo. Mas não desses experimentos de laboratório que latem alto, são mimados, fazem a gente tropeçar e nos mordem os calcanhares. Tenho horror a eles." Por uma vez na vida, eu concordei com um francês sobre o tema. Na passagem anterior por Paris, o livreiro Thibault me disse que enquanto eu não tivesse um gato, não iria conseguir escrever um grande romance.

Ontem li no *La Montagne* os anúncios das vésperas do Dia dos Namorados. Para quem sonha com as francesas, 3 beldades: a) "Olhar azul – Terna, discreta, positiva, sensual, aposentada, divorciada, 66 anos, gosta da natureza, sonha com passeios com um homem simpático de 62-73 anos." [Fiquei de fora porque tenho 61]; b) "Espontânea – Bom astral, vem do meio médico, divorciada, 54 anos, feminina, carinhosa, esportiva, sem encargos financeiros, quer cumplicidade com homem positivo e sincero de 48-60 anos." [De novo, fui desclassificado]; c) "Nicole – 70 anos, divorciada, aposentada, cabelos castanhos, olhos verdes, sorriso irresistível, positiva, convivial, jovem de espírito, quer homem que goste de se mexer, aberto, atencioso, bem intencionado." [Torci o tornozelo, como posso me mexer?]. Afinal, chegou o dia ansiado pelos amantes. Ruas desertas, fazia um frio desumano. Saí de casa às 6 da tarde, sabendo que os bares estariam cheios, pois a vida do interior é assim. Casais são mistérios fecundos no mundo todo.

Na esquina, vi um banquinho vago numa enoteca. Seria de ninguém? *Bonsoir, est-ce que je peux m'asseoir?* E aí disseram: *Oui, monsieur, je vous en prie*. Na falta de querer atrair a piedade em volta pela minha solidão, dei uma olhada nas fotos que tirei de Vichy, de que me despeço talvez para sempre. E vi na tela o entardecer e o quiosque onde todo dia me abasteci de revistas, ao lado do carrossel. Daí pensei no que fiz e em tudo o que queria ter feito, mas que deixei de lado. Vichy é tão sóbria, tão austera, tão espartana que parece mais ser o local ideal para uma aclimatação ao exílio. Nem parece que estamos na França. Em casa, dei uma olhada nos jornais. Há suspeitas que o tal vírus já está fazendo muitos estragos. Daqui até a entrada triunfal dele em território francês, espero cruzar o Atlântico. Será que tem pernas para chegar lá? Duvido. O Brasil desmoraliza até a microbiologia nos dias de hoje. Amanhã volto para Paris. Chega dessa modorra. Preciso do espaço aberto do mundo. Nessas horas, me vejo como um alazão sedento por pista. Bem diferente do cavalo preto da sala na sua imobilidade sinistra. Vou embora sem saudades, feliz em deixar a medusa para trás.

Capítulo 6

O inverno da incerteza
(Paris, de 16 a 20 de fevereiro)

As comemorações do Ano Novo chinês em Paris foram canceladas em devido tempo. O *Fufa Traiteur Asiatique*, um chinês da rue Monge, estava vazio à hora do almoço. Na televisão, fala-se de anulação de muitos eventos voltados para o público chinês, inclusive de um casamento no castelo de Chantilly – palco favorito das bodas de celebridades. A psicologia social – de que pouco sei na teoria – deve ter nessas horas um rico laboratório de análise. Um acesso de tosse no metrô deflagraria a quebra dos lacres de emergência e uma fuga desesperada pelos trilhos. A Paris de hoje seria um bom campo de observação para Camus e Saramago. O primeiro pelo temor epidemiológico; o segundo pelo *contágio* da cegueira.

Adormeci vendo cenas do Recife no telefone. Fosse eu estrangeiro e visitasse a cidade, ficaria apaixonado pela índole do povo, pela profusão das cores, pelo bucolismo dos bairros, pelo sincretismo cultural, enfim, por todos os elementos que se juntam para compor uma cidade musical, literária, fotogênica, povoada por uma gente que, na imensa maioria, a adora. Gente que não se veria morando em outro lugar. Se eu fosse de fora, acho eu, ficaria a tal ponto seduzido que iria querer viver lá. E no entanto, por um desses mistérios da condição humana, tendo crescido nela, me contento em curti-la à distância, fazendo curtas visitas periódicas. Em fevereiro, ano após ano, a vontade de estar lá é quase insuportável. Mas desconfio que tenho medo da felicidade em grandes doses.

Carregando 2 sacolas de livros, saí da livraria *Compagnie*, na rue des Écoles, e decidi caminhar até Jussieu. Mas na altura da *L'Harmattan*, fiquei cansado e sentei num banquinho para recuperar o fôlego. Constato que as coisas que fazia com facilidade antes, agora são penosas. Onde isso vai parar? Até há pouco tempo, tudo era simples, inclusive acordar e dormir. Agora não é mais. Quando desperto, verifico o relógio. Quanto tempo dormi? Desde que passei a usar a máquina contra apneia de sono, tudo melhorou. Não cochilo mais no avião ou no cinema. Dou uma olhada rápida no noticiário, temendo uma reedição do 11 de Setembro. Sem um banho, não há despertar digno do nome.

Enxugar-me já não é uma tarefa tão fácil. Se não tenho os ventos do Nordeste, sento na cama depois de friccionar as costas e vou me ocupar dos pés com as pernas cruzadas, como fazia meu pai. O ritual não acaba aqui. De uns tempos para cá, as pernas passaram a ficar ressequidas, o que pede uma besuntada de hidratante. Agora também levo o dobro do tempo para me vestir. Calçar as meias é a parte mais chata. A outra é amarrar o cadarço dessas botas de montanhismo que decidi comprar num delírio.

Dormir não é fácil. Custa sair do estado de alerta. De madrugada, ainda estou muito estimulado. Então tomo mais uma chuveirada e penteio o cabelo com gel para ficar elegante. De tanto ouvir minha mãe falar que nunca se sabe se um médico não será chamado à noite, sou prudente. Então tomo uma sinvastatina e um Stilnox. Ultimamente também me recomendaram uma aspirina para afinar o sangue. Então leio até que começo a repetir os parágrafos. Já não assimilo mais nada. Feliz, tiro os óculos, desligo a lâmpada de cabeceira e durmo. E amanhã?

Quando cheguei a Jussieu, estava mais disposto e menos negativo, embalado pela constatação de que se não podemos melhorar muito, resta evitar que a piora se acelere. Trata-se de uma negociação em que somos as duas partes e o único árbitro de uma peleja inglória.

Gosto dessa região, à sombra do Instituto do Mundo Árabe. Em 1973, aos 15 anos, saí com meu primo para uma noitada de verão. Com o dobro da minha idade, era de louvar a paciência dele em responder as perguntas que eu disparava a pretexto de qualquer coisa. Viemos aqui para visitar uma amiga brasileira que era psicopedagoga. Ela estava curiosa para me conhecer pessoalmente. Não fiz nada para disfarçar o meu desconforto. Não gostava da ideia de ser objeto de curiosidade da ciência. Ele não sabia se deveríamos descer na estação de metrô Monge ou Jussieu. Ela morava ao lado da Arena. Saltamos numa delas e chegamos ao apartamento pequenino. Era uma paulistana bem entrada nos anos, grisalha, de olhos azuis, que poderia passar por uma religiosa. Chamava-se Clara e falava com o sotaque das atrizes de novela. Tinha uma espécie de simpatia fria a que eu ainda não estava acostumado.

Naquela noite fomos ao *Café de la Gare*. Era um lugar de humor irreverente em que acontecia um espetáculo sem roteiro, num núcleo criado por Coluche. Tinha o dedo de um certo

Bertrand Blier, autor de um livro de que eu não gostara e ali se misturava gente que mais tarde ganharia notoriedade como Depardieu, Patrick Dewaere e Miou Miou. Boa parte das *gags* era falada em *argot* parisiense, numa profusão de gírias, muxoxos e onomatopeias que não me agradavam. Naquela época, eu já começara a amar ler textos teatrais que ajudavam a destravar o francês. Mas lia Molière, Courteline, Feydeau e, pouco mais tarde, leria tudo de Pagnol. Perdi boa parte das piadas, mas eles pareceram gostar muito. Na esticada que se seguiu, antes que o metrô parasse de circular, eles me explicaram alguns dos jogos de palavras cuja sutileza eu não tinha captado – até por falta de repertório de vida.

Conheci outros amigos brasileiros do meu primo. No convívio com alguns, vi aberrações. Uma delas era o hábito de roubar livros das livrarias. Havia uma carioca linda. O fato de ser meio desorbitada só agregava em encanto. Ela amava as manifestações. Se tinha medos interiores, eles estavam bem ocultados por um desassombro catártico. Ela incorporara o espírito da cidade em que as pessoas aderiam às causas por esporte, sem entender o que estava em jogo, mas para gerar uma solidariedade em cadeia. Cinco anos depois de Maio de 1968, o espírito insurrecto estava vivo sobre os lendários paralelepípedos. Um dia ela entrou numa pequena livraria do Quartier Latin e se serviu de dois livros que colocou na bolsa. Levei um choque. E o pior, tive a nítida impressão de que o responsável vira a cena. "Viu sim, cara, claro que viu. Mas ele sabe que, no meu caso, esse furtinho vai resultar em benefício para ele. Que eu sou uma pessoa que vai lutar para que os oprimidos virem patrões, para que quem tem grana sobrando divida com quem não tem nada, sacou?" Dia desses pesquisei o nome dela. Viúva de um grande advogado, o tempo lhe foi benevolente.

Um fenômeno curioso está ocorrendo em Belleville, um enclave chinês de Paris. À força de acompanhar online a vida dos parentes na China, e de seguir-lhes a rotina de isolamento imposta pelas autoridades, os moradores de lá quase não têm saído de casa, mesmo estando a meio planeta dos focos do coronavírus. As máscaras que chegam às farmácias e empórios do bairro são prontamente vendidas, e os comerciantes se perguntam se, tendo sobrevivido a uma longa greve sindical, eles terão fôlego para aguentar mais essa provação. A interação das pessoas tem sido virtual – como em Wuhan. Todo dia há um rumor de que um bairro será lacrado, o que só soma ao sentimento de desamparo. Na China, os padrões de convívio estão mudando radicalmente para se adaptar à praga. O que não é radical por lá?

Fui à China pela primeira vez há 35 anos, quando tinha 26. Trabalhei com um chinês logo que cheguei a São Paulo. O pai dele tinha escapado para Hong Kong em 1948. Uma vez ele me contou a história da família. "A gente tinha ouro enterrado no quintal da casa em Xangai. Eu tinha só 9 anos, mas lembro que meu pai voltou lá com documentos falsos para resgatar o que era dele. Era uma missão de risco. Nossa casa já tinha outros moradores, tinha virado alojamento para 20 famílias. Minha mãe disse que eu e minha irmã fôssemos nos despedir porque ele talvez não voltasse. Ele me olhou e disse que esperava que eu cuidasse bem da família, que eu era o homem da casa. Imagina, eu um pivete."

Ele sempre falava bem do pai. Quando nos conhecemos, o velho tinha morrido no ano anterior. "Ficamos brigados uns anos. Foi um longo caminho até a reconciliação. Ele era um chinês da velha escola. Conseguiu desenterrar o ouro com 2 antigos empregados que tinham ficado na China. Nossa vida retomou em Hong Kong. Até que aconteceu o banquete de casamento de uma prima. Na mesa principal, eu fiquei quase diante dele. Eu tinha terminado de comer e coloquei os pauzinhos em posição de *satisfeito*. Então renovaram os pratos e trouxeram um peixe que ainda não tinha passado. Era uma carpa com molho agridoce. Eu me servi de novo, mesmo depois de ter dado sinal de que tinha acabado. Ele não me perdoou. Chegando em casa, disse que aquilo era vergonhoso. Que se eu voltava atrás numa coisa tão simples, se não resistia a um peixe, podia voltar atrás em coisas mais sérias, tipo a palavra empenhada. Ele era durão. Um mês depois, aos 20 anos, eu comuniquei que vinha tentar a sorte no Brasil, talvez com óleo vegetal. Ele nem piscou."

Perguntei: "O episódio do jantar, aquela tentativa de te ferir os brios, era para provocar uma reação?" Ele concordava. "Em parte, sim. Ele queria que eu criasse meu próprio caminho, que fizesse por onde merecer a admiração dele. É o estilo chinês. Não cheguei ao Brasil de bolsos vazios, mas foi pouco o que ele me deu. Valeu a pena."

Tudo tinha começado no jantar de casamento da prima. "Chinês fala por símbolo, sabe? É tudo meio indireto. Levei 20 anos para revê-lo. Ele continuava morando em Hong Kong. Com dinheiro e influência, conseguiu trazer os criados de Xangai, os que o tinham ajudado a desenterrar o tesouro. Quando cheguei lá, os empregados estavam me esperando na porta, como quando eu era pequeno. Eu me senti como um pequeno imperador. O velho estava na sala, ele fumava com piteira. Então me ajoelhei e toquei a testa no chão. Quando ele falou, eu levantei. Ele continuava forte, mas a cabeça estava branquinha. No jantar, ele fez questão de me servir no prato um pedaço de carpa. E riu."

Ele tinha uma foto da mãe na carteira, uma linda chinesa. "Morreu cedo, ele não se casou de novo. Chinês de Xangai é meio aristocrata, sabe? Não é bem chinês de lavanderia, desculpe dizer. No fim do jantar, eu mostrei a ele a foto de meus 2 filhos homens. Minha irmã, que morava nos Estados Unidos, só teve 2 filhas. É verdade que Henriqueta era brasileira. Quer dizer, o sangue não era muito puro, mas aqueles eram os 2 netos que ele tinha. Aí o velho bateu palma e o criado apareceu. Pediu uma garrafa de single malt e dois copos. Eu não posso beber, mas não disse nada. Brindamos e ele estava emocionado. Disse que ia deixar dinheiro para que os netos tivessem uma educação chinesa de primeira. Eu ainda pensei em dizer que eles gostavam de ser brasileiros, mas isso poderia ser mal visto. Naquela noite, acho que me senti em paz pela primeira vez desde 1948, desde que a gente tinha escapado da China. E ele também. Ele disse que a China ia voltar a ser poderosa e que eu preparasse meus filhos para esse mundo."

Meu amigo não viveu para ver os filhos crescerem.

Ontem saí com uma amiga e fomos ao *Atlas*, um restaurante marroquino do boulevard Saint-Germain. Uma mocinha de uns 15 anos me chamou a atenção na mesa ao lado. Imagino que minha filha polonesa seja parecida com ela. Gordinha como o pai, visivelmente gulosa na hora dos doces, tem o nariz arrebitado da mãe e os mesmos olhos claros. "O que você está vendo na garota?" Contaria a história?

"Eu estava de férias em Chicago. Conheci uma polonesa que tinha família em Elmwood Park. Eu estava na casa de familiares que também viviam no bairro. Pegamos o trem um dia para Union Station. Sentamo-nos juntos. Na volta, idem. Com a coincidência recorrente, chamei-a para almoçar no dia seguinte num restaurante russo. Ela topou. Nós nos envolvemos durante 1 semana, talvez 2. Ela ficou grávida. Quando me informou, já estava no terceiro mês. Ela morava em Szczecin, no Báltico. Perguntou como eu me sentia a respeito. Fui sincero. Disse que ela já tinha Kubus, o filho de 10 anos. Que nossa história tinha sido boa, mas tinha acabado. Que eu sugeria um aborto, que a apoiaria financeiramente, mas entenderia se ela quisesse ter a criança. Não é um tema fácil para ninguém. Muito menos para uma polonesa." Minha amiga ficou me olhando com olhos arregalados, quase petrificada, por trás das lentes grossas. "Ainda não entendi a conexão com a *jeune fille* ao lado."

Pedi mais uma garrafa de vinho rosé e continuei. "A mãe disse que nunca mais queria falar comigo. Que eu não a procurasse. E sumiu do mapa. Minha família de Chicago soube pela prima que ela teve uma menina em abril do ano seguinte. Ela se chama Maria e deve ter a idade dessa mocinha ao lado. Além das feições. *Voilà*. Ela reatou com o ex-marido que, para todos os efeitos, assumiu a criança como dele. Eles agora moram em Berlim. Eu estive em Szczecin uma vez à procura do endereço, mas não achei ninguém lá. O nome da mãe é tão comum na Polônia que há muitos milhares. É isso."

No rosto angelical da mocinha, os olhos azulados mal se fixavam na interlocutora. Conversando aos sussurros, incomum entre os jovens, sentada à minha diagonal, não perdia de vista a bandeja de *cornes de gazelle* e baklava. De vez em quando me olhava como se soubesse que eu falava dela e lambia os dedos melados. Alguma coisa ainda parecia incomodar minha amiga. "Você lamenta?" Fiquei pensando em qual seria a resposta certa. Melhor ser sincero. "Nem um pouco. Acho que a mãe fechou questão muito cedo. E depois, sabe-se lá o que disse ao ex-marido. Mas eu ainda queria ver essa menina para não ficar imaginando coisas." As confidências não fizeram bem à nossa pauta original, em que eu tentava convencê-la a escrever suas memórias parisienses.

Ultimamente passei a comprar só os livros imprescindíveis. Os que não o são, trato de lê-los na livraria nem que tenha que ficar 2 horas sentado no café. Muitas vezes eles são tão bons que termino adquirindo-os depois de ter percorrido a metade. Outros eu leio rapidamente; e me atenho ao começo, meio e fim dos parágrafos à procura de alguma gema. Se acho, reduzo o ritmo. Caso contrário, sigo em frente. É tanta coisa para se ler hoje que um pouco de superficialidade não fará mal. Mesmo porque, nos temas preferidos, haverá sempre um certo grau de redundância. E o bom é o ineditismo. Mas hoje – sinal dos tempos – sucumbi a 2 títulos que me pareceram imprescindíveis: *How to live*, de Vincent Deary; o outro é *Being Mortal - Illness, Medicine, and what matters in the End*, de um certo Atul Gawande. Pode bem ser que ambos se revelem uma sopa de chavões. Se forem, terei perdido dinheiro. Importante é essa preocupação. Até há uns anos, teria sido quase impossível que livros assim me chamassem a atenção. Eu próprio não me perdoaria pelo gosto mórbido. Hoje tê-los na cabeceira não me parece de todo despropositado. Pelo contrário, trazem até algum conforto e fazem cócegas no espírito. A caminho dos 62 anos, não quero acreditar que as cortinas estejam perto de se fechar. Mas nunca me perguntei tanto sobre pequenas e grandes coisas. E talvez encontre nessa literatura um empurrão para ler as entrelinhas desse inverno estranho. Estranhíssimo, na verdade.

Capítulo 7

Desculpas pelo que nos tornamos
(São Paulo, 20 a 26 de fevereiro)

Hoje à tarde falei com minha mãe. Foi a primeira conversa desde a chegada ao Brasil. "Você não vem mais por aqui, meu filho?" Então brinquei. "Às 2 da manhã, nós estivemos bem pertinho de Recife, mamãe. Só 10 quilômetros nos separavam." Ela não entendeu. "E por que não veio à minha casa?" "Porque o avião passou direto. O destino era São Paulo. Mas logo vou aí." "E você viu a cidade lá de cima? Estava bonita?" "Recife é sempre bela, mamãe. A música de Carnaval quase chegava ao avião. Mas a viagem não foi tão suave assim..." "O que aconteceu?" "Tivemos uma turbulência feia em Fernando de Noronha. Muito prolongada, durou uns 40 minutos, e o piloto nada podia fazer." Ela sabe das coisas. "Não foi lá que caiu aquele avião da Air France?" "Exatamente, foi lá mesmo."

Ver o Recife do alto não me fez bem. Fiquei tristonho, como se a cidade fosse um presente caro que não estivesse ao meu alcance. Falar com mamãe também me doeu. Feliz de quem tem suas âncoras em Pernambuco e se sacode aos dobrões do frevo. Menos mal que fica rota da Europa, dá para espiar do alto.

Não posso deixar de me perguntar como as pessoas reagiam ao Recife lá pelo fim dos anos 50, quando eu nasci. Para os nativos, não poderia haver lugar melhor. Centro nervoso do Nordeste, na esquina do triângulo sul-americano-afro-europeu, ali de tudo se via, ali tudo se sabia. É de supor que para quem vinha do interior de Pernambuco ou dos estados vizinhos, estabelecia-se de imediato a conexão com um mundo maior. Tanto podia ser a última escala antes de arribar para o Sudeste quanto o ponto de ancoragem definitivo, a doca para atracar a vida. Alguns podiam gostar mais e outros menos, mas como ficar indiferente? Para os poderosos, como acontece aos privilegiados de qualquer lugar, era o marco zero de certo planeta – no caso, o enclave agridoce onde a autoridade e a força ecoavam porque delas se sabe rápido em certas latitudes. Para os remediados, era um oásis a que quase nada faltava.

Austero e sisudo, o Recife podia ser generoso na estratificação invisível de dezenas de subcastas, só visíveis para quem vivia lá, e até hoje desconcertantes para curiosos e maledicentes. Para os desvalidos, era a possibilidade de conseguir um biscate, de sobreviver no subemprego, de acreditar que o céu era o limite, talvez até por acharem que já estivessem nele. Porque para quaisquer que fossem os gostos e bolsos, não faltaria diversão. Para quem chegava por mar ou pelo ar, toda reação era possível. O Recife podia ser um bastião do Brasil profundo – tanto na mentalidade senhorial quanto na vocação libertária, própria das encruzilhadas mercantis. Para todos, invariavelmente, era uma cidade de tentações com seu comércio bem sortido, zonas de boemia consagradas e sólido acervo arquitetônico.

O Recife era seus cheiros: a fedentina dos rios, a que o morador se acostumava. O perfume da mangaba, das frituras de rua e dos ventos vespertinos, que traziam o aroma de biscoito da Pilar, cuja fábrica ficava na zona portuária. A salinidade varria a costa, corroía a beirada dos espelhos e a prataria. Os velhos tomavam a fresca nas calçadas depois da sopa noturna. A criançada fazia descobertas até que a boneca e o carrinho eram esquecidos e outros jogos começavam. Iniciada essa fase, que durava dos 12 aos 20 anos, não podia haver laboratório tão rico. Munidos da lupa certa, víamos que o Recife tinha de tudo. Era sim a terra onde o mundo começava. Seus filhos podiam até rodá-lo. Mas, no final, concluíam que ele germinara ali. Eis um mistério intraduzível. Pertencer ao Recife, era pertencer ao mar aberto. Ser do mundo, é reconhecer essa primazia àquela que, mais do que uma cidade, é um enigma civilizacional. Ser recifense sem bairrismo é querer uma praia sem mar.

Quem chega a São Paulo de madrugada, precisa se apressar. Se trouxer mala, é melhor torcer para que ela não custe a passar na esteira. E aí a ordem é correr para o táxi e pedir ao motorista que saia zunindo. Até as 5:30h, você ainda consegue percorrer a boa velocidade. Mas não pode hesitar um segundo. Isso porque um imenso tropel de carros vem logo atrás, e 10 minutos de atraso podem fazer a diferença entre chegar em casa em 40 minutos ou no triplo do tempo. Quando cheguei, tudo correu bem e às 6:30h eu já estava na sala, abrindo os envelopes que o porteiro me deu, junto com quilos de jornal. Às 7:30h, o barbeiro me recebeu, e em meia hora atualizamos o papo e ele domesticou a aparência Neanderthal. Então foi a vez do pão integral com queijo Minas no boteco e uma salada de frutas. Feitos os pagamentos atrasados, vi que a Sena está tentadora e apostei R$ 40,00 para tentar pagar a viagem que começara em Girona há tanto tempo. Quem sabe? Às 11h, sentei para um café na avenida Paulista. Em dado momento, abandonei os jornais e me peguei pensando na vida. Um casal falava turco ao lado e me perguntou em inglês se era perigoso ir ao Rio. Ela era linda, ele tão tosco. "Há um exagero. Podem ir à vontade. Quem vem de Istambul tem anticorpos contra as malandragens tropicais. Já quem vem de Berna ou Oslo, pode se complicar." Eles riram e concordaram.

E então pensei nos endereços que já tive em 2020. O carrer de la Barca, de Girona; a praça da República, de Belgrado; a rua Lenau, de Timisoara; a Quai Allier, de Vichy; a rue Monge, de Paris. E agora, estava numa rua dos Jardins. Onde estive mais *em casa*?

Os jornais abrem um pequeno espaço para o vírus. O calor é desumano, a chuva para mais tarde é certa e líquida. Amarildo, o garçom, perguntou: "Estava aqui ou no exterior?" Então ri: "Nos dois, rapaz. Quando estava lá, de vez em quando me sentia nessa varanda, conversando com você. Agora que estou aqui, penso que estou lá longe, caminhando onde não conheço ninguém." O peixe chegou justo na hora em que tive a sensação de que não viajava há muito tempo. Parecia que eu chegara há meses, e não há apenas 7 horas.

Não tenho TV em casa. Quer dizer, tenho mas está hibernada. Quando o instalador apresentou 2 controles remotos, ainda na Copa do Mundo de 2018, vi que fora uma compra vã, decorativa. Se tenho dificuldade com 1, o que dizer com 2? Sem distrações da porta para dentro, leio e trabalho. Tem um lado bom. Voltando para casa à noite, filmei, deliciado, a chuva. Como não tinha dormido desde a chegada da Europa, nada impediria o sono. Achei melhor deixar para conferir a Megasena depois para não gastar a noite pensando no que fazer com R$ 170 milhões. Na internet, o que vi? Um político atilado investir da boleia de uma retroescavadeira contra um portão. Ora, almoços pré-carnavalescos no Nordeste são bem regados à bebida.

Quase 2 meses de ausência apagaram da memória o quanto o meu colchão está ruim. É uma ameaça à coluna. Achado o jeito, abri um livro que começara a ler no avião – *Alegría*, de Manuel Vilas –, e esperei que os olhos fechassem. Era meia-noite quando adormeci. De repente, o calor me tangeu da cama. O que era aquilo? Às 03:30h, o celular marcava 27°C. Tomei água, escancarei a janela e ressuscitei um ventilador que não tem mais tela, o que faz das pás expostas uma arma perigosa. Peguei o livro:

> *Desde donde me encuentro, en Póvoa de Varzim, hay menos de media hora en coche a Oporto.*

O que fazia Vilas por lá? Ninguém tem mais amigos na Póvoa do que eu. Adormeci. Despertei às 5h e senti que não dormiria mais. Melhor ir à padaria. Por que o nome de Régis Debray saiu das cinzas? Então estabeleci a linhagem genética: ação direta, o tal político histriônico, a retroescavadeira, a porralouquice tropical.

No e-mail, as mensagens pululam: "Passe o Carnaval aqui no Poço da Panela. Vai ser lindo." "Eletropaulo: aviso de suspensão de serviços." "Poderias estar em Viena em 2 de março?" "Decolar.com - Avalie nossos serviços" "Está lembrado de mim? Duvido. Sou amiga da..." "Trouxe minha encomenda?"

"*Sehr geehrter Herr Dourado.*" "Sei que você já está aqui. Até agora, só desatenção. Não me sinto informada por rede social." Ah, se ao menos não fizesse tanto calor.

Quando vejo a alegoria pueril do filme *Parasitas* provocar releituras da relação entre ricos e pobres, imagino o galardão que teria merecido Zé do Caixão, falecido hoje, que, encarnando seu principal personagem, levou às telas a figura de um obcecado pela mulher perfeita que lhe daria um filho também perfeito. Filmou ainda o criador das bonecas que imitavam os humanos e outro em que um pesquisador se empenha em provar que o amor está morto. Isso sim é transcendência. Autor de *Esta noite encarnarei teu cadáver* e de *À meia-noite levarei sua alma*, Mojica teve escola de dramaturgia e era preciso nervos para frequentá-la. Ele bem que poderia ter feito *A medusa de Vichy* ou *O mistério do enfermeiro de Bergamo*.

Ah, ser publicado no Brasil! Um amigo resolveu me dar uma aula magna a respeito. Na Europa, basta o livro ser bom e o caminho dele para as prateleiras não será tão tortuoso, diz ele. No Brasil, ser bom não é condição bastante. Você precisa mandar os originais para uma editora que vai colocá-los numa gaveta por 1 a 2 anos. Isso feito, eles esperam receber meia dúzia de cartas de recomendação laudatórias das pessoas de respeito no *meio*, o que exige imersão do autor em patotas que tanto azeitam o convívio da panela que ele mal terá tempo de ler ou escrever. Isso feito, o tema tem, de preferência, que falar da exclusão dos menos favorecidos, da violência contra as mulheres, da opressão aos homossexuais, do genocídio dos negros nas periferias, da *precarização* dos empregos e da truculência da direita no poder. Fora disso, dizem, não há salvação na indústria cultural. Se não reunir nenhum desses elementos, o tempo de gaveta poderá ser de 3 anos. Depois que o escritor recebe uma proposta, eles vão preparar o livro, o que é uma fase longa. Se o escritor estiver vivo ao final do processo, parabéns a todas as partes. Se o texto não perdeu o frescor, o autor pode ter perdido o entusiasmo. Segundo ele, essa prática é intencional, esse torniquete contra os autores obedece a uma hierarquização invisível que prega a sujeição deles a um baronato formado por eminências pardas, atravessadores e editores melífluos. Para completar, temos livrarias quebradas, o que vale dizer editoras e distribuidoras fragilizadas. Com tanto stalinismo gerencial, não espanta que a falência do setor não tenha acontecido mais cedo. Por isso os autores que têm algum senso de urgência se tornam pessoas tristonhas e ressentidas. Fiquei desanimado com um diagnóstico tão cáustico. O arremate foi terrível: "Os prêmios são viciados, é tudo carta marcada. E se você for judeu como eu, as coisas pioram muito. Ou você acha que não há antissemitismo no Basil?"

O Jardim Europa é um emaranhado de ruas verdejantes entre as avenidas Brasil e Faria Lima. Com o uber e a navegação por satélite, ruelas que antes não eram tão conhecidas passaram a ter algum movimento de carro. Mesmo assim, o bairro é arborizado e seguro, visto que seguranças privados rondam as casas. Esta manhã, lá pelas 08:30h, entre as ruas Bélgica e Noruega, vi quando um cara numa moto abordou um casal. Não ouvi o que falaram, mas desacelerei o passo e me mantive distante. Ato contínuo, o motoqueiro saiu em disparada e o casal ficou aturdido. "Aconteceu alguma coisa? Vocês estão bem?" "Tudo certo, obrigado. Marquei bobeira, cara. Ele levou o Apple Watch que eu tinha acabado de trazer dos Estados Unidos. Paciência." E eu quem nem sabia que a empresa do Jobs estava agora em relojoaria.

Mais tarde, fui almoçar numa churrascaria do Itaim, não muito longe do assalto. À mesa vizinha, ainda convalescendo de uma cirurgia no quadril, estava o decano do STF, Ministro Celso de Mello, que vai se aposentar em breve. Sempre tive reserva com respeito à Justiça. A bem da verdade, não acredito nela. Nem aqui, nem no Japão, nem na França, nem nos Estados Unidos. Para resumir, acho o Poder Judiciário cosmético e manietado. Prefiro instâncias de mediação paralegais para a arbitragem e a resolução rápida dos conflitos. Mas isso não impediu que tivéssemos uma conversa longa e inspirada sobre Pernambuco, Joaquim Nabuco e Tobias Barreto. Fluente, simples e agradável, ele falou de nossas revoluções pioneiras que nos colocaram na vanguarda da luta pela liberdade. Rara vez tive tarde tão rica em ensinamentos.

Já que falamos de bons encontros, na terceira noite insone, sublinhei na biografia de Paulo Rónai o seguinte trecho:

Um dia, numa das minhas aulas de italiano do colégio Israelita, vi que um de meus alunos não prestava atenção. Ele estava lendo um livro. Era uma gramática portuguesa. Perguntei a ele por que estava lendo essa gramática nas aulas de italiano. Ele respondeu: "Porque vamos emigrar para o Brasil." Eu pedi a ele a gramática publicada por uma livraria húngara de São Paulo, e anotei o endereço. Escrevi a essa livraria, que era muito pequena, pedindo que mandassem uma antologia de poesia brasileira e eu mandaria livros húngaros em troca. (...) Eu sei *que é por causa de um favor muito singular do destino que, enquanto tantos irmãos estão sofrendo e morrendo, ele me permitiu viver em um país hospitaleiro e amável, em condições propícias. Assim, eu tenho sempre tentado não abusar dele e, desde que eu estou aqui, eu não paro de trabalhar. Trabalho para merecer meu destino.* *

Não sei o que dizer, não sei o que pensar. A vontade que dá é de sair pedindo desculpas mundo afora pelo país que nos tornamos. E se piorarmos? Será que ainda é possível?

Papai adorava uísque. Aos 18 anos, eu o acompanhava em doses sorvidas a pequenos goles do 23° andar da rua da Aurora. Ao longe, a barra verde do Atlântico. "Isso me desentope as coronárias. Enquanto beber, não volto ao Prontocor," ele dizia. Adulto, rodando por ceca e meca, passava no bar do hotel e tomava 2 doses. Em casa, fosse no Itaim, nas Perdizes ou em Pinheiros, o ritual era o mesmo. Mas um dia mudou. Morava em Higienópolis quando, voltando do escritório, passei a preferir um copinho de vinho. E o uísque foi sumindo. Salvo, bem entendido, no Recife. Está no carma da cidade. Uísque no Recife é como Ricard em Marselha ou Campari em Positano. Desde quando não passava um pré-Carnaval sozinho? 2000? Enquanto bebo, rememoro carnavais.

Foi em 1990. Cheguei ao Recife na manhã do sábado para voltar para São Paulo já na quarta-feira. No anoitecer de hoje, lá se vão 30 anos cravados, uma loirinha me enlaçou pelo pescoço. De meu alambique, bebemos uísque e, bem ou mal, conversamos. Ela era do Agreste, tinha olhos lindos

---

* "O homem que aprendeu o Brasil: A vida de Paulo Rónai", de Ana Cecília Inpellizieri Martins, Editora Todavia.

e um sorriso luminoso. Ou seria o esplendor de Olinda? Então apareceu o Homem da Meia-Noite, levantando a multidão. Uma vaga de gente com a força de arrasto de um tsunami separou-nos. Enquanto sumíamos um do outro como num naufrágio, juro que não achei que seria para sempre. Ora, não trocáramos telefone, pouco sabíamos um do outro, não tínhamos como nos localizar. Desde então, olho atravessado o Homem da Meia-Noite. Ele levou-a para ele, roubando-a de mim. Lembro da ponta dos dedos das mãos se tocando, aquele ar de daqui a pouco a gente se vê. E depois nos perdemos. Não foi grande amor, não teve tempo. Mas era mais do que uma bebedeira.

Amanhã já volto à Europa, mal se passou uma semana desde a chegada. De novo, só vou ver o Recife do alto. A depender da rota, tem vezes que o avião sobrevoa o Agreste e vejo as luzinhas cintilantes de Garanhuns, Angelim, Lagoa do Ouro, Brejão, Correntes, Bom Conselho. Emparedado na fuselagem luminosa e cheia de referenciais estrangeiros, fico imaginando como seria um desastre, uma explosão que estilhaçasse o avião em milhares de pedaços. Imagino o sujeito que está na estrada de São João e vê cair uma chuva de ferragens, de coletes amarelos, uma coisa parecida com uma perna, malas cujos conteúdos esvoaçam quando estouram no chão. São todos objetos vagamente semelhantes a algumas coisas que ele próprio usa. Até o cheiro de combustível espalhado é o mesmo. E então, ao pé dele, quando vai inspecionar mais de perto o fenômeno apavorante, chuta sem querer uma cabeça ainda encimada por basta cabeleira alva, com as bochechas chamuscadas, um olho ainda na órbita a mirá-lo vidrado. Desperto do transe sob o olhar da aeromoça. *Möchten Sie etwas trinken?* pergunta ela. Levo um susto e me envergonho de pensar o que estava pensando. Ela sorri. *Nein, danke sehr.*

Quando cheguei ao Brasil, o aeroporto de São Paulo estava desolado, os funcionários tensos, todos usando máscara. Na partida, estava bem pior depois que a má notícia se alastrou de vez. Os rumores quanto à chegada do vírus ao país começam a alimentar a especulação. Dizem que o dólar vai disparar. Estou levando uns livros extras na bagagem para a hipótese de pegar uma quarentena no oco do mundo. Não consigo imaginar ter que passar 15 dias sem sair do hotel. Seria enlouquecedor.

Quando o sol nascer no Brasil, já estarei no meio do Atlântico. Amanhã chego a Viena. Meu cliente e amigo só decola dentro de 48 horas. Chegando lá, vou telefonar e encorajá-lo a não alterar os planos. É meu dever dar o exemplo e passar confiança. É disso que vivo: de convencer as pessoas do inverossímil. Tiro meu sustento de persuadi-las de que até a morte pode valer a pena. Acho que faço isso sem dificuldade porque é um mantra que se espelha na ação. O que não me impede de ter genuína inveja desses homens que levam o cachorro à padaria e o tratam feito humanos. Os cachorros da minha vida foram as turbinas. Elas me tiram da cama e embalam o melhor sono. Quem não entende nada ao me ver entrar e sair, é o vigia do prédio. Como pode a aviação permitir tripulantes tão gordos no comando de seus jatos?

"Boa viagem, comandante!"

Capítulo 8

Une valse à mille temps
(Viena, 27 de fevereiro a 2 de março)

Se pensar bem, há quase 40 anos eu emendo uma viagem na outra. Aconteceu de ter intervalos muito curtos. É o caso desta vez. Um de meus primeiros chefes disse com o simpático sotaque lusitano: "O senhor é como um avião. É caro para ficar em terra, só dá lucro no ar." Ri com a comparação e mal imaginava o quanto ela embutia um vaticínio. Ou seria uma maldição? Quem mandou ter que trabalhar aos 61 anos? Por que não fui um poupador agressivo, desses que começam a fazer previdência privada ainda imberbes?

Claro que eu já estou em Viena, rapaz. Eu não falei que ia chegar 2 dias mais cedo? Vou esperar vocês no aeroporto e de lá é que vamos para o hotel, no Centro da cidade. Crise sanitária? Um cacete, bicho, venham embora! Peguem o avião como planejado que estarei à espera dos 2. Eu? Numa espelunca num lugar chamado Fischamend, onde o estalajadeiro vive meio bêbado, mas que tem um quarto onde pretendo dormir muito para recebê-los em forma. É perto do aeroporto. Preocupe-se só com as máscaras, lave sempre as mãos e traga o álcool gel que puder que aqui está em falta. Venham dispostos, vai ser nosso baile da ilha Fiscal, tão cedo a gente vai poder voltar a rodar mundo como antigamente. Não vai tardar para que eles anunciem medidas restritivas. Mas até a cortina fechar, a gente vai ter tempo de voltar em segurança. Alarmista, eu? E não é você quem está dizendo que pensou em não vir, rapaz? Prudência muita, mas sem medo. Desde o mês passado, já nem lembro onde estava, era óbvio que a coisa ia explodir. Não, não. Já que você acredita tanto Nele, senta a pua e venha embora. Não me privem da companhia de vocês porque pode ser que o mundo se feche para a felicidade sem prazo para reabrir.

Em meados de janeiro, quando eu saía da sinagoga de Belgrado, morreu a filha de um amigo pintor em São Paulo. Longe, não pude consolá-lo. Não que soubesse o que dizer. Mas queria ter estado ao lado dele, tê-lo poupado de providências práticas, ter ajudado a que tudo corresse bem. Da Sérvia, troquei mensagens com os amigos que faziam as honras. O que seria dele daqui para frente? Um professor comentou no grupo: "Ele se salvará. Ele sobreviverá à morte dela no médio prazo, o que quer que isso signifique aos 70 anos. A única coisa que eu consegui aconselhar foi que ele se aferrasse à pintura. A cada um seu deus. E a arte é o deus dele."

Em fins de fevereiro, na curta temporada em São Paulo, ouvi-o descrever o infarto que a fulminou. "Era para mim, rapaz, não era para ela. Era minha vez, você sabe disso. Há quantos anos já não tenho esse coração operado? Não teria sido mais justo que fosse eu a embarcar? O que me resta agora é pintá-la, é trazê-la de volta à vida no pincel. Vai ser no cavalete que eu vou aguentar a onda." Estava certo o professor. "E você, o que me conta do mundo?"

Falei da temporada europeia e de tudo o que a tinha antecedido. "2019 foi uma quizomba. Em outubro, me separei. Em novembro, estive em Évora para espairecer. Sei lá se funcionou. No fim de dezembro, baixei acampamento em Girona e saí feito cavalo de bêbado, parando em cada esquina. Mal cheguei, já estou com um pé no avião." Só depois falamos de escrever, das vicissitudes de ser editado no Brasil, e da proximidade emocional que vem unindo os artistas de forma geral. Ele estava otimista. "Pode até ter uma polêmica ou outra estourando por aí. Mas me parece que a classe está mais unida. Deve ser uma espécie de resposta a esses tempos em que ser ignorante virou moda e em que a pouca educação é pré-condição para o sucesso." Achei que a conversa estivesse no fim, mas ele me surpreendeu. "Agora me faça um favor, você que é um homem de muitas histórias. Me distraia. Conte uma coisa entre pai e filha que você já tenha vivido. É disso que estou precisando, e não de vernissage."

Então lhe contei a primeira coisa que me ocorreu.

O ano de 1996 tinha sido de fortes contrariedades, de abulia, típico de cobra quando muda de pele. Nada me motivava. Aos 38 anos, eu estava desmotivado, tocava tudo no automático, sem sentir as vibrações da vida. O estado de alma era de lassidão, de desinteresse, da busca pura e simples de prazeres, como se fosse um tubarão que só pensasse em saciar a fome. Para completar, tive uma contrariedade. Numa operação de rotina, um indiano de trato difícil suspendeu um pagamento que me era devido. Alegou uma cláusula contratual finória e se valeu de uma posição vantajosa para me espremer. Tivemos um encontro na Suíça para resolver o impasse, mas nada aconteceu. Ele estava testando meus limites. Um mês mais tarde, marcamos de nos ver em Nova York. Ele alegou que estávamos perto do fim do impasse, que tinha regras de governança a obedecer. Justo no dia em que eu pensava em jogá-lo no rio Hudson, ele liberou um terço do valor. Mas eu não iria me contentar com aquele cala-boca.

Semanas mais tarde, ele me convidou para o casamento da filha que aconteceria em Nova Déli pouco antes do Natal. Pedia desculpas pelo inconveniente da data, mas seria um grande evento e o numerologista era quem definia a melhor conjunção astral para a felicidade dos noivos. Deveria ir ou só mandar um presente? As festas iam levar 5 dias intensos – começariam no dia 18 e culminariam em 22. Como ele tivera um gesto nobre, resolvi estar à altura. Tomei um voo para Roma e de lá uma conexão da Air India. Cheguei cansado. Ele estava me esperando no aeroporto com um colar de orquídeas de cheiro enjoativo que pendurou em volta do meu pescoço. Passei rapidamente no hotel. Ele exultava. "Vamos logo porque as crianças das famílias vão apresentar um número de saudação aos noivos." Se ele dissesse que iriam me arrancar as unhas a cru, minha sensação talvez fosse melhor. *How lovely*, eu disse.

Nenhum convidado tinha vindo de tão longe. Daí me coube um lugar de honra nas comemorações. Não havia bênção, queima de incenso ou um salamaleque para o qual eu não fosse chamado. Dormir que é bom, nada. Uma bebidinha para driblar o cansaço, nada. Havia mulheres bonitas à volta, é verdade, mas mal eu conversava com uma, já aparecia o *dono*: marido, irmão, pai, tio, primo, avô, amigo. Sentado numa espécie de trono, sonolento, velhos e crianças que chegavam se ajoelhavam à minha frente e me abraçavam os pés. Custei a entender que só os largavam quando eu lhes afagava a cabeça, como se eu fosse o marajá de Jaipur. O que eu não faria para recuperar o dinheiro do calote? Ele me olhava à distância e acenava. A esposa era muito digna. "Meu marido gosta muito do senhor." Será que ela sabia que vivia com um rato? Quando crescia meu instinto homicida, eu ia dançar. No hotel, comprei 2 garrafas de bolso de uísque e dava umas bicadas escondido. Naqueles dias, chegava ao quarto e desfalecia, a ponto de adormecer vestido.

Até que na grande cerimônia de oficialização, quando um elefante entrou no jardim e o noivo chegou montado num cavalo branco, percebi-o nervoso. Por que seria? Ora, o presidente do grupo industrial indiano onde ele trabalhava estava bem ao meu lado. Mais do que isso, me cumprimentou e me deu um cartão. Entretido com os preparativos, o pai da noiva descuidou do detalhe protocolar e o cerimonial me colocou ao lado do chefão, do *big boss*. Será que eu estava mais perto de recuperar o dinheiro confiscado? De longe, ele sorria amarelo. Meus pensamentos eram impublicáveis.

O presidente do grupo era um semideus. Tirou-o de uma escola técnica de Mumbai, pagou a universidade e fez dele seu principal executivo na Europa. E agora, por dever protocolar, ele tinha que assistir impassível aos rapapés que me fazia aquele homem – um dos maiores empresários do mundo, e seu benfeitor. Sobre o que estaríamos falando? Enquanto todo mundo olhava o elefante e a noiva, ele nos vigiava nervosamente. De vez em quando, eu cochichava ao ouvido do homem. "Estive só uma vez no Brasil. Imagino os laços de amizade que o unem a nosso anfitrião para ter encarado uma viagem tão perto do Natal." Eu sorria, apontava o caloteiro, sadicamente, só para perturbá-lo, mas dele só dizia bondades. Teria sido fácil dizer: estou aqui porque ele foi desonesto comigo. Ou ainda: temos um contencioso grave a resolver e, aliás, é bom que o senhor saiba do que se trata. Mas é claro que eu não disse nada disso. Quem garantia que a razão estava toda do meu lado? E que direito tem a gente de arruinar o dia mais supremo da vida de um pai?

Se pensasse bem, meus problemas em 1996 não tinham começado com o calote. Não era justo que jogasse a culpa num dinheiro que pouca diferença teria feito. A questão era que, aos 38 anos, eu tinha envelhecido antes da hora e precisava dar uma guinada. Meu pai estava doente, eu tinha aberto uma empresa a contragosto, tinha comprado um apartamento por impulso e, também sem querer, tinha casado de novo. Agora estava jogando a culpa naquele homem que, embora errado, tinha tido a largueza de me convidar. Ele queria que continuássemos brigando até convergir. Assim é a Índia, um país onde o conflito é permanente sob uma aura da placidez. Acredito piamente que não há viagem perdida.

Então ficamos em silêncio, eu e o amigo pintor, vendo o movimento da rua. Certamente estávamos pensando na mesma coisa.

Não captei nenhum sinal sobre minha volta para casa quando fechei a porta do apartamento de São Paulo. Geralmente, murmuro para mim mesmo um até breve, antes de dar a segunda volta na chave. E recebo da sala, do silêncio marmóreo dos livros, alguma indicação. Dessa vez não houve eco. Será que deixei tudo pronto para nunca mais regressar? Só voltei a pensar nisso quando aterrissei em Viena.

Estou gostando daqui. Para onde vou, levo máscara e álcool. Mas o Dr. Sigmund podia me explicar porque falho tanto nas intenções de visitar sua casa e de respirar os vapores dos

Havanas que ele fumava na Berggasse 19. Sempre aconteceu um empecilho à visita. Uma vez foi falta de tempo. De outra feita preferi ir ao Prater e ver a roda-gigante. Já calhou de querer dormir até tarde, de madrugar numa exposição de Klimt ou de antecipar uma reunião em Bratislava, quando a pressa não tinha sentido. Por que será, Herr Doktor Freud? Amanhã podia ir lá. Mas, pensando melhor, estou evitando aglomerações.

Amo Viena desde 1976, quando vim aqui pela primeira vez. Peguei de amigos que voltaram para o Brasil dois Eurailpass que ainda tinham uns dias de validade. Propus que os cedessem. Apesar de intransferíveis, eu assumiria o risco. Então chamei um gaúcho divertido e sugeri que fôssemos a Viena. Deu certo. Nos cafés, gazeteiros vendiam jornais em alemão, eslovaco, búlgaro, ucraniano, servo-croata, romeno, polonês, russo, húngaro e tcheco. A 70 km de Bratislava, aquela era uma fronteira da Guerra Fria. Informantes espreitavam os ambientes. Prisioneiros políticos eram trocados por espiões. O inverno era gelado, as mulheres belas e os movimentos crispados, codificados, nada inocentes. Bruno Kreisky era hábil negociador. Fui ver a casa de Strauss no canal do Danúbio. Era só uma peixaria. Por fim, eis um fato trivial, pensei. O gaúcho urdia a deposição dos militares no Brasil. Na mochila, levava os originais de *A Ditadura dos Carteis*, de Kurt Rudolf Mirow, de quem era conhecido.

Entendo cada vez mais a expressão inglesa que associa *colapso* à derrocada, ao desmonte. Há de se encarar a vida com humor, sem resvalar para a tragédia, mas até os objetos acompanham nosso ciclo interno. Cada vez que mostro meu computador a um jovem, ele me olha com uma expressão que diz tudo: como pode funcionar ainda? Deve refletir o que ele pensa sobre o dono do computador. Hoje foi o celular que pifou bem na frente da loja da Apple. Na tela, uma frase: "Este aparelho desligou automaticamente por conta de insuficiência de bateria para a tarefa que lhe foi atribuída." Era quase isso. Na hora de recarregar, me queixei com o garçom. *Es wird langsam.* Um amigo do Recife quando volta do médico, sempre diz: "Está tudo a 50%, camarada. Rins, memória, coração, pulmão, fígado e todo o resto que imaginares. Nada mais está sequer a 70%." Acredito.

Falando em saúde, o prato por excelência de Viena é o Wienerschnitzel, o proverbial bife à milanesa. Das recordações que trago da cozinha doméstica, poucas são tão caras quanto os bifes de dona Celina – que trabalhou comigo durante 14 anos. Éramos só eu e ela na maior parte do tempo. Nem sempre ela ia para casa nos fins de semana. Preferia a paz de quem não lhe dava só um trabalho, senão uma missão. Dentro da bolha de felicidade que nos aconchegava, dona Celina, 70 e tantos, mineira, analfabeta, negra e doce, me fazia milanesas crocantes e suculentas. Sobre a crosta dourada, eu espremia limão e lá se ia um, dois, às vezes três bifes. Fiz um comentário a respeito do Wienerschnitzel em rede social, acompanhado de uma foto. Não repercutiu bem. "Você fala muito de comida. Como é glutão. Parece que não tem outro assunto. Como um homem tão ilustrado escreve sobre uma coisa tão trivial? É por isso que não emagrece. Por que não fala da política na Áustria? Por que não escreve sobre o coronavírus? Por que não descreve uma visita às cavalariças? E que tal a queda das bolsas?"

É um massacre.

Já nem me dou ao trabalho de dizer o óbvio: que comida é cultura, que somos o que comemos, que adoro as culinárias do mundo, que um bom prato nos faz esquecer as questiúnculas que nos separam e por fim, que, querendo ou não, vamos à mesa pelo menos 3 vezes ao dia – de preferência para ter prazer. Que outras experiências publicáveis se repetem com tanta frequência?

De vingança, ontem fui almoçar no *Plachutta*, onde se come um memorável Tafelspitz, prato preferido do Imperador Franz Josef I. É uma versão local do nosso cozido. A carne suculenta é servida com um *Rösti* de batata, espinafre, osso com tutano, uma fatia de pão, raiz forte e mostarda de Cremona. Na panelinha, caldo de carne concentrado. É talhado para apetites vigorosos e homens de alma guerreira e altiva. Para acompanhar, Pilsen. De sobremesa, um sorvete de caramelo com uma pitada de flor de sal. Finalizei com um conhaque. Ao sair do restaurante, tive vontade de fumar um charuto ao pé da lareira. Mas então me lembrei de que precisava caminhar pelos menos uns 3 mil passos para ter a sensação de que o Tafelspitz tinha assentado na alma. Pensei em Franz Josef I, nos lautos almoços em que ele entretinha dignitários de um Império de 50 milhões de almas. Eu me senti tão afortunado quanto ele e dei vivas a Viena.

O Papa está doente. Em Zhongnanhai, no coração do poder da China, reina apreensão neste domingo. A capital chinesa está sombria. Lá fora, 3 graus. Desconfortável com a eclosão do coronavírus, o mandarim Xi Jinping recebe a confirmação do que já temia. Uma catástrofe ameaça o Vaticano, logo a cristandade, tão numerosa quanto os 1,3 bilhão de moradores do Império do Meio: estaria o Papa com o vírus? Aos 83 anos, apesar das condições amenas do inverno romano, o que esperar? Como arcar com a responsabilidade, indireta que seja, pela contaminação do homem mais querido do planeta? Como rebater a animosidade contra Pequim, se o pior acontecer? Clima de luto na cortina de bambu. Até os gatos se esgueiram por trás dos vasos imensos.

Enfim, eu especulo. Assim funcionam os que gostam de escrever.

Meu amigo chega do Brasil com a esposa. "Ela está fazendo tratamento para engravidar." "Não me diga." "Estou, sim. Já estou batendo os 40. É agora ou nunca." Sem saber o que dizer, derrapei. "Por favor, não tragam um inocente para esse mundo que vem por aí. Vocês vão perder a alegria de viver."

Eles me olharam com espanto e um meio sorriso, esperando que eu dissesse que estava brincando. No que eu não retirei o que disse, ele tomou a iniciativa. "Nada garante que vai dar certo. Estamos tentando, não é amor? É amanhã que nós vamos para Bratislava?"

Foi impressão minha ou ele piscou um olho?

Capítulo 9

A sobrinha de Gagarin
(Bratislava, 2 de março de 2020)

Meu amigo é um grande cara. Todo ano, lá se vão quase 20, fazemos uma viagem para algum lugar do mundo e botamos a conversa em dia. Às vezes tratamos de negócios. Mas o que conta é o prazer da companhia.

Já percorremos corredores de museus sem nada comentar sobre as peças exibidas. No Topkapi, no Van Gogh, em Yad Vashem ou no Quai Branly. Mas a conversa nunca parou. Pelo terceiro ano consecutivo, ele trouxe a esposa, uma sertaneja divertida, 15 anos mais jovem, e que poderia ser minha terceira filha. Espevitada e irreverente, assumidamente consumista, é uma figura que alegra os ambientes. Ela nos restaura o humor, e nos faz sentir como se estivéssemos viajando com uma sobrinha voluntariosa, com uma amiga mimada. Ela sabe disso e encarna bem o papel. Já ele, além de fino observador, é sábio o bastante para conter os arroubos da mulher, e eu tenho suficiente intimidade com o casal para apontar quando algum de nós extrapola os limites, inclusive eu.

"Você viu o que comprou, menina? Aquele livrinho bonitinho que você colocou na cesta é um dicionário de bolso de alemão vienense. De dialeto local. Para quem não fala sequer o alemão, é de utilidade zero, sabia?" Ela argumenta como pode. "Mas é que eu achei tão lindo, gostei tanto da ilustração da capa. Livro não é só texto. E depois, vai que eu decida um dia aprender o alemão. Aí aproveito e já começo pelo vienense. De partida, já vou falar como o doutor Freud. Estou errada?"

O marido conta uma história ainda mais surreal. "O dicionário não é nada. Imagine que eu fui comprar uns charutos e ela ficou zanzando na tabacaria. Não se aguentando, comprou um isqueiro de 80 euros. Adivinha para quem? Para um primo, que acabou de colocar 5 stents no coração." Ela atalha, não admite injustiça. "Oxente, o que tem de errado nisso? Se ele pelo menos tivesse parado de fumar. Mas como vai continuar, deixa ele pelo menos curtir um isqueiro bacana. Se morrer, morre com estilo. Estou errada?" Inconsciente da compulsão, é uma mulher adorável, por difícil que seja entender isso. "Será que em Bratislava tem loja da Louis Vuitton? Uma amiga postou umas máscaras lindas. Se a gente tem que usar focinheira agora, melhor que seja de uma grife boa. E pensar que eu tinha feito um clareamento de dente. Não vai servir para nada, ninguém vai ver meu sorriso novo. De tão branco, está quase azul-anil. Como o dos sertanejos. Estou errada, amor?"

No trem para a Eslováquia, ela aborda o tema preferido. "Vou te dizer uma coisa sobre meu tratamento para engravidar. Era para ser surpresa, mas vamos lá." O marido arqueia as sobrancelhas e assente. "É o seguinte. O médico falou que talvez venham gêmeos. De repente, de 2 para mais. Já pensou? Seja como for, de 1 você já é o padrinho. Considere isso um convite." Ele atalhou: "Convite, não. Intimação."

Fiquei tocado, meio sem jeito, com dificuldade de achar as palavras, o que não é comum. Na véspera, já tinha cometido uma gafe. Mais do que as palavras, nessas horas conta achar o tom. "Mas minha querida, não faça isso. Eu já me sinto bastante honrado em ter a amizade de vocês. Já estou com mais de 60 anos. Imaginemos que ele nasça este ano. Pois bem, quando ele fizer 20, dificilmente eu ainda vou estar neste mundo. Arranje outro padrinho. Moralmente, já me sinto agraciado." O casal rebateu quase em uníssono. Ele disse: "Não, essa decisão já está tomada. Eu só não quero que venha uma ninhada daquelas de 4 ou 5 bebês. Aí eu quebro na emenda." Entrei na brincadeira. "Nesse caso, peguem 1 deles e me deem para criar. Talvez assim eu me motive para chegar aos 100, se tiver que educar um menininho. Não ia nem mandá-lo para a escola. Ia montar eu mesmo o currículo e ensinar em casa as disciplinas que contam, as que são importantes para uma vida feliz."

Enquanto isso, a paisagem lá fora mudava. Já estávamos na Eslováquia. À noite, voltaríamos para Viena. "O que é que você ensinaria a ele?" pergunta o pai, que ainda não o é. "Aí são outros quinhentos. Qualquer hora dessas conto num de nossos almoços. Podem me cobrar. Mas seria uma educação pouco convencional."

Meu amigo fica surpreso ao perceber o quanto são próximas as 2 capitais. "Pois é, cara, imagina isso aqui na Guerra Fria. Era uma fronteira tensa. A Áustria exercia um baita poder de atração sobre Bratislava. Dos anos 90 em diante, todo serviço doméstico em Viena era feito por eslovacas. E já nem falo dos outros trabalhos." O taxista que nos levou ao castelo com vista para o Danúbio usa máscara. Em alemão, faz o que parece ser seu discurso favorito. "Somos uma espécie de Detroit do Leste.

Temos muitas montadoras. No geral, estamos bem aqui." Meu amigo pede que o sujeito fale sobre o antes e o depois do comunismo, visto que é um homem de 70 anos e viveu bem os 2 regimes. Vou traduzindo os pedaços, mas a narrativa me parece muito monótona e me encarrego eu mesmo de dar os temperos.

"Ele está dizendo que não mudou muita coisa. Antes tinha poderosos e privilegiados, e hoje também. Antes não havia preocupação com dinheiro, trabalho, moradia e educação. Só se precisava de uma ficha limpa com o partido, ou seja, delatar alguém de vez em quando, e não se envolver com quem contestasse o regime. Hoje a ideologia é o consumo. Você até tem dinheiro para tirar férias, mas vive tão endividado com compras e faturas que não pode parar de trabalhar." O motorista parece espantado que suas respostas lacônicas se arrastem por tantas linhas em português. Quando ficamos em silêncio, foi a vez dele perguntar. "Estão chegando de Viena? O que se diz por lá sobre o coronavírus?" Respondi com o que lera no *Kurier*, só para dizer alguma coisa. "É um resfriado de inverno muito forte. Com a primavera, deve passar. Falando nisso, onde podemos comer bem lá no Centro?"

No café, para aquecer o espírito, lembrei-lhes de algumas passagens da última viagem à Rússia, eu que amo o Leste desde antes de nos conhecermos, nos anos 1970. Meu amigo adora uma crônica moscovita. Então contei a última, bastante recente. Estava num hotel da rua Arbat. Era outono, quase inverno. A professora Natália chegou à recepção e me viu em trajes relativamente leves para a estação. Disse que sairíamos direto para comprar um agasalho decente. Era o que eu queria.

Não poderia ficar 10 dias na Rússia com um terno de lã. Gastei pouco mais de U$400 no único anorak em que eu coube. Brinquei com o vendedor, que tinha revirado a loja para achá-lo. "Estou fora dos padrões, desculpe o transtorno." Sensibilizado, traindo os cacoetes humanitários da velha ordem no que ela tinha de belo, ele disse: "Não, de jeito nenhum. A culpa é das fábricas que só fazem os números que vendem. Esquecem-se de nós, os robustos. Todos temos um lugar ao sol." Defendi as confecções. "Mas eles estão certos. É importante pensar no giro do estoque. Caridade é para o Estado. Um pensador nosso disse que se o Saara pertencesse ao Estado, em 3 anos não haveria mais um grão de areia." Ele não entendeu a piada liberal. Quanto a mim, fiquei meio chocado de perceber que em terra de homens grandes, nem assim havia um sortimento adequado às minhas medidas. Saí vestido nele e me achando muito bonito.

O ponto alto do dia tinha sido o almoço perto da Praça Vermelha no *Strana Kotoroy Net* – ou "O país que não existe" –, onde cozinheiros de diversas etnias faziam uma culinária dos pratos mais conhecidos das antigas repúblicas soviéticas. No final, ela acusou vários líderes políticos europeus de fascistas. Não gostei, mas calei-me. Fascista na Rússia também tinha virado genérico. Ou será que sempre fora assim no último sé-culo e só agora estamos mais sensíveis às palavras? Se todo mundo é fascista, ninguém é fascista.

À tarde, fui à Universidade de Finanças de Moscou, onde ia dar 3 aulas durante a semana. Lá funcionou durante boa parte de seus 95 anos o Instituto de Ciências Sociais do qual era egresso, entre outros, Mikhail Gorbachev. Que tinha um es-critório a 2 estações de metrô e gozava de saúde razoável. Os auditórios, os anfiteatros, o restaurante, enfim, as passarelas e a estrutura de poder, tudo tinha um delicioso ar retrô. É claro que, estando em sua *alma mater*, as referências que ouvi sobre Mikhail Sergueievitch eram lisonjeiras. O reitor Ilyinsky me recebeu no gabinete. Disse que talvez o Brasil estivesse precisando de uma *Perestroika*. Engraçado que eles nada falavam de Putin e das próprias necessidades internas de transparência e *Glasnost*.

Quando saí, caminhei até o parque Sokol para esticar as pernas e curtir o frio. Uma mulher bela e vigorosa me chamou pelo nome. "Eu o vi na universidade. Ensino marketing no departamento de Natália. Ela me pediu para dar o passe de acesso para amanhã." Chamei-a para um drinque e ela aceitou, não sem antes fazer certo charme. "Talvez você conheça meu tio Yuri. Ele foi o primeiro homem a entrar em órbita." Ela era sobrinha de Gagarin. "Foi tão estranho. Éramos vizinhos. Um dia ele viajou e voltou famoso. Custei a entender." Só isso já valeu a viagem, pensei. Quando voltei, vi que tinha deixado a janela do quarto aberta. Moscou me fazia bem. Quando vim à Rússia pela primeira vez, há quase 30 anos, o taxista parou e apontou a torre do Kremlin. A emoção me tomou quando pensei em minha tia Alice, que sonhava com o comunismo e venerava Stalin.

"No fundo, você sempre foi meio vermelhinho, não é?", disse meu amigo. "E a sobrinha do astronauta?" quis ela saber. "Comeu ou não?"

No *Slovak Pub*, meu amigo se irritou. "Será que eles não nos atendem direito porque a gente quis sentar longe das outras pessoas? Esse povo não lê jornal não?" Estou acostumado a ver essas reações em quem vem ao Leste pela primeira vez. Há sempre uma espécie de indignação com o padrão de serviço. "É claro que ele não gostou que a gente tenha escolhido essa mesa. Mas foda-se. A gente não vai sentar ao lado de uma penca de chineses só porque é mais conveniente para ele. Veja que ele evita nosso olhar. É uma técnica elevada a arte nessa parte do mundo."

Na saída, eu queria ir à livraria. Uma mulher, acompanhada de uma anciã, me indicou um prédio na mesma calçada. "É aqui mesmo na rua Obdochná. É uma linda livraria, sempre vou lá ver as novidades quando estou na cidade. Se não tivesse que levar mamãe ao médico, iria convidá-los para tomar um café no térreo." Surpreso com tanta simpatia, cavei mais fundo. Será que ela era mesmo de Bratislava? "Sim, sou daqui, mas moro em Berlim. Vim convencer mamãe a me acompanhar de volta. Até a passagem aérea eu já comprei. Queria que ela passasse umas semanas comigo, pelo menos até o mundo ficar mais calmo. Mas depois de certa idade as pessoas se apegam muito a seus lugares, às suas rotinas." Que mulher fascinante. Como espiã, nos tempos da Guerra Fria, faria um estrago. Apesar do aperto de mão estar caindo em rápido desuso entre estranhos, eu precisava senti-la. Ela apertou a minha mão por 3 segundos mais do que o convencional. "Ela gostou, viu? Deve ter visto que, apesar de gordinho, tu és meio safado. Estou errada?" disse minha amiga à guisa de elogio.

Decidimos nos separar por uma hora. Ela queria fazer compras e nós queríamos sentar para papear. "Nessa parte do mundo, eles continuam com a noção de que quem vem do Ocidente tem uma propensão ao vício, os mesmos que eles veem nos plutocratas daqui. Eles acham que a gente gosta de cassino, de prostituição, de uma droguinha, de lugares barulhentos. As gerações mais velhas se torturam com a própria inabilidade para ganhar dinheiro. Esquecem que isso é uma ciência que se desenvolve. Por outro lado, é um pessoal que ama as artes, que tem boas orquestras, bons balés. Mais tarde você vai ver um monte de gente levando flores por aí. São para presentear uma bailarina, um tenor, um regente, depois do espetáculo. Quando os russos esmagaram a Primavera de Praga, a fatura aqui também foi salgada. Dubcek era eslovaco. Saiu de Premiê para guarda florestal, imagina. Mas foram bem providos de cultura, tirando o lixo ideológico."

Meu amigo gosta de Bratislava. "Tem um ar meio pós-guerra, não é? Nossa viagem está indo de maravilha, apesar desse vírus. Você fez bem em insistir. A gente esteve para desistir por um triz. Faltou pouco."

O trem para Viena está apinhado, bem diferente da tranquilidade que imperava na vinda. "Vamos ficar por aqui, coloquem as máscaras. É mais perto da porta, sei que entra um pouco de frio, mas é mais seguro. Tem muito italiano no miolo do vagão." Para distraí-los, baixei a máscara e continuei a história russa para que não cedessem ao sono.

Em Moscou, no dia seguinte à apresentação na universidade, a diretora me convidou para sair. Fez questão de enfatizar que a noite seria só nossa, excluindo ali a possibilidade de incluir a sobrinha do astronauta que entendeu o recado, engoliu a raiva, pegou o agasalho e se retirou. A recepção do hotel estava coalhada de mulheres vestidas de garotas de programa. Quem não era, queria parecer. As que eram do ofício, tratavam de ser discretas para não atrair queixas. Nesse ponto, o mundo está muito igual. Menos mal que Natália passou para me pegar. Vesti-me o melhor que pude porque ela era muito formal, mas não achei um barbeador aproveitável. Fui barbado, com um look de metrossexual. Poucas vezes me lembro de estar com tanta fome. E, como é comum na Rússia, tão ressacado. Ela levou-me a um restaurante do Cáucaso que era tudo o que eu poderia querer no momento. Tomei cerveja e brindamos com vodka. Comi uma variedade de peixes defumados – arenque e esturjão – e, bem depois, *shashliks* deliciosos e aromáticos, com todos os sabores da Ásia Central.

Ela voltou a me mostrar as fotos do aniversário de 55 anos, dos filhos e netos. O marido morreu de leucemia aos 42 anos. Depois disso, ela só se envolveu com uma pessoa, mesmo assim por pouco tempo. Deu a entender que ele bebia. Pedi uma água com gás. Sua vida é o trabalho na universidade, as viagens e as fotografias. Tem uma filosofia muito parecida com a minha. Sonha em conhecer o Brasil e o Japão e tem o defeito de ser péssima ouvinte. Resgatamos nossa experiência comum na Inglaterra, falamos dos colegas de Riversdown e do jovem David Knowles, o mais brilhante do grupo. Depois do jantar, sugeriu que déssemos um passeio. Ela queria a todo custo me mostrar Moscou à noite. Eu lutava contra o sono.

A Tverskaya estava engalanada e atravessamos o rio várias vezes para ver alguns pontos sob ângulos diferentes: o estádio do Dínamo; os cemitérios; a praça da Greve dos Trabalhadores; a casa onde Andropov viveu, bem ao lado da de Brejnev, e a imensidão do parque Gorki. Tudo isso num papo em que só ela falava e não permitia desvios de foco. Fulminou: "Gorbachev foi ingênuo por não ter negociado com vantagem a retirada do Exército Vermelho da Europa." Fiquei perplexo. Como ela sabia que eu estava pensando nisso? Na altura de

Ploshchad Revolyutsii, ela parou o carro para falar sobre as longas férias de 2 semanas que os russos tiram no começo do ano. Disse que é uma tragédia para 90% da população que não tem condições de viajar e passa o tempo bebendo. Ela mesma costuma ir a uma estação termal perto de Veneza fazer alguma coisa pela própria saúde. Disse que se eu quisesse ir, ela estaria lá com uma amiga depois do dia 3. Toma banhos de lama, leva massagens e bebe água mineral. Diz que volta de lá nova em folha. Afinal, chegamos de volta ao hotel. Contou-me que passou maus bocados nos anos 90 – a década da lascívia e da rapinagem. Nessa época, uma engenheira ganhava 20 dólares ao mês. Lembro dessa fase como se tivesse sido ontem. Eu estava lá no dia em que tentaram depor Gorbachev. Eu tinha acabado de chegar do Uzbequistão, mas isso já não vinha ao caso.

No hotel nos reunimos no quarto deles. Eles queriam saber como tinha acabado a história que eu tinha começado no café de Bratislava. "Eu quero saber é da sobrinha do astronauta. A diretora da faculdade é muito chata, você contou porque quis. Estou errada?"

Elena Vasilyevna, a sobrinha de Gagarin, já tinha sido apaixonada por um brasileiro que tocava com Stan Getz. Foi isso o que ela me contou no segundo encontro, no dia seguinte à jornada com Natália, quando me fez uma visita surpresa no bar do hotel. "A diretora é ciumenta, você deve ter percebido. Ela é assim com todos os nossos convidados estrangeiros." Depois de uns tantos drinques, sabendo que iria atravessar o parque, me agasalhei e acompanhei-a até o endereço da Leningradsky Prospekt. Não era longe. Ela então me contou que morou a infância toda na região e herdou o apartamento da família. No mesmo complexo onde residiam os cosmonautas e seus parentes, viveram os inventores dos aviões Ilyushin, Antonov e Tupolev.

"Éramos todos tios e sobrinhos. Éramos conhecidos em Moscou como as famílias voadoras." Ela tentou subestimar o impacto que representou ser sobrinha de quem era. Mas eu não deixei. "Foi ele o homem que disse que a Terra era azul." Ela aceitou o meu convite para jantar no local que escolhesse.

Quando veio me pegar, dois dias depois, de imediato senti que a noite seria mais solene do que eu imaginava. Ela estava ostensivamente elegante num casaco mink. "Era de minha mãe," falou como se pedisse desculpas. Tudo foi perfeito. Saltamos na praça Mayakovskaya – minha estação de metrô favorita – e descemos rumo ao Lago dos Patriarcas. Ela me mostrou a casa de Bulgakov e me recomendou lê-lo. Depois chegamos à praça do laguinho congelado onde Tolstoi ambientou a patinação de Anna Karenina. Lá no fundo, iluminado, estava o restaurante. Comemos bem, adorei o pato, e ambos passamos um pouco do ponto na vodca. Na saída, o frio nos curou. Fomos parando de bar em bar, conversando com os estudantes que vagavam pelas ruas.

Ela me contou muito da vida e quis saber da minha. "Seu dilema é o mesmo meu. A gente sabe que as opções dos próximos 2 anos vão dar a cara do que serão nossas vidas nos próximos 20, ou seja, até a reta final. Daí sermos assim: experimentais, filosóficos e curtirmos tanto uma boa conversa." Apontei o hotel Pekin:" Era onde ficavam os convidados ilustres. Aqui Prestes conheceu Olga Benário, sob o olho da KGB."

Ela perguntou quem eram. Contei. "Tão russo. História bonita e triste ao mesmo tempo." Conseguimos pegar o último metrô. "Amanhã preciso ir a Yugo-Zapadnaya." Ela me mostrou no mapa a última parada da linha vermelha. Quando saltamos, não havia vivalma na rua. Contra os lampiões, os cristais de gelo dançavam. "Vai esfriar muito amanhã. Proteja-se bem."

"Só? Acabou aí?", minha amiga estava desapontada. "Às vezes tu mentes para cima, mas de vez em quando a gente percebe que tu estás mentindo para baixo. É melhor ir dormir. Estou errada?"

Voltei para o quarto. Gosto de ouvir histórias à hora de dormir. Vem da infância quando pedia que mamãe me contasse uma, que podia ser a mesma da última vez. Trouxe isso para a vida. "História do quê?" me perguntam quando peço. Geralmente é sobre a infância. Sempre tive dificuldade de conviver com quem não tinha repertório. A maior falta que me faz uma namorada é justamente à hora de dormir. Mais do que pegar nelas, sentir-lhes o cheiro, o hálito, a sedosidade, as carnes lubrificadas de hidratante e os cabelos, preciso de alguém com quem conversar por 10 minutos, ambos virados para o teto, com as mãos entrelaçadas sob o edredom, repousando sobre a barriga dela. Então, adormeço. Essa é minha versão atualizada de amor romântico.

Capítulo 10

Dilema à margem do Danúbio
(Budapeste, de 4 a 8 de março de 2020)

Não vai ser difícil passar para meus amigos porque Budapeste é minha cidade favorita na Europa. Viajar juntos implica contaminar (ôpa!) o outro com esse entusiasmo de anfitrião. É uma correia de transmissão. Seja qual for a estação do ano, me alegro quando chego aqui. É como se reatasse com a *joie de vivre*. "Depois você vai me explicar direitinho o que você tanto vê nessa cidade. Há uma hora que você fala nela sem parar. Parece o homem da cobra. Que tem coisa, tem. Estou errada?"

Meu coração disparou quando desembarcamos na estação de Keleti, à vista dos prédios polvilhados de fuligem e marcas de bala ancestrais que nunca vi, mas de que sempre falo porque sei que existem. Levei-os para passear pelo cais de Buda e de lá apontei Peste. Eles ficaram mesmerizados, especialmente com a visão do Parlamento iluminado. "Não tem outro mais bonito na Europa," disse meu amigo. "Se você fala do edifício, até concordo. Já se falar da instituição, fico com Westminster. Parlamento bom é aquele confrontacional, que não abaixa a cabeça para o executivo." Ele sorriu. "Onde é que fica Brasília nesse seu espectro?" No dia seguinte, na confeitaria Gerbeaud, enquanto se deliciava com a torta de abricó, cercado pelos óleos vetustos, ele captou a ebulição. "Você curte a velha Europa, não é? Você gosta dessas cidades onde parece que um Habsburg vai entrar pela porta," sintetizou. Até ela, que pode ser meio difícil de agradar, destacou a fotogenia dos lugares. Mas fez ressalvas impiedosas.

"Um dia vou voltar aqui com um dublê de maquiador e cabeleireiro só pra mim. Já sei até quem é. Ele já me disse que topa vir pela passagem e hospedagem, sem cobrar nada. O sonho dele é conhecer a Europa. Aí sim, eu vou postar umas fotos de arrasar no Instagram e viralizar. Porque no que depender de vocês, seus bananas, estou frita. Vocês são uma negação como fotógrafos. Um me corta os pés, o outro a cabeça. Que espécie de *influencer* eu posso ser com dois assessores desses? Estou errada?"

Nunca consegui me libertar de meu primeiro endereço em Budapeste. Fiquei na casa de uma senhora, no número 48 da rua Gogol, quando tinha 19 anos. Desde então, faço por onde me alojar em Peste, entre as pontes Árpád e Margit. Naquela primeira vez, eu tinha acabado de entrar na faculdade. Tudo era tão lúgubre que precisei remexer lá no fundo à procura de reservas emocionais. Ir embora, desistir, partir para a próxima escala, seria uma confissão de fraqueza que eu não podia me permitir. Uma voz interna sussurrava que resistir era importante, se eu quisesse mesmo levar uma vida internacional. Depois, como explicaria a meu pai que uma escala prevista para uma semana fora reduzida a dois dias? Para ele, meu principal acionista, nenhuma adversidade deveria ser forte o bastante para abortar uma missão. E pouco importava que ninguém quisesse conversar comigo, e que blocos de gelo colossais boiassem no Danúbio.

Nessa mesma toada, durante os 4 meses que passei em Israel, aos 17 anos, eu fazia questão de salpicar minhas cartas com episódios que revelassem destemor diante do perigo. Carregava nas cores ao descrever os ataques dos *fedayeen* aos jardins de infância na Galileia. Descrevia como era despertar com os rasantes dos caças que rompiam a barreira do som na passagem sobre o Golã, estilhaçando os vidros do alojamento. Fotografava a carroceria calcinada de um ônibus que os terroristas tinham explodido e posava ao lado do tanque russo abandonado em que as crianças do kibutz brincavam. Indiretamente, me atribuía atos senão de heroísmo, mas de frieza, a virtude que papai mais admirava. Era importante mostrar que tudo estava sempre sob controle, sob pena de ter o crédito cassado. Era uma questão de *rating*.

Queria estar à altura da empolgação dele ao contar histórias da aviação, onde tivera seus começos. "Santiago, meu amigo, que era o piloto naquele dia, perdeu um motor. Era uma pane seca. Depois perdeu o outro, mas manteve a fleuma. Quase planando, todos nós em silêncio ali na cabine, ele conseguiu pousar o Beechcraft num descampado perto de Três Lagoas. Ficamos tão aliviados que abrimos um uísque ali mesmo, sem sair do cockpit, sabendo que tínhamos escapado por pouco. Quando chegamos no dia seguinte a Campo Grande, a notícia já tinha corrido. Não faltou mulher no cabaré para os aviadores. Assim tem que ser um homem. O mundo à volta pode desmoronar, mas ele não perde a frieza. Quando todos estiverem correndo numa direção, ele percebe que o certo é correr para o outro lado. Nunca se esqueça disso."

Eis uma lição que eu daria ao filho do casal amigo, se tivesse que criá-lo. Ao longo da minha vida, eu precisei ser meu próprio Santiago, o homem que zerava o jogo, que mantinha a serenidade no meio da procela.

Meus amigos estavam cansados da viagem de trem. Recolhi-me mais cedo e fiquei no quarto, cortando fatias fininhas de salame de páprica e atualizando minhas anotações. Embora falar do vírus fosse inevitável, eu me policiava para não tocar no assunto na presença deles. Era quase uma indelicadeza e podia comprometer o bom clima pelo período que faltava da viagem. Mas ali na solidão do último andar, nada me impedia de pensar na trajetória do indigitado. Não é que em menos de 2 meses o filho da mãe tinha viajado de Wuhan até a Europa? Mas onde estava a surpresa, se tanta gente viaja a jato? Dentro de menos de 1 semana, o casal já estaria voando para o Brasil. E eu, o que deveria fazer? Acompanhá-los no mesmo voo, antes que os europeus adotassem barreiras uns contra os outros? Valer-me do escudo do Atlântico e correr para os coqueiros do Recife, na paz do Nordeste, onde nenhum mal duradouro podia me atingir? Ficar barricado com meus livros no apartamento de São Paulo, onde eu pouco estivera em 2020? Ou deveria permanecer na Europa até o dia 24 de março, como projetado, sem precipitar a volta? O que me diria papai? Não sei cravar uma opção quando ainda disponho de algum tempo. Não sou um açodado. Nesse ponto, tenho mesmo um quê do aviador Santiago. Tento deixar que as ideias colidam dentro da cabeça e acredito no trabalho silencioso do inconsciente. Pelo menos, é com isso que tento me iludir.

Fechei o computador e desci para tomar um copo de vinho na avenida Vígszínház. Budapeste está menos pulsante. Os motoristas do ponto da frente do hotel, reunidos num quiosque, gesticulavam como quem se queixa do movimento fraco. Pelo não-verbal, dá para separá-los em 3 grupos: os que dizem que o vírus é inofensivo e que uma dose de pálinka com aspirina resolve tudo. Os que até admitem essa possibilidade, mas que acham que o turismo de primavera está ferido de morte e que eles precisam se preparar para o pior. E os mais conservadores, com cara de gatos escaldados, que bebem as palavras dos colegas, nada opinam, fecham o zíper do casaco e apertam o cachecol.

Quando apontei o copo em sinal de que queria repetir o Tokaji, o garçom chegou com a nota que eu não tinha pedido. "A partir de hoje o patrão decidiu que fechamos às 9 da noite. Talvez ele esteja sabendo de alguma coisa que eu não saiba. O cunhado dele trabalha num departamento da Saúde da municipalidade. Desculpe." Estranhíssimo.

Na manhã seguinte, caminhamos da Vígszínház em direção ao Mercado. É longe. "Andaremos o que você quiser e por onde você quiser. Pode visitar seu passado à vontade. Só não nos bote ao lado de chineses e italianos," disse o meu amigo enquanto me passava um boletim informativo em inglês que recebera no café da manhã com várias partes sublinhadas. A coisa estava piorando. No Mercado Central, uma alegria o aguardava, talvez a maior da viagem. Viu as frutas que planta à venda num dos estandes. "Que maravilha. Bem aqui, à beira do Danúbio, uma manga que irriguei com a água de um canal do São Francisco. É o Sertão na terra de Átila, o huno." Com isso, ganhou o dia. "Cidade arretada, viu? Estou adorando. E eu que pensei que depois de Viena seria o dilúvio. Pois não é que não? Gostei de Bratislava e daqui nem se fala. Você moraria em Budapeste?" Sorri com a empolgação daquela alma mercantil e benevolente. "É claro que sim. Aqui, em Moscou, ou no Rio durante o inverno. O bom astral carioca dissipa os juízos sombrios. Só não estou pronto para o Recife"

Ele gosta do diapasão da conversa que entra pelo almoço no mezanino, ao som da orquestra cigana. Nossa amiga deixa a coxa de ganso pela metade e sai para ver as peças de artesanato. Nós dois atacamos a segunda garrafa de vinho. "Onde mais você moraria?" Essa pergunta é um clássico dele, é a forma que tem de tomar minha temperatura, de saber para que lado meu coração pende, o que varia ano após ano. "Sei lá, rapaz. Montevidéu, Sevilha e Tel Aviv são ótimas opções de inverno. Aqui eu poderia passar horas nos banhos termais. O problema é a língua." Ele não desiste de um tema facilmente. "Você que gosta tanto de línguas, nunca tentou aprender húngaro? Não deve ser difícil. Imre, um húngaro que mora há anos no Sertão, fala português perfeito."

"Isso porque ele mora lá, não é? Uma coisa é aprender por necessidade, outra bem diferente é aprender por diletantismo." Então citei Guimarães Rosa:

> *Donde bem, por essas e outras, contam que Carlos V, que desde muito menino teve que estudar uma porção de idiomas, por quantas terras e povos em que reinar, costumava dizer que: o espanhol era para se falar com os reis, o italiano com a mulher amada, o francês com o amigo, o holandês com serviçais, o alemão com os soldados, o latim com Deus, o húngaro com... o diabo.*

Na segunda noite, como evitar as multidões se queríamos ir ao Menza, onde se janta bem e a bom preço? "Esse risco vamos ter que correr." Mesmo assim, conseguimos nos manter à margem do fluxo que vinha da rua. Ao contrário do padrão carrancudo do Leste, ou dos garçons de simpatia mecânica e sorriso de plástico, as atendentes do Menza são genuinamente descoladas. Falam ótimo inglês, conhecem o cardápio, sabem descrever os pratos, riem com vontade e parecem ter orgulho de trabalhar nesse lugar com cara dos anos 1960. Começamos com espumante húngaro. Falamos do Recife de minha infância, das vicissitudes da vida em família, e da catástrofe que já causou o iPhone no convívio humano.

"Esse vírus de que se fala por aí, por violento que seja, não vai causar um milésimo do estrago que fez a telefonia digital. Dê uma olhada à volta, rapaz. Mais da metade do restaurante está de olho no celular. Quem não está trocando mensagens, está fotografando pratos. Quem não está fazendo nem uma coisa nem outra, espia com o canto do olho o visor para ver se a tela brilha. Na Espanha, fala-se de 150 consultas médias diárias ao telefone. Sei que você não gosta da palavra, mas é um troço satânico, cara. Destruiu o convívio humano por dentro, a metástase se alastrou pelo trabalho, pelos amigos e chegou às famílias. Nada indica que vá parar."

Na saída, a linda garçonete Beáta – que nos divertiu falando de como vê o coronavírus – disse que o dono do Menza foi o homem que introduziu o tênis Tisza, de grande sucesso no mercado. "Era uma velha marca húngara. Como no restaurante, ele farejou uma nostalgia pelo retrô e fez sucesso com o design dos anos 70. László Vidak é um homem inteligente. Se duvidar, ele vai arranjar um jeito de ganhar dinheiro com o corona também. Tudo o que ele toca vira *vintage*." Aqui, na Polônia e na República Tcheca, a força empreendedora é valorizada, o empresário vira *cult*.

Enquanto ela foi fazer compras, levei meu amigo para ver a exposição do fotógrafo Thomaz Farkas. Em plena capital húngara, eis que assoma um mundo em preto e branco que retrata os confins da caatinga, as alegrias de um Rio de Janeiro que já não existe – tudo fruto da retina privilegiada desse homem de vida épica e feliz, nascido aqui e crescido no Brasil. Valeu a pena vencer o trânsito paralisado pela chuva. A filha de Thomaz e o genro, meu amigo, estão na cidade. De lá, fomos ao Aszú, onde desenterrei meu repertório. O violinista não precisou insistir para eu abrir com *Les feuilles mortes*, com direito ao poema de Jacques Prévert. Então me deram corda e pediram bis. Ataquei de *Al di la*, emulando Emilio Pericoli, tal como vi pela primeira vez no "Candelabro italiano", no Recife dos anos 1960. A audiência queria mais. Ia concluir com *Impossible*, aveludando a voz igual a Perry Como. No final, recusei os pedidos de *Corcovado* porque o tom intimista não combinava com um tenor *manqué* como eu, mas depois me arrependi de não ter pedido *Estate*, que sabia entoar à la João Gilberto. Na saída, despedi-me com *Que c'est triste Venise*, em que sou convincente como um Aznavour improvisado. Enfim, um charlatão de marca.

Meu amigo levantou um brinde. "Eu conheço gente que sabe ganhar dinheiro, que corre maratona, que cria cavalo e é bom pai de família. De todos essas espécies, eu conheço alguns. Agora que saiba viver a vida igual a você, ainda não vi." E bebemos. Lá no fundo eu me perguntava: será? Ela concordou com ele. "Eu também acho. Cada vez que a gente viaja eu fico com a esperança de que meu marido também fique um pouco assim, mais solto, menos preocupado com os negócios. Mas não tem jeito. Eu também sou da turma da alegria. Gosto de curtir a vida. Pobreza, nunca mais. Vocês nem imaginam o que é vir de baixo. Coitado do meu pai, o coração está por um triz. Meu irmão estava na mesma profissão e foi morrer de desastre, tão novinho. Acho que todos nós morremos um pouco com ele, um pedaço se foi. Por isso que a gente tem mais é que viver. Pensa que para mim é tudo fácil? Vocês nem imaginam o que é fibromialgia. Acordo toda quebrada, cada osso dói. E mesmo assim, ainda quero ter pelo menos uma menina. Até o nome eu já escolhi."

Fez-se um silêncio, tomamos todos um gole de vinho. Sorrindo, ela fechou com sua imagem de marca. "Amor, vi um tênis vermelho lindo por 200 euros. Mas não queria tirar da minha cota, queria que você me desse de presente. É para comemorar suas frutas no mercado hoje cedo. É uma forma de agradecer a Deus. Pelo menos, é assim que eu acho. Ou estou errada?"

Acordei muito cedo e resolvi que dormiria o resto do sono no trem, a caminho de Praga. Passei um bom tempo olhando os telhados do teatro, bem à frente da varanda. Tinha dívidas a quitar com Budapeste e, por menos que quisesse admitir, elas me pesavam toneladas. Quando encontrei meu amigo pintor no fim de fevereiro, em São Paulo, aquele que tinha perdido a filha, um momento de nossa conversa me marcou em especial. Em dado instante, ele ficou me contemplando, e eu percebi uma formação de catarata que descia-lhe sobre o olho esquerdo. Seria por causa da perda recente, como se os olhos estivessem de luto? "E os livros, meu caro? Como vai aquele seu projeto bojudo, o tal romance que você vivia dizendo que devia a você mesmo? Está progredindo?"

Poucas perguntas podiam me causar tanto embaraço quanto aquela. O que dizer? Mas ora, como a história começava em Budapeste, aquele instante matinal era de puro confronto comigo mesmo. Ali estavam as ruas onde passeavam meus personagens em plena guerra. Mais adiante, a Ópera em cuja calçada o casal formado por Eva Klein e Szymon Neuman se viu pela última vez. À direita, o Danúbio, onde o viúvo levava a filhinha Hana para passear, entre duas pontes bombardeadas. Pela dinâmica da narrativa, estacionada há 1 ano, eles iriam morar em São Paulo. E deste ponto não passei. O que faria com aquele projeto que se tornara uma obsessão? Melhor desistir e fazer de conta que nunca tinha existido? Ou, pelo contrário, deveria esquecer do mundo de vez e atacá-lo de frente?

Fui sincero com ele. "Cara, como te falei na época, começou bem. Mas depois parece que eu fui perdendo o elã, me distraí com outras coisas. Lembra de *São Bernardo*, de Graciliano? Em dado momento, Padilha, o dono da propriedade cobiçada por Paulo Honório, diz que vai plantar na fazenda, e que em breve quem chegasse ali veria tratores, descaroçadoras de algodão, mandioca à farta. Então deu com os burros n'água. Depois do fracasso, o credor, ansioso para concluir a transação e ficar com as terras, espezinhou o moral do farrista, que torrou o empréstimo na esbórnia. Perguntava pelos arados, pela serraria, pelas galinhas de raça. Padilha corava de vergonha, tergiversava, pigarreava e pedia um adiamento para liquidar o que devia. Pois bem, meu caro, meu romance está como o maquinário de Padilha, como os pés de macaxeira. Não existe, sorveu recursos a fundo perdido e me dilacerou a autoestima. Não toco nele há meses e vivo encontrando desculpas para adiar."

Ele tratou de me consolar como pôde. "É assim mesmo. Ano passado, passei meses pintando ao deus dará, sem método nem projeto. Hoje deploro cada minuto jogado fora. Depois que perdi minha menina, assumi uma missão tão severa comigo mesmo que voltei a temer a morte. Antes de lavrar minha história com ela, não posso morrer. Agora ou vai ou racha. Não há artista de verdade sem a pulsão da morte na alma, meu caro. Se você não a tem, pendure as chuteiras, vá ler bons livros e ganhar dinheiro. É mais negócio. É melhor nem pensar nas maravilhas que a gente tem para ler, que já estão prontinhas. É o caso de perguntar: vale a pena a angústia da criação?"

Da varanda de Budapeste, vendo o sol nascer, entendi melhor o que ele quis dizer. Mais cedo ou mais tarde, talvez termine meu romance na forma projetada. Especialmente se sentir que a morte está me mordendo os calcanhares, por sinistra que seja a hipótese. Que sina a da literatura! Parece que não combina com dinheiro em conta, poltrona confortável e saúde sobrando. Um escritor tem que ter um mínimo de senso de urgência para escrever. E, ao mesmo tempo, não é bom que o leitor perceba essa manobra. Ser farsante e dissimulado é pré-condição para o desempenho de muitos ofícios na vida.

Capítulo 11

Só não vá morrer bobamente
(Praga, 8 a 11 de março)

Meu pai, admirador do ex-presidente Juscelino Kubitschek, bisneto de tchecos, fez uma preleção antes de nossa partida de estreia na Copa do Mundo do México, em 1970. Disse que estava torcendo pelos tchecoslovacos e que nós, eu e meu irmão, de 12 e 9 anos, devíamos fazer o mesmo. Não queria que os militares faturassem uma Copa do Mundo. E depois, além de se dizer comunista – social, não político, ressalvava –, destacava outras coisas que lhe eram caras naquele povo. "A cidade de Pilsen faz a melhor cerveja do mundo e o time deles é formado por artesãos de cristais da Boêmia e operadores de altos-fornos." Isso calava fundo. Quer dizer que o futebol lá era amador? Totalmente, ele insistia. Mesmo porque não havia ciência alguma em chutar uma bola em gol numa pátria onde se preparava a sociedade do amanhã. Para mim, o quadro mental estava formado. Lindas loiras traziam canecas espumantes para bravos guerreiros que honravam com o suor do rosto o socialismo – este sim, imortal, imortal.

O jogo começou. Quando Petras fez 1x0 para eles, só papai parecia ter gostado. Baixou um silêncio no edifício inteiro. Fui à janela ver o horizonte e espantar a frustração. Não se via ninguém no aterro do rio Capibaribe, nenhum carro circulava na rua da Aurora. "Bem feito, foi um lindo gol. E muitos outros virão, querem apostar? Isso foi um gol de engenheiro, de uma cabeça que sabe matemática, física, russo, química. Que fique a prova para vocês de que até para chutar uma bola, não há aliado que se compare ao intelecto."

Sem camisa, esbaforido, aparentando uma estranha preocupação para quem estava em vantagem no placar, ele se servia de mais uísque. Excitado, ia à janela e gritava: "Milicos de merda, nem pra jogar bola vocês servem." Mas então aconteceu o inesperado. Bastou Rivelino dar uma patada certeira na bola, igualando o marcador, para papai estourar rojões de 12 tiros, eufórico, mais parecendo um louco. "Menino, se acalme, você vai ter um troço," disse mamãe. "Ué, papai, e o socialismo?" Ele nem piscou. "Continuo torcendo por eles, é claro. Mas foi um gol lindo. Não posso vibrar? Foi pelo lado estético, não pelo ideológico." Foram 4 gritos naquela tarde e vários berros até o fim da Copa. Levou 2 anos ainda para que ele infartasse de verdade e passasse umas semanas no estaleiro. Mas nós achávamos que ia ser durante o torneio. De qualquer forma, nunca mais acreditei cegamente num adulto.

Lembrei disso quando chegamos a Praga. A despeito de todas as belezas, dizia eu a meus amigos, a cidade me parece uma dessas pessoas que, por uma razão difícil de explicar, não seduzem de verdade, passado o primeiro impacto. É como se Praga fosse a estrela de um baile de debutantes. Mas que, até por essa razão, não fosse uma cidade-mulher, como o Rio de Janeiro ou Paris. Apesar da legião de admiradores, ela ainda tinha ares de uma moça sem seiva ou condimento, apenas embonecada. Por que seria? Talvez porque ela tenha se tornado mercantil, voltada para o turismo de emoções rasas, o que é uma pena. Na Praga de hoje, não se ouve um concerto inteiro. Mas sim extratos populares de várias peças, à la André Rieu.

Logo depois da queda do Muro de Berlim, esta cidade encantou o mundo. Quando morei na Alemanha, debruçado sobre o Passo de Fulda, era para cá que espichava os olhos, sendo a capital mais próxima da Baviera. Ocorre que a passagem era intransponível. Dizia-se que em Hof, cidade da tríplice fronteira, estava instalado o maior radar do Ocidente. Na época de Vaclav Havel, desci de Dresden até aqui e o coração explodia. Para o lado que nos virássemos, havia beleza, sensualidade e euforia. Hoje Praga é feita para agradar, talhada para vender bugigangas como imãs de geladeira, *t-shirts*, chaveiros, colherinhas banhadas a prata e toda sorte de badulaques feitos na China. É o epítome da capital Instagram. Casais anódinos elegeram-na como cenário para tirar as fotos do pré-casamento, especialmente na ponte Charles. Sou dos que se perguntam como é que permitem o funcionamento de salões de massagem de apelo vulgar ao lado de algumas das igrejas mais belas da Europa. E o que dizer das casas onde peixinhos de tanque mordiscam os tecidos mortos dos pés dos clientes, à vista dos passantes? E dos pubs de Guinness – justamente na terra da melhor cerveja do mundo – em cuja fachada *Praga* está grafada em 10 línguas, e onde você lê cardápios turísticos em tablets poliglotas, que até dialeto de Fukien falam? Chega-se ao cúmulo de vender cristal da Boêmia *batizado,* feito na China.

Mas minha amiga não vê nenhum problema nisso. "Pois eu estou achando tudo lindo, se você quer saber. Quando trouxer Vanderson aqui, vou arrasar. Todo dia de manhã vou botar o danado para me fazer uma escova caprichada, uma maquiagem de parar o quarteirão e ele ainda vai levar uns 3 casaquinhos diferentes para que eu não saia nas fotos com a mesma roupa, feito uma morta de fome. Bem que minha amiga tinha falado que essa é uma cidade de tentações. Ela é do Maranhão e veio encontrar aqui um paquera brasileiro que mora na Noruega. Mas a viagem não saiu como ela queria. O cara pensava assim como você, era meio intelectual, saía todo esmolambado e não quis nem dar um presente a ela. Dizia que o presente era a viagem, a comida e o hotel. Um chato de galocha. Você pelo menos é engraçado. Nem isso ele era. E olha que para ficar com ele, ela recusou um convite para ir a Londres com um empresário cheio da nota, generoso. Deixou de ir porque gosta mesmo é dele. Mas o rapaz não ajuda, é muito mão de vaca."

Meu amigo franze o cenho e se dirige a mim. "Entendeu o recado, não é? Tudo isso é para eu abrir a carteira para ela fazer mais compras." Ela não nega. "Lógico, amor. Essa é nossa última escala. Você não pode mais nem dizer que a bagagem vai ficar pesada porque daqui em diante quem leva peso é o avião. E depois, pelas minhas contas, você ainda deve ter uns 2 mil euros naquele cantinho secreto da carteira. Pensa que sou besta, é?" Ele responde. "Você tem que entender que é importante guardar dinheiro. Não se pode pipocá-lo como se ele fizesse cócegas no bolso. O mundo está cheio de incertezas, amor." Para ela, eis um reforço de argumento. "Um motivo a mais para a gente não ter medo de ser feliz. Se alguma coisa acontecer, a gente pelo menos aproveitou a vida. Por mim eu levava uma coisa de cada loja. Só nosso guia-amigo aqui para achar que é bonito ser pobre. É porque nunca foi. Estou errada?"

É admirável como um casal que se gosta supera essas quizilas com humor e carinho. De minha parte, eu já tinha vivido um romance em que havia uma desconformidade de valores semelhante àquela, mas sem a mesma cumplicidade. No meu caso, a dissonância já era perceptível na primeira semana de namoro e só se agravou. Mas não foi fácil desatar. Foi um vidente tailandês que me acautelou a respeito. "Sua vida vai ter altos e baixos. Mas vejo problemas imediatos no amor. Acabe de imediato o relacionamento que você tem. Não há futuro bom. Seja corajoso." Não lhe dei ouvidos de imediato. É da condição humana viver o desgaste até o fim, até que os fatos se imponham e atestem perda total.

Meu erro fora primário. Tirei-a de uma aprazível cidade serrana e trouxe-a para começar uma vida nova em São Paulo. Ela não estava preparada para aquilo sob nenhum aspecto. O resultado é que se sentiu esmagada pela cidade. A vontade irrefreada de ter coisas era o que a movia. O deslumbramento com a riqueza e a opulência incutiu a convicção de que fora do consumo conspícuo, não havia salvação. Isso naturalmente aumentou o fosso que existia entre nós. Eram poucas as coisas que nos uniam e muitas as que separavam. Os bons momentos sumiram diante dos maus. Quando nos separamos, podia até haver um resquício de ternura, mas era óbvio que tudo fora um baita mal entendido.

Conversamos a três sobre tudo isso. "Vou ler um trechinho do escritor mais famoso dessa terra, autor de um livro que detestei, *A insustentável leveza do ser*. Vamos lá:

Enquanto as pessoas são ainda mais ou menos jovens e a partitura de suas vidas está somente nos primeiros compassos,

*elas podem fazer juntas a composição e trocar os temas, mas
quando se encontram numa idade mais madura, suas partituras musicais estão mais ou menos terminadas, e cada palavra,
cada objeto, significa algo de diferente na partitura do outro."*

Eles gostaram. Ela perguntou: "Por que você detestou o livro? Essas coisas até se parecem contigo." Então eu dei uma
explicação pouco convincente: "Acho lacrimoso, meio charlatão. Mas foi um arraso quando saiu nos anos 1980. Vendeu
milhões." Ela não me perdoou: "Talvez teu problema com ele
seja só inveja. Estou errada?"

Não, não estava de todo errada.

Apesar dos rumores de cancelamento de eventos, a
cidade continua fervilhando. Sempre usamos máscara ao
sair, e desautorizei uma parada num quiosque de salsicha
da Praça Venceslas, puxando-os pelos braços, como se
estivessem para cair num fosso. "O que foi?" Fiquei irritado.
"Cacete, vocês não ouviram a quantidade de gente falando
italiano? Se há uma certeza nessa merda toda é de que os
italianos estão espalhando esse bichinho pela Europa."
Converso com dois judeus religiosos na rua. Eles confirmam:
o Purim vai ser celebrado em Praga. Tradicional festa da
farra judaica, as expectativas são grandes, e o clima de
comemoração era palpável nas imediações da rua Parizska,
onde estão as sinagogas. As cenas de Purim todo ano correm
mundo. Hassídicos saem pelas ruas do Brooklyn, Jerusalém
e Antuérpia fantasiados e, invariavelmente, calibrados de
bebida. É o dia de tomar um porre, de quebrar os ritos da
observância.

Os judeus não são grandes bebedores. Quem já não foi jantar na casa de um amigo judeu e não foi surpreendido por um vinho doce e xaroposo? Ou por espumante *demi-sec* a temperatura ambiente? Nos preparativos para as Grandes Festas, ninguém quer ficar com a parte das bebidas: "Você compra." "Não, compra você." No final, a comida deliciosa termina acompanhada de vinho de consagração, água de coco e refrigerante. "Ah, foi o que eu achei, peguei o que tinha. Da próxima vez, você vai lá e compra," xingam-se os irmãos. Deve ser cultural. Quem bebia álcool eram os inimigos, os cossacos embriagados dos *pogroms*. Assim, é de bom tom mostrar solar indiferença quanto a bebidas. É um dos raros terrenos em que a ignorância é louvada. O que é todo o contrário de nós, os *goyim*, que adoramos comprá-las, e que consideramos nossa educação incompleta enquanto não distinguirmos suco de uva de bom vinho. Mas hoje é Purim. E então todos os gatos são pardos. Para os judeus religiosos, uma frase do Talmude vem em socorro de um porre: "Uma pessoa deve beber no Purim até não mais distinguir entre xingar Haman e abençoar Mordechai." Não é difícil ir atrás do significado do chiste.

A mulher de meu amigo está encantada com a rua Parizska. "Amor, vamos dar um pulo ali na Chanel enquanto ele se distrai com esses homens de cachinhos e chapelão."

Em economia, tudo é expectativa. Foi sobre isso que conversamos em nosso almoço na *Cérveny Jelen*, onde pedimos uma colossal travessa de carne de porco com raiz forte. A lógica do mercado, continuou meu amigo, se baseia em tendências imperceptíveis para o mero leitor de jornal. "O mercado financeiro nada mais é do que a arena virtual onde as expectativas se cruzam. É por isso que um leigo tem dificuldade de entender porque a Bolsa cai na esteira de um vírus detectado a milhares de quilômetros das praças produtoras e consumidoras." Ela não gosta da explicação verbosa. "Amor, pede logo o café e deixa de querer falar difícil. Vamos ali que quero te mostrar uns óculos de sol de arrombar."

É óbvio que estamos chegando a um ponto de inflexão aqui na Europa. Temo que dentro de uns 10 dias, a maioria dos voos seja cancelada, e que vejamos bloqueios de fronteira dignos da Idade Média. Não se pode culpar nada nem ninguém, é um movimento de defesa compreensível, mesmo que pincelado aqui acolá de pânico e politização. Em alguma coisa, vai mudar a vida das pessoas. "Você acha que os hábitos de consumo podem ser afetados, se a gente tiver um agravamento da propagação do vírus?" Fui direto. "Você quer saber se o povo vai continuar comendo fruta? Vai. E muita!" Ele sorriu. "Isso mesmo. Aliás, sabes onde fica o santuário do Menino Jesus de Praga? Depois da alegria do mercado de Budapeste, não custa nada fazer uma oração." Homem prevenido estava ali.

Em Girona, minha meta era a frugalidade. Em Belgrado, relaxei, mas não muito. Em Timisoara, o cardápio foi mais gastronômico e menos copioso. Em Paris, saí um pouco do eixo e em Vichy voltei à forma. Em São Paulo, a temporada foi curta demais para maiores estragos, mas de Viena para cá temos feito nossos festins pantagruélicos – ou comilança mesmo. Isso já estava previsto. Mas não deixava de ser melancólico constatar que, contrariamente ao desejo que formulara em Girona, Atenas voltara a triunfar sobre Esparta.

Mantinha os exercícios físicos no mínimo e a cabeça ligada em tudo à volta. Nada bom.

A comida tcheca é rústica, feita para paladares robustos e destemidos. Do dicionário dessa gente rotunda não consta o verbete colesterol – tal como o imaginamos, pelo menos. As pessoas se esbaldam com joelhos de porco bem torneados, vigorosas salsichas defumadas, chucrute com nacos de toucinho, javali ao forno com batatas e carne de caça ensopada. Tudo escoltado pela melhor cerveja do mundo.

Hoje conversei a sós com meu amigo. Como é costumeiro, fizemos um balanço da viagem, esboçamos cenários para os negócios, para as nossas vidas e dedicamos um capítulo às pessoas de mau caráter que conhecemos, essas que vieram ao mundo com sério problema de fabricação. Não se trata de destruir reputações ou de espezinhar os ausentes. É que a vida para alguns de nós é aprendizado contínuo e este talvez seja o ponto que mais nos une. Gostamos de aprender. Eu sou mais livresco, mais arrebatado e menos prático. Ele é mais pragmático e espiritualizado. Há de tudo neste mundo: manipuladores e transparentes; fracos de espírito e fortalezas humanas; desonestos intrínsecos e altruístas. Desse crivo, é claro, uma quadra especial é dedicada aos políticos. Admirador dos alemães, ele sempre diz que depois de Hitler, eles estiveram em mãos operosas com Adenauer, Brandt, Schmidt, Kohl, Schröder e Merkel. O que nos reserva o Brasil?

Fiz digressões que só com ele me permito.

"Aos 20 anos eu tinha uma certa pena de quem vivia na Europa. Hoje eu os invejo – tanto quanto isso é facultado a um cara de mais de 60. Vivi aqui pela primeira vez 30 anos depois da guerra. A tradição impunha fascínio. Mas a Europa não deixava de ser um lugar saturado, impregnado de um passado tóxico, ainda cheio de feridas abertas. Nosso Nordeste era mais animador. Nesse ponto eu me via como uma mistura de Josué de Castro, Celso Furtado e Gilberto Freyre. Desafio a gente tinha lá, não aqui. O Sul da Europa estava começando a sacudir a poeira, é verdade. Mas tinha o ranço do Franquismo e do Salazarismo. Tudo parecia caricatural, retrógrado, passadista. A Itália era um pastiche onde ninguém se levava a sério. A Inglaterra parecia embolorada e decadente. Tinha trens precários, roqueiros lisérgicos, fuligem e neblina, e uma comida ruim de doer. O Leste vivia amordaçado por Moscou, numa espécie de nazismo de sinal trocado, com algumas atenuantes. A Escandinávia era só bruma, mistério. E depois havia aquelas patologias de Bergman, próprias de um povo sinistro, emparedado entre suicidas e beberrões. Os Estados Unidos eram um imenso playground a que faltavam refinamento e cultura. Vir do mundo pobre era uma coisa bacana. A utopia era nossa, bastava desenhá-la. O Brasil era invejado pelo futuro esplendoroso. Que virada de expectativa. Hoje eu moraria em vários pontos da Europa. Utopia para mim é isso aqui. Que merda, hein?"

Silenciamos durante um minuto inteiro. Na hora de arrematar, ele esgrimiu um floreio que me fez lhe admirar a elegância sertaneja. Falando de um homem nefando, quase pernicioso, e que já fez mal a meio mundo, ele me interrompeu para dizer: "Pois eu esta manhã fui à igreja do Menino Jesus de Praga e, acredite ou não, rezei por ele." Enfim, é pena que a viagem já termine amanhã. Ano após ano, é assim que funcionamos. Como forma de neutralizar o medo e indiferentes às restrições que estão pintando o horizonte, já decidimos para onde vamos em 2021: Grécia e Líbano. Será que vai dar? Eis o melhor amigo com que se pode sonhar. Tenho saudades antecipadas de ambos. É hora de abrir alas para a solidão porque eles vão embora.

Já tínhamos nos despedido visto que eles viajam para o Brasil logo cedo e iriam despertar de madrugada. Mas então fui convocado para uma reunião no térreo em tom de urgência.

"Conversamos com algumas pessoas no Brasil que dizem que a situação vai ficar feia no mundo todo. Os médicos da família acham que pode ser que o Brasil suspenda os voos que chegam da Europa. Comenta-se até que pode ser que amanhã a OMS declare estado de pandemia. Você precisa voltar com a gente, amigão. Quer você aceite quer não, você não tem mais 30 anos. Tem muito o que viver, mas é preciso se cuidar. Só não vá morrer bobamente."

Então foi ela quem tomou a palavra.

"Não fique aqui não, rapaz. A gente não pode viajar em paz deixando você numa situação dessa. Eu falei com a moça da agência. Ela altera sua passagem sem dificuldade. A multa é uma besteira, é de mil reais e alguma coisa. Eu pago, é meu presente. A gente sabe que você gosta de um pouco de perigo, mas não se deve dar sorte para o azar. Estou errada?"

Tomei fôlego e resolvi desdramatizar.

"Vou ficar. Quando saí de Budapeste, deixei um encontro marcado para a noite do dia 12 com uma sobrevivente do Holocausto. Ela é húngara, morou no Brasil desde menina, e decidiu voltar a viver na Hungria mesmo tendo mais de 70 anos. É muito importante que eu converse com ela e o marido. Alguma coisa me diz que vou colher um ou outro elemento para escrever meu romance. Sei dos riscos, agradeço a preocupação, mas não há coisa mais importante do que terminar esse livro. Acreditem em mim, quando eu morrer, será por ele que eu vou ser lembrado. E enquanto não concluí-lo, eu não posso morrer. Portanto, fiquem tranquilos."

Então nos demos as mãos os três, como se fizéssemos uma oração silenciosa. "Vamos manter o otimismo. Dentro de mais 2 semanas, eu chego ao Brasil. Mas quero ver antes como essa coisa se desdobra por aqui. No fundo, tenho alma de jornalista." Ele tirou uma carteira preta do bolso do paletó. "Onde você vai depois da Hungria?" Nem eu sabia que já tinha planos tão claramente traçados.

"Quando terminar meu encontro, vou tentar chegar a algum lugar onde tenha conhecidos. Então de lá, eu aguardo minha saída para o Brasil no dia 24. Pode ser na Alemanha, França, Espanha, sei lá. Vai depender da disponibilidade de avião. Em qualquer um, estou bem. Só não quero ir para a Itália. Mas só vou pensar nisso quando terminar minha missão em Budapeste."

Abrindo a carteira, ele disse: "Não vamos precisar mais de euro daqui para frente. Se precisarmos, será para uma besteirinha no free shop, e aí eu pago com cartão. Fique com isso para ter uma reserva. No Brasil, a gente se acerta." Ela também foi magnânima. "Veja o quanto eu gosto de você. Eu estava doida para comprar umas coisinhas no aeroporto, mas sei que você é meio descuidado com dinheiro. Se seu cartão engasgar numa máquina ou se for clonado, você está ferrado.

Tome aqui 500 euros. Gaste com juízo. Você deve saber o que está fazendo. Ou estou errada?"

Na manhã seguinte, desci para o café da manhã e ocupei a mesma mesa dos últimos 3 dias. "Posso servi-lo ou vai esperar seus amigos?" perguntou a garçonete, uma matrona de ótimo humor. *Danke. Ich bin allein. Tee, bitte.* Meus amigos já deviam estar em Frankfurt àquela altura. Estou só de novo. Na maior parte do tempo, a solidão é boa companhia. Desde a infância sei conversar comigo mesmo. Viajando, nem se fala. E no entanto, fico meio chateado quando alguém volta para casa e nos separamos. Nessas horas, concluo que todo mundo tem um *chez soi*, um lar, um remanso onde está mais em seu elemento do que nas pontes desertas, nas estações de trem, nos bancos de praça, nas livrarias, nos saguões de hotel. No caso deles, eles têm um apartamento cheio de quadros, o cachorrinho Thor com quem falam todo dia pelo tablet, as plantações de frutas, uma rotina, parentes à volta, churrascos domingueiros, e até a perspectiva do nascimento do bebê, se o tratamento vingar.

Comigo a escrita é outra.

Vou fechar a mala. Está chovendo e a estação me espera. O barulho das rodinhas nas pedras é tudo o que se ouve na manhã fria. No trem, vou tentar ordenar as ideias, antevendo saídas para os diversos cenários. Vou pensar friamente, como fazia certo piloto de um Beechcraft. Vou ao encontro do destino. Seja como for, ainda tenho uma missão possível.

Capítulo 12

A um passo do pandemônio
(Budapeste, de 11 a 13 de março)

Saí de Praga no trem das 15:44 para Budapeste, via Bratislava. Preferi-o porque ia para a estação secundária de Nyugati, e então eu me instalaria ali perto, num hotel baratinho. Na parada de Brno, embarcou um sujeito imenso, que ocupou a cabine ao lado, tornando inesquecível o trajeto até Nové Zámky, na Eslováquia. Foi assim. O vagão estava praticamente vazio. Na verdade, eu não desconfiava que o tráfego ferroviário seria suspenso no país já no dia seguinte. Era o tsunami do coronavírus que chegava à Europa Central. Mal o controlador perfurou a passagem e sumiu em direção à cabeça da composição, o homenzarrão ainda jovem se pôs a gritar. Naquela língua terrível, ele articulava sons mastigados e rascantes, e parecia estar sendo estrangulado. Em desespero, batia de mão espalmada no vidro da janela e distribuía socos nas paredes ao ritmo de uma dor insondável. Especialmente para quem não entendia meia palavra em eslovaco. E, provavelmente, até para um nativo. Seria ele um desses loucos de antigamente, que quase já não existem? Teria deixado de tomar os remédios? Desisti da leitura. Lia o escritor István Gábor Benedek, mas parei para acompanhar o suplício. Como me concentrar neste ambiente? De vez em quando, saía da cabine onde estava só, me esgueirava pelo corredor e passava lá para vê-lo pela brecha da cortina, fingindo naturalidade. Será que o cobrador tinha lacrado o compartimento e ele estava tecnicamente preso?

Outra hipótese me ocorreu. Seria tudo aquilo uma encenação de quem estava viajando clandestino e temia ser entregue à polícia na próxima parada? Não, não. Parecia sim ser um distúrbio grave. Ninguém conseguiria fingir tanto desespero sem que o estivesse sentindo. Nem que tivesse bebido meio bar ou fosse um grande ator. Ele esmurrava o banco vazio à frente e tentava atingir um alvo imaginário, um espectro que lhe cravava os olhos, que o desafiava, que o intrigava, que o atormentava. Pensei na medusa de Vichy. A certa altura, ele levava as mãos às bochechas e fingia querer arrancar os fios da barba a cru. Então berrava e chorava num Apocalipse autoral, todo ele feito de horror e danação. A cena era aterrorizante. Estando eu ali de pé no corredor, vi a lua cheia, já bem alta. Com que beleza ela brilhava! O campo iluminado passava a uma velocidade inverossímil para um trem comum. O maquinista estava com pressa. Sob as árvores nuas, manchas brancas de fim de neve, barracas de madeira que ocupavam o centro das clareiras, enfim, o habitat por excelência de alcateias inamistosas. Estava tudo explicado. Ele era mesmo louco, lá estava a lua para testemunhar. Pouco a pouco, os uivos e urros cederam a uma espécie de gemedeira contínua e rendida, e só recrudesceram quando ele saltou aos sopapos, escoltado, em Nové Zámky. Três policiais o aguardavam. Eles subiram quando paramos.

À hora de desembarcar, remexi na malinha menor. Em meio aos livros, achei um pacote de luvas cirúrgicas, frasquinhos carregados de álcool gel e uma caixa lacrada de máscara que os amigos tinham trazido do Brasil. Foi mais uma preciosa herança que me deixaram. Quando pisei na plataforma, parecia que eu não os via há meses. O foco agora tinha mudado. Só me restava cuidar de mim mesmo. Cuidar dos interesses superficiais alheios é mil vezes preferível a se ver de frente no espelho por alguns segundos e dizer: estás nu, cara. Agora sou eu a perguntar: Estou errado?

Contrariamente às expectativas, eu nada achei de convidativo perto da estação, daí que segui na direção oposta ao Danúbio. Sempre quis me hospedar na região de praça Liszt, mas nunca encontrei um alojamento a preço que pudesse pagar sem dor na consciência. Agora talvez fosse possível. Caminhei rumo à Andrássy, a avenida mais parisiense da Hungria, apostando que o vírus já tivesse derrubado as tarifas nas zonas elegantes.

A primeira tentativa foi infrutífera porque o Radisson ainda estava caro demais para quem passa metade da vida em hotéis. Logo acharia alguma coisa mais em conta. Por 20 minutos, só me restava aproveitar a noite cálida e arrastar a mala, indiferente ao apelo dos bêbados, às piscadelas dos faróis dos táxis e aos transbordamentos dos jovens inconvenientes, cuja irreverência ainda respeita quem não está para gracejos. Os húngaros são turrões, o que é próprio das culturas insulares — isoladas pela língua, pela geografia ou pela singularidade da gente. Daí que, no geral, sabem manter a distância de quem não está para muito papo. Tampouco gostam que lhes pisemos nos calos, no que estão certos. A certa altura, cheguei ao hotel Medosz, onde uma senhora alta deixou a custo o noticiário da meia-noite, e veio me atender. Deu-me um quarto num andar alto e a bom preço, sem desgrudar do telejornal. *Bad news*? perguntei. *Terrible, furchtbar. Sleep well. Save your energy. You'll need it.*

Lá embaixo, um homem passeava com o cachorro. Da loja de conveniência da rua lateral, vinha uma algazarra. Na semana anterior, a secretária do Embaixador do Brasil me falara ao telefone que havia alguém em Budapeste que eu talvez gostaria de encontrar. Era uma conhecida artista plástica húngara que se encaixava no perfil que eu buscava para colher subsídios para o meu livro.

No dia seguinte à chegada, portanto, saí com ela e o marido para tomarmos um chá. Passamos a tarde conversando sobre o ano em que ambos nasceram, 1944, quando o fim da guerra se delineava. Mas que, paradoxalmente, foi o mais crítico para os judeus húngaros, como era o caso deles, dadas as deportações em massa comandadas por Eichmann para os campos na Polônia. Os pais dela escaparam de Auschwitz por pouco.

"Um entroncamento de trem tinha sido bombardeado pelos aliados na Eslováquia. Isso cortou as ligações com o ramal leste bem a tempo. Meus pais então foram levados para um campo de trabalhos na Áustria onde eu nasci, pesando 1,5 kg. Já meu marido não foi circuncidado por medida de segurança. Os nazistas vasculhavam orfanatos à procura de crianças judias. O pai dele salvou a família porque era motorista de caminhão do exército e, mesmo lotado na Ucrânia, mexeu os pauzinhos junto a pessoas de influência. Quando voltou, encontrou todos vivos."

Foi uma longa conversa. Contei-lhes o essencial sobre meu livro. "É uma saga familiar. Começa na Segunda Guerra aqui nesta cidade cinematográfica. Um homem que poderia ter sido o pai de vocês fica viúvo e decide refazer a vida no Brasil. Lá ele casa de novo, a família cresce, ele progride e vive o bastante para conhecer os netos. Por trás de tudo, há um pouco da história do país e do mundo, pela ótica dos sentimentos de cada personagem. Vai ser um livro grande, terá umas 500 páginas, e não será fácil publicá-lo. Meu alvo é chegar aos leitores que queiram esquecer esse mundo esquisito em que a gente vive, e que gostem da ideia de mergulhar numa grande viagem no tempo, nos desejos secretos dos membros de uma família tridimensional. É ambicioso, o que não quer dizer que seja uma obra-prima. Mas quando eu morrer, talvez seja lembrado por ele." De novo, a obsessão.

Ela ficou um tempo me olhando, como se estivesse entregue a reminiscências pessoais. De vez em quando conversava com o marido, para quem traduziu alguns trechos da conversa. "Meu húngaro desenferrujou, mas continua apenas mais ou menos. Nem sempre posso transmitir todas as sutilezas. Mas ele está acompanhando bem." Então sorrimos um para o outro; me agradava o olhar benevolente de György. Despedimo-nos sem sequer apertar as mãos, o que é estranho. Não fomos treinados para agir como japoneses. Para nós, não há agradecimento completo sem componente táctil. No Brasil, viver é um esporte de contato permanente.

Quando anoiteceu e eles foram embora, eu tive que me ater à dura realidade. O coronavírus estava à minha espreita, como os nazistas estiveram no encalço dos pais de meus novos amigos. Era bem provável que eu não tivesse passado longe dele. Poderia estar infectado? No bar, eu era o único cliente nas mesas da calçada. Segurando um copo de vinho tinto, pensava nas situações de risco a que estivera exposto. Tanto melhor que o passaporte só registrava a entrada e a saída do espaço Schengen. Se atestasse com carimbo o percurso feito de um país para outro, eu seria considerado um altíssimo vetor de propagação.

Pensando friamente, pelo pouco que se sabe da doença, não acho que eu tenha grande chance de sobreviver ao vírus. Dizem que mata velhinhos. Sou um deles, aos 61 anos? Talvez não. Mas e a asma? E o sobrepeso? E sabe-se lá quantas comorbidades ocultas eu não tenho? Dizem que as UTIs do mundo todo não bastarão para acolher os casos críticos. Que a ventilação mecânica do paciente tem que começar já no primeiro dia, e pode durar até 2 ou 3 semanas. É aí que morro, quando imagino que nunca dormi sequer uma noite num hospital. Onde achar segurança, caso se configure um quadro de guerra?

Em tese, tenho um voo para São Paulo na última semana de março. Tenho ainda 2 semanas de trégua. Como faria o aviador Santiago no meu lugar? Deveria ir para Fethiye, na Turquia, e esperaria as definições num remanso do mar Egeu com a amiga Mona, que está morando lá? Não. Não, porque o Irã virou foco da doença e logo ela vai cruzar a fronteira, o que poderia provocar o cancelamento de todos os voos de Istambul. Que tal então no extremo oeste do continente, lá na Póvoa de Varzim, onde tenho um quartinho e a garantia de boas conversas? Não deveria descartar, mas numa analogia com o jogo de xadrez, o melhor mesmo seria me posicionar no centro do tabuleiro. Ou seja, ficando a prudente distância de alguns aeroportos com voos intercontinentais, num país cuja língua eu falasse bem, e cuja infraestrutura de saúde fosse séria e confiável, até para que eu percebesse que cara tinha o demônio de que falara o Premiê chinês. A depender disso, poderia até pensar em adiar minha volta ao Brasil. Depois, sabe-se lá, eu poderia já estar infectado. Ainda que com poucas chances, era melhor enfrentar um hospital alemão do que um búlgaro.

Reunidas essas premissas, descartei Lugano, na Suíça, pela vizinhança com a Lombardia, onde a situação já fugira do controle. Descartei a Península Ibérica, por não estar no meio do tabuleiro geográfico e tampouco estar preparada, aparentemente, para um grande afluxo às urgências. Além disso, com a quantidade de brasileiros que vivem lá, era de se esperar que os voos para a América do Sul estivessem decolando cheios. O lago Balaton, na Hungria, onde poderia atacar a continuação de meu romance, era uma opção romântica e irreal mesmo porque não sei nem pedir água em húngaro. A Escandinávia estava fora da rota dos voos diretos. A Grã-Bretanha era um território de exceção e de senões desde que se desligou da União Europeia. Ora, me parecia claro àquela altura que não havia lugar melhor do que um ponto neutro entre três cidades: Zurique, Frankfurt e Paris. Nesse caso, tudo apontava para a Alsácia, onde tenho amigos em Estrasburgo, Neustadt e na Floresta Negra. Minha faixa de segurança estava pois à beira do Reno. Ali estaria a salvo. Nem o aviador Santiago com toda sua frieza conseguiria enxergar tão claro. Então a garçonete me trouxe a conta que eu não pedira.

We have to close. Sorry.

Já na cama, li sobre uma situação insuportável. O Recife negou autorização para o desembarque de passageiros de um navio. Ficasse eu retido num transatlântico em San Francisco, Le Havre, Livorno, enfim, em qualquer porto do mundo, acho que iria para a espreguiçadeira com um livro e ficaria sereno. Mas não no Recife! Se não me acorrentassem no porão, eu pularia pela balaustrada. Então nadaria até o armazém de açúcar, pegaria um táxi no Brum, ainda molhado, e mandaria tocar para o Poço da Panela. Ficaria acoitado umas semanas em endereços amigos, fugindo de lugares onde pudesse ser caçado. Espalharia pistas falsas sobre meu paradeiro na internet, comeria sarapatel e tomaria cerveja até que o corona desistisse de mim e de Pernambuco.

Adormeci com um pouco de febre e tossindo muito. Hum...

Essa semana minha cidade natal, onde vim ao mundo, fez 209 anos. Em dado momento, pensei em renunciar à iniciativa privada e me voltar para a terra onde meus ancestrais foram prefeitos – e de onde saíram votados para outros mandatos eletivos. Na década de 1990, achei que tinha chegado a hora. Almoçando com um então deputado, disse-lhe que adoraria me candidatar a prefeito. Ele me olhou dos pés à cabeça e vaticinou: "Você se arrependeria ainda na posse, rapaz. Por que renunciar a uma vida como a sua por um cargo que vale tão pouco? Você sabe lá o que é ser prefeito de Garanhuns? Você tem lá temperamento para mendigar audiência com o governador? E quando lhe disserem que o orçamento vai todo para pagar os funcionários, como você vai reagir? E suas viagens, seus amigos e seu mundo? Deixe de dizer bobagem." Pensando em retrospectiva, hoje lamento que essa conversa tenha acontecido.

A Garanhuns do meu tempo era uma cidade sóbria e acolhedora. A água potável era entregue em burricos, e os car-
voeiros iam de porta em porta trazendo o carvão na sacaria de
juta. Alguns gritavam: "Olha o frio." Seu Amaro, do ambulatório
A Seringa, passava à tarde para trocar os curativos dos joelhos esfolados da meninada, geralmente provocados por queda de bicicleta. A pouco mais de 3 horas de carro do Recife,
que eram 7 quando eu era pequeno, ficava o paraíso. Fecho os
olhos e escuto o tamborilar dos paralelepípedos sob os pneus
à entrada da cidade. Mal avistávamos o hotel Monte Sinai, minha mãe já pedia para que nos agasalhássemos. Ao longe,
víamos na neblina, a quase 900 metros de altura, a silhueta
mítica. Lá os Mandamentos eram outros.

Decididamente, a vida corre perigo. A mensagem que veio
pela televisão foi clara: quem está dentro da Hungria, logo mais
não vai poder sair. E quem vem de fora e não for residente, já
não vai poderá entrar. Tudo isso acontece nas próximas 48
horas. Navegando num site de viagens, consegui comprar
uma passagem barata para Paris com a British Airways,
portanto via Londres. Parece uma boa alternativa porque
como terei algumas horas em Heathrow, posso sempre ficar
lá se chegar uma notícia alarmante do Continente. Nesse
caso, abandonaria a mala e sumiria na floresta de Sherwood.
Rio do meu devaneio pueril. Ainda assim, se for abortada a
decolagem por alguma razão, posso ir de trem para Viena. Em
última instância, posso chamar o motorista tagarela que me
levou de Timisoara para Belgrado há pouco mais de um mês
e mandá-lo tocar para uma montanha nos Bálcãs. A saída é
por etapas. Tivesse eu optado por Garanhuns, e ela por mim,

não estaria com essa síndrome de Chernobyl. Tudo culpa do deputado que podou meus devaneios.

O quadro se agrava a cada hora. Não tenho dúvida de que as consequências diretas do coronavírus logo chegarão a cada um de nós nas mais variadas formas. Toda decisão está hipotecada a ele. Os prejuízos serão descomunais. O abalo moral é estrondoso. O temor se alastra. No começo, eram as cidades lacradas. Agora são regiões inteiras. Logo países e, como já começamos a ver, em breve continentes. Nas mínimas coisas, vem a mensagem implícita: a vítima pode ser você. Um troco de moedinhas no bar do trem, um aperto de mão evitável em Bratislava, um banho de multidão em Praga, uma lufada de ar em Budapeste, um croissant em Viena, enfim, um dedo sujo na borda de uma caneca de chope, e você caiu na armadilha. De que vale esse ar quase primaveril que balança a copa dos plátanos? Faça-me o favor! Isso é lá hora de versejar? O perigo está à solta como um leão numa aldeia.

Gosto da palavra amizade em todas as línguas. Mas quando era jovem e algo arrogante – não porque fosse jovem, mas por excesso de empolgação comigo mesmo –, eu achava que as amizades se repunham como mercadoria de supermercado. Quando fiz 40 anos, isso começou a mudar. E passei a colocar as pessoas onde mereciam estar. A essa altura, já tinha perdido dezenas de bons contatos no mundo, mas ainda era tempo de reencontrar o caminho, especialmente junto a quem não tinha ficado ressentido com meu desdém aparente. Hoje, em certa medida, gosto de fazer novos amigos.

Ontem tive bom exemplo do tesouro que é a proximidade de almas. Ao cair da noite, contornando o medo de contaminação, já que somos os três do grupo de risco, o casal amigo passou no hotel e me levou para um jantar de despedida no Rosenstein, um maravilhoso restaurante judaico. Ele tem problemas cardíacos. Ela trata de um câncer agressivo. Ainda assim, para não me deixar só, eles correram o risco. A certa altura, pedi licença para ir ao banheiro e fui pagar a conta clandestinamente. Ao tentar pegar a carteira, senti uma mão imobilizando a minha como se uma fosse uma torquês. Era ele. Em seu alemão, disse: *Nicht hier. In Brasilien, du darfst bezahlen. In Ungarn, zahle ich*. Tive que me render a mais essa cortesia. Tomara que esta não seja minha última recordação de um ambiente alegre e mundano pelas próximas semanas. Que possa o terror logo se evaporar de nossas memórias.

Sábado, afinal. Dia de partida. Devem lacrar a Hungria à noite. A meta é sair de Budapeste. Espero que não proíbam a decolagem para Heathrow. Dizem que é questão de minutos para que desistam de operar a rota. Terei 6 horas de trânsito no aeroporto londrino. A ordem que me imponho é ficar o mais leve possível. Descartei 5 quilos de bagagem, doei livros à prateleira comunitária do hotel, só bebi chá e comi uma pera bem lavada. Distribui o dinheiro em espécie por vários bolsos, sabendo quanto tinha em cada um deles. Carreguei o celular e o computador a 100% e coloquei os cabos na bagagem de mão. Enfiei 5 máscaras no sobretudo e álcool gel num tubo pequeno. Roupa limpa, cadarços bem atados, atitude positiva, mas não soberba – tudo isso para impressionar bem a imigração britânica, se resolver que é melhor ficar lá. De Londres, a história será outra.

Budapeste está linda e deserta. Os motoristas de ônibus já não cobram nada dos poucos passageiros que se aventuravam na rua. No WhatsApp, recebo de tudo um pouco. Desde testes para fibrose pulmonar, exortações para que fique na Hungria, para que não saía do Reino Unido, se conseguir desembarcar lá; para que tente chegar a Paris, para que volte para Vichy – onde o normal já é o confinamento – até intimações para que pague o que for, mas que regresse ao Brasil porque certas coisas é melhor a gente viver na própria terra, cercada dos seus. Uns me mandavam beber vinho tinto, outros sugeriam beber água tônica por causa do quinino e todo mundo recomendou levar sol. A Alsácia se tornara forte foco de contaminação de coronavírus. Era a Lombardia francesa. Isso, em tese, excluía a região do Reno como área de refúgio. No dia 13 de março, ouvi pela primeira vez a palavra temida: vivemos uma pandemia, segundo a OMS. O que significa que estávamos a um passo do pandemônio.

Por fim, achei um vírus à minha altura: o desgraçado é global.

Foi então que me senti compelido a deixar uma mensagem nas redes sociais. "Saibam todos que me leem aqui que gostei da vida que tive. Nunca poupei dinheiro para comprar badulaques e sempre tive horror ao império das *coisas*, como é sabido. Gostei de Garanhuns, curti o Recife, percorri várias vezes a Terra – como só uma ínfima população do planeta fez. Namorei mulheres lindas, que me deram muito mais do que eu merecia. Foi a elas que me dediquei, em primeiro lugar. Depois ao trabalho de estrategista internacional, de que fui um apóstolo abnegado, e, por fim, aos prazeres imateriais. Queria ter ficado por aqui mais uns 30 anos, mas não dependia só de mim. Na cremação, se houver, nada de lágrimas. Apenas *Spartacus*, de Khachaturian, que me traz de volta uma linda viagem à Armênia, e conhaque Ararat para quem comparecer."

Capítulo 13

Bem-vindo ao fim do mundo
(Heathrow, Londres, 14 de março)

Quando avistei Londres sob a asa direita do 757, estranhamente senti saudades de um momento dramático da vida.

Falo do 1989, quando um cliente sírio baseado em Manchester desceu até Knightsbridge para ter uma reunião comigo, que chegara de São Paulo na véspera só para vê-lo. No começo daquele ano, eu lhe tinha dado um crédito de 1 milhão de dólares, sem cobertura fiduciária em caso de inadimplência. Nenhum banco sério teria avalizado este montante para honrar uma importação do Brasil. E isso pela simples razão de que a empresa dele atravessava um momento difícil. Comentava-se no meio que o clã Hamad tomara pesados calotes na África, e que o jovem Fawzi fora muito impetuoso desde que passara a ocupar a cadeira do velho Nagib, de saudosa memória. Demais, eu estava ciente de que mesmo com o fôlego que eu lhe dera, no caso com dezenas de toneladas de filamento químico-têxtil, ele teria dificuldade para sair do atoleiro porque o mercado para tecidos com brilho estava saturado. Especialmente na Nigéria, Paquistão e Marrocos, onde ele desovava pequenos lotes com bom lucro, apesar das cláusulas que o proibiam de reexportar nosso produto. E no entanto, eu precisava fazer o que fiz. Com aquela operação, foi possível captar dinheiro a baixo custo e aliviar o fluxo de caixa. O perigo era que, chegado o vencimento, ele não pudesse pagar – o que era provável que fosse acontecer. Eu assumira à revelia do diretor financeiro. Eu estava consciente do risco, mas achava que se não fosse para encará-los, o que valia minha credibilidade? Eu não era analista de crédito. Eu me via como um estrategista cujo mérito era desafiar o senso comum. Não nego a tormenta que me assaltava até quando estava vendo futebol. Meus colegas diretores lavaram as mãos e disseram que o problema era da minha alçada, e assim seria tratado na cúpula. Que eu fosse avaliado pelas consequências – para o melhor e para o pior. Ninguém estava ali para aplaudir minhas temeridades românticas.

Naquele entardecer que agora me voltava tão nitidamente, acontecido há mais de 30 anos, o hotel Hyde Park era um cenário eduardiano. Uma imensa árvore de Natal decorava o saguão. Os hóspedes circulavam sobraçando sacolas verdes da Harrod's. Fawzi Hamad chegou pontualmente. De longe, abriu os braços e esboçou um sorriso que foi ficando amarelo à medida que se aproximava para trocarmos os três beijos de praxe. *Salam aleikum, my friend.* Acompanhei: *Aleikum salam, Fawzi.* Cumpridos os salamaleques sobre a saúde de nossas famílias e as bondades de um inverno frio porém luminoso, fiz a cortesia de deixar que ele fosse ao ponto.

"Estou quebrado, *habib*. Lamento tê-lo desapontado. O que diria meu pai, louvada seja sua memória, se soubesse o que fiz de seu bom nome? E justamente com quem? Com você, a quem ele queria como a um filho. Sei que ainda estou devendo uma fortuna. Mas estou me esforçando. Já paguei 40% da dívida. É pouco? É. Mas sabe Alá e só Ele o quanto tenho perdido o sono por isso. Não fosse meu filho, acho que já teria feito uma besteira, juro."

Fui sincero. "Não vou dizer que serei demitido, Fawzi, mas estou numa situação desconfortável. Precisamos tomar medidas concretas. Você está pronto?" Quando vi que ele ia chorar e que já começava um ciclo novo de mortificações, puxei-o pelo braço e levei-o para darmos um passeio na calçada. "Veja esse pessoal alegre, Fawzi. Foi para ser como eles que nós nascemos. Até hoje tudo correu bem nas nossas vidas. Não será essa merda que vai nos tirar da rota. É só uma turbulência. Não sou um homem de fé como você. Você vai levantar a empresa – com Alá ou sem ele, desculpe a blasfêmia. Mas vamos nos ajudar. Assine uma confissão de dívida no notário para eu ficar coberto. Não quero dar margem a interpretações maldosas. Enquanto você se recupera, vou defendê-lo como sempre fiz. No próximo ano, isso terá ficado para trás. 1989 está sendo atípico sob todos os aspectos. O Muro de Berlim caiu, a China renasceu, a Rússia está sangrando e o Papa polonês está imerso na política. É muita coisa de uma vez. Vamos ali que preciso de um drinque. Aposto que eles têm um chá quente para você. Conte agora de seu filho. Ele torce pelo Manchester United?"

A dívida só seria quitada integralmente quase 2 anos mais tarde, com direito aos juros. Como eu previra, nunca tinha passado pela cabeça dele ignorá-la. Mas o desgaste foi enorme.

Enquanto o avião taxiava, eu pensava em como eram bons os tempos em que o risco que a gente corria era o de perder dinheiro, mesmo que fosse muito, e alguma credibilidade. Tudo isso se recupera porque no mundo das coisas lícitas um mau passo não representa o fim. Bem diferente é contrair um vírus que, instalado no organismo, transforma o sangue em sarapatel e fibrila os pulmões. Por temperamento, sempre fui propenso aos riscos. Mas desde que a aposta errada não me impedisse de encarar outras. Fosse como fosse, ter saudades daquele encontro longínquo dava uma boa medida do que me esperava na escala londrina em que, no balcão do bar, repassei minha estratégia de sobrevivência. O que devia fazer a partir de Londres? Continuaria dono dos meus nervos e saberia manter a temperança, como quando passei vários meses hipotecado à boa vontade de Fawzi? Do embate com o vírus, àquela altura, eu era franco perdedor. Mas quem não era?

Com muitos *pints* de Guinness e horas pela frente para pensar no que fazer, examinei uma rosa dos ventos mental.

A primeira possibilidade era ficar em Londres. Iria ao balcão da British Airways, inventaria uma razão de força maior para não pegar a conexão para Paris, pegaria minha mala, e passaria pela imigração sem dificuldades. Sacaria umas libras esterlinas no caixa automático e iria de metrô até a estação de Paddington. Talvez dormisse uma ou duas noites na região, mas minha meta seria chegar a Cambridge. Uma vez lá, tentaria achar um quarto perto da Girton Road, onde morei em 1977. Alugaria uma bicicleta, faria uma provisão nos sebos, compraria comida e bebida, e de lá observaria o mundo. Se a praga viesse a nos colher de cheio, estaria na pátria do NHS, tido como o melhor serviço de saúde pública do mundo. Em favor da Inglaterra, era possível que o vírus se dissolvesse nas águas do canal da Mancha e se acanhasse diante da fanfarronice de Boris Johnson. De meu quartinho, esticaria de vez em quando ao Red Cow, o pub que frequentava na juventude, e tentaria achar o endereço exato onde morou Fernando Henrique Cardoso e família, em cuja casa eu era tão bem recebido por dona Ruth, pelas filhas e por ele próprio. Quando voltei ao Brasil, fui taxativo com meu pai. "Um dia ele vai ser Presidente." Cético, ele quis detalhes. "Mas o que ele ensina mesmo?" Quando falei que era sociólogo de formação, papai fez um gesto de desdém. "E isso é lá formação de um presidente? O que faz um sociólogo? Um sismólogo, eu sei. Um geólogo, também. Agora um sociólogo..." Mas o *feeling* me avisou que desembarcar em Londres não era tão boa alternativa quanto parecia. A recente ruptura com a União Europeia tinha me distanciado emocionalmente do país. Se a intuição funcionava para farejar futuros presidentes, também valia na hora de anunciar uma arapuca dissimulada.

A segunda possibilidade seria tomar um voo da American Airlines para Nova York. Compraria a passagem com milhas para economizar dinheiro. Lá teria duas alternativas: ficaria com uma amiga em Manhattan ou iria para Chicago onde tenho família em Elmwood Park. Alguma coisa me dizia que o vírus encontraria dificuldades de se propagar nas planícies do Meio-Oeste, e que lá eu estaria em segurança. Para completar, Trump era outro adepto da teoria de Johnson, o que, lá no íntimo, turbinava minha confiança. Quem sabe o corona não temesse justamente os histriônicos abusados? Nessa toada, até o Brasil se sairia bem. Por outro lado, contrariamente à Inglaterra, uma internação em terapia intensiva na América me custaria tudo o que tivesse. Entubar um fole de 8 arrobas de muita carne, aniquilaria minhas pequenas veleidades de consumo até morrer, se sobrevivesse.

A terceira possibilidade era o Brasil. Diante das dezenas de tarjas de *cancelled* que se liam ao lado dos voos, o momento era propício para cavar exceções, dobrar o regulamento. Com o discurso certo e um cartão de crédito, eu poderia embarcar para São Paulo. Tomei mais uma caneca de cerveja para matutar. Mas ora, se eu pegasse o coronavírus naquele estágio, a morte era quase certa. Àquela altura, o vírus já deveria estar chegando ao Brasil. Pessoas como eu, que talvez nem tivessem viajado tanto em 2020, já o tinham levado para algum ponto de nosso território. Não seria melhor ver e ouvir o que diziam as autoridades europeias, antes de fazer um voo sentimental para casa? A travessia em condições de higienização incertas poderia ser fatal. A história de que era doce morrer na pátria não combinava comigo. Preferia ficar vivo no exílio, se fosse o caso.

A quarta possibilidade, que fora a primeira até a véspera, era ir para a região do Reno. Mas com a explosão de casos em toda a região do Grand-Est, perdi meu paraíso. Vinha sonhando acordado com Estrasburgo, a centenas de metros da ponte binacional. A qualquer sinal de instabilidade na França, pegaria o bonde em Homme de Fer e saltaria em Kehl. De lá poderia ir para Radolfzell, no lago de Constança, e ficaria cercado das paisagens da adolescência, caras a Hermann Hesse. Quem sabe não procuraria asilo junto à família Liebsch, na casa da Steinstrasse, ao lado do córrego? Ali, nada me atingiria. Se as coisas por alguma razão saíssem do controle na Alemanha, o que seria um caso extremo porque os alemães passam metade da vida se planejando para o que puder dar errado na outra metade, eu cruzaria o lago para a Suíça. Acharia abrigo em Stein-am-Rhein, nas nascentes do Reno, ou junto às cachoeiras de Schaffhausen. No dia em que a Suíça cair, é porque caiu o mundo. É claro que o comandante Santiago teria aplaudido minha visão dos escaninhos do mapa que eu agora repassava, e minha capacidade de detectar campos alternativos para pousos de emergência. Mas a Alsácia estava contaminada e já não podia ser minha porta de entrada natural.

Então decidi que iria mesmo para Paris, opção de inúmeras vantagens. Não precisaria trocar o voo, podia tomar minha cerveja em paz até o embarque, tinha hospedagem garantida num pequeno apartamento próximo à Sorbonne e, na França, pelo menos à distância, ainda respirava-se vida. Os bulevares estariam como sempre estiveram desde o Barão Haussmann, mesmo porque não havia ambiente para o terror numa terra de prazeres. Cartesianos e racionais, como costumam ser os franceses, eu já vira o bastante do setor de saúde pública no país para saber que tudo funcionaria bem. Por tenebrosas que fossem as notícias e por muito que a capital fosse castigada, sempre haveria o terraço de um café e ótimas livrarias.

Feito esse raciocínio, entendi que podia dar por encerrado meu colóquio com o sexto sentido. Ao comprar aquela passagem lá em Budapeste, obedeci à intuição. Os fatos agora a respaldavam. A partir do meu posto de observação às margens do Sena, se percebesse que a propagação do vírus obedecia ao princípio de um tsunami, e que ele colheria um Brasil desguarnecido e meio caótico, eu poderia ficar lá, hipótese em que prefiro não pensar. De onde estivesse, papai talvez me parabenizasse por achar que eu estava jogando bem. De mais a mais, não morreria bobamente, como me pedira o amigo na recepção do hotel em Praga.

Quando meninos, nos serões de Garanhuns, ouvíamos os adultos conversarem sobre o embargo a Cuba. Na falta das distrações que temos hoje, os temas humanitários abriam um espaço amplo para a imaginação. Não é que tivéssemos uma noção concreta do que fosse Biafra, sequer de onde era. Mas sabíamos que era um lugar miserável onde as crianças negras tinham barrigas inchadas, pernas finas e cabeças que mal se sustentavam sobre o pescoço. Quando ouvíamos falar de um certo concerto para Bangladesh, os adultos talvez nem soubessem direito onde era aquele lugar, e, mesmo cultos, se perderiam em explicações sobre um enclave na região das monções, perto da Índia. Mas tanto por causa de Biafra quanto de Bangladesh, a gente tinha que comer até o último grão de arroz. Porque se assim não fosse, estaríamos faltando com solidariedade aos meninos de lá, que dariam tudo para ter o que nós queríamos deixar no prato.

Imagens fortes também evocavam as guerras no Oriente Médio onde um militar com um olho tapado, tido como muito sagaz, aparecia montado num tanque à frente de generais de cabeça enfaixada que comandavam o teatro de guerra no Canal de Suez. Do Vietnã, sabíamos dos helicópteros americanos que eram abatidos a tiros de bazuca, que era uma espécie de zarabatana que os homens magrinhos levavam sobre os ombros. Da Indochina, vinham cenas de barbaridade. Fosse a de uma garota nua que corria do napalm ou a de um homem inclemente que ameaçava disparar na têmpora de um pobre coitado que devia estar pedindo pela vida. Mamãe nunca sabia responder se, afinal, ele tinha atirado ou não enquanto papai insistia que o repórter fora obrigado a esconder o filme que mostra o homem morto deitado no chão. Enfim, sabíamos que havia miséria e que havia violência. Tudo isso vinha em reforço à noção de felicidade que precisávamos valorizar. Meus primos mais velhos diziam que havia até uma guerra onde não se disparavam armas de fogo, daí ser chamada de *fria*. Prisioneiros eram trocados numa ponte de Berlim sobre o rio congelado, segundo meu tio Pipe. Era tão elevado o jogo nesse tipo de guerra que se um piscasse, o outro jogaria uma bomba atômica no seu quintal e um cogumelo iria se abrir, matando as pessoas de calor num primeiro momento e de câncer num segundo, pela mesma razão que leva os médicos a se esconder atrás de uma chapa de ferro para bater radiografia no hospital. Era a radiação, o que quer que isso fosse.

Na encruzilhada de Londres, recordei um dia em que eu tinha derrubado pó de café no chão e limpado as mãos na camisa branca do Natal, para consternação de mamãe e de minhas tias, e diversão de meus tios. Nesta ocasião, um fato interessante aconteceu. E de tão bem formulado, nunca mais me saiu da cabeça. Naquela noite, quando já tinham matado o segundo Kennedy, meu primo, de 14 anos, vaticinou: "O que faz falta à humanidade é um inimigo comum a todo mundo. Tipo um asteroide do tamanho do pão de açúcar vindo em direção à Terra. O planeta poderia sair de órbita. Será que, mesmo assim, a gente ia ficar discutindo merda ou ia cooperar para destruí-lo antes da colisão?"

Até os adultos balançaram a cabeça em assentimento. Acho até que vi lágrimas nos olhos de papai, sempre orgulhoso do sobrinho que ele tirara do tanque do Parque 13 de Maio, quando ele se debruçou para acariciar uma tartaruga e caiu. Por qual outra criança papai teria pulado na água cheia de lodo? O primo foi além: que imaginássemos uma invasão de extraterrestres. O que faríamos? Brigaríamos por futebol ou íamos juntar forças para nos defender dos hominídeos verdes? Será que o momento chegara? Seria o vírus esse emissário divino sob forma diabólica?

Pedi um último chope. Logo as libras que comprara não bastariam para pagar a conta. Mas a cabeça não parava. O garçom indiano me olhava com um sorriso. O que havia de tão engraçado? Quando vivi um clima parecido ao de hoje? Talvez em 1991, na guerra do Golfo. O mundo ficou paralisado, ninguém viajava e os aeroportos estavam vazios. Peguei uma passagem sanfona, sem limites para trocas, e passei 45 dias de pires na mão, fechando contratos onde podia, assumindo mais riscos do que me recomendava a prudência.

Agora é diferente. Hoje o avião nada pode. E talvez nem um foguete tripulado para a lua. Quem garante que o astronauta não esteja infectado? O mundo vai sair diferente dessa experiência. Lembro da transformação por que passaram os moradores de Nova York depois do susto das Torres Gêmeas. Ficaram suaves como seda, davam informações, perguntavam de onde você era. *Brazil? I love it.* Sumiu a soberba. Dessa vez, não sei. Que mundo resultará disso tudo? Em que vamos piorar ou melhorar? Temos amplo espaço para ambos. A crise que se prenuncia fortaleceria os poderes do Estado, o que para mim é má notícia. Dinheiro na mão de perdulários e demagogos é tão perigoso quanto uma metralhadora nas mãos de uma criança. Por outro lado, em se tratando de uma questão de saúde pública, a cobrança popular será tenaz. Estado e virtude terão que se dar as mãos sob pena de provocar uma insurreição popular.

Meu maior ativo foi sempre ter todos os caminhos na cabeça – sem GPS. Desde as aulas do professor Rubem Franca, eu percorria arquipélagos, cordilheiras e vales, sem precisar sair da rua Nunes Machado, no Recife. Quando comecei a rodar mundo, aos 15 anos, era como se algumas coisas fossem puro *déjà vu*. Enquanto tomava a última cerveja no terminal 5, pensei em vários lugares: Wyoming, Malvinas, Butão, Mongólia, Zanzibar, Ilhas Tonga, Santa Helena, Sibéria, Patagônia, Lesoto. De nada servia conhecer o planeta. Onde fosse, o vírus já teria chegado. E lá estaria ele à minha espera com uma placa: "Bem-vindo ao fim do mundo. Estou doido para fazer uma visita aos teus pulmões."

Nunca precisei andar tanto num aeroporto para pegar um avião. Foram quase 30 minutos de marcha bem acelerada, com risco real de perder o horário. Metade das pessoas a bordo usava máscara, e apenas metade das poltronas estavam ocupadas. Londres ficou para trás no meio de uma neblina de fim de inverno. Para mim, não haveria outro voo para pegar nos próximos dez dias, pensava. Há muito tempo que preferia fazer o trajeto de trem sob o Canal, mas dessa vez não tinha escolha.

Enquanto ganhávamos altura, para logo nivelar e começar a descer, pensei naquele voo Londres-Paris que tomei em julho de 1973, aos 15 anos, depois de ficar uns dias em Kilburn, em casa de amigos. Lembro de Piccadilly Circus cheio de gente, de imensos luminosos anunciando um show de David Bowie e da entrada cabisbaixa de Marcelo Caetano, o Premiê português, em Downing Street. Exilados portugueses gritavam: assassino, assassino! Foi só quando um lourinho pegou uma pedra para arremessar na comitiva que a polícia reprimiu. Aquilo me impressionou.

O voo de volta foi bem diferente do deste 13 de março. Naquele 18 de julho de 1973, lembrava claramente, sentei ao lado de uma mexicana que devia ter o dobro de minha idade, cabelos arruivados esvoaçantes, olhos verdes, e se chamava Gabriela. Eu não sei direito como tudo engrenou, mas mal decolamos deixamos que nossos joelhos se tocassem, que nossos narizes quase encostassem, que nossos hálitos se fundissem. Foi uma coisa louca, um beijo desesperado, que não teve qualquer continuidade. Eu ficaria em Paris, e ela seguiu da área de trânsito para Madri, de onde voltaria para casa. Mas lembro do comissário tocando meu ombro e dizendo *quiet, please, we are in a plane*. Passagens assim voltariam a acontecer na minha vida. Fiquei intrigado, porém, no dia em que li as memórias de Paul Auster, quando ele narrou um caso parecido, que aconteceu num diapasão em tudo semelhante àquele meu. Sem vulgaridade, sem donjuanismo barato, mas com uma intensidade bestial. Será que uma deficiência de pressurização pode levar as pessoas a destravar a libido a esse ponto? Teria a ver com o medo de morrer? Ou sendo aquela uma época em que as pessoas viajavam em seus melhores trajes, poderia o *sex appeal* ser irresistível?

Antes da meia-noite, pousamos em Paris.

Segunda Parte

Paris

Todo se acaba menos París, que no se acaba nunca, me acompaña siempre, me persigue, significa mi juventud. Vaya adonde vaya, viaja conmigo, es una fiesta que me sigue. Ya puede acabarse este verano, que se acabará. Ya puede hundirse el mundo, que se hundirá. Pero mi juventud, pero París no ha de acabarse nunca. Qué horror.

ENRIQUE VILA-MATAS
París no se acaba nunca

Capítulo 14

Que espécie de festa é essa?
(Paris, 14 a 15 de março)

O ônibus da Air France me deixou no alto dos Champs-Elysées. Que o aeroporto estivesse quase vazio, nenhuma surpresa. O voo de Londres foi um dos últimos a pousar. Ser o único passageiro do pullman, era menos comum. Demorei a entender o que estava acontecendo na praça da Étoile. Em torno do Arco do Triunfo, os carros borboleteavam em desordem, como mariposas em volta de uma lâmpada. Motoristas buzinavam sem motivo aparente, e cheguei a pensar que eram torcedores que saíam do Parc des Princes, ali na região, e que a estridência fosse em honra a Neymar ou Mbappé. Senão, que espécie de festa era aquela? No táxi, o motorista marroquino começou a falar sem que eu lhe perguntasse. "É uma traição, *monsieur*. O senhor ainda não soube? O Primeiro-Ministro mandou fechar os bares, cafés e restaurantes à meia-noite. Sem prazo para reabrir. Os colegas estavam falando que pode durar uma semana. Outros falam de 15 dias. Tem quem aposte que pode levar um mês. É uma tramoia que vai acabar com o turismo, táxi, hotel."

Descemos os Champs-Elysées e nada indicava anormalidade na avenida, que não perdera a majestade. Foi só depois de pegarmos o boulevard Saint-Germain que me apercebi de que havia algo mais em curso. Um sintoma candente da anomalia era que nos bares na altura do Odéon, normalmente apinhados de jovens e turistas nas noites de sábado, os garçons empilhavam as cadeiras sobre as mesas e fechavam as vidraças corrediças, como se estivessem de olho no relógio. "Isso é uma covardia. Como o senhor sabe, nós e os *restaurateurs* somos as duas únicas categorias realmente independentes que ainda sobrevivem. Depois do golpe que foram as manifestações dos *gilets jaunes*, vem essa agora. Vão vender a França aos chineses por uma ninharia. É o fim do euro. Não se espante se for feriado bancário segunda-feira. A essa altura, eles já devem estar imprimindo notas de mil francos."

Na altura de Cluny, aquela pregação apocalíptica começou a me irritar. A beleza da noite iluminada não era consolo. "Sou formado em biologia molecular. Esse vírus é um míssil teleguiado contra o Ocidente. Aposto que já passou por mutações de laboratório. A lâmina do microscópio não mente. Juro sobre a cabeça dos meus filhos que é um ato de puro terror. Na hora de apontar o Islã, ninguém hesita. Mas ninguém fala da estratégia de dominação chinesa. Quando isso começou, eu..."

Aquilo era demais para mim. "*Assez. Faites un peu de silence, s'il vous plaît...* E permita que eu escute o rádio por um minuto. Já estamos quase chegando e eu ainda não consegui entender direito o que está acontecendo." Bem sei o quanto os marroquinos viajam em teorias conspiratórias, elevadas a esporte nas noites cálidas de Casablanca. Mas daí a querer que eu ouvisse aquele rosário da baboseiras, francamente!

No porta-mala, percebi que ele tinha pelo menos 10 galões de água mineral estocados. Resolvi suavizar o tom: "Conspiração chinesa ou não, você é prudente, não é? O que você tem aqui dá para saciar 2 camelos." Ele me deu uma cédula de troco e disse, sentencioso, espantando a mágoa que lhe causou minha reprimenda: "Sou filho do deserto. Quem vem de onde eu vim, aprende que sem comida ainda dá para viver. Mas sem água, não. A água e as boas maneiras são os combustíveis do mundo. Boa estada, *monsieur*." E antes que eu pudesse ler no celular o código de acesso da porta na escuridão, ele sumiu na direção do boulevard Saint-Michel.

Minha amiga Pascale estava indócil. "Ainda bem que comprei umas garrafas de vinho branco hoje à tarde. Bebida vai virar bem de primeira necessidade." E me tascou 2 beijinhos um pouco sem jeito. "Bem-vindo *anyway*..." Para ilustrar o que Édouard Philippe dissera, abriu a porta da pequena varanda e me apontou o café onde só uma lâmpada cintilava atrás do balcão. "Eu estava à tua espera ali. Às 8 fizemos silêncio para ouvir o barbudo. Ficamos sem chão quando ele anunciou o fechamento *sine die* dos bares. Podes imaginar todo um país lacrado – de Lille a Marselha, de Nantes a Chambéry? Ninguém está entendendo isso direito. A dona do bar começou a servir canapés de salmão defumado sem que ninguém pedisse. E depois, pedaços de queijo com azeitona. Dizia que era tudo por conta da casa, para festejar as férias forçadas. Foi uma loucura."

Apesar de cansado, um banho e um copo de vinho me revigoraram o ânimo. Mais repousado, contei-lhe o meu dia. Desde a manhã resplandecente de Budapeste até a pausa para reabastecimento em Londres, em que as cervejas e as distâncias de Heathrow quase me fizeram perder o avião.

Por trás da silhueta magrinha dessa francesa *de souche* – uma amizade de 40 anos reconstituída graças à conectividade das redes sociais –, via recortada a cúpula do Panthéon. "E o teu namorado, onde anda?" Ela fez uma expressão de enfado. "Jean-Yves foi visitar os pais em Belfort. Já é a terceira vez que viaja para lá em pouco tempo. Disse que a situação é muito preocupante, que os hospitais estão trabalhando sem trégua. A toda hora chega gente com dificuldade respiratória. Fique tranquilo que ele não dorme aqui quando está em Paris. Normalmente, sou eu que vou para o apartamento dele, numa vilinha em Falguière."

Íamos dormir com justas preocupações um com o outro. Quando ela apagou a luz do meu quarto e se despediu da porta, eu ainda disse. "Pascale, não sei se isso serve de consolo. Mas queria que você soubesse que apesar de ter rodado um bocado esse ano, desde Viena eu venho evitando multidões. Se duvidar, desde janeiro, lá na Sérvia, quando assisti amoitado a uma comemoração do Ano Novo chinês. Outra coisa: trouxe bastante máscara de proteção para se a gente quiser dar uma volta. Soube que estão em falta aqui."

Ela desdenhou.

"Máscaras? Obrigada, mas ainda não chegamos a tanto. Isso para mim tem um pouco de histeria. Espero que não tenhamos que sair de focinheira por aí. Boa noite, então, não é?" Ainda hesitei. Deveria chamá-la para esticar um pouco? Ela sempre ficava meio arisca nas primeiras horas dos nossos reencontros. Depois, o namoro com Jean-Yves bem ou mal continuava. "*Bonne nuit*, Pascale. Obrigado por tudo. Sem você, eu estaria como uma nau bêbada, *comme un bateau ivre.*" Ela fechou a porta preguiçosamente, sem dar bolas a Rimbaud.

Indiferente à manhã de sol que iluminava o Panthéon, passei bom tempo examinando umas fotos no celular enquanto flexionava os joelhos e tornozelos. Os sites científicos mostram a imagem multiforme de uma espécie de fragmento de coral esponjoso, todo ele de cor verde piscina, que representa os alvéolos dos pulmões. Nas imagens seguintes, eles são rapidamente povoados por pontinhos cor de rosa que se agrupam em colônias. Uma vez confiantes no poder destrutivo do time, os tais pontinhos se dispersam pelo organismo e investem cruelmente contra as vias respiratórias, prostrando o cidadão em 2 tempos. Se tudo correr bem, ele vai passar semanas emborcado numa cama de hospital, numa posição que facilita a ventilação, com uma cânula na traqueia, na reanimação intensiva. Fico pensando em *reanimação*, palavra recorrente em todas as linhas do noticiário. Etimologicamente, vem de restituir a alma ao moribundo, de avivar a chama que se esvai, que ameaça se apagar. Na maioria das vezes, quando se trata de asmáticos e obesos – oh, não –, o sujeito é descartado logo na entrada, não muito diferente do que acontecia aos enfermos nos campos de extermínio. A diferença fica no plano moral. Ao contrário da triagem genocida, onde a morte não era determinada pela natureza, senão pela sanha da crueldade e da rapinagem, os hospitais da Europa, e em breve do mundo todo, serão obrigados a recusar a misericórdia a uns por pura aritmética: médicos administram recursos escassos. A loteria da sobrevivência revogaria a álgebra. E como é de se esperar, não querem gastar munição boa com caça miúda. Por que me entubar durante 3 semanas, sabendo que são de 80% as chances de morte, quando o mesmo equipamento pode ser alocado para um paciente que tem os mesmos 80% de chances de sobreviver? A peste está aí para dar uma forcinha ao ciclo da vida, eliminando do panorama os vulneráveis, os que oneram os sistemas de saúde e pouco podem dar em troca. Para o bem do planeta, quando formos invadidos por alienígenas, precisaremos de guerreiros aptos a defender nossos sistemas de informação e defesa. E não de velhotes que tomem uma canja ao meio-dia pelas mãos da cuidadora. Outro aspecto tremendo do novo cenário é a transmissibilidade acelerada da praga. A vida diária europeia ainda não prescinde de moedas metálicas. Em cada bolso, levamos bom número delas. Com isso, é quase inevitável que a ponta do indicador faça uma incursão à boca, à mucosa dos olhos ou à do nariz. Daí se abre a contagem regressiva para o ataque, sempre de desfecho incerto, mesmo quando o prognóstico for bom. Os que conseguem sobreviver à intubação, precisam reaprender a viver.

Quem me garantia que Pascale não estava infectada? E como dormir tranquilo, sabendo do bate e volta de Jean-Yves ao Leste? Acaso não ouvi uma tosse seca de madrugada?

Enquanto minha anfitriã fazia compras na feira do bairro, eu matutava no chuveiro. Se morresse dentro de alguns dias, levaria algum arrependimento? Bem poucos. Desses que nada nem ninguém pode redimir, um único. Eu tinha 30 anos em 1988 e estava na Nigéria, numa longa e tortuosa viagem pela África. Em Lagos, que era uma cidade tão imensa quanto hostil, me hospedei no Federal Plaza. Não se passava hora sem que os seguranças da portaria mandassem gente oferecendo serviços que não me interessavam. Mas isso não chegava a ser um pesadelo porque bastava declinar e agradecer, e eles iam embora sem insistir. O africano não se aplica em transformar um *não* em um *sim*, como é próprio dos asiáticos ou latinos. No dia seguinte à minha chegada, tendo visitado um cliente cuja fábrica de tintas processava nosso principal produto, o dono da indústria, um libanês, me chamou para ir à casa dele. Era um homem de uns 50 anos, sumamente embrutecido, que tratava todo mundo à base de gritos, embora comigo fosse manso como um coelhinho, quase melífluo de tão cortês. Na falta de melhor opção, aceitei o convite.

Lá chegando, recomendou que eu tomasse um drinque, que ele próprio iria dar uns telefonemas, que levaram quase 2 horas. Que eu assistisse televisão e relaxasse pois havia um suculento jantar à nossa espera. *You deserve the best, habib.* Ele tinha saído da sala há pouco, me deixando com um criado que, todo sorrisos, me trouxe uma água tônica com gelo e se manteve atento a meus desejos, numa expressão meio aparvalhada. Foi quando, do nada, uma mulher do outro mundo abriu a porta e perguntou se podia entrar, como se não estivesse nos seus domínios. Era a esposa do empresário, também libanesa, e apenas um pouco mais nova do que eu. Toda sorrisos, sentou-se timidamente na banqueta do sofá à frente, contou-me que tinha 2 filhos, o mais novo de 3 anos e a menina de 5, e ela era simplesmente a mulher mais bela que eu já vira de perto até então. A boca parecia uma romã mordida, os olhos tinham 10 tons de violeta e as sobrancelhas eram delineadas como se tivessem sido arqueadas por uma escovinha.

Dispensou o rapaz e disse que se ocuparia de mim naquela sala meio brega, deliberadamente lúgubre e atravancada de tralhas. Pareceu ler minhas impressões sobre a casa, tanto é que deu de ombros: "Considero isso aqui uma espécie de passagem, apesar de meu marido gostar muito deste país. Homens têm o coração onde os negócios vão bem, não é? Não os culpo. Mas nosso apartamento em Beirute é bem mais iluminado, tem até vista para o mar. Sinta-se em casa mesmo assim." Eu sorri sem jeito. Ela então passou para o sofazinho de couro, fazendo cerimônia na sua própria sala de visitas. Tanto recato era etiqueta. Dali ouvíamos o marido aos berros ao telefone. Como anfitriã, ela pedia que a desculpasse pelo inglês meio básico e que eu não hesitasse em dizer se queria mais bebida, se precisava telefonar, se queria ir ao toalete. Então contei-lhe que estava fora há um mês, que a solidão era uma constante, mas que os livros eram bons companheiros.

Passaram-se uns tantos minutos. Olhando para mim um pouco mais à vontade, ela disse que se via que eu estava cansado. Que era difícil ficar tão longe da família por semanas, mas certamente essa ausência era compensada quando eu voltava para casa. Que ela mesma tinha saudades de Beirute e das noites com as amigas em que dançavam em casa, sob o olhar complacente da mãe e das tias. Que a vida dela agora era só a caseira, que a juventude se evaporara. Será que podia me dizer uma coisa? Claro, respondi. Por que havia uma centelha no meu olhar, sim, *a spark in your look*, que a levava a querer falar, falar e falar? Que eu não a interpretasse mal, mas isso não era comum que acontecesse, pelo contrário, ela era tida até pelas irmãs como muito sóbria. Empolgada, admitiu que estava gostando tanto da conversa que, pelo gosto dela,

Wadi continuaria ao telefone por horas. Que eu a perdoasse se ela corasse, mas queria propor uma coisa. O que seria?

Então ela passou os dedos sob as pálpebras, como se enxugasse um suorzinho que tivesse se acumulado e, com voz uma oitava mais baixo, escancarou as portas da danação que me torturaria até o fim de meus dias. Pois bem, como eu tinha gostado tanto daqueles docinhos sírio-libaneses, amanhã, sim, amanhã sem falta, ela poderia pegar o carro e dirigir sozinha até o Federal Plaza. Bastava eu lhe dizer o número do quarto em que eu estava hospedado e ela viria pessoalmente me trazer uma caixa extra de baklavas iguais àquelas que tínhamos ali para que eu levasse para o Brasil, ou para que comesse durante o que restava de viagem. Ou, se quisesse, que jogasse fora, isso não era problema dela. Que ela só precisava saber o número do quarto, como prova de minha boa vontade. É claro, ela só faria isso se eu dissesse que era bem-vinda, e se eu encarasse a visita como parte da tradição de hospitalidade do Oriente que recomenda que não se deve negar nada a quem vem de longe. *Nothing at all. Do you understand?* Depois, já que tinha dito aquilo tudo, que eu soubesse que ela se sentia muito só e que nunca tinha sido tão sincera. Que era como se nossas almas estivessem se falando, não as nossas bocas. Isso posto, que eu dissesse alguma coisa, por favor, se era sim ou não, se iria ou não aceitar as *halvas* que ela aprendera a fazer com a avó? Que, por favor, eu dissesse no que estava pensando pois ela percebia que meus olhos expressavam uma coisa e a boca parecia querer dizer outra, como na música de Oum Kalthoum, a grande cantora egípcia. Será que eu a conhecia? Queria ouvir um disco dela para que conversássemos mais à vontade? Ela podia me traduzir as letras mais bonitas. Se bem que tudo dela era bonito porque só falava de amor, disse como quem confessava uma fraqueza. E então levantou para colocar a fita no equipamento.

Em Paris, Pascale tinha acabado de voltar da feira, e nem em sonho podia imaginar que eu estivesse pensando em Oum Kalthoum. "Quando você sair do chuveiro, tenho novidades nada boas sobre esse bichinho desgraçado." Sentei na borda da banheira para enxugar os pés enquanto o pensamento voltava para Lagos. *J'arrive...*

Então, o que foi que eu fiz? Como um idiota, eu só agradeci. Usei minha melhor cara de palerma, e disse que não, que não queria mais docinhos, que já tinha engordado na viagem, e que ainda iria visitar o Senegal e a Costa do Marfim antes de voltar. Havia uma espécie de súplica faiscante no olhar dela, que eu fazia questão de ignorar, como se tirasse disso um estranho prazer. No fundo, tinha medo de que o marido a tivesse plantado no meu caminho para me submeter a algum tipo de coação mais tarde, para criar uma dívida impagável, para pretextar que ele me desse um calote, para me matar, ou sei eu lá mais o quê. Hoje sei que não era nada disso. Foi simplesmente uma atração louca, um desejo, e que eu deveria ter dito sim, venha, é o quarto 602, chegue às 4 da tarde que estarei à sua espera. E quando ela chegasse, eu jogaria longe a caixinha de doces, a abraçaria e, devagarzinho, a livraria daquele vestido longo. Então, com delicadeza, puxaria o *niqab*, e então, eu com meus 30 anos e ela com seus 25, afundaríamos as pilastras da recepção do Federal Plaza.

Na sequência, no meio do jantar que tivemos a 3, quando ela se ausentou com um ar choroso por meia hora, Wadi me confidenciou com uma piscadela canalha que dera um bom dote ao pai dela, mesmo porque ele, Wadi, precisava casar para ter filhos. Não que ele quisesse realmente, mas estava preocupado com a AIDS e fazer sexo com as nigerianas agora era expor-se a risco de morte. Não, é claro que ele não tinha parado de comer as pretas mesmo porque a mulher dele era uma só, além de ser meio temperamental, e um homem não aguenta comer o mesmo prato todo dia. Mas que ele era um bom marido, que a levava 2 vezes ao ano a Beirute ou a Londres, e sempre lhe comprava uma joia cara para ela ter do que se pavonear perante as irmãs.

No fundo, eu odiei uma parte das confidências, mas sorri com um canto de boca, com aquela masculinidade de latrina que perpassava o diálogo dos homens no mundo todo. E até hoje, até essa manhã de 15 de março de 2020, que passará para a História como o Ano da Peste, cá estou eu, 32 anos, 3 meses e 18 dias depois do oferecimento que recusei, cá estou eu, repito, atormentado por essa minha covardia de que nunca, nunquinha, jamais me perdoarei. Não esqueço o olhar ressentido dela quando me esticou a mão na despedida. Se for entubado em Paris, será naquele olhar de súplica que vou pensar antes de apagar e submergir na inconsciência, vestido no escafandro de minha vergonha. Ufa!

"Vens ou não? Posso te servir de um copinho de Sancerre?" Cheguei à sala e lá estava minha amiga com um lenço palestino enrolado no pescoço, e bela nas calças rancheiras e botas de cano alto. Os olhos verdes sorriam. "Desculpe, Pascale, dormi demais." Brindamos. "*Santé*. Pensei em te chamar para ir à feira, mas tive pena. Ouvi no rádio esta manhã que Macron vai à televisão amanhã. O que mais ele pode anunciar a essa altura depois que o preposto já declarou o fim do mundo?"

Fiquei quieto, espetando os cubinhos de polvo na salmoura que ela trouxe. "Estás silencioso hoje ou é impressão minha?" Fui sincero. "Quem não fica meio reflexivo numa hora dessas, não é? Você se arrepende de alguma coisa na vida, Pascale?" A resposta dela me encheu de entusiasmo. "Só o de não ter namorado o Ohran Pamuk em Istambul, quando vivi lá. Era meu amigo de bairro e gostava um bocado de mim. E tu?" Menti. "Sem arrependimentos. É claro que dei umas vaciladas. Mas nenhuma delas foi fatal à vida." *Tant mieux,* ela disse.

A tarde foi curta, como são as de inverno. Fomos à varanda para ver os telhados com alguma luz do dia. "Na próxima semana, já é primavera." Passei o braço sobre os ombros dela e ela me enlaçou pela cintura. "Jean-Yves só vem amanhã." Então foi minha vez de dizer *tant mieux*.

Capítulo 15

Aux armes citoyens!
(Paris, 16 e 17 de março)

Fato e versão agora são uma coisa só. Para quem amanheceu hoje na Europa, as imagens que mostravam uma Wuhan assombrada e deserta em fevereiro se tornaram tangíveis em questão de horas, no limite do familiar. Rapidamente, o vírus nos laçou pelo pescoço e tangeu-nos, apreensivos e cabisbaixos, para o mesmo curral onde se espremiam os asiáticos. Até ontem, a tristeza e o medo eram privilégio *deles*. Essas histórias de lacrar um bairro, de confinar milhões de indivíduos em suas casas e de impor o uso de máscara até para pegar comida no elevador, eram coisas de orientais. Na nossa visão autocentrada, tratavam-se de imposições estranhas à vida em tempos de paz. Cá no fundo, pensávamos: não tivesse a China uma matriz cultural autoritária e não fosse sua gente submissa e temerosa, seria impossível que milhões de indivíduos aceitassem bovinamente os caprichos da repressão. Íamos além: Pequim não se acanha em mostrar ao mundo que tem o braço forte. Rigor e truculência são de regra atrás da Grande Muralha até mesmo na hora de construir colossos de infraestrutura de uma semana para outra − um trunfo propagandístico para a engenharia do terror.

Dizer que achávamos o receituário ruim, seria mentir. Importante era que os mandarins contivessem o vírus por lá e que o corona, quando muito, parasse num país limítrofe – uma das Coreias, Tailândia ou Vietnã. Que não transpusesse as fronteiras da Ásia Central até cá. Mas depois que focos de contaminação espocaram no Irã, e logo na Lombardia e na Alsácia, o fenômeno começou a se repetir sob nossas barbas. Quem diria que o Café de Flore fecharia as portas? Quem imaginou os Champs-Elysées às moscas? Ora, o terror ganhou forma e acampou bem no meio de nós. A que se compara a sensação de ter o vírus viajando no metrô de Paris? A uma batida do NKVD de madrugada. A uma convocação da Gestapo. A um *pogrom* na Ucrânia, com aldeões embrigados a atear fogo às casas. À ocupação da vizinhança por milicianos. A um arrastão num túnel longo como o Rebouças. À chegada de um maremoto à avenida, depois do recuo das águas. À perspectiva de uma sessão de tortura, talvez. Devagarinho, corporificou-se a sensação de que, desta vez, ninguém está a salvo. Nas ruas, não há mais sequer com quem falar sobre o Apocalipse. Ele simplesmente *existe*. Ele é concreto demais para que tenhamos que falar a respeito. Mesmo porque todos se evitam. É o fim do *bonjour* e do *bonsoir* a desconhecidos.

Sonhei que pegava uns livros na gôndola e me dirigia ao caixa numa bonita livraria. Bem à hora de pagar, quando dava a última folheada para me deliciar por antecipação com um parágrafo e mantinha prudente distância do cliente à frente, vi que não entendia mais uma só palavra. Que língua estranha era aquela? Por que então os tinha escolhido? Estava louco? Era como se as sílabas tivessem sofrido uma acelerada transformação no intervalo entre a seleção na prateleira e o guichê de pagamento. O que teria acontecido? Um dos livros tinha uma linda capa impressionista, com paisagens campestres que podiam ser de Renoir. Deveria levá-los para casa, na expectativa de que as palavras originais se reconstituíssem, voltando ao idioma original? Ou deveria abandoná-los na bancada e dali mesmo ir embora? Olhando à volta, descobri onde estava. Era na berlinense Dussmann, na Friedrichstraße. Foi o último sonho de uma curta noite, o único de que me lembre, pouco antes de acordar. Ia contá-lo a Pascale. Ela talvez soubesse como interpretar a desfiguração das palavras à luz da psicanálise. Teria a ver com a rápida mutação do vírus? Ou com o advento de um mundo tão novo que logo condenaria minhas faculdades a acelerada obsolescência? Mas desisti porque encontrei minha amiga em outro diapasão, nitidamente inquieta.

"Macron vai anunciar um confinamento geral. O Jean-Yves vem ouvir a fala aqui esta noite. Não sei se você leu, mas ontem as pessoas resolveram aproveitar o sol e anteciparam a primavera. O Marché d'Aligre, perto da Bastilha, lotou. A classe artística bradou resistência, como se fosse um ato político. Até os *gilets jaunes* se entusiasmaram, como se o vírus fosse um morador da avenue Foch. É claro que os comerciantes gostaram. Isso escandalizou o pessoal da Saúde que agora resolveu apertar. Parece que a coisa não é brincadeira."

Do que eu menos gostei foi saber que o namorado dela desembarcaria de um trem vindo da Alsácia e vinha direto para o apartamento. Mas quem era eu para sugerir que ele não subisse, que eles se encontrassem no térreo? Estava claro, em qualquer hipótese, que a França entraria naquela noite em outro nível de alerta. "Se houver mesmo confinamento, combinamos que vou ficar em Falguière. Pelo menos ele tem um pequeno ginásio em casa para mantermos a forma. Não acho que vá durar muito. Assim você fica mais à vontade. Só não traga namoradas para cá. Não sou nem ciumenta nem puritana, você sabe. É que quero te ver saudável por muitos anos. Se não vou voltar a te ver magrinho, que te veja pelo menos gordinho e feliz." E me tascou um beijo.

Que amiga era Pascale. Quanto tempo tínhamos passado sem nos ver, desde que ela morou no Brasil, nos anos 1970? Décadas, muitas décadas. Já entrada nos 70 anos a essa altura, alguém poderia perfeitamente lhe atribuir 20 a menos se a visse pedalando em volta do Jardim do Luxemburgo. Dona de um temperamento forte, os pais vieram do Leste no pré-guerra e se fixaram no Norte. De pequena, ela viveu no México, país a que se sente ligada até hoje. Depois passou a adolescência na Turquia onde incorporou mais uma língua às 6 que fala. Quando chegou ao Brasil, na esteira de uma paixão, arrasou corações em São Paulo antes de se fixar na Inglaterra. Morando na França há quase 15 anos, tinha 4 filhos espalhados pelo país, todos de Gérard, com quem teve uma relação explosiva, mas eterna. "Teria ficado com ele até o fim. Quem mandou aquele tolo morrer cedo? Aliás, vou ser avó no próximo verão..."

Amiga incondicional, aquela já era a quinta vez que nossos caminhos se cruzavam nos últimos 3 anos. Sobre Jean-Yves, me preveniu ao modo dela. "Tem a idade de Martine, minha caçula. Mas se Brigitte pode pegar um ex-aluno, por que eu não posso ter meu *chouchou*? Só que contrariamente a Macron, o meu tem uma cabeça de ostra. Mas melhor ele do que um *pantouflard*, um desses velhotes que passam o dia de pijama esperando o noticiário. Com Jean-Yves pelo menos rolam umas festas legais no XXème, e ele ainda vai levar uns 30 anos para começar a se queixar de lombalgia. A essa altura, estarei no Père-Lachaise. Aliás, tuas dores melhoraram? Não é por nada não, mas estás meio enferrujado desde a última viagem."

Naquela tarde de 16 de março, achei por bem tomar providências. Saí para fazer compras, pensando nos presságios do motorista marroquino que falara de feriado bancário, da abolição do euro, da corrida desenfreada por mantimentos e da estocagem de água. Nada no panorama indicava que ele tivesse razão. Os poucos estabelecimentos fechados simplesmente obedeciam à regra do descanso semanal. Pelo sim e pelo não, não poupei nas iguarias. Se são grandes minhas chances de morrer na pandemia, pelo menos que morra bem alimentado, deliciado com a suculência dos presuntos gordos, a crocância dos pães e a untuosidade das manteigas salgadas. Que morresse de dispensa cheia. Mal voltei para casa, porém, vivi um momento comovente, que faria com que me arrependesse de ter comprado um kit para receber o fim do mundo, e talvez antecipá-lo com bombas de colesterol ruim.

Um amigo médico, do Recife, ligou para dar recomendações que podiam fazer toda a diferença. Aumentou a dosagem de vitamina D, prescreveu 2 comprimidos de zinco, recomendou levar sol da varanda e disse para ter sempre uma bombinha contra asma à mão. "A tendência é que os distúrbios respiratórios aumentem bastante. Mas não se alarme. Mantenha sua alegria de viver. Escreva que lhe faz bem, e faz bem a quem o lê. E não esqueça de que comer um croissant de vez em quando é quase obrigatório para quem está aí. Fugir do vinho tinto também é crime inafiançável. Mas tudo com moderação. Esta é a palavra-chave. Se precisar de alguma coisa, você sabe onde me achar."

Emocionado, fiquei prostrado na poltrona. Preciso me manter vivo para estar à altura de um homem desse gabarito. Para um dia poder lhe dizer de viva voz o quanto a chamada dele foi providencial, e como lhe ouvir a voz criou um elo tangível com o mundo de minhas raízes. Pensar que nos conhecemos há tão pouco tempo. Das vezes que nos vimos, era ele falando de Timbaúba e eu de Garanhuns. Sob o esplendor dessa ponte, agora havia Paris. E nela, um pontinho – que sou eu. Imaginar que alguém pudesse se preocupar comigo! Logo eu que todos acham que sou de aço, que aguento tudo, que não preciso de ninguém. Fui ao banheiro e deixei que as lágrimas escorressem. Afundei o nariz na toalha para dar vazão a um gemido que vinha dos porões bolorentos da alma, daqueles que não veem a luz do dia. Que eu não morra sem saber por que razão minha vida só foi possível longe de minha terra. A palavra desterro, antes ligada às prisões ultramarinas, ganhou tangibilidade. Na cabeça, ressoava a *Canção do Expedicionário*, a música dos Pracinhas, que papai ouvia na vitrola enquanto fazia a barba. Mais do que os sabiás de Gonçalves Dias, aqueles estribilhos calavam fundo.

> *Por mais terras que eu percorra*
> *Não permita Deus que eu morra*
> *Sem que eu volte para lá...*

Cismado com a visita de Jean-Yves mais tarde, a verdade é que eu próprio não estou bem. Acordei pigarreando e já

tive que me segurar 2 vezes para abafar o som da tosse, com medo de assustar minha anfitriã. Tomara que seja só mais uma irritação na faringe. Nos campos de concentração, era vital esconder a febre e a diarreia. O prisioneiro que apresentasse os sintomas, era candidato sério às câmaras de gás. Hoje é de péssimo tom espirrar ou tossir. Quem o faz, vê uma clareira se abrir à volta. O gripado pede desculpas, sorri amarelo, e alega uma friagem ou uma reação alérgica. De casa, enquanto ainda estava só, liguei para o meu banco, no Brasil. Por que o cartão estava bloqueado? Ora, porque eu comprei um sanduíche de R$ 40,00 num voo entre Budapeste e Londres. Mas então, o que há de fora do meu padrão nessa operação? Foram 8 tentativas até a resolução do problema, o que desencadeou outro surto de tosse e a amarga sensação de tempo perdido. Justamente agora, quando cada minuto conta.

Faltando 2 semanas para completar 62 anos, nunca tinha vivido momento tão impressionante, tão solene e tão dramático quanto o da noite de 16 de março. Num tom sóbrio, mas cheio de ênfases, Macron repetiu pelo menos 5 vezes que estamos em guerra. A partir de agora, não há restrição orçamentária; não há diferença ideológica; e não há sectarismo político que possa impedir os moradores da França de desencadear a maior ofensiva da História a um inimigo poderoso e invisível. Ninguém sai de casa; ninguém se toca; ninguém confraterniza; nenhum bar ou restaurante funciona. Wuhan é aqui.

Ficamos os 3 cabisbaixos, reprimindo a vontade de nos abraçarmos. E agora? Tomada mais uma garrafa de vinho, pouco a pouco destravamos as línguas até nos revelarmos loquazes e camaradas. O que desejar daqui para frente? Acordar dia após dia sem quaisquer sintomas do vírus era tudo o que me interessava. E lançar-me ao trabalho feito um desesperado. Jean-Yves foi além: será que a humanidade e ele próprio iriam conseguir distinguir dali em diante o que era essencial do que era acessório, atestada a flagrante fragilidade da vida? Continuaria a brigar com os pais por não o ajudarem a se estabelecer por conta própria com uma loja de material esportivo no XVème?

Pascale reforçou o que já me dissera na véspera, quando, deitados, olhávamos o céu por uma lucarna entreaberta. Ou seja, que não acredita em grandes mudanças na natureza das pessoas. Mas que vivera a seu talante, ou seja, intensamente. "Um pouco como tu", disse. Que desde muito cedo, aprendeu com o pai que o tempo e a saúde eram sim os bens mais preciosos, e não o dinheiro. O namorado deu de ombros e me olhou com um ar divertido, mostrando com o queixo o centro da sala, os objetos de arte e a biblioteca bem cuidada. "Convenhamos, *chérie*, você está longe de ser uma eremita."

Então eles me devolveram a palavra como se a cada um fosse dada uma chance testamental, um desabafo de cunho filosófico, digno de 3 náufragos numa noite escura, bem ao lado da Sorbonne. Corroborei a visão da amiga e disse que achava o mesmo. Ou, pelo menos, torcia para que as pessoas passassem a dar valor aos prazeres mais simples, àqueles que não são pagos. Ainda bem que desde quando rodava o mundo a negócios, o lúdico tinha sempre contado na minha vida. Que mais do que eles 2, talvez até por ingenuidade, eu acreditava que a humanidade se sairia melhor da experiência.

"Quando essa bosta ficar para trás, teremos um pequeno Renascimento." Diante da descrença de Pascale e dos muxoxos de Jean-Yves, abri o telefone e li um pensamento de David Grossman, o escritor israelense.

> *O fato mesmo de imaginar uma situação melhor significa que nós ainda não cedemos à epidemia, ao medo que ela provoca, que ainda não reduzimos nossa humanidade ao silêncio. Talvez compreendamos que essa epidemia mortífera nos ofereça a ocasião de extirpar de nós mesmos as camadas de gordura, de avidez bestial. Da reflexão obtusa e cega. De uma abundância que se tornou um estorvo, que começou a nos sufocar e para que diabos acumular tantos objetos? Por que enchemos e enterramos nossa existência a esse ponto, sob montanhas de supérfluos?*

No primeiro dia em que acordei sozinho em casa, imprimi o formulário que me autoriza a caminhar num raio de 1 quilômetro em torno da residência durante uma hora para fazer compras. Debelada a tosse, fui tomado por certa euforia. Será que posso aproveitar esses tempos de reclusão para terminar meu romance – aquele mesmo sobre o qual engasgara ao conversar com o amigo pintor em São Paulo? Embalado pelo frio e pelos devaneios dos asmáticos, talvez devidos à baixa oxigenação, caminhei demais, para além dos limites da prudência, ficando sujeito a multa. Na rue Lacépède, parei uns segundos para amarrar o cadarço, que, segundos antes, por pouco não me derrubou na ladeira.

Com o pé apoiado na mureta, li numa placa que Charlotte Delbo, sobrevivente de Auschwitz, morou ali. Chegando em casa, pesquisei para saber quem era. Sobre o campo de concentração, havia uma sugestiva declaração dela: *Eu estava muito ausente para me desesperar.* Então, fiquei contemplando as fotos dessa bela mulher, que parecia tão masculinizada nos dias tétricos da Polônia. E mais tarde, de volta à França, era tão bela e coquete. Alguma coisa nela me lembrou minha tia Miriam.

Há muitos anos tive 3 tias que moravam juntas. Solteironas assumidas, mas não necessariamente conformadas com o estado civil, cada uma tinha um campo de interesse definido. Quando ia visitá-las, depois de uma temporada no exterior, cada qual queria saber de um tópico, e as demais se rebelavam contra a irrelevância dele.

Tia Miriam, a mais jovem do trio, apenas 1 ano mais velha do que meu pai, queria fuçar minha vida sentimental. Encontrara uma namorada nova? Ou o coração ainda batia pela antiga? Qual era meu tipo feminino favorito? Acaso gostava das ruivas, como ela? Diante dessas perguntas intrusivas, as irmãs diziam que aquilo era uma invasão de privacidade, que ela estava me constrangendo com investigações muito íntimas. "Se quiser falar sobre isso, deixe que seja por iniciativa dele, Miriam. Não está vendo que o bichinho ficou vermelho?"

Rezava a lenda familiar que uma cartomante de Vitória de Santo Antão tinha previsto um pretendente muito especial para ela. Era louro, tinha olhos claros, fala meio enrolada e vinha de longe. Quando numa recepção na casa da prima, que morava à beira mar numa residência em forma de navio, ela conheceu um oficial americano que se dizia almirante da McCormack, o coração disparou: era ele. Encantada, mas ciosa de seu recato, organizou um almoço no clube para que se conhecessem em seu terreno. Tendo vindo contar o sucedido a mamãe, uma dose de uísque a mais fez com que soltasse a inconfidência para papai que acabara de chegar, e estava de excelente humor naquele dia. "Acho que vocês vão ganhar um cunhado. Quem sabe vocês não virão nos visitar em Los Angeles? Mark mora em Beverly Hills." Ela pagaria um preço alto por isso. Papai pediu detalhes e, ato contínuo, na nossa frente, proibiu-a de sair de casa enquanto o enorme navio branco estivesse atracado no porto. "Você enlouqueceu? Isso só pode ser menopausa ou arteriosclerose. Quer dizer que você virou mulher de cais? Mas era o que me faltava. Filha do meu pai agora de braço dado com marujo na avenida Rio Branco. Oficial? Oficial uma pinoia, isso é golpe antigo..." Foi terrível. Ele se valeu do mesmo terror para lhe frustrar pelo menos mais uma tentativa de namoro com um psiquiatra do Recife a quem ela presenteara com um gato siamês. No final da vida, ele me pediu que não a deixasse desamparada. "Zele sempre por ela. Acho que eu estraguei um pedaço da vida da coitada."

Já tia Anita perguntava sobre as paisagens: era verdade que quando nevava o frio amainava? Sentia-se mesmo falta de ar no alto das montanhas? E por que os bávaros usavam calças curtas de couro com meiões? Já que fora à Escócia, vira algum homem de saia? Era verdade que eles não usavam cueca? Os interesses dela, que me pareciam tão legítimos e naturais, eram questionados pelas irmãs mal ela abria a boca. Baixinha, quase anã, característica da família Souto, descobri que calçava 34. Fiquei orgulhoso de, aos 10 anos, ter o pé maior do que o dela, que tinha 70. Opinativa, era de boa paz. Anticomunista, falava mal de Kruschev que para ela era um mujique ignorante. Todo dia rezava um terço na intenção dos irmãos Kennedy e pela morte de Fidel Castro. Para ironizar tia Alicinha, chamava Stálin de *papuska*. Devorava livros de faroeste, gostava de novela de rádio e tivera um único namorado, mas que amara com tanta intensidade que era como se o destino os tivesse unido pela eternidade. "Era Celso, meu filho, um rapaz de Garanhuns que estudava aqui no Recife. Você vai ficar da altura dele. Era respeitoso, mas divertido. No dia em que segurou minha mão pela primeira vez, os sinos da catedral tocaram por 10 minutos. Ainda hoje não sei o que foi. Morreu cedo, tínhamos data marcada. Mas foi bom mesmo assim."

Fã de Emilinha Borba, detestava Marlene, que era da predileção da irmã Alice. Dizia que seu sonho era ter um mucamo divertido para ouvir radionovela com ela. Quando bebia, dizia que preferia que ele fosse homossexual porque os achava muito divertidos. Admiradora da voz do locutor César Ladeira, teve grande decepção ao vê-lo à porta da rádio porque o físico não combinava com a voz. Era contra a cultura em excesso. Papai chamava-a de Anita Periquita e sempre gostou muito dela, ela que nunca representou uma ameaça à honra da família. A mim ele dizia: "Daquele tamanho, quando ela fica braba, não tem quem não trema."

Tia Alice interrompia meu relato diante das perguntas singelas das irmãs e queria saber sobre o que realmente importava: o que comentavam do Brasil? Será que eu sentira no ar se os exilados em Paris estavam esperançosos pela volta ao país? Será que Georges Marchais, o líder do Partido Comunista Francês, era casado? O que eu achava do parlamentarismo alemão? O que o nazismo deixara no coração do povo – nostalgia, ressentimento ou vergonha? Então as outras duas a atalhavam. "Deixe de conversa subversiva, Alicinha. Você quer que o menino seja preso? Quer que ele tenha o mesmo destino daquele seu ex-namorado? Será que você não aprende? Não basta ter visto tanta infelicidade por causa de subversão?"

Ela também se dera mal com papai pelo menos uma vez. Embora ele fosse um pouco mais cerimonioso por sabê-la cardíaca, não a perdoou ao vê-la vendendo bolo na quermesse da igreja da rua do Lima, em Santo Amaro, para arrecadar fundos para consertar o telhado da paróquia. "Irmã minha, neta do meu avô, vendendo talhada de bolo de fubá na rua. Só me faltava essa." Então perguntou quanto custavam os 3 bolos, lhe deu um maço de dinheiro e mandou que voltasse para casa antes que a vizinhança pensasse que a família estava passando fome. Como eu já era crescido, ela veio se queixar. "Desculpe dizer, é seu pai, mas é uma cavalgadura." Conciliar o cristianismo da idade madura com o materialismo histórico foi o drama de sua vida. A Periquita não perdoava. "Em Moscou, eles te davam de ração para os ursos. Urso branco lá adora comer dialética."

Então pisco os olhos e me dou conta de que não estou na rua da Aurora, em 1977. Estou na rue des Fossés Saint-Jacques, em 2020. Leio mais sobre Charlotte Delbo, por cujas mãos eu fizera aquela longa viagem.

Em Auschwitz, a gente não sonhava, só delirava. Hoje não estou segura de que o que escrevi seja verdadeiro. Só estou certa de que é verídico.

Na tristeza dessas ruas, sinto que ela virou uma nova amiga. O confinamento, que começou oficialmente no dia 17 de março, pode se tornar um longo caminho feito de resgate de reminiscências, de pressa de viver, de documentar filigranas e, ao mesmo tempo, de me perguntar a todo instante se, isoladas ou combinadas, essas ações fazem algum sentido.

Capítulo 16

Um cabo de atracação ao cais da vida
(18 a 31 de março de 2020)

Sonhei que comia o celular como se fosse uma barra de chocolate. Os nacos não tinham sabor – mesmo porque o primeiro sintoma do coronavírus é a perda do paladar, pensei depois. Enquanto mastigava, alguma coisa travou. Era o chip lateral do iPhone, aquele que fica numa gavetinha. Cuspi-o na palma da mão, onde segurava a capa azul celeste. Guardei o chip no bolso e entrei num hotel. Fui ao quarto, peguei um saco de mexericas e me esgueirei pelo parapeito da janela para contornar o edifício por fora. Não queria passar pela recepção levando as laranjas. Um popular apareceu em uma janela e gritou: "É melhor você voltar enquanto é tempo." Lutando contra o medo, resolvi avançar. O que fazia ali? Não sei. Muito aliviado por ter escapado de uma queda certa, acordei. Os sonhos continuam sugestivos. Domingo, adiantamos o relógio em 1 hora por conta da primavera. Mesmo que o tempo nessa espécie de cativeiro seja elástico, sinto que houve um desequilíbrio interno.

Mais tarde fui à farmácia, na tentativa bem sucedida de comprar uns medicamentos sem receita, visto que os atendentes estão mais complacentes nas exigências. Na volta, fui xeretar as frutas no hortifruti e vi uma imagem terrível. Um médico falava à distância com o caixa. Era alto, 1,95m provavelmente, usava máscara e tinha por volta de 70 anos. Na bata encardida, o nome ilegível bordado em marinho. O cabelo era farto, grisalho, desalinhado, às vezes enrodilhado em redemoinhos oleosos, como se há dias só dormisse a curtos intervalos e há tempos não soubesse o que era um chuveiro com shampoo abundante. Tinha olhos injetados e mal se aguentava de pé. A voz era rouca e pastosa, como a de um bêbado. Queria um tablete de legumes, talvez para fazer uma sopa e ganhar imunidades, coitado. Nunca vi alguém tão extenuado. Devia fazer três noites que não sabia o que era uma cama, no combate renhido à morte. Parecia ele mesmo se acreditar desenganado. Renunciei ao lugar na fila, logo atrás dele. Admito que temi seu universo viral. Devolvi às gôndolas as mandarinas sul-africanas e saí pela porta por onde entrei, tomado de vergonha. Que diferença de missão as nossas. Quanta grandeza havia no sofrimento daquele homem. Muitos médicos já aposentados se apresentaram voluntariamente para lutar pela saúde alheia nos hospitais. É possível que ele integrasse esse honrado regimento. E eu, bem, eu estava pensando no jantar. Quase não consegui tocar na comida quando cheguei em casa, perplexo com a insignificância da minha vida.

De Portugal, o editor informou que mandou para impressão meu livrinho. Dediquei os 3 primeiros meses do ano a arredondá-lo, a acompanhar o trabalho da revisora. Não houve escala em que não o tivesse a tiracolo. Não houve madrugada em que eu não lhe tenha dedicado um par de horas. O grande senão é que ele logo ficará pronto e não teremos como lançá-lo. Durante semanas, quiçá meses, dormirá nos caixotes de uma gráfica em Braga, quando o lugar dele era nas mãos dos leitores que, a correr como eu esperava, gostariam de conhecer o pequeno universo que criei. Quem sabe assim não poderiam suportar melhor a quarentena? Dos males, o menor. Diante de tudo que se abateu sobre artistas em geral, minha desventura é um nada. Empolgado com os 13 contos curtos protagonizados por judeus ou judias, cada um ambientado numa parte do mundo, era o livro que eu, como leitor, sonhava em achar numa gôndola de livraria. E no entanto já está claro que os lançamentos que teríamos em 5 cidades portuguesas estão adiados *sine die*, e que o próprio livro só chegará às livrarias mais adiante, visto que o fechamento do comércio por lá é iminente. Sequer vou poder levar para o Brasil os exemplares que pretendia lançar em eventos privados, antes que saísse a edição brasileira. Tudo que envolva gente, autógrafos, beijos e abraços está morto – até que o mundo volte a respirar.

Enquanto isso, os novos projetos literários regurgitam na minha cabeça. Sentado à mesa de trabalho, sob o olhar de Pascale adolescente, pintado na década de 1960, em que se vê ao fundo a ponte Galatasaray, mal consigo organizar os papéis do tanto que tenho a escrever. No isolamento que a chuva só torna mais melancólico, há uma semana prometi a mim mesmo me deleitar com alguns desses livros bem encadernados que minha amiga mantém na biblioteca que foi do pai. Penso em muitos autores de que não li sequer metade do que queria. Balzac, Gide, Flaubert e Chateaubriand são só alguns deles, muito bem representados em edições da Pléiade, em papel-Bíblia, na estante envidraçada, como se fossem grandes Châteaux da Borgonha. A rigor, poderia ser uma boa ocasião para percorrer Proust por uma vez que fosse na vida, ele que também vivia meio confinado, embora sem veleidades de igualar um pernambucano que já leu 7 vezes *À Procura do Tempo Perdido*. Nada, porém, me parece tão pouco tentador. E daí se vê como não sou um literato. Tenho certeza de que Proust me irritaria com o fraseado sem fim, os raciocínios inconclusos, as pinceladas sobre as tais raparigas em flor, as digressões de muitas páginas, e labirintos mentais a perder de vista.

Lembro do curso de verão de 1973 na Sorbonne, em que fui inscrito pelo meu primo. Ainda hoje tenho o diploma com menção *assez bien*. E por que não fiz jus a uma nota melhor? Por causa de um desafio de análise sintática de um parágrafo de Proust em que o professor nos pediu para identificar nada menos que três sujeitos, e a refazer a frase com duas outras *tournures*. Era um contorcionismo excruciante. Melhor passear nas ruas de Paris, onde me esperavam opções mais amenas. Já bastariam os aborrecimentos que teria mais tarde com Dostoievsky, que é descuidado com o acabamento dos textos. Tanto Quintana quanto Rachel de Queiroz arredondaram as arestas – ele as de Proust e ela as do russo. E aqui já nem falo de Clarice Lispector, de quem nunca consegui passar da terceira página de um romance. E no entanto, apesar de tão rústico nas preferências, gosto de ler e escrever. Depois que descobri emocionalmente, não pela via cognitiva, que estou condenado a morrer, escrever passou a ser uma boia de salvação, um cabo de atracação ao cais da vida.

Tudo é boa matéria-prima para um texto. Mas nada se compara em desejo ao grande romance que comecei em Chicago em agosto de 2018. Só posso começar outro projeto se concluí-lo, e isso ainda pode levar anos. Quem sabe não o adianto agora, enquanto a morte me espreita em cada esquina neste universo hibernado, tristonho, cinzento. Às vezes me pego pensando: é melhor um dia medíocre como vêm sendo os últimos, em que pouco rendo, mas estou saudável? Ou é preferível, nesse estágio da escrita, um dia com febre e dor na garganta, que atravesso ocupado e trepidante, a ponto de dormir jurando que acordarei cercado de padioleiros? Ora, o ideal é sentir-me disposto e produtivo ao mesmo tempo. Mas essas parecem ser coisas incompatíveis. Trabalho bem quando estou com tosse. Por quê? Porque daí me vem o senso de urgência. Se acho que vou morrer, tenho que gravar mensagens, escrever despedidas, passar senhas de banco para os parentes próximos, e produzir. Já se estou me sentindo saudável ou disposto, vou à esquina, compro um jornal, vejo o noticiário, abro a internet – provoco, brigo e, no final, nada faço. *Paroles, paroles, paroles*.

Tenho feito de tudo para fugir das interpelações dos policiais e para não ter que mostrar a guardas desabusados meu salvo-conduto, concebido para desestimular as saídas dispensáveis e evitar a propagação do vírus. Não gosto de dar explicações. Então, quando os vi, sumi por trás do Panthéon e fui me esgueirando para as bandas da rue Clovis, carregando a sacola de compras. Se abordado, estando o documento de conformidade com a janela do horário de saída, vou alegar que ainda devo ir à farmácia comprar solução de álcool; passar na loja de congelados Picard; escolher tâmaras no fruteiro marroquino, comprar queijos azuis, duros ou cremosos, ou me abastecer de vinho e papel higiênico no mercadinho da rue Lacépède, não longe das Arenas. Se há um país onde todos esses itens podem ser considerados de primeira necessidade, este é a França. Neste ponto, minha opção foi bastante esperta.

Para evitar a abordagem dos fiscais, importante é manter um passo firme e determinado, e não o de *flâneur* diletante. Acho que algo me excita nesse jogo de esconde-esconde, como se os inimigos fossem asseclas da Gestapo, e eu um engenhoso resistente, capaz de burlar a besta-fera. Na luta que travo intimamente contra a ideia de que um micróbio possa me aniquilar, prefiro pensar que a ameaça é de carne e osso, que enxerga com olhos azuis, que calça coturnos reluzentes de couro fino, e que tem uma pistola austríaca no coldre. Antes fosse. Nessas escapadas pelas vicinais, passei na rue Mouffetard e parei um minuto para admirar a pequena vitrine. Nela vi um pulôver de meia-estação e uma saia de estampas grandes, mostrando joaninhas. As cores eram repousadas e o manequim era bonito, bem feminino. O colar de argolas metálicas coloridas era magnífico. Quando será que a loja vai reabrir? Quem vai levar essas mercadorias? Será que o pulôver fará sentido no verão? A Mouffetard tem dezenas de bares. Todos estavam fechados. Parecia a cidade de Pripyat, depois de Chernobyl. Na place de la Contrescarpe, uma gralha não achava o que comer. Atrevida, veio xeretar dentro de minha sacola e dei uma sacudida forte. Mas ela me encarou. Com mais 2 semanas nessa pisada, ela vai me dar uma bicada no cocuruto. Os humanos já não impõem respeito, mesmo que sejamos os algozes da criação.

Lá se foi o aniversário dos 62 anos. Não queria que este fosse o último, mas são boas as chances de que seja porque o complô viral pode mesmo me levar à lona. Morrer em Paris para mim era só uma licença poética, não queria que o destino levasse a sério o devaneio romântico. Sempre brinquei de achar que a vida era uma espécie de ensaio, um aquecimento – como o dos tenistas que trocam bolas antes da partida. Agora vejo que posso estar jogando a final, e que o adversário tem *match point* a favor. Estou na defesa. Queria muito fazer 63 dentro de um ano. A quem pedir uma chance? Com que propósito mereceria uma prorrogação, se tanta gente de valor vai ficar no caminho? Tive uma vida boa.

O 29 de março em Paris foi frio e feio. Na varanda ao lado, tive a impressão de que vi 2 gerânios. Mas bastou abrir a janela e observá-los melhor para que o astral despencasse. Isso porque o serviço funerário levava na maca um vizinho que morreu em casa. Então esfriou, o céu ficou carregado e soprou um vento vindo das bandas do Sena que bateu a janela. Mais pareciam as lufadas do furacão que açoitou Vichy em fevereiro. Agora, quase estilhaçaram os vidros nos caixilhos contemporâneos de Balzac. Pensei na medusa e tremi. Assim foi a tarde inaugural dos meus 62 anos. Retirado o corpo, a rua ficou exatamente do jeito que era, indiferente à partida de um morador antigo. Sabe-se lá há quantos anos ele morava ali. Talvez até ontem estivesse bem, sentado diante de um copo de vinho, escrevendo um e-mail para a filha ou afagando o cachorro. Na TV, diz o médico: "A enfermidade tem um padrão. E ao mesmo tempo não tem, o que a torna mais aterrorizadora." Ver um vizinho que sai para não voltar muda as coisas. Sabe-se lá se ele não tinha feito aniversário semana passada.

Ontem falava com um amigo por WhatsApp. Ele é tagarela. Fiel à tradição nordestina, faz como mamãe: abre uns parênteses no meio da história, e depois outro, e a história some, se evapora. São os Prousts da tradição oral. Até que ele diz: "Onde eu estava mesmo?" Dessa vez foi diferente. Como sou eu que estou longe de tudo e todos, pedi prioridade para falar. Não consegui. Empaquei na narrativa porque as emoções estão à flor da pele. Na feira de Garanhuns, um homem colocava à venda uma mercadoria invisível no seu balaio. "O que o senhor está vendendo?" Ele então dizia que passara a noite no Magano, o ponto mais alto da cidade, e que de lá trouxera estrelas colhidas do céu. Então olhávamos a cesta vazia, ríamos, e íamos embora. Hoje eu o entenderia. Tivesse outra chance, ia pedir que explicasse como as colhia. Ou as compraria sem a preocupação de levá-las embrulhadas. Foi nesse ponto que a voz travou. Depois que desliguei, fiquei pensando: tenho comido demais, me exercitado de menos e sido relapso com a disciplina intelectual.

Estou devedor a mim mesmo. E quando tudo isso acabar? Ora, se nada tiver feito de bom, terá sido uma cadeia vã para o prisioneiro. Será como pagar a pena sem saber a razão da prisão. No dia em que o cerco acabar, se for poupado da peste, atravessarei Paris para comprar revista no mesmo quiosque e para comprar pão com o mesmo português que toca o negócio com as filhas, lindas alentejanas de Elvas que nada falam de nossa língua. Nunca entendi tanto a força dos laços forjados na guerra quanto agora. As nuvens baixas me lembraram Baudelaire, paixão de adolescência:

> *Quand le ciel bas et lourd pèse comme un couvercle*
> *Sur l'esprit gémissant en proie aux longs ennuis*
> *Et que de l'horizon embrassant tout le cercle*
> *Il nous verse un jour noir plus triste que les nuits.*

Duas vezes por semana vou à feira livre comprar o almoço. Além de queijos e frutas, levo um chucrute primoroso com salsichas e costela defumada, de uma barraca onde os próprios feirantes da praça Monge vão comer nos intervalos de folga. A caminho da loja de vinhos, fui pensando na vida. Até há alguns dias, a despeito dos aborrecimentos, éramos bem felizes. Falávamos alto, usar máscara era esquisitice oriental, nos abraçávamos, beijávamos desconhecidos, fazíamos planos e íamos ao cinema. O que era um cartão clonado comparado a um vírus mortal? O que era um dia ruim comparado a uma catástrofe de escala mundial? O que era um pé torcido quando sabemos que logo as emergências hospitalares estarão intransitáveis? Doce passado. Consolem-se os pessimistas. Não há nada ruim que não possa piorar. O terror é o parque temático do clichê

Sempre dou um jeito de passar na rue Cardinal Lemoine, deserta como nunca, e, invariavelmente, paro na frente da casa onde morou Hemingway. Lá está escrito:

> *Paris não tem fim, e as recordações das pessoas que lá te-*
> *nham vivido são próprias, distintas umas das outras. Mais*
> *cedo ou mais tarde, não importa quem sejamos, não importa*
> *como o façamos, não importa que mudanças se tenham ope-*
> *rado em nós ou na cidade, a ela acabamos regressando. Paris*
> *vale sempre a pena, e retribui tudo aquilo que você lhe dê.*

Ontem passei o dia sonolento, mas aguentei até as 11 da noite, quando adormeci. Um comprimido garantiu sono rápido e, até onde sei, profundo. Mas às 5 da manhã já estava de pé, com a mesma disposição que sentia nas madrugadas da Ásia quando o fuso desgovernava o metabolismo, e eu ficava na janela vendo Tóquio, louco para que o sol nascesse. Pena que não tenha dormido mais hoje. O que me deixou preocupado foi que quando toquei no computador, ele fez o mais estranho dos barulhos – como se fosse uma máquina caça-níquel que cuspisse uma tonelada de moedas. Reiniciei e deu certo, mas tudo indica que ele morra antes do fim do confinamento – se é que isso acontecerá um dia. Sem computador, a vida aqui ficaria penosa. Resolvi que vou tocar as teclas sem raiva, só com a ponta dos dedos, para evitar agravar o que já não é fácil.

Na sequência, a moça da agência de viagem ligou. Será que eu gostaria de marcar minha volta ao Brasil por rotas alternativas, visto que os voos originais foram cancelados? Nada mais pagarei por elas, ela garante. É uma boa chance de estar em São Paulo em dias. Coloquei todos os fatores na balança e declinei. Isso significa que posso ficar aqui mais algumas semanas, senão um mês todo, sabe-se lá se dois. Agora preciso renovar o seguro-saúde, conter o orçamento e dar o meu melhor, à espera da reconstrução. Não é uma decisão fácil. Mas a morte no Brasil seria segura. Por outro lado, tento lidar com a desorientação. É como se estivesse esperando um norte, uma sinalização sobre quanto tempo vai durar esse regime. Temo que ele se arraste por muitos meses. Mas ao mesmo tempo, me apavora ainda mais que ele venha a acabar logo. Dá para entender? Estou como um preso que teme o dia em que vai ser solto. A síndrome do cativeiro está só se esboçando. Será que eu me conheço de verdade?

O metabolismo do corpo começa a sofrer mutações. E o da mente, nem se fala. Há pouco decolou o último voo de Orly, o aeroporto que foi minha porta de entrada na França, em 1973. De 600 operações ao dia, teve só 20 na segunda-feira. Agora foi fechado por tempo indeterminado, e por lá só transita avião militar envolvido no esforço de guerra sanitária. Até hoje eu ainda tinha um olho espichado para ele. Poderia tentar um voo para Lisboa, e de lá para o Recife. Ou qualquer outro aeroporto brasileiro. É claro que Orly hibernado tem valor mais simbólico do que efetivo. Admitamos que o vírus não esteja em parte alguma de meus olhos, nariz ou boca. Ora, pegar um avião seria uma temeridade. O risco de contaminação seria mais real do que na maioria das situações em terra. Confio em você, Paris. Continue me dando um pouco do tanto amor que lhe dei. Este seu filho precisa.

A única vez que vi o Papa Francisco foi num entardecer de verão em Yerevan, na Armênia, quando os abricós são mais sumarentos. Ao longe, a silhueta do monte Ararat, do lado turco. Na praça da República lotada, vi-o chegar amoroso e altivo, sorridente, mas valente. Ao microfone, disse: "O genocídio perpetrado pelos turcos contra os armênios foi o primeiro morticínio dos tantos do século passado." Quando saiu nos telões a tradução, todos se abraçaram, choraram, muitos desmaiaram. Era um reconhecimento da barbaridade à revelia de Erdogan. Que coragem! Não mudava nada, pensei, mas mudava tudo, me disseram. Na saída do cortejo, nossos olhares se cruzaram e Francisco me acenou. Eu fiquei estático. Que ocasião magnífica foi aquela.

Ontem vi a impressionante imagem dele rezando uma missa na praça de São Pedro vazia. Como somos frágeis e solitários. Ah, grande Chico! Se eu ao menos acreditasse no que você crê. Daria muito para saber, Santo Pai: o que diabo estamos fazendo aqui na Terra? Qual o sentido dessa aventura coletiva? De que experimentos somos cobaias? Então me ajoelhei no meio da sala, sobre o kilim de Pascale, e fui me curvando devagar para não forçar a coluna, até ficar prostrado como um muçulmano em oração. Um pouco tocado pela garrafa de Côtes du Rhône e pela forte impressão que me causou a cena, fiquei assim por alguns minutos, esperando um choro convulsivo que não veio. Mas que me fez bem à alma e à região lombar.

Capítulo 17

Rotina alterada, indagações da memória
(Paris, primeira quinzena de abril)

Dizem que Paris sempre nos dá algo em troca, mesmo quando vive uma conflagração. Não tenho razão para discordar. Gosto de estar aqui, apesar das circunstâncias, e estou satisfeito com a forma como organizei minha rotina nesses dias de incerteza, de descobertas e adaptação. Tomo o único banho do dia, ironicamente, à meia-noite. É quando entra em vigor a tarifa mais barata de energia elétrica. Na banheira, agradeço em silêncio ao pai de Pascale por ter equipado o banheiro com alças de apoio nas paredes. Elas me dão a segurança de que, na iminência de um escorregão no sabonete líquido, eu tenho como e em que me segurar. As nervuras ásperas da superfície evitam que as mãos ensaboadas possam errar o bote ou perder a pegada. De banho tomado e cheirando a loção de barba, abro o sofá-cama para dormir, sabendo que o momento de fechar os olhos ainda está longe. Tomo então um lexotan para desaquecer as turbinas e preciso esperar uma hora até que ele comece a fazer efeito. No Brasil, a noite apenas começa. Sofro por nada poder fazer por mamãe, salvo ter uma conversa ou outra ao telefone, quase sempre entrecortada pelas interferências de meu irmão. Fiel aos tempos antigos, ele esquece que hoje as chamadas são gratuitas, e que nada o impede de me chamar na hora que quiser para tratar de outros assuntos. Mas uma parte dele permanece hipotecada a quando se otimizavam os interurbanos. Na época, ao pedirmos à telefonista que completasse uma chamada para os familiares de Garanhuns, estando nós no Recife, fazia-se uma lista de temas relevantes para que perguntas e respostas fossem objetivas e coubessem em 5 minutos de conversa, ou talvez 10, se fosse Natal. Isso ficou nele, apesar do WhatsApp. Em *De amor e trevas*, Amós Oz conta que os pais respeitavam o mesmo procedimento quando ligavam para os parentes de Tel Aviv.

Ah, mamãe, estivéssemos juntos teríamos assunto de sobra, e esta seria uma ocasião de ouro para puxar por sua memória, agora que a vista está falhando. Com mais dificuldade de distinguir minha barriga e de se admirar com minha silhueta, talvez ela não se desviasse tanto do tema central para me sugerir consultas médicas e dietas, e se concentrasse em rememorar algumas passagens de nossa vida familiar que ainda me são obscuras, mais de 60 anos depois. Até quando teremos um ao outro para trocarmos opiniões e cotejar versões? O que gerou a ruptura de relações entre o pai dela, meu avô, e papai? Como ela se sentiu lá no íntimo, emparedada entre o amor de filha e de esposa? Não será que algo trincou irremediavelmente nesse momento, sendo ela tão devotada ao pai? É verdade que quando vovô morreu alguém achou uma carta do meu pai em que ele lhe pedia desculpas? Onde está essa carta? O que alegava? Desculpava-se do quê?

O que sei desse episódio fundador não obedece a uma linha narrativa como as que eu respeito até para contar uma piada. Dele eu só conheço os fatos isolados, estanques, e, mesmo assim, telegraficamente. Eu não sei contar uma história sem alguns advérbios. E me disperso com as narrativas que não estão claramente costuradas por aquelas palavras que funcionam como ponte entre um raciocínio e outro. O que sei sobre a célebre contenda entre os dois faz com que eu me sinta o corno da lenda, o último a saber. Uns dizem que esse episódio se resumiu a uma desavença financeira. Meu avô tinha ficado viúvo em 1956. Meus pais se casaram na Quarta-Feira de Cinzas de 1957. Pouco mais de um ano depois, eu cheguei. Dois anos mais tarde, estamos no Rio de Janeiro. Vovô foi nos fazer uma visita e anunciou que ia se casar. Papai não gostou. Por quê? Talvez porque achasse que vovô era velho para isso. Ademais, teria que dividir os bens com a futura viúva mais adiante, o que diminuiria a parte de mamãe na herança, consequentemente a dele. Não sei o que ele disse, mas mamãe nunca negou que ficou mortificada. Vovô fez as malas e foi para o hotel. Os dois homens nunca mais se falaram.

Outro episódio marcou a crônica familiar de forma dramática. Em algum dia entre 1958 e 1959, quando eu já era nascido, teria ocorrido uma cena brutal no Centro de Garanhuns, e isso certamente não deve ter contribuído para o prestígio de papai frente a meu avô. Parece que, no *Café Glória*, ele ouviu um comentário ofensivo. Um camarada disse, para todo mundo ouvir, nitidamente se referindo a meu pai, que tinha gente que passava a juventude no oco do mundo gastando o que não tinha. E que, à hora de casar, escolhia uma moça da terra com bolsos bem forrados, insinuando que papai teria dado o golpe do baú. Isso era uma espécie de anátema nos nossos confins.

Ninguém nunca me contou se houve alguma altercação, um bate-boca, um empurrão, enfim, eu só sei disso. E tampouco sei o que ele comentou quando chegou em casa, se é que disse alguma coisa. O certo é que, no dia seguinte, quando mamãe foi colocar a roupa suja no cesto, achou um bilhete. No que o leu, o coração disparou. Mas já era tarde. Naquele exato momento, na feira que acontecia ali perto, papai atirava em seu detrator da véspera. Em desespero, as pessoas corriam. "O que foi que houve?" perguntou mamãe do portão, já sabendo o que ia ouvir. No bilhete, papai a instruía a procurar meu tio e dizia que não lhe restara alternativa para restaurar a honra.

Não soube o que houve depois disso. Mas para evitar que a Justiça se metesse no que naqueles tempos e naquelas latitudes eram consideradas diferenças privadas, as famílias combinaram que não haveria revide desde que nós não ficássemos em Pernambuco. Foi assim que fomos morar uns tempos no Rio de Janeiro, onde papai retomou o trabalho no serviço de aerofoto da Cruzeiro da Sul, baseado no aeroporto Santos Dumont. Até hoje, isso é tudo o que sei. E talvez seja tudo o que houve de relevante. Ou não. Que parte de mim se ressentiu desse episódio? Eu gostaria de explorar isso com mamãe. Tenho certeza de que, apesar da aspereza do tema, daríamos risadas e nos apoiaríamos. Mas ao telefone, ela não pode contar uma história como gosta, com a gesticulação enfática que é tão sua. Faltou tempo para um encontro.

Além disso, ela se queixa da comida. Quem aguenta comer essas rações de restaurante, logo ela que gosta tanto de variedade? Ontem disse que queria rabanada e banana frita. É o paladar da infância que bate forte aos quase 90 anos. Isso me aniquilou. Quando olhei a fartura de queijos, vinhos, frutas e frios à minha volta, senti uma enorme tristeza, um remorso abissal. Então disse que aqui o problema não era esse. E, devagarzinho, com pudor e cautela, fui descrevendo o que meus olhos viam no armário. Ao invés de se sentir torturada, percebi que isso a alegrava. "Conte mais, fico feliz por você."

Lembrei do prisioneiro de um campo de concentração que acompanhava maravilhado o momento em que o soldado alemão levava uma coxa de galinha à boca, que tirou do farnel enquanto montava guarda. Quando percebeu que estava sendo observado por aquele homem esquálido, o militar, tomado de escrúpulos, fez menção de guardar o acepipe e afastar-se dali para comer em outro lugar. O pobre judeu, que há muitos meses tinha que se contentar com um caldo ralo e um naco de pão que parecia pedra, pediu que ele continuasse. "Bom apetite, continue por favor. Parabéns, fico contente pelo senhor, não se acanhe." E, boquiaberto, quase salivando, ele contemplou a sequência da cena, tão longe da realidade sub-humana que era a sua.

Não me conformo que ela se queixe de purês de batata liquefeitos, bifes borrachudos, massas empapadas e sopas anódinas. Foi com o estado de alma do soldado que comecei descrevendo os salaminhos de Milão, os melões andaluzes, os cachos de tâmaras argelinas, o salmão escocês selvagem, que nunca soube o que é viver em confinamento e à base de ração; o pão multigrãos da Dinamarca e as fatias finas de presunto de Bayonne com grãos de sal de Guérande. "Graças a Deus, meu filho." À noite, resolvi que só tomaria um copo de vinho em solidariedade.

Horas mais tarde, revoguei a ordem e comi por dois, por mim e por ela, no que me pareceu uma homenagem mais justa a dois glutões que se amam.

Quando vou para a cama, repasso mentalmente as situações de risco a que posso ter ficado exposto e me condeno pelas eventuais negligências, torcendo sempre para que as probabilidades estejam do meu lado. Como boa parte de minha vida acontece no bairro, entre o Jardim do Luxemburgo e a Place de la Contrescarpe, consola saber que ainda é uma área de contaminação moderada, comparada aos subúrbios e aos bairros populares do Leste, estes os grandes puxadores de óbitos em Île-de-France. O silêncio que vem da rua é demolidor. No Brasil, sempre chega um acorde distante, o som de um carro que passa com estridência, uma freada, um grito de guerra, uma detonação. Aqui, nada. As alterações de humor da calefação matraqueam com nitidez e hora certa. Às 22 em ponto, o enorme aparelho começa a emitir calor. Então estala – quase imperceptivelmente. É como se fosse dotado de uma vida íntima, como se ali dentro morasse um *poltergeist*. Nunca imaginei que um radiador falasse. Vem da dilatação de material, da resistência desafiada do metal.

Fecho os olhos e sinto o sono me envolver e levar. Mal tenho tempo de pensar nos jardins de Notre Dame, a uns 15 minutos de caminhada daqui. Tenho alguma saudade de minha rua em São Paulo, no coração dos Jardins, que duas vizinhas dizem estar deserta. Penso em Boa Viagem, nas ondas cheias de espuma que se espalham na areia. No centro da escuridão, só varada pela luzinha do telefone fixo, concluo que, apesar de tudo, vou bem. Manter o equilíbrio não é difícil numa cidade tão linda − apesar de lacrada.

Por outro lado, estou perplexo com a quantidade de surtados à solta na internet. Há uma promoção de patentes em franco progresso desde a semana passada. O delirante agora se vê como um herói clarividente. Se as redes sociais são o palco dos que se dizem sem mácula, dos perfeitos, dos incorruptíveis, agora temos uma legião de caga-regras que busca explicações metafísicas para o aparecimento do vírus, insinuando nas entrelinhas que já alertara a humanidade contra essa ameaça. Por que não foi ouvido? Um chegou a dizer que se antecipou a Bill Gates na profecia sinistra.

O fracassado se vê como uma espécie de monarca. Pequenos morubixabas de tabas digitais convocam seus seguidores a seguirem-nos mais longe, sabendo que o crescimento de gente online é exponencial. Vários inauguram canais de YouTube e congregam as pessoas para participar de *lives*, uma das invenções mais tediosas de que a humanidade jamais terá tido notícia. O messiânico também sente chegado o momento dele. Com alguma sorte, pode virar líder de seita ou fundador de igreja. Os pastores e quejandos se desesperam. A deserção dos templos os fará pagar um generoso dízimo ao coronavírus. Alguns promovem a venda de brotos de feijão milagrosos, que curam Covid. Que rico material humano. E, ao mesmo tempo, quanta miséria. Como subestimar o que é viver com essa ameaça difusa e invisível quando se mora só e depende-se de terceiros?

Melhor do que entreter devaneios, é dormir pensando nas ruas adormecidas que me cercam, muitas delas presentes em

A Comédia Humana. Por outro lado, manhã após manhã, há um novo ritual no ar. Apesar do frio de 4°C graus, é bom arejar a casa. O vírus ama a escuridão, a umidade e o ar saturado. O relógio biológico de vizinhos obedece à mesma batida. Então, às 10h, diálogos que não são de regra na cidade, passaram a sê-lo. *Bonjour. Vous avez bien dormi? Il fait beau aujourd'hui. Vous travaillez à la maison?* Parece uma aldeia africana. É como se quiséssemos verificar se todos estão inteiros, se a vizinhança está a salvo de focos de doença. Depois de 5 minutos, todos fecham as venezianas e se recolhem ao seu mundo. Mas é bom pensar que, se tudo correr bem, amanhã o ritual retoma. A cidade assiste à cena com sobranceria, como uma avó benevolente que repreende seus netos. Parece dizer: "Melhorem. Quando voltarem às ruas, espero que tenham evoluído. Guardem as lições dos dias de chumbo."

Passados 20 dias de reclusão, me acostumei a ver Paris, uma amante que tenho há 47 anos, como uma amiga sequelada, fadada a não ser mais o que foi. Não estou triste. Mas vejo-a hoje como uma vedete de cabaré com quem fiquei trancado depois do show, e fomos esquecidos no recinto. Aí ela tirou as plumas de palco, o colar, a maquiagem, e o cabelo nada mais é do que uma penugem rala. Seminua, não vi ali cinta-liga ou sutiã meia-taça. Só lingerie barata de um outlet de estrada. Sem os saltos-agulha que lhe projetavam a anatomia num pódio, ela sumiu. Agora é uma mulher desconstruída, com fome, achaques, depressão e sobrinhos. Que exala um suor azinhavrado, e tem o hálito cetônico dos que não comeram para entrar no espartilho. *Voilà*. Essa és tu, Paris.

Com a pandemia, pelo menos um amigo está feliz. Não fossem tantas as mortes, estaria mesmo eufórico. Em cada linha que escreve, parece dizer: finalmente estamos próximos de uma distribuição de renda sem precedentes, de grande escala. Por isso, todo dia ele reforça a necessidade de se recrudescer a observância às normas trabalhistas para que os assalariados ganhem o dobro do que ganhavam. Ou o triplo. Enfim, tudo o que os patrões ficaram a lhes dever após anos de apropriação da mais-valia. Na cabeça dele, a hora da desforra chegou e Lênin tomou a forma de um bichinho que não resiste à água quente, mas que é capaz de operar o milagre que revolução alguma conseguiu. A lógica é cristalina. O *patrão* tem 100 empregados. Quem tem 100 empregados, é rico. Logo tem poupança, casas, carros, fazenda e avião. Mas ora, se a lei proteger os mais fracos e se lhes der o direito de ficar em casa sem nada fazer, o rico vai ter que desaplicar o dinheiro que tem nos paraísos fiscais para honrar os salários. Daí nascerá um ciclo virtuoso. Por que? Na cabeça dele, de humanista forjado nos anos 1960, o *trabalhador,* estando agora desobrigado de labutar, mas ganhando mais do que jamais imaginou, tem tudo para virar um empreendedor social. Longe da alienação que deriva da faina diária, que o levava a perder a noção da própria humanidade, e que se desmanchava enquanto ele sacolejava em transportes públicos e humilhações classistas, agora ele não mais gastará seu dinheiro com cigarro e cerveja. Liberto da tutela patronal, ele vai se tornar um homem melhor. E ao abrir seu próprio negócio, para se apropriar da vida, ele vai explorá-lo visando sempre ao mínimo de lucro, e ao máximo de fruição dos necessitados. E os barões da ordem anterior? Ora, o *patrão* antigo, que teve que distribuir dinheiro por conta da pandemia, afinal convencido de que fora prepotente em ter dedicado anos a construir riqueza, vai se resignar a um emprego de vigia noturno lá mesmo onde já reinou, e se desculpará diante dos trabalhadores por ter sido quem foi. Ao entardecer, todos se juntarão para ouvir a Internacional.

Meu amigo, siderado por essa miragem, prefere não pensar que não haverá comprador para o avião do patrão, que não sobrará dinheiro nos bancos para honrar os salários, e faltará comida ou remédios para que o sacrossanto trabalhador possa gastar seu agora farto dinheiro. Pois para ele nada disso interessa. É um mero detalhe que atrapalha a narrativa. Acredita piamente que todos amanhecerão lendo Rousseau e servindo uva na boca uns dos outros. Todo dia pede mais benefícios aos empregadores, intrinsecamente maus, para os trabalhadores, intrinsecamente bons. Doutor na língua, para ele produtividade econômica é vã expressão diante da *vontade política*. O sucateamento do equipamento do mundo é coisa de somenos diante da possibilidade de que milhões de homens, mulheres e crianças voltem a contar histórias em torno de fogueiras pelo tempo que der. Para ele, dessa vez vai funcionar. Logo veremos.

As baixas de conhecidos no Brasil começam a ser diárias. Hoje morreu um industrial de Pernambuco que se comprazia em realizar o sonho alheio. Se conhecia um jovem que queria aprender a fazer pães na França, pois bem, ele financiava a formação. Um africano do Mercado das Pulgas disse-lhe uma vez que sonhava em ver um show de Roberto Carlos. Um dia lá chegou uma passagem com direito a acompanhante e assentos privilegiados na arena. Algumas reações à sua morte me doeram. E isso eu só posso atribuir à birra que alguns têm para com meu Estado natal. Sei que nem sempre somos amados. Dizem que somos orgulhosos e altivos. Brasileiros do Sul quando destacam as alegrias que lhes deu o Nordeste, dão uma paradinha quando falam de nós. É como se dissessem: Pernambuco, a gente admira. Mas a verdade é que vocês são meio orgulhosos, não é? No fundo, dão voltas para não nos chamar de arrogantes, embora pensem. A tudo isso, estamos acostumados. Não somos sôfregos por popularidade. Se gostarem de como somos, ótimo. Se não gostarem, pouco muda. Como em toda família, nós nos defendemos. E frente ao Nordeste, ao Brasil e ao mundo, nos reconhecemos uns aos outros à distância, e quase sempre nos apoiamos. Porque no intangível de nossa mitologia, temos ícones que nos cimentam como nação e nos projetam. O Brasil pode até não ser uma nação – e dá provas disso todo dia. Mas Pernambuco é uma nação. Nas nossas diferenças internas, pois, que ninguém se meta. Nem tente entendê-las. Temos os progressistas retrógrados e os conservadores visionários. Nas nossas festas, abraçam-se o estatista e o liberal. Os universalistas e os bairristas.

À distância, tudo isso me pesa uma enormidade. Será que perco o senso de proporções diante da perda do amigo?

Ultimamente tenho falado todo dia com mamãe. Ela me ligou pelo WhatsApp. "Já está tarde em Paris, meu filho?" Não, mamãe, estava lendo e ouvindo o silêncio. E a senhora, vai bem? "Vou bem, sim, o Brasil é que anda meio desmantelado." Me faço de desentendido. "O Ministro da Justiça saiu do governo hoje." É, disso eu soube, mamãe. "E à tarde, meu filho, o chefe dele falou." Eita, mamãe, e como foi? "Um samba de crioulo doido. Teve de tudo, foi um salseiro só." Como assim? "Começou com a água quente da piscina, passou por um cartão de crédito, quando eu vi o assunto já era o filho que namorou com as moças do condomínio. Quem diabo pode querer ter alguma coisa com um cafuçu daquele?" Mas ele tinha bebido, mamãe? "E aquilo lá bebe? Nem pra isso serve." Foi uma entrevista? "Que nada, era ele e mais uns 20. Coitado do tradutor." E teve tradução, mamãe? Em que língua? "Não, menino, foi em português mesmo. Foi para os surdos. Mas o pobre teve que se virar pra traduzir tanta patifaria. Teve um palavrório cabeludo. Bolsonaro podia desinfetar a boca com a tal creolina de Trump. Aquela que ele disse que é boa para combater o vírus. Já o Ministro da Saúde, o que tem cara de defunto lavado, estava dormindo na cerimônia. Devia ser cloroquina. E o doido do Itamaraty tinha o olhar esbugalhado procurando comunista na plateia." E Regina Duarte, foi à cerimônia? "Essa deve estar arrependida de ter entrado numa fria. Bem fez Paulo Guedes, que botou uma máscara e tirou o sapato." É, o mercado financeiro gosta do *casual Friday*. "Do quê?" De antecipar o fim de semana. E a senhora? Como vai ser a festa dos 88? "A gente deixa pra 2021. Aí vão ser 89." Pois é, mas podemos fazer uma festa virtual. "Não, prefiro esperar. E Paris, meu filho?" Quieta, mamãe, mas é melhor assim. Todo dia faço uma coisinha diferente. Hoje chegou o livro novo de Portugal. Ficou lindo. São pequenas alegrias. "É sobre o quê?" Pessoas como eu. Gente sem âncora, que está em casa no mundo todo, mas que não pertence a lugar nenhum. "É, você é mesmo meio cigano. Mas volte quando der, não renegue o

Brasil, apesar de tudo." Nunca, mamãe, mas minha pátria pra valer é a senhora. Enquanto estiver aí, minha alma vai seguir cantando. Não desapareça.

Pascale estava acelerada. "Desculpe, sei que é um pouco tarde, mas vi pela internet que estavas acordado. Estou pensando em dar uma passada por aí amanhã para conversarmos um pouco. Estou enlouquecendo. Logo vai fazer um mês que a gente não se vê, não estou entendendo nada da passagem do tempo."

Fiquei sem saber o que dizer, espremido entre a vontade de tê-la ali no apartamento e o medo de contágio. "Não sei ainda se vou. Se for, podemos nos ver na pracinha da livraria e um fica a 2 metros do outro. Está bem para ti? Sei que tens mais medo disso do que eu, mesmo sendo eu a velhinha da história." Num tom de voz mais baixo, ela segredou. "Vim aqui para o banheiro para falar longe de meu guardião. Hoje estou bem arrependida de não ter feito a escolha certa para o confinamento. Podia ter ido ficar com minha filha mais velha na Camargue. Tem horas que uma carinha bonita e um bom coração não resolvem mais a vida. Passo o dia no computador, já comecei e abandonei uma tradução, e quando paro para ver as horas, já é tarde, fiquei muito tempo em redes sociais, conversando com a filharada e espiando *lives*. Depois nosso amigo está se desinteressando pelas coisas em que era bom até há pouco tempo. Acho que vou botar um Viagra em pó no café dele. O que me dizes? Posso pegar do teu?" E sorrimos na madrugada.

Que situação a minha. Retomo o tom sério. "Pascale, a casa aqui é sua. Se você quiser voltar, ficamos uns dias distantes um do outro até passar o prazo de contágio. Ou então eu me mudo, vou atrás de alguma coisa. O que não é certo é que você esteja desconfortável por aí e que eu fique aboletado na cama, vendo sua biblioteca." Ela é uma mulher elegante. "De jeito nenhum. Em qualquer hipótese, você fica. De mim, você nunca vai ouvir que quero que saia. Depois, meu amigo, o meu bebê aqui anda precisando de colo. Agora que não pode mais ir ver os pais em Belfort, está inseguro e virou ciumento. Um dia achei que estava tendo uma crise de pânico. O que tens lido de bom?" "Quase nada, nem os jornais, apesar de comprá--los todo dia. Uma hora vou pegá-los por atacado. A boa nova é que ataquei o romance, aquele tal que estava parado. Acho que durante esse tempo os personagens ficaram decantando aqui dentro. A pandemia vai dar um gancho interessante à trama." Ela aí se mostrou a craque que é. "Não carregue nas tintas. Um livro é para sempre. Coronavírus daqui a 2 anos ninguém vai mais se lembrar do que é."

Será?

Esse arremate de diálogo foi a melhor coisa que eu podia ter ouvido. Aliás, de quem tenho sentido falta? Com quem gostaria de atravessar esse túnel, se tivesse a opção? Juro que não sei. Mas tenho a séria desconfiança de que sozinho estou ao abrigo de solavancos e desgastes de convívio, de longe os mais perigosos para a saúde.

Capítulo 18

Somos como velas
(Paris, penúltima semana de abril)

Por longos minutos depois de despertar, enquanto flexiono as articulações, fico pensando nos benefícios de morrer na pandemia. Se as desvantagens são incontáveis, o pacote tem um ou outro atrativo. A começar por poder morrer gordo, sem ter que passar por dietas inglórias nem ouvir de viva voz a experiência de quem fez cirurgia bariátrica. É penoso escutar esses relatos indigestos, justo eu que nunca operei um dedo, e me arrepio até com o nome técnico da tal redução de estômago. Por pudor, tenho cá minhas reservas para falar das consequências concretas vividas por alguns que a enfrentaram. Mas vou abrir uma exceção. O caso mais dramático que ouvi foi o de um homem público do Sul que tendo tido sucesso em perder peso, passou a liberar flatulências fedorentas. Soube de um churrasco em família. Era a *rentrée*, a primeira aparição que ele fazia, meses depois da operação. Chegou triunfal, sob o aplauso de todos, reconhecível apenas pela voz de quem tivera seus começos como radialista. Com o rosto mirrado, a barriga lendária sumira. Meio trôpego, diziam que ainda lutava para achar o novo ponto de equilíbrio.

Continuo? Sim, agora vou até o fim. Envaidecido com os parabéns, puxou uma pauta de amenidades para mostrar que o sucesso era *fait accompli*, que ele sabia conversar sobre outros temas, e não apenas lamuriar-se pela antiga corpulência. Comeu um montículo de folhas e beliscou lasquinhas de carne magra, que o filho lhe trazia. Praticamente não bebeu vinho e, em dado momento, veio se juntar à bancada de trogloditas que não desgrudava do braseiro. Então o cheiro embriagador da costela deu lugar a uma pestilência aterradora, como se uma bombona de gases tivesse estourado, ou como se um cilindro de isocianato de metila com permanganato de potássio tivesse vazado para a atmosfera. O Tchê, que pilotava a grelha, pegou um pano no balcão do bar, aplicou-o sobre o nariz e boca, e rebocou-o pelo cotovelo às pressas até a área da piscina. "Bá, corre, vê se te segura 1 minuto." A explicação foi didática: "Quando ele larga um pum, vêm 2 em série. Meu piá chegou a desmaiar. Perto da grelha, há perigo de combustão. É puro nitrato de amônia." Em casa, disse o inconfidente, ele não dividia mais o quarto com a mulher. "Eles fazem uns chameguinhos, agora que ele está podendo. Mas depois ela vai dormir com a gurizada."

Enfim, eis uma primeira vantagem.

Em segundo lugar, se morresse agora, eu nunca mais teria o que falar com o contador, contratar um seguro, declarar imposto de renda, justificar o voto ou me desesperar com os valores estratosféricos da assistência médica. Encarar esses pequenos encargos da vida civil, separados ou combinados, é tão torturante quanto era na minha juventude frequentar as aulas de matemática. Minha experiência com os professores dessa matéria sempre foi deplorável. Mesmo em instituições de excelência, só marquei desencontros.

Começou com o professor Tinhorão, um *dandy* tropical que castigava o português, um fator que gerava um distanciamento emocional entre nós. Até hoje tenho dificuldades de me aproximar de quem massacra o idioma. Depois veio a professora Marilda, tida como boa pessoa. Ela usava uma espessa camada de pó nas bochechas para encobrir os sulcos da pele. O cheiro do perfume âmbar era nauseante. Misturava números e letras sem cerimônia, como se ambos tivessem nascido uns para as outras, sem dedicar um minuto para explicar como se dera aquele concubinato de desiguais. Em que festa teriam se conhecido? Letras são sagradas, são a argamassa das palavras. Da combinação delas, resulta o mundo. Não há limite visível nem conhecido. Já do conluio dos números, poucos mistérios resistiam à calculadora japonesa que papai trouxera de Manaus. Dona Marilda entrava elegante, saía coberta de talco de giz, que usava sem dó, e eu ficava ali, na quinta fila, com a sensação de que era um impostor, uma grande fraude, enfim, de que minha presença era ilegítima. Como podiam meus colegas achar aquilo natural e eu me sentir no inferno?

Mais adiante, não sei bem em que série, apareceu o professor Décio, tido e havido como um homem de bem, amante das artes, e, salvo engano, pós-graduado na Holanda. Ele foi uma hecatombe pedagógica. Enquanto garatujava a lousa, inchava as bochechas à guisa de Louis Armstrong e ia rabiscando formuletas sem se preocupar em dar o mínimo contexto àquilo. Mas tanto infortúnio ainda era nada diante da procela que se armava no horizonte. Se desses três professores o que se podia deplorar era a didática tosca, própria de quem não era do mundo das palavras, o da faculdade era a negação de tudo. Chamava-se Eunício e ensinava cálculo. Desafinado, desagradável, e de uma sensaboria aflorada, pobre homem, era um professor que juntava todos os defeitos dos anteriores à leniência. Deixava quem quisesse colar à vontade, e parecia só estar ali para salvar uns caraminguás. Isso me parecia tão óbvio que todos diziam que ele nem sequer corrigia as provas. Deixei uma pela metade, sapequei qualquer coisa e fui reprovado. Precisava escolher as matérias doravante segundo o professor. Não voltaria a testar gente assim.

A terceira vantagem da morte precoce seria ser poupado da esquizofrenia brasileira. O fardo pesa! Enquanto o mundo dá provas de coesão no combate ao vírus, Brasília promove um remédio que virou pílula sacramental. Os partidários do capitão estão siderados pelo novo Graal, pelo Daime curador. Veem na hidroxicloroquina uma possibilidade de sobrevivência eleitoral. Já os que se opõem, torcem, veladamente, para que morram 10, 20, 30, 50, 100, 150 mil — para que possam adensar o prontuário dele, agora apodado de genocida, o que é uma imprecisão. Com mamãe beirando os 90, sinto como se tivesse um refém em mãos homicidas.

O que seria sim desolador se eu morresse já, além de deixar o romance inconcluso, estacionado nas brumas de Budapeste, passaria por ser velado numa câmara frigorífica do mercado de Rungis, onde fui feliz, para onde estão sendo levados os cadáveres. Quantas vezes não tinha ido ao mercado para acompanhar meu velho amigo em reuniões com importadores de frutas? Quantas vezes já não fora tomar uma sopa de peixe com *rouille*? Era nada alentador chegar lá como cadáver para, ao lado de centenas de outros, esperar que alguém viesse nos dar destino. Seria castigo pelas vezes passadas em que brinquei com a ideia de morrer aqui, como um romântico arrebatado que sonha em expirar no regaço da amada?

Na verdade, lá por 2010, sondei uma funerária do boulevard Edgar Quinet sobre como poderia ser enterrado em Paris.

Era uma linda manhã de sábado e eu queria me divertir com o que então me parecia absurdamente inverossímil. Confabulei em meio aos ataúdes com uma certa madame Joëlle Lacoche, diretora da casa de pompas fúnebres Maurice Beer, no ramo desde o século XIX, e que cuidou das exéquias de alguns dos grandes nomes da literatura cujas identidades ela se policiou para manter em segredo. Para que ela não pensasse que eu queria me suicidar, e fosse ela dar parte à polícia, disse que as providências eram para um amigo que, hospitalizado, me pedira aquela diligência derradeira. Seu sonho, na falta de alternativa, era dormir ao lado dos ídolos da juventude. Será que Baudelaire recitava versos à noite, na paz do outono, como forma de abafar o pessimismo de Cioran? E que tal ter Sartre logo à entrada do cemitério, de guardião, ao lado de Simone de Beauvoir? Fosse sepultado na Margem Direita, pensava, será que Piaf abria o gogó quando a neve cobria as lápides do Père-Lachaise, e os locatários a ouviam cantar:

> *Petite mendigote*
> *Je sens ta menotte*
> *Qui cherche ma main*
> *Je sens ta poitrine*
> *Et ta taille fine,*
> *J'oublie mon chagrin...*

Como se estivesse diante de um cliente ressurreto, madame Lacoche me trouxe de volta à terra e explicou que para ser enterrado em Paris, não sendo morador da cidade-luz, o sujeito tinha que morrer num hospital local. Ora, esse requisito agora tinha ficado sensivelmente mais fácil de ser preenchido. Pagava-se, então, 1.161 euros à prefeitura por 30 anos de hospedagem, disse ela, esperando que eu concluísse a anotação. Essa parte decididamente me empolgou porque representava o valor médio de residência num hotel 3 estrelas durante uma semana. Ora, ela estava falando de 1.161 euros para quase 11 mil noites. Ou seja, de fração de centavos por pernoite. Até ali, morrer era um baita negócio, e eu apostava que turista algum havia pensado nisso. Esbocei um sorriso que ela talvez não tenha entendido, mas logo assumi a compostura que a ocasião pedia.

Como certas alegrias podem ser efêmeras, mesmo quando sinistras, ela disse que a sepultura individual custaria 5 mil euros, a que se somariam mais 5 mil por um caixão comum para os padrões da casa, o que vale dizer bom, embora sem os opcionais próprios do que ela chamou de funerais de Estado. Efetivamente, não era o caso. Nessas ocasiões, ela me ilustrou, a cabeça do falecido pode repousar sobre um travesseiro com areia da Terra Santa, e as paredes laterais da urna são revestidas de um delicado acolchoado de chintz austríaco para poupar os cotovelos de asperezas em caso de algum movimento espasmódico. Convertendo as cifras ao câmbio presente, se o euro não morrer antes de mim, como profetizou o taxista marroquino, já chegaríamos a R$ 70 mil. Perguntei se aquelas tarifas se aplicavam ao cemitério de Montparnasse. Com ar de quem anuncia que os convites para um baile em Versalhes estão esgotados, ela explicou que tanto lá quanto no Père-Lachaise não há vaga para defunto aspirante. "Se a família não tem *caveau*, nada podemos fazer, *monsieur*. A menos que se trate de uma grande personalidade."

Então me contou o caso da escritora americana Susan Sontag. "O senhor talvez saiba que ela não morreu aqui, senão em Nova York. Mas queria ser sepultada em Montparnasse porque amava Paris. E nós conseguimos. Quer dizer, ela conseguiu. É sinal do prestígio de que goza o mundo das letras na França. Imagino que seu amigo não seja desse universo, *n'est-ce pas*?" Por uma vez, não achei o que dizer. "Não, não é. Quer dizer, ser até que é. Mas não é o bastante para merecer uma exceção. Faltou-lhe tempo, coitado."

Vendo minha desolação, madame Lacoche murmurou que conseguiria um lugar aprazível no cemitério de Bagneux, perto da estação de metrô Châtillon-Montrouge. "A vista de lá é muito boa. Para as visitas, *bien sûr*. Vê-se Paris inteira." Adivinhando o desalento do enfermo, perguntou quantas pessoas iriam ao enterro, enquanto me mirava com olhar de apoio. Poucas, eu disse. Mas ele deveria receber muitas visitas de amigos recifenses que quisessem tomar um drinque quando passassem pela cidade. Quem aguenta o terraço da *La Coupole* o tempo todo? Por que não levar garrafas de Black & White no bolso do agasalho e aquecer a alma num lugar alternativo, confabulando silenciosamente com o finado?

Sagaz, madame Lacoche não desperdiçou a oportunidade: se haverá convidados, justificar-se-ia uma pedra tumular de granito de 7 mil euros. Aditou, por fim, que a Maurice Beer cobra mais 4 mil euros de emolumentos pela cerimônia, pois, mesmo sendo o quórum baixo, e ele ateu, ainda assim merecia a luz de um círio num castiçal de prata e um acorde de música de câmara. "Faz parte de nosso *métier* coordenar tudo de perto, zelar pela dignidade, e conferir ao *décédé* um ar sereno. Isso pode ser muito reconfortante para os amigos, inclusive para o senhor. Se morrer é inevitável, que seja *une occasion de classe*."

Ora, esse aditivo acrescentaria em valores de hoje mais R$ 55 mil aos R$ 70 mil já contabilizados. Que tivesse sido metade ao câmbio da época, lembro que saí desapontado, passada a euforia inicial. Com o dinheiro, dava para fazer muita coisa. Melhor deixar as providências fúnebres para quem ficasse. Fui então à calçada do Flore e, contrariando os hábitos espartanos que respeito em Paris, uma herança da juventude, pedi uma taça de Dom Pérignon e acendi um charuto. Quem até pouco simulara uma despesa indesejável de milhares de euros, por que não gastar R$ 800,00 com dois ícones da boa vida?

Bem assim estou fazendo agora: relaxando, a pretexto de reforçar as imunidades. Só não estou fumando charuto porque não sou louco de jogar fumaça nos alvéolos de que posso vir a precisar, eles que são a morada de sonho do corona, a plataforma cujas portas ele escancara e de onde, vitorioso, brada a ordem para que seus comandados destruam a picaretadas os rins, o fígado, o sistema neurológico e o coração do hospedeiro. Hoje me penitencio daquela visita a madame Joëlle Lacoche. E, covarde, antes de adormecer, sussurro para quem quiser me ouvir lá em cima: era brincadeira, viu? Paris é para viver, não para morrer.

Sou asmático. Isso nunca me pesou, mas essa condição agora me caiu como um elefante sobre as costas. Os transtornos respiratórios são, de longe, a principal causa de internação hospitalar na França. E eles estão na raiz de boa parte da morte dos obesos. Ora, nunca me preocupei nem com o peso nem com a asma. Só vim a saber que tinha isso na Finlândia, quando percebi um chiado quase divertido ao respirar. Que diabos era aquilo? Engolira um angorá? Um CD de música de pífanos? Logo temi que fosse um câncer de pulmão e fui a um médico em Helsinque. Sendo a notícia fatal, teria tempo de digeri-la sozinho, até poder compartilhá-la com serenidade no meu sotaque. Mas não era bem isso. Ele me falou que era asma brônquica devida a um betabloqueador chamado Atenolol, que um cardiologista da velha escola – afeito aos protocolos americanos do menor esforço e da supermedicação, tão condenados na Europa – me receitou quando eu, ainda jovem, tive um piripaque, que descobri um dia ter sido pânico.

"Para você ficar tranquilo, tome isso aqui," disse ele à época. A tal droga provocava asma e impotência. Sucumbi ao mal menor, pensei. Com o pinto fagueiro e os pulmões preguiçosos, vivi desde então. Mas hoje, juro que trocaria uma ereção por 10, 20, 30 inalações de ar profundas, dessas que a gente sente quando o oxigênio toca o fundo dos pulmões. O que diabos vai se fazer com um pênis disposto por bulevares por onde não se pode caminhar, sobre pontes que nos proíbem de atravessar, e diante de uma legião de mulheres mascaradas cujo pavor diante de um gordo resfolegante é o mesmo que acomete uma ovelha solitária diante do lobo numa noite fria do Luberon?

Outra ironia da sorte é que não possa caminhar por essas ruas que se combinam tão bem. Ou seja, poder até posso, dentro dos limites da legislação de exceção, mas não quero desafiar as potestades mais do que já faço. Ontem mesmo um desses galalaus de skate passou a 10 centímetros de mim bem à hora de cair na calçada, na frente do Instituto do Mundo Árabe. Quase aparei-o com um safanão. Foi por um triz.

Não há semana que não vá à farmácia. Lá compro solução hidroalcóolica, uma cartela de remédio para a faringite e sempre tento cavar alguma coisa sem receita médica, visto que continuam fazendo vista grossa às normas. Na padaria próxima à estação do metrô, há sempre uma fila espaçada, mas constante. Há mais duas padarias na mesma quadra, mas é aquela que tem a preferência geral. Pudera. Tudo o que se compra lá é *croustillant* – o pão, o palmier e os croissants. Se houvesse uma distinção temporal mais nítida do fim de semana do restante dos dias, compraria um mil folhas aos sábados. Mas se o fizer aleatoriamente, posso engordar mais do que o esperado. Difícil é me lembrar do alerta retórico que faço a mim mesmo.

Ontem precisei tirar uma *selfie* para uma revista com a qual colaboro. Nunca meu rosto esteve tão redondo. O editor achou-a ótima. Ele não dirá, mas deve ter pensado que combina bem com o obituário: "Faleceu ontem em Paris, aos 62 anos, nosso colaborador..." No que diz respeito às compras, sempre fui meio francês. Evito supermercado e só levo o essencial para o consumo de um dia, no máximo para dois. Nunca tive o fetiche brasileiro da compra de semana, e muito menos da compra de mês, comum quando eu era criança. Por fim, passo na banca para pegar os jornais. Compro o *Le Figaro* e o *El País*, mas pouco toco neles. Sabê-los ali me dá uma sensação de segurança. Demais, há coisas que não caducam, caso dos cadernos literários.

No começo do confinamento, era surreal ler os anúncios de filmes e peças de teatro em cartaz. Quantas estreias abortadas. Quantos sonhos foram para o beleléu. Por outro lado, quem estava assolado por dívidas, vive dias de alívio, como não imaginava mais possíveis. Se o mal é geral, ninguém está mal. Um amigo do Brasil se regozija: conseguiu ligar o *foda-se*. Fora um ganho terapêutico. Essa primavera é temporada de cigarras felizes e formigas amarguradas. Os estatistas estão eufóricos. Na lógica deles, se o dinheiro está aparecendo é porque existia. O corona foi o maior choque heterodoxo que a economia levou em 90 anos. O mundo se pergunta: quem será o novo Lord Keynes?

Li que faleceu em Salvador um ator jovem, divertido, cheio de amigos. Mais do que um ator, era um comediante, portanto uma alma livre, um homem passarinho, uma dessas pessoas notáveis na simplicidade, que chamam o garçom pelo nome e perguntam pelos seus filhos. Há duas semanas talvez estivesse preocupado só com a retomada da vida artística, com a grade da programação, com a perspectiva de montar uma peça. Um descuido e lá se foi, acabou. Tudo que era sua vida se apaga – some o halo, some o brilho, ficam uns pequenos filetes de luminescência, e depois nem isso. Vai ficar na lembrança dos amigos, inconformados hoje, um pouco mais resignados amanhã. Como sua vida foi semear sorriso, logo a lembrança vai ser quase alegre. Mas o fato é que ele se foi. Apagou-se a vela.

Li a notícia e fiquei estático na poltrona, pensativo. O que mais me aflige é meu total despreparo para minha própria morte. Apesar de ser uma ideia presente, uma recorrência diária, alguns dizem uma obsessão, a verdade é que nunca me ocorreu ver na morte libertação, beleza ou alívio. Eu não estou pronto para morrer agora. Tenho contas a acertar com a vida e comigo mesmo. Tem coisas que ainda preciso viver com algumas pessoas – pelo prazer, pelo dever. Se não fizer isso, se não tiver tempo para organizar o cenário, será uma catástrofe. A noção de *nunca mais* me desespera. A ideia de propagação infinita de um som e de uma luz é tão absurda que começo a pensar como Einstein: "Uma ciência sem religião é paralítica, uma religião sem ciência é cega." Mas e daí?

Em *Alegría*, de Manuel Villas, leio:

> *Vivir con conciencia de lo vivido, con la memoria perfectamente afilada, como un cuchillo de carnicero, capaz de rebanar y trocear las décadas en años, y los años en meses, y los meses en días, y los días en horas, y las horas en minutos, así quiero yo mi memoria.*

É isso que eu tento perseguir à minha maneira. Sei que posso tirar uma carta ruim do baralho da vida a qualquer momento. E tanto faria estar aqui ou no Brasil, é provável que morresse do mesmo jeito. O pior é o estranho sentimento que se resume a: Por que ele e não eu? Por que meus planos seriam mais importantes do que os dele? Ora, não são. Aos olhos de quem, se sequer haveria quem assim decidisse? Lembro da imagem da infância: somos como velas. Não sabemos quão longe está a chama do castiçal. E só.

Capítulo 19

A propósito, como vai você?
(Últimos dias de abril)

Paris já dorme há horas. Se duvidar, há semanas. Como definir essa pasmaceira em que os enormes ônibus verdes rodam vazios, os falcões-peregrinos dão rasantes sobre ruas entregues à própria sorte e já não se escutam as trepidações do metrô ziguezagueando entre ruínas, catacumbas e esgotos? A vida está suspensa. Abulia, letargia e catalepsia formam aqui mais do que rimas. As três se equilibram em doses iguais. Tem vezes que o sono custa a chegar. Quando acontece, tenho bom pretexto para ir à geladeira e me servir de um Bourgogne Aligoté, que bebo a goles generosos, depois de um beijo de língua estalado no buquê provocante. De onde vem a insônia, se trabalhei tanto? Da adrenalina, provavelmente.

Desde que retomei a escrita do romance grande, na falta de poder chamá-lo de grande romance, as noites não são mais as mesmas. Passei a primeira parte do mês relendo e melhorando os capítulos iniciais, que tinha escrito em Chicago, no fim do verão de 2018. Vencido o primeiro terço do projeto, comecei a escrever os desdobramentos da trama, depois que senti ter quebrado a inércia do longo intervalo. Então os personagens passaram a se animar, como soldadinhos que saíssem de uma caixa de brinquedo à noite e começassem a marchar sob o olhar fascinado da criança que os vê do berço. Ou como um trenzinho elétrico cuja locomotiva se deslocasse sozinha nos trilhos, obedecendo à vontade própria, parando diante das cancelas, e só avançando quando elas subissem.

Se esse é o grande mistério da ficção, para não dizer seu maior fascínio, é também uma armadilha. Os personagens agora me invadem o sono, acomodados sobre vigas mais sólidas e me carregam num andor por Budapeste, São Paulo e o Recife. No triângulo imperfeito que essas cidades formam, fico eu vagando como um *dybbuk*, ciceroneado por personagens que nasceram de minha imaginação e em cuja existência física passei a acreditar. Qual a intenção última desse esforço? Que eles se incorporem como tais à vida de muita gente. Que eles renasçam aos olhos de cada leitor, de preferência como lhes dei forma. Mais fácil é ganhar na loteria, dirão uns. O que importa? Nem sempre se fuma um baseado para estabelecer trocas com amigos ou para fazer sexo. Não há gente que fuma unzinho em completa solidão, pelo simples prazer de sentir corpo e mente se descolarem? Assim sou eu com meu romance. Meus personagens são minha comédia humana, meu picadeiro cativo. Eles são os sucessores dos soldados do Forte Apache, que lutavam contra os índios da taba do meu irmão – quando abatíamos uns e outros a golpes de bola de gude. Mas a ficção é uma distração perigosa porque insiste em tomar banho com você e em partilhar a mesma cama. É o preço a pagar por ser o dono da loja de brinquedo.

O mais da insônia, vem do Recife. Quando a cabeça não vai até lá, é porque o Recife já veio até mim. Gosto do ditado africano: quando morre um velho, é uma biblioteca que pega fogo. Que a peste poupe meus idosos, que já são tão poucos. Soube que os asilos do bairro onde morei em Estrasburgo sofreram baixas em série, registrando a terceira maior leva de mortos da França. Dezenas deles morreram de pneumonia. Todos com pulmões brancos, ou raio-X de vidro fosco, o indício nevrálgico de que o paciente chegou a um ponto sem retorno. Muitos daqueles com quem eu almoçava nas tavernas da Route du Polygone não devem ter resistido. Alguns eram vivazes e curiosos. Outros, surpreendentemente cultos. Mas nem todo velho é interessante, é óbvio, e tampouco é uma biblioteca. Não basta ser idoso.

Lembro da discussão que tive com alguns deles em certa ocasião. O restaurante estava cheio. A *patronne* me perguntou se eu me sentiria à vontade à mesa de *habitués* da casa. Se eles não se opusessem em se sentar com um estranho, com prazer. Enquanto eu comia um generoso chucrute com joelho de porco, eles pareciam admirar meu destemor em atacar nacos de toucinho de fumeiro e grãos de pimenta preta. Talvez pensassem: um dia nós já comemos assim. Ou, mais provavelmente: esse não vai chegar à nossa idade! O certo é que eles aguardavam que eu terminasse o repasto para que conversássemos. Sem uma prosa durante o café, que sentido tinha o dia? O outono já estava adiantado e para eles só restava a caminhada para casa, a escala na farmácia, abastecer de leite o pires do gato, agasalhar-se no entardecer, ligar a televisão, e comer o *Dampfnudel* da noite.

Naquele novembro de 2018, ainda tão fresco na memória, eu estava enfurecido com a prisão de Carlos Ghosn no Japão, ocorrida na semana anterior. Aquilo fora um golpe branco dado pelo *establishment* japonês para não honrar um acordo em que a Nissan seria engolida pela Renault. Então, o Japão e a Procuradoria apelaram para um expediente vil, maculando a reputação de um homem poderoso que, até por isso, era fácil de alvejar, o que configura um dos paroxismos da sociedade em rede. Como podia um nativo de Rondônia, crescido no Líbano, educado na França, revelado nos Estados Unidos e coroado no Japão, não ter parte com Satanás? Como pode um homem se separar da mãe de seus quatro filhos, casar com uma mulher estonteante, manter casas em três continentes e trabalhar em quatro línguas como se fossem uma só? Pode-se confiar num indivíduo que tem três nacionalidades? O golpe baixo me siderava. Ghosn ali era eu em outras encarnações. Acaso não conhecia bem como o Japão jogava? Será que fora em vão que estivera lá mais de 100 vezes?

Mas para meus companheiros de mesa, as acusações de malversação pesavam mais do que qualquer outra realização – e ninguém tinha tantas quanto ele. Afinal, disseram, ele ganhava um salário milionário, quase vergonhoso, e dera uma festa em Versalhes. Por quem se tomava? Por Luís XIV ressurreto? Pelo rei-sol reencarnado? Que bobagem, eu respondi. Se um jogador de futebol pode reunir os amigos em Chantilly, por que um executivo-estadista não pode receber em Versalhes, sendo a empresa que ele presidia uma das mantenedoras do castelo? Lembro que foi péssima a química que se instaurou. Não se defende impunemente um *patron* na França, muito menos numa mesa de velhos *prolos*. Nos dias seguintes, falamos de outros assuntos e se soldou uma boa camaradagem.

É nesses alsacianos de sotaque germanizado que penso quando ouço *Les Vieux*, de Jacques Brel, já deitado. Que tenham partido sem sofrimento. Quanto a Ghosn, os japoneses escolheram o homem errado para exercer sua justiça feudal. Lembro da alegria que senti ao chegar a Girona. Na virada do ano, ele se evadiu para Beirute. Como imaginar que já fazem quatro meses disso tudo? Como dizem os franceses: *c´est dingue*.

Pelo radinho de cabeceira, soube que um camarada entrou num pequeno mercado na Zona Norte de Paris e, indiferente à presença dos clientes, ameaçou a caixa com uma faca, levando o faturamento guardado na gaveta. O que está por trás disso, que não é de regra aqui? O desespero dos criminosos, para quem os negócios naufragam em paralelo à hibernação da economia. A crise é desesperadora para os batedores de carteira do metrô, proxenetas, estelionatários, punguistas e traficantes de droga. Marselha vive uma guerra civil não declarada. Os *caïds* se ressentem da suspensão do tráfego aéreo. Do confinamento para cá, milhares de *mulas* deixaram de desembarcar nos aeroportos europeus com pacotes de cocaína, que agora está tão cara quanto caviar. Nesse momento, o crime organizado tenta achar alternativas que lhe garantam a sobrevivência e, como todo agente econômico, tenta prever como será o mundo pós-Covid. A propósito, não se passa um dia sem que apareçam na TV duplas de policiais que, muitas vezes com humor, discorrem sobre a violência doméstica reinante em lares nada acostumados à presença ostensiva das partes sob o mesmo teto por tanto tempo. Tem casos quase divertidos como o do trio de lésbicas que se desentendeu sobre um filme pornô, ou o do casal que, no afã dos cônjuges de mostrar o desprezo que um sente pelo outro, desencadeou uma guerra de cusparadas que os levou à desidratação.

No meu retiro, entro na pele das famílias que ouviam notícias do front, captadas por aparelhos de rádio clandestinos nos anos 1940. Afundaram um torpedeiro nacional. Tropas inimigas se renderam. Trégua de Natal no Leste. Avanço dos aliados. Bombardeio de um tronco ferroviário na Prússia. Revés nazista em Stalingrado. Tudo isso devia ter um apelo transcendental para quem estava escondido num porão da Polônia, sob a neve imaculada e a mirada dos ratos, sem aquecimento ou qualquer perspectiva de normalização – sequer de sobrevivência.

Quem sabe amanhã, ao girar o botão do dial, não estarão anunciando que um consórcio de laboratórios descobriu uma vacina? E que dentro de três semanas, a humanidade estará imunizada. Em meio aos devaneios que me levam a reforçar a dosagem de Lexotan, constato que o Brasil já não é mais para mim o que já foi um dia. Voltava de viagens longas e o coração exultava quando cruzava a Marginal Tietê a caminho do escritório, ansioso para reatar com as boas coisas da terra. A neurastenia, o radicalismo ou os fanáticos não pertenciam ao nosso mundo. Eles ficavam para trás, nos lugares que eu visitara: no Irã, na Arábia Saudita, na África do Sul. Nossas mazelas eram outras, mas não sofríamos de histeria coletiva. Hoje os estranhos somos nós.

Relegado à solidão desse apartamento, só tenho saudades de algumas pessoas, geralmente de mulheres. Mas do país como eu o concebia, nenhuma. O que vejo à distância é uma espécie de alucinação, de ódio distribuído a granel e de glorificação da ignorância. É como se nesse momento de pandemônio, a fatura da baixa instrução fosse apresentada de uma vez. Sem jeitinho nem parcelamento. A pandemia desnuda nossas anomalias, desmascara nossos mitos fundadores. A essa altura, pouco me importaria o barulho que vinha da avenida, a poluição, a síndica que andava com o regulamento embaixo do braço, o sobe-desce do Brasil, o circo político, a indecisão dos clientes, a lentidão dos editores, a impontualidade da lavanderia, o calor do Recife, a luminosidade que invadia o quarto, os almoços em família, as reprimendas pós-ressaca, os latidos do cachorro do vizinho, enfim, mesmo as coisas chatas da vida de antes seriam muito boas diante desse enclausuramento. E por custar a dormir, logo vai raiar mais um dia dessas férias que nunca tive tão elásticas.

Já estou há quase 45 dias em Paris. Numa noite dessas, mamãe perguntou. "Há quanto tempo você não ficava num só lugar?" Não hesitei. "Há pelo menos 45 anos." Por muito que me queixe de aeroporto e avião, passei a vida neles. Pegando no telefone as fotos de meu último dia de liberdade, repassei o 14 de março. Acordei cedo em Budapeste, naveguei pelos entraves do aeroporto e tive longa espera em Londres. Depois peguei o avião para cá e nunca mais saí do bairro onde estou. Sonho com o 11 de maio – primeira data estimada para o desconfinamento – como um preso sonha com a liberdade condicional, nem que tenha que usar tornozeleira. Revejo as imagens de Budapeste, do Danúbio, da majestade das pontes, que um recifense de alma sabe apreciar.

Para mim, na velha vida, os dias tinham cor. A segunda-feira era amarela – porque assim o sol aparecia nos desenhos infantis, e assim ele despontava na rua da Aurora. Dava ideia de alvorecer, de princípio, da primeira coisa que via. As terças-feiras mereciam um azul no tom que se quisesse: marinho, metileno ou piscina. As quartas-feiras sempre foram de algum recato, um ponto neutro que combinava com o preto, logo com a falta de toda luz, página ideal para se escreverem os planos da segunda metade da semana. Verde-bandeira, água ou musgo calhava com as quintas, e as sextas-feiras eram de um vermelho sanguíneo, por ser a hora das decisões que não podiam mais ser proteladas, logo também de celebração ou recuo. O sábado era rosa de dia e branco à noite – cor da sobriedade e elegância, soma de todas elas. E o domingo podia ser qualquer uma, menos o marrom – que não é cor de cavalheiros urbanos, na acepção britânica, ademais de ser abominada por supersticiosos. Hoje tudo mudou. Em Paris ou no Pari, em São Paulo, os dias são cinzentos. Cor neutra, é verdade, cor que não cansa, mas que gera expectativas. Sabe-se lá se o cinzento tenderá ao preto ou ao branco?

Na cama, os desejos carnais ficam de vigília. Vi um sujeito comprar Tadalafila, que é mais barato do que eu pensava. Com quase ninguém nas ruas, é normal que tudo nos chame a atenção. Num passeio meteórico à Île Saint-Louis, constatei que a abolição do sutiã chegou para ficar. Se é um protesto contra a ditadura do coronavírus, é ideia mais do que oportuna. Se não sempre, mesmo porque nem todos os seios são belos, que as mulheres se livrem desse acessório incômodo e nos premiem com a visão de vales cremosos e picos que vão do rosa ao carmesim. Voltando pelo cais do Sena, apalpando nos bolsos moedas e protuberâncias, peguei a irritante mania de me certificar a curtos intervalos de que o vento não levou meu passe de circulação. Na entrada do boulevard Saint-Germain, tive que parar para recuperar o fôlego. Em tempos de guerra, a gente desaprende a flanar, e só caminha às pressas. A vida obedece a um fluxo contínuo cujo único objetivo é chegar inteiro ao dia seguinte sem tosse seca, dos sintomas o mais sugestivo. Quando saio de casa, a única meta é voltar imune a incidentes, como um caçador que vai abater umas perdizes para garantir o almoço e não pode se deixar surpreender por uma patada de urso na nuca. Daquele ângulo onde parei para retomar o fôlego, diante do bar *Le Nouvel Institut*, agora fechado, a visão da ponte, da água e da vegetação parecia a do próprio paraíso. Mas era uma vã beleza, uma vã paisagem.

Como parece cada vez mais certo que não vou voltar tão cedo ao Brasil, pensei ali no conterrâneo Josué de Castro, cuja *Geografia da Fome* vendeu na época 1 milhão de exemplares no mundo. Exilado pela ditadura aqui, disse:

> *Antigamente eu pensava que viver em Paris era um privilégio. Hoje sei que nenhum privilégio existe para mim se não posso alimentar-me de minhas próprias raízes.*

Aos 62 anos, viajei muito. Agora o Recife, que fica bem ali na esquina do mundo, pela primeira vez é inalcançável.

Tem feito dias lindos em Paris. É como se o verão já tivesse chegado. A temperatura vai bater os 23°C, e espera-se que com isso o corona bote o rabo entre as pernas e comece a perder a virulência. A propagação ainda é imensa, apesar do confinamento. Quando vejo televisão, quem mais causa inveja é quem está no campo, numa varanda ensolarada, vendo vaquinhas à distância, com o computador instalado sob um *ombrelone*, petiscando azeitonas e tomando vinho branco. Muitos desses estão se deliciando com o confinamento, e algumas famílias vão sair fortificadas, viciadas em convívio. A regra, contudo, não é bem essa. Tanto aqui quanto no mundo, vejo as pessoas se digladiarem. O convívio forçado, que poderia ser o prenúncio de uma grande cumplicidade, se esvaiu nas primeiras semanas. As neurastenias têm ido a mil. Nada pode ser mais divertido do que a briga conjugal alheia, longe de nosso teto. Nas redes sociais, espocam manifestações de desequilíbrio – evidenciadas seja pelo encurtamento do pavio ou pela pieguice melosa.

Não tardará muito para que Pascale apareça para ficar. Sinto que o clima da casinha lá de Falguière logo estará irrespirável. O noticiário só fala sobre as flores que não chegarão às nossas casas na primavera. Para não dizer que só falo delas, temos também os queijos. "As vacas não sabem que o mundo está confinado. Continuam comendo ração, como se a Terra ainda estivesse girando," diz o criador. Além do descarte de rios de leite de qualidade, lá se vão também os laticínios. Queijos de vaca, de ovelha e cabra vão para o lixo em pleno processo de cura. A quem vendê-los? Quem paga a logística para doá-los? Ora, os pecuaristas precisam observar os mesmos cuidados dos tempos de paz. Só que agora em vão. Precisam alimentar o rebanho, fazer a ordenha, cuidar dos bezerros, para, no final, descartar tudo. O terrível das guerras é o brutal desperdício do amor. Uma vez li em Eduardo Galeano que a polícia política uruguaia quebrava a resistência dos prisioneiros obrigando-os a plantar hortas. Quando as couves e alfaces estavam no ponto de ser colhidas e ir para a mesa, eles passavam a roda do trator por cima bem à vista dos plantadores. E os obrigavam a começar o replantio de imediato. Era criminoso sob mais de um aspecto.

Estou oscilando muito. O que me salva é escrever, mas pequenas coisas podem, isoladamente, arruinar o dia. Bastou parar no trecho baixo da rue Mouffetard quando vi, a 3 metros de distância, o atendente da sorveteria dar um colossal espirro, desses de empestear o ar de gotículas assassinas. A vaporização despejou centenas delas contra o reflexo do sol. Percebendo o inadequado do gesto e minha expressão nada amistosa, ele deu meia-volta e entrou.

Naquele instante, na nuvem que aspergiu no ar como um aerossol potente, pelo menos três pessoas cruzaram-na inadvertidamente. Duas tinham máscara, mas nenhuma das três tinha óculos. Admitamos que ele estivesse positivo para a Covid. Com um espirro gargantuesco daquele, ele pode levar pelo menos um dos três passantes para a UTI. Fiquei muito desanimado com a cena. Sendo o contágio acelerado como é, imagino as três pessoas encontrando mais três, e assim por diante. Que todos um dia ficaremos doentes, não há dúvida. Mas sem vacina, viver vira uma roleta russa.

Este país, a velha França de Charles Trenet, me dá motivos para amá-lo, a ponto de eu achar que lhe devo a vida. Na TV, o depoimento do médico me sensibilizou, e sinto como se tivéssemos sido feitos um para o outro. "Nós não vamos pedir às pessoas que parem de beber vinho. Aqui na França, nenhum médico sério, que honre seu diploma, e que queira ser respeitado pelos pacientes, vai pedir esse absurdo. Cozinhar e beber bem são dois dos momentos sagrados do confinamento. O que digo é que bebam menos." A apresentadora insiste. "O que é beber menos, doutor?" Ele sorri. "Duas taças ao dia, digamos. Uma no almoço e outra no jantar. É a cota para aquecer o coração – *pour rechauffer le coeur*. Mais do que isso, o efeito é danoso. E pode desandar em melancolia, autopiedade ou agressividade."

Mas não se pode a essa altura desperdiçar muito tempo com noticiário. Se o fizermos, subtraímos minutos preciosos a outras atividades e nos encharcamos de redundâncias ocas e contraproducentes. Já dizia o médico persa Ibn Sina:

> *A imaginação é a metade da doença; a tranquilidade é a metade do remédio; e a paciência é o primeiro passo para a cura.*

Mas foi de Descartes a frase que escrevi a caneta de ponta porosa, num papel que deixei bem à minha frente.

> *Sendo como sou, com um pé num país e o outro noutro, acho minha condição muito feliz, no que ela tem de livre.*

Era o que eu poderia ter escrito até bem pouco tempo.

Um amigo da Alemanha, que conheci pelas redes sociais e com quem já jantei uma vez em Estrasburgo, me escreveu para dizer que se, por alguma razão, a situação piorar aqui, eu posso contar com a hospitalidade dele e da mulher, bem do outro lado da fronteira. "Temos respiradores sobrando nos hospitais de Neustadt. Não hesite." Fiquei sensibilizado. Se nenhuma outra lição me ficar desse episódio, ou se eu tivesse que destacar um único gesto de nobreza, seria este. Assim devem se sentir os foragidos de guerra que, onde menos esperavam e quando maior era o desespero, foram alvo da solidariedade de uma família.

Sentimentos convulsos também tive por ocasião dos 35 anos da morte de Tancredo Neves. Naquele 21 de abril de 1985, fazia um lindo dia em São Paulo. Aos 27 anos recém-feitos, eu dava uma passada diária no Incor e me juntava à multidão para saber mais da saúde periclitante do velho mineiro. O hospital ficava no meu caminho para casa. Sarney assumira a Presidência, como era de direito, e tivemos que engolir a pílula amarga de ter um ex-arenista, um homem que contava com a simpatia dos militares, logo com a desconfiança de quem sofreu com 1964.

No meio-dia ensolarado, fui almoçar com um amigo e ficamos na sala assistindo televisão. Quando o avião decolou de São Paulo com o corpo, fomos até o grande portão de madeira para nos despedirmos do presidente que não tivemos. Naqueles dias, fiquei perplexo de ver o quanto o Brasil podia ter azar. E era só o começo de um longo ciclo. Ali aconteceu o terceiro evento seminal da tragédia que nos trouxe até aqui. O primeiro foi a escravidão; o segundo foi a construção de Brasília, que também fazia aniversário. O terceiro foi a morte por septicemia desse homem providencial, insubstituível na época. O quarto seria a entronização de um padrão de oposição que viciou o debate político, levando-nos ao que temos hoje – por mais que o maniqueismo seja filho das redes sociais.

Ah, os sonhos! Estava numa sala de cinema de Montparnasse e esperava que o porteiro me dissesse se haveria lugar ou não para a sessão. À distância, ele me fazia sinal para que aguardasse, logo teria uma resposta. A boa vontade era inegável e eu estava esperançoso. De repente, ele me chamou até a urna de ingressos da portaria e disse: estou desolado, meu caro, tente amanhã, hoje está lotado. Sendo marroquino, me despedi à moda clássica, com dois beijos na bochecha e agradeci. Na calçada, lembrei que cometera uma imprudência. Ele podia estar infectado. O que eu diria à amiga tradutora que me esperava no café? E se a infectasse, impedindo-a de escrever suas crônicas parisienses? Então comecei a contar as três semanas regulamentares para saber se fora ou não contaminado. Foi aí que acordei.

Venho despertando cedo. Antes de sentar à mesa, alongo os braços para desempenar a coluna, a ponto de ouvir um estalo. Respiro fundo e conto por quantos segundos consigo segurar o ar. Se não chegar a 15, é melhor ligar para o hospital. Geralmente fico na faixa dos 40 segundos. Estou bem. Não conseguiria segurar até um minuto por conta da asma, mas, com esforço, chegaria a 50 segundos. Como parei de roer as unhas porque elas podem ser morada de vírus, elas estão grandes como jamais. O que diria mamãe? Mandaria comprar uma lixa. Os cabelos também estão horríveis. Ao fim do confinamento de Wuhan, os chineses admitiram que cortar o cabelo era aquilo com que mais sonhavam.

Sem planejar muito, ataco as prioridades à minha maneira, por impulso. Escrevo artigos, leio um pouco, respondo os e-mails e vejo o que entrou pelo celular – de longe as mensagens mais chatas, invasivas e inócuas. Terminado o primeiro par de horas, começa a se operar o ritual do almoço, um dos momentos altos do dia. Apesar dos tempos, prevalece um comércio de qualidade na vizinhança, e encontra-se praticamente tudo do que se precisa para a boa culinária. O que é nauseante é que todos os dias são iguais. Logo a bisque de lagosta que poderia singularizar o almoço do sábado está ali tão disponível quanto esteve no jantar da segunda-feira. A banalização dos prazeres, que se aplica aos bons vinhos, dá a medida do quanto a privação de liberdade de ir e vir é mortal. Sem ela, a vida perde o sal, o cheiro e a cor.

Ontem colhi mais indícios de que as pessoas estão mesmo enlouquecendo. E eu também – se é que ainda tenho espaço para piorar. Minha saída para essas situações sempre foi caminhar. Pego a sacola de mantimentos, coloco a máscara e as luvas, e me obstino em cumprir a meta dos 6 mil passos em uma hora, prazo depois do qual viro sapo. Nas pracinhas, a desenvoltura dos corvos me apavora. Não é qualquer pisada firme que dissuade um pombo de bicar sua baguete. Nunca o filme *Os pássaros* me pareceu tão tenebroso.

Os jovens estão sorridentes, como se gozassem de defesas irrestritas. Aproximam-se acintosamente. Mais ainda se você estiver junto do caixa automático do banco. Com medo de morrer, sempre pode escapar uma cédula, fruto da desconcentração na tarefa. É como se eles dissessem entre si: "Você chega perto de um velhote desses e ameaça falar diretamente, olhando-o nos olhos. Ele vai dar o que tiver na mão com medo de levar um espirro no meio da testa." Quem também galgou um novo patamar de soberania nas ruas foram os mendigos. É deles a iniciativa do *bonsoir, monsieur.* O tempo primaveril e a vida ao ar livre os exime da chateação do confinamento. Dotados do que consideram uma imunidade universal, dada pelo vinho e o relento, chegam perto, ensaiam estender a mão, enfim, agem como se fossem nossos anfitriões. Logo vão exigir um pedágio dos passantes.

Com a respiração curta e taquicardia, caí na besteira de ligar para o meu médico no Brasil. "Não seja teimoso, use a bomba de asma duas vezes ao dia. Não espere ter crises. Basta um chiadinho. Isso é sinal de que ela está se manifestando. Tome uma ampola de 100 mil UI de vitamina D a cada 30 dias, tente levar um solzinho da varanda, e mantenha a dosagem diária de 2 mil. Mantenha também a vitamina B12 e dobre o zinco de 30 mg ao dia para 60 mg pelos próximos dois meses. Estou mandando receita também para uma caixa de Montelukast de 10 mg. Tome só um ao dia e monitore. Se sentir alguma perturbação, uma confusão mental, suspenda. E compre também Ivermectina. Tome uma dosagem única de 24 mg, ou seis comprimidos. Não brinque com a Covid, estou com colegas de turma lutando nas UTIs daqui, alguns com pouca chance de escapar. Nem ouse sonhar em pegar isso. Se você pegar, eu garanto: sua chance de sobreviver à intubação é tão grande quanto as minhas de ir à lua. E olhe lá. Essas palpitações estão muito estranhas. Diga amanhã quantas vezes você urinou nas últimas 24 horas, compre um oxímetro para verificar a saturação do sangue e um tensiômetro. Quero ter essas informações duas vezes ao dia por uma semana. Por enquanto, mantenha o benicar de 20 mg. Aí ele se chama Olmetec. Não exagere no vinho, mas prefira o tinto. Fique em casa, veja filme e relaxe. Pelo vídeo que você mandou, você não está com Covid. Ainda não. Mas olho vivo. A propósito, como vai você?"

Na sequência, fiz um capítulo todo do livro novo numa só sentada. Se não tiver pressa agora, quando terei?

Capítulo 20

Os domingos perdidos
(Primeira quinzena de maio)

No dia 1º de maio de 1994, quando Ayrton Senna morreu, lembro que fazia um tempo magnífico em Paris. Até a hora da tragédia de Ímola, respiravam-se melhores ares do que estes de 2020, em que nem sequer os sindicatos podem se manifestar pelo Dia do Trabalho, em obediência aos protocolos do confinamento. Depois do sucedido na Itália, porém, tudo ficou igual ou pior do que hoje.

Há 26 anos, então hospedados num hotel dos Champs-Elysées, acordamos tarde. Nem ela nem o endereço chegavam a me encantar, apesar da beleza daqueles olhos que faiscavam como turmalinas e da enorme cama de dossel, de onde avistávamos o perfil do Arco do Triunfo. A cama e ela se harmonizavam, mas, da porta para fora, as coisas já não funcionavam entre nós. A bem da verdade, não sei dizer até hoje se ela entendia a deterioração em curso, nem que fosse instintivamente. As vitrines de Paris talvez fossem tentadoras demais para que incompatibilidades subjetivas a preocupassem. "Não entendo muito desse trem de intelectual não, sô. E por que falar tão difícil, uai? *Cê* não me come há uma semana. E não venha me dizer que é porque eu não quero. Você é que tá aí meio desanimado. Já foi melhor, viu? Come uma travessa de ostra aí pra ver *se anima*. Tem de penca em qualquer *barzin*." E sorria, encantadora.

Um ano antes eu começara a viver com ela. Atendendo a um pedido despropositado, saímos do meu apartamento de Pinheiros para morar nos Jardins, um sonho de consumo que ela trouxera do Brasil rural que emergia, e que até então só conhecia de novela. Ela queria glamour, o que a vida corporativa me dava de carradas. Eu queria viver de acordo com meus 35 anos: chegar em casa, tirar a gravata, botar um jeans, calçar um tênis, papear num boteco e tomar cerveja com desconhecidos. Não era sempre que eu podia me permitir esses prazeres. Já para ela o que contava era o entretenimento ostentatório que virou febre na era Collor, que marcou nossos começos. Se minhas vaidades se manifestavam mais no terreno profissional e intelectual, as dela pediam dinheiro sonante. Quando eu não estava em casa, ouvia-se música sertaneja nas alturas, e o som varria os Jardins de uma esquina a outra. O nó estava formado. Como desatá-lo? Tudo começara certa noite quando eu fantasiava vendo os banhos de rio de Juma Marruá, da novela *Pantanal*. Nos meus devaneios, pensei que gostaria de encontrar uma mulher que fosse bela, rústica, de falar truncado, cuja alma indômita acendesse boas vibrações. Um dia conheci-a numa feira de gado. Era o que procurava, pensei. Comprei até um cinto texano para entrar no clima. Mas para ter acesso à alma cabocla que havia ali, eu tinha de lidar com sonhos de consumo que desconhecia. Aqu3,ilo me entristeceu. Eu cometera um erro, mas ainda levaria tempo até que ela saísse da minha vida tão bem quanto entrara.

O que seria feito dela? E se lhe telefonasse para saber como ia? No fundo, tínhamos rodado o mundo várias vezes.

Ela dera provas de versatilidade e carisma, apesar dos modos desabusados. Lembrei do dia em que ela encantou os Kostic, em Zug, na Suíça, mal falando uma palavra de inglês. *She was so authentic, so real, so outspoken,* dizia meu amigo. Lembrei do sucesso que ela fez com as fiandeiras do cotonifício de Alexandria, no Egito. Do pavor que sentiu no terremoto de Taipé, das massagens sensuais que aprendemos a fazer um no outro na Tailândia. Dos passeios que ela deu com mamãe na medina de Marrakech e da camaradagem que selaram, que dura até hoje. Das noites de lua cheia de Bali. Da briga colossal que tivemos em Honolulu quando eu saí para fumar um baseado e só voltei no dia seguinte, com a carapaça de executivo implodida pelo espírito inverossímil de roqueiro. De repente, tinha saudades dela.

Na noite de 30 de abril de 1996, chegamos a Paris vindos de Lugano, na Suíça, onde assistíramos à tomada de tempo do malsinado Grande Prêmio de San Marino — cujo rescaldo foi a morte de um austríaco, um acidente grave com Rubens Barrichello e um Ayrton cismado, cheio de maus presságios. Liguei a TV pouco antes do começo e ouvi Alain Prost falando do mau prognóstico que pairava sobre aquele domingo de primavera. A largada foi caótica e, estabelecida a normalidade, Schumacher mordia os calcanhares de Senna. Na virada da curva Tamburello, veio a batida fatal. Prost não hesitou em dizer que a colisão lhe parecia gravíssima. Desliguei a TV, pedi-lhe que se aprontasse o mais rápido que pudesse porque precisávamos sair. Passávamos de táxi pela place de la Concorde quando veio a confirmação da morte. No *La Coupole*, me senti bêbado com dois copos de vinho. Estava péssimo com tudo aquilo.

Meses antes, tinha viajado com Ayrton lado a lado, entre a Austrália e a Argentina. Insones sobre o Polo Sul, conversamos no deck do 747 sobre os amigos em comum que tinham estudado com ele no Colégio Rio Branco e sobre a sensação de dever cumprido que ele então sentia ao cabo do tricampeonato. O garçom francês veio conversar comigo. "Ele esteve aqui há alguns dias, depois de ter dado o pontapé inicial numa partida de futebol." Saí caminhando pelo boulevard Montparnasse e entrava de bar em bar, onde o assunto era o mesmo. Pedi então que a mineirinha voltasse para o hotel ou que fosse flanar no Marais, e lá fui eu purgar a dor de um dos dias mais tristes que vivi.

Dizer que Paris para mim está hoje tão feia quanto então, seria comparar coisas diferentes. Na marcha da vida, a toada é esta: dor, alegria, perda, conquista, sol e sombra. Em 2020, o céu está baixo e nublado. Faz frio e reina uma atmosfera lúgubre, de universo em suspensão. Mais ou menos como quando, um ano depois da morte de Ayrton, eu saí para conversar com ela e disse que nossa união fora um equívoco. Quando nos conhecemos, até o lado Imelda Marcos que a fazia colecionar sapatos intocados me pareceu divertido. Mas aquilo nos desconectara. Ela entendeu.

Em Paris, ninguém se aventura além dos limites de casa, da rua, do quarteirão, quando muito. O deslocamento para fora do *arrondissement* de domicílio é quase nulo. A imagem que me vem é a de uma bela noiva, de tiara de diamantes e um buquê de cores adamascadas nas mãos enluvadas. Então, bem na hora de ir para o altar, a meio caminho entre o carro e a porta da igreja, desaba um aguaceiro monumental, seguido de forte ventania. E lá se vão as flores, os adereços, a enorme cauda de renda de Sevilha. A água vai lhe borrar a maquiagem, e o frio enregelante a fará dobrar-se como um caracol e espirrar. Quando tudo passar, perdida a majestade, ela vai se perguntar sobre o acontecido, se foi verdade ou pesadelo. Como podia ela estar reduzida à rala lembrança da mulher desejada que fora até há pouco? Essas imagens femininas em desconstrução me assaltam o tempo todo, é quase obsessivo.

Mamãe ligou. "E aí, como vai esse parisiense? Cuidado com a comida, viu? Se você abusar, quando terminar o confinamento, não vai passar pela porta." Eu vou bem, mamãe. Até que não estou abusando, acredite. Como bem, mas os abusos foram poucos. "É, meu filho, resta ver o que é pouco para você. Sua medida sempre foi outra. Com 3 dias de nascido, você já teve que tomar leite de vaca pra parar de chorar. Era um berreiro de derrubar a casa. Seu pai só faltou enlouquecer." Conheço a história, mamãe. "Tenho uma notícia boa. Seu primo conseguiu voltar para Chicago. Deu sorte de pegar o último voo antes que Trump fechasse tudo. E você, seu mocinho, quando volta?" Não tenho ideia, mamãe. Tenho medo de ficar trancafiado num avião durante horas. Já pensou se o vizinho começar a espirrar? Escapo de me contaminar aqui e morro na praia. Quando voltar, volto de navio. "Só se você for doido. Você não viu os navios vagando sem destino por aí? É pior." Seja como for, sem pressa. "Faz bem, não se apresse. Tem visto a política aqui?" De vez em quando, mamãe. Tudo tão previsível. O ruim de envelhecer é que nada mais surpreende. "Você não tem saudade de seus cantos, não?" Só um pouco. Confinado por confinado, prefiro ficar na Europa. No Brasil, estaria indócil. É aqui que eu funciono melhor. "Foi nisso que deu essa história de seu pai dizer que criava vocês para o mundo. Taí você agora: desterrado, sozinho, ao léu, coitado!" Não é ruim, não. Converso comigo mesmo. "Cuidado pra não enlouquecer." Mas louco eu já sou um pouco. "É nada, você se faz de doido. Quem se faz, não é." Pode ser. Mas ouço tanto casal brigando na vizinhança que acho ótimo estar só. De vez em quando batem uma porta aqui no prédio, o cara sai pra rua espumando como um leão faminto. Prefiro assim. "Sei como é. Imagina aguentar teu pai enclausurado, se estivesse vivendo isso tudo." Já pensei, mamãe. E a senhora, tem saudade da rua, de passear? "Muita. De ir ao médico, ao mercado, ver as pessoas." Quando tudo retomar, nada de beijos, viu? "Nem nas netas?" Não pode, mamãe. Neto é um perigo. Neto mata mais do que o capitão. "Virgem. Nem fale desse traste!" Por que a senhora não me deixa vê-la na tela? Por que está escondendo o rosto do visor? "É que ainda não botei laquê. Estou toda arrepiada. Parece que levei um choque elétrico." Lembra que a senhora quis passar batom na UTI, depois da cirurgia? "Ora, se lembro. Até pra morrer, a gente tem que ter linha. Meu pai era assim. Era vaidoso, mas tinha o lado bom da vaidade. Uma vez não conseguiu dar o laço no cadarço. Comprou uma cinta e perdeu 10 quilos." Eu vou fazer o mesmo quando sair, mamãe. "Du-vi-de-o-dó. É mais fácil o mar evaporar. Tô pensando em fazer um experimento, meu filho. Acho que meu cabelo vinha levando muita tinta. Antes que fique ralo demais, vou fazer uma pintura mais leve. Como só tem seu irmão em casa, pela cara dele eu já sei se deu certo." É uma época boa para experimentos. Pelo menos distrai. "Falando nisso, você sai de vez em quando para passear?" Sim, mas com cuidado. O mais é chuva e trovão. É da época. Segunda-feira, já posso circular sem horário nem papel. Mas vou ficar quietinho porque Paris ainda é zona vermelha. O vírus aqui continua desembestado. Primeiro vamos ver o que acontece. Se caminhar para mais longe, vai ser por ruas largas, evitando metrô ou elevador. E por aí? "Por aqui dá pena. As pessoas morrem como moscas. Aquele cavalo doido até uma festa queria dar, mas cancelou." Aquilo é um facínora, mamãe. Ele só está pensando nos dividendos eleitorais e em salvar a pele dos filhos. "Todo aquele pessoal do bolsa-família vai se bandear para o lado dele. Pode escrever." Triste de quem é radical de centro no Brasil. O que é feito de Lala, meu filho?" Cuidando dos pais. "E de Iara?" Rezando online com a Monja Coen. "Aquela careca?" É ela mesma. "Virgem! Ela faz quimio?" Acho que não. É uma bossa tibetana, sei lá. "E a tcheca?" Distribuindo donativos em Praga. "Tem mais uma coisa que eu ia esquecendo de perguntar. Me falaram que você bota nossas conversas no computador. É verdade?" Só uns trechinhos, mamãe. É uma forma de matar as saudades. Quando transcrevo nossas falas, recordo suas palavras, revivo tudo. "Mas meu filho... Mesmo as coisas de política, de beleza, de cozinha, de rotinas, de..." De tudo, mamãe. Todo mundo hoje vive dramas iguais. O vírus veio mostrar à gente que somos todos uma só tribo. "É isso mesmo. O que me dói é imaginar que nem direito a um velório a pessoa tem." Isso é o de menos para o defunto, mas é terrível para quem fica. "Soube da morte de Ricardo?" De todo mundo, mamãe. Mas vamos sair inteiros e em 2021 a gente faz um festão pelos seus 90. Mamãe, se me acontecer alguma coisa, nada de choros, viu? Tive uma vida de príncipe. Fui criado por um rei e uma rainha. "Muito obrigada. Mas onde já se viu uma rainha de cabelo de duas cores? E pare com essa história. A vida gosta de quem gosta dela. É o seu caso." Fica só o aviso. Vivi tudo e mais alguma coisa. Tive um sonho estranho e divertido. "Quero saber." Eu despertava num ambulatório, diante de uma junta médica. Todo mundo era muito suave. Quando abri os olhos, perguntaram meu nome, a data e alguns que tais. Não lembro se era em português, mas desconfio que não. Sabendo que talvez tivesse estado em coma, disse que estávamos em 2043. Eles assentiram, como se eu tivesse acertado na mosca. Então olhei em direção aos pés da cama, e não vi nada. Não tinha corpo, eu era só uma cabeça. Onde estava o resto? Eles desconversaram, disseram que se solucionaria ao seu tempo. A senhora, que era bem mais jovem, me explicou que a circulação extracorpórea era garantida mecanicamente. Eles decidiram preservar minha cabeça. O resto era uma questão de encaixar as peças. Eu até poderia trocar de corpo, se quisesse. Parecia uma boa notícia. E como caminharia? Com que pernas? Aí o sonho acabou. "Esquisito. Cuidado com trombose, não fique muito tempo sentado. Caminhe nem que seja no quarto. É o que eu faço no corredor quando rezo meu terço. E verifique sua glicemia. Não esqueça que seu pai era diabético." Fique bem, mamãe. "Se cuide, meu filho. E não leia muito não pra não gastar a vista. Tente ficar sem fazer nada. É um bom treino."

Fico penalizado quando me deparo com uma notícia que me toque diretamente, dessas que se recebe com o impacto de um tiro disparado à queima-roupa. Morreu ontem uma mulher que vi há poucos meses numa festa em São Paulo. Alegre, ela passava uns minutinhos sentada e logo ia dançar com o namorado, um preto elegante, que sabia toureá-la no espaço exíguo entre as mesas, onde executavam uma coreografia bem testada. Passei a noite admirando aquela vitalidade, o prazer com que tomavam cerveja, aquele amor ao lúdico, a harmonia de quem estava em seu elemento.

Lá fora, na rue des Fossés Saint-Jacques, com a chegada das temperaturas mais altas, pouco ou nada convida para sair às ruas. Pensei: esse é um desses dias de melancolia em que o máximo que se pode desejar é escrever, talvez reler trechos de livros conhecidos e, eventualmente, dar uns cochilos na esperança de que possamos vir a ter um sonho bom, já que, tecnicamente, não há nenhuma chance de receber uma boa notícia. O que mais poderia inflamar a vida, se só ouvimos falar da morte? Estancar as notícias ruins, o que é difícil, passa a ser a maior aspiração.

Cochilei na cadeira, diante do computador inerte, e fiquei pensando, entre acordado e adormecido, em passagens da minha infância e adolescência no Recife. Ora, as mulheres sempre tiveram a justa fama de saber transformar o que já é grave em muito pior. Se a vida ensinou que isso de fato acontece, meus começos mostraram o contrário. Era meu pai quem, do nada, resolvia se rebelar contra o direito de viver – o seu e, especialmente, o alheio. E então desencadeava o terror pelo terror. Nestes dias, despejava aos quatro ventos raivas que vinham ninguém sabia de onde, fazia cobranças que nunca lhe tinham ocorrido fazer, e transformava nossas vidas num simulacro de inferno em que tudo, rigorosamente tudo, era apontado como errado ou indevido. Falar era uma contravenção. Silenciar era um insulto. Explicar, piorou. Sair para a rua, nem pensar. Ficar em casa, onde? Ligar televisão, de jeito nenhum. Dormir, acordar, se evaporar, chorar, brincar, enfim, nada servia. A empregada piscava o olho. "Já está passando," como se entendesse de surtos, dos labirintos das almas em convulsão. Mamãe um dia me disse: "Elas têm a sabedoria da vida. Estão acostumadas a aguentar desregrados. Elas sabem como eles funcionam. Nessas horas, seu pai não é nada diferente deles."

E então, quando o dia estava irremediavelmente perdido, ele tentava brincar, chamar nossa atenção para o futebol, fingir normalidade. Vendo que a dor custaria a cauterizar, ele se desesperava. O que fizera de errado? Então eu tratava de reprimir ressentimentos, mas ele percebia a manobra. Isso o desacorçoava, e podia levá-lo a se insurgir contra mamãe. "Está vendo? É tudo culpa sua." Era melhor tentar aderir ao aceno de paz.

Essas tempestades duraram até meus 15 anos, talvez. De certa forma, comprometeram as boas lembranças que trago dele. Enquanto todo mundo brincava lá fora e curtia seu domingo, o nosso tinha que passar por aquele auto de fé. Geralmente o coquetel explosivo estava ligado a um mau momento pessoal, que nossa mãe nos dissecava à hora de dormir para suavizar o choque, e para que eu e meu irmão não guardássemos mágoas da figura paterna – todo o contrário do que viraria tendência mais tarde, quando demonizar o pai agregava à imagem de guerreira solitária da mãe. Seja como for, depois de certa idade isso passou a me atingir menos.

Curioso é que mais tarde, à medida que falava desses domingos e feriados que meu pai sabia destruir como ninguém, alguns contemporâneos disseram que o mesmo ocorria na casa deles, inclusive em alguns daqueles lares que eu invejava pela estabilidade, pelos sorrisos seguros que, eu mal imaginava, eram só fachada para consumo externo. Tudo isso fez de mim um refratário às tensões domésticas. Na rua, no mundo, que desabassem as provações! Era do jogo. Em casa, bastava uma cara feia, um nariz torcido, uma nota fora do tom para que eu já relanceasse para a porta da rua e pensasse em fazer a mala. Os domingos vãos me desidrataram. Eles fizeram com que o alerta de abandonar o barco soasse com água ainda pelo joelho, sem precisar que chegasse à cintura. Isso está feito, já não há o que remediar.

Duas coisas decorreram disso. Primeiro, ter visto e vivido as explosões de papai não me livrou de eu mesmo promover as minhas. Algumas até na presença dele, numa espécie de vingança tardia, quando ele entrou nos 70 anos. Via-o pequenininho, frágil, conciliador. Um dia ele disse a uma namorada minha: "Não se chateie não, minha filha. Ele só arma esse circo para me provar que somos iguais." No fundo, a vontade que eu tinha era de perguntar: "E aí, cara, tá vendo como é bom?" Será isso que chamam de reprodução vindicativa de padrão? Racionalmente, é claro, eu alego que nunca fiz terror, até por achá-lo torpe. Mas, ora, quantas vezes não deixei pessoas estáticas, como ratos acuados contra a parede, sem ter muito para onde escapar do labirinto psíquico em que eu as jogava? Não seriam aquelas cobranças que eu fazia uma forma de bullying, se a palavra já fosse consagrada à época? Com o tempo, depois dos 40, passei a domar essa sanha. E como papai, talvez seja um cara mais afável do que a soma de meus achaques, que incluem um azedume lendário para com tudo que seja doméstico e de ordem prática.

Em segundo lugar, acho que, enquanto tiver só de mim a cuidar, levo uma boa vida. Sendo como sou, impermanente, móvel e desprendido, levanto a âncora em dois tempos. Gosto de me ver como um navio sem porto de matrícula. A muito custo, tenho um passaporte. Não fui feito para ficar atracado ao molhe num domingo de tempestade, açoitado pelos vagalhões do ódio alheio. A embarcação que sou precisa de mar aberto, onde o ressentimento não prospere. Para filhos do vento, essa configuração de mundo emparedado e pandêmico, é desesperadora. Encurralado eu estive aos 11 anos. Mas eu sabia que viria a desforra.

Agora, sabendo que o mundo está proibido e intransitável, eu me vejo como então me via. A opressão antes era interna. Ela me fragilizava. Hoje é externa e trinca minhas resistências, como um caiaque espremido numa banquisa de gelo. A tipologia da dor é praticamente igual – ela fica estacionada no meio da garganta, contendo a revolta. Como zarpar aos 62 anos, se a coluna dói quando levanto uma mala? Eis a síntese de um domingo parisiense, que poderia ser em qualquer lugar.

E pensar que tudo isso começou com a morte da moça alegre que passou a festa dançando com aquele preto tão divertido.

Ontem conversava ao telefone com um amigo do Brasil, que tem se tornado mais sagaz com a pandemia. "Nunca é tarde para descobrir certas coisas. Veja que, afinal, chegou a hora das mulheres interessantes, mais do que a vez das bonitas," ele disse. "Mas não foi sempre assim?" Ele: "Não, a gente até estranhava as mulheres que namoravam caras feios, e perguntava o que elas viam neles. Elas diziam com ar de mistério que eram especiais, que tinham atrativos invisíveis. Agora é nossa vez." Eu insisti: "Mas o que isso quer dizer na prática?" Ele de fato melhorou muito. "Que pela primeira vez na história de nossa geração, a gente não fica parado no exame dos detalhes: cabelos, olhos, seios, nádegas, como se fôssemos compradores de cavalo que examinassem a crina, os dentes e as patas de uma égua. Importa mais ser aquela mulher cuja companhia a gente quer ter em casa, longe dos holofotes." Ainda estava meio surreal pra mim. "Você quer dizer que a beleza passou a um plano secundário?" Ele se indignou. "Não. Beleza é bem-vinda em qualquer circunstância, mas perdeu a primazia, cara. O que a gente descobre agora é que o segredo está nas mulheres interessantes, não nas fatais. As que sabem sorrir, têm humor, são cultas, solidárias, meigas, enfim, originais. Mesmo que falte ou sobre uma polegada aqui ou acolá."

Para mim aquilo não chegava a ser uma novidade, mas era surpreendente que ele dissesse isso, um ex-cultuador da mulher-objeto. "Aprendemos a olhar assim com elas. Essa é minha experiência." Será que a mudança já decorria dos tempos do corona? Seria um começo de mutação genética? Será que, afinal, a mulher enfeitada, meio narcisista, entra em baixa, por ridícula, em favor daquelas que não sendo belas, nos dão vontade de estar juntos?

Sexta-feira quente e nublada em Paris – esta sim, uma cidade bela que nunca descuidou de ser interessante e feminina.

Capítulo 21

A beleza não entra em recesso com a morte
(Segunda quinzena de maio)

À porta da padaria, vendo que observava seu cachorro, o dono me abordou na calçada ensombreada da place de la Contrescarpe. *"C'est un excellent chien de compagnie, monsieur.* Pode acariciá-lo, se quiser." Se ele soubesse que nunca tive um cãozinho e que só estava interessado em ver de perto os olhos mortiços e as patas enormes do basset hound. *"Merci beaucoup,* era só curiosidade." Ele não desanimou. "Mas justamente... todos os amores do mundo começam pela curiosidade, *cher monsieur."* O perigo não é o cachorro; é o dono, como sabemos todos.

Entrei, peguei minha *ficelle*, aquele pão longo e fininho que parece o tabica da infância, e saí para lhe dar a vez no espaço diminuto da loja, agora limitada a receber um único cliente. "Fique aqui um pouco com o Edgar enquanto eu pego minha baguete, se é tão amável. É a melhor companhia do mundo. Não sei o que teria sido da minha vida sem ele. Todo dia saímos para uma caminhada. Ele mesmo me traz a coleira, o danadinho. É assim que ele me mantém em forma." Com as mãos enluvadas, peguei com a ponta dos dedos a alça de couro vermelha. Lá ficamos Edgar e eu uns 5 minutos, enquanto o dono discursava para o padeiro, queixando-se dos preços das máscaras. "A esse valor, logo vou ter que decidir entre comprar pão ou sair de mordaça. Para não falar dos pelinhos que irritam o nariz. Ah, esses chineses. Eles inventam o micróbio e eles próprios enriquecem vendendo essa *camelote* de terceira. Que a *Sécurité Sociale* nos reembolse! Quem deixou o vírus entrar no País foi o Estado, não nós."

Edgar me lançava um olhar suplicante, como quem não tinha a intenção de incomodar, mas cujo bater de pálpebras pedia algo mais. Quem sabe não sonhava em trocar de dono, em livrar-se daquele velhote exibido e falastrão, e começar vida nova ao lado de um aspirante a escritor? Inerte, sem repertório para afagos e nenhuma vontade de tocar no bicho, eu olhava a pracinha e fingia que ele não existia. Tentasse eu entabular a conexão tatibitate própria dessas horas, imagino o quão ridículo não soaria. *Alors Edgar, ça va mon chouchou? Donne moi ta belle patte et dis-moi bonjour, mon brave garçon*. Não, melhor nem tentar.

E, no entanto, meu irmão e eu bem que tentamos ter um cachorrinho quando éramos crianças. Na verdade, nosso pleito nunca chegou sequer à consideração de papai. O espírito prático de mamãe já o derrubava em primeira instância, talvez por temer que ele desse a inesperada aprovação. "A resposta é *não*, meninos. Primeiro porque larga pelo e estraga o estofado dos móveis. Segundo porque alguém tem que dar um banho para evitar pulga e levar para fazer xixi. Quem vai fazer isso? Eu sei, eu sei. Enquanto for novidade, todo mundo se candidata. Depois a história muda. Terceiro, porque seu pai não tem temperamento para ter um bicho em casa. Se o infeliz do cachorro pegá-lo num dia ruim, vai ficar traumatizado. Não quero mais um para Cristo aqui, já basta a gente. E por último, há o risco de vocês se apegarem ao bichinho e sofrerem no dia em que ele morrer. Eu vi o quanto Dulce chorou quando Kitty se foi. Seus primos ainda hoje lembram dela. Cachorro não dura tanto quanto gente. Com 12 anos, já viveram os 70 de uma pessoa. Assunto encerrado."

Ao nosso mascote imaginário, mamãe aplicava o mesmo discurso de quando se dizia aliviada por não ter tido uma filha. "Graças a Deus, só tive vocês, dois homens. Não gosto nem de pensar no sofrimento de uma menina com as luas de seu pai." Teve vezes de pessoas defenderem o contrário da tese. "Você se engana. Uma menininha em casa teria abrandado os achaques dele." Se esse raciocínio procedia, no fundo, éramos nós um pouco os culpados por papai ser esquentado como era, dado a rompantes e eternamente insatisfeito. Mas o que podíamos fazer? Ora, se houvesse adoção temporária, eu bem que poderia pegar um cãozinho na sede do *arrondissement*. Pelo menos até o fim do confinamento compulsório, que ainda vai durar 20 dias, visto que Paris continua na zona vermelha. Mas são só devaneios. Se não sei me cuidar, o que dirá de cuidar de quem dependa de mim? Seria capaz de, por desleixo, matá-lo de fome e carência. Ou de empanturrá-lo de comida e mimos como faço comigo.

A preleção dentro da padaria já estava irritando o comerciante. Todo mundo está carente, louco para conversar a qualquer pretexto. Até eu me alongo demais nos parágrafos, como se temesse botar os pontos finais. A fila já aumentara e o cara emendava uma tese na outra. Será que queria dar tempo para que eu descobrisse os encantos de Edgar? Será que tinha entendido a natureza de minhas lacunas ancestrais? Ah, meu doce Edgar, veja só como minha respiração está curta, meu velho. E pensar que na noite de 14 de Julho de 1973 eu tinha 15 anos e estava no baile popular dessa pracinha agora vazia. Eu tinha chegado a Paris há três semanas e mal imaginava que a Queda da Bastilha fosse festejada com tanta alegria. Ao lado da fonte, uma banda tocava músicas irreverentes. Marinheiros de boina de pompom vermelho bebiam rum no gargalo e se enlaçavam pelos ombros a passos trôpegos. Quando caíam, era a fileira toda que vinha abaixo.

Do meu canto, eu me deliciava com a beleza das mulheres e lamentava que não fosse preto como aqueles senegaleses e marfinenses por quem as francesas pareciam enlouquecer. Nem que fosse por uma noite. Agarradas a seus amuletos de ébano – um mais troncudo e estiloso do que o outro, gente quase azul de tão preta –, elas levantavam os braços enquanto dançavam. Nas axilas, havia pequenos tufos ruivos, detalhe que, inexplicavelmente, me excitava. Passava a ideia de um certo desleixo, o que na cama deveria se traduzir numa atitude despudorada e cheia de ousadias. Na grande roda que se abriu, todos se davam as mãos. Yul Brynner, o ator, segurou a minha. Eu ignorava quem ele fosse até ser alertado pelo meu primo que, morador da cidade e cinéfilo incorrigível, parecia se divertir com minha falta de jeito. É óbvio que fiquei desconfortável com aquele careca de olhos azuis que parecia entusiasmado como um adolescente. Acaso papai não me alertara contra as armadilhas da pederastia na França? "Se for para voltar fresco, é melhor ficar lá. Prefiro vê-lo morto a vê-lo veado. Bicha na minha casa, não se cria."

Três dias antes do baile, um 707 da Varig caíra a poucos quilômetros da cabeceira de Orly, matando 122 passageiros. Mal sabia eu o quanto essa tragédia me faria pensar. As reflexões começaram ali mesmo. Os brasileiros que moravam no bairro se abraçavam e estalavam beijos nas bochechas uns dos outros, cheios de emoção. Era porque, sentado na primeira fila, ao lado do neto, ia Filinto Müller, um militar odiado pela esquerda. O exílio deformava as pessoas. Só isso para explicar que a morte do sicário ofuscasse o fim trágico de mais de 120 inocentes, entre eles o cantor Agostinho dos Santos. Eu ainda tenho mais a contar sobre isso.

"E então, ficaram amigos? Pode haver olhar mais terno do que o de Edgar?" perguntou o *monsieur*, brandindo a baguete como se fosse um taco de beisebol. Dei-lhe a coleira, parabenizei-o pelo privilégio de ter uma companhia tão serena, e o cachorro sequer olhou para mim para se despedir, como a mulher de Belgrado, em 1978.

Desci a Lacépède para ir ao queijeiro da rue Monge. À porta, vi três pessoas perfiladas, mas eu ainda dispunha de 20 minutos até que expirasse meu atestado – tempo bastante para comprar uma burrata e uma fatia de brie de Meaux. Entrei na fila. Mas eis que algo ali me irritou. À hora mesma em que milhares de pessoas lutavam em desespero por um pouco de oxigênio nas unidades de reanimação, um rapagão com ar insolente exalava fumaça de cravo bem ao meu lado. Todos à volta já estavam com a respiração prejudicada por conta da máscara. Por que ele não fumava em casa, na frente dos filhos? Era acintoso que não pudesse se conter no espaço público. Bem naquele instante, passou uma ambulância com estridência, parecendo levar alguém em desespero de causa. Uns davam a vida para salvar a dos outros. Ali ele atentava contra a dele e as de mais três pessoas. Juventude tem direito a muita asneira e soberba. Eu mesmo já fumara charuto em avião. O impulso venceu e *papai* aflorou de dentro de mim. Dei-lhe um tapa vigoroso nos dedos, como um urso que pesca o salmão e o cigarro caiu no chão molhado. "Você não tem vergonha, *espèce de merde*?" perguntei. "Tenho sim, desculpe." Fiquei sem ação. O que estava feito, não tinha volta. Já o rapaz parecia mais contrito do que intimidado com meu aspecto ameaçador, que reforcei na hora do bote, com olhos de Gengis Khan e as mandíbulas de um tubarão branco. Não gostei. Queria ser visto como um justo, não como um louco.

Ando nervoso, é verdade. As estatísticas apontam que quem tiver seus quilos a mais bote as banhas de molho. O corona adora gordinhos. Somos os novos gays dos anos 80, quando a AIDS os rondava. A coisa chega a ponto tal que parece que os obesos serão os últimos a poder gozar a pleno do desconfinamento. Vou tratar de abolir os croissants do café da manhã. Preciso reduzir o vinho a meia garrafa ao dia, e preferir o pão de grãos do tipo escandinavo. No mais, como a onda do corona ainda não atingiu de cheio o Brasil, ninguém leva essas coisas a sério. Meu amigo e a mulher que tinham viajado comigo para o Leste europeu no começo do ano, riram de minha imagem afundado no sofá e de boné de lã. "Você soube calcular direitinho os prazos de fechamento das fronteiras. Agora está se divertindo do jeito que gosta. Comendo bem, boas leituras e bebendo vinho nacional. Sua cara na tela está parecendo Jô Soares fazendo o último exilado. Aquele que dizia: *Madalena, você não quer que eu volte*. Estou errada?"

Essa semana estava tão cansado, tão desmotivado com as perspectivas, tão à mercê das incertezas do destino, tão com vontade de desligar, que fiz uma loucura branda. Ao invés de partir um lexotan de 6 mg em duas metades, tomei-o inteiro. Estava precisando, acho eu, mesmo porque dormi 8 horas sem interrupção, o que era uma garantia, pelo menos em tese, de que teria um dia produtivo pela frente. Ao despertar, enquanto fazia os exercícios na cama, lembrei de uma cena que talvez não pertença mais ao mundo de amanhã, mas que vivi com uma alegria única.

Desde adolescente, talvez influenciado por Hemingway, eu queria ir a Pamplona, à festa de San Fermín, quando soltam os touros nas ruas estreitas rumo à *plaza*. Fantasiava loucamente em ser um daqueles caras atrevidos e pândegos que saíam correndo ao lado dos miúras e que, na hora de ser atacados, subiam nas cercas laterais para escapar de uma chifrada que podia ser mortal. Enquanto a festa não começasse, confraternizaria no meio da multidão, bebendo e gritando, falando da chegada dos touros como se fosse a coisa mais importante que podia acontecer à vida. Pois bem, este foi outro sonho cumprido. Foi em julho de 2004 que cheguei lá, embriagado de tanta cor e euforia. Ultimamente, ao acordar, tenho pensado nas fantasias realizadas e hoje foi a vez daquela apoteose de lenços vermelhos e roupas brancas. Se corri na frente dos touros? Se me animei, já não lembro, alguém deve ter dito que ficar espiando da cerca já era o bastante. Para correr sobre as pedras com os bichos no encalço, precisaria ter chegado lá não aos 40 anos, senão aos 20. Voltaremos um dia a ter uma festa daquelas, com tal compactação de gente? Talvez. Mas o que quero mesmo dizer – se for poupado de teorias sobre o tratamento dado aos touros –, é que nesses momentos em que a vida se contrai e retrai, diminui e se distancia, ter experimentado as coisas é o maior dos tesouros. Que a humanidade de amanhã descubra a falácia do consumo, a que nos induz a ter coisas. Bom é vivê-las.

Há exatos 75 dias eu não bebia na rua. Falo de bares, cafés e terraços – como faço há meio século. Uma hora, porém, eu vinha das bandas do Sena e subia a rue Descartes. No gradil da Escola Politécnica, estava resfolegante, sentindo os efeitos da caminhada na região lombar. E de repente, vi um foco de alegria, uma espécie de miragem que custei a crer verdadeira. Num quiosque improvisado no terraço de um restaurante hibernado, vendia-se cerveja de barril, servida em grandes copos de plástico. Eram copos de meio litro a 5 euros. E você podia beber na calçada, encostado na parede, a uma distância prudente de outros humanos. Tomei o primeiro copo e o segundo. Quanta vontade de conversar com as pessoas. De jogar a máscara no lixo e tirar as luvas. Que mal podia prevalecer numa hora de embriaguez em que completos desconhecidos acenam uns para os outros como se fossem sobreviventes de um incêndio florestal? Ou como se tivessem escapado de um naufrágio e nadado lado a lado até a ilha? Algo nos irmanava além do prazer do sol, da bebida, das cores da vida. Alguma coisa nos segredava que, pelo menos até ali, a experiência nos deixara mais fortes e mais solidários.

Um rapaz levantou um brinde em minha direção. *Santé, mes amis*, reagi dirigindo-me a ele e seu grupinho. As pessoas queriam contar umas às outras como fora a experiência do confinamento, que saíra da fase mais radical. O grupo se aproximou o bastante para que ninguém precisasse gritar. Tudo agora era também uma questão de achar um novo tom, não havia dúvida. A modulação das falas conheceria uma nova bossa. Gritar se tornara feio. Era incorreto e poluente, ademais de poder propagar o vírus.

Quando me perguntaram se era mesmo grave a situação que se começava a viver no Brasil, fiz uma tese. Eles pareciam fascinados pelo relato em cascata, pela hemorragia incontida de palavras, pelas cores fortes com que eu pintava uma espécie de épico de que sobressaía uma verdade singela: ter sobrevivido ao coronavírus, sendo membro de honra do grupo de risco, fora um dos feitos da minha vida. E era motivo de elevada gratidão à França, que, de velha amante, virara mãe. *Oui, oui, ce n'est plus ma maîtresse, sinon ma maman.* Ela não mais me provia só de prazeres, mas de um arcabouço de proteção, de acolhimento e informação.

Aproveitei a deixa: conseguisse eu nos próximos meses dar um ponto final no grande romance que estava escrevendo, tudo teria valido a pena pois não era hora de ter a alma pequena. Acaso conheciam eles o poema do grande vate português? Pouco importava, ficava para uma próxima vez. E sobre o que versava meu livro, quiseram saber, se não incorriam em indiscrição. Ora, era uma saga familiar que atravessava 80 anos da História. Alguns deles assoviaram em aprovação. "Deve ser fascinante..." disse a única moça. Confirmei e acrescentei. "O conteúdo é universal. Mas a carpintaria está bem acabada. Para nós escritores, tudo se resume a fazer um esforço excepcional para que vocês leiam sem perder o foco. Quem lograr isso, está realizado como autor."

O pretinho de óculos redondos era o mais interessado. Parecia que vinha ele próprio de longo isolamento. A uma nova arremetida, me esparramei no verbo, sentindo que álcool me dava asas. Sim, era um livro sem par no Brasil, onde sagas internacionais só existiram na trajetória memorialística de uns poucos, como Moacyr Scliar e Nélida Pinõn. Agora romance mesmo, só o meu. Eles pareciam se divertir, um ou dois tinham um ar mais interessado, menos disperso. Mantive o ritmo como se o sucesso do livro dependesse de minha capacidade de cativá-los naquele instante. E lá pela quinta cerveja, temendo o fracasso editorial, menti despudoradamente. Parti para o tudo ou nada.

"Vocês lerão o livro em francês talvez já no próximo ano. Em outubro vou a Frankfurt negociar direitos para várias línguas, se der para viajar. Talvez estoure em mandarim já em 2022. Embora as prioridades sejam, além do original em português, o castelhano, o alemão e o russo." A menina me encurralou. "Você não esqueceu o inglês?" Não perdi o *panache*. "O inglês é o latim dos tempos modernos. É o novo esperanto. O mercado editorial no eixo Londres-Nova York é tão rápido que não duvido que circulem edições pirata antes do lançamento no Brasil." Eles pareceram impressionados com meu realismo e despreendimento. Na despedida, quase nos abraçamos, rompendo as barreiras de segurança. Eu até entendia que eles quisessem apertar minha mão, tocar um prêmio Nobel potencial. Mas eu não podia assumir mais riscos até concluir o livro.

Era acreditar na glória ou perecer no anonimato. Estaria enlouquecendo?

No dia seguinte, houve outra bebedeira com direito a grandes arroubos de sinceridade. Conversei com Pascale quase 2 horas ao telefone. "Tenho um compromisso com a derrota, *chérie*. Mas, paciência. Criança e adolescente, vi o Brasil perder o bonde e afundar no charco das ditaduras do continente. Aos 32, veio o engodo que foi Collor, um esquemeiro arrogante, o que é péssima combinação. Ou se é pobre e orgulhoso ou rico e humilde. Agora desonesto e prepotente é demais." Ela ria do outro lado da linha, como se alguém lhe estivesse fazendo cócegas. "Certeza que não queres ir dormir?" Que nada! "Escute até o fim, você vai ver que tem coisa pior do que aturar Jean-Yves. Depois de Collor, quem veio? Foi Itamar, um cara cheio de picos de temperamento. Cumprida a interinidade, veio FHC. Saiu-se bem. E olhe que o mundo estava revirado. Eu já tinha 43 anos quando o PT ganhou uma presidencial e juro que não me desagradou o primeiro mandato de Lula. Pelo contrário, era minha cidade projetada para o mundo. Bom de fala, bom de copo, boa pegada. No mundo, cravei umas vitórias na virada dos 80 para os 90: a Ásia progredia, o Muro de Berlim tinha vindo abaixo, a China era a fábrica do planeta, a Guerra Fria tinha acabado, a URSS implodiu e a União Europeia era a fortaleza do bem, feita para durar. Mas aí, tudo começou a desandar, querida. Em tudo que eu achava ter ganhado, perdi. Puro Sísifo."

Será que Pascale queria mudar o disco ou era só impressão minha? O que me importava? Nunca é demais aprender com quem sabe. "Depois disso, Lula se enrolou, elegeu uma mulher inábil. O Brasil merecia mais de sua primeira presidente. Veio o pior: ajudou a reelegê-la. Estava claro que ela não terminaria o mandato. Vi o complô de dentro, cá entre nós. Substituída por Temer, as reformas pararam por causa de um Procurador maluco que até um Ministro do STF pensou em matar. Temer chegou ao fim do mandato, o que foi uma proeza. Mas aí já era tarde para ser feliz. Os Estados Unidos elegeram o pior nome da história. O Brexit arrancou a cru uma viga mestra da Europa – e lá se foi outro sonho de juventude. Com a África andando para o lado e a América Latina chafurdando no populismo, o Brasil elegeu uma nulidade. E lá veio um Putin imperial e uma China idem, cheia de rancor, à procura das glórias passadas. O Oriente-Médio é o que é, e a África estendeu o pires para os chineses. Trump legitimou a mentira e o Twitter varreu os rastros de vida pensante. O que faltava? O corona, que entra pelas mucosas e nos mata de septicemia. O euro e a democracia balançam. Como essa merda é a maior catástrofe dos tempos de paz, o Estado ressurge forte – ele que é o gerador de quase tudo o que tivemos de ruim. Porra, Pascale, desculpe o tom, mas quando você pensar num perdedor, aponte o dedo para mim sem piedade. Perdi todas as apostas. Não, não vou ver o mundo com que sonhei. Paciência. Alô, alô... alô."

E lá se foi Gilberto Dimenstein, que contou ter sabido que estava doente ao despertar de um pesadelo. Leio dele.

É inevitável chegar perto da morte e não entrar na dimensão do sublime. Essa foi a grande descoberta da minha vida. Desde que eu sou muito menino, tenho 3 distúrbios psiquiátricos: ansiedade, hiperatividade e déficit de atenção. A vida pra mim era a jato. Eu podia estar no melhor concerto do mundo, que ouvia um quinto dele. Enquanto lia um livro sensacional, já queria ir para outro. Eu não bebia civilizadamente; me empanturrava de uísque. A existência pra mim era ansiosa, e no futuro. O câncer me faz viver no presente. Eu sinto o cheiro da manga do meu quintal agora. Gosto do vento que bate na sola do meu pé quando a janela do quarto está aberta. Meu neto dorme em casa, no quarto ao lado do meu, e embalo ouvindo as historinhas que minha mulher conta pra ele. Estou com uma sensação de última chance e por isso estou me entregando. A vida de quem descobre um câncer vira um inferno. Acorda, passa o dia fazendo exame, fica naqueles tubos, pensa que vai morrer o tempo todo. Eu escolhi ter essa experiência de outro jeito...

Quanto a mim, penso na morte todo dia. Criança, fui comprar alguma coisa num beco ao lado de casa onde moravam pessoas pobres. Era um lugar animado onde os meninos viviam numa liberdade que eu invejava e onde a polícia ia de vez em quando apartar brigas de vizinhas que rolavam no chão de barro às unhadas, uma com os tufos de cabelo da outra nas mãos, a audiência aplaudindo e torcendo. Nesse dia, voltando para casa, umas 20 pessoas se compactavam à porta de uma casinha onde eu sabia que morava uma cerzideira a quem mamãe confiava nossas calças. Consegui me enfiar entre os adultos para ver o que estava acontecendo e cheguei à sala. À altura de meus olhos, lá estava um homem pálido num caixão. Sobre o rosto dele, uma espécie de véu branco onde as moscas passeavam. No nariz e nos ouvidos, capuchos de algodão. Ninguém ria, ninguém chorava, ninguém falava. Por trás da cabeça dele tinham colocado uma cruz de prata e duas velas ardiam. Tentei fingir naturalidade como acontece sempre que me vejo de cara com um rito iniciático em qualquer domínio. Mesmo acontecendo ao lado de casa, aquilo para mim ainda era parte de um contexto cultural distante. Eram famílias muito modestas, talvez não tivessem dinheiro para médicos e remédios, era provável que se alimentassem mal.

Até então eu associava a morte ao determinismo da pobreza, como subproduto da baixa instrução, do subdesenvolvimento.

Desde então, a preocupação com a morte sempre existiu. Mas, até recentemente, ainda era uma questão que atingia mais os outros. Como os envolvidos em balas perdidas, cataclismos, naufrágios e incêndios. Tivera muitas provas de que o *outro* de ontem éramos o *nós* de hoje. Mas precisei chegar a 2020 para entender o aspecto farsesco da vida. De tão frágil, ela é uma comédia. Nada na morte me desorienta tanto quanto imaginar que no dia seguinte à minha, a vida seguirá seu curso normal. Não posso entender que morrendo hoje, na primavera parisiense, cremado até o sábado em algum lugar da capital, a rue des Fossés Saint-Jacques esteja igual à que vejo da janela. Mais do que isso, que ela esteja até mais bela porque estaremos um passo a mais rumo ao apogeu da primavera. Ou seja, a beleza não pretende entrar em recesso porque eu morri. No Recife, o movimento dos ônibus na avenida Guararapes será o mesmo e a avenida Paulista não dará minimamente pela minha falta. Dois amigos vão se encontrar. "Já estás sabendo quem morreu?" O outro responde. "Pois é, rapaz, que pena. Mas quando eu soube que essa praga gostava de gordo, pensei nele na hora. Xi, acho que meu amigo não vai escapar dessa não. Pelo menos morreu em Paris, não é? Pior é a gente que vai morrer em Carapicuíba. Mas conta aí, é verdade que a Mondragon vai publicar teu livro?"

É assim que a gente vira fumaça, depois de reduzido a cinzas.

Capítulo 22

Apoteose na ponte de Iéna
(Paris, finzinho de maio de 2020)

Escrever um livro em tempos de normalidade é uma das piores coisas que você pode tentar fazer em Paris. Isso porque enquanto o autor dá tudo de si para produzir uma história interessante, ele pode perder uma chance real de viver uma em que, sem qualquer esforço ficcional, ele seria o protagonista. Aqui as ocasiões mais triviais podem virar lembranças eternas. Certa vez fui comer o *foie de veau* da *Brasserie Lipp*, nos anos 1980. Até hoje é um dos melhores fígados de vitela da Rive Gauche. Preocupado com o salão apinhado, mesmo porque as sugestões podem acabar a qualquer momento, respirei aliviado quando o garçom me levou até uma mesa onde um homem já tomava o seu café e folheava o jornal. Levantando a vista, ele me fez um gesto quase impaciente. Apontando a cadeira à frente da sua, ele disse com forte sotaque meridional. *Allez, allez, installez-vous! Commandez votre plat, bientôt le foie de veau sera fini!* Ele me parecia familiar, mas eu não o associava a nenhum nome. Lembrava daquele olhar, do imenso cachecol vermelho que manteve pendurado e da simplicidade com que acolheu um estranho à mesinha. Eu já estava a meio caminho no meu prato, quando ele se levantou e me estendeu a mão. Precisava ir. *Bonne continuation, monsieur*. Ao tirar o sobretudo do cabideiro ao lado e colocar o chapéu, vi que dividira a mesa com Federico Fellini. Em Paris, é assim: a rua proporciona emoções que lhe trarão mais alegrias do que qualquer aventura intelectual.

A segunda dificuldade vem da profusão de influências que se respira, das referências literárias que dialogam com você o tempo todo. Até Hemingway encerra enigmas naquele estilo coloquial e acessível. É dele a teoria do iceberg, a de que o essencial de uma história não é posto em palavras, que pode não constar da narrativa, senão figurar no rol dos não-ditos. No famoso conto *Hills Like White Elephants,* um casal espera o trem na estação de Pamplona. Entre goles de cerveja, não fazem menção à palavra *aborto,* embora seja disso que se trate. Tem mais. Como lidar com a máxima de André Gide segundo a qual o escritor não devia contar sua vida tal e qual a tinha vivido, senão vivê-la tal e qual pretendia contá-la? Em Paris, toda semana se anunciam prêmios literários. Um escritor amador se sente esmagado pelas cintas vermelhas que abraçam pilhas de volumes em que se lê Prix Goncourt, Prix Renaudot. Como se libertar da literatura? Você vai almoçar no *Au Chien qui Fume* e logo estará pensando se prefere Rimbaud ou Mallarmé. Certa feita tive uma reunião de negócios com um Embaixador aposentado que morava na rua Guynemer. Amigo de Kissinger, ele me segredou que Henry recomendara importar fuselagem de caças MIG para revender a sucata, rica em ligas metálicas. Descemos para uma caminhada para evitar escutas. Na frente do 27 da rue de Fleurus, onde viveu Gertrude Stein, a literatura prevaleceu. "Alice Toklas escrevia melhor do que ela!", disse com a autoridade de um imortal.

Mas agora é tempo de exceção. A festa parou, os ecos deram um descanso, convém aproveitá-lo. Pode ser mesmo um momento único para terminar o meu romance.

Há 3 dias, li ao telefone umas páginas traduzidas do meu livro. Do outro lado, Pascale disse que gostou do que ouviu. *C'est très poétique, c'est de la bonne littérature. Chapeau, mon vieux.* Na verdade, embora meio embriagado de tanto vinho, eu queria ter a opinião dela sobre dois caminhos a percorrer. Deveria começar um capítulo pela cena geral e, por aproximação de câmera, fechar o zoom nos personagens? Ou obteria melhor efeito e prenderia mais a atenção do leitor se fizesse o contrário, ou seja, se descrevesse primeiro o estado de alma do velho judeu e da filha órfã de mãe, e só então explicasse a circunstância em que eles eram colhidos pela nevasca? Deveria ir aos poucos, bem devagarinho, como se levantasse a borda das cartas na mesa de pôquer? Ou freneticamente, como se despisse uma mulher há muito desejada?

Mas logo desisti da pergunta que, apesar da embriaguez, me pareceu acadêmica e inócua. Calei-a também porque me ocorreu o quanto era absurdo despender tanto esforço no livro, justo numa hora de incertezas como esta. Quem me garante que já não estou à beira da morte? Como negar que os porres que venho tomando diariamente já não são uma busca de fim indolor? Quem garante que estarei aqui nesta sala, vivo, dentro de mais uma semana? Como me safar inteiro desse carteado desigual em que estou jogando sozinho contra a banca? Obeso, asmático e hipertenso, não há missiva floreada que convença um médico urgentista de que minha hora não tenha soado. Terminada a ligação com Pascale, coloquei a lasanha da Picard no forno. Foi mais para me ver livre da ideia do jantar do que por estar com fome, embora fosse prudente comer antes que o vinho tirasse mais de mim do que eu dele, parafraseando Churchill.

Fosse como fosse, as ambivalências da literatura são de estranha natureza. Por mais que coloquemos claros os paradoxos, há um estranho prazer em contemplar o estuário em que se misturam as águas turvas do absurdo com as chuvas refrescantes do mistério. Como distinguir uma da outra? Era o cúmulo do preciosismo pensar em firulas estilísticas para cativar um leitor imaginário quando eu deveria, isso sim, me preocupar em caminhar, levar sol e reforçar minhas imunidades. Ou então, se era para navegar pelas letras sonhando com algum tipo de consagração ou reconhecimento, que buscasse uma audiência de peso real, antes que as cortinas se fechassem de vez. Era tudo uma questão de coerência. Se não fora tão verdadeiro em 62 anos de vida, que o fosse pelo menos no ato final. Que tratasse de viver um dia, pelo menos um, com a honestidade de propósitos que me faltou tantas vezes. O célebre dia de leão contra os 100 dias de ovelha.

É quase um truísmo. Este é o pedágio que a arte cobra até na hora que faz você subir o patíbulo, quando sente o nó em torno do pescoço e ouve o baque seco da abertura do cadafalso aos pés. E mais nada depois. Escrever não deixa de ser dar vida a um corpo inerte, dependurado, quase pendular.

Se eu vejo o romance que estou escrevendo como um testamento, por que não conceber a difusão dessa herança intelectual da forma mais ousada possível? Será que vou perder o momento por recato e timidez? Se Rimbaud disse que por gentileza perdera a vida, o que direi eu? Que até o momento da minha morte eu consegui estragar? Picado pela mosca, peguei outra garrafa de Côtes du Rhône. Sabia que não era boa combinação para quem estava praticamente em jejum e já tomara 6 mg de bromazepam por puro chilique. Mesmo assim, encarei com prazer mais um cálice bojudo. As garrafas de Perrier podiam esperar a vez delas.

Foi daí que matutei seriamente: quantos leitores vão encarar um cartapácio de quinhentas páginas? Mil leitores? Já seria uma proeza. Mas sejamos otimistas, pensei com minha alma bêbada. Por ser ele o bom livro que acredito que seja, admitamos que venda 2.000 cópias em 3 anos, e, ao longo de um lustro, o dobro disso, somadas as traduções que terá, esteja eu vivo ou, como é provável, morto. Como a venda não quer dizer engajamento do público leitor, eu teria, numa boa hipótese, dois mil leitores que iriam até o fim. Ora, isso é ridículo como legado, como rastro da passagem pela Terra de um homem de valor, mesmo sendo ele de modesto calibre. Qualquer jogo do Náutico contra o Ibis no final dos anos 1960, numa noite de chuva de quarta-feira no estádio dos Aflitos, atraía o dobro dessa assistência. Foi para isso então que nasci?

O raciocínio me desconcertou. Fui até a sacada e vi a pracinha vazia, os últimos ares frios que iam embora, a vegetação ganhando um tom de verde repousado e, vez ou outra, uma lufada morna, quase abafada. Logo seria verão. Desabotoei a camisa e tirei as meias. Se é para aprontar, vamos fazer bem feito.

Servi-me de mais um copo e quase tropecei no ventilador que pretendia estrear em breve. *Merde, putain...* Praticamente não penso mais em português – sequer para xingar. Ora, se estiver infectado pelo corona, ou se for acometido por qualquer uma das mazelas que integram o pacote do vírus, o que faria? Tive uma ideia. Poderia ir até a ponte de Iéna, ao pé da torre Eiffel. Lá chegando, me colocaria bem no meio do vão mais alto, em posição de quem estuda o melhor ângulo para dar um mergulho. A coreografia não me era estranha. Criança, vi um camelô saltar da ponte da Boa Vista no rio Capibaribe com um saco de bonecas de plástico pendurado no ombro para fugir dos fiscais. Mamãe se debruçou em desespero para me narrar a cena. "Está a salvo, graças a Deus. Meu medo era que ele batesse a cabeça na pilastra e chegasse à água desmaiado. Aí seria o fim." Era o caso. Mesmo infectado, eu não queria afundar com o crânio rachado, submergindo no meio de uma poça vermelha. O Sena está primoroso, limpo como há décadas não se via.

Uma vez na ponte, abrindo os braços como faria um condor em corpo de pomba-rola, eu contemplaria o cenário magnífico da esplanada de Chaillot. Logo haveria bom público para ver um homem de 130 kg a postos para o salto mais espetacular da pandemia. Sobre isso, não podia estar equivocado. Se Paris é a caixa de ressonância de sonho para um espectro que varre desde os modistas aos terroristas, por que não colocá-la por uma vez a meu serviço, eu que sou fiel vassalo da cidade há tanto tempo? O que aconteceria, então? As pessoas iriam começar a me filmar e logo estariam postando trechos da cena em suas redes sociais. Isso pairava acima das fantasias da carraspana.

Encurralado pelo coronavírus, eu me vingaria à minha maneira do desgraçado. Eu tinha tudo para *viralizar* às expensas dele. Não teria soado a hora da vingança? Por horas, roubar-lhe-ia o protagonismo, ainda que a reboque das anomalias que ele trouxe às nossas vidas. Assumida a posição de mergulhador olímpico, logo ouviria as sirenes. Com a chegada da polícia e da imprensa, quase imediata dadas as ótimas condições do trânsito, eis um prato cheio para que, aí sim, eu conquistasse uma verdadeira audiência global. Não mais a plateia de uma obscura partida do campeonato pernambucano, senão a de um jogo importante de Copa do Mundo, transmitido para o planeta todo em tempo real. Não era uma ideia magnífica? Isso pedia mais um copo.

Ora, quem ainda não me conhecesse, em pouco tempo passaria a me identificar, senão a me compreender ou mesmo a idolatrar. Nos primeiros 5 minutos, já estaria na tela de 300 mil pessoas em 20 países. Se aguentasse meia-hora, fazendo de conta ora que cedia às ponderações do mediador, ora ameaçando me jogar se um guarda tentasse se aproximar, chegaria facilmente a 30 milhões de pessoas em 60 países. Embora tivesse chegado ao fim da linha, nenhum editor poderia me apontar mais como um desconhecido. Meus escritos, embora tarde, não poderiam mais ser ignorados.

Para além da imagem forte, de um homem *décidé et ventripotent,* teríamos ao fundo o cenário da mais bela das cidades, num ponto fadado a virar lugar de peregrinação, qualquer que fosse o desfecho. E eu, o que faria, além de balouçar de um lado para outro para manter o clímax? Empunhando um megafone de passeata, eu berraria o meu recado. Primeiro em francês, para cativar os mais próximos. *Mesdames, Messieurs, rapprochez vous, s'il vous plaît. Ce n'est pas un acte suicidaire, sinon un geste pondéré et sobre. C'est une manifestation contre la dictature des maisons d'édition. C' est un acte qui nous concerne à tous. C'est une position libertaire et révolutionnaire. Venez, venez, rapprochez vous, n'ayez pas peur. Mais n'essayez quand même pas de me toucher, s'il vous plaît...*

Será que eu ainda era um bom estrategista? Ora, quando as visualizações ultrapassassem os 100 milhões, eu passaria para o inglês para que minha voz fosse entendida de Tóquio a Gibraltar, de Oslo a Durban, de Anchorage a Punta Arenas, de Adelaide a Boston. Levaria um calhamaço de folhas de papel e diria que aquilo era o livro a que eu me dedicara. À medida que falasse, ia jogando as folhas no rio, no contrafluxo da primavera. Então liguei o gravador do celular. Na varandinha mesmo, ensaiei o recado que daria ao mundo.

Fuck you, corona, fuck you. You will not take me to the grave, you son of a bitch. I will not die in intensive care – incognito and silent. No, corona, you will have to surrender to me. I am dying in the most glorious and grandiose scenario on Earth and years from now people will throw flowers into the Seine to pay tribute to my memory. I am buying my immortality. Fuck you, corona. I am immortal. Immortal in Paris. Whereas you, you perish in hot water, fucking asshole!

E então ameaçaria pular de verdade. Em dado momento, um cinegrafista alemão, depois de rápida pesquisa no Google, descobriria que eu falo a língua dele. *Entschuldigen Sie, mein Herr. Stimmt es dass Sie Deutsch sprechen können?* Percebendo a chegada de um *gendarme* pelo lado, eu passaria as pernas para fora, e ficaria bem seguro no parapeito. Qual era o truque? O repórter alemão fora plantado para me distrair, era *fake*, era um tira bilíngue dos corpos especiais. Bebi mais 2 goles à minha astúcia bondiana.

Quando o policial recuasse, eu então recorreria ao português.

"É o fim do pesadelo. Para quem de vocês achava que eu iria bater à porta das editoras como quem oferece caqui estragado no fim de feira, desiluda-se. Não vou viver essa humilhação. Comigo morre o sonho de contar a história recente do Brasil de uma forma que todo mundo entendesse. Passei anos atormentado por esse projeto. Engajei pessoas, levei 20 personagens para rodar o planeta comigo, tudo isso porque queria que vocês conhecessem o destino de um judeu do Danúbio que refez a vida no Nordeste do Brasil. Pois que vá tudo agora para o fundo do Sena." E arremessaria na água mais folhas de minha alegoria fluvial. Nessa hora, mergulhadores seriam acionados para salvá-las. Que enigma revelariam? Jornalistas vasculhavam minhas redes sociais. Meu irmão a essa altura já desligara a televisão para que mamãe não me visse. Igualzinho ao que tinham feito com minha tia-avó quando um dos filhos foi a julgamento televisionado.

E eu continuaria: "Se meu personagem sobreviveu a Eichmann, saiba ele agora que não sobreviverá a mim, seu criador, que decreto nesse instante sua morte. A dele, a dos filhos, a da mulher e a dos netos. A ninhada de gatos vai para o fundo do rio num saco de juta. Eles que me agradeçam! Agradeçam por não lhes arrastar a dignidade de editor em editor, deles ouvindo que é um livro grosso demais para um principiante. Que é um livro fino demais para uma saga. Que é um romance russo em zona tropical. Que ficaria bom se, ao invés de 500 páginas, tivesse 250... ou 750. Que eu, o autor, sou branco e não preto nem vermelho nem amarelo, logo sou um usurpador. Que eu sempre gostei de mulher, não de homem, logo eu integro a ala hegemônica da humanidade. Que, *comble du comble*, comi 3 refeições ao dia a vida toda, logo sou um privilegiado que nada tenho a dizer por falta de lugar de..."

Um drone me filmaria de perto, e a ventania espalharia as folhas restantes. Dando potência máxima à voz, eu continuaria. "Diriam que nem sequer examinariam o livro porque eu nunca apanhei da polícia. Logo, eu sou a própria polícia. Mas agora eu os desafio a dizer que meu livro não interessa porque eu sou um desconhecido. Digam agora que eu sou desconhecido, seus filhos da puta! Digam que ninguém vai comprar a história de um burguês ocidental Digam que eu sou um desconhecido de merda! Podem falar, agora quem quer ouvir sou eu!"

A multidão me ovacionaria à medida que as páginas fossem voando. *Plonge, plonge, plonge... Jump, jump, jump.* E eu acenaria entre agradecido e ameaçador. Voltei à geladeira. Como o Côtes du Rhône já acabara? Será que havia algum furo no fundo da garrafa? Ou o vidro era muito grosso e eu perdera o senso de profundidade? Abri a última garrafa, esta de Sauvignon, que sempre estivera ali desde a chegada. Delícia!

Voltei para a varanda, empolgado com a ideia. Era a primeira vez que tirava a camisa ao ar livre. Algumas pessoas me olhavam. Uma ruiva de impermeável verde oliva me fotografou com trejeitos profissionais. A minha rua vivia um primeiro evento de primavera. A fotógrafa amadora seria perfeita para ir à ponte de Iéna. Acenei, mas ela não quis subir. *Tant pis!* Não seria meu suicídio um gesto mais digno do que contar menti-ras num romance? E se, em cima da ponte, fizesse um 4 com as pernas para tocar a alma da galera?

Acaso não lembrava daquela mulher que subiu no edifício Iran, na rua Sete de Setembro, no Recife de minha adolescên-cia, com uma criança nos braços e ares de quem estava alheia a tudo? Ela passeava na mureta, tinha estimados 20 anos. Na multidão, à porta da Lemac, cada um dizia uma coisa. Mamãe chegou a gritar. "Largue essa criança, tenha juízo, sua doida! Não desgrace sua vida! Dê o bebê ao bombeiro." Já na calça-da da lanchonete Cascatinha, onde se vendia cachorro-quente com caldo de cana, reuniu-se um pessoal que bradava "pula, pula, pula." Quando ela fez o 4, a multidão ficou petrificada. Até o dono da Livro 7 apareceu lá de dentro, tirando o boné para limpar o suor da calva, cofiando o cavanhaque. "Vamos embo-ra, meu filho, vamos sair daqui que essa desvairada já me fez perder o dia." Ainda hoje não sei o desfecho.

Dar forma e contexto ao fim estava ao meu alcance. Tal-vez até aparecesse um grande editor, alguém da Gallimard, com um contrato-padrão para assinar ali mesmo. Se eu não saltasse para a morte, eles publicariam o que quer que eu ti-vesse escrito – diria a emissária, como forma de abrandar o coração pesaroso de um corpo infectado. Isso dito, recado dado, eu poderia até desistir do suicídio. Ou então, por que não considerar dar um mergulho simplesmente acrobático, um flecheiro de furar a água sem temer o calado? Subiria para as vaias, os aplausos, as sanções e todo o pacote da consa-gração ou do opróbrio que me esperava. Talvez Macron em pessoa viesse até a ponte me acenar com asilo sanitário, visto que era um artista estressado que temia ser repatriado para um país onde as mortes se contavam às dezenas de milhares. Eu seria o estopim da vingança do brio gaulês, ferido desde o dia em que o Chanceler foi esnobado pelo capitão-presidente, que preferiu cortar o cabelo a recebê-lo. Passado um período de adaptação, talvez me dessem até um passaporte francês, se a embaixada negasse a renovação do meu. Ah, como desce bem um Sauvignon Blanc num dia de primavera.

Mas aí viria o melhor.

Logo correria a notícia de que um japonês subira à torre de televisão de Roppongi e ameaçava se jogar se eu fizesse o mesmo. Um americano também estava no alto do Empire State para o que desse e viesse. Na Malásia, adolescentes fecharam o acesso ao topo das Torres Petronas e prometeram suicídio em massa, a depender de como eu fosse tratado. Do Recife, chegaria a informação de que os amigos tinham ocupado as pontes, todos ameaçando saltar se eu pulasse. Marquinhos, na Buarque Macedo. Felipe, na Duarte Coelho. Hélio, na da Boa Vista. Mauro, na Princesa Isabel. Jacques, na ponte de Limoeiro. Sebastião, na Maurício de Nassau. Não havia dúvida de que eu me despedia da vida com estilo. E lá na ponte de Iéna, o que mais aconteceria?

Brigitte Macron chegaria de *tailleur* azul claro, com uma máscara no mesmo tom, e me estenderia a mão para que tocássemos as pontas dos dedos. *La mère France*, minha compadecida ariana, *la Miséricordieuse*. Ela diria que intercederia pessoalmente para que eu não fosse castigado, senão acolhido. E, entre as linhas, insinuaria que a Europa me queria vivo. Acaso o capitão não a chamara de feia? Pois eu ali o desmentiria, num último galanteio. E ouviria uma voz digna, mas suplicante. *Ne nous quittez pas.* A arte seria sim o antídoto mais eficaz contra a pandemia. Contra isso, o corona ficava pequeno, inoperante, quase inofensivo. E se morresse no salto? Se uma tesoura de vento me jogasse contra a temida pilastra, ou se tivesse uma parada cardíaca nas águas ainda geladas? Ora, podia gravar desde já em holografia as vontades testamentárias e o destino de meus despojos em solo francês.

De braços abertos na varanda, de cinto desabotoado, vi as pessoas me acenando na pracinha. Retribuí com um sonoro *ça va?* Foi nessa hora que um cheiro de queimado me chegou no mesmo instante que disparou o alarme de incêndio da cozinha. O que era aquilo? Quando achei meu caminho até o forno no meio do fumaceiro, a lasanha estava carbonizada e o *sprinkler* do teto esguichava água em todas as direções. Alguém tocava a campainha em desespero.

E pensar que esse desastre tinha começado com uma dúvida estilística.

Capítulo 23

A grande Dama da Mutualité
(Primeira semana de junho)

Lá fora, Paris parece se divertir. Sob muitos aspectos, é uma cidade reencontrada consigo própria, como jamais pensou que fosse acontecer num horizonte visível. É como uma dona de casa dos anos 1950 que não sabia o que era trégua, dia após dia ocupada em parir, amamentar, cozinhar, varrer, espanar, esfregar, servir, ralhar, lavar, pajear, consolar, mediar e engravidar de novo. Então, milagrosamente, por uma circunstância qualquer, mesmo que punitiva, ela se viu sozinha em casa com o cachorro, e agora se permite ouvir aquela valsa antiga varar a estática do rádio. Como Sofia Loren em *Um dia muito especial*. Ou como Meryl Streep em *As pontes de Madison*. É como se essa senhora operosa fosse premiada pelo conjunto da obra e, por um descuido do destino, pudesse se dar ao luxo de cochilar à tarde, despreocupar-se com as refeições, tomar um café de bule no alpendre, admirar as peônias que há muito tinham virado paisagem, olhar-se nua no espelho, testar um sorriso esquecido, arrancar um pelinho deslocado da sobrancelha e puxar a espreguiçadeira para tomar a fresca num entardecer colorido, que já nem sabia existir.

Assim está Paris. Por uma vez em muitas décadas, pode se apresentar à vontade. Já perdemos a aura de éden que ainda vigia no mês passado, quando famílias de cisnes, patos e marrecos passeavam nas calçadas mais inimagináveis, e veadinhos saíram do Bois de Boulogne para espreitar a calçada da Avenue Foch. Os javalis já não rompem os limites do Periférico, para trás ficou a raposa que foi vista na rue de La Boétie e idem para o lobo cinzento que mesmerizou um casal norueguês no Parque Monceau. Não houve um maluco que diz ter visto um urso nas Buttes Chaumont? Mesmo assim, a cidade continua repousada, recém-despertada da hibernação. Ainda me estranha a sensação de sair sem o atestado e sem ter que verificar se o horário e o trajeto feito coincidem com o que declarei. A mancha vermelha em torno da capital foi a última a ser levantada no país. Por fim desconfinados, parece que chegamos ao cabo da primeira vaga da pandemia. Tão contundente foi nosso recado ao vírus que a maioria de nós acredita que ele não vai voltar. Por pouco não nos cumprimentamos nas ruas, parabenizando desconhecidos pelo esforço de cada um, como fazem os atletas. "Ganhamos, porra, ganhamos, caralho! O engenho humano não é brincadeira. Fazemos muita besteira, é verdade, mas quando nos unimos, somos insuperáveis. Vamos, vamos, vamos..."

Até por isso, todos sonham com espaços verdes, especialmente os que não puderam usufruir das chamadas residências secundárias. Por que não ir à Corrèze, no meio do nada? Como seria bom tomar um rosé num terraço de Aix-en-Provence. Se a água ainda está fria para Biarritz, uma escapada a Nice cairia na medida. Hoje já temos a opção de sair do país dentro da Europa, mas sabe-se lá se seria possível voltar. Enquanto estávamos proibidos de deixar a França, lugares como a Bélgica, a Suíça ou a Holanda pareciam destinos de sonho, cheios de sensualidade. Nórdicas, batavas, flamengas e hel-véticas assomavam como tentações lúbricas. Que bom seria tomar uma cerveja na companhia delas. Até Luxemburgo, se duvidar, exercia a força gravitacional do Taiti. Agora que posso visitá-los ao cabo de um par de horas de trem, nem na salinha eu quero ficar, senão no quarto, embaixo do edredom, torcen-do para que a febre seja só uma sequela da ressaca moral. O episódio que os moradores do prédio batizaram de *la lasagne manquée,* aquela que por pouco não resultou em catástrofe, ainda me persegue. Talvez esteja deprimido. Na dúvida, tenho evitado as aparições na varandinha que, de vez em quando, o garçom do *Terra Nera* aponta para seus frequentadores. Um passo em falso desse a gente só cura com outra farra igual. De preferência, sem lasanha no forninho.

Para quem mais de uma vez chegou a jurar que estava infectado, não seria inteligente abandonar o ninho e atender aos acenos que me fazem os amigos da Alemanha e de Portugal, mesmo que venham da magistral escritora Rita Ferro. Aqui já estou afeito aos protocolos que regem a notificação de qualquer anomalia. Como se não bastasse, merece todo crédito um país que deslocou aviões adaptados para transportar pacientes em estado crítico e transformou trens-bala em UTIs sobre trilhos. Por essas e outras, saio, se sair vivo, um pouco mais francês do que quando cheguei. É como se meu pertencimento a esse país migrasse do amor à música, à gente, à literatura, à cultura, à língua e à gastronomia, e se entranhasse em camadas mais profundas. É como se um amálgama tivesse sido forjado a quente lá na pirosfera, no miolo incandescente da alma, onde se formam o apreço às normas e aos valores. Se sobreviver a tudo isso, terá sido em boa medida graças à França. É como se o compartilhamento de uma experiência coletiva me tivesse aproximado da classe política, do Conselho Científico e dos comerciantes do bairro, que foram muitas vezes as pessoas com quem mais conversei, quando não havia pressão de fila. É como se as conversas com Pascale ao telefone tivessem suprido as que não tive com os amigos, cada um voltado para sua bolha, tolhido de conversar como gostaria por causa da presença de familiares no recinto. O que se explica em parte porque quase sempre eu sou o lado transgressor dos meus amigos e amigas, aquele que se cultiva em segredo, longe do escrutínio familiar.

E no entanto, a despeito da falta de privacidade, troco um oi ocasional com o amigo Ludovico, que me conhece há 30 anos, e que é um fino observador do ser humano. Tempo desses, quando não nos passava pela cabeça que algo pudesse acontecer ao mundo que nosso tirocínio já não tivesse previsto, trocávamos novidades numa padaria em São Paulo sobre a virtual insustentabilidade de nossos casamentos. Foi então que, para dar um bemol à nota, ele me fulminou com uma provocação, embora com os ademanes de prudência que o caracterizam. "Meu ofício sempre foi observar as pessoas, ajudá-las a pensar sobre si próprias, concorda? Estranhamente, você nunca me perguntou como eu te vejo. Será que você tem medo de ouvir umas verdades ou não bota fé no taco de seu amigo aqui?"

Achei engraçado que ele tenha dito isso porque essa é uma dimensão ganha-pão na vida dele, para a qual tem vocação e é bem pago. Mas não é necessariamente um dever de prestação entre amigos. Por outro lado, nada havia de absurdo naquilo. Seria o mesmo se eu fosse pintor e me oferecesse para retratá-lo num quadro. Sei que, quando o quadro sai feio, a culpa é do artista. Se o diagnóstico não batesse com minha autoimagem, eu diria que eram desvios de percepção. "Claro, vamos lá, rapaz, agora fiquei curioso", disfarcei o pouco entusiasmo.

Então ele discorreu sobre quatro aspectos que hoje me parecem interessantes, especialmente quando sinto que fui esquecido por todo mundo. É como se consolasse saber que já fui objeto do olhar atento de alguém. "O primeiro ponto é que você é um sujeito voltado para o prazer. É ele que te move. É a busca pelo prazer que te tira da cama, te leva à mesa, te motiva para viajar, te disciplina a escrever teus artigos ou até a ir ao dentista – de quem você ficou amigo, porque até coisa chata tem que ter compromisso com o lúdico. Você acorda pensando nos prazeres que vai ter e vai dormir repassando os que viveu. Estou certo?"

Se não é bem desse jeito, tampouco acho absurdo. "Antes que você passe ao segundo, será que não é assim com todo mundo, meu amigo?" Ele concordou. "Em parte sim, mas é tudo uma questão de ênfase. Lembra do dia que fomos ao enterro de Mário? O que foi que você disse? Que podíamos fazer um happy hour quando saíssemos do cemitério. Não vou dizer que você não estivesse sentido com a morte dele, mas foi o que a gente terminou fazendo, e amarramos um pifão. Não é crítica, até o filho do Mário gostou. Disse que era assim que o pai gostaria de ser lembrado. Mas isso ficou gravado aqui, tantos anos depois. Vamos adiante."

"O segundo ponto é que você não se preocupa com quase nada. Falo no sentido etimológico, o de se ocupar antecipadamente com alguma coisa. Você deixa para descascar o abacaxi depois que ele aparece. Isso pode ser faca de dois gumes, é evidente, mas acho que te traz benefícios. Todo mundo comenta sua falta de moderação. E você nem liga. Quanto você está pesando? Cento e alguns muitos, não é? Quantas noites de sono você já perdeu por conta disso? Zero. Quantas vezes você já visitou uma nutricionista? Uma vez porque tua mulher na época insistiu e você não queria desagradá-la. Racional do jeito que você sabe ser, como é que não te passa pela cabeça que esse sobrepeso vai te nocautear? Mas sabe o que acontece? A busca pelo prazer te impede de pensar nas consequências. E depois, isso acarretaria mudanças, e você não quer mudar. A gente não perde peso porque tem problema com gula ou compulsão. A gente é gordo, e falo também por mim, porque não quer mudar. Esse é o lance."

O que eu podia fazer? Apenas sorri, dissimulando agora uma ponta de angústia. Ele ficou em silêncio, valorizando a paradinha. "O terceiro traço é que você não alimenta dramas existenciais. Você não tem angústias paralisantes, pânicos, depressão e síndrome do impostor. Apenas um pouco de pulsão de morte, e isso porque teme ficar privado dos prazeres. Nem como pai você esquenta a cabeça. Você fala de sua filha polonesa como a extensão das férias em Chicago. Você não pensa em como ela pode estar se sentindo agora. Desculpe dizer, mas é assim que eu percebo." Deveria rebater ou deixar como estava? De novo, ele ficou me olhando, com um meio sorriso que era impossível não retribuir. "A gente nunca está totalmente de um lado ou de outro. Para efeitos desse mapeamento, que é a primeira vez que a gente faz, algumas generalizações são necessárias, ou não se sai do lugar. Mas vamos convir que você não sofre de pensar por que veio à vida, qual sua missão, se você está à altura dela e o que nos está reservado depois da morte." Quase pulei da cadeira. "Não mesmo, isso não. Não sou da miuçalha psíquica, do faniquito. Abomino as fragilidades dos seres-libélulas." Ele pareceu não ter gostado muito, mas forçou o sorriso. "Pois saiba que está diante de um. Ou seu machismo pulsante me chamaria de uma?" Soquei seus dedos com os meus por cima da mesa. "Está valendo, vamos ao último, então."

"Por fim, meu caro, o quarto ponto é que seu foco está todo no presente, o que te dá uma terrível capacidade de concentração. Não tendo preocupações, dramas de identidade e amando a vida à sua maneira, seu negócio é dar o máximo de si naquele momento e fazer o melhor. Pouco importa que o mundo esteja caindo. Salvo um petardo que o derrube com força descomunal, você vai acordar embalado pelos seus planos, por sua pequena agenda, e vai se concentrar nela sem olhar para os lados. A única coisa que te alija do páreo por uns dias é uma ressaca. Acertei ou não?" Então sugeri que dividíssemos uma porção de calabresa, que parássemos com aquela conversa, e que ele me contasse como ia a vida. Mas hoje em Paris, em pleno começo de junho, pensei nele, nessa conversa e sorri. Oxalá tudo isso permaneça verdadeiro! Vou precisar de mim.

Foi bom passar uma tarde no Café de Flore e encontrar o amigo turco, residente em Paris desde os anos 1960, um homem que domina a arte de contar uma história e que é *habitué* das mesinhas da calçada. Depois de trocarmos confidências sobre os bastidores de nossas vidas no confinamento, as dele bem mais energizantes do que as minhas visto que viveu-as na Bretanha, me falou do infortúnio de um inglês, sócio do seu filho.

Um casal nos seus 40 anos, residente em Londres, voava de primeira classe pela Emirates para Dubai, onde ele teria reunião de negócios. No A380, cercado de todos os confortos possíveis, o inglês Michael conversou com um árabe do Golfo vestido à moda ocidental e ambos descobriram que torciam pelo Chelsea, gostavam de comida libanesa e, por uma série de razões, concordaram com que os preços do petróleo tendiam a cair. Anna, a bela russa naturalizada britânica, assistia a um filme e de vez em quando tirava os fones para dizer alguma coisa ao marido. Ou cochilava.

O árabe perguntou sobre a estadia do casal em Dubai. "Ficaremos 5 noites no Burj al Arab. Depois voltamos." Na saída, ele disse: "Ficaria honrado com a presença de vocês lá em casa amanhã. Vou oferecer um coquetel para amigos da comunidade financeira. Se quiser, mando o carro pegá-los." E assim aconteceu. À porta, o casal foi recepcionado por uma discreta guarda de honra e conduzido ao interior de uma espécie de palácio urbano. Anna foi levada à sala à esquerda onde estavam as mulheres para ser apresentada à anfitriã. Michael foi conduzido à direita, onde estavam os homens, e foi saudado pelo árabe como se fossem amigos antigos. Já com uns 20 novos cartões de visita no bolso, o relógio apontava 9 horas. "Muito obrigado, mas preciso ir. Foi excelente. Vou prevenir Anna para começar a se despedir." O anfitrião perguntou: "Quem?" "A Anna, minha mulher." "Não sabia que ela tinha vindo." "Mas é evidente que sim, ela está na sala das convidadas."

Mas não estava! Todo mundo começou a procurá-la, mas da anfitriã aos convidados perguntados, ninguém a vira.

"O senhor chegou sozinho, *sir*," disse o chefe dos manobristas. "Não, não, não, claro que não." Na recepção do hotel, o vídeo não mostrava o ponto cego onde o motorista os pegara. Nenhum dos presentes à recepção retornou as chamadas de Michael e o caso está registrado na Embaixada Britânica. O anfitrião tampouco deu mais qualquer notícia e, indagado pela BBC sobre o sucedido, disse que lamentava ter chamado à sua casa um causador de encrenca. O que aconteceu? Não se sabe. Talvez o árabe tenha tido uma paixão fulminante pela russa ainda no avião. Ou vice-versa. São mistérios da vida internacional. Até disso dá saudades nesses tempos de pasmaceira.

Adormeci ontem vendo uma linda matéria na televisão. Começou nas regiões montanhosas da França o que eles chamam do *alpage*, a subida do rebanho para o alto, para as regiões acima de 1.700 metros, onde o gado vai passar o verão. À medida que o calor chega aos vales, os pastores o levam em direção aos picos nevados para se esbaldar com o pasto verdinho, o ar puro e as noites frias. Eles se divertem. "A partir de mil metros, vem o cansaço. Aí é a hora dos cães latirem e provocarem as vaquinhas que querem fazer um intervalo. Não sendo possível, elas dão coices abusados no ar, mas seguem adiante." Que vida! Na chegada da transumância, os pastores confraternizam com um grande almoço musical. Nessas alturas, parece que o coronavírus não existe. Nem como praga nem como tema de conversa.

Imagino que haverá uma explosão de literatura em torno da pandemia. Ontem vi na frente da Mutualité, palco dos protestos de maio de 1968, uma moradora de rua que fazia apontamentos num caderno grande. Por cima do ombro dela, vi a caligrafia esmerada. Diante do porte nobre, só as sacolas à volta atestavam que ela vivia no espaço público. Num carrinho de feira, as roupas de frio estavam amarradas por um elástico. O porte e a aura que emanava dela era a de uma escritora. Poderia ser gêmea de Marguerite Yourcenar.

Já vi senhoras como ela no Leste da Europa. O sobretudo pesado pode ter etiqueta de Vilnius, de Cluj, de Kishinev ou de Kiev. Lenços coloridos assim contam-se aos milhões entre Odessa e Lviv. Venha de onde vier, ela parece saber exatamente o que quer dizer. Falava da primavera de Paris? Em que língua? Em romeno, moldavo, ucraniano, búlgaro ou seria em francês mesmo? A quem se endereçam as linhas caprichadas, precisas, sem um único borrão – como se ela soubesse exatamente o que queria dizer e a quem? Se alguma coisa acontecer a ela numa unidade de reanimação, que destino terá o caderno? Quem vai se dar ao trabalho de ler algo assim:

"Hoje o dia está tão lindo quanto o da Páscoa de 1946, quando meu pai, afinal curado dos ferimentos, voltou do mercado com Nico, meu primeiro cachorro." A cena me enterneceu. Todo mundo tem o que contar. E quase sempre essas histórias começam com o núcleo familiar. Um escritor pode implodir a vida de uma família. Alguém vai sempre apontar alusões indiretas a pessoas ou a situações que deveriam permanecer secretas. Mas como pode ele cumprir esse mandamento de bom convívio? Escrever é tentar se perpetuar. "Mas não à custa dos outros," é o que se diz. Como chegam esses ecos àquela senhora que parece não ter mais ninguém?

A natureza pungente da experiência da pandemia vai alimentar todos os gêneros. Desses dias que viraram semanas, e agora meses, haverá espaço para dramaturgos e até para humoristas. Já nem falo para dramaturgos que ambientarão histórias em cômodos exíguos, onde os diálogos sustentarão uma boa peça. No mais, milhões de diários foram iniciados, abandonados e retomados. Em todos, a pergunta: o que será do amanhã? Memorialistas escavarão a alma para trazer à tona histórias que os emocionem, que queiram lavrar em pedra, que lhes reforcem a imunidade e a vontade de viver. O mundo que conheceram já ruiu. Ruiu sem que uma única pedra tenha caído, sem quaisquer danos ao hardware. Mas com o software povoado por certo vírus, cujos desdobramentos são uma incógnita.

Eu, decididamente, teria pouco ou nada a contar sobre esse período. Pascale, que agora mergulhou de vez no livro dela, e que parou de ameaçar vir se alojar aqui, mesmo depois do desastre da lasanha, me provocou ao telefone. "Se você tivesse uma única história para contar do período, do que trataria?" Ora, para mim a melhor é sempre a última. O mesmo acontece com filmes e livros: são enormes as chances de que o último ofusque os anteriores.

"Não será sobre a lasanha queimada, como você está pensando. Seria sobre uma conversa que tive ontem com um amigo do Nordeste e a mulher dele. Nunca pensei que depois de décadas de amizade, a gente pudesse se estranhar sobre um ponto difuso, não-dito, que está na raiz mesma da hecatombe que o Brasil vive agora." Ela brincou. "E você ainda diz que não teria assunto. "Agora você vai ter que me contar." Ora, quem conta para um, conta para muitos.

Na véspera, efetivamente, eu tinha falado com Célio Chacur. Amigo há quase 40 anos, ele me ligou da varanda do apartamento, com o Atlântico ao fundo. Ao lado de Sônia, com quem vive há 20 anos, ver o casal ali mexeu comigo. Quando voltaria eu próprio à minha varanda no Recife? Será que um dia sentaríamos os três juntos e vararíamos a madrugada conversando amenidades até o sol nascer? Então contei daqui e tratei de ouvir de lá. No sorriso de ambos, na forma de assentir, nas entrelinhas do que não diziam, estava subjacente uma intenção que eu não conseguia captar. Ou que, em razão da amizade, talvez me recusasse a ver.

"Do jeito que as coisas vão por aí, nessa toada do capitão, o Brasil só vai perder para os Estados Unidos em número de mortes. Por todas as razões do mundo, a gente não pode ter números de padrão uruguaio. Mas essa zorra que foi a comunicação do governo, com a demissão do melhor ministro da equipe por causa de ciúmes, francamente." Pela tela, eu via que eles se entreolhavam, pigarreavam e seguiam adiante como se eu fosse um estrangeiro que estivesse palpitando sobre o que não conhecia, ou como se fosse uma dessas deputadas histriônicas cuja jugular salta diante das câmeras.

"Olha, conta aí como vai Paris, rapaz. Continua tudo fechado mesmo ou já dá para tomar um chope na rua? Aqui, bicho, vai morrer quem tiver que morrer. Remédio, a gente tem. Agora se o cara, desculpe dizer, tem mais de 100 quilos e está cheio de bronca de saúde, o que se pode fazer? Se não for de Covid, vai morrer de outra coisa." E sorriram com beatitude, como se não estivessem falando de uma catástrofe, senão de uma fatalidade, de um desastre de caminhão em Arapiraca.

Ela, a querida amiga Sônia, mãe de três filhos naturais e mais dois adotados, para não falar dos cachorros e gatos de rua que cria numa propriedade em Alagoas, ergueu um brinde de cerveja. "Cuide-se você por aí, meu caro, que nós lhe queremos muito bem. Só fique longe de chinês, pelo amor de Deus. Vou deixar você à vontade para conversar com seu amigo e vou preparar o almoço. Sei que você gosta muito de culturas exóticas, mas tenha cuidado. Esse povo, tão milenar e tão sonso, inventou esse negócio para comprar o Ocidente de graça. E como o medo conta a favor deles, ficam espalhando essa boataria de que milhões vão morrer."

A sós com Celinho, ele voltou a perguntar sobre Paris. Então pela primeira vez eu entendi como se comportavam os chamados negacionistas. Em outras palavras, os adeptos da hidroxicloroquina. Aquela ponta de escárnio dizia tudo. Por trás das pupilas, li a vontade de não desperdiçarmos nosso momento de confraternização com pautas que ele considerava políticas. No fundo, ele parecia querer dizer que perdoava minha ingenuidade e que nada podia fazer para dirimi-la, senão perguntar se eu já podia tomar um sorvete na Berthillon. Dito de outra forma, que morressem os que tinham que perecer. Mas que não se questionasse o caráter providencial da política de Brasília. Instado por mim a sair da moita, ele ainda disse. "Se o preço a pagar por ter desalojado os comunistas do poder for a morte de 100 ou de 200 mil, que assim seja. Os que sobreviverem, e espero que estejamos entre eles, sairemos mais fortes, com a graça de Deus." Levei um choque, não nego.

Capítulo 24

O veto do editor
(Meados de junho)

Tás vivo né, danado? Que alegria arretada, bicho. Foi minha irmã que disse que tu tava vivinho da silva, arengando política no computador. Eu jurava que tu tinha abotoado o paletó, cabra da gota serena. Manezinho Gago, que é vigia no prédio perto do teu, disse que tu tinha morrido, aquele desgraçado. Foi o véio da banca da alameda Franca que espalhou esse boato pra São Paulo toda, visse? Disse que tu tinha morrido em Londres, fazendo farra, desenganado, sem sentir cheiro de nada e gosto de porra nenhuma, e que tu tinha batido a caçuleta num porre de despedida. Eu fiquei arrasado, piongo de dor. Um dia tu pergunta a Lia. Apesar da gente se ver pouco, são mais de 50 anos derna que a gente se conhece. Mas juro que pensei: foi legal, esse aí viveu, viu o mundo, namorou até empenar, conheceu a China. Quer dizer, legal mais ou menos, né, porque pelo menos tinha morrido com estilo, numa cidade bacana, parecida com tu, no hospital da rainha, bebendo escóti no gargalo mais ela. Pensei em ligar pra tua família, mas tava esperando esfriar a cabeça. E depois também não tenho intimidade, tava cheio de dedo porque vocês são meio granfino, e eu um aruá da cabeça chata, criado na maré, mas que gosta de tu pá cacete. Tás lembrado daquela farra da gente que durou 3 dias em São Paulo? Eita! Pois já vai pra 30 anos e não tem semana que eu não conte essa história por aí, por Jesus. Pois olha, bicho, já que tu tá vivo, cacete, te cuida agora, porra, e vê se perde essa barriga, visse? Soube que tu tava que era uma pipa, quer dizer, que tá, né, com uma barriga de chope de dois. Num sei se já tás no Brasil, que ainda é o melhor lugar do mundo, nem peço pra que tu ligue de volta porque sei que é perder tempo. Mas ó, se tu não voltou ainda, vê se me traz um perfume daquele, tás lembrado, vou botar uma foto aqui do frasco, que ainda hoje tenho, boto uma gota só todo ano no Natal. Beijo pra tu, te amo muito, tô até emocionado. Que susto da porra, rapaz. Mas agora já tô tomando uma por conta dessa, visse? Um cheiro.

Ontem tive um aborrecimento com um de meus editores. Ele me pediu para escrever um artigo para um blog. Nele eu deveria abordar a pandemia de uma forma diferente. Que inovasse na linguagem como quisesse, mas que retratasse aquilo que ele chamou de maior emoção que tive neste período de desdita. Podia ser em qualquer língua, ele exagerou. A intenção era que eu captasse o espírito da urgência. Então transcrevi uma mensagem de WhatsApp que eu tinha ficado dias sem ouvir, mas que, ao fazê-lo, chorei. Ato contínuo, anexei o áudio. A voz do amigo-irmão foi o melhor presente que recebi para romper o isolamento. Foi como se o cabo estivesse para se romper e, na última hora, se reconstituísse. Ele era a própria voz do Recife, do bairro onde eu tinha crescido. Ele já tinha tomado umas cervejas, afrontando o diabetes, mas e daí? Antigo morador de um beco vizinho onde vi a morte pela primeira vez, nossos caminhos se cruzaram no Recife até os anos 70, se apartaram por mais de quinze anos, e voltaram a reatar em São Paulo, onde ele foi morar. Amigo-irmão, cúmplice e solidário, o negão Silvinho, como ele gosta de ser chamado, fez história em mais de uma capital brasileira. Morando agora em João Pessoa, segundo ele porque prefere morrer numa cidade que não vai engoli-lo, meu camarada deixou uma mensagem vazada no linguajar que é o dele desde que o conheci.

Pois bem, o que recebi do editor? Uma nota desabusada em que dizia que o *personagem* não convencia, apesar de ter visivelmente uma relação fraternal comigo. Não obstante a amizade antiga, segundo ele, a distância de classe nunca some completamente, menos ainda com o intervalo de alguns anos. Como se nós dois, Silvinho e eu, tivéssemos sido incapazes de construir uma ponte de ouro sobre o manguezal. Disse ainda: "Falta um mínimo de cerimônia e a linguagem está artificial porque é, no fundo, linguajar de classe média, atribuída a um *proleta*." Acusou-o de usar termos anacrônicos, a despeito dos 70 anos, e de maltratar o regionalismo – daí que estava *caricatural*, como sentenciou. Para arrematar, disse que abusava de tiradas típicas de outros meios, como se Silvinho não pudesse ter um pé em cada canoa, dicotomia de onde tira todo o charme a que já sucumbiram de estrelas da MPB a finas intelectuais. Por fim, o *eu te amo* que Silvinho diz até ao manobrista que viu uma vez e que jamais reverá, mereceu um azedo "pobre não diz isso a outro homem nem a pau, só se for bicha." Em suma, Silvinho virou um pastiche diante das categorizações gramscianas. Azar delas... ou não? Secamente, na última linha, dizia que o prazo para o fechamento da edição estava encerrado e, visto a derrapada, tinha cedido meu espaço a outro colaborador. Cinicamente, disse que esperava me ver na edição seguinte. E assim se despediu.

Vetado por insuficiência técnica, botei a viola no saco e fui beber num bar do Luxemburgo. A criação literária é o último bastião da vigarice. Tanto para quem escreve quanto para quem edita. Como puta que pensa seriamente em mudar de vida depois de tomar um calote, fui afogar minha decepção na bebida no *Le Rostand*. Proibido de celebrar pelas páginas que estou vivo, me virei à minha maneira com cerveja.

Nasci mesmo para a literatura?

Resolvi passear no Jardin des Plantes enquanto Paris é poupada dos calores estivais. Em algumas semanas, vai ficar difícil. Desde a entrada pelo portão de ferro da fonte Cuvier, o trajeto se desenrolou como se os pés soubessem exatamente onde queriam chegar, e como se à cabeça coubesse obedecer-lhes e nada mais. Era o extremo sul do corpo enquadrando o extremo norte. Quantas vezes o bom senso, que nasce no alto, decidiu que o corpo precisava de caminhadas para destravar os membros? E quantas vezes os pés preferem se esconder nas pantufas, alegando dores e fascites, ou o risco de entorse e luxação? O corpo tem suas províncias rebeldes. Tem regiões de neutralidade aparente, mas também abriga milícias de conspiradores nos remansos, alojados nas ranhuras dos órgãos.

Para equilibrar o jogo, o organismo tem um exército simpatizante que é operoso e viril, sempre alerta a qualquer insurreição ou tentativa de golpe. Com o tempo, essa infantaria começa a acusar baixas até que chega o dia em que vai precisar de ajuda externa. Meio a contragosto, aceitará tropas de reforço que lhe entrarão pelas veias, que o inimigo pode ver como mercenárias. O corpo, um palco de operações de guerra complexo, pode suportar um longo cerco, mais para Canudos do que para Stalingrado. Isso porque chega uma hora em que de pouco valerão as ordens, venham elas do sul ou do norte. As pontas extremas vão até convergir nas vontades – uma sonhando em caminhar e a outra inerte, sem condições de pensar –, mas será tarde para um consenso. Pernas e mente serão então figurantes de um jogo que se definirá nas ondulações da zona central, onde uma espécie de usina termoelétrica vai parar de marcar o compasso da luta. E então os rebeldes vão fincar a bandeira na terra arrasada. Para, na sequência, afundarem juntos.

Depois de ver pela vigésima vez a escultura de Frémiet, em que a ursa ataca o caçador que lhe matara o filhote e, mesmo lancetada, tenta lhe dar um abraço mortal, parei ao pé do carrossel. Os risos de pais e crianças pareciam fora do tom, algumas oitavas a mais, e o entusiasmo era excessivo, desproporcional a um folguedo tão singelo. Era visível que a brincadeira marcava uma espécie de reencontro das famílias com a vida e os adultos pareciam mais infantis do que os próprios filhos. Sentado numa sombra da alameda, fechei os olhos e senti a brisa, a aliada de uma vida. Queria reler Stendhal, Maupassant e Dumas – mas para isso precisaria de muitos anos, e não poderia mais escrever. Estou pronto para uma renúncia tão radical?

A cabeça mandou que eu me mexesse, e dessa vez os pés obedeceram. Conjecturas e especulações sem fim me acompanharam no passeio. Por que o intelectual acha que a compreensão do fato trágico lhe subtrai a dramaticidade? Não será que o conhecimento já deveria ter provado o contrário disso? Se não mostrou, é porque o que a pessoa tinha não era conhecimento, era só acúmulo de informação, enciclopedismo, como uma bucha seca encharcada de espuma. Por quanto tempo mais valerá a máxima de que o que é ruim para a vida, é bom para a literatura?

A simplicidade dos meninos que conheci na minha infância ribeirinha hoje parece uma bem-aventurança, por mais que eles tenham se lançado na vida desprovidos de armas para galgar a primeira divisão. Pelo menos, acho eu, não tiveram que lidar com as firulas paralisantes do intelecto. Ouvir 1, 2, 10 vezes a voz de um deles ao telefone é uma exortação a adotar a simplicidade pelo que ela é: a maior das espertezas, assim como o amor é a maior das sacanagens.

Ainda imaginando se o caçador de Frémiet morrera sufocado ou se o punhal cravado na carótida do bicho o salvara a tempo, saí do parque pela Gare de Austerlitz. Era bom ver de perto uma estação de trem depois de tantos meses. Tinha vontade de ir ao hall central e ler no painel eletrônico as chegadas e partidas. Mas me senti como quem recebera alta médica depois de uma internação prolongada e, afinal, chegava à calçada do hospital para retomar a vida. Que escolhesse o trem e o destino, dizia o médico. Fascinado pela mobilidade a que se desacostumou, e apavorado com a recidiva da doença, o convalescente fica estático, inseguro, à espreita de armadilhas. Comigo aconteceu igual e preferi não entrar em Austerlitz. Em que me interessava cruzar com viajantes?

Quantas vezes não saíra dali para Barcelona? Sempre que o trem parava em Portbou, na fronteira, era madrugada e fazia frio, mesmo que fosse verão. Esparramado sobre uma *couchette*, eu lembrava da fuga desesperada de Walter Benjamin, como fizera no começo do ano em Girona. Ali foi denunciado aos franquistas por uma estalajadeira que era apaixonada pelo comissário de polícia, de quem mendigava afeto e gratidão. Foi provação demasiado dura para quem achava que o pior já ficara atrás e Benjamin não aguentou. Quando o trem arrancava em qualquer direção, eu renovava o ressentimento que me inspirava aquela mulher. Oxalá o delegado tivesse lhe passado uma doença. Desde que li o episódio, fico com um pé atrás quando falam da sabedoria do povo, da infalibilidade de sua infinita bondade.

No boulevard Saint-Marcel, precisei acelerar a marcha antes que a chuva de verão caísse. Superada a fase inicial da ameaça à vida que fora a Covid, preciso me manter operante, valorizar cada instante. Nas calçadas, as pessoas bebiam às mesinhas e só se ouve falar francês, o que não deixa de ser raro em Paris. Um chinês entretinha duas jovens amigas com uma garrafa de Ruinart, um champanhe de gente próspera, que não teme as associações fonéticas ruinosas ligadas à marca. Havia ali também um ar de festa, de liberação. Era reconfortante ver que Paris e os que lhe são ligados pela língua se sentiam como milhares de garçons que, na falta de clientes, se sentam às mesas onde costumavam servir só para se divertir entre eles. Parisienses de todos os credos se sentem como uma família que deu uma imensa festa, despediu-se dos convidados à porta, dormiu uma boa noite de sono, e, ao despertar, viu que, pela primeira vez em muito tempo, estava só, sem intrusos a vagar pelos seus cômodos. Como tal, idosos, adultos, adolescentes e crianças podiam circular com pouca roupa, que ninguém iria olhá-los com ironia ou malícia. Estamos reduzidos a nós mesmos, ao núcleo original, e podemos relaxar intramuros porque não precisamos explicar aos incautos e curiosos nossos códigos de conduta. Pode-se até almoçar de bermuda, ignorar um furinho na meia e ouvir mais e melhor o outro. Até os taxistas estavam animados e conversavam galhardamente no ponto da avenue des Gobelins, sem a irritabilidade que lhes é lendária. O mês de junho normalmente representa tanta coisa para mim. Na mitologia da juventude, era o aniversário de meus pais, o fim do semestre letivo, o São João e a minha primeira chegada à França, em 1973.

Comprei jornais no quiosque da chinesa. Um rosto familiar me saudou. Quem era? Era um mendigo com ar indiano, enfiado num inexplicável impermeável verde musgo, que estava na feira da place Monge no sábado último, entre a queijeira e o fornecedor de salames de caça. Como ele me reconheceu? No ato, encolhi a barriga. E eu, como o reconheci? Nem sempre somos uns para os outros quem ou o que achamos representar.

A escultura de Fremiet vira uma obsessão. Não faz muito tempo, passei o Ano Novo na Lapônia. Fui de São Petersburgo a Helsinque de trem. Na Estação Finlândia, ficamos impressionados com a tranquilidade que reinava na plataforma. Será que os russos não viajavam no Ano Novo? Por que havia tão poucos escandinavos em trânsito, se São Petersburgo é a joia do Báltico? Faltava só uma hora para a partida e nós éramos os únicos passageiros. A 30 minutos, deu um estalo. Não podia ser ali! Descobri que o expresso saía de um terminal contíguo, só acessível pela rua. Lá fomos nós em desespero, empurrando as malas na neve batida. Com um tubo pendurado no ombro, onde levava uma tela a óleo que comprara numa pracinha da Nevsky Prospekt, me faltava uma terceira mão para manter o equilíbrio, quiçá uma terceira perna para correr mais rápido. Um tombo no gelo poderia me tirar de combate na melhor semana do ano. O que seria do planos de ver a aurora boreal?

Chegamos bem à hora do embarque. O terminal estava apinhado de todas as nacionalidades. Ufa! Mas na Rússia, não se deve cantar vitória cedo. O que mais poderia acontecer depois daquela inadvertência? Entramos numa das muitas filas de acesso ao trem, depois do controle de passaporte. O fiscal resmungou, entredentes, que só aceitava as passagens impressas, não na tela do celular. Onde achar uma impressora? Fui insolente, era o único jeito de não mostrar medo: "Isso é problema seu, não nosso." E dei-lhe as costas como faz o toureiro para humilhar o touro. Ele não estava preparado para aquele tipo de resposta. Passamos. Minha mulher disse: "Foram dois sufocos em 15 minutos. Haja coração! Agora é relaxar!" Eu alertei: "Calma, ainda falta tempo para cruzar a fronteira. A Rússia é como o programa de Chacrinha: só acaba quando termina. Até lá ainda pode acontecer coisa." E não é que aconteceu? Os fiscais da Alfândega entraram no vagão em três e pediram para ver a tela. Nós a tiramos do tubo com todo cuidado. Os demais passageiros nos olhavam como se estivéssemos seriamente encrencados. O pintor colocara um papel de seda na superfície de contato com a tinta para evitar que o atrito destruísse o craquelê da imagem. "Onde comprou essa pintura? Cadê a nota fiscal?" Parecia que tínhamos roubado o Hermitage. Tirei do bolso um papelzinho que pedira ao vendedor. Это счет. Estava no limite do meu russo. "U$ 200 por isso?" perguntou a matrona que examinava o avesso da tela com um monóculo de relojoeiro. "Foi muito ou pouco?" Eu já não sabia o que queria ouvir. Um dos fiscais me olhou. "Talvez tenhamos que confiscá-la. A menos que queiram desembarcar na fronteira para explicar ao comissário." Visivelmente, era um sádico patológico. Se fosse carcereiro na Sibéria, entregaria um preso à sanha dos mosquitos do verão, aqueles do tamanho de uma bola de gude, que chupam o sangue de um veado em segundos e o deixam reduzido a um saco de couro e ossos. Não pestanejei. Sem achar o que dizer, apelei para os Beatles e falei alto: *Let it be.* Não sei por que, mas aquilo me investia de um status enigmático.

Com o vagão já desacelerando para chegar à última parada russa, eu imaginava a ironia do nome do expresso: Allegro. Então fomos liberados. Os passageiros voltaram a nos sorrir, como se fôssemos os párias de uma aldeia cuja reputação tivesse sido restaurada. Devia ser com essa cara que os gentios de um *shtetl* olhavam para os vizinhos sobreviventes no dia seguinte a um *pogrom*. Chegamos a Helsinque no entardecer, celebrando botar os pés num mundo de regras menos obscuras.

Bem, e o que tem a escultura de Fremiet com tudo isso?

No dia seguinte, voamos para Ivalo por quase 2 horas. No voo da Norwegian, não passei bem. Talvez porque tivesse tomado o café da manhã do hotel Kämp com muita pressa, talvez em função dos sustos da véspera, o fato é que senti alívio imediato depois de vomitar no vaso o que quer que estivesse me incomodando. O amigo Tomi Salo nos esperava vestido de gorro de pele de raposa. Em paralelo à estrada, renas e huskies puxavam trenós. Os finlandeses não perdiam tempo: esquiavam nas pistas iluminadas para a noite de 20 horas do

Ártico. O almoço foi sopa de salmão, pão preto e carne de alce defumada. Meu apetite já fora restaurado. Eu agora queria paz e silêncio. Minha mulher saiu com a família do caçador de urso, padrasto de Tomi, para conhecer Saariselkä e depois foi tomar sauna com as mulheres. Na saída, em trajes de banho, se jogou na neve. Urrava de frio, mas foi valente. "Maluca, vão dizer que te matei."

No dia seguinte, acordei disposto. O céu clareou entre meio-dia e 14 horas, mas sem sol. É o auge do *kaamos* ártico. Gera melancolia e irritação nas crianças. Dentro de uma semana, o disco solar vai aparecer por 15 minutos sob aplausos. Depois começa a rápida progressão até o advento do sol de 24 horas de junho. Tomi levou todo mundo para uma caminhada de quase 2 horas a −15°C, com vento de frente. Segredou-me que sou casado com uma mulher que tem *sisu* – uma mistura de resistência com destemor, o valor supremo dos finlandeses. Depois comemos carne de urso e filé de veado. Jussin, o caçador, falou que um banquete deste no restaurante custaria 600 euros por pessoa. Reconhecido, eu disse que luxo era estar em boa companhia. Na primeira hora do ano novo, espreitamos os clarões da aurora boreal. Mas a visão da *revontulet* – rabo de raposa quando foge, em finlandês – estava prejudicada por nuvens verde-leitosas. Acordamos sem ressaca e ainda brincamos de jogar bolas de neve com as crianças.

Jussin me chamou à parte. Disse que já abateu 68 ursos pardos, mas os ama. Faz excursões de observação para vê-los de perto e filmá-los. Um deles, na Estônia, matou sua melhor cadela, a mãe de vários membros da matilha. Jussin ficou indignado. "Foi o único tiro que disparei com raiva," e enrubesceu de pudor. Por que ele caça? Caça com licença do governo. É uma questão de segurança naquelas latitudes. Ursos famintos da Rússia cruzam a fronteira gelada e atacam as fazendas de renas. Um único urso enfurecido pode matar até seis renas, gerando salgado prejuízo. Daí a importância dos caçadores. Como prova da amizade que tem por mim, me presenteou com um osso de pênis de urso para eu pendurar numa corrente de ouro e levá-la em volta do pescoço. Indicando minha mulher com o queixo, disse: "Ela vai ficar muito contente," e me deu uma cotovelada na barriga. No ano anterior, dera um mimo igual ao corredor Kimi Räikkönen, de quem é amigo. Vendo minha incredulidade, ele gravou uma mensagem no tradutor do celular. A voz sintetizada me chegou em português: "Para copular, o urso precisa do *baculum* peniano para dar sustentação à ereção."

Eis o mistério.

Liguei para Tomi. "Não sabia que você estava em Paris. Por que você se separou logo antes da pandemia? Aqui, passamos por maus momentos. Jussin pegou Covid e quase morreu. Ele está aqui ao meu lado. Manda lhe dizer que já matou 83 ursos. Ainda quer chegar a 100." Mandei para Tomi a foto da escultura de Fremiet.

Morto há 20 anos, meu pai completaria esta semana 93 anos. Seria muita estrada, ele não teria conseguido. Pode soar contraditório, mas ele foi amoroso como pai, a despeito do temperamento irascível. Caçula de nove irmãos, ficou órfão aos 17 anos. Meu avô fora prefeito de Garanhuns. Caiu fulminado por um ataque cardíaco quando lia o jornal, sentado no sofá. No ano seguinte, passou a namorar com minha mãe, que tinha 13. Segundo ela, o romance começou no dia do bombardeio de Hiroshima. O que se poderia esperar de uma união cujo padrinho fora o Enola Gay? Às turras com o novo patriarca, que tinha 20 anos a mais do que ele, foi graças ao irmão do meio, deputado estadual, que foi trabalhar para o Aerofoto, da Cruzeiro do Sul, onde tirava imagens aéreas para estudos topográficos. Fotografou o Planalto Central para a construção de Brasília, missão de que tinha certo orgulho. Bonito, namorador, um dia entrou num cabaré em Poços de Caldas e se pegou pensando na namorada que deixara em Garanhuns. Estava farto da vida boêmia. Pediu uns dias de folga e se casou com mamãe numa Quarta-Feira de Cinzas de 1957. De lá foram para Foz do Iguaçu para a lua de mel. De fato memorável, no quadro majestoso do Hotel das Cataratas, ficou para ela a desfeita com os músicos que vieram gentilmente à mesa oferecer um número. Incomodado com a insistência da oferta, papai se irritou e pediu "O calango da lacraia". Ninguém tinha ouvido falar dessa página do cancioneiro e mamãe corou com a irreverência do marido em local tão exclusivo, ela que o julgara até então um homem fino. "Ali eu vi que tinha coisa. Que, no fundo, ele continuava sendo um matuto e que eu tinha caído de lesa nesse conto do homem cosmopolita. Viagem alguma muda certas coisas." No ano seguinte, o da primeira Copa do Mundo, eu nasci.

Amigo dos amigos, tio de primeira grandeza, tinha ojeriza aos médicos, um certo fascínio pela tecnologia e desprezo pelo ensino formal. Achava que quem era engenheiro, ia lá e fazia uma casa. Desprezava advogados, a quem acusava de parasitismo. Admirava os astronautas, Churchill e Juscelino. Uma vez pensou em matar Carlos Lacerda, que via como inimigo pessoal. Para ele, um homem tinha que ser mundano e eclético. Tinha que conhecer 30 marcas de uísque sem ler o rótulo e ouvir Horowitz ao piano no almoço. Seu maior medo era que eu ou meu irmão fôssemos homossexuais. Daí que não podíamos sequer dizer que uma mulher era feia. Podia ser indício de pendores suspeitos. Adorava conhecer nossas namoradas. Seu livro preferido foi *Os Thibault*, de Roger Martin du Gard. Cultuava a Bahia. Aos 55 anos, parou de trabalhar para curtir a vida. Foi um erro. Então ficou diabético e se separou de mamãe, embora almoçasse na casa dela todo dia. Não gostava do PT, partido que, segundo ele, por sectarismo, desmoralizara a missão de fazer oposição. Gostava de Djavan - do músico e da pessoa. A mim fez a maior declaração de amor que já ouvi. Quando lhe disse que eu já devia estar fichado no SNI, ele me olhou com a serenidade de seus olhos esverdeados e colocou a mão em cima da minha. "Se eles levantarem um dedo contra você, no dia seguinte eu boto uma granada no bolso de Geisel." Não precisou, mas em momento algum eu duvidei de que ele faria isso. Por amor a mim, e talvez por não dar o devido valor à própria vida.

Quando comecei a rodar o mundo profissionalmente, queria saber tudo. Pelo roteiro das perguntas, dava o diapasão das ênfases que o moviam: como era a companhia aérea local, os hotéis, as pessoas e a comida? Como eram os homens de negócios? Eram amigáveis e corretos? Ou finórios e secos? De que origens eram os imigrantes? Como as pessoas reagiam diante de mim? Sendo eu tão jovem, acaso não se espantavam que já tivesse viajado tanto? Gostava de imaginar que os empresários com quem eu convivia deviam pensar que ele era um homem rico para me ter proporcionado tanta coisa. A maior alegria dele era que eu estava vivendo uma vida maiúscula quando a maioria dos meus colegas ainda estava mandando currículo. Nesse ponto, nossa pauta foi inesgotável até o fim. Saciar suas fantasias foi uma segunda missão de vida que me impus. A primeira foi saciar as minhas próprias.

Aqui, ao menor sinal do verão, já estão falando de férias. Para mim, é difícil entender. Vi de perto muita gente pobre. Provavelmente porque venho de uma região atrasada de um país subdesenvolvido, situado num continente também sequelado. Por isso defendo que os funcionários de uma empresa devem ser devotados a ela, que precisam incorrer em quaisquer sacrifícios para que ela vá bem. É o meu credo desde cedo e acho que pouco mudou. Fiquei impressionado com o senso de pertencimento dos japoneses às organizações quando cheguei ao país aos 26 anos. Era admirável a entrega deles ao *keiretsu*, o rigor no cumprimento do dever e a dedicação quase excessiva, admito, que levava a maioria a lhe sacrificar a vida, passando mais tempo com colegas de trabalho do que com a família. .

Japoneses à parte, e para além do sustento, as empresas dão identidade a milhões. Quando minha vida profissional decolou, antes dos 30 anos, galguei boas posições. Nunca ninguém precisou dizer qual era minha missão. Embora nascido sem a enzima do tarefeiro, entregava mais do que esperavam de mim. Mesmo assim, fiquei perplexo quando soube que meu pacote previa 14 salários, férias, bônus, seguro-saúde, carro, combustível, supermercado, hotéis, restaurantes, todos pagos pela pessoa jurídica onde quer que fosse, além de passagens de primeira classe. Cheguei a achar que isso era incompatível com o mundo privado competitivo e com meu enraizado credo liberal em que não há espaço para tanta bondade. Mas aceitei.

Talvez seja por isso que fico chocado ao ver milhões de franceses pendurarem as chuteiras e saírem de férias - depois de meses de inatividade forçada. Fico imaginando: se você está doente, primeiro faz o tratamento, depois curte as férias. Aqui, não. O emprego é visto como problema da empresa, e, para os gauleses, cognitivamente, a empresa em si é um problema do Estado. Se duvidar, a França é um problema da Europa e a Europa é um problema do mundo. Logo, não é deles individualmente, não cabe responsabilidade ao elo primário. Para eles, o direito deve assegurar a vida para muito além das peias da pandemia - mesmo que isso seja apenas legal, e não moral. Eles não se importam. Pensam como meu conhecido que via na Covid um acelerador poderoso de distribuição de renda.

Os trabalhadores daqui lutam contra a aritmética com todas as armas. Acham que o Estado tudo pode, acham que há uma conspiração dos ricos, que os *patrons* demitem por sadismo. O esforço do governo foi hercúleo para minimizar os efeitos da pandemia, mas a impressão que passa é que os sindicatos não se importam em dar uma marretada de misericórdia no moribundo. A toda hora pedem mais benefícios, paralisam estatais por puro esporte. Eu teria vergonha de me esbaldar numa praia, sabendo que a produtividade vai cair a números indigentes. Nessas horas, bem se vê, venho mesmo de um mundo pobre. Até hoje não há consenso aqui quanto aos prós e contras da Revolução Francesa. Mal comparando, é como a lava jato, a que ninguém nega os méritos. Já o *lavajatismo* como doutrina política foi um desastre.

Não gosto de deixar parênteses abertos. Teria mais a contar sobre minha chegada à cidade em junho de 1973? Sim. Desde o dia em que brinquei com Edgar, o basset hound da place de la Contrescarpe, rememorei um fato fundamental. Aos 15 anos, eu tinha reserva no voo da Varig que fazia a rota Rio de Janeiro-Paris, que sairia em 10 de julho de 1973 do Brasil. Mas em meados de junho, o gerente da TAP em Pernambuco me ligou e disse que tinha vagado um lugar no voo Recife-Lisboa-Paris, com saída na noite de 28 de junho. A passagem seria comprada em 10 vezes, e a financeira que aprovara o cadastro de papai era a mesma para todas as companhias aéreas. Ou seja, o parcelamento da Varig podia ser passado para a TAP. E eu ganharia quase duas semanas aqui. Há 47 anos, eu decolei do Recife, chegando a Paris no dia 29. A 2 dias do 14 de Julho, li num jornal em Cluny que o avião em que eu viria – de que fora salvo pelo telefonema providencial – se incendiara antes do pouso. Como sabido, morreram 122. Desde então, acho que vivo numa espécie de prorrogação. Foi como se sempre estivesse no lucro. Decorreria daí meu descaso com os pequenos cuidados e minha descarada descrença no planejamento pessoal? Alguma coisa mudou na percepção do menino de 15 anos que eu era. Se para pior ou para melhor, é tempo de saber

Capítulo 25

Fogueira da memória
(Um certo dia de junho)

Numa manhã de nuvens baixas, na região mais Alta do Agreste de Pernambuco, às vésperas de completar 12 anos, descobri a cara da felicidade.

Estava de férias em Garanhuns, na casa de meus tios, e anunciei que ia sair. Como ninguém reagiu, reforcei que só voltaria à hora do almoço. Silêncio. Já no portão, creio ter ouvido um *bom passeio*, mas não saberia identificar de quem partiu. Todas as vozes femininas se pareciam. Decidido, caminhei até a avenida Santo Antônio, indiferente a tudo o que normalmente me chamaria a atenção no caminho: o quintal da casa de seu Antonio Pereira, a vitrine da loja de fogões, o escambo de gibis na praça do Cinema Jardim, o distribuidor de balas da Renda Priori e a vendedora de milho da rua do Fórum. Tinha que andar rápido para que ninguém de casa me tirasse os direitos conquistados no grito.

Ao lado da padaria Royal, espiei o salão de sinuca de onde vinha um cheiro de tabaco e urina. Então tomei a lotação para Heliópolis, ou o Arraial — como chamávamos o bairro de casas de jardins perfumados cujas flores se debruçavam sobre as calçadas, que ficava ao final da linha reta que começava na praça João Pessoa e culminava na majestade do hotel Monte Sinai, de onde se tinha a melhor vista da cidade.

Saltei à porta do clube onde íamos uma vez ao ano à matinê de Carnaval. Mais tranquilo, comprei no tabuleiro de um gago sarará um naco de cocada de banana com amendoim, um dos cinco sabores que oferecia do que conhecíamos como doce japonês. Segundo papai, aquela guloseima grudenta, tirada a espátula e servida num pedaço de papel ordinário, era grande aliada dos dentistas, que financiavam os doceiros. De lá, comecei uma exploração que me levou a tudo o que me atraíra até então, mas que, por impaciência, os adultos ainda não tinham me levado para ver de perto, eles que viviam numa pressa que eu jamais entenderia por completo.

Foi assim que desci a pé a avenida Rui Barbosa, evitando a rua onde morava meu tio Pipe, o homem que construíra boa parte do bairro, que àquela hora devia estar lendo *Seleções* e pedindo o quinto café do dia a tia Bubu. Em respeito à úlcera do marido, ela só andava de sapato da marca Conga para não fazer barulho. Bem que eu gostaria de chegar lá para ver o papagaio que morava no ombro dele, e a quem o tio *proibira* de morrer, apesar da idade avançada do bichinho. "O louro só vai depois que o pai dele for embora, não é meu pai?" Ele batia os olhos e taramelava qualquer coisa, tão confuso quanto eu com essas conotações de *pai* que o tio atribuía ao laço que tinham. Quem era o pai de quem, afinal? O louro era baiano, nascera no Jorro, onde o casal passava férias, e o tio arrebatou-o do dono contra o perdão de pequena dívida, rendido que ficou ao engenho do protegido. Maior fumante indireto da Terra, o papagaio recebia de cheio a fumaça dos 100 cigarros

Carlton que o dono fumava ao dia, e não saía do ombro sequer no fim da tarde, à hora sagrada em que iam para o quintal.

Ali, o velho José Maria tomava um copo de água quente, tirava a chapa, enfiava o anelar e o indicador na goela, e vomitava uma gosma preta que dizia ser nicotina com alcatrão. Quando os sobrinhos estavam lá, eram convidados para assistir à cerimônia que se pretendia pedagógica. Ele se assoava e bradava: Pronto pra outra – ao que a tia Bubu rebatia com mais um café e uma colher de leite de magnésia diluído em meio copo e um cigarro. A isso tudo o louro assistia solidário, e só quando escurecia era devolvido ao poleiro, onde jantava banana com mamão, e se recuperava de um dia intenso de confabulações sobre Jango, Kruschev, Hiroito, Tito e Bordaberry. Resignado, ouvia sobre os carões que o tio dera em Sarney, então jovem, e em Tenório Cavalcanti, o homem da metralhadora, no escritório político de Vitorino Freire, nascido em Arcoverde, de quem fora amigo.

A salvo daquela casa meio assustadora, guardiã da mitologia familiar, virei à esquerda para visitar uma igreja redonda, dita dos redentoristas, que meu primo jurava ter sido inspirada num disco voador que fazia aparições regulares no alto do Magano, mas que se evadia sempre que tentavam fotografá-lo. Sequer as lentes potentes da Rolleiflex de seu Esperidião, o fotógrafo preferido das famílias, conseguira captá-lo. Na sequência, entrei na alameda arborizada do Colégio 15 de Novembro onde comentava-se que ainda moravam missionários americanos de pescoço vermelho e da fala enrolada, e voltei a atravessar a avenida até o parque dos eucaliptos, idealizado por meu avô, e batizado com seu nome, onde as mudas trazidas da Suécia davam à cidade seu perfume característico. Durante anos me agradou que mesmo os recifenses admitissem que tinham aprendido a andar de bicicleta lá, depois de alugar o modelo de preferência no barracão.

Saí do parque pelos fundos, lá onde no São João reinavam as palhoças de forró dos matutos, tomando uma rota tida por perigosa para crianças. Não fora papai mesmo quem confessara um dia que era lá que ia fumar escondido, nos anos 1930? Perigosa, ademais, porque ali passava a linha do trem, cujas rodas tinham decepado as pernas de seu Mané Cotó, valioso funcionário do Correio, nomeado por decreto de Getúlio Vargas para a honrosa função. Altivo, de bengala, agora mais baixo do que eu, andava de roupa militar cáqui e envergava um quepe com distintivo reluzente. No lugar de sapatos, tinha um par de protetores de couro, certamente feitos sob encomenda lá em seu Manuel Paulo – o homem ventripotente cujo filho, dizia-se, se matara no dia da formatura –, que ele devia ajustar sem dificuldade aos cotos, com os braços intactos e rijos, visto que as mãos agora ficavam a um palmo do chão. Um dia veria na Tailândia algo parecido na pata de um elefante que pisou numa mina, e que ganhara uma prótese que lhe permitia manquitolar. Mamãe, no alto de seus saltos e elegância, nos proibia de observar seu Mané Cotó porque temia que o constrangêssemos, apesar de ele não aparentar desconforto algum com nossa curiosidade. Foi por conta do zelo materno que nunca lhe perguntei por que ele não trabalhava no circo de seu Bartolo, ele próprio um anão, ademais de dono da companhia. Nessas horas, mamãe fazia uma preleção para explicar que havia uma diferença grande entre um anão de nascença, e alguém que diminuíra depois, em função de um acidente. Que *anão* não se aplicava indistintamente a tudo que fosse pequeno, embora tenha engasgado para responder porque a banana-anã era miudinha e o coqueiro-anão do tamanho de um jogador de basquete. No dia que eu disse que queria que todos os meus filhos nascessem anões, ele me fez rezar 10 ave-marias consecutivas para não atrair semelhante castigo, e eu não pude compreender por que uma coisa tão mimosa podia suscitar repreensão tão apavorada. Por muitos anos, ser adulto para mim seria conspirar contra o riso.

Da estação ferroviária, que ficava na rota, cheguei à praça Dom Moura para um reconhecimento cauteloso, mesmo porque diziam que era lá que aparecia um professor secundarista que tinha uma mal explicada preferência pela companhia dos meninos em cujas partes pudendas gostava de fazer afagos depois de lhes dar balas de mel e pastilhas de hortelã da marca Garoto. Voltei à Boa Vista pela acidentada rota que papai fazia a bordo da Rural Willys, ou seja, fui até o mosteiro de São Bento, enchi o peito diante do Colégio Diocesano, onde ele e meus tios tinham estudado, então sob o olhar severo do padre Adelmar da Mota Valença, tido por linha dura, e, aí sim, voltei para casa pela avenida Barão do Rio Branco, mudando de calçada na igreja dos protestantes, é claro, tanto para ser poupado de uma conversão à força quanto para evitar ficar mal falado.

À hora mesma em que Quitéria servia uma galinha guisada com fava e arroz branco, juntei-me a todos, depois de lavar as mãos. À mesa me perguntaram, com um ar inocente, desses que escondem mais curiosidade do que querem aparentar: "Onde você esteve?" Fiz o mesmo: "Fui jogar pingue-pongue no Sanatório. Depois fiquei lendo na sala da lareira." Era um endereço insuspeito, um dos mais tradicionais hotéis de recreação de Pernambuco daqueles anos, e se tivéssemos 10 comensais ali, 9 teriam acreditado que este tinha sido mesmo meu programa. Nada havia de intrinsecamente suspeito na preferência e meu tom de voz neutro ajudou. Deveria trabalhar mais aquela modulação e pronunciar as palavras com um misto de satisfação com a vida, beatitude dos inocentes e uma pitada de malícia, para que os adultos se dissessem: pode não ser toda a verdade, mas faz sentido. E depois, quem não tem um pequeno segredo? Mostrar uma ponta de esperteza só ajudava. Desde que não fosse muita.

Mal terminei a sobremesa, a tradicional delícia de abacaxi, com camadas de creme de leite e de ameixa intercaladas com fatias de fruta congelada, me levantei e disse como os adultos: "Se me dão licença, vou voltar para a base." Todos riram. Arrancar um sorriso já é meio caminho andado – é o que ensina a vida, e é uma pena que nenhum professor jamais tenha dito isso com clareza. *Voltar à base* era como meu tio se referia à loja, a Joia Magazine, a primeira da cidade a ter filial no Recife, motivo de grande orgulho na família.

Foi aí que matei o tigre.

Sem parecer que pedia permissão, agi como se aquilo tudo fosse a coisa mais natural do mundo e saí de novo sem ter que dar quaisquer explicações, cada vez mais confiante. Então comprei *Os Três Mosqueteiros* na livraria de seu Manoel Gouveia. Ele me perguntou quantos anos eu tinha, pareceu se divertir com minhas respostas sobre as pessoas da família que moravam no Recife, que ele conhecia desde sempre. "Você me lembra muito sua tia Alice." Não sabia se devia agradecer ou contestar. Preferia que ele tivesse dito que eu era igual a meu avô prefeito ou a meu pai, de quem tinha o nome. "Falo do gosto pelos livros." Melhorou.

Na praça, comprei uma maçã ao lado da *Colunata* e guardei o papel de seda azul para ver mais tarde se ele soltava mesmo tinta, como diziam. Desci então até o parque do Pau Pombo para começar a ler o livro, mas depois do prefácio longo achei melhor deixá-lo para a noite e aproveitar a rua. De ladeira em ladeira, cheguei à serraria, desviei o olhar da funerária, e de lá fui espiar a rua São Francisco, o meretrício da cidade, àquela hora ainda hibernado. Nas cadeiras da calçada, uma mulher pintava as unhas da outra, e uma alvinha com jeito meio sapeca apareceu com o cabelo enrolado numa meia feminina. Do que ela ria? Fechei a cara e olhei ao redor como se procurasse alguém. Mamãe dizia que uma menina abandonara o Santa Sofia para ir viver lá. "Foi ser quenga, meu filho. No 7 de Setembro, ela viu a gente desfilar da calçada, já com as amigas de profissão. Foi um rebuliço. As freiras ficaram escandalizadas. Madre Verônica nos proibiu de falar com ela." Será que a encontraria por lá? Eu perguntaria: alguém aqui já foi interna? E me identificaria como filho de mamãe. Seria uma boa surpresa para ambas.

No entardecer, à hora perigosa do sereno, passei na padaria e comprei uma estrelinha açucarada com uma rodela de goiabada no meio. Terminei de comer na calçada, perto do palácio do Bispo, onde o padre Hosana alvejara Dom Expedito Lopes, fato que trouxera fama nacional à cidade e de que eu tinha um certo orgulho, apesar de mamãe dizer que aquilo fora uma vergonha, uma nódoa que repercutira até no Vaticano. Papai dizia que até no Rio Grande do Sul a história era comentada.

Na frente do consultório do dr. Rildo, o mão pesada, ouvi o terrível barulho da broca, que fazia com que meus primos preferissem ir ao dentista no Recife durante as férias. Era sempre assim. Em Garanhuns, eu tinha orgulho de viver na capital. No Recife, eu me orgulhava de ser de Garanhuns. Passaria a vida jogando com o prestígio das cidades e me colocando como parte delas, justamente por não pertencer exclusivamente a nenhuma.

Então cheguei para o jantar como qualquer adulto ao cabo de um dia de trabalho. Percebi que me observavam. Depois da sopa de feijão, antes do Repórter Esso, perguntaram de novo sobre o que tinha feito. Mostrei o livro que tinha nas pernas, justamente para isso. "Fui ler." A banalidade da minha resposta calou qualquer curiosidade. E atacamos o queijo assado com inhame. Como eram boas as respostas triviais. Devia ser isso o que chamavam de omitir – era ocultar sem mentir. Que a família tivesse metabolizado como natural que eu saísse e voltasse à hora que quisesse – sempre olhando os dois lados na hora de atravessar –, foi um dos fatos revolucionários de minha vida. Ali nascia o caminhante, o errante, o cruzado da pequena liberdade que sempre fui. Aquilo era a felicidade em estado puro. Doenças que acometem os indivíduos devem ser terríveis por privá-los de ir e vir. Pragas que proíbam as pessoas de circular entre os países são, quase por definição, um simulacro de Apocalipse. Muitos devem se perguntar: para que viver? Eu sou um deles. Para mim, flanar já foi tudo. Sobretudo aqui.

Foi Pascale quem levantou a lebre, num dia de prosódia lusitana: "Estás sombrio, tudo te afeta, qualquer notícia do

Recife te cai como uma granada no ouvido. Uma hora é a saúde de tua mãe, o que entendo. Outra são os amigos que morrem, o que também é de doer. Agora vem a notícia dessa criança que caiu do prédio. Se estão chamando as elites de Pernambuco de racistas, em que isso deveria te afetar tanto? Não sabes ligar o *fuck you*? O que não falta é livro sobre essa técnica. Relaxa! Sequer vives lá. Se pelo menos tivesses desistido de Pernambuco como pareces ter desistido do Brasil, tudo ficaria mais fácil. Qualquer ruído de lá te chega como um trovão, já percebestes? Não podes continuar assim. Não esqueças que somos do mundo, a capa de nosso passaporte ainda está para ser inventada. Somos a Terra. *Zut*, essa maconha de Jean-Yves é como ele: custa a pegar, mas quando pega, sai da frente. Ou será que é o raio da tireoide?"

Quando criança, minha mãe comprava espiral Sentinela para afugentar insetos. Parecia uma arroba reforçada. Era uma serpentina dura, verde, concêntrica, que, por um milagre que me escapou durante anos, ia queimando devagarinho, depois de acesa na ponta externa. Deitado na minha cama, pronto para dormir, eu olhava aquela maravilha do engenho humano. Geralmente, eu a acendia. Apesar de desengonçado, ainda era melhor do que meu irmão com as mãos. À medida que queimava, a brasa se deslocava lentamente para o centro, onde ficava a haste metálica. Até chegar lá, eu já tinha adormecido. A fumaça que tomava conta do quarto era garantia de bom sono e cheirava a incenso. Não sendo tóxica para os humanos, era letal para os bichinhos. Assim podíamos dormir imunes ao barulho azucrinante das muriçocas no ouvido. Traiçoeiras, elas costumavam atacar mal se apagava a luz. No interior do estado, uma delas levou um amigo da família ao desespero. Sem habilidade para esmagá-la contra a parede, ele resolveu matá-la com um tiro de revólver de alto calibre que acordou a vizinhança, lhe valeu uma visita da polícia, além de ter deixado um buraco colossal no reboco branco. Fascinava e divertia ver o misto de bravura e desespero daquele homem de boa paz que fora provocado em seus domínios, com a cabeça já no travesseiro. Com espiral Sentinela – a guardiã – os bons sonhos estavam garantidos, como dizia a propaganda. Até meus 12 anos, ela rivalizava com a escada rolante e o avião na lista das grandes invenções da humanidade. Por que isso me vem? Porque sei que uma coisa leva a outra em espiral. E que do geral vamos gradualmente até o específico. A espiral Sentinela acabava à meia-noite, quando o sono já ia alto. Depois, o quarto ficava impregnado do cheiro de incenso até o amanhecer. Enquanto a gente não abrisse a janela, os pernilongos não tinham vez.

Assim estão os ares de Paris. Se não abrir as janelas, me sinto protegido do coronavírus. Da mesma forma que os eucaliptos suecos protegiam e perfumavam os ares de Garanhuns, afugentando a tuberculose no tempo dos meus avós. O que me faz pensar nisso hoje? O zelo da minha mãe, os cuidados que ela tinha com nossa segurança, logo ela que precisaria da minha atenção agora. Num dia nublado, chegava ao portão um carroceiro que se anunciava com duas batidas de palma e cinco mãos de milho, que despejava no chão da garagem. Eram quase trezentas espigas que enchiam três carrinhos de construção. Era São João em Garanhuns. Com o depósito cheio até a boca, começava a faina que durava dois dias. Zanzando entre a cozinha e o quintal, eu ajudava a abrir as espigas. A tirá-las da bainha, do casulo. Enquanto arrancava a primeira da casca e da palha com a força incipiente de meus dedos, um adulto abria quatro. Então eu as colocava numa bacia de água fria e, com certo orgulho pela nobreza da missão, entregava-as à bancada feminina para que ralasse. Eu era proibido de ir além. Primeiro porque ralar não era ofício de homem. Pedia jeito, não força. Logo só podia efeminar, na visão vigente. Segundo, para não ferir os dedos no ralador e arriscar deixá-los em carne viva, como acontecera à minha prima em seu primeiro ano. Dali para a frente, eu perdia a noção da sequência e, como por milagre, me deliciaria com as guloseimas amarelas que atapetavam a mesa e o balcão da copa. Era nessa semana que acontecia o melhor do ano. Ontem foi o aniversário de mamãe. Completou 88 anos. Nas tardes de 23 de junho, em Garanhuns, quando a meninada era toda expectativa para viver o êxtase, os adultos se comportavam como um de nós. O que nos interessava, interessava a eles.

Era crível, naquele momento, que eles um dia tinham mesmo sido como a gente. Vê-los se comportando de igual para igual é, essencialmente, a maior alegria que uma criança podia experimentar. Na tarde de garoa, eles falavam como nós. "Meninos, vocês precisam ver a fogueira que está armada na frente da casa de Jorge Branco. Nunca vi uma tão grande. Vai derreter a lua." Os olhos de meu tio brilhavam. "Ali perto de Orlando Wanderley tem uma enorme, mas está meio empenada, sabe como é? Vai desmontar logo." Então saíamos para vê-las intactas, à espera do momento solene. Tinha delas perfeitas na avenida Rui Barbosa, na casa de dr. Fausto. Estilosas, como a do sanatório Tavares Correia, e a da Vila Regina. Colossais, como a de dr. Wilson Neves e a do velho Abdias Branco, na Dantas Barreto, onde o caseiro Sebastião pegava as brasas com os dedos nus e, evocando as palavras do seu poderoso santo padroeiro, andava descalço na cama de carvão incandescente. Na rua do Recife, tinha uma menorzinha diante do número 199, de Antônio Leite. Na Boa Vista, os pobres improvisavam uma no terreno baldio da rua Augusto Calheiros, e na rua Júlio de Melo tínhamos a nossa, que rivalizava com a dos Cabral, que ficava mais acima, a caminho do cemitério. Uma fogueira espetacular era erguida ao lado do cinema Veneza, no caminho do Buracão, e todos nós prometíamos uns aos outros que voltaríamos para vê-las acesas, mas a verdade é que só tínhamos olhos para as nossas. Para quem era criança, era hora de forçar a compra de mais fogos. O que mais temíamos era que faltassem rojões, estrelinhas e cobrinhas elétricas. A noite de 23 de junho era de alerta para nossas mães, e isso nos enchia de estranho prazer. Distraídas com a preparação da mesa, onde pilotavam travessas de canjica salpicadas de canela, esqueciam por um minuto que estávamos assando milho na fogueira. "A lenha está muito verde," dizia o acendedor, geralmente um agregado da casa. Até hoje não sei se isso era bom ou ruim. Mas de repente, um par de braços poderosos nos puxava da contemplação fascinada dos tições. Uma vez ouvi a voz resfolegante de mamãe. "Você está louco, menino. Estava muito perto, parecia hipnotizado. Conheço gente que vai molhar a cama hoje de noite." E então vinham as histórias de crianças que morreram abraçadas pelas brasas. Era de lei: agasalho só de lã, nada de material sintético ou inflamável. O momento culminante era o do vulcão, enterrado na areia, com a boca para fora, que papai acendia com uma guimba de cigarro e saía correndo. Papai nem parecia papai. Mas ainda bem que era. Bombas caseiras eram uma temeridade. "Um menino em Alagoas perdeu a mão ontem." A graça toda estava no terror, nessas vozes que transmitiam a estranha pedagogia do amor de uma mãe nordestina.

Nas conversas que tenho com a amiga tradutora no terraço do café *Les Arènes*, um tema puxa o outro. Uma vez fui eu quem livrou uma menina da morte certa, conto a ela. Minha mãe tinha uma manicure chamada Edite que vinha lhe fazer as unhas em casa. Era uma moça magrinha, que tinha a pele do rosto muito estragada, os dentes salientes, uns lindos olhos verdes e uma filha endiabrada. Acho que ela não tinha com quem deixar a menininha e uma vez a trouxe para nossa casa enquanto manejava alicates e os muitos esmaltes que trazia na frasqueira. Naquela época, era o normal. Eu estava no quarto estudando. Mamãe e Edite estavam na sala de jantar. Nós morávamos no 16º andar. Eu fui à cozinha beber água, disse "oi Edite" na passagem, e, por sorte suprema, fui até a sala de estar pegar uma revista, onde ficavam dois janelões permanentemente abertos para ventilar a casa. O que vi ali? A garota estava dependurada por pouco, tentando esticar o corpo para ver além do parapeito de meio metro. Com isso, o corpo estava projetado para fora. Um susto, um pé de vento, 2 segundos a mais, ela cairia na grande placa de cimento, 16 andares abaixo, e nossas vidas estariam para sempre marcadas por uma tragédia. Mesmo que aqueles fossem tempos mais sóbrios, a dor de Edite, a da minha mãe e até mesmo a minha, seriam insanáveis. Eu tinha 16 anos e não me permitia pensar na hipótese. Salvamento é ação. Fui devagarzinho por trás da menina, dei-lhe um bote na cintura e puxei-a com toda a força que tinha. Caímos estatelados no chão, ambos aos urros. Ela de susto, e eu de raiva. Era uma situação muito mais dramática do que aquela que eu protagonizara ao pé da fogueira. Mesmo quando mamãe, a empregada e a manicure chegaram, eu não conseguia largá-la de tão tenso que estava. Eu já não era de muito chorar, mas era o que tinha vontade de fazer. Edite deu uns tabefes na menina – foi pouco ainda, foram muito poucos –, e eu fiz mamãe jurar que nunca mais deixaria a menina vagar pelo apartamento sozinha, nem que para isso ela ficasse com as unhas descascadas. Durante anos tive um sonho recorrente de que chegava muito tarde, vendo já as pernas da menina no ar, e tapando os ouvidos para não ouvir o crânio se espatifando no concreto armado. Mesmo quando a fatalidade é evitada, ela nos marca.

O Recife hoje assoma nas manchetes como um reduto de prepotentes por conta da queda acidental de um menininho do alto de um edifício. Ele era negro. Na mídia, Recife virou *racista*. Uma coisa leva à outra. Como a espiral Sentinela.

Racista? Talvez tenha algo a contar a respeito, digo à tradutora em enlevos proustianos. Na minha primeira viagem à Geórgia, nos Estados Unidos, fiquei hospedado numa casa de família. Chegando ao aeroporto de Atlanta, vi uma placa com meu nome, carregada por uma senhora que poderia ter 50 anos, usava óculos de lentes grossas, uma bata florida, e foi a segunda pessoa mais gorda que eu já vira até então. Molly era mãe de Donny e esposa de Derek, que veio me confidenciar já na primeira noite que "não tinha mais nada com ela na cama," o que achei uma confidência canalha. Ali todo mundo bebia muito, mas não havia alegria. Um dia Donny e amigos me chamaram para um *safári,* com a anuência do pai. "Você vai adorar." Francamente, pensei que íamos paquerar as meninas da banda da escola onde os rapazes estudavam. Mas não era isso. Fomos de carro até um gueto onde negros parecidos com Morgan Freeman passavam o dia em cadeiras de balanço, de camiseta cavada, à porta de casas de madeira, de olho nos passantes e nas crianças que brincavam com um pneu. Era uma cena de filme. Donny desacelerou e, encostando na calçada, um dos colegas arremessou nas costas de um negro uma lata de cerveja cheia, o que fez o homem dar um grito e cair no chão. Então ele acelerou, os sorrisos ecoaram nervosos no carro, e eu fiquei perplexo, sem ação com a cena que jamais esqueceria. À noite, enquanto bebia a décima dose, o pai foi sentencioso. "Vocês são jovens, precisam se divertir. E depois, para que servem os negros, senão para nos distrair com suas macaquices?" e imitou um orangotango. Desde então, vi muita coisa feia, inclusive na África do Sul. Querer equiparar o sucedido no Recife àquilo me parecia sintomático das patologias não listadas da pandemia. A relativização das coisas em outros tempos me levava a ser contemporizador. Agora faz de mim belicoso e ranzinza.

A pandemia é uma espécie de amputação. Sinto ter despertado num mundo de terra arrasada. Não há escombros, perfurações de bala, esqueletos de catedrais. Tudo está em seu devido lugar, mas nós temos por obrigação nos estranharmos, nos afastarmos, nos acautelarmos uns com os outros. Os homens sinistros que nos governam nos têm como sabiás canoros num alçapão. Nunca me preocupei em saber qual era meu lugar no mundo, a que país pertencia. Até hoje, a resposta varia com o estado de espírito. Tudo é volátil, é impermanente, nada é realmente verdadeiro – da maneira como se tenta definir verdade em tribunais até a forma como ela é consagrada entre matemáticos. Há dias recebi uma chamada da moça da agência de viagem. "O senhor pretende voltar, afinal? Ou devo renovar o seguro saúde?" Fiquei aturdido por um instante. No Brasil, se não morrer do vírus, morro de raiva. Eis a essência.

Aqui o verão dinamita o prazer de viver. Depois, na verdade, me desacostumei a viver fora da caixinha do confinamento. Tudo o que eu me perguntava até fevereiro era desimportante diante da sobrevivência. Tudo parecia delírio. Agora mudou. Detentor de um passaporte pária, sem cidadania europeia, tenho a chance de tudo e de nada. Como o soldado Drogo em *O deserto dos tártaros*, me fiz à ideia de esperar o inimigo, que era o vírus. Então, me resignei a não pensar na vida. E estou gostando. Mas, condenado a viver, o que faço dela? Onde vivê--la? Segundo o princípio da espiral Sentinela, quão perto estou do fim, até virar um resto de cinzas e fumaça em suspensão?

Capítulo 26

De volta às calçadas
(Transição de junho para julho)

A tragédia veio por telefone.

No período mais crítico da lava jato, todo mês o amigo me ligava, sempre às sextas-feiras. "Está em São Paulo? Vamos almoçar?" E então nos encontrávamos num restaurante do Alto de Pinheiros cujo dono era amigo dele. Ele desabafava enquanto sorvia a primeira caipirinha de muitas. "Que bom que você veio. Já não tenho com quem falar. De 10 pessoas, 1 retorna a chamada. Até o Vlad me ignora, um escroto que morou comigo quando foi despejado do flat. Como a Polícia Federal dificilmente faz condução coercitiva às segundas, tenho 3 dias para respirar e dormir bem. Depois recomeça o inferno."

Então, pela décima vez, ele contava o que o preocupava.

"Se me levarem preso, conto a verdade. Vou dizer que o ministro é meu amigo e me pediu para agendar reuniões com o setor privado. O que eu fiz foi lotar auditórios com empresários para ele passar o recado. Que mal há nisso?" perguntava. "Zero, rapaz, se ficou por aí, você está limpíssimo. Vamos pedir o almoço porque estou zonzo de fome," eu rebatia. Ele desdenhava o cardápio. "Peça pra você, vou beber mais uma e petiscar. Sabe o que me atormenta? É que a gente também teve encontros com uma turma mais pragmática. E eu temo que algum filho da puta tenha gravado, que edite as falas e faça uso malicioso. Quando os amigos estão no poder, todo mundo é irmão. Faz tudo junto: de reza a suruba. Quando o esquema desaba, não fica unzinho. A tal da delação premiada é uma aberração. E pensar que isso vem de uma coisa tão fascinante como a Teoria dos Jogos. Quando eu estudava em Princeton..."

Um dia ele falou que ia mudar de estratégia.

"Já não se pode chamar isso de vida. Vou dormir sedado toda noite, depois do Jornal Nacional. Às 3 da manhã, tomo banho, me apronto e vou para a sala. Fico lá bundando na internet. Eles não vão me levar de pijama. Eu já tenho a malinha pronta com os remédios. Sabe o que estou pensando em fazer? Eu vou à Polícia Federal falar com o delegado do inquérito. Então conto tudo o que sei e acabou. Se ele quiser me prender, fico direto lá. Sem sirene, sem algema nem televisão. Se ele disser que eu estou limpo, vou voltar a nadar e dormir em paz. Nem meus filhos eu estou querendo ver."

O que dizer?

No começo da semana ele me ligou. Eu estava andando na rue Cardinal Lemoine, pensando em bater à porta de uma amiga do Rio. Poderíamos tomar um drinque se nos mantivéssemos à distância. "E aí, como vai essa vida parisiense? Sabe que no fundo eu não te invejo nada, não é? Pela cidade, um pouco. Mas não sei como você aguenta ficar sozinho, longe de todo mundo. De que material você é feito, cara?" Ele tinha chegado ao limite. A conversa traía desordem mental.

"Preciso pegar logo essa merda de Covid. Preciso saber se morro ou sobrevivo. Talvez saia imunizado. Não posso mais viver assim, entubado sem tubo, sabe? No começo, a Claudia veio aqui para o apartamento. Por 2 semanas, achei que estava no paraíso. Que quem tinha Netflix, uma adega e uma conexão de internet não precisava de mais nada. Mas então começamos a brigar. Os negócios não retomaram. Coisas que estavam apalavradas, viraram pó. Tenho portas abertas com a Fazenda, mas sem ir a Brasília está difícil. Minhas coisas precisam do olho no olho, você sabe." Fiquei pensando em como um homem tão brilhante podia ser tão vulnerável. "Aguenta a mão, bicho. Estão falando numa corrida pela vacina. Até lá, a batalha é psicológica."

Ontem Vlad telefonou. "A notícia não é boa, pegue aí um uísque duplo. Nosso irmãozinho já não está entre nós. Quando chegou ao apartamento, a faxineira viu um bilhete na porta. Dizia para não entrar, que chamasse o porteiro, que o salário dela tinha sido depositado, que agradecia por tudo, aquelas coisas. Mas a mulher foi verificar. Ele estava sentado na poltrona, tinha mancha de sangue até no teto. Ninguém ouviu a detonação. Lamento dar a notícia. Sabia da ligação de vocês. Sabia inclusive que ele falava mal pra cacete de mim. Mas só eu sei o que eu passei."

Estiquei meu passeio em direção à rue Mouffetard. Nessas horas, só uma caminhada alivia. Quando veio trabalhar comigo, Dino estava se separando da primeira mulher. Saíamos do escritório para tomar um drinque e ele me contava dos começos felizes, quando conciliava o mestrado na FGV com uma gerência numa multinacional da área química, que o levou para trabalhar nos Estados Unidos. Foi na volta ao Brasil que recrutei-o. Mesmo nos bons momentos, havia nele uma espécie de açodamento, uma inquietação que parecia lhe sugar a alegria de viver. Quando me falou que queria se estabelecer como consultor, apoiei. Que regrasse o estilo de vida para que não passasse por apuros. Mas ele não sabia manter reservas. Gastar muito era uma forma de se obrigar a ganhar mais. Foi poupado na lava jato, eram só caraminholas da cabeça dele, mas o isolamento da Covid o esmagou. O corpo praticamente não foi velado. Não havia quase ninguém, segundo Vlad.

Fui tomar uma taça de champanhe no *Le Nemours*. A certa altura, deixei o jornal de lado e fiquei orelhando as conversas que aconteciam às mesas, agora bem espaçadas. Gosto de acompanhar as confidências femininas. Acompanhei uma dupla de belas mulheres que bebia um Chablis. Depois da primeira taça, a da direita pendurou a jaqueta na cadeira e, como a amiga, assumiu o verão. Levei minutos tentando adivinhar de onde eram. Estava claro que, embora cosmopolitas, as raízes estavam entre o Mediterrâneo Oriental e o Cáucaso. De Salônica a Erevan, tudo era possível. Inclusive Alexandria, Beirute, Famagusta, Istambul, Baku e Teerã. Se elas não tinham pressa, eu tampouco.

No verão francês, o dia dura uma eternidade.

Lá pelo terceiro copo, pediram um carpaccio. Pelas apalpadelas explicativas, e pelos olhares furtivos e vagamente sombrios, falaram de saúde num primeiro momento. Uma delas apontou a coluna, empinando os seios, o que iluminou um decote que ela não ousaria usar em seus orientes de origem. Depois, pelo ar de enfado alternado com muita ternura, o tema eram as famílias. Foi nessa hora que elas saíram até a calçada para fumar. Lá ficaram mostrando fotos no celular uma à outra. Na volta, pediram água para se hidratar – coisa de quem é do ramo –, e então senti que se preparavam para entrar numa dimensão mais íntima, a terceira camada, a dos amores e das expectativas. Umas alcançadas, outras meio frustradas, tudo sem maior gravidade aparente. Como elas costumam concluir, importante é estar de bem com a vida e consigo mesmas. É claro, os filhos precisam estar saudáveis. Será que tinham filhos? Não, alguma coisa no corpo delas dizia que não. Mas deixou aberta a possibilidade de que tenham pais velhinhos. Eu podia até vê-los em suas sacadas de Saïda ou de Bodrum.

Não é preciso ser linguista aplicado para entender essas evoluções sinfônicas, ditadas pelos afetos, num diapasão que dupla alguma de homens jamais poderia alcançar. É a mesma melodia em urdu, hindi, português, cantonês, uzbek ou dialeto de Berna. São modulações, arqueamentos de sobrancelha, crispações no queixo, uma lágrima mínima, um esgar, um riso nervoso, um ar de desdém – tudo culminando com um sorriso que pode começar triste e logo fica alegre. Quando é alegre? Quando contam histórias de amor quase simétricas. Mudam só os nomes: Yaffa, Fuad, Nessim, Arum, Alekos ou mesmo Pierre, Christoffer, Hans ou Mário. O que importa é que sairão dali mais amigas do que chegaram. Percebe-se que em torno do Chablis criou-se mais confiança. Como é comum, uma pergunta à outra se num episódio específico fora demasiado ingênua ou se, pelo contrário, fora demasiado exigente com fulano ou beltrana?

Então a morena da esquerda percebeu minha atenção incomum.

Trocamos um sorriso, senti-me pilhado no contrapé, e a amiga também se virou para ver quem era o alvo de tão súbito enternecimento. Deve ter se assustado com uma silhueta tão pouco parisiense, nada Alain Delon. Em outros tempos, acho que pediria outra garrafa e iríamos conversar sobre a vida. Nada mais me moveria, nenhum interesse tópico. Mas aí me levantei, paguei a despesa e deixei-as talvez para nunca mais. Saí confortado por pensar que naquele fim de tarde vira duas mulheres exercendo a incrível feminilidade que permeou cada gesto. E ouvira ecos de histórias que começaram com Alexandre, o Grande; com Cleópatra; com Aníbal; Nabucodonosor ou Moisés.

Era escuro quando cheguei em casa. A vivacidade delas espantara os ares lúgubres do suicídio de meu amigo. Sentei-me na poltrona de couro vermelho, ao lado da janela, e fiquei pensando nele. Nos momentos alegres que tínhamos vivido, quando tudo nos levava a jurar que a vida seria sempre assim. Naquela hora, me veio uma convicção tão clara como jamais tivera: ele era um menino crescido. Refém dos prazeres, não aguentava pressão. Fora um pequeno lorde dirigindo numa estrada pedregosa. Deveria ter nascido na Europa onde teria crescido na direção certa. Será que era por isso que nos dávamos tão bem?

Um longo telefonema com Pascale sobre literatura tornou imperiosa a vontade de nos vermos. Chamei-a com Jean-Yves para almoçar no *Terra Nera*. Era uma forma de fazer as pazes com o local, que não frequento desde a grande bebedeira. Franceses têm uma admiração especial por romancistas, mesmo os mais fracassados. É como se ao escrever um romance, o escritor ascendesse a outro patamar. O diapasão da conversa e do festim regado a vinho atestou a admiração por eles em nosso diminuto círculo. Mais perto de terminar o meu livro, eu me sentia na antessala de um baile. À medida que bebíamos, era como se estivesse sendo entrevistado e não conversando entre amigos a quem devia gentilezas até por serem eles meus anfitriões. O que teria sido de mim sem o apartamento de Pascale? A sensação de glória momentânea invertia tudo. E se fosse deles a honra? Era possível que um dia houvesse uma placa na entradinha, atestando que ali fora terminado um livro especial, a saga de um amor de guerra que cativou a França, a Hungria e o mundo. Jean-Yves, com medo de se entediar com uma conversa verbosa e intelectual, me pediu para contar uma história *drôle, amusante,* divertida sobre livros, já que só falávamos deles. Essa era fácil.

No comecinho da década de 1980, pedi à minha mulher que tirasse férias em pleno mês de maio. Iríamos todos para Pernambuco porque eu precisava descansar na praia. Estava estafado. Da parte dela, não havia problema em salvar 2 semanas *al mare*, a chefe era bastante cúmplice. Na escolinha da minha filha, a orientadora encrencou, mas não tinha como colocar entraves. Providenciei passagem para quatro porque a babá viajaria conosco, e fui comprar os livros para o período. Estacionei na rua Vieira de Carvalho, em São Paulo, atravessei a praça da República e comprei na livraria Brasiliense quinze livros que parcelei em quatro cheques. No estacionamento, coloquei as sacolas no chão enquanto pagava e o manobrista trazia o carro. Ocorre que um funcionário, querendo ser eficiente, colocou-as no carro errado sem que eu percebesse. Segundo disse, num Alfa Romeo verde que já tinha ido embora. Fiquei louco. Deixei meu número de telefone e informei à livraria que se alguém ligasse falando dos livros, eles podiam pedir ao dono do Alfa Romeo seu endereço que eu iria lá pegar. "Quando ele perceber o ocorrido, virá devolver," disse para tentar me convencer.

Chegando em casa, determinei. "Férias suspensas *sine die.* Só viajo quando acharem meus livros. Foi urucubaca daquela mulher da escola. No dia em que achar, remarcamos tudo. Desmobilize o pessoal da casa de praia. Voltamos à estaca zero e não há o que discutir." Naquela época, não havia mácula em ser pernambucano.

Por dias, nenhum sinal. Eu ficava de olho no telefone, mesmo na fábrica. Era como se esperasse a chamada de um sequestrador. Nada. Fui ao Detran. "Alfa Romeo verde? Temos 107 em São Paulo. Só damos o nome do proprietário com pedido do DEIC." Fui lá. "Tem certeza de que é só livro?" perguntou o delegado de investigações criminais. "O que haveria de ser?" Deram a requisição. Da placa, eu só tinha números – sem as letras. Quinze dias se passaram. O delegado do Detran me ligou.

"O carro pertence a um laboratório de análises clínicas de Higienópolis." Lembrei que conhecera no bar *Pandoro* um dos donos, sorvendo um caju-amigo. Liguei. "É o carro de meu sócio. Ele está aqui comigo. Sim, os livros estão na casa dele, na rua Pernambuco. Pode ir lá pegar. Ele pede desculpas, não sabia quem procurar." Fui correndo até lá, ignorando os sinais vermelhos. Parecia que ia estourar um cativeiro onde homens maus sujeitam um refém querido. Lá estavam os livros na prateleira da sala. Peguei-os, cheirei-os, beijei-os, guardei-os, e mandei uma garrafa de Dimple para o meu protetor. E então entrou um frio polar. No jantar, eu disse: "Fica tudo como está. Vamos curtir o frio, a escola, o trabalho e os livros. Quando esquentar, a gente viaja. Talvez para o São João." A 8º, ao lado dos livros, passei um fim de semana descansando em família e lendo. Finalmente encontrara a paz de espírito perdida desde a compra.

Jean-Yves riu, mas tinha cara de quem esperava mais da minha verve.

Pascale sabe mais de literatura do que gosta de aparentar. E ele tampouco é indiferente ao tema, se bem que o intrigue mais informar-se sobre a remuneração do escritor. Não posso condená-lo pela curiosidade nem achá-la menos nobre. Na verdade, o flerte com a ideia de escrever um grande romance, ou pelo menos um romance grande, obedeceu a um instinto mesquinho. Aconteceu em Lisboa, na livraria LeYa, junto ao café Nicola, onde folheava os destaques da gôndola, ávido por me apaixonar por um lançamento. Foi então que peguei a coletânea de um jornalista português em que, numa prova inequívoca de versatilidade, ele tratava de assuntos que iam dos esportes aos perfis políticos. Li uma ou duas histórias das 20, e fiquei perplexo ao ver a tiragem de milhares de exemplares que ele merecera. Como podia aquilo ser verdade, sendo Portugal um país tão pequenino? Alguns dos ensaios eram ótimos, mas a maioria poderia perfeitamente brotar da pena de escritores apenas medianos. Nas credenciais do autor – um mar de realizações triviais de beletrista, trovador e articulista – assomava a autoria de um romance de que se venderam algumas milhares de cópias. Só depois daquela unção, pensei, ele pudera se dar ao luxo de emplacar um livro de amenidades. Ou seja, não havia abre-te Sésamo mais poderoso para espanar a poeira do anonimato literário do que a autoria de um romance.

A meu modo, iria atrás daquilo que os romancistas tão lindamente descrevem como o momento em que os personagens ganham vida própria, levam a história a direções antes inimagináveis, como se fossem as flores e plantas de um jardim que, quando menos se espera, desabrocham, procuram o sol, e resplandecem numa miríade de cores. Que isso era possível, não tinha dúvida. Mas como manter sob controle a motivação pessoal em montar um universo de personagens cheios de falares e de vontades, como se gerisse um depósito de brinquedos mágicos?

Passamos para as mesas da calçada, mas o diapasão não diminuiu. O pifão era inevitável. Um vizinho remanescente do dia da lasanha que quase incendiou o prédio passou e sorriu, levantando o polegar em minha direção. A nosso modo, disse a Jean-Yves, estávamos celebrando o solstício escandinavo: enchendo a cara. Depois de terminar o livro, vai ser difícil engrenar vida nova, especialmente se o concluir antes do fim da pandemia. A conversa nos levou a Sándor Márai. Nos diários, ele descreveu o bate papo com a soldadesca soviética – tadjiques, ucranianos, uzbeques e russos – que invadiram sua casa à procura de nazistas. Impressionados com os livros e a máquina de escrever, mostraram-se reverentes e respeitosos quando ele disse que era romancista. Perguntado se conhecia os autores russos, ele enumerou alguns e os militares imberbes ficaram encantados. Perguntaram-lhe se a casa onde estavam era própria. "Não, é alugada." Então o mais extrovertido disse que se ele morasse na Rússia, teria uma *datcha* e todas as regalias do mundo para escrever. Porque na Pátria-Mãe os escritores eram sagrados. À saída, um deles pediu-lhe uma cópia do carbono com que ele datilografava o novo livro. "Queria levar como lembrança desse encontro." Outro disse que se um dia ele quisesse ir escrever na Rússia, podia ficar na casa dele à beira do Volga. Passariam bons momentos. Falar sobre tudo isso me emocionou. Esqueci a pandemia, o isolamento, a falta de futuro, a ameaça das doenças, da incapacitação. Terminaria um romance *accompli*. Será que se Paris fosse invadida pelos russos eles se perfilariam ao entrar no apartamento e me pediriam uma página impressa também? Será que me acenariam com uma *datcha* em Peredelkino?

O tempo dirá se trilhei o bom caminho. Quando terminar, vou pedir a um amigo para ler os originais. Mas quem? Não pode ser alguém que não tenha lido muito. De preferência, é bom que já tenha escrito também. Deve haver, ademais, uma leve tensão entre as partes. Convém respeitar prazos para tê-los respeitados, e pagar pela leitura. Pela voz dos personagens é possível que o autor diga de si o que jamais tenha dito a alguém. Por amigos que sejam o escritor e seu consultor, a relação tem muito mais a ver com a do terapeuta e o paciente do que com a que você tem com um amigo ortopedista que examine o seu joelho no clube e diga: "O ideal seria operar, mas se você não estiver sentindo muita dor, vá levando." Na literatura, a relação é mais visceral, é mais entrelaçada. Mesmo porque você não pode ter o joelho avariado toda semana. Mas com seu orientador, você estará todo dia meio manco.

Ao cabo do centésimo-vigésimo dia consecutivo em Paris, ouço no rádio que há ameaças de retrocesso no *front* da Covid. De Portugal, um amigo escreve. "Primeiro culparam o Norte. Agora é Lisboa que está a portar-se mal. É parte de nossa tradição: começamos bem, mas sempre terminamos mal." Por outro lado, pelo pouco que conheço desse mundo, muito além das vaidades em jogo, estão os imensos interesses comerciais e financeiros no *breakthrough* que significaria a descoberta da vacina. Não acredito que as informações relevantes estejam sendo compartilhadas no nível que comportam hoje em dia as plataformas de comunicação e de conhecimento. Alguém já tem boa pista de como chegar à vacina; e outro também. Não querem é somar esforços e preferem tentar descobrir a parte que só o concorrente conhece para, assim fazendo, levar sozinhos o butim.

20, 100, 4, 48, 58, 3 – não, não é sudoku. Foi a fórmula que eu dei à atendente da loja que me recomendaram. "Minha cara senhorita, eu tenho 20 minutos para gastar até 100 euros. Escolha 4 artigos, 2 camisas 48 e 2 calças 58. 3 cores: marinho, preto e branco. Tomei lexotan de 3 mg para entrar na loja. Prefira as promoções. Vou sentar. Agarre o que puder. Se você conseguir essa proeza, vou dizer ao mundo que achei um anjo da guarda aqui. Corra que o tempo está contando. Em 20 minutos preciso sair pelo térreo. O remédio perde o efeito. E mais: não entro em cabine de prova." Resultado: 2 camisas, 2 calças e uma camisa polo. Total: 99.95 euros. Que menina danada de eficiente e bem humorada! Eu saí da loja imensa no minuto 17. Não foi barato, custou um belo jantar para dois, mas se voltar a entrar em loja agora, só em 2022. Estou com enxoval para casar.

Aos 18 anos, praticamente não pensava mais em português. Passei todo o ano de 1976 e parte de 1977 pensando em alemão. Quando fui para Cambridge, construía as frases em inglês com os verbos no final. Mal abria a boca, as pessoas perguntavam de que parte do mundo germânico eu era: da matriz, da Suíça ou da Áustria?

Agora estou assim com o francês, que tenho metabolizado nas veias há tantas décadas. É em francês que tenho sonhado e pensado, se bem que pensar não seja um verbo adequado a meus estados de alma. Tenho mesmo é agido sobre os pequenos focos dessa existência tão apequenada. Será que chegarei aos 200 dias aqui? Onde estarei lá pelo dia 21 de setembro? Celebrando a chegada do outono ou a da primavera paulistana? Talvez esteja morto, e não teremos nem uma coisa nem outra. Mesmo porque temos recidiva do vírus no horizonte. Para os muito jovens, um mundo sem a censura dos olhos de minha geração seria um mundo melhor. Mas vamos evitar dar a eles esse gostinho.

Capítulo 27

Odiar virou moda
(Primeira quinzena de julho)

Se há um domínio em que sou experiente é em ser odiado. Seria até compreensível se o fosse pelas mesmas pessoas que um dia me amaram, ou por aquelas que de mim dependeram. Isso estaria na ordem natural das coisas. Mas refiro-me aqui a contatos mais recentes e sem histórico, a conhecimentos travados nos últimos anos, o que dá uma dimensão surreal a tanta bile. Como pode um homem que está mais morto do que vivo, que caminha trôpego e resfolegante, que sente dores lombares lancinantes, que combina a obesidade com a falência financeira, que personifica a própria alma penada e sem paradeiro, que toma remédio para dormir e, mesmo assim, precisa de uma máquina para driblar a apneia, como pode ele atrair tanta amargura? Se fossem apenas as grosserias de redes sociais, eu nada diria porque sei que as pessoas querem expandir relações, e uma das formas de chamar a atenção para si é justamente fazendo um discurso raivoso para ganhar amigos por afinidade. Mas não, falo aqui da vida real. São, pois, tantas as diatribes que ouço que, se vergonha tivesse, o pudor não me deixaria enumerá-las.

"Juro que não te entendo, meu caro. Chego a sentir raiva de você, sabia? Você me revolta. Na política, vive dizendo por aí que é um radical de centro. Você enche o peito quando afirma isso, sabia? É o próprio pavão abrindo a cauda para que todo mundo se extasie com sua superioridade, como se você pairasse acima da miséria intelectual alheia. Não dá para perceber que esse discurso mequetrefe acabou depois da pandemia, ô Zé Mané? O mundo hoje só admite a esquerda. Lord Keynes já está nas ruas, veste macacão e sairá do povo. A nova Bretton Woods tem matriz assistencialista sim. E não adianta você torcer o nariz. Desce do poleiro, ô tucano de bico rachado."

Tento não pestanejar e estampo a expressão resignada que desenvolvi para essas horas. Vem um outro e deixa um recado no quadrinho do Messenger. "Ou você está com o capitão ou está contra o Brasil, caralho. Das duas, uma. Aliás, quanto é que o *Estadão* te paga para você escrever aquelas coisas contra o presidente? Abre o olho, hein. Que você é um gordo comuna, todo mundo já sabe. Aliás, sabe o que você devia fazer? Esquecer Paris e ir fazer um spa na Venezuela. Vá fazer uma dieta bolivariana que aí eu digo que você está sendo coerente. É fácil ser comunista em Paris, fotografando as pontes e falando de vinho. Quero ver é você provar a xepa de Maduro. Seu lugar é lá."

Até um doce amigo de muitos anos escancara sua estranheza. "Porra, bicho, todo mundo está malhando para ficar bem e você não dá bola nem para fazer exercício. Sequer Pilates, que até minha mãe de 90 anos faz. Em plena capital da moda, você fica aí desfilando esse barrigão como se as regras que valessem para todo mundo não se aplicassem a você. Você é grupo de altíssimo risco, rapaz. Abra o olho. Sabe o que me parece? Que você está chamando todo o mundo de idiota, que essa é uma forma de mostrar que não tem medo de morrer. Usar máscara e nada é a mesma coisa. Seu inimigo mesmo é um AVC, desses de ficar babando na gravata."

Mas não fica por aí. Alguma coisa em mim é fonte de atração de *haters* que vão além da aclamada gordofobia. "É revoltante, cara. Você tem contatos no mundo, é rodado nos negócios, já ocupou boas posições. Eu pergunto o que a torcida do Flamengo perguntaria: como é que a pessoa deixa tudo isso de lado pra escrever um livro? Se fosse alguma coisa em que você contasse suas viagens, dando boas dicas, vá lá. Até eu compraria. Mas minha mulher disse que você escreve sobre tudo, menos sobre a verdade. Que bota uma mentira atrás da outra. Como o seu, saem milhares de livros todo dia. Eu acho que é muito descaso para quem trabalha duro, para quem rala todo dia. Para ganhar o que no final? É ser muito sem-noção, desculpe a franqueza. Procure um psiquiatra de uma vez."

Cumpro todo dia um ritual para levantar da cama. Quanto mais tempo dedico aos exercícios, ainda deitado, melhor será a jornada, e menos penoso será caminhar ou sentar. Desde que julho começou, tenho piorado muito. Acordo alquebrado, naquela situação do após-surra que muitos sofrem depois da dengue ou malária. No caso, me sinto como se tivesse sido emboscado no cais do Sena por uns caras troncudos. É como se, munidos de porretes e tacos de beisebol, quisessem arrancar uma confissão, cobrar uma dívida de jogo ou mostrar serviço a um traficante. À medida que caminho, as dores vão cedendo. Mas já não posso parar para ver uma vitrine impunemente. A retomada da marcha é dolorosa, tenho que fazê-la por patamares de aceleração até que a dor ceda por uns minutos e suma. Se imprimo ritmo, logo será a bacia que vai incomodar, e vou ter que fazer uma escala compulsória. O que se aprende com essa experiência? A necessidade de planejar para que as pausas forçadas aconteçam em lugares aprazíveis, que são os cafés, praças e livrarias. Diante de uma xícara de chá, uma árvore e um livro, a vida é menos miserável.

Há porém um raciocínio reconfortante nisso tudo. Será que eu não contraí o coronavírus, tendo desenvolvido apenas os sintomas leves? Neste caso, estaria imunizado. Será que me curei desse flagelo com minhas mezinhas caseiras, e que essas dores desumanas não são apenas reflexos da doença? Por outro lado, o que faria com a informação, se isso fosse verdade? Iria às redes sociais e anunciaria a boa nova? Provavelmente, não. Se o fizesse, era possível que atraísse mais ressentimento do que a cota habitual que recebo. O que teria a ganhar? Talvez nada. Ficaria caladinho, mesmo porque trombetear isso implicaria ser cobrado à altura. A primeira consequência prática seria sair de Paris – mesmo sem a certeza de que poderia voltar. Isso não convém à literatura. Por outro lado, nada me impediria de tranquilizar mamãe. Embora a imunidade me obrigasse moralmente a ir até ela, no Recife, porque estaria debelado o risco de contaminação no trajeto, de todas essa é a alternativa que mais me preocupa.

Fiz uma analogia à medida que esse pensamento me dominava e me permitia acelerar o ritmo dos passos, na altura da praça do Odéon. Quantos saberiam por minha boca se eu ganhasse um prêmio na loteria? Quase ninguém. O que sei de certeza é que faria doações mais ou menos generosas para algumas pessoas que conheço – o bastante para que ficassem tranquilas, mas não o suficiente para que parassem de correr atrás do sustento. Quanto a mim, me internaria numa clínica de ponta na Suíça, onde os médicos pudessem mensurar quanto tempo de vida eu ainda teria pela frente. 1 ano, 5, 10, quem sabe 15? O que fosse. Então eu separaria um montante para viver bem esse período, e mais uma gordurinha para que o cobertor não ficasse curto caso o jogo fosse para a prorrogação.

Com o saldo do prêmio secreto, me dedicaria a garimpar bons livros mundo afora. Compraria direitos, mandaria traduzi-los e os lançaria à razão de dois ao mês em papel, numa rede própria, talvez à margem das livrarias, visto que as mais bem geridas também quebraram. Nada faria dessa patranha de livro digital, um não-livro que não absorve manchas de café nem serve de classificador para tickets de metrô usados, cartões de embarque, cédulas de 5 euros ou sequer para hospedar uma folha seca que marque a página. Com uma rede de assinantes sólida, escoaria só pérolas e, como frequentemente acontece, ganharia dinheiro quando já não precisasse dele. Depois de usar o saldo do prêmio para desmontar um mito, o da condenação do livro físico, venderia os ativos com bom lucro – o que também é típico das situações em que tanto faz. Poderia levar à literatura um conceito de *start up*. No fim das contas, com que sonha um escritor? Em ser uma opção de investimento atrativa ao capital de risco. E que forma tem esse *angel* do mercado financeiro? Ora, a de uma editora audaz que o promova e que distribua seu livro.

Era nisso que pensava quando cheguei ao fim do boulevard Saint-Germain. Sentei no café *Le Nouvel Institut* para ver a beleza da luz filtrada pela folhagem e pedi uma cerveja. Às vésperas do 14 de Julho, Paris se prepara para uma debandada geral, ideia que não me desagrada. Menos gente em circulação significa menos vírus no ar. Tirei uma foto pelo celular e parti para simular um cálculo no teclado. Que boa notícia poderiam me dar os tais médicos da clínica suíça com respeito ao tempo que me restava de vida?

Como seria irracional a essa altura almejar os 88 anos que mamãe tem hoje, que morresse pelo menos com a idade com que morreu papai, acrescida de mais um dia. Um único dia que fosse a mais já caracterizaria uma evolução da espécie. De onde estivesse, ele ficaria menos triste. Ora, quando ele morreu, eu tinha 41 anos. Os 72 anos, 6 meses e 12 dias que ele viveu me pareciam então um marco modesto. Agora, no estado em que estou aos 62, a marca que ele atingiu assoma como quase ambiciosa. Se os médicos suíços me pudessem dar uma garantia mínima, pautada por algum realismo, eu pediria para viver pelo menos até 11 de setembro de 2030, data em que completaria o escore paterno e mais um dia de vantagem. Os jovens vizinhos de mesa que já estavam um pouco altos, acertaram na irreverência: está calculando o orçamento para as férias? Não hesitei em concordar. *Vous avez 100 % raison.*

No melhor da contemplação e dos bons espíritos, chegou uma notícia dolorosa que se desdobrou em outras reflexões. O amigo Paulo de Oliveira Campos morreu. Seis anos mais velho do que eu, estava morando em San Francisco, na Califórnia. Diplomata, foi chefe de Cerimonial do Palácio do Planalto nos tempos de Lula, a quem se sentia profundamente ligado. Nosso último encontro tinha sido aqui, em outubro de

2016, quando ele era Embaixador do Brasil na França, depois de ter exercido a mesma função em Madri.

Conhecia-o desde julho de 1986, quando, aos 34 anos, Paulo era um jovem Conselheiro na nossa embaixada em Tóquio. Era também verão e esse primeiro encontro ocorrera há outros 34 anos. Na ocasião, convidei-o para almoçar em Omotesando e contei de meus planos para o Japão. Todos passavam pelo domínio de códigos negociais intrincados que, aos 28 anos, eu vinha me esmerando em aprender. Paulo era um sujeito reservado, quase sisudo, de poucos sorrisos. Mas naquele dia, acho que ele se divertiu com minhas peripécias.

Rememorando a ocasião, pedi mais uma cerveja. Como era possível? Lembrei que ele riu quando lhe contei que deixara de ser seu colega por uma razão aparentemente prosaica, e outra, menos evidente, que transcendia tudo. Papai queria que eu fosse diplomata. Na faculdade de economia, pedi transferência para a UnB e fiz o cursinho do Conselheiro Nuno, em Brasília, para prestar o exame mais adiante, quando tivesse cumprido os créditos universitários mínimos. Até que um dia fui visitar o Instituto Rio Branco para ver que cara tinha. Como o pedido foi feito pelo Presidente do Senado, tio de minha namorada, eu fora recebido pelo diretor, o Embaixador Osvaldo Beato. Achei o anexo de lambris amarelo horrível e o Instituto tinha cara de repartição pública. Pedi licença para urinar, mas faltava água nas torneiras do banheiro. Fora uma desconstrução brutal de cenário. Contei a meu pai que o ambiente não era bem o que nós imaginávamos, que a *carrière* não tinha o verniz de mundanismo e glamour que nos agradava. Ele também ficou meio sem graça, mas pareceu entender. Então anunciei que queria morar em São Paulo e virar executivo internacional.

Faria diplomacia à minha maneira, dentro das corporações. Mas isso era só parte da verdade. A outra metade do iceberg era que eu me apaixonara por uma paulistana. Uma tia me dizia: "Com você, o ditado francês está sempre certo: é só procurar a mulher e vai achar."

Na volta à Embaixada, Paulo me apresentou a Ono-san, que me acompanhou a uma reunião com a Asahi Chemicals. Então contei-lhes que sempre que eu dizia aos japoneses que estava hospedado no Keio Plaza, eles pareciam levar um susto. E logo se recompunham, como se não quisessem dividir comigo uma informação a mais. "Vá ver que algum deles fizeram uma suruba por lá. Eles são os mestres das duas caras. Da dimensão formal e da informal. Leva tempo até a gente entender onde está pisando," disse Paulo. Sem passar recibo, Ono-san foi mais preciso. E contou-nos que o famoso ator Oki Masyia se jogara do 47º andar de lá recentemente, num rumoroso caso de suicídio. "Quem estava perto, diz que o corpo flutuou no ar uma eternidade."

Agora a vida de Paulo flutuava na minha imaginação. O que restará dos velhos dias, Sacha Distel?

Paris está a cada dia mais bela, mas temo os calores anunciados.

Por outro lado, vai mal o Líbano, vai muito mal, e o sofrimento do povo que tanto admiro carrega um pouco de minhas energias já tão combalidas. É o mal da cidadania global. Tudo nos afeta, a nada somos indiferentes. A crise por lá é tamanha que só falta eclodir uma guerra em plena capital. Aos 17 anos, eu via da fronteira de Metula chegarem os milicianos maronitas que eram treinados perto de onde eu morava, no kibutz Ayelet HaShahar, na Galileia. Depois baldeavam em Kiryat Shmona e eram reconduzidos ao Sul, onde dariam combate aos muçulmanos.

Já com meus 24 anos, sem sequer citar que conhecia Israel, eu viajava de táxi-lotação de Beirute para Damasco. De lá para Alepo, e depois para Aman. Da Jordânia, tanto podia voar para o Cairo, para Istambul quanto para Lataquia, de onde seguia para Alexandria ou Larnaca. Beirute já estava cindida, e a afluência dos petrodólares tinha feito dela uma praça a ser despedaçada pelo sistema financeiro. Virou refém do sucesso. Era uma noiva dilapidada.

De lá para cá, periodicamente, os dramas internos do Líbano são salgados seja por milícias iranianas, seja por outros ódios intestinos. Hoje o Líbano está doente, o dinheiro se desvaloriza, o desemprego campeia e a corrupção também. Na ingenuidade dos audazes que é bem minha, acho que Israel deveria criar uma válvula de descompressão entre o monte Hermon e Rosh Hanikra. A exemplo do que fazem os coreanos para buscar uma zona de *entente,* eu instalaria nas imediações das Fazendas de Shebaa imensos *packing houses* de frutas, fábricas de mão de obra intensiva e de baixa tecnologia. Redobraria a vigilância de fronteira, e abriria corredores de recrutamento diário de mão de obra libanesa, remunerada à base da jornada. Nem que deslocalizasse indústrias, que perdesse algum dinheiro, mas, tendo poderes para tal, ensaiaria fazer um gesto que, a despeito de recusas e insultos, tocasse o bolso e o coração de mães e pais de família libaneses.

Regando a paz a conta-gotas todo dia, deixaria o Hezbollah em maus lençóis ou pelo menos sem discurso. Abriria uma picada de simpatia ao sul do rio Litani. Enquanto isso, Beirute sangra apesar de seu *savoir vivre* e de sua gente cativante. Lá diz-se que se você jogar 1 libanês no mar, ele sairá com 2 peixes na boca. O Líbano é um para os muçulmanos, outro para os drusos, outro para os maronitas – para não falarmos de armênios e ortodoxos. Tanta divindade para nada – com o perdão pela blasfêmia. Isso Israel não pode resolver. Mas pode abrir um corredor empresarial ao longo da velha estrada inglesa que vai de Nahariya a Majdal Shams. Por que não?

A geopolítica para mim foi a primeira e única forma de poesia que consegui escrever. É nessas horas que os amigos dizem que apesar dos lambris do Instituto Rio Branco e da falta de água nas torneiras, eu deveria ter sido diplomata – mesmo que de um país sem força. Hoje eu sei o que deveria ter sido: escritor.

Não bastassem os problemas ligados ao entrevamento físico, comecei a ter estranhas erupções de pele, que, leio pela internet, podem estar ligadas ao emocional, à vida em ambientes fechados e à reclusão do corpo e da alma. Usando mangas curtas, sentado num banquinho da Île Saint-Louis, me assustei com as marcas nos braços. Estaria a pele escamada desidratada? À minha frente, passou um homem gordo, o que é incomum na França. De imediato, até para me distrair daquelas escaras, me ocorreu um episódio vivido na Irlanda Norte há poucos anos.

Eu fazia check in numa recepção improvisada e cheirando a tinta de um hotelzinho de Belfast. Com o chão forrado por plástico pingado de tinta e cheiro de verniz no ar, estava claro por que a tarifa estava tão convidativa. Foi quando, às minhas costas, senti que algo de muito inusitado acontecia. Então me virei. Vi um sujeito um pouco mais baixo do que eu e imensamente gordo. Apoiando o lado esquerdo do corpo numa bengala metálica de 3 pés e pontas emborrachadas, o baixo ventre se desdobrava numa cascata de banhas e 3 abas eram facilmente discerníveis encobrindo a zona pélvica. Acostumado a ver no olhar alheio a reação inenarrável ao grotesco, ele avançou lentamente. Mal passou a porta e haveria de levar um minuto inteiro, um longo minuto, até chegar à cadeira onde despejou o peso, cadeira esta que estava ao alcance de meros cinco passos de um adulto normal. Enquanto vinha, arfava, arquejava, resfolegava, chiava, sibilava, bufava e apitava como um imenso órgão de igreja, sem uso durante um século. Ou como uma locomotiva do faroeste, as velhas marias-fumaça a carvão que adejavam nas estações do Colorado à espera do malote e sob o olhar guloso dos aventureiros. Ou como as imensas caldeiras de minha juventude, nas fábricas onde trabalhei. Não sei. Órgão, locomotiva ou caldeira, a imagem era impressionante.

Nada nele me assustou tanto quanto os pés. Pois ali, na Patagônia do corpo, geralmente secundária e instrumental para os magros, se travava uma luta desigual. Os pés não ganham músculos. Tampouco se desenvolvem na mesma proporção que a massa corpórea que levam a passeio. Serão sempre instrumentos insubstituíveis desde que apoiados, mais acima, por uma sólida malha muscular que, como formas de concreto, segurem a estrutura sem sobrecarregar a base além da medida. Pés, salvo pelo inchaço ou deformação, são mais ou menos iguais tanto para o homem de 65 quilos como para aqueles que tinham 3 vezes esta marca.

Nosso amigo, que aparentemente era um *habitué* do hotelzinho barato e talvez viesse a Belfast para visitas médicas, não usava nem sapatos nem botas nem sandálias. Ele tinha sob cada pé uma espécie de almofada. Para prendê-las e enlaçá-las por cima das grossas meias de compressão – quem as vestia para ele ? – um jogo de tiras sintéticas se fechava pelas pontas ricas em velcro. É claro que não fiquei mortificando-o com meu olhar perplexo. Mentalmente, tiro uma fotografia e absorvo o número máximo de detalhes. Depois, revelo-a em alguma câmara escura do nervo óptico, como se fazia em outros tempos com os rolos da Kodak. No elevador, a caminho do quarto, me olhei no espelho e é óbvio que me achei quase normal, comparado a ele. Passei um bom tempo pensando em como ele dormia, como acordava, como tomava banho e como se higienizava. Imagino que as erupções de pele eram inevitáveis. Como faria em caso de escabiose, psoríase ou quaisquer dermatites? Por certo dormia sentado, acordava bastante sonado, o banho devia ser uma operação de risco e o pós-banho um sem fim de toalhas e unguentos para combater as colônias de bactérias que se alojavam nas dobras malcheirosas, granuladas por restos de talco antisséptico. Quanto a limpar cavidades e gretas, com o perdão devido, era impossível fazê-lo sem algum alongador que, mesmo sob água abundante, lhe permitisse esfregar os regos com aplicação.

Para contrabalançar, imaginei o prazer quase infantil que deve acometer aquele homem diante de uma bateria de frituras, grelhados, massas e tortas. Nessa hora, pensei, os piores castigos cardiovasculares e as maiores descompensações metabólicas deviam parecer um preço barato a pagar por aquela alegria secreta e proibida de se esbaldar num terreno que constitui o único prazer que lhe resta – posto que todos os demais lhe estão proibidos ou, no mínimo, obliterados pela missão desesperada de botar ar para dentro e para fora, e cuidar da tenebrosa engenharia que lhe determina o cuidado mínimo com a vida.

Quando cheguei ao sexto andar e arrastei a mala pelo longo corredor, me ocorreu que aquele gordo me lembrava alguém. Claro, esse alguém era eu mesmo. Então fiquei imaginando todos os olhares de esguelha que eu próprio recebo. Pois, se pensar bem, não havia uma diferença tão aberrante de peso entre nóss dois. Ele certamente tinha uns 40 quilos a mais do que eu e era um pouco mais baixo. Mas isso não nos colocava em categorias distintas. Varia só o grau de morbidade. As dúvidas que eu nutria, apiedado, sobre a forma como ele levava a vida nas pequenas coisas, eram seguramente as mesmas que as pessoas alimentam quando olham para mim e silenciam. Não saberia dizer o que tenho em meu favor *vis-à-vis* o nosso amigo. É bastante certo que ainda não tive que enfrentar as durezas cirúrgicas e as emergências por que ele passou. Mas a lógica indica que não posso contar com a sorte *ad infinitum*, e que uma hora ela vai acabar.

O mais impressionante, e aqui reside uma dúvida central em qualquer processo terapêutico, é que, apesar da visão apocalíptica, na mesma noite em que o vi, já quase 23 horas em Belfast, tive fome. E como fazia tempo que tinha jantado no ferry, tive uma vontade incontida de comer alguma coisa quente. Ora, precário como ele só, o hotel não tinha cozinha. Então pedi uma pizza fora. Cheio de remorso e tomado de alguma vergonha, ainda quis me contentar com a metade, mas terminei comendo-a toda. Algum vizinho de andar – ele mesmo – pode ter feito a mesma coisa. Pergunto: como é que uma pessoa pode conhecer tão bem esse intricado processo mental e, ao mesmo tempo, sucumbir, por sendeiras emocionais tenebrosas, ao virtual suicídio? Que distância imensa separa uma dimensão da outra? Desde esse encontro, nunca mais esqueci o episódio por saber que ele marcava a diferença entre minha sobrevida e a morte, independentemente do que dissessem os médicos da clínica suíça, na eventualidade de ganhar na loteria.

Na sequência daquela viagem que já datava de 5 anos, enquanto sacolejava no ônibus para Dublin ou quando fuçava os sebos atrás de uma gema autografada por Beckett, Shaw ou Joyce que me pagasse a viagem, não se passava hora sem que eu pensasse no gordo. E assim foi no banquinho, diante do apartamento de Claudia Cardinale.

Talvez a metáfora que mais me persiga seja a apreendida no Museu Titanic, naquela mesma Belfast. O navio foi projetado ali mesmo, no escritório da Langan & Wolff. Matriculado em Liverpool, fez a primeira escala comercial em Southampton. De lá foi a Cherbourg, do outro lado do Canal, recolheu mais passageiros e ainda faria mais uma escala em Cork, para pegar o correio. Dali embicaria para o fundo do Atlântico com dez mil garrafas de vinho vintage, toneladas de sorvete e 8 mil charutos. Quando os projetistas e operários falam do navio nos áudios do museu, eles dizem que ao escorrer pela plataforma de lançamento, o transatlântico parecia se deliciar com as provas de água em mar aberto. Ficou um ano ao largo só para receber os acabamentos, inclusive os 5 pianos de cauda Steinway. Confiado a um capitão egocêntrico e altivo, cheio de húbris e irresponsável, naufragou.

Como o Titanic, desconfio que alguns de nós caem na água com muita vontade de navegar. O único capitão de minha vida fui eu mesmo e nem sempre busquei as águas certas para aclimatar o cordame à salinidade, e para testar a tripulação em procedimentos de atracagem e partida. Muito menos deixei de tomar um conhaque na ponte de comando, indiferente ao fantasma dos icebergs com que cruzava. Pelo contrário, admirava-os e queria tocar-lhes a beleza fantasmagórica. Mas desconfio, apenas desconfio, que tive uma avaria de casco e que por ela entra água que pode me fazer adernar. Menos mal que não fiquei no meio da primeira viagem. Mas há um dano na linha de flutuação.

Só isso para justificar pedir uma pizza no meio da noite sabendo que a morte ronca e resfolega no quarto ao lado.

Capítulo 28

Um enigma para o dr. Fermat
(Segunda quinzena de julho)

Lembrei-me do que passo a relatar por um motivo prosaico e acidental, como quase tudo de relevante que me aconteceu na vida.

Duas senhoras estavam sentadas ao meu lado no Chez Omar, onde suavam para abater um cuscuz royal igual ao meu, cujo fim eu adiava à base de pequenas garfadas de costela de carneiro e de rodelinhas de linguiça picante. Cuidando de diluir na concha uma colher grande de *harissa*, a potente pimenta marroquina, eu esparramava os legumes e o caldo sobre uma cama de sêmola fininha. Ali, sob o olhar deliciado do *patron*, que levantava o polegar atrás do balcão, eu estava em meu elemento. Entre a arte de comer um cuscuz e um mestrado na Sciences Po, francamente, mil vezes a familiaridade com os códigos mundanos. Isso é vida real. Eu poderia ficar horas teorizando sobre essa alquimia e bebericando vinho rosé da Provence, estalando de gelado. Resgatar as reminiscências do Marrocos, para onde levara toda a família em 1990, revolvia emoções fundadoras. Na sobremesa, atacaria o sorvete de pêra, servido com lascas de fruta e pérolas de chocolate. E tomaria um Armagnac para facilitar a digestão.

Mas voltando às mulheres de vestidos floridos, uma delas, a frugal e rechonchuda, falava das férias à amiga magrinha, que comia com mais ritmo e aplicação. Viajava pelo Cantal com o marido, quando algo suspeito na pista chamou a atenção do casal. Seria uma ondulação de mormaço? Não. Um enorme cavalo fora atropelado, possivelmente por caminhão ou ônibus. Com a pata quebrada, deitado no asfalto, era indizível o desespero que sentiram diante do animal que agonizava, espumando entre os dentes arreganhados, e que voltava a cair cada vez que tentava ficar de pé. Deveriam matá-lo de vez? Mas como? "Jean-Luc ainda pensou em cravar-lhe um punhal entre os olhos, mas podia ser pior. Foi terrível confortar aquela pobre criatura enquanto os bombeiros não chegavam para sacrificá-lo. Durou uma eternidade." Por mais que eu tenha tentado desligar, não consegui. O relato era muito pungente e aquela conversa, miraculosamente, me travou a fome. Cruzei os talheres e não pude terminar o cuscuz com que tanto sonhei no pior período da pandemia. A dor do cavalo me ganhou. Aquilo não me pareceu adequado a uma conversa de almoço – nem que fôssemos veterinários.

Tomei o ônibus de volta para casa. No trajeto, lembrei que na casa de meus pais certas palavras eram proibidas à mesa. Ai de mim e de meu irmão se disséssemos que alguém tinha câncer. Papai cruzava os talheres em desagrado, embora logo retomasse o que tinha parado. Havia na palavra uma conotação que ia além da doença agressiva. Significava a decomposição de alguma parte do corpo, o que comprometia sua excelência o apetite. *Nojo* e *lama*, nem se fala. *Catinga, fedentina* e até *mau cheiro* eram proscritos, mesmo que o rio Capibaribe vivesse seus piores dias. Que não se fizesse tampouco alusão a aulas de biologia ou de ciências onde se dissecavam bichos. Enfim, nada era bem-vindo que pudesse poluir os sentidos associados à culinária. Pior do que isso, eram as invariáveis alusões a dinheiro que meu irmão fazia, apesar de mamãe arquear as sobrancelhas em alerta. O tempo virava para pior se o tom traísse alguma admiração pelo milionário da vez, o que meu pai podia considerar um desprezo às suas modestas finanças. "Essa é uma casa de gente civilizada. Dinheiro é assunto de mascate do interior, de vendedor de banana da feira de Vicência. Aqui a gente fala de massa cinzenta, de cultura. Aliás, qual é a capital do Laos? E de Honduras?"

Quando recebíamos à mesa uma visita, ele era mais cerimonioso. Se ela mencionasse fortunas materiais, papai tinha uma saída. "Vamos então falar de dinheiro de verdade de uma vez: Rockefeller, Niarchos, Vanderbilt." Elogiava o maior visionário que a humanidade conhecera: Percival Farquhar, um Barão de Mauá em escala planetária. Ou Antenor Patiño, o boliviano conhecido como o rei do estanho que, segundo ele, perdera a filha amada na melhor clínica do mundo, na Suécia, quando foi dar à luz a seu neto. "Em La Paz, as *cholas* mascavam coca, abriam as pernas e pariam na rua. Santiago, meu colega de aviação, viu um índio cortar o cordão umbilical do filho com os dentes. Como pode?" Minha mãe dizia que eram os desígnios de Deus. Isso o irritava. "E Deus tem lá tempo para isso? Bem faz Onassis. Levou a Kennedy para um passeio de iate. Os bancos do bar eram cobertos de um couro macio, de prepúcio de baleia. Ele disse: você está sentada no maior pênis do mundo." Aí era mamãe que reagia. "Aquele grego tem jeito de cafajeste e alma de canalha. Basta ver o que fez com Maria Callas." Nessa altura o clima degenerava. "Mais respeito. Ele começou pobre, como telefonista em Buenos Aires. Um homem que quer ser vitorioso ou constrói sua vida ou fica aguentando os achaques da mulher. Eu que o diga."

Chegando em casa, mal abri o e-mail, recebi notícias de Lugano, na Suíça. Como estariam meus amigos? Eram notícias tranquilizadoras sobre a saúde de todos. Já os negócios não iam bem. Especialmente para os 2 irmãos cuja empresa fora uma referência mundial nos anos 1980, época em que nossos interesses mútuos nos aproximaram. Eu conhecera o fundador em 1985, o patriarca Benito Danisi, cujas origens remontavam à expulsão dos judeus da Espanha, e que cresceu à sombra do esfacelamento do Império Otomano, em Istambul. Como gostava de dizer, hesitara entre a carreira militar e a diplomacia, que eram os caminhos do prestígio no pós-guerra. "Um dia, conversando com minha mãe, decidi que não seria nem uma coisa nem outra. Seria milionário. Assim calaria a boca de quem ficasse me puxando para um lado ou para outro, dizendo que eu teria me tornado um general ou um embaixador. O milionário limpo é o ativo de maior prestígio no mundo. Em segundo, vem o milionário sujo. Depois vêm os outros, como o papa, os chefes de estado e os jogadores de futebol. Foi aí que decidi vir morar na Suíça, país onde ter dinheiro é de lei e custa barato."

Durante os anos em que trabalhamos juntos, eram memoráveis os almoços que ele oferecia em Lugano, num escritório que dava sobre o lago, e onde 40 funcionários degustavam juntos um menu gastronômico que ele fazia questão de orientar. Foram muitas as vezes em que cheguei a Milão e, ainda no carro, recebia um telefonema, num aparelho fixo instalado entre os bancos dianteiros. "Onde vocês estão? Chiasso? Então já vou descer para a cozinha para supervisionar os trabalhos. Espero-o para o aperitivo. Só para você saber: teremos *fagottini al pesto* de entrada, e carneiro da Dalmácia com batatas coradas. A carne chegou esta manhã da Iugoslávia, mandada por um amigo. Um primor de derreter na boca. De sobremesa, uma pavlova que nossa *chef-pâtissière* faz como ninguém. Vamos comer bem, os negócios podem esperar. Acima de tudo, a amizade." Tivemos um relacionamento caloroso até o fim de sua vida. Só não ficamos mais próximos porque ele não se conformava que eu não tivesse em meu rol de ambições a de me tornar um milionário como ele. Isso era grave.

"É um pecado. Essa veia intelectual mata as melhores vocações, permita-me dizer. Sou um sujeito informado e isso me basta. Admiro os homens de cultura, mas eles terminam pagando um preço alto. Não entendem que se arriscam a passar uma velhice angustiada, tudo porque não aprenderam a conciliar as coisas. De que vale ser um grande pintor, viver pobre, para depois de morto seus quadros valerem uma fortuna? Se tivesse dedicado um tempo para vendê-los estaria bem, e teria vivido com as 2 orelhas. Não vejo nenhum mérito nessas coisas associadas a intelectuais e artistas: a morbidez, o suicídio, a miséria, o alcoolismo. Nem todo mundo é um Aznavour, um Sinatra. Esses souberam ficar ricos. Mas é preciso vontade. Ninguém se torna milionário se não acordar e dormir pensando nisso. O dinheiro tem caprichos. O que não quer dizer que basta querer para conseguir. Tem que cair e se levantar. É mais difícil do que manter a castidade. Mas é possível."

Uma vez contei a meu pai que Benito ganhara uma fortuna em ouro depois da invasão russa do Afeganistão. Angustiado com uma tacada feita à margem da operação, doou tudo para a Cruz Vermelha. "Sei ganhar dinheiro comprando e vendendo. Fora disso, temo um castigo. É como se o dinheiro fácil fosse me trazer um câncer. " Quando relatei o episódio, a reação de papai foi a pior possível. "Desconfie de quem se esconde por trás de bondade excessiva. Nunca dê crédito a quem alardeia virtudes!" Para desarmar a animosidade para com o velho Danisi, eu levava a conversa para o terreno mundano, lá onde a picardia ombreia com a inteligência – sua praia preferida. "Ele tem um amigo grego de 70 anos que continua na ativa. Quando vai à Polônia, manda forrar a cama de lençol e fronha pretos que ele mesmo leva, para ver o contraste das louras brancas de olhos azuis esparramadas ali."

Em Lugano, à mesa de honra, sempre tínhamos várias nacionalidades. A língua dependia do assunto. Piadas, em italiano, o idioma das *barzellette*. Para as paixões e a alcova, o francês. *C'est la langue par excellence pour les histoires de coeur.* Economia e finanças, inglês, que vinha aperfeiçoando aos 60 anos com um professor que veio de Londres, que tocava piano no almoço. Para a política era um vale-tudo, inclusive o alemão. Quando era tema sensível, eles falavam grego ou turco, e então eu sabia que o assunto não era para mim.

"Ainda bem que meu pai não viveu para ver esse encolhimento. Somos milionários dos tempos dourados, de passar os fins de semana em Monte Carlo, de receber Sophia Loren. Papai adorava Carlo Ponti, para ele o maior gentleman da história. Tudo isso acabou. Acho que razão teve você ao não querer entrar no clube e simplesmente viver a vida. Agora que a merda nos sobe ao pescoço, a diferença está entre quem viveu como quis, e quem deixou de aproveitar a vida. É a única contabilidade que o mundo está levando para a ponta do lápis."

Desci as escadas e sentei na pracinha que fica diante da livraria Chandeigne. Madeleine, a garçonete, me trouxe um café. O sol ainda estava alto às 7 da noite. Boa parte daquilo que contava meu amigo no e-mail, dava margem a visitar outro capítulo do passado, que poderia explicar meus desencantos para me tornar um milionário. Na primeira visita que fiz à Lituânia, visitei fábricas e conheci alguns dirigentes. Era óbvio que muitos tinham sido mais rápidos do que outros, e se beneficiaram do desmantelamento do Estado, do esfacelamento da URSS. Com Yeltsin plugado a uma garrafa de vodca, as privatizações foram feitas de qualquer jeito e teve gente que saiu da miséria e ascendeu sem escalas para o clube dos plutocratas.

A conversa com um deles foi representativa do que varrera as Repúblicas Bálticas nos anos 1990. "Sou russo, mas amo este país. Hoje moro em Londres de segunda a quinta. Às sextas-feiras, volto para cá. Faço questão de chegar a tempo de jantar com a família." Ele tinha boa opinião sobre si próprio. "Nunca fui burro. Mas agora há espaço para os negócios e eu os soube aproveitar. Tenho um bom avião, vou comprar um time de futebol na Escócia. Não tenho a grana de Abramovitch, mas me viro. Não vou comprar o Chelsea, mas quero estar no coração dos ingleses. *It is good for business.*" Naquele ano de 2005, eu me dei conta de que a luta pelo dinheiro me interessava cada vez menos. Não que estivesse sobrando. Pelo contrário, tinha ainda muito a fazer para quebrar a inércia dos custos fixos, para ficar menor, e as contas não eram baratas.

O meu ritmo de vida natural ainda era muito mais caro do que o da média das pessoas e eu nem sempre me apercebia disso. São distorções de quem viveu um certo tempo com as regalias de pessoa jurídica. Mas naquele ano vi que preferia ter mais tempo para gastar comigo mesmo. Enxuguei os negócios, retalhei-os e fiquei pequeno. Quando voltei à Lituânia, era inverno. Peguei um ônibus e fui para Kaunas. Havia tanta neve que ele derrapava, avançava de banda, e atolava. O frio era tão enregelante que eu me encostei numa *babushka* e ela em mim – para que um esquentasse o outro. Ela parecia uma avó dos livros de Svetlana Alexievich. Uma daquelas russas eternas com cara de matrioska que perderam um neto no Afeganistão, o que felizmente não era o caso.

Aceitou umas talagadas de vodca com gosto e me deu uns nacos de peixe defumado. *Ruba, ruba,* dizia. *Otchin haracho, spasiba*. Era a primeira semana de janeiro. Ela ia passar o Ano Novo russo em família. Éramos cúmplices ali, como mãe e filho, visto que ela ainda não tinha idade para ser minha avó. Mas se quisesse descer no hotelzinho de Kaunas, eu lhe teria dado minha cama de bom grado e me esticado no carpete ao lado da lareira.

Naquela noite, tive uma alegria. Ninguém imaginava onde eu estivesse. Quando o fogo crepitou, o ônibus dela já ia longe. As redes sociais para mim só surgiriam 10 anos depois e o celular naquelas lonjuras era decorativo, só para grandes emergências ou custaria o valor da viagem. Ali ficaria quieto por 5 dias. Depois iria para Vilnius. E de lá para a Rússia, também de ônibus. Aquilo sim era riqueza.

Pascale tanto insistiu que topei ver o médico-clínico que cuidara de seu pai no final da vida. Cheguei à sala de espera uns minutos antes do horário para estudar o terreno, mas não tive sequer tempo de sentar. Uma voz surpreendentemente jovial ecoou mal eu fechava a porta. *Entrez, s'il vous plaît, monsieur.* O dr. Fermat levou um enorme susto quando me viu. Franzino e baixinho, bem entrado nos 70 anos, acho que nunca tinha visto alguém com as minhas dimensões de perto, sequer nos cadáveres afogados no formol da Escola de Medicina. Apertei-lhe a mão talvez com vigor excessivo para mostrar tônus. *C'est impressionant,* disse. Na tentativa de descaracterizar o estupor de um legionário romano diante de Obélix à caça de javali, perguntou se eu achara fácil o endereço. "O senhor sabe, já pensei em sair daqui para atender mais perto de minha casa, em Trocadéro. Mas minha mulher me convenceu de que faria melhor negócio se pensasse na aposentadoria e deixasse tudo como está. Hoje só recebo os amigos, e os amigos dos amigos. Sou afeiçoado aqui à Place des Vosges, que imagino que o senhor conheça bem. Se quiser higienizar as mãos, sirva-se de álcool à vontade. É bizarro que as pessoas não possam mais ver a boca umas das outras com essas máscaras. Para nós médicos, não chega a ser tão absurdo. Tenho recebido pacientes com queixas do que chamamos de angústia respiratória. Mas vamos nos ocupar de sua ficha. O senhor veio aqui por alguma razão específica ou simplesmente para fazer um *bilan de santé?*"

Enquanto eu falava, era perceptível que os olhinhos do dr. Fermat traíam inquietação. Era como se ele se perguntasse por onde começaria quando eu terminasse de dizer generalidades. "Não sou grande frequentador de médicos, dr. Fermat.

Contrariamente à minha mãe que logo chegará aos 90, cheia de amor à vida. É uma maratonista, fica atenta a qualquer sintoma e tem genuíno prazer em saber mais sobre seus males. Eu, infelizmente, puxei ao meu pai. Se vejo um tensiômetro, minha pressão já sobe um ponto. Não me espantaria que só desperte para um mal maior quando for tarde. Sou um corredor de 400 metros com barreira, um desses que começa a derrubar obstáculos porque as pernas estão pesadas. Na falta de alternativa, prefiro uma vida mais curta, mas que seja intensa e sem medos."

O dr. Fermat tentou ser conciliador.

"Vi muita coisa nesse consultório. Perdi pacientes que estavam com os exames em dia e que tomavam suco de berinjela em jejum para combater o colesterol ruim. E já vi gente que abusa da sorte e vai muito bem. A medicina é um pouco como o futebol. Nem sempre o melhor ganha. Mas não é racional não aproveitar os recursos que temos hoje. O senhor tem um leve sotaque belga, sabia? Veja bem, não se trata de uma piada. Como o senhor sabe, os franceses gostam de fazer blagues com os belgas. Mas eu sou dos que adoram Bruxelas. Aliás, minha mulher é de lá."

O medidor de altura do consultório chegava só a 1,90 m e foi a conta. A balança, que marcava o máximo de 120 kg, não bastou. "É pena que a segunda esteja avariada. Se não, pediria que o senhor colocasse um pé em cada uma. A soma dos pesos marcados é o seu peso final, sabia? É uma *astuce* de velho médico." Cartesiano, me pareceu incompatível com a estatura profissional do dr. Fermat tamanha preocupação com a tal ficha médica, com o preenchimento de dados objetivos.

O fato é que franceses são latinos diferentes. Eu jamais faria aquela abordagem. Seria o mesmo que abrir uma conversa com um cliente pedindo um balanço da empresa ou uma declaração de imposto de renda, antes de formar uma impressão pessoal a partir do que ele diz de si próprio, de como se vende, de como se vê, de como representa sua subjetividade. Só assim, a gente vai saber mais tarde o quanto ele mentiu na primeira reunião, e que surpresas desagradáveis pode nos reservar para o futuro. O dr. Fermat não se daria bem no comércio internacional, ziguezagueando entre diferentes idiossincrasias culturais. E isso contava muito em favor dele naquela hora. De qualquer forma, era evidente que alguma coisa em mim o desconcertara bastante nos primeiros 20 minutos. Algo o impedia de assumir a condução dos trabalhos. Eu fiz tudo para deixá-lo à vontade. Fiz piadas sobre mim mesmo, me depreciei, reforcei as linhas caricatas da corpulência, do meu lado dionisíaco, tudo para ele saber que não tenho qualquer apego à aparência e honrarias. Enfim, que ele podia dizer o que quisesse que eu não desmontaria no consultório.

Na sequência, pediu a relação dos remédios que eu tomava, mas pareceu desapontado quando eu disse que nunca quebrara sequer um dedo. *C'est impressionant.* Aplicado, ele retocava a ficha como se polisse minha lápide fúnebre. Então, ele me pediu para descrever um dia típico, à procura de padrões sugestivos de algum mal. Minha resposta calou-o. "O que é um dia típico nesses tempos de pandemia, doutor?" Ligou a maquininha de eletrocardiograma e pediu que eu ficasse quieto. Tentei me distrair com pensamentos bons, vendo desenhos nas ranhuras do teto: o mapa do Chile, o do Canadá, uma ravina no coração dos Alpes que podia ser uma vulva. *C'est im-*

pressionant! Não há sinais de asma e seu exame está normal. O senhor pode, inclusive, tomar hidroxicloroquina, em caso de Covid, se o hospital assim decidir. Mas o senhor está com pelo menos 2 litros de água nas pernas e pés. O dedo chega a afundar quando o pressiono. Daí o cansaço ao caminhar."

De volta à mesa, ele se mostrou mais à altura do que se espera de um grande médico. "Agora fale-me um pouco do senhor. Quais são seus planos? Estou um pouco perplexo. Parece que viveu cada pedaço da vida numa parte do mundo. Em menos de uma hora, ouvi-o mencionar vinte países. A que lugar o senhor pertence, afinal? A quem e a quê, se posso perguntar um pouco sobre sua vida privada. Isso pode explicar muita coisa."

Eu não fora lá para reprisar o que já vinha conversando com Pascale, mas ele merecia uma resposta. Se ainda fumasse, esta seria uma boa hora para um Marlboro. "Não vou florear nem filosofar. Antes, o não-pertencimento era meu maior ativo, meu pó de pirlimpimpim, meu abracadabra. O mundo agora olha enviesado para gente como eu. O que foi charme, agora é ameaça. A hora é a da gente pés no chão. Os nômades estão sem campo de pouso. Podem levar tiros quando aterrarem." Ele voltou a me parecer perdido. "Objetivamente, quais são seus critérios para a normalidade? E para onde o senhor vai no pós-Covid, se o vivermos?" O que eu poderia dizer? "Não sei. Meu campo de visão só alcança até o fim do verão. Funciono assim. O depois vem mais tarde, com perdão pela lapalissada."

Ele se ajeitou na cadeira.

"O senhor tem família, esposa, filhos?" Se estivéssemos no bar, pediria uma bebida mais forte. "Namoro desde os 15 anos. Como o senhor pretende fazer com seu jaleco profissional, eu também estou me aposentando, e só saio com quem já conheço há mais de 20 anos, sei lá. Não tenho mais paciência para contar a vida, falar de meus namoros e filhos. De qualquer maneira, saiba que o casamento não me faz bem. Acabo de sair de um de 10 anos. Foi por conta dele que engordei e me descuidei. Tivesse ficado caçando nesse período, respeitando os módulos de 30 meses de namoro que são os que funcionam para mim, estaria 30 quilos mais magro. Uma longa relação estável me acomodou e baixei a guarda. O modelo se esgotou." Como bom francês, agora ele parecia interessado. "Pode me explicar os 30 meses? Nunca ouvi nada a respeito."

"A experiência me mostra que com dois anos e meio a mulher vai conhecer e desfrutar de 80% do que tenho de melhor. Em economia chamamos isso de o Axioma de Pareto. Vou lhe mostrar o mundo, iremos a shows, vou querer ir às festas, tudo porque ainda estarei com um resquício de paixão. Então é hora de vender a ação na alta antes que despenque. É assim que se tira o melhor para os dois lados. O amor me faz mal, a paixão me revigora. Lembra do pato de Ibsen? Sou um pato selvagem." Ele parecia se divertir. "*C'est impressionant*! O senhor não se perde com as palavras. Já tive pacientes assim, alguns bem conhecidos, inclusive um notório escritor. Pena que não possa declinar o nome. O senhor me lembra ele." Que não fosse por isso. Se ele tinha precedentes no *métier*, me senti livre para poetizar.

"Nesse confinamento, dr. Fermat, pensei numa hesitação de que me arrependo. Lá por 2010, quando tinha pouco mais de 50 anos, decidi morar na ilha de Simi, na Grécia. Eu tinha estado no Egeu a bordo de uma goulette. Esbanjando saúde, estava convencido de que a vida no Brasil tinha chegado ao limite e de que o mundo do consumo me dava engulhos. Mas outros projetos surgiram. Fossem só os profissionais, tiraria de letra. Já tinha desmistificado o dinheiro: quanto mais se tem, mais infernal pode ser a vida. Um terço do tempo é para ganhá-lo, um para protegê-lo da cobiça alheia, e parte do terço restante' para investi-lo e multiplicá-lo."

Percebi que aquilo era um pouco de *déjà vu* para um homem que recebia naquela sala a elite da França há décadas, e que vinha de ilustre tronco da ciência. Que meus enigmas fossem mais apimentados, se não queria que ele se aborrecesse. "No final, o dinheiro pelo dinheiro vira uma jogatina e, curiosamente, mais adiante vai forrar o bolso de quem nada contribuiu para construí-lo, através dos fios condutores do casamento, dos filhos, da dinâmica da sociedade e do mundo dos negócios. De que valeu desperdiçar a vida nessa luta? Por que não me dedicar a respirar ar puro, escrever, conversar e fazer pouco mais que o necessário para tirar o sustento? Simi era meu paraíso. Lá eu sonhava em ter uma casinha branca, aprender um pouco de grego, ir ao mercado de peixe, participar da conversa fiada da rodinha da capela ortodoxa, ouvir palpites sobre o siroco, ler romances que me chegariam do continente, e escutar o ronco de Netuno, que sacoleja o assoalho do mar para lembrar quem reina. Adiei o projeto. Engavetei-o para examiná-lo mais tarde. Envelheci, o seguro-saúde ficou mais caro, os brônquios já não são os mesmos, os braços começam a não suportar tanto peso e caminhar longas distâncias castigam a região lombar. "

"Até para sonhar o senhor me surpreende. Tudo é longe. *Voyons donc.* Vida é coragem. Não é o que lhe falta, longe disso. Mas no seu lugar, eu pensaria que vida também é renúncia. Depois de certo estágio, não podemos dizer sim a tudo. Eu mesmo optei por sacrificar a mesa em benefício da cama." Com a máscara, um não pode saber quando o outro sorri. Ele fez nova investida, que combinava com as cores da cidade. "Amar é importante, *monsieur.* Os que viveram mais que eu conheci em minha longa prática, tinham alguém por quem morrer. É bom trazer uma pessoa para sua vida."

Tive vontade de baixar a máscara para ele ver que eu estava sorrindo. Pela janela, vi atravessar o pátio uma mulher de impermeável azul e galochas amarelas. Ele pegou um talonário e começou a escrever. Uma consulta não deixa de ser uma ocasião cheia de *arrières pensées.* Quando saí, estava aliviado. Onde poderia morar, quando o vírus fosse embora? Se tivesse dinheiro, moraria em Saint-Paul-de-Vence ou Londres. Por que não fico agora na Europa?

O dr. Fermat me pediu uma infinidade de exames. "Espero que seu seguro cubra. Custarão um bom dinheiro. Vamos ver que mensagens o seu sangue me dá para decifrá-lo e ajudá-lo. Antes de seu retorno, mando por e-mail seu *bilan de santé.* Não se sabe nunca."

Capítulo 29

Verdade ou mentira?
(Fim de julho)

Quase todo dia posto alguma coisa nas redes sociais. Geralmente é uma pequena crônica acompanhada de uma foto que eu mesmo tiro. É irônica a vida. Durante anos, eu perguntava às pessoas o que elas tanto viam no celular, de que tanto riam ou a que reagiam com tanta veemência? Quando me explicavam que estavam filiadas a uma rede onde cultivavam uns poucos amigos de verdade, ilhados por centenas de conhecidos virtuais, gente que nunca tinham visto, aquilo me parecia uma sandice sem par. É verdade que muitos daqueles indivíduos que eu via grudados ao telefone, às vezes tomados pelo desespero por ter caído na areia movediça do achismo, eram suscetíveis ao elogio fácil ou tinham uma vida real sem cor. Chafurdar em discussões bizantinas fazia com que se sentissem importantes. Para eles, não é pouca coisa receber online meia dúzia de curtidas ou, em casos de real impacto, uma ovação de garrafas de champanhe, línguas de sogra, copos de vinho tinto, corações verdes e roxos, e a famosa sequência de frangos assados que custei a entender que eram aplausos. Era pois em nome disso que arruinavam noites que podiam ser vividas à base de outros prazeres, por singelos que fossem?

Quem mais me chocou nessa seara foi uma mulher com quem saí para jantar em São Paulo, que eu conheci logo que cheguei à cidade. Era bela, apesar da imaturidade emocional assumida, o que só lhe somava ao encanto. "Tento acertar, mas sei que sou uma *out of place*." Fosse feia, talvez não despertasse tanta indulgência. Criança, recitou trechos inteiros da *Ilíada*, em grego. O velho professor, um helenista gaúcho, foi internado às pressas, tomado de emoção. Minha expectativa depois que ela insistiu para que nos víssemos era a de que tivéssemos uma noite de ótimas trocas à base de um bom vinho e das histórias picantes que eram tão de seu agrado nos tempos idos. Nada disso aconteceu. Nem o quadro feérico de um dos mais charmosos restaurantes paulistanos conseguiu fazer com que ela se livrasse do telefone. Até a comida desdenhou. "Por mim ficaria no bazargan." Mesmo quando cravava em mim o lendário par de olhos safira, esforçando-se para se fixar na conversa, eu conseguia discernir num brusco movimento da pupila a ansiedade em ver se uma luzinha se acendia na bolsa. Quando isso acontecia, entre aliviada e ansiosa, ela pedia licença, lia a mensagem na tela, digitava de volta figurinhas e dava a entender que não seríamos mais perturbados. "Pronto, podemos continuar, desculpe. É um fã que não me dá sossego."

Tive que recomeçar alguns episódios do zero, eu que gosto de assentar bem as bases de uma história – cacoete que herdei de mamãe, para quem dar contexto é uma questão de cortesia. "Você fica trocando e-mail com esses caras?" Então ouvi a palavrinha fatal: Facebook. E, pela centésima vez, ouvi uma exortação para que criasse um perfil e me incorporasse ao clube. Para algumas pessoas era como recomendar um médico ou uma seita. "Sua vida vai mudar," ela me disse. Nunca mais nos vimos. Mas nada como a marcha da vida.

Um certo dia, à época da assinatura do contrato de publicação de uma coletânea de contos, meu editor português disse, alarmado, que não tinha me achado no Facebook. "Mas eu não sei nem como isso funciona. Só sei que não combina comigo. Eu ainda não me adaptei ao telefone sem fio. Como vou entender uma geringonça dessas?" Temendo o enfado dele, uma pessoa tão importante para um projeto que me falava ao coração, e vendo que minha resistência podia desencorajá-lo, pedi a um amigo que me mostrasse a rede em funcionamento. Era só para me ilustrar como se comportavam as engrenagens. Queria uma aula. Num afã de pragmatismo, traiçoeiramente, ele digitou minhas coordenadas e logo uma enxurrada de gente conhecida apareceu na tela. Ao invés de ensinar a teoria da natação, ele me jogou na água. "Conhece fulano?" eu ia dizendo sim e ele clicava. Será que aquelas pessoas estavam me vendo? O que achariam se eu pedisse um tempo para pensar se queria mesmo reatar um contato? "Conheço, conheço..." Não tardou meia hora para que indivíduos ligados aos que eu tinha apontado como conhecidos também aparecessem misteriosamente na tela. Senti-me como se estivesse nu na avenida Faria Lima – a materialização de um pesadelo recorrente. Como é que o sistema deduz sozinho que, se eu conheço André, eu também conheço Gedeão? E que, do cruzamento de ambos, virá Rita? Ao cabo da manhã, eu já tinha centenas de pessoas na minha lista, o que provocou uma gastrite. Até fulanos antipáticos de quem eu nunca me senti próximo espocavam levantando um brinde de Veuve Clicquot, trajando anoraques em Aspen, ou trocando um beijo com uma mulher de seios imensos num passeio de lancha. Minha perplexidade bateu o impensável quando um vizinho de prédio disse que eu poderia ter aquilo tudo no celular. Como assim? Ele me pediu para digitar uma senha e então percebi o pulo do gato. Eis por que os amigos de verdade já não sentiam vontade de sair. A contenção orçamentária era só desculpa. Mark Zuckerberg empacotou as emoções e passou a entregá-las em domicílio. Daquela noite em diante, fiquei mais condescendente com quem não via mais interesse em livro ou jornal, em conversar ou em transar, em beber ou contar piada, senão em enterrar o nariz na tela e assim atravessar 10, 20 estações do metrô da vida. Era como neutralizar um nervo ou fazer uma lobotomia. Era como se o indivíduo fosse tomado por uma neuropatia que lhe anestesiasse os sensores das extremidades, se duvidar até o pinto. Meu editor ficou felicíssimo com a minha adesão.

Se eu me sentisse à vontade para viajar, acho que pegaria o trem para Londres. Gostaria de conversar com Richard Lewis, meu formulador preferido em competência intercultural, um dos poucos homens com quem me senti numa real comunhão de visão de mundo. Ele seria o interlocutor ideal para romper com o isolamento. Richard tem 90 anos, fala 14 línguas, já foi tutor da Família Imperial japonesa e vive numa propriedade paradisíaca perto de Winchester. Minha história com ele começou em Londres, ainda nos anos 1990, quando eu estava hospedado num hotel em Green Park com meu pai. Fomos à Hatchard's, do outro lado de Piccadilly Street, que era então minha livraria preferida, embora conhecesse mais belas. Foi lá que vi na vitrine *When cultures collide*, um breviário engenhoso de como negociar e lidar com as culturas nacionais a partir de sólidos pontos de referência e de representações gráficas que o autor sintetizava com arte

Meu amor pela Hatchard's resistiu ao tempo. Teve vezes de chegar lá às 2 da tarde e sair às 6. O mais comum era que fizesse uma garimpagem de 30 a 40 livros. Empilhava-os num cantinho perto da poltrona, sob o olhar divertido do vendedor, e voltava às gôndolas. Essa etapa consumia um par de horas. Então saía, fumava um cigarro, via as pessoas embarcarem nos ônibus vermelhos e retomava a triagem. Sentado, folheava-os um a um. Verificava se havia conteúdos redundantes, se o enfoque era original, enfim, se o livro merecia mesmo o investimento. Daí sobravam uns 20. Devolvia os eliminados a seus lugares, deixando dois dedos de lombada para fora, para o caso de repescagem, e tentava cortar mais uns. Somava mentalmente quanto custavam os imperdíveis, quase todos lançamentos belamente editados. Então fazia um acordo comigo mesmo. Comeria frugalmente por 2 dias, mas ia me dar aquele presente. Aconteceu de o vendedor tirar um livro da grande pilha e me dar um exemplar em capa mole, precariamente encadernado. "Troque este por outro livro que queira e fique com o meu. Recebemos cópias assim das editoras. Assim você economiza 15 libras." Havia em Timothy algo de ambíguo, de um pouco sinistro, mas muito charmoso. Poderia ser um amigo de Oscar Wilde ou fazer bico de mordomo nas horas vagas. "Obrigado, você é a encarnação do gentleman britânico." Ele revirava os olhos. "Prefiro que me chame pelo que sou. Um traidor da classe e um comerciante ruim."

Chegando ao hotel, eu espalhava os livros na cama, tomava um banho e, ainda nu, me deitava com eles, escolhendo um exemplar para começar a ler ali mesmo. Era a mesma sensação de tio Patinhas tomando um banho de moedas na caixa forte. Imaginar que teria pelo resto da vida a companhia das lombadas carentes, e que poderia ler e rabiscar aquelas páginas quantas vezes quisesse, me dava uma sensação de euforia. A família crescia. Tinha certeza de que aqueles livros iam gostar de encontrar na minha biblioteca outros companheiros que também tinham morado uns tempos nas prateleiras da Hatchard's, antes que eu os arrebatasse. E de que à noite, quando eu estivesse no auge do sono, eles conversariam no escuro da sala sobre o endereço vetusto a que tinham pertencido. No fundo, não tinham tido sorte. Poderiam ter ido parar nas mãos da Família Real, de quem a livraria é fiel servidora, como atesta o brasão à porta. Mas por um desses azares do destino, trocaram uma sala faustosa em Buckingham, o aroma da naftalina real, o calor da lareira e o pelo dos siameses de Sua Majestade, por um apartamento acanhado e barulhento, numa das cidades mais poluídas do mundo. Sabe-se lá onde terminarão seus dias. Talvez num incinerador público de São Roque, onde o papel escandinavo vai arder numa pira desigual, formada por velhos compêndios de química orgânica, biografias caça-níqueis e relatos psicografados. Os livros morrem como os homens. Dadas certas circunstâncias, não escolhem o vizinho de desdita.

Para educar a percepção, Richard Lewis tivera um império onde o sol jamais se punha para chegar às suas conclusões. Em 1952, com pouco mais de 20 anos, já estava em Helsinque para ver os jogos olímpicos onde esteve a metros de Adhemar Ferreira da Silva, quando o gigante do salto triplo perpetrou seu maior feito. Richard tem profunda admiração por ele, que também era um linguista polivalente. Surpreendentemente, as conclusões dele eram as mesmas a que eu chegara em meu circuito internacional. Se meus domínios territoriais não se comparavam aos de Sua Majestade, tampouco ficavam tanto a dever-lhe em diversidade. Não longe do farol do porto do Recife, no coração do meretrício, eu fizera descobertas que me valeriam para a vida.

Na Segunda Guerra Mundial, o professor apurou o ouvido para línguas nórdicas conversando com pilotos escandinavos que vinham se juntar à RAF nos campos de treinamento de Yorkshire, na zona carbonífera da Ilha. E o meu? O meu eu apurei ouvindo meninas vindas do sertão nordestino – pernambucano, paraibano e potiguar –, que falavam fluentemente grego, sueco, tagalog e coreano. Lembro de Márcia, de Ipubi, que vivera em Gotemburgo. "Voltei por causa do frio e porque não aguentava mais comer peixe defumado. Se Bengt quiser, venha para cá. Aqui a gente monta um bar, já tenho até o ponto. Naquele gelo é que não dá." Eram queixas parecidas com as que fazia Eva, a potiguar miudinha que vivera em Atenas. "Eu até gostava de lá, mas Miki era doente de ciúme. Deus me defenda! Quando estava embarcado, os irmãos colavam em mim para ver onde eu ia. Cabresto por cabresto, eu teria ficado em Caicó onde fui até noiva. Te dana! Mas a Grécia é legal." A mais rodada era Rosália, de Patos. "Coisa linda é Hong Kong. Manila é pobre que nem aqui. A vantagem de casar com oficial é que no navio você é dona de uma casarão que nem toda madame tem. A tripulação filipina era respeitosa. Mesmo quando saíam no braço por causa da bebida, bastava eu chegar que se acalmavam. Filipino é uma espécie de chinês com sangue latino." Gorete, dali mesmo do Recife, um dia fora esmurrada por um coreano em Salvador. "Toda vez que ele chegava, a gente ia comer acarajé e beber no Farol. Um dia ele me estranhou. Dei-lhe uma mordida que arrancou o estamboque do braço. Idiota! Parecia que tinha sido mordido por cachorro raivoso. Depois veio me dizer que voltou doido da guerra. E eu com isso?"

Entre os heróis da RAF que foram os mentores de Richard e a doçura maternal das meninas do cais do Recife, preferia as minhas. Nossa retinas e nossa prosódia partiam do mesmo lugar, do chão gretado dos interiores onde tudo começava com a imaginação. Sobreviventes de surras domésticas, das agruras da fome e de rigores que só ficaram aquém da fantasia de garotas sem futuro, elas também tinham deixado seus rincões para desbravar o mundo. Éramos da mesma têmpera. O que nos separava é que eu comia 3 vezes ao dia desde sempre, dormia em lençóis limpos e recebera uns apliques de verniz. A cerveja nos bares da rua Vigário Tenório nos aproximava e selava a cumplicidade fora dos horários de trabalho. E também nas noites esfuziantes do Adélia's Palace, onde fazíamos uma grande roda e dançávamos com os marinheiros helênicos. Como era regra, eles compravam dúzias de pratos que chegavam do Mercado São José toda manhã para que, no auge da bebedeira, os marujos os espatifassem no chão e celebrassem a embriaguez e a alegria.

Yasuo, yasuo – gritavam. Quantas vezes não chegara lá com as meninas da faculdade para viver noitadas inconcebíveis para o recifense comum? "Vou te levar a um lugar diferente de tudo o que você já viu. Vou te apresentar umas amigas. Não faça perguntas bobas sobre o sentido da vida e que tais. Nem fique inquirindo sobre os por quês das escolhas ou as histórias da família de cada uma. Seja simples, beba conosco, sorria, dance, e uma hora elas podem até falar mais de outra dimensão. Mas nunca se antecipe nem tente fazer sociologia de puteiro. Se fizer, foi a última vez."

Naqueles bares, não havia ontem nem amanhã. O momento era tudo. Eu temia quebrar o código de confiança que nos unia, levando à mesa alguém com vocação de folclorista. "Deixe seu lado Câmara Cascudo da porta para fora. Marinheiro só é filósofo em livro. Na vida real, em terra, eles são como nós. E nunca deplore o destino das meninas. No fundo, elas ganharam o mundo porque têm horror ao olhar piedoso." Nesse ponto, ficava tranquilo quando minhas amigas eram judias. Por uma razão que nunca consegui explicar, elas se fundiam ao ambiente com mais espontaneidade, talvez por não ter na formação os pruridos de quem frequentara colégio de freira ou tivera formação cristã.

Quanto a Richard, escola nenhuma poderia ensinar os fundamentos que nos intrigaram desde cedo. Ele com seus aviadores, eu com minhas amigas, o que tínhamos de sobra era curiosidade quanto à família humana em toda sua miséria e esplendor. O que tanto ele quanto eu só descobriríamos mais tarde, era que nem todo mundo comungava dessa fome de mundo. Para a maioria, a marcha poderia ficar em ponto morto, albergada pelos padrões culturais de referência de língua, credo, mitologia e formas de expressar sentimentos. Acaso Kant sentiu algum dia a necessidade de sair de Königsberg? Acaso Ariano Suassuna saiu pelo menos uma vez do Brasil? Alguns engataram a primeira marcha e arrancaram. Gilberto Freyre e Francisco Brennand foram morar fora muito cedo, mas não se sentiram tentados a passar a segunda e a terceira velocidade. Voltaram sim para o ponto neutro, que ressignificaram a partir do que viram lá fora. Mas sempre jogando em casa.

Se fosse ao Reino Unido, perguntaria a Richard como via a pandemia? No que ela iria afetar as novas formas de trabalho? Até que ponto perderia importância nossa *Weltanschauung*, toda ela baseada na arte do encontro? Como ficariam as idiossincrasias culturais do mundo, tais como as discutíramos quando conversamos em privado sobre o paradigma de Samuel Huntington, sintetizado em *O Choque das Civilizações*? Quase 30 anos depois, talvez concluíssemos que, no fundo, é este embate de valores que perpassa discussões tópicas sobre o homossexualismo, o aborto, o negacionismo da Covid, o feminismo, as teorias criacionistas, o racismo, o terrorismo, a mitificação de pulhas, o Brexit e a regulação do trabalho. Se cutucarmos as moitas com a vara certa, tudo ganha sentido à luz deste paradigma. À nossa roda, dispensaríamos Fukuyama, mas poderíamos pensar em receber de braços abertos Edward Saïd. A ameaçar tudo, as *fake news* que varrem o mundo.

Ontem fui comprar maconha num banco de praça de Jussieu. O cara estava com um três em um e escutava música num volume alto, talvez para se mostrar mais maluco do que já era, ou então por pura esperteza. Resolvi que fumaria a guimbinha ali mesmo, que ele já me deu pronta. No embalo da música, vendo o prédio da Sorbonne VII, viajei até um ponto doce de meu passado que, afinal, contei por partes a ele. Era uma sexta-feira de setembro de 2003 quando cheguei a um hotel no Centro de Curitiba. Dei a chave ao manobrista e tive que atravessar uma multidão para chegar à recepção. O que era aquilo? Com a cabeça em outras coisas, nem subi para tomar um banho. Dei a chave do quarto para que o rapaz levasse a malinha, e já fui direto para o bar envidraçado com vista para a rua onde alguma coisa no ar me fez sentir uma vibração de outro mundo. Pedi uma garrafa de Black & White, um balde de gelo e água com gás. O isolamento acústico era bom, mas era impossível não ver aquela turma que arranhava o vidro com as unhas, fazia caras suplicantes e acenava com papeizinhos. Uma garota obesa do cabelo azul chorava e um sujeito que tinha uma pulseira de couro cravejada de metal me olhava com ar ameaçador. Ao meu lado, um grandalhão de óculos escuros bebia em silêncio. Depois da segunda dose, virei-me para ele, que estava agora com um amigo de olhar divertido. Não falavam português. Pareciam integrar forças mercenárias inglesas à procura de um foragido. O sotaque era horrível e faria Richard franzir as sobrancelhas e adivinhar de que bairro aqueles dois tinham saído. Um deles devia ter dirigido caminhão no Norte e eu podia vê-lo comendo salsicha de carneiro numa encruzilhada em Hertford.

Mais uma dose e eu disparei. *What the hell is going on outside*? Eles tinham uma vaga ideia. Num inglês de carvoeiro, o mais sério explicou. "Parece que essas pessoas iam a um show que foi cancelado por motivos de segurança. Agora estão histéricas." Eu disparei. "Bem feito, se essa turma já está louca assim sem o show, imaginem se rolasse. Eu nada entendo dessas tribos, mas acho que deve ser gente do rock and roll." Eles foram enigmáticos, ficaram quase indiferentes. *Who knows*? Pedi uns cubinhos de queijo, ofereci e eles aceitaram. Reforcei com mais um prato de presunto cru. O baixinho que chegou depois me perguntou se eu curtia rock. "Detesto. Mas já conversei com David Bowie em Bali, sem saber quem era. Cheguei perto porque ele estava com duas mulheres lindas e parecia não saber o que fazer com elas." Eles sorriram. "Com uma ele já teria dificuldade. Imagine com duas," disse o baixinho. Fiquei animado. "Uma vez cheguei à porta do Old Stringfellows, em Londres, e Rod Stewart me tomou por um convidado porque eu estava em *black tie*. Então me chamou para a festa de 50 anos dele. Foi puro acaso. Até Lady Di estava lá. Já conversei com Eric Clapton na piscina do hotel em Miami, em Coconut Grove, nos anos 90. Também nem imaginava quem fosse. E recusei um convite para ver Red Hot Chilli Peppers no Hyde Park. Preferi ficar na cama com os livros que tinha comprado de tarde." Eles estouraram de rir e me pediram para descrever a cena. "Você podia ser um dos nossos. O Reino Unido está cheio de gente assim. *Why not*?" A coisa estava melhorando, o laborioso populacho britânico me rendia as boas-vindas. "E prefiro uma injeção na testa a ver os Rolling Stones. Um amigo viajou com Mick Jagger e disse que ele lembrava uma velha de calça de veludo." Parecia que eles nunca tinham se divertido tanto. "Gosto mesmo é de Keith Richard que cheirou as cinzas do pai achando que fosse cocaína." O grandão disse que mais uma e iria urinar nas calças. Então vi um cara com a camisa do *Sepultura*, que eu sabia ser do ramo. "Esse povo lá fora deve estar enlouquecendo por causa desse conjunto. *Sepultura means grave, you know*? Por isso que os caras parecem que saíram direto do cemitério. O pior é que eles me perseguem. No fundo, esses caras do rock devem ser umas tremendas bichas. Têm essa fachada de comedores, mas gostam mesmo é de ser plugados." Os 2 me abraçaram. "*You're incredible, mate*. Você deve estar certo."

Mais ingleses chegaram e passamos a beber minha garrafa com a meta clara de pedir outra. No fundo eu tinha alma de roqueiro e os caminhoneiros estavam ganhando a noite com minhas tiradas. O grandão então me perguntou de que música eu gostava. Nem pestanejei: Sinatra, Aznavour, Moustaki, Alceu. Um deles me estendeu a mão e disse: "Desculpe desapontá-lo. Mas nós somos o Deep Purple. Se o show não tivesse sido cancelado, você viria beber no camarim." Bebemos 2 garrafas em 4. O pior é que eu ainda hoje não conheço uma música dessa banda.

Quando contei essa história a Richard, Jane, a esposa argentina, e Rodrigo, o genro colombiano, disseram que nunca o tinham visto rir tanto. Até Caroline, a filha, japonesa de coração e formação, apesar de inglesa, concordou. Era neles que eu pensava em Paris. Era com eles que eu queria estar. Era na propriedade de Riversdown que eu amalgamava a essência de minha vida: um começo à beira do cais seguido pelas cabeceiras de pista em todo o mundo. O que seria feito de minhas mentoras da zona portuária?

Capítulo 30

Aguente firme, mamãe
(Começo de agosto)

Não sei como posso ficar pensando em tanta bobagem sabendo que mamãe não está bem. Além de privada de ver as irmãs, de comparecer às consultas médicas de que sempre tirou um certo prazer, como acontece aos longevos; de confraternizar com as netas e de desfilar beleza e colher elogios onde vai, sente-se lesada pelo atraso da vacina. Arrependi-me de dizer o que disse. "Mas que vacina, mamãe? Entramos em agosto e não vejo nenhuma conversa séria sobre isso aqui. Estou a 15 minutos do Instituto Pasteur e não há sequer uma equipe de televisão na porta. Cuidado com a manipulação política. Mantenhamos os pés no chão. Vamos ter que conviver com essa praga por um bom tempo."

Que asneira, que soberba fora de hora. Quando desliguei, o remorso tomou conta do apartamento todo. *Merde, merde, merde, putain de merde.*

Ora, como é que uma pessoa de quase 90 anos absorve esse tipo de perspectiva? Se para mim o horizonte já parece desesperador, o que não será para ela? Por que fui dizer tanta sandice? Como esperar que a dissecação nua e crua do fato pudesse ajudá-la? Será que toda aquela minha exaltação fora mesmo para ela, ou ecoava meu desespero? Com que direito eu posso atentar contra a esperança desse jeito? Onde aprendera aquela psicologia de troglodita?

Lembrei então do filme em que um velho agonizava no leito de morte, valorizando cada minuto que lhe era dado ver a pampa argentina, recostado no travesseiro alto. Uma parente também idosa, dessas primas solteironas que integram a filmografia latina como cuidadora, anuncia que um certo Juan queria lhe falar. Pela longa experiência, o velho sabia que o taciturno Juan, morador da propriedade, não iria perturbá-lo naquele estágio com visitas frívolas, de mera cortesia. Sabia que seu arrendatário queria um prazo maior para pagar o devido, visto que as chuvas tardias tinham atrasado a safra e aquele vinha sendo ruim para o campo. "Mande-o entrar. Diga que a conversa precisa ser breve, que são ordens médicas." O bom Juan entrou de chapéu na mão e pediu a dom Estebán o que este já esperava. *Pero de quanto tiempo más necessitas, Juan*? Sem pestanejar, ele pediu 2 meses. Dom Estebán ficou aturdido. O que dizer? Ele sabia que era um prazo sensato diante das circunstâncias. No fundo, também sabia que pouco ou nada poderia fazer com o dinheiro, levando em conta o tempo de vida que lhe restava. Procurando ganhar tempo, o velho toma um gole de água. "Dois meses são uma eternidade, Juan. *Es muchísimo tiempo*."

Servi-me de uma enorme dose de Calvados e voltei a telefonar para mamãe. Quando ela atendeu, tive a impressão de que esperava a chamada, o que me perturbou. Mas assim são as coisas. Dizer que ainda temos que esperar até o 7 de Setembro, o 15 de Novembro ou o Natal, é fazê-la ceder ao desespero. "Desculpe o desabafo, meu filho. Mas eu não sei mais se está valendo a pena." Isso era tudo o que eu não suportaria ouvir. E foi o que ela me disse. "Eu já não aguento mais ficar em casa. Essas comidas que chegam da rua têm todas o mesmo sabor. O que eu estou fazendo aqui?"

Por um longo momento, me veio à mente a história do alpinista que tinha ficado dependurado por uma corda na face mais inacessível da montanha, a mais fria, a mais escarpada. Estava quase escuro e ele se comunicava por rádio com a estação-base. Em desespero, os colegas diziam. "Mantenha a calma. Amanhã de manhã, com o primeiro sol, vamos te puxar para a trilha. Um helicóptero vai te resgatar e te trazer para cá. Amanhã a essa hora estaremos todos aqui em torno de uma lareira quentinha. E aí vamos tomar um conhaque. Nunca esqueça. O sofrimento é momentâneo, a vitória é para sempre. Alô, alô... você está aí? Não adormeça, mexa as pernas, diga alguma coisa..." O alpinista em apuros era um homem de grande experiência. Balançando feito um pêndulo sobre o imenso vão, ele sabia que ser humano algum resistiria a 12 horas imóvel a temperatura subzero. Ele entendia o esforço dos amigos, estivera no lugar deles, mas sabia que não havia milagre possível contra a hipotermia. "Oi, oi. Estou aqui ainda, porra. O frio está chegando, o sol está sumindo. Pessoal, eu sei que esse foi o último entardecer que vi. Não lamentem, não chorem, não se culpem. Se tivesse que escolher uma morte, seria assim. Só não sabia que esse frio do caralho era tão cruel. Nosso esporte é lindo, a vida é extraordinária. Digam a Regina que eu..." Os companheiros se desesperavam, alguns choravam. "Não diga isso, porra! Despedida um cacete! Reaja! A gente vai passar a noite conversando. Sua bateria vai aguentar. Pense nas suas filhas, no mar, no que você quiser. Mas não desista. Alô, alô..." Uma hora mais tarde, o silêncio era absoluto. Na base, os soluços, os tapas na mesa, o desespero. "Puta que o pariu, qualquer um de nós menos ele..."

"Mamãe, a guerra agora é mental. A senhora é a única que não pode morrer. Todos nós somos prescindíveis, entendeu? Se a senhora entregar os pontos, cai um atrás do outro. Eu vou ser o primeiro. Meu irmão nem se fala. Olhe, esqueça a Covid, mande o vírus se foder. Pode sair. Vou dizer para a levarem para passear de carro. Corra pequenos riscos, mas vá ver suas irmãs, vá comer uma tapioca em Olinda, vá comer sua moqueca de camarão. Só não traga ninguém de fora para casa. Chame a faxineira uma vez por semana e use máscara. Pense no dia e na semana, nunca no mês. É como subir uma escadaria. Se olhar para cima, a gente desiste. Tem que mirar degrau a degrau. Por favor, aguente firme. Agosto chegou." Ela reagiu. "Por você, por seu irmão, pelas meninas, eu vou me segurando. Isso vai passar, acho que deve ser por causa da infecção urinária, meu filho. Mas eu estive pensando: a gente nunca devia ter deixado você sair de casa tão cedo."

Era sempre a mesma cantilena.

No fundo, mamãe nunca se conformou que eu seja um desenraizado, que esteja passando um momento desses longe de tudo e de todos, como um largado, como um Zé Ninguém, à mercê de intempéries, vivendo de favor no apartamento dos outros. Para ela, o alpinista à deriva sou eu. O que dizer? Talvez ela tivesse razão. Eu tinha pensado a semana toda em ir para a Inglaterra, onde talvez deixasse as cautelas de lado, ou ir para o Recife para ficar com ela, para contar e ouvir histórias, e aproveitar esse restinho. Uma hora um de nós dois vai faltar ao outro, as chances são quase iguais. Ela tinha razão: nós vivemos tão pouco juntos. Sempre tive tanta certeza do amor dela que, por paroxismo, precisava ficar longe. Os cuidados dela sempre me pareceram exacerbados, quase atentatórios à minha soberania. Nem sempre convergíamos. Preocupada com minha saúde, há 40 anos mamãe me prognosticou um infarto que ainda não chegou. Ora era porque ela cismava que minhas unhas estavam arroxeadas. Ora porque a hereditarie-dade era incontornável e a família de papai tinha cardíacos. "Você sabe que gordura na cintura é um perigo. Seu pai mor-reu de diabetes e você não se cuida. Você também adora dizer que não acredita em medicina. Se duvidar, nem suas caminha-das você dá mais. Se alguma coisa lhe acontecer, vou tomar satisfações com seu pai mesmo que ele esteja entocado no inferno. Ele desencaminhou meu filho."

Papai era inimigo visceral dos esportes. Achava que se mexer era perda de tempo. "Seu pai só começou a prestar atenção em vocês quando eu já tinha feito o básico. Até com a natação ele implicava. Eu levava vocês escondido, tínhamos o nosso código, lembra? Quando vocês estavam crescidinhos, ele abriu os olhos. Mas depois, botou a perder o que eu fiz." Olhando em retrospectiva, a impressão que tenho hoje é que até a adolescência talvez não tivéssemos contado para papai. Um dia ele ficou curioso para saber o que pretendíamos fazer de nossas vidas. Não foram capítulos fáceis. Não pudemos nos dar ao luxo de viver nossas fraquezas em seu devido tem-po. Tive que ir para a poda radical da vida. A superação tinha que ser pela força, não pela técnica ou jeito. Quando o irmão dele ficou doente e, depois de ter sido bom prefeito, não pôde se candidatar ao Senado, como era desejo da família, papai di-zia que as consequências de um AVC eram de somenos. "Esqueça que teve isso e articule as palavras. Não embole a fala porque assim não lhe darão um voto."

Para mim, esse também era um ponto nevrálgico. Sempre fui meio gago. Às vezes mais, às vezes menos. Às vezes só em português, outras vezes também em outras línguas. Quase nunca gaguejo quando converso a 2, especialmente com uma mulher que me interesse. Tampouco quando falo para audiências maiores, o que não acontece todo dia, mas já foi bastante frequente. Gaguejar me incomodou mais, mas hoje eu acho até engraçado. Ariano Suassuna ajudou a desdramatizar essa peleja. Como era um traço que me angustiava, eu fazia força para que não fosse motivo de diversão para terceiros. Uma decorrência disso não pode passar em brancas nuvens: um gago mais ilustrado cria um monte de áreas de escape para não sucumbir à humilhação de ficar engasgado com uma sílaba. Haja sinônimo, haja riqueza de vocabulário. Se, por exemplo, o dia não está muito propício para a letra n, ou p, ele não se aventura a dizer uma frase como: "Não tinha porra nenhuma para você na portaria." Melhor é me sair com: "Tinha zero de cartas hoje para você lá embaixo," por hipótese. Ou seja, não se trata só de achar sinônimos ou equivalências. Trata-se de travar uma luta fratricida para evitar a todo custo situações vexatórias. Das tantas, talvez a pior seja aquela em que o interlocutor complementa o que se tinha a intenção de dizer. E aí o gago o desmente e tem que inventar outra coisa para descaracterizar o impasse.

Tenho conversado com uma amiga brasileira sobre a publicação mais adiante de meu novo livro em Israel. Tratando-se de uma longa saga em torno de uma família judia, achamos que uma tradução em hebraico seria impactante, mesmo porque alguns trechos da narrativa se passam na Grande Tel Aviv. "Nossas tiragens são pequenas, mas é um mercado exigente, as pessoas ainda leem bastante." Papo vai, papo vem, falamos de Pernambuco. "Acho que tenho péssima reputação no Recife. Devo ser considerada a mulher mais antipática do mundo. Quando dou uma volta num shopping e as pessoas vêm me beijar, mesmo sendo velhas conhecidas, eu já vou estendendo a mão para marcar distância. Aqui a gente respeita o padrão americano. Se você é muito íntimo, dê um abraço. Nada de beijinhos melados."

Entendo o que ela quer dizer. Pelo que vi nas minhas andanças, somos um dos povos mais grudentos do mundo. Em toda festa, a beijação no Brasil não tem fim. É tanto abraço, são tantas as fricções nas costas, é tanto afago intergeracional que o coronavírus cai desfalecido por excesso de opção. "Pego o gordo, o velhinho ou a criança?" ele deve se perguntar. É uma desmoralização para um bicho que gosta de emboscar, de ser traiçoeiro, ter tanta alternativa a céu aberto, criando dificuldade de escolha.

O Recife é um dos primeiros candidatos no mundo a conseguir a chamada imunidade de rebanho. Ou todo mundo cai morto, ou ficará imune. Depois da pandemia, vou sentir saudades aliviadas das grandes festas de antigamente. Casamentos no Brasil são uma tortura mesmo que você drible as fotos e alegue uma dor de dente para só chegar à hora dos comes e bebes. É uma pegação desenfreada. O chamego é endêmico. Todo mundo beija todo mundo ao chegar, ao esbarrar na saída do banheiro, ou à hora de ir embora. Sobra beijo até para o manobrista. Os casamentos de ontem, hoje seriam aquecimento para a missa de sétimo dia.

Para quem não está familiarizado com o contexto cultural, já que falamos dele, imagine-se uma festa para 500 convidados. Pois bem, ali você vai dar e receber uns 400 beijos. Se for padrinho, sobe para 720, entre 8 da noite e 3 da manhã, e estando só medianamente embriagado. Se for noivo ou noiva, serão 1.280 bitocas, facilmente. Se for mãe da noiva, fará jus a 1.550 beijos. Ouço os maquiadores quando vão fumar ao ar livre. "Ai, ai, depois dessa preciso de uma semana em South Beach." Ao fim e ao cabo, as mulheres ficam todas com a mesma cara. É infernal. Você só diz: "Ô querida. Tudo bem?" E tome beijo. Nome, nem pensar. Por isso é sempre prudente estar bêbado. "Não está lembrado de mim não, tio?" Aí você aponta o copo. "Desculpe, meu amor, estou ficando meio caquético, deve ser amnésia alcoólica ou pior." Ela sorri. "Sou filha de seu primo, conversamos hoje no almoço sobre o Japão." Puta que o pariu, você se toca. "Mas é claro que lembro, querida." E tome mais 2 beijos de multa. Mas você ainda não está livre do interrogatório. "Então diga meu nome, vá..." Você empaca. Geralmente é nome russo. Festa nesse padrão, tem tudo para ser de um pai que desertou do ideário socialista na glasnost, e que se converteu à cartilha liberal. Teria boas chances se chutasse Valentina, Svetlana, Tatiana, Aleksandra, Lara, Sacha. Ou mesmo Perestroika.

Outro gole.

"Esqueceu, não foi?" Aí você diz: "É que vocês são todas tão lindas!" A vontade que dá é de dizer: "Desculpe, mas vocês vão todas para o mesmo dentista, o mesmo cabeleireiro, falam todas com o mesmo sotaque, vão ao mesmo costureiro, fazem as mesmas caretas nas fotos, dizem unanimemente com certeza, e me chamam de tio sem que eu seja. Como eu posso saber?" Mas sorrio, dou mais 2 beijos e arrisco. "Vá se divertir, Raíssa, não perca seu tempo com um velho." Equívoco. "Não, tio. Eu sou Joana." Putz, logo esta! Mais um drinque. E lá se vai Joana meio sem graça se dependurar nos braços de um cara com barba fechada, doutorado em direito de informática e contatos em São Paulo. São imensas as chances de se chamar Tiago, Lucas, Rodrigo ou Diogo. "Garçom, não me esqueça." Acabou a tortura. É claro que o fim das festanças tem um lado triste. Por zoom, não será a mesma coisa. Enfim, tenho tentado pensar no lado bom da pandemia.

Vem por aí um momento de verdade, voltando para minha amiga de Israel, de mais higiene e menos frescura. Lembro que reforcei o argumento dela ao telefone. "Você tem razão. Ano passado, vi 3 adultos da mesma família alternarem mordidas num enorme sanduíche de kebab. Era pura prova de amizade e confiança. O que contava era não aparentar repulsa pelo outro. Foi o caso de Papillon quando fumou o charuto do leproso que o ajudou na fuga. Como sabia que a lepra dele não era contagiosa? Ele disse: eu não sabia. Viraram irmãos. Nas plateias brasileiras, as pessoas iam às lágrimas com essa cena. A confiança suicida é premiada. Isso está na raiz de nosso primitivismo. Essa troca de fluidos é uma aliada forte do coronavírus." Eu estou enlouquecendo.

"Mamãe, o que aconteceu? Aumentei a foto para ver no detalhe e vi que a senhora está com umas manchas feias embaixo dos olhos. Pensei que fossem olheiras. Então..." Mas ela me interrompe. "Eu estava fazendo o rol da lavadeira. Aí o telefone tocou. Eu tinha esquecido o tapete enroladinho. Caí feito jaca. Seu irmão levou o maior susto." Fico histérico, nem sei por onde começar o sermão. "Esqueça o susto de meu irmão. Os americanos chamam isso de rolinho assassino. Uma queda agora é má ideia." Ela concorda. "Eu sei, minha avó dizia que velho só morre de queda e caganeira. Não vai acontecer de novo." "E os olhos?" Outra surpresa. "Bati a testa no chão. Formou um galo. E aí foi descendo. Fiquei parecendo um guaxinim. Mas agora só tem uma manchinha amarela." Arremeto, ainda furioso: "Pois jogue fora tapete, rolinho, tudo que fique no chão. E os ossos?" Prendi a respiração. Daí poderia vir a má notícia. "Não tive nada. Meus ossos são de primeira." A emoção me sobe à garganta. Ela inverte o jogo. "Agora conte de você. Emagreceu?" Ela é espertíssima. "Emagrecer como? Manter o peso já é uma proeza." Chegamos ao fim. "Cuidado pra não ficar desidratado. Mas tome água, viu? Cerveja não é a mesma coisa." Quando desligo, tenho vontade de chorar. Ela estava tão desfigurada, a imagem era tão chocante.

Pascale não se conforma que eu não me anime a ir vê-los na Córsega. "Nunca o vi assim. Ânimo, venha para cá que te apresento uma mulher e tanto. Até a mim ela agrada." Quando digo que não quero sair de Paris apesar da canícula, ela se irrita. Argumento então que em quase 9 meses só dormi 6 noites na minha cama, em São Paulo. Como me empolgar com o verão se dezenas de conhecidos morreram e outros tantos estão na fila, um deles podendo ser eu mesmo? Como não sentir certa fadiga se você todo dia transforma água em combustível para se manter produtivo e otimista? São 162 dias no mesmo endereço. Para não variar, essas reações renitentes de Pascale, embora longe de tenebrosas, me lembram o meu pai.

Só ele podia se sentir adoentado. Só ele podia afogar o cansaço numa canja, seguida de um sono tão profundo que os roncos chegavam ao andar de cima. Qualquer fraqueza merecia dele um diagnóstico taxativo: está assim porque bebeu demais, comeu de menos, não estudou para a prova, passou a noite na farra, levou o sol do meio-dia, está com carência de ferro, contraiu doença venérea, só pensa em namorar ou está precisando de uma namorada nova, está fumando escondido, deve ser droga, é porque aceita o que o médico diz, é porque não faz o que o médico manda, é porque comeu 3 pratos de feijoada ou então é porque comeu um só. É porque lê demais ou porque está lendo de menos.

Então, antes que o mal se agravasse, ele entrava com seu receituário heterodoxo. Batia palmas, gritava, dava sustos, chamava o doente aos brios, dava-lhe tapas nas costas, mandava corrigir a postura, recomendava um banho frio apesar dos 39° de febre ou mandava fazer um cozido com pirão fortificado. Fazia uma pregação moral sobre os malefícios do derrotismo, dizia que sucumbir à tristeza era para os fracos e que a melancolia era incompatível com os homens vitoriosos. Que eu e meu irmão fizéssemos como Rubirosa, Juscelino, Vinicius, Guinle ou o rei Fahd e tivéssemos muitas mulheres. Que não cometêssemos seu grande erro que foi o de se manter fiel a uma só. Que quando sentíssemos uma fraqueza no corpo, pensássemos em Júlio César ou Napoleão. Que não havia fadiga que resistisse a um gole de conhaque com limão. E que aspirina era coisa de veado.

Tudo isso vinha do medo de que nos acontecesse o irremediável. Hoje quando fico como estou agora, sinto um alívio por não tê-lo por perto. Na pandemia, ele estaria desesperado, fazendo pregação motivacional e diagnosticando - seu eterno passatempo. Era uma carga pesada. Nem a morte nos assegurou a pleno o direito ao recuo. A ele devo quem sou e o que me tornei. A mamãe devo a imagem refletida do que poderia ter sido. Do choque dessas visões, nasci eu com minhas reflexões. Cada um constrói seu destino e seu emparedamento. No geral, é óbvio, tenho péssima impressão da vida familiar e de suas liturgias. Isso pode ter se originado aí. É como se o preço a pagar por uma alegria fosse o de cinco aborrecimentos. Ainda hoje acho que as famílias destroçam os melhores indivíduos.

Quando um primo voltou vegetariano da Europa e outro disse que aderiu à yoga, foi uma época de grande pressão sobre nós. Para papai, o vegetarianismo era o frontispício da homossexualidade. E a yoga, idem, porque remetia a trajes colantes. Tínhamos que comer alcatra e ter gosto pela ação. Como ele tivera um primo homossexual de alguma projeção, passou a vida dizendo que o pai daquele rapaz fora um grande homem, mas que a mãe, sua parente, o desencaminhara ao tirá-lo do internato em Nova Friburgo escondido para acompanhar as provas de vestido das irmãs. Nasci num labirinto e é num labirinto que continuo vivendo.

Capítulo 31

Na rue Daguerre, XIV ème
(Meados de agosto)

Evito lavrar em pedra leviandades e também luto para não confundir causa e efeito, um cacoete que não tolero nos outros. Isso dito, não queria fazer bravata em cima do que hoje talvez seja só egoísmo. Não quero romantizar meu exílio ou pintá-lo como uma opção heroica. Paris não é a Ilha do Diabo e o degredo resulta da combinação de alguns trunfos que reuni, de forma deliberada ou intuitiva, e das cartas que a vida me deu para enfrentar essa rodada de fogo.

Penso em tudo isso enquanto passeio pela rua Daguerre, no XIV ème, onde morava a cineasta Agnès Varda que morreu ano passado. Maria, a portuguesa da peixaria, me apresentou a ela uma vez. Agora Maria está morando em Biarritz e perdi um ponto de referência na rua. Mas ainda tenho Benoît, garçom da Maison Péret, cujo terraço voltei a frequentar, ainda que com um estado de alma fragmentado. "E aí, tem visto meus amigos da família Baraud?" *Oui*. "Estiveram aqui um tempo desses. Madame não estava com bom aspecto. A verdade é que todos nós estamos com cara de doentes. Já ele parecia bem. Estão sempre com aquele ar perdido, o senhor sabe bem por que, não é? O que me dá mais pena é o cachorro. Não há bicho mais triste na cidade."

Tudo começou numa noite de sábado no simpático bistrô da Auvergne, alguns anos antes. Hospedado na rue Froidevaux, fui jantar lá, mal chegara do Brasil. Como tinha dormido durante o voo, os jornais que eu trouxera estavam intocados. Levei-os para o restaurante, pedi o salsichão lionês com pistache e salada de batata com uma garrafa de Cahors. Ao meu lado, um casal conversava em voz baixa e nitidamente me observava. Quando eu terminei, eles me abordaram. "O senhor come com grande apetite. Isso é sinal de saúde. Vimos que leu jornais em várias línguas. Qual é o seu idioma de origem?" Expliquei minha vida sumariamente. Eles assentiram, agradecidos. Só que a curiosidade não estava exaurida. Pelo contrário. Eles falavam um francês do Maciço Central, parecido com o das pessoas de Vichy. Eu os escutava com todos os sentidos em alerta. Não seria uma conversa comum.

Então, como se estivesse dando um passo perigoso, sob o olhar tenso da mulher, Jean-François disse: "Perdemos uma linda filha de 24 anos que era um pouco como o senhor. Adorava a boa cozinha, as línguas, as viagens e a cultura. Aprendemos muito com ela. Éramos só um casal de caipiras de Clermont-Ferrand. Ela nos mostrou o mundo. Pena que tenha vivido pouco." Eu fiquei atônito. Então eles me mostraram as fotos de Marie-Laure no telefone. Caí na besteira de dizer que era o nome da minha avó materna, que também fora uma mulher prendadíssima e que ficou doente cedo.

"Só estamos vivos para perpetuar a memória dela. Abrimos uma fundação para fomentar a música clássica. Fizemos uma noite na Sala Pleyel. No circuito da música, o maior amigo era o pianista russo Evgeny Kissin. Ele fica hospedado no apartamento dela quando vem a Paris. Ele tem a chave, nem precisa pedir autorização. O apartamento continua intacto. O mesmo vale para Iddo Bar-Shaï, que dizia que nossa filha bebia a música. Andreï Korabelnikov e ela eram íntimos. Estivemos com ele 2 vezes em São Petersburgo. Mas ela levitava com Nelson Freire, que comparava a um anjo. Eu e meu marido éramos ninguém, ignorávamos as belas coisas do mundo. Jean-François presidia a associação de hoteleiros das estâncias termais de toda a França. Eu era professora da Faculdade de Odontologia. *À quoi bon*? Largamos tudo para ficar em Paris ao lado dela, que está enterrada aqui ao lado. Voltamos a ser o que éramos: nada. Agora é só esperar a morte." Eu não sabia o que dizer. Ele quebrou o silêncio, sem medir as consequências do que viria: "Quer ir almoçar no apartamento *dela* amanhã?" Eu aceitei.

Jean-François e Anne-Marie me esperavam na rue du Commandeur, perto da estação Alésia de metrô. Aquilo me parecia um pouco mórbido. Eles próprios viviam na rue de la Tombe Issoire, também no bairro. No tapete da sala de Marie-Laure, cochilava um enorme cachorro de pelo curto chamado Argo. Nas paredes, gravuras originais de Cocteau. Na biblioteca, a primeira edição das obras completas de Rousseau, publicada na Suíça no século XIX, que ela pedira de presente pelos 15 anos. Na sala, um piano de cauda curto. Drinques servidos, Jean-François sentou-se ao piano. "O que você quer ouvir?" Pedi o favorito da família, o concerto nº 2 de Rachmaninoff. Anne-Marie teve um frisson. Acontece que é uma das peças proibidas de se ouvir porque Marie-Laure a amava. A dor seria pungente. Tentei retirar o pedido, mas já era tarde. Fizemos um pacto: todos iríamos segurar as lágrimas e ele me faria essa distinção, mesmo não sendo um pianista comparável a Kissin. Então, choramos os três.

Ao final do almoço, eles me disseram o que eu ouviria à exaustão nos próximos anos: "Ela poderia ter tudo o que quisesse no mundo. Tudo o que o dinheiro pudesse comprar. Todas as viagens, todos os livros, todos os amigos, *tout, tout, tout*. Mas o destino não permitiu. Quando estava doente, ela jamais se queixou de uma dor. Ao lado dela no hospital, ela pedia que saíssemos para aproveitar o belo dia de primavera. O amor que ela nos tinha nos impele a continuar vivendo. Seria afrontar a sua memória não continuar. Mas a verdade é que estamos ambos mortos."

Foi por puro acaso que sentei ao lado deles na Maison Péret. Graças ao casal, conheci nos meses seguintes Kun--Woo Paik e o violoncelista Alexander Kniazev – todos amigos pessoais de Marie-Laure. Como ela fez tanto em tão pouco tempo? Ao cabo de um tempo, Anne-Marie me disse que precisávamos nos afastar. Minha presença era um lembrete permanente do que Marie-Laure podia ter sido e não foi. Que eu os entendesse. Isso foi há uns 4 anos. Acatei, não sou de ficar choramingando nem pedindo explicações. Mas nunca deixei de me informar sobre eles com os comerciantes da rua Daguerre. No verão, ainda iam para a Bretanha por poucos dias, cuidando sempre para que não faltassem flores frescas sobre o túmulo da filha. Se soubessem da minha presença na cidade desde o começo do ano, talvez ficassem perturbados. Por isso não os procurei. Mas quem sabe não o faça até o Natal?

Seja como for, o Brasil de 2 anos para cá me deprime e tensiona. É essa a potente força centrípeta que me mantém longe do seu regaço, que me permite aguentar o que, em outras circunstâncias, seria mais penoso. Fossem diferentes as circunstâncias, já estaria lá – com vírus ou não.

Mas pela primeira vez, existem elementos que me fazem resistir à ideia de atravessar o mar. É como se um dia eu tivesse tido uma casa linda que costumava visitar para carregar as baterias e me reencontrar com o melhor de mim. Situada num elevado discreto, a que se chegava ao fim de trinta degraus, era especialmente bela quando a mata fechada à volta atraía um chuvisco e o cheiro de terra molhada invadia a varanda onde a brisa balançava uma rede velha, curtida pelo uso. Era lá que eu me refestelava para ler romances, era lá onde fazia uma pausa para ouvir os passarinhos ou ver um calango escalar o tronco da mangueira em disparadas curtas. Era o paraíso como imagino – o lugar onde nem a História nem os ecos do mundo externo entram.

Então, valendo-se de um descuido que foi tão meu quanto do porteiro e dos vizinhos, uma gangue entrou lá. Formada por elementos ruins, por uma espécie humana de cuja existência eu talvez não suspeitasse, eles esvaziaram a piscina, despejaram no vão todos os livros, regaram a pilha a gasolina e atearam fogo. Viram o espetáculo por um minuto e logo se desinteressaram por ele. Com pedras de carvão, garatujaram as paredes brancas e tiraram os quadros para chutá-los um a um, vazando o meio da tela com o bico dos coturnos enlameados. Destruíram as válvulas de descarga dos vasos sanitários para que os excrementos transbordassem e rasgaram meu colchão a peixeira para inutilizá-lo. Despejaram a adega nas pias, quebraram as garrafas vazias nas janelas e arrancaram as portas do forno e da geladeira. Um deles teve a ideia de defecar dentro da máquina de lavar roupa e foi este mesmo elemento que trancou a gata Lolita no micro-ondas. Então filmou pelo vidro a agonia do bicho, e entre risadas e arrotos de Coca-Cola morna, dali mesmo mandou o vídeo para o deleite de assemelhados, entocados nos valhacoutos de condomínios Potemkin. Em seguida reviraram todas as gavetas da casa e urinaram nas mais baixas. Feito isso, agora moram na região vandalizada onde se dedicam a salgar a terra. Dizem que nos baixios essas mesmas bestas abriram covas rasas e que lá jazem os cadáveres dos próprios comparsas cujas mãos agora saltam para fora da terra – os que fracassaram na fidelidade, na propagação da doutrina ou na prontidão. Pergunto: o que mais quero fazer numa casa dessas?

Ilhado no meio de Paris, com uma simples mensagem de voz por WhatsApp está a meu alcance resolver a vida e voltar para o Brasil à hora que quiser. A passagem está lá, aberta a todas as possibilidades, pilotada por uma agente competente. Para completar, dizem que teremos uma vigorosa segunda onda da Covid no outono e a hora de marcar o regresso talvez seja esta, antes que as árvores comecem a ficar alaranjadas. Haveria pesadelo maior do que reviver o confinamento radical da primavera? Dizem também que pode ser que o vírus volte mais brando, mas duvido que o fosse comigo – o alvo dotado das características com que ele sonha.

Para agravar minha fragilidade, eu já não sou o cara desenvolto que era em março, quando carregava uma cestinha até a feira da place Monge para me abastecer e voltava assobiando, esticando o passeio entre a margem do rio e a Escola Politécnica até que se esgotasse o tempo regulamentar. Não, hoje em dia as dores encurtam o fôlego e diminuem o raio de ação.

Eu já não me sinto confiante para puxar a mala de rodinhas na rua, se um dia precisar. E depois tem uma coisa que ainda não ousei dizer ao dr. Fermat, como se lhe estivesse testando a capacidade de detectá-la por outros meios: voltei a ver gotas de sangue no vaso sanitário, o que antes atribuía à aspirina noturna. Se deixei de tomá-la, o que pode explicar isso? Eis um tema contra o qual luto com todas as forças para não pensar. Um tumor pode estar me corroendo as entranhas. Diz-se que com a postergação de tratamentos urgentes, surgem na oncologia variedades que já não se viam há 30 anos.

Da eleição para cá, pouco fiquei no Brasil. Nesses quase 2 anos de bolsonarismo entronizado, foi como se a poeira de um credo inamistoso se espalhasse pelas superfícies que eu toco. E que, ao levar o dedo ao nariz num ato reflexo, eu me contaminasse com um vírus que, embora menos letal que o corona, me causasse asfixia parecida à de uma embolia. A força de propagação dele é análoga. De absorção fácil pelo organismo social, quanto mais ignorante você é, mais fica mesmerizado pelos mitos fundadores. E maior será seu empenho em formar prosélitos, militantes e arrebanhar seguidores. A vida social brasileira se ressentiu desse fenômeno. Se antes a dicotomia entre esquerda e direita desequilibrava os encontros de família e desnudava pequenos dilemas, o capitão logo se assenhoreou de um projeto político. Foi como se o fantoche tivesse dado um golpe branco no ventríloquo. Foi como se Pinóquio estapeasse Gepetto e lhe dissesse, malignamente: "Longe de mim, velho decrépito, tire as mãos daqui. Já não basta esse nariz que você me botou, seu traíra. A partir de agora, vamos ver quem pode mais."

Vendo o Brasil de longe, como uma terra que parece não ser mais a minha, como um celeiro de experimentos absurdos a que nos levou uma tempestade perfeita, fico entristecido e mais vulnerável do que consigo admitir. Pela primeira vez, percebi como o País exercia uma força gravitacional importante sobre meus humores. Quando tudo dava errado aqui fora, ver a terra brasileira da janela do avião, saber que já sobrevoava seu território, me curava de todos os males. Hoje é todo o contrário. Posso até voltar ao Brasil nas próximas semanas. Mas seria com o mesmo ânimo de quem se resigna a um casamento de conveniência ou a uma união de fachada para o cumprimento de uma formalidade. Por enquanto, e talvez por bom tempo, uma cortina tenha caído sobre o grande afeto que me unia ao País. Perdi o pé no estribo. Inerte no chão, o que consigo ver é o espectro de um imenso cavalo que relincha alto e ameaça me espezinhar. Basta uma patada e meu crânio resultará esfacelado.

Bem ao fundo, vejo os escombros da casinha em cuja rede eu lia Eça.

Domingo desses convidei Pascale para almoçar no Chez Paul, um lugar sem grande tempero que me foi recomendado por Zeca Camargo, da vez que sentamos lado a lado no avião. Se faltou originalidade à cozinha, pelo menos foi barato. Ela precisou sair mais cedo porque ainda ia ver uma tia que mora perto das Buttes-Chaumont. "Não sei por obra de que milagre ela escapou, coitadinha. É dessas velhinhas doces que ainda cheiram à Velha França, dessas que mantêm uma vela acesa o ano inteiro pelo cinquentenário da morte de De Gaulle."

Sozinho, peguei a rue de Lappe, onde as pedras irregulares quase me empenaram a coluna. Diante da rue Daval, peguei a rue de la Roquette e decidi que tomaria um café na Bastilha. A luz estava bonita na entrada do metrô, e fiquei ali esvaziando a cabeça. Então atravessei, deixando o boulevard Beaumarchais do lado direito. Quando peguei a rue Saint-Antoine, percebi um casal ao meu lado, conversando animadamente. Interessante fenômeno. Casais de verdade não são felizes nas tardes de domingo.

Saquei 50 euros no caixa da Société Générale, e eis que eles acompanharam minha cadência nas esquinas das ruas Jacques Coeur, Lesdiguières, Castex e Petit Musc. Na rue Beautreillis, eles fizeram uma pequena pausa enquanto eu fotografava o Théâtre Espace Marais, e, mais adiante, quando, para ver se continuavam, registrei a placa da psicanalista Chantal Joie-Lamarle, com quem posso vir a ter uma conversa. Alguém que tem *alegria* no nome deve fazer bem ao paciente. E lá estavam os agentes ritmando os passos. Então embiquei à esquerda em direção ao boulevard Henri IV. Na estação de metrô Sully-Morland, lembrei-me de Jorge Amado e Zélia Gattai que amavam a vida naquele pedacinho. Pois eles atravessaram a ponte de Sully no meu passo e resolvi fotografá-los antes de mergulhar no Sena. Sim, pensei em pular da ponte para ver se eles fariam o mesmo. Mas lembrei que podia molhar os 50 euros e perder o celular. No Quai de la Tournelle, sem mais tardar, tomaria uma decisão. Abordá-los ou confundi-los? Ignorei o sinal vermelho e entrei na brasserie *Le Nouvel Institut* enquanto os via atravessar a rua a passo hesitante, evitando as motos. No balcão, tirei a camisa preta que vestia sobre uma polo azul. Isso os confundiu e ganhei 2 minutos. Ele então fez um gesto para que ela fosse ver se eu pegara a rue des Fossés Saint-Bernard. Ele ficou onde estava. Aproveitei a deixa e escapei pela saída do boulevard Saint-Germain. Nada como conhecer o terreno, dizem os bons bandidos. Caminhei rápido, sem olhar para trás, até a rue de Bièvre, onde morava François Mitterrand. Então verifiquei. Nada do agente 86 ou da agente 99. Subi até o cais, e fui tomar uma cerveja merecida no *Auberge Notre Dame*.

O que terá sido? Dia desses alguém me disse que estou parecido com Gérard Depardieu. Será que o casal implacável tem cara de caçador de autógrafos? Será que é por conta do saque que me viram fazer no caixa? Não sei mais o que pensar, mas tirei um estranho prazer dessa brincadeira.

Às vezes as redes sociais podem ser bem desopilantes. Um amigo me mandou um texto que fazia ótimas analogias entre o sexo e a aviação. Diz que o homem até os 20 anos é um aviãozinho de papel. Faz apenas voos rápidos, de curto alcance e duração. Em geral, decola com o auxílio da mão do dono. Dos 20 aos 30, é um caça do tipo Rafale, desses prestes a romper a barreira do som. Está sempre a postos, 24 horas por dia, 7 dias por semana e ataca qualquer objetivo. Executa várias missões, e os intervalos de tempo entre uma e outra são curtos. Dos 30 aos 40 anos, é um avião de carreira apto a voos regionais e decola a horários regulares, cobrindo rotas conhecidas. Pode ser que não decole sempre no horário, o que pode provocar adaptações que irritam a clientela. Dos 40 aos 50 anos é um jumbão que faz rotas internacionais. Opera em horário premium e só conhece destinos de alto nível. Como faz voos longos, os sobressaltos são raros. É claro que os passageiros embarcam com grandes expectativas. Sendo o voo longo, todos chegam ao final bem cansadinhos, mas satisfeitos. Dos 50 até os 60 anos, você é um avião de carga. Tem que se submeter a preparação intensa e enfrenta muito trabalho antes da decolagem. No ar, manobra lentamente e a viagem é sensivelmente menos confortável. Tem que estar pronto para carregar muita mala e bagulhos diversos. Bem, entre os 60 e os 70, você será só asa delta. Para alçar voo, precisa de condições externas excepcionais. O trabalho para decolar é insano e tem que evitar manobras bruscas para não cair antes da hora. Depois da aterrissagem, você desmonta e guarda o equipamento. E finalmente, dos 70 aos 80 anos, você é um planador. Só voa rarissimamente e com auxílio. Seu acervo de manobras é limitado ao extremo. No chão, não volta para o hangar sem ajuda. Mas se você passou dos 80, é só aeromodelo. Virou puro enfeite.

Meu irmão escreveu. "Mamãe quer falar com urgência. Está acordado?" Nem esperei ligarem de tão preocupado que fiquei. "Mande lá, mamãe. A senhora está bem?" Eu estou, meu filho. Mas é que tem uma coisa que não me deixa dormir desde domingo. Imagino que quando você voltar para sua casa em São Paulo, os livros vão estar empoeirados. Dizem que São Paulo está um forno e que os mosquitos não estão respeitando nem ar-condicionado. Já pensou você dormindo nessa poeira? Então eu queria sugerir que você entrasse em contato com dona Laudicéia para..." Um minutinho, mamãe. Um minutinho antes que a senhora dispare. Esclareça só uma coisa: é esta sua preocupação? É isto que vem lhe tirando o sono?" É, meu filho. "Mamãe, que alívio que sua aflição se resuma a isso. Olhe, essa é minha preocupação número 154. Eu teria 153 coisas mais importantes com que me preocupar. 153, mamãe. Se é que isso me preocupa. Primeiro é com a Covid aqui. Depois é com a Covid aí. Terceiro é com minha situação legal aqui. Quarto é com as finanças. Quinto é com o seguro saúde. Sexto é com quando volto, se volto e para onde volto – se São Paulo, Recife, Estados Unidos. Sétimo é com meus compromissos literários aqui. Oitavo com eles em Portugal. Nono com o retorno ao médico. Décimo..." Entendi, entendi. É por causa dessa sua asma que... "Mamãe, sua preocupação é a mesma coisa que pensar na meteorologia de uma festa que só vai acontecer daqui a 2 anos." Que seja, a gente ia deixar as pessoas se molharem? "Não, mas teria tempo de sobra para pensar em como protegê-las." E como você pretende fazer? "Admitindo que tudo melhore e que eu vá para São Paulo, eu fico num hotel 3 dias enquanto a faxineira tira a poeira. Então só chego lá com tudo impecável. Satisfeita? Mas não bote a carroça na frente dos bois. Nem se engasgue com mosquito. Era isso?" Era, meu filho. Você pensa como seu pai. Nada é problema. Para tudo, ele achava uma solução fácil. "É treinamento, mamãe. Sou da escola dele. Ele dizia que problema na vida era tudo o que o dinheiro não resolvia. Se dinheiro resolve, não é problema." Ele dizia isso mesmo. E você volta quando? "Aí sim, eis um nó complicado de desatar. Não sou de medos. Mas me apavora o avião decolar daqui e, quando eu olhar pela janela, ver Paris sumindo. Tirando o prazer de rever umas pessoas, nada me prende ao Brasil no momento." Isso é triste. "Agora estamos falando a mesma língua, mamãe. Ah, se tudo fosse a poeira dos livros."

Seria Paris um não-lugar? O que sempre deu sentido a esta cidade foi o que deu a São Paulo e a todo grande centro urbano ocidental: a primazia de ir e vir, de entrar e sair. Paris sem isso parece que não é Paris. É uma prisão engalanada à beira do Sena onde, vistos de longe, somos como os detentos do boulevard Arago, que veem a vida pelas grades. Às vezes parece que fujo para dentro. Hoje vi as calçadas com outros olhos. Molhadas de chuva, as pessoas se espremiam sob o toldo, máscaras caídas no queixo, a embriaguez leve dos que agem como se o vírus só matasse quem tem mesmo que morrer. Eram estudantes da Sorbonne que, na prática, agiam como primitivos. O outono vai ser menos poético do que pensei. Vai assinalar retrocesso, a marcha para trás, a adoção de medidas restritivas. O frio sério vai chegar em 5 semanas. E aí volta o filme do inverno passado quando vi a pandemia chegar.

Há quase 50 anos, eu ouvia uma música que me voltou na caminhada de hoje. Chamava-se *O Passageiro da Chuva*.

> *Je me souviens sous la pluie*
> *Le ciel couleur de la mer*
> *Comment du temps le plus amer*
> *Est née cette mélancolie?*
> *Je t'ai connu trop tard*
> *Toute une vie trop tard*
> *Ami de nulle part*
> *Passager de la pluie.*

Reduzi o Stilnox e abri as portas para um pesadelo. Donald Trump estava num posto de beira de estrada, um desses onde se vende biscoito de polvilho, torresmo, pastel, linguiça na chapa, imagens de Nossa Senhora Aparecida, berrantes.

Melania ri ironicamente quando ele volta do banheiro com um chapéu de batalhão de camuflagem, e uma soqueira na mão. Partimos. Ele diz a um assessor que ache um lugar em Washington para ter um encontro discreto, dando a entender que é com uma mulher. Melania olha a paisagem e nem liga. Na cena seguinte, ele entra pela recepção escura de um hotelzinho parecido com um que eu frequentava nos anos 1980 na capital, chamado River Inn, não longe de Watergate. Trump chega lá e está tudo escuro. Quase não se percebe sua silhueta. O porteiro é um preto sonolento que boceja diante da televisão onde rola uma partida de beisebol. Trump se aproxima do balcão. Uma luz ilumina a chave e um recibo. Tudo já foi acertado, ele só precisa assinar. Num formulário Mastercard, ele vai apor a assinatura. Então imita com perfeição a minha assinatura e se dirige a passos lentos para o elevador. O porteiro diz: "Fica no primeiro andar. *Have a good night, sir.*" Trump atravessa o saguão olhando para os lados. Então acordei. Filho da mãe. Até para trepar o expediente é *fake*. Será que ele queria me incriminar?

Capítulo 32

O telegrafista da Terceira Guerra
(Fim de agosto e começo de setembro)

Na esquina das ruas Cardinal Lemoine com Monge, 300 metros abaixo do sobrado onde morou Hemingway, tem um café que embora não integre meu circuito diário, se destaca pela hospitalidade e asseio obsessivo. A família proprietária é atenta ao serviço, zela pelos detalhes, não economiza ao borrifar álcool gel nas mesas e esses mimos nos fazem esquecer que a cerveja ali custa 2 euros a mais do que nos bares logo abaixo, na calçada contígua ao Instituto do Mundo Árabe. Toda aquela zona do Vème arrondissement que vai até as margens do Sena é domínio dos estudantes da Sorbonne, para quem levantar copos e enrolar os próprios cigarros integra uma grade curricular paralela.

Ali pois, bem em frente à estação do metrô, aproveito a boa conexão de internet e costumo ler um jornal inteiro na companhia enfumaçada de um capuccino. Geralmente é a patronne quem o traz, com um invariável biscoitinho de canela, um sorriso e palavras de ocasião. "Penso sempre no senhor quando leio sobre o Brasil, *monsieur*. Que fatalidade todos esses mortos, *mon Dieu*. Espero que sua família esteja bem. Quando quiser sua cerveja, é só chamar."

Infelizmente esses momentos de contemplação se tornaram raros. Já não digo sequer em Paris, senão na vida em geral. A sanha de absorver notícias feito esponja e a sensação de que estamos sempre em déficit com o trabalho é uma maldição silenciosa – como costumam ser as mais letais –, agora agravada pela economia digital. A maioria da humanidade pensaria em cometer alguma forma de suicídio se um rio lhe tragasse o iPhone. Em linha com isso, vejo que outras preocupações me afligem: estaria a alma confinada agravando minha misantropia? Certamente. Haja visto meu medo de dar de cara com o dono de Edgar, o basset-hound, que vi passeando dia desses na calçada da igreja Saint-Nicolas-du-Chardonnet, bem ao lado. Não sei se sobreviveria a um reencontro com homem tão falastrão.

A poucos dias do fim de agosto, enquanto imaginava o trabalho insano das brigadas anti-Covid se tivessem que acomodar na ambulância um *habitué* gordo sentado à minha frente que não desgrudava os olhos do telefone, eu tentava fixar a cabeça no vazio. Elevar o pensamento e me descolar da paisagem nem sempre era fácil. Eric Bechot, o pianista de Aznavour que conheci num sarau na casa dos Beraud, me privando de dar a atenção devida a uma linda flautista de Boston, me segredou que a melhor forma de arejar a cabeça era imaginar uma casa sem portas nem janelas, plantada no alto de uma colina onde uivassem ventos fortes. Que visualizasse as cortinas esvoaçantes e as partituras a voltear num redemoinho. Apesar da tentativa de reatar com o exercício, eu não conseguia me abstrair de todo do homem sentado à frente, cuja condição devia lembrar-me a de alguém próximo, enquanto acompanhava a coreografia das ciganas que abordavam os passantes na calçada da padaria. Era sintomático: aquela movimentação assinalava a rentrée dos franceses na vida pós-verão. Era a retomada da vida real, o que quer que isso fosse nas circunstâncias atuais.

Foi nessa hora que ouvi com nitidez o bate-papo de 2 senhoras. E dele transpirava intensidade e sentimento.

Elas eram amigas que já tinham sido mais próximas. Mas que, por linhas tortas, quis o destino que se reaproximassem. "Eu fiquei chocada, sem fôlego. Vincent me falou sem preâmbulos que tinha se apaixonado pela advogada do escritório, uma moça da idade de nossa Nurit. Ele deve ter ensaiado muito aquilo. Eu não achei o que dizer. Fiquei desorientada entre a negação, a raiva e a vontade de chorar. Como ele era capaz de fazer aquilo à nossa família? Logo ele, um homem tão correto e tão *adroit*? Eram 32 anos de casamento, não 32 dias. Ele jogou limpo. Mas na hora, francamente, teria preferido uma punhalada."

A amiga toca-lhe a mão. "Claro. Não me deu detalhes de alcova. Disse que eu não me preocupasse, mas ele ia sair de casa para viver aquela história." Ela fazia uma pausa para a outra absorver as novidades. "Eu disse: não faça isso, Vincent. Não vamos jogar tudo para o espaço, não somos adolescentes. Sua biblioteca, nossa casa, seu jardim, sua adega. Vá lá, viva sua paixão por essa mulher e deixe para tomar uma decisão depois. Pode ser só um feitiço." A voz da amiga não escondia a indignação. "Não sei como você conseguiu manter o sangue frio." A conversa estava ficando imperdível. "É claro que não foi fácil. Tive vontade de mandá-lo embora naquela noite, mas me segurei. Ele ficou me olhando, sem saber para que lado saltar. Disse que não queria uma vida pela metade com a tal Leonor. Mas que ia pensar na minha proposta." A outra não se conteve. "Meu Deus, acho que eu cegaria de raiva." Então pediram mais uma cerveja.

Aproveitei a presença da *patronne* no terraço e pedi a minha. Gosto de mulheres que bebem cerveja. Geralmente elas se resolvem bem. A bancada do Porto seco é prolixa e a da vodca, ingovernável. Ela continuou: "Tudo isso foi na primavera de 2019, imagine. Metade do verão, ele passou sumido. Mesmo assim, tivemos bons momentos em família na praia. É claro que contei para Raphaël e Nurit. Eles foram solidários a mim, me abraçaram, mas eu disse que era para entender o pai." A amiga assentiu. "Nisso você fez bem. É burrice separar filho de pai, eu que o diga. E então?" Chegaram as cervejas.

"No outono passado, ele estava mais sóbrio. Não me fazia confidências sobre ela, era o que faltava. Mas senti que estava desanimado com a vida paralela. Que eu estava ganhando terreno. Nas festas de fim de ano, acho que ele nem a viu. Passamos uma semana em janeiro perto de Chamonix. Lembro de uma tarde em que ficamos de mãos dadas, olhando a lareira, sem trocar palavra. Em fevereiro, Leonor não era mais assunto, e soube que ela tinha se desligado do escritório." Elas perceberam que eu estava atento à história, mas não se abalaram. "Em março, Nurit anunciou que seríamos avós. Ele estava na Itália e achei-o um pouco arfante ao telefone, tossia muito. Ele disse que tinha passado o dia numa fiação e devia estar com asma, que tinha aspirado pêlo. Bem, o resto você já sabe. Na semana seguinte, morreu. *Voilà tout.*"

Uma mulher a gente percebe de mil formas. Pela maneira como segura o copo, como o leva à boca, como olha a amiga, como descreve os capítulos da novela da vida, como fala do doce e do amargo – que todos nós bem ou mal enfrentamos. No relato, não havia ressentimento, só perplexidade. Ela sabia das limitações que o seu casamento enfrentava, mas sobre elas não precisava falar. O desfecho era soberano na narrativa. Num único lance, ao domar a fúria, ela acertara alguns alvos. Deixara a porta aberta para a volta conjugal, que terminou acontecendo. No Natal anterior, ele estava curado da paixonite. Ela desafogou-o do remorso e mostrou que a gramática do amor é refinada, nada óbvia. Além do mais, impediu que os laços de família se esgarçassem às vésperas da chegada do neto. Meu lado de consultor em estratégia exultou. A viúva era o gênio da raça. Quem haveria de propor um arsenal negocial tão completo? Mas ali ela era toda lamentos.

C'était comme s'il savait d'avance que quelque chose allait se passer. Parecia que o cara tivera uma premonição do fim, ela disse 3 vezes. Percebi que a retomada da vida normal em setembro a estava deixando apreensiva. Enquanto esteve reclusa na casa de praia, era como se ele ainda estivesse vivo. O luto que datava de março estava só começando. Que ele tenha saído um tempo com a tal Leonor, agora era irrelevante. Leonor foi só uma atração dos tempos provectos. Ele deve ter partido com saudades dela, não de Leonor. Até eu fiquei triste. Certas conversas de café, é melhor nem ouvir. Por outro lado, o que é Paris sem elas?

Meu irmão tinha passado um WhatsApp do Recife sugerindo que eu ligasse para mamãe mais tarde para distraí-la. Ela não estava bem. Temeroso com a reputação de agosto, olhei para o relógio. À meia-noite na França, eu telefonaria para ela. Eram as instruções. Minutos mais tarde, quando sentei à mesa, ele me passou outra mensagem: "Estamos de saída para o hospital. Ela disse que está um pouco indisposta. Mando notícias de lá." Ato contínuo, prossegui o jantar, tentando me distrair com a comida. "Mantenha-me informado. E cuide bem de você, proteja-se no ambiente hospitalar." Passaram-se longos 50 minutos. Nada de notícia. De vez em quando, eu olhava o visor do telefone. Nada. Pelo jeito, ele ainda não tinha sequer lido minha mensagem. Pensei: a coisa é séria. Mas mantive o prumo. Quem visse de fora, talvez notasse que eu estava bebendo rápido demais. Não queria telefonar porque talvez ele estivesse muito ocupado com a papelada de internação, procedimentos de urgência, essas coisas que podem ser um suplício. Então, recebi uma mensagem. Tinha uma só palavra. "Descansou." Senti o sangue sumir do rosto. Tomei um longo gole de vinho, respirei bem fundo e cruzei os talheres.

Minha linda mãe se fora. Enquanto eu tentava resgatar um mínimo de ar do fundo dos pulmões, me via de mãos dadas com ela, eu de calça curta e ela chamando a atenção de tão bela nos corredores da Galeria Menescal, no Rio. Que forma de viver a fatalidade da hora. Diante de uma coquille Saint-Jacques, as vieiras gratinadas nadando no molho bechamel, eis que eu ficara órfão. Instintivamente me servi de mais um copo de Sauvignon e tentei controlar o ritmo cardíaco que tinha disparado. Olhei à volta e as pessoas pareciam de cera, a coreografia do garçom era patética.

Voltei para o meu irmão. "Mamãe morreu, caralho? Seja claro." Cruzou com uma mensagem dele. "Já está vendo televisão." Ora, pensei, a dor do momento o estava levando a projetar a primeira coisa que ela fez ao chegar ao paraíso, na entrada triunfante nos céus. Devia ser o treinamento do espiritismo. Escrevi. "Se você quer me enlouquecer, conseguiu. Fale com clareza. Sem metáfora. Morreu ou não?" Ele: "Não, nem chegamos a ir ao hospital. Ela deu uma descansada aqui e melhorou. Eu fui bem claro: descansou. Deixe de ser histérico!" A cor foi voltando ao meu rosto, pelo que soube. "Agora quero uma prova de vida." Ele a colocou na linha. "Oi, meu filho." Eu nem sabia o que dizer. "Oi, mamãe. A senhora vai bem?" "Estou bem, sim. Até me senti meio indisposta, mas dei um cochilo e passou." Então como vi que ela estava muito bem, e que não iria se impressionar com pouca coisa, contei a história. Num país onde todo mundo usa o gerúndio sem necessidade, hoje ele fez falta. Está descansando... tão simples.

Se meu irmão fosse telegrafista, a Terceira Guerra já teria estourado há bom tempo.

Já é a terceira vez que encontro uma certa alemã no Flore. Na primeira, vendo que se abanava com um *Der Spiegel,* eu só disse um *Auf Wiedersehen* na saída, sem expectativa de voltar a vê-la. Na segunda, dias mais tarde, esquecido de que ela existia, calhou de chegar ao terraço interno para me proteger da chuva quando constatei, desolado, que ela estava de saída. Vestia uma blusa florida que deixava os seios meio descobertos, enforcados por um sutiã de renda azulmarinho. Ao passar por mim, eu ainda disse um *Schade* um pouco cínico, e ela riu do meu lamento, como se soubesse que haveria outras vezes. Agora foi diferente. Mal ela chegou, apontei-lhe a mesa e disse que a convidava para um Chablis.

Desde os meus tempos de estudante na Alemanha, me acostumei a ir devagar nas conversas. Latinos adoram abrir a própria intimidade. São como o abacate cuja casca a gente perfura com um palito, que, a seu turno, vai varar a polpa da fruta bons 3 centímetros antes de topar com alguma coisa dura, intransponível, no caso um tabu pessoal ou cultural. O que são esses tabus? Finanças pessoais, sexualidade, religião e, ultimamente, política, que virou assunto trevoso. Já o caroço dos alemães, se minha analogia está clara, fica bem perto da casca. É como uma manga-espada. Você crava os dentes, mas logo eles tocam a superfície sólida e esfiapada, com que você pode até se lambuzar - mas não morder. Frida era uma alemã diferente, como a maioria dos alemães que tenho encontrado, o que já me faz questionar seriamente o primado da regrinha intercultural. Extrovertida e espontânea, me surpreendeu e apavorou.

"Vejo que você coloca álcool nos dedos o tempo todo. Respeito sua posição, mas confesso que não sou assim. Já estou imunizada. Acho que já tive Covid algumas vezes. Quando isso passar, vou lhe fazer uma proposta. Será por minha conta, é evidente." O que seria aquilo? Servi-lhe de mais um copo. "Tenho apartamento aqui na rue des Saints-Pères. Estou passando um período sabático em Paris. Era para ser 1 ano e lá se vão 3. Sou acupunturista e terapeuta. Posso ajudá-lo a aliviar suas dores nas costas. Vi que vem sofrendo muito com isso. Vi-o embarcar essa semana num táxi na frente da Lipp. Pensei: meu amigo cavalheiro está precisando de cuidados."

Quase pedi que fôssemos para lá imediatamente, mas o medo do coronavírus me travou. Que rumos a sessão poderia tomar? Se ficasse só nas agulhas, seria decepcionante.

Se fosse para aproveitarmos a intimidade do apartamento, a evolução seria rápida. Enquanto o momento não chegava, Frida foi minha homenageada quando cheguei em casa à noite, sozinho.

De banho tomado, esparramado na cama, perfumado com colônia CK e esquecido de minhas desditas de saúde física e psíquica, simulei pari passu o encontro que ficara suspenso no ar. Imaginei que chegávamos à casa dela pouco antes do anoitecer. Na sala, via um daqueles cucos bávaros que ela devia ter ganhado de presente dos avós quando era criança. Ela então me levaria até um quarto onde uma manta oriental cobria o sofá-cama e pedia que eu me deitasse de bruços e tentasse relaxar. "Podemos até tomar um drinque depois, mas comporte-se." Então eu me entregava à música indiana, que parecia a de um CD que eu trouxera do casamento de Krishna, em Nova Déli, há muitos anos.

Sem que eu pudesse vê-la, Frida pedia que eu fechasse os olhos. Senti quando o joelho dela se encaixou entre minhas pernas. "Assim fica melhor para eu colocar as agulhas no ponto certo. Você é muito grande." Sem poder ver que eu começava a inchar, ela espetava uma agulha na zona lombar e pedia para que eu não me mexesse. Então, como se obedecesse a uma simetria, fez o mesmo do outro lado. Eu percebi que alguma coisa leve caíra no chão. Com o canto do olho, vi que era o sutiã de renda azul-marinho. Sem saber àquela altura se as agulhas ainda estavam nas costas ou se ela já as tinha tirado, ela me pediu para que me virasse para ela. Aos 50 anos, corpo de 40, unhas azuis, me ocorreu que ela tinha uma segunda ou uma terceira vida bem camuflada.

Quem seria, na verdade, Frida? Uma charlatã da acupuntura? Talvez uma artista da indústria pornô alemã? Uma professora caída em desgraça por ninfomania? Uma nobre da Baviera, talvez a Duquesa de Augsburg? Em Paris, tudo é possível. Ajustando os joelhos em volta de minha cintura, eu podia sentir no meu umbigo que ela estava quente e molhada. De cabelos presos como eu ainda não tinha visto; sem óculos e menos bonita do que na rua, fato que me agradou, ela sorria, triunfante, enquanto eu levantava as mãos para pegar os seios duros e rosados. Frida deitou o corpo todo sobre o meu e me beijou. Era um beijo gelado de Champagne. "Tenho uma taça ali para você." E apontou a mesinha ao lado onde pontificava um balde.

A essa altura, o ritmo já estava acelerado. Militantes do ofício solitário bem rodados suspendem as atividades nesse ponto para adiar o clímax. Mal consegui porque a intensidade de Frida me descontrolou. E gozei. Com o rosto afogueado por mechas e esperma, ela só dizia. "Eu sabia que aqui você ia esquecer a Covid, seu schlau." Gostei dela na minha cama, vamos ver se um dia rola na prática. Quando voltar a vê-la, será que ela vai perceber no meu olhar que já fomos íntimos? Na próxima sessão solitária, vou levá-la a outras paragens. Vamos ver como ela vai reagir fora do apartamento da elegante rue des Saints-Pères.

Capítulo 33

A arte de iludir a pandemia
(Meados de setembro)

À medida que o movimento da *rentrée* se estabelece em Saint-Germain-des-Prés, sentar na calçada do Café de Flore se torna mais agradável. Tarde dessas conversei com Olivier, um dos tantos garçons veteranos. "Sinto falta dos clientes brasileiros. São divertidos, apesar de barulhentos. Nenhum cliente pede tanto para que tiremos fotos e faz tanta confidência. O brasileiro tem o vício do ombro amigo. Sei que eles preferem o *Les Deux Magots*, mas os que vinham aqui eram pessoas de categoria. É claro que muitos têm a mania de quebrar as regras. Mas estamos aqui para atendê-los. Quem não pensar assim, muda de profissão."

Longe de ser estudantes em busca de um dinheiro extra, ou atores amadores à espera de uma chance na Broadway, os garçons franceses têm orgulho da profissão. Perspicaz em apontar sutilezas interculturais, coisa de quem atende até 30 nacionalidades num dia típico, Olivier tenta sintetizar nossa alma: os brasileiros são clientes de gastos altos e pequenos caprichos. Embora não seja o meu caso, um bebedor de cerveja previsível, fui obrigado a concordar. "Aqui nós temos serviço contínuo. Mas os colegas que trabalham em restaurantes que não servem almoço depois das 2 horas reclamam muito. Nem sempre adianta dizer aos brasileiros que o cozinheiro precisa descansar. Eles não vão entender. Se a gente fraqueja e traz a famosa saideirrá, aí caímos numa armadilha. Se nos recusarmos a servir, eles ficam ofendidos. O pior é quando puxam uma nota de 50 euros para dobrar o regulamento. *Ce sont des gans charmants, qui aiment la séduction.* Brasileiro não é pra qualquer um, tem que ser traquejado e firme."

Ele tem razão. E continua a preleção, um ritual impensável em dias de movimento normal.

"Mesmo aqui no Flore, eles pedem para mudar os acompanhamentos. Imagine! O chefe perde noites de sono para descobrir que as batatas *dauphine* são a guarnição gastronômica perfeita para o tournedos. E de repente, tem que rasgar sua *création* e trocar por creme de espinafre. E quando perguntam se dá para dividir os pratos na cozinha, mesmo sabendo que eles foram feitos na medida para uma pessoa? E as pequenas mudanças? Pedem para trazer a bisque de lagosta ao invés da sopa de cebola do menu fixo. Pedem que a cozinha substitua a salsicha com repolho por uma coxa de pato. Mas são gentis. Quando eu mostro que o menu de 26 euros, com aquelas modificações, é exatamente o de 38, eles não criam caso."

Quando fiquei só e ele saiu para servir a outra mesa, lembrei de papai. Ficava possesso quando desconfiava que eu tomava o partido dos europeus em detrimento dos hábitos mais normais dos brasileiros. Em Portofino, pediu um espaguete com frutos do mar. Queria queijo ralado para salpicar nas lulas e mexilhões. Gelei. O garçom fez cara feia, sugerindo que primeiro ele provasse os camarões cheirando a maresia. Que assim saberiam melhor. Quando traduzi a recomendação com muito jeito para não melindrá-lo, papai bateu com força na mesa, atraindo a atenção dos vizinhos. "Pois eu quero com parmesão e ele que se foda. Você está com medo desses putos? De que lado você está, afinal? Foi para se acovardar que eu mandei você estudar essas línguas? Queria eu falar essa bosta. Ele iria ouvir poucas e boas." Nem precisei traduzir. O restaurante em peso quase o aplaudiu quando ele terminou o prato... com queijo.

Olivier voltou à carga com outro pires de amendoim. "Uma vez me pediram para picar em cubinhos um Chateaubriand para acompanhar uma garrafa cara de vinho. O cozinheiro ficou chocado, mas terminou fazendo. Se para o cliente o preço não faz diferença, por que não? Mas nada é tão natural de vocês quanto as mulheres que chegam carregadas de compras e enchem as cadeirinhas de palha com sacolas Chanel. Como dizer às damas que as cadeiras são para as nádegas, não para as bolsas? Quanto a virar fotógrafo de ocasião, é uma sina a que nenhum colega de Paris escapou. Vocês são um povo feliz. É uma pena que esse vírus esteja fazendo um estrago por lá também. Já tivemos mulheres dançando *Cidade Maravilhosa* aqui na calçada. Soube até de uns caras do governo que enrolaram os guardanapos na cabeça e fizeram um trenzinho numa recepção. Parece que a brincadeira não acabou bem por lá. Com os celulares ficou mais fácil satisfazer a curiosidade deles. Antigamente ficávamos sem saber o que dizer quando nos perguntavam sobre a população de Paris, a inflação, o desemprego, as distâncias entre o aeroporto e Deauville ou entre Paris e Bruxelas. Nenhum turista estrangeiro faz essas perguntas. Sim, são especiais os brasileiros. Os garçons se queixam por espírito de corpo. Mas no fundo, todos gostam deles."

Não pensei que a conversa fosse me fazer tão mal, espicaçar saudades. Na volta para casa, ainda um pouco zonzo, li no metrô que a epidemia já começa a nos açoitar com a segunda onda na capital. Seria ainda hora de voltar? Ao meu lado, uma jovem russa se levantou do banco e começou a distribuir panfletos onde se via uma enorme foto de Alexei Navalny. Quando eu quis perguntar mais sobre o personagem, ela me olhou com desconfiança e se esgueirou pela escada da estação Maubert.

Ir ao cinema é arriscado, mas resolvi encarar o perigo e assistir a *Blackbird*. Fui com a amiga brasileira que é tradutora. Deixamos 2 cadeiras entre nós. Como sair de uma média de mais de 100 filmes ao ano para quase nenhum? Na tela, Susan Sarandon, ou Lily, personagem que não tem sequer 70 anos. Atingida por uma doença neurológica, cujos sintomas ainda são brandos – em benefício óbvio da própria dramaturgia –, ela convoca a família para informar que decidiu de comum acordo com o marido, o médico Paul, cometer suicídio assistido ao cabo daquele fim de semana festivo. Ela queria despedir-se de todos com uma espécie de Natal antecipado – com direito a um pinheirinho iluminado e a um presente especial para cada um, tudo isso enfiada num vestido de gala, tomando bons vinhos e destilando humor, se possível.

Numa marcação que mais parecia a de uma peça, todos brincam de mímica, fumam um baseado e, aqui acolá, Lily tem uma conversa reservada com cada um dos familiares. Quem são eles? Além do marido e cúmplice, a melhor amiga: uma remanescente de Woodstock que veste uma camiseta onde se lê *Led Zeppelin*. Duas filhas, sendo a mais velha o epítome da chatice média americana, dessas mulheres que têm regras para tudo. E o marido, logo o genro, o clássico jerk das propagandas de manteiga de amendoim, a figura acomodatícia que só diz o que julga ser do estrito agrado geral.

A segunda filha tem uma alma caótica, embora divertida. Cheia de transtornos, viola o acordo de não trazer desconhecidos e chega escoltada por uma amiga-namorada que mais parece um dos ladrões mirins de Faigin, em *Oliver Twist*. Mas que, pelo menos, tem o mérito de fazer companhia ao único neto de Lily, que, sendo um rochedo de boas intenções, se vê ilhado por chatos enraizados, que figuram numa comédia cheia de absurdos e de insensatez. Como poderia ser diferente se estão ali para se despedir da avó?

O filme é bom. Se o tema é manjado, o desempenho dos atores o salvou de ser um pastiche lacrimoso. Quase não há lágrimas de que me lembre. Entrando na narrativa, tive a deplorar o fim precipitado porque Lily, para todos os efeitos, ainda está bem de cabeça para sacrificar os tantos meses que poderia ter pela frente. E hoje sei que meses contam muito, que são como um torrão açucarado de eternidade. É bem verdade que com uma família sem sal nem pimenta daquela, eu de minha parte talvez nem precisasse da desculpa da doença. É tudo uma questão de perspectiva.

Na saída, caminhando pelo boulevard Montparnasse, pensei em meus sentimentos com respeito aos Estados Unidos e no quanto a Europa me distancia emocionalmente de alguns dos credos fundadores da vida americana. Como negar uma resistência que eu antes não sentia? Seria decorrência da antipatia que Trump me inspira? Em que medida a pandemia vai mexer com a campanha presidencial de novembro? Seja qual for o desfecho, para mim continuará sendo um país monótono, cujos cânones não me impressionam bem. É incrível que do Alasca à Flórida, você o percorra à mesma velocidade por estradas que se assemelham, salvo nos estados de grande exuberância natural, caso do Colorado. Quando não, a cada meia hora ficam para trás centros de abastecimento onde funcionam as mesmas lanchonetes, tocadas por atendentes com voz de sintetizador, que repetem mecanicamente o protocolo de boas-vindas, não importa o clima reinante lá fora. Mais parece uma nação lobotomizada.

Por outro lado, acho que a língua opera o milagre do igualitarismo em que todo mundo é you, não importa que seja o faxineiro ou o presidente. Também em seu favor, não há uma indústria de inveja como existe aqui na Europa em que quem ganha muito dinheiro é visto com desconfiança e reserva. Pelo contrário, lá esses indivíduos viram ícones e as pessoas os param à porta dos hotéis para dar os parabéns. Ser simples é um *must*, e um psicanalista pode morrer de fome, salvo nos gabinetes de Nova York onde clones de Woody Allen sustentam o segmento.

Tudo é grandioso. Um menino que leve um chute na bunda volta armado à escola e fuzila 20 colegas. Ninguém sabe onde a realidade acaba e Hollywood começa. Há uma noção libertária individual maior do que na Europa, traduzida por ojeriza ao Estado, fato que me agrada, e o passado das pessoas não conta. O que conta é o hoje. O cartão de crédito é o único instrumento de abstração corrente em direção ao futuro, além da hipoteca da casa. Conheci americanos que mal sabiam dizer de onde tinham vindo os pais ou avós. Ao chegar a Ellis Island, ao pé da estátua mais vistosa, trocaram o nome germânico, eslavo ou balcânico para facilitar a pronúncia, começaram do zero e fizeram a América. Eu poderia morar em pelo menos 5 grandes cidades e, na falta de dinheiro para a Park Avenue, viveria de bom grado nos subúrbios, especialmente em Chicago. Já Las Vegas é o pior lugar do mundo, uma espécie de Meca para os suicidas. Da última vez que fui lá, passeava pela Strip e resolvi tomar um sorvete num quiosque da Häagen--Dazs. Na minha frente, uma senhora obesa fazia seu pedido. Num mixer de milk shake, vi quando o atendente colocou 6 bolas de sorvete, despejou meio litro de Coca-Cola e ajustou o copo metálico à máquina por um minuto. Troco no bolso, a senhora começou a chupar um canudo da grossura de um dedo e voltou à mesa onde a esperava uma colossal pizza de salame. Era seu almoço. Mesmo para glutões inveterados, é um espetáculo que nunca me saiu da cabeça. Era tudo uma questão de escala e de gosto. Ela parecia querer saciar uma fome que eu não conhecia, em que o vazio não estava no estômago, senão na alma. Tudo nos Estados Unidos me passa a sensação de vila cênica, de artificial e transitório.

Para contrabalançar, as elites intelectuais americanas são respeitáveis, quase imbatíveis. Ninguém sabe captar e deter cérebros como eles. Eis um povo que trabalha bem sob pressão, de preferência quando encontra tudo sistematizado. No mais, nada é perene, como aqui na Europa. A casa lá é de gesso, um furacão deixa só o vaso sanitário com o velhinho sentado fazendo palavras cruzadas; o vento leva o estábulo, as vacas e os silos, como vemos nos quadrinhos. O consumo resolve tudo. Se o cinzeiro está cheio, troca-se o carro. A loja não vende 1 par de meias, senão 6. A passagem de ida é 2 vezes mais cara do que a de ida e volta. Como negar que o americano médio sai da adolescência direto para a senilidade, e não se apercebe das durezas e alegrias da idade madura? No conjunto, termina formando uma gente de quem se pode gostar bastante, maleável dentro da moldura, simples e direta. Mas é um imenso acampamento de escoteiros.

Não posso parar para pensar na vida. Se alimentar a caldeira, a cabeça vai começar a dar voltas em espiral ascendente. Algum fatalismo certas horas faz bem. Onde queria estar? Aqui mesmo, em Paris. Foi aqui que aprendi a elidir a pandemia, é aqui que acredito conhecer as esquinas onde o vírus pode me emboscar. E o futuro? Invisível. Por quanto tempo? Duas semanas, 2 meses, até o Natal? Não sei. Estou como as pessoas que eu criticava quando era jovem. Elas diziam estar ocupadas para pensar nisso. Ora, o nisso era justamente o relevante: o desenho do futuro, a utopia, a alternativa ao vazio existencial, a incerteza, o lugar do sonho. Tornei-me uma delas. Só me resta seguir a estrada como um cavalo de viseiras. À menor tentação de elucubrar, eu mesmo me aplico uma chicotada: não pense, só aja. Sou o cavalo e o cocheiro, e puxo a charrete da vida.

Tudo precisa de equacionamento, de racionalidade, de norte: a saúde, as finanças, a gestão da vida não intelectual, a insidiosa materialidade, os ritos junto às pessoas queridas, o perdão aos desafetos, enfim, o mapa da rota para alguns dos cenários possíveis: a loteria, a morte súbita, um telefonema de Meryl Streep, uma fisgada na lombar, uma bacalhoada, uma tontura mal explicada, um fim de ano em Saariselkä, uma hepatite, um convite para presidir o Burundi, um passaporte suíço, um porre de vodca à beira do Volga, um escorregão em Toronto, uma dor de dente, um assalto à porta de casa, uma unha encravada. E no entanto, eu não penso em nada. Brinco de pensar, descarrego devaneios, tomo um café e mergulho no trabalho. Capítulo após capítulo, penso: cuidado, outros lerão isso aqui. Sabendo, no fundo, que é tudo ilusão, que nada compensará o intangível que perdi com a pandemia.

O mundo de antes, aquele que ficou para trás, o da liberdade de movimentos, era minha piscina, meu *Mare Nostrum*. Com todas as imperfeições, eu sentia que tinha ajudado a criá-lo. Nele, sonhar era possível: o Estado era pequeno, as fronteiras abertas e os códigos que o perpassavam permitiam viver de acordo com seu número: sair mais ou sair menos; ganhar mais ou viver com menos; viajar mais ou viajar menos. Não posso parar para pensar nas perdas, não suporto um lápis e um papel − o indício de que saio do modo intuitivo para o racional. Estou no automático, na tela, obediente ao outro eu, me nutrindo de autoengano e determinado a viver o dia. Louco por uma notícia boa, temeroso de uma notícia ruim, ansioso para que fique tudo assim. De que adianta construir um castelo se um vírus inanimado o dinamitou?

Hoje cedo, enquanto fazia a barba, deixei o rádio ligado. É mil vezes melhor companhia do que a televisão. Não tendo imagem, a comunicação no rádio é mais dinâmica. As palavras são vivazes, o esforço que as pessoas fazem para ser claras resulta num pequeno milagre: você visualiza mentalmente o cenário da conversa e a temática ganha corpo e movimento. A televisão é um vale-tudo. No programa, falaram sobre o mundo pós-Covid. Quanto tempo levará até que vire só mais uma gripe? Saí para tomar um bom café com leite e comer um croissant enquanto ainda posso. Comprei o *El País* e o *Le Monde* e fiquei juntando coragem para voltar para casa e atacar a parte final do meu livro.

As mulheres já não olham mais para mim como antes. Como posso ter me tornado tão desinteressante de uns 15 anos para cá? Eu me pergunto: se pudesse sair com uma bela mulher aqui, se não houvesse crise sanitária, quem seria? Na queijaria, o mestre me perguntou a que eu me dedico. "O senhor é o único cliente que leva 3 tipos de queijo no dia a dia. Logo imagino que possa trabalhar na área gastronômica." Por uma rara vez, me assumi como escritor. Mais para ver que efeito fazia do que porque me ache, de direito, um. Soou meio falso, saiu atravessado. Ele me olhou com uma ponta de piedade, mas disse: "*Super*. Imaginei também. O senhor sabe que há uns aqui pelo bairro, não é? George Perec era cliente do meu pai." Ri sem graça porque ainda não li nada dele, só o conheço de nome. Resolvi dizer alguma coisa para estar à altura: "Eu só acho que sou escritor porque todo dia eu penso na morte, monsieur." Ele assentiu e passou à cliente seguinte. Só a literatura pode me permitir burlá-la e enganá-la. E depois, vamos convir: só uma pessoa com muito espaço na mente e muito tempo livre pode pensar em tanta asneira. Isso é ser um escritor. Se o sujeito é médico, gari, coveiro, dentista, astrofísico ou sapateiro, teria vergonha de ser assim. Além de não ter tempo.

Odeio grupo de WhatsApp. Sou um inadequado completo para esse tipo de rede. Nelas, não escrevo uma palavra. A todo momento, apago o lixo. No Facebook, há gente monotemática e fastidiosa. Tem pencas de professorais e verbosos. Mas há uma contenção. Um recato mínimo. As pessoas ensaiam dizer absurdos, mas dificilmente vão para o estágio 2 porque outras as neutralizam. No WhatsApp todos são excessivamente iguais. Então cada um aumenta um ponto. É o paraíso da mentira.

Anotei um ponto para falar com o dr. Fermat. Estou rindo muito comigo mesmo. Pode ser indício de insanidade. Começo a procurar o carregador do computador no quarto. Passo 10 minutos abrindo a sacola, vistoriando embaixo da cama, passando a mão nas prateleiras do guarda-roupa... nada. Então levanto a toalha que joguei na mesa e lá está ele, bem ao lado do computador. Tão óbvio! O que faço? Rio de verdade. É como se pouco a pouco eu tivesse me tornando o palhaço de mim mesmo. É uma forma de negar a tragédia do envelhecer. Papai tinha isso. Quando entrevava para se levantar depois que quebrou a cabeça do fêmur, ele sorria. "Estou lascado, é o começo do fim." Mamãe ri. Eu digo que ela está linda. Ela responde: "Tô nada, menino. Os cremes já não estão fazendo efeito." Rio até do que não é para rir. Rio especialmente das pessoas pomposas, solenes, altissonantes. Uma vez fui jantar com um alto executivo em Nova York. Eu não queria, mas a minha namorada precisava ficar amiga da irmã dele, que era ministra. Aceitei. A caminho do jantar, passei na Washington Square e comprei um cigarro de maconha que parecia um mini charuto. Cheguei no ponto.

O cara, cuja irmã era a estrela da família, era desses que se levavam à sério. Quando começou a descrever os fluxos financeiros do próximo milênio, senti aquela comichão de rir. Em um minuto, virou uma gargalhada em cascata. Eu tentava parar, mas não conseguia. Ele parava, tentava rir um pouco para entrar em sintonia. Eu prometia me comportar, mas aí começava tudo de novo. Viver da glória da irmã deve ser de doer, pensei.

Percebi também que estou curtindo muito falar sozinho. Dia desses estava lendo no metrô. Como se quisesse fixar aquelas palavras para mim mesmo, comecei a escandi-las como faria um doido. As pessoas me olhavam e trocavam olhares cúmplices. Vi num grupo de WhatsApp uma cena de sexo que alguém postou. É um grupo de recifenses que discute futebol como se tivesse ainda 14 anos. Vez por outra, rola uns filmes. Um deles mostra um cara transando com uma mulher bonita. Ocorre que aquela posição – e aquela disposição – tornam-se tarefa quase inexequível e impraticável para caras de minha idade. O que fiz? Ri. O que está havendo?

Vejo no Twitter a foto do novo livro de Obama que sairá no fim de novembro. Na legenda, um cronista de São Paulo de quem gosto muito faz uma exortação ao bem. Diz ele: "Demorou, hein, professor? Deve ter tido bloqueio, depois de ler o espetacular livro da mulher." Tento entender o que há por trás dessas singelas 15 palavras. Como tem sido frequente, algo nesta fala me soa forçado, artificial. O glossário do bem reza mais ou menos o seguinte. Até pela forma carinhosa, ele gosta de Obama. Gentil, ele insinua que Michele é o astro real da casa, e que Barack, relegado a ser coadjuvante, teve que recolher os originais às pressas para melhorá-lo, depois do sucesso dela. Ou seja, teria rolado uma dor de cotovelo no coração do ex-Presidente ao ver o sucesso estrondoso do livro da mulher. Uma amiga jornalista me chama a atenção para o fraseado. Para ela, o verdadeiro propósito disso é se mostrar do bem, do lado das mulheres, feminista, paladino das pretas que se superaram e que, se duvidar, são melhores do que os maridos. Ela arremata, matadora. "É o *mumbo-jumbo* da indústria cultural de hoje. Posicionando-se assim, no que ele acha ser a contracorrente, ele quer ganhar pontos. É à custa desse mimimi bacana, iluminado, caçador de troféu, que a arte virou a pantomima que se tornou, que os prêmios literários viram pastiches e que o que há de mais excrescente na política aparece. É por querer jogar nesse time - para quem não basta ser do bem, tem que parecer sê-lo - que o barco da cultura naufraga." Gosto muito dele para acatar o veneno dessa interpretação. Ele cresceu e se superou graças ao esforço de muitas mulheres. Mas entendi o que ela quis dizer.

Adoro a crônica de *faits divers*. Foi com ela que me distraí hoje antes do chuveiro. Corinna Larsen tinha 39 anos quando conheceu o Rei Juan Carlos, então com 66. Ela era Corinna zu Sayn-Wittgenstein e trabalhava como relações públicas junto a milionários na venda de armas de caça – sintomático do faro apurado para boas presas. O Rei pirou. Pouca coisa é tão inquietante quanto um homem apaixonado. É letal depois dos 60, e passa a ser dramático se é poderoso. Corinna, educada na Suíça, é filha do velho Larsen, um dinamarquês de quem me lembro bem. Ele foi diretor da Varig e puxou uma escala da companhia gaúcha para Copenhagen. A mãe era alemã.

Quando flechou o rei, já era separada de um nobre, de quem conservou o nome pomposo. Fluente em 5 línguas – sempre um perigo –, tem olhos de lago alpino, amor ao dinheiro, boca sumarenta, e o acervo técnico de uma franqueada master do Kama Sutra para a aristocracia.

O rei foi o mais feliz dos homens entre 2004 e 2010 e rodava mundo com ela, a quem eram dispensadas honras reais. Em mais de um sentido, Corinna era a própria princesa consorte – ou com sorte –, até que um dia o convenceu a testar rifles novos nas savanas de Botswana, na África. Quixote diante da musa, siderado por elefantes, leoas e rinocerontes, Juan Carlos tinha uma sinuosa tigresa nos lençóis de linho egípcio. Num arroubo de entusiasmo, quebrou a bacia, e se descadeirou. Vem a público que, enquanto a Espanha mergulhava na recessão, o rei só tinha olhos para sua adestradora, que lhe dispensava carícias que a rainha Sofia sequer imaginava existirem no mundo primata. De coração enamorado, um homem desliga comandos redundantes e passa a operar só com uma cabeça – justo uma sem cabelos nem amor à lógica.

Foi então que o rei ficou exposto a xeque-mate em 3 lances. Dá para travar o jogo e evitar um desfecho humilhante? Espero. A essa altura, visto que é inevitável trocar o viagra pelo lexotan, espero que durma escutando O *meu defeito foi te amar demais*. Enquanto sua Cori recebe editores e conta o butim, ele se consola pensando nas noites em que tudo era volúpia, sensualidade e gemidos. Fosse eu o rei, devolvia a bolada suspeita que recebeu da Arábia Saudita, com que alimentou as contas da amada, e iria passar uns tempos no Recife. Lá poderia tomar um drinque no Bar 28 e ouvir Nelson Gonçalves – pensando na descendente de Hamlet. Se passou dos 60,

Majestade, fique longe de sereias dinamarquesas de 40, olhos de água-marinha, fetiche por Champagne e com a língua bifurcada das serpentes. Curta e suma. Ficou, dançou.

Richard Lewis me escreveu. A propriedade de Riversdown está fechada para temporadas, mas ele espera que possamos nos ver um dia. Isso porque me passou pela cabeça consultá-lo para uma possível viagem de fim de ano. Amo a Inglaterra. Gosto da forma como os ingleses falam a língua e de como pensam; dos inúmeros temperos idiomáticos. O fato de não se levarem excessivamente a sério também conta, e isso é concreto e verificável. Quanto às inglesas, acho-as charmosas. Têm mãos e cabelos bem cuidados e são incrivelmente coquetes. Adoro beber num pub, ouvir conversas, curtir a atmosfera quase doméstica que só se respira neles, ouvindo música do *jukebox*. São engraçados o medo nacional de piromaníacos, as portas corta-chamas que apontam em todos os ambientes e as piadas que fazem com o tempo horrendo e a comida, que melhorou bastante de Thatcher para cá. Presto atenção quando falam sério porque conseguem dizer verdades sólidas de forma simples e bem formulada. É gente que detém um imenso repertório de experiências em todos os terrenos. Incríveis são os fetiches em torno do dinheiro. Sempre trabalhei com ingleses bem de vida, mas isso não os impedia de fazer comentários inconcebíveis sobre o preço das coisas. Do tipo: "Esse cara está cheirando a uma colônia cara." Ou: "O *pint* de Guinness em Leeds está 30% mais barato do que em Manchester." Ou ainda: "Gasto 1896,34 pounds ao ano de seguro de carro." Ou, invariavelmente: "Vou a Portugal porque lá como bem em família por 30 pounds ao passo que na Espanha gastamos 38 pela mesma coisa."

Fazem humor farto em torno da realeza, com colocações mordazes, mas nunca vulgares. Gosto do fato de as pessoas não cortarem as outras enquanto estão falando e de terem um certo recato em escancarar sentimentos muito pessoais sobre as coisas. Quando isso acontece, pedem desculpas. Ora, esse traço é quase inalcançável para um latino para quem a graça toda está em ser *sincero* e passional. Admiro a forma como eles lidam com a morte, os imigrantes, as festas e os jogos. Acho-os valentes e corajosos, não são gente de arredar pé do front. Figuras como Boris Johnson são apenas em parte os bufões que aparentam. Culto e preparado, recebia 5 mil pounds por cada artigo seu que a imprensa publicasse e é um dos melhores biógrafos de Churchill. Apesar de educado à la Trump na truculência, tem outro verniz. Basta ouvi-lo falando francês. Ou grego antigo.

Londres é uma experiência para uma vida, e talvez seja a mais vibrante capital da Europa, cheia de reentrâncias, angras e remansos. York, Bath e Winchester somam-se às cidades de que gosto, onde Edinburgh está no topo. Louco para ir lá, *oh God,* quando isso vai voltar a acontecer? O que é feito do mundo de até um ano atrás? Onde vou colocar meu amor profundo aos lugares? É tempo de admitir cruamente que as pessoas sempre foram ornamentos de minhas escalas. Será hora de inverter o polo?

Não há escolha, meu caro.

Capítulo 34

Francesinha bem humorada
(Final de setembro)

"Como posso ajudar?" "Queria regularizar minha situação. Cheguei há quase 7 meses, o visto expirou." "Mas o senhor pode sair livremente, se quiser ir para seu país." "Eu sei. Mas não quero ter problemas para voltar para cá. Até me aguento sem o Brasil, mas não sem a Europa. Quero sair dentro da lei para voltar na lei." "O senhor só pode voltar na lei." "É por isso que estou aqui." "Preciso ver, mas acho que o senhor terá que pagar uma multa." "Pago com prazer." "A menos que o senhor se enquadre em outra categoria. É refugiado político?" "Non." "Foi ou é vítima de violência conjugal?" "Sobrevivi a todas." "Pardon?" "Não, *je plaisantais*..." "Aqui não se brinca, monsieur. É ou foi trabalhador sexual e se encontra em regime de recuperação?" "Como é isso, mademoiselle?" "Digamos que o senhor tenha tido uma vida sexual sob exploração e que esteja em recuperação psicológica..." "Hum, podemos pensar. Isso dá direito a que exatamente?" "A um visto de permanência renovável de até 2 anos, sob certas condições. Por que não pensa? Reflita." "Não, acho que não me encaixo na cláusula." "O senhor não quer falar com um advogado?" "Não preciso. Já fui mais disposto sexualmente, ça va de soi. Mas ninguém jamais me coagiu a transar a pulso, entende?" "*Je vois*. Interessaria ter a carta de residência?" "Seria um belo presente. Posso me manter com meu dinheiro por mais um tempo, mas adoraria poder trabalhar." "Com o que, por exemplo?" "Não parei para pensar. Mas acho que daria um ótimo mordomo. Trabalharia para um desses plutocratas ou para um monarca exilado. Passaria o jornal a ferro, faria uma omelete de madrugada, daria dicas para a ressaca, conselhos sentimentais, palpites nos negócios e o acompanharia nas viagens pelo mundo." "Parece interessante," ela sorriu pela primeira vez. Os olhos se encolheram em cima da máscara. "Poderia também ser preceptor de um futuro líder, dar aulas em várias línguas, ensiná-lo a negociar, a ouvir, a ser agradável sem perder de vista o objetivo. A dissimular medos e paixões, a manter o equilíbrio em situações de pânico." "O senhor me dá medo, francamente." "São artes inocentes. Habilidades de mau dançarino, mau cavaleiro." Ela pareceu decepcionada. "Ah, então o senhor não dança nem monta?" "A última vez que montei foi num elefante em Chiang Mai. Dançar, não danço mais. Um pisão no pé da dama poderia ser fatal à saúde ortopédica dela." "Não me espanta." "Como?" "Não, nada, só pensei em voz alta. O senhor sabia que tudo muda se vier a se casar com uma francesa?" "Sem chance. Prefiro ser mais um dos 150 mil mortos do capitão lá no meu país. Já dei minha cota, mademoiselle, estou aposentado. Não aguentaria mais uma crise conjugal. Com uma só mais, cometo *harakiri*. Já basta a pandemia." "É mesmo estressante. Todo homem se queixa disso. Dadas as comorbidades, o senhor se define como grupo de risco?" "Físico e mental. Absolutamente." "O senhor é bem radical." "Nos costumes sim, na política sou de centro. No futebol, de esquerda." "*Gauche dans le foot*?" "Oui, já fui lateral esquerdo. Defendia e atacava." "Ah, je comprends. Vamos preencher a ficha?" "Vamos. Quais são minhas chances?" "Hum, *je ne sais pas*. Mas o senhor é bem sincero." "*Merci*. São seus olhos." "*Comment*?" "Nada. É a histórica benevolência do seu país."

Saí aliviado do comissariado, apesar de o diálogo não ter ido tão longe quanto eu o fabriquei para mim mesmo. Vou ter tempo de tramitar a papelada toda até o novo confinamento. Foi sorte ser atendido por uma mulher receptiva. Minha inaptidão para papéis e formulários me privou de algumas realizações na vida. Levei tempo para entender que metade do mérito de um doutorado não é o cabedal científico que se amealhou para chegar lá. É a paciência e a perseverança em preencher formulários em letra miúda, anexar documentos, colecionar diplomas e empilhar cartas de recomendação. O conhecimento é bastante secundário na escalada da pirâmide.

O outono chegou. No entardecer, remexi uma pasta onde reúno esses apontamentos. Para meu desalento, vi que são muitas as páginas de reflexão. Por outro lado, elas não levariam um eventual leitor muito longe. Se caísse morto nesta sala, ele mal saberia como passei os últimos meses. E, mais grave, salvo alguns lampejos, talvez o essencial de minha vida continue encoberto. A omissão central diz respeito ao destino que deveriam dar às minhas poucas coisas, fato que me preocupa mais do que admiti até agora.

Há 10 meses saí do apartamento em São Paulo para ficar fora umas semanas. Morto, quem o abriria para se desfazer de minhas coisas? Meu irmão, imagino, por cuja saúde também temo. Caberia a ele providenciar para que arrombassem a porta. É possível que minha última mulher o acompanhasse na missão. Da cozinha, eles podiam doar os eletrodomésticos sem pena. Se bem os conheço, jogariam no lixo a coleção da revista *Piauí*, que estava atualizada do primeiro número até o de dezembro de 2019. Tinha planos de mandar encaderná-la, ler na velhice as matérias que perdi e depois doar os volumes a uma biblioteca. Sem meu toque de carinho, nada disso será feito. O mesmo destino aguarda os livros. Inclusive as memórias de viagem de Ibn Battuta, a obra completa de Saint-Exupéry, além de dezenas de clássicos que comprei nos últimos 30 anos, frustrando qualquer tentativa de ter uma poupança. Se um livreiro de sebo der sorte, poderá fazer bom lucro com o espólio. As roupas não farão a menor falta, mas queria que eles dessem destino criterioso aos quadros dos pintores pernambucanos, especialmente ao da mulher nua de Gil Vicente que fica na sala, um óleo enorme que tenho há 30 anos. Até aqui, não é muita coisa a administrar para um pragmático como meu irmão.

Há também a correspondência. Trata-se de um calhamaço de cartas, aerogramas e cartões postais que eu mandava para a família já há quase 50 anos. A quem poderia servir? A ninguém. Mas para mim, a tirar das leituras aleatórias que fiz, elas seriam importantes. Nunca esqueço o que dizia o amigo Álvaro Sherb sobre a noção de céu e inferno que ele trouxera da escola rabínica. No céu, a gente passa tempo revisitando as boas coisas que fez em vida. No inferno, as más – ou até coisa alguma –, se nada foi digno de registro. Ora, minhas cartas foram mandadas de mais de 50 países durante 30 anos. Relê-las não é só lamber maravilhas porque só eu sei o que se escondia por trás das versões às vezes açucaradas dos fatos, que, invariavelmente, encobriam o que eu não achava conveniente que transparecesse.

Mas para mim, as cartas proporcionariam o mapa da estrada. Menos para saber o que eu fazia, e mais para entender a coreografia do jogo verdadeiro. Se esse mergulho pode não corresponder inteiramente à versão de paraíso defendida por Álvaro, o efeito das sombras me divertia. Importante para mim era dar a entender a meus pais que era um rapaz realizado na busca do destino, imune a angústias, cheio de certezas e cujas dúvidas se resumiam a escolher entre o ótimo e o bom. Comeria um saco de cerejas ou um de morangos silvestres? Que tal os dois? De vez em quando, se me conviesse, podia apontar um falso dilema até como forma de lhes dar a sensação de que participavam da definição dos meus rumos. Mas a verdade era que ninguém varava a carapaça. Talvez, desconfio, eu nunca tenha sido tão feliz quanto dizia que era.

Sonhei com você, Sara, e acordei com saudades de tudo o que nos entrelaça. Recentemente, você fez 60 anos. No celular, vejo nossa primeira foto juntos. Neste dia, você estava a um mês de completar 18, e eu acabara de fazer 20. Foi num bar de praia em Itamaracá que não tinha placa, mas que todo mundo chamava de Barretinha. Com o namoro engrenado, começamos a nos identificar com personagens da literatura, com aqueles que davam um jeito de se ver apesar das dificuldades – sendo que a nossa primeira era a distância. Nos anos seguintes, eu fui Asa Heshel Bannet, o atormentado garoto que viera da minúscula Tereshpol Minor para se render a uma paixão que contrariava o script da família. A paixão era você, a Hadassah, de A *Família Moskat*, de Isaac B. Singer. Morando na capital e prometida a Fiszel Kutner, você faria de tudo para ficar comigo. Quando mais tarde rodamos Varsóvia e a Polônia, essa recorrência nos distraía e inspirava. Tínhamos todos os elementos deles.

Sentados num bonde vermelho no boulevard Marszalkowska ou passeando pelos Jardins Saxônia, já maduros, nos transportávamos para o pré-guerra. Você era neta de Meshulam Moskat e tinha uma linhagem hassídica a manter. Os casamenteiros assediavam seu pai Nyunie com propostas irrecusáveis e você talvez não casasse por amor. Eu, Asa Heshel, eterno estudante, também sofria pressões como neto de Rav Dan Katzenellenbogen, mas nem por isso me dobrava. Então nos ocorreu que provavelmente não seríamos marido e mulher no primeiro estágio da vida. Cada um casaria com parceiros de establishment – tanto eu como você. Mais adiante, lá pelos 40, quando a vida estivesse começando de fato, nossos caminhos iriam se afunilar. E então poderíamos ser o que quiséssemos. Era nisso que pensávamos em Varsóvia, caminhando pela Senatorska, Mila, Panska e Krochmalna em pleno inverno.

E assim foi em Lublin, Zamość, Białystok, Frampol, Stopnica – onde seu pai nasceu –, Szydłowiec, terra dos seus avós, e Lodz, onde eles se estabeleceram antes de vir para o Brasil. Você foi uma Hadassah fiel ao figurino. Destemida, não hesitou em refazer a vida como ela refez. Ao meu modo, eu continuo sendo Asa Heshel Bannet – que amou namorar com você e, na escuridão dessa pandemia, sente a sua falta. Eis uma brincadeira que foi tão nossa. Dos seus aniversários que celebramos juntos, o melhor foi o dos seus 45 anos, em Istambul, quando fomos com nossos amigos a um dos mais belos restaurantes da cidade. Com a banda à nossa disposição, você subiu no palco e cantou Água de beber. Foram bem longe Hadassah e Asa Heshel, se pensarmos bem. Hoje acordei pensando naquela tarde em que trilhamos o caminho na neve para chegar à sinagoga Nozyk para o *Shabat*. Do alto, quando o serviço religioso começou, você estava emocionada. Discretamente, me passou uma mensagem por celular. "Você não existe, Asa Heshel." E mandou um coração vermelho que pulsava na tela.

Conversei na rue Royale com um engenheiro que costumava aparecer no mesmo local onde eu almoçava em São Paulo. Falamos platitudes, sem descer a detalhes porque nunca tivemos proximidade. Mas o esbarrão me remeteu às saudades das pequenas coisas. Da última vez que estive no restaurante, um dos donos veio à mesa e me contou uma história inspiradora, ocorrida da última vez que ele visitou a família, no Vale do Bekaa, no Líbano.

"Encontrei um conhecido na queijaria do meu primo. 'Ah, você está aqui e nem me avisa?' 'Cheguei ontem,' eu respondi. 'Venha tomar café da manhã comigo. Mando o menino te pegar. É melhor, eu me mudei, você não acharia a casa que é na colina.' No amanhecer do dia seguinte, um adolescente bateu palmas à porta. Agasalhado, segui-o até o anfitrião. 'Bem-vindo.' Ele tinha um cabritinho no colo. 'Está bom esse aqui?' Claro que estava. O velho perfurou a nuca do bichinho com um punhal e ele dobrou as pernas. A empregada veio pegar o animalzinho. 'Traga o fígado no braseiro para começar. Conte-me sobre o Brasil, *habib*. Como vão os negócios?'"

O meu amigo falou da vida, mas o anfitrião era quem tinha novidades. "Casei. Aos 81, estou com uma mulher de 22. *Inshalá* teremos um menino no verão." O fígado estava delicioso. "O pai dela não queria o casamento. Disse que ela ia resistir, que eu era velho, que não lhe daria netos. Ofereci um BMW de segunda mão, 40 ovelhas e U$ 6.500 em dinheiro." Jorge começou a comer pão *pita* e a petiscar a coalhada, à espera da carne tenra do cabritinho. "Então o meu sogro disse que essa oferta não encerrava o assunto, que ele precisava de uma prova real de que eu gostava da filha. Ela era romântica, via série turca o dia todo. Então me pediu um gesto de amor."

Meu amigo estava curioso para entender como acabaria aquilo. A empregada trouxe uma bandeja de azeitonas com babaganush. "Eu falei para o meu futuro sogro, que tem a sua idade, que faria o que ele quisesse para provar meu amor. Qualquer coisa. Ele me pediu para cortar o dedinho da mão. Teria coragem? Fui à cozinha, peguei o machadinho e decepei na frente dele. Foi uma dor de ir à lua. O dedo pulou feito rabo de sahalia. O dr. Munir veio fazer o curativo e aí discutimos a data da festa. Agora estamos todos felizes."

De fato, na mão esquerda o velho só tinha agora 4 dedos. "Parabéns, habib, estou orgulhoso. Você é um homem de valor." Ele acrescentou: "Meu sogro se tornou um amigo. Todo dia vem aqui." Então apareceu Samira na porta. Feitas as apresentações, perguntou sonolenta se tinham comido bem.

"Era uma deusa. Eu teria cortado 2 dedos por ela, não apenas um. Ou a mão, se o pai me pedisse. Pena que não tem prima. No Líbano é assim: existe amor de verdade. Não é como aqui. Lá o amor tem que ser provado. E te digo, ela parecia realizada." Como duvidar? Ele deu o resto do serviço. "É fácil entender a felicidade dela. Ela sabe fazer conta. Com bom trato, um pouquinho de Viagra e 2 filhos que ele venha a ter, o marido vai viver até os 90. Ela estará com uns 30 anos. Herdará a casa, as ovelhas e um pecúlio. Não vai demorar muito para casar com um mais novo. Um de 70, por exemplo, que vai viver também até os 90. Ela terá tido mais 2 filhos, e vai estar com 50. Então ela vai começar a viver a fase madura da mulher. E aí pode casar com um rapaz de 50, da mesma idade que ela, aquele príncipe sonhado aos 19 anos. Primeiro, o pragmatismo. Depois o amor de juventude." Fazia sentido. Vida é cadência, precisa de ritmo e de plano estratégico. Resta ver se o de 50 anos não vai ficar com medo de ser o terceiro a ser levado ao cemitério por Samira, um risco real. Sou sensível à aura das libanesas irresistíveis.

Quando tudo isso acabar, vou ter saudades de Monsieur Maurice, dono da farmácia Cuvier, na rua Linné, esquina com a rue Lacépède. Hoje ele me perguntou o que eu acho da vida na França. Apontei o grande portão do Jardin des Plantes e a copa das árvores que começavam a mudar de cor. "O senhor não tem uma pergunta mais fácil?" Ele sorriu. "Não achava que fosse tão difícil. Se não quiser responder, não precisa." Toquei-lhe o braço. "Eu amo a França. Foi o primeiro país estrangeiro onde botei os pés. O francês foi a primeira língua estrangeira que eu aprendi. Antes de chegar a Paris, aos 15 anos, eu já tinha rabiscado vários mapas da cidade, e decorado o nome das ruas. Foi graças à cultura francesa que eu estive à vontade em muitos países da África e até da Ásia. E se escapar vivo dessa pandemia, cher *monsieur* Maurice, eu terei ficado devendo minha vida ao seu país." Ele sorriu. "*Dites donc*, não precisa exagerar. Está respondido."

Saí mexido e subi a rua des Boulangers, que desemboca na Monge. Na esquina da rua des Écoles, sentei na mureta. Estava com dores lombares. Abri uma lata de cerveja e tomei-a de uma virada só. Quem era eu? O que tinha sido? Que identidade forjara para mim mesmo quando era adolescente? Quando anunciava projetos grandiosos que faziam com que papai estufasse o peito, talvez eu nem sempre estivesse sendo sincero. Eu era operoso e tinha iniciativa, mas estava longe de ser o obstinado que me convinha que ele achasse que eu era. Eu não pretendia abrir picadas com a faca nos dentes para resgatar uma dívida moral que tivesse contraído com ele. Se reler as cartas, vou entender as mensagens cifradas que mandei para mim mesmo. Será como desnudar a raiz de algumas atitudes. Seria frustrante morrer agora porque eu nunca estive tão perto de entender por que fracassei. O sucesso para mim a essa altura seria entendê-lo. Isso feito, talvez me sentisse mais leve até para continuar vivo. Sucessos e fracassos sempre estiveram tão misturados na minha vida que seria como despejar numa mesa o conteúdo de um saco cheio de talco com farinha branca. Alguém precisaria de um instrumento de medição científica para separar um do outro. A olho nu, seria impossível fazer os montículos.

Era importante vender uma versão vitoriosa da vida para o público interno e, se fosse o caso, deixar as cautelas de lado. O público interno era o meu pai. Vem daquela época a tendência a magnificar o banal, o que poderia ter feito de mim um escritor desde cedo, visto que não há característica tão animadora para o ofício que não o gosto deslavado pelo exagero, se escrever profissionalmente tivesse sido uma opção. Ocorre que um escritor seria um eterno perdedor – e nisso talvez meu pai tivesse razão. Da vez que lancei um balão de ensaio, acho que tirei rapidamente o projeto da mesa sob pena de perder todos os créditos acumulados e ficar sob observação, como um criminoso que tivesse violado a condicional. Não que o percurso que ele considerava vitorioso não tivesse atrativos. Em nome dele, eu cumpriria as etapas que nos mantivessem alinhados. Mas uma hora eu precisaria saltar do avião e me lançar de paraquedas na dimensão real da vida que eu queria.

Muitos anos mais tarde, lendo sobre a defecção do espião Kim Philby para a União Soviética, eu me via em cada estágio da vida dele. Depois de causar um prejuízo colossal ao Ocidente, o mega-espião estava a um passo de cair. No Líbano, percebeu que ia ser desmascarado pela contraespionagem. Os russos foram os primeiros a adverti-lo. Era hora de saltar do navio em chamas e assumir um lado, o jogo tinha acabado. No dia seguinte, Philby já estava em segurança em Moscou, onde viveria até o fim da vida. Philby morreria sem rever a amada Inglaterra, e ia aos bares de hotel moscovitas para ouvir conterrâneos falarem inglês e, eventualmente, para conversar com Graham Greene ou John Le Carré.

Aos 20 anos, eu já viajara um bocado. Era questão de poucos anos para que chegasse a Pequim e jogasse ping-pong com os chineses, segundo meus primos. Na minha caixa de reminiscências, tenho fotografias nas pontes de Budapeste, no mercado de Damasco, num parque nevado de Sofia, diante do Reichstag de Berlim – tal como os russos o haviam deixado em 1945, com marcas de bala e fuligem. Naquele saco preto que guarda meu passado, como os que vedam os cadáveres da pandemia, tenho fotos no colo da Esfinge, no amanhecer em Gizé, olhando as pirâmides com o mesmo ar que supunha tenha sido o de Napoleão. Quem de meus pares na faculdade tivera vida tão épica? É claro que eu não contava ao meu pai que em Sofia tive medo da noite fechada, das pessoas mal encaradas e passei-as todas no hotel. Quando fui beber num bar em Budapeste, me recolhi cedo ao perceber que atraía olhares que me pareceram suspeitos de más intenções. Quem não sorria, era quase hostil. Mas isso seria vergonhoso de admitir. Então contava que confraternizei com os ciganos até o amanhecer. Da mesma forma, quando ouvi tiros de metralhadora no Mar Vermelho, entre Aqaba e Eilat, inventei que senti o ricochete das balas levantar poeira a um palmo da cabeça. Puro exagero.

E pensar que eu quero sobreviver à pandemia só para inventariar meu fracasso.

Capítulo 35

Alma em rebuliço
(Começo de outubro)

Falam cada vez mais da data de reconfinamento. Não são animadores os números da segunda vaga do coronavírus. Até por isso resolvi voltar ao restaurante vietnamita da rue Daguerre onde não ia desde uma viagem anterior, quando o mundo era outro. Qualquer hora dessas pode ser tarde. No metrô, li nos jornais sobre o engajamento de Obama na candidatura democrata. Em homenagem a ele, pedi um rústico *bún chà*, o mesmo prato que ele comeu quando aceitou o convite de Anthony Bourdain para jantar em Hanói.

No restaurante apertado, pouco recomendável para as circunstâncias atuais, rememorei o Vietnã. Que lugar para me fazer sonhar. Hanói é uma espécie de boia que me mantém vivo e motivado. Tem um bom inverno, lindos lagos e centenas de botecos onde se come feito rei em ambiente despojado, entre engradados de cerveja. Admiro os vietnamitas. Eles são simples, gentis e valentes, sem disso fazer bravata. O povo do Vietnã derrotou militarmente as maiores potências de seu tempo e não perdeu o sorriso.

Voltando ao jantar deles, Tony Bourdain era um rapaz que não sabia o que fazer da vida. O pai arranjou-lhe um emprego de descascador de batatas num restaurante praiano da Costa

Leste. Como era verão, época dos casamentos, ele testemunhou uma cena que o faria achar o prumo. Ora, tendo saído para fumar um cigarro no estacionamento, o que ele viu? A noiva tinha o vestido levantado até a cabeça, e transava freneticamente com o chefe da cozinha – enquanto o noivo recebia com beatitude os cumprimentos no salão. Era o empurrão vocacional de que ele precisava. "Vou ser *chef*," disse ao pai, que ficou deveras impressionado com os efeitos fulminantes do estágio na opção do filho. De lavador de prato, Bourdain se tornaria milionário não apenas como *restaurateur*, mas como comunicador.

Sabendo da coincidência da visita presidencial ao Vietnã, Bourdain propôs à Casa Branca uma pauta. À noite, quando terminassem as reuniões de trabalho, que fossem beber cerveja e comer o bún chà num localzinho que o cozinheiro conhecia. E assim foram. Obama admite ter passado ali alguns dos melhores momentos do mandato. Sabe-se lá o que é viver numa redoma neurotizante, sem espaço para um instante de privacidade? Sabe-se lá o que é a proximidade emocional que só dois homens de valor sentem em torno de um bom prato, tomando suas cervejas no gargalo – como gostam de fazer os americanos? Fala-se da cumplicidade feminina, de sua sintonia. Ora, a masculina nada fica a dever numa hora dessas.

O mais maravilhoso desse jantar é que, ao se despedirem, Bourdain vestiu um capacete e apontou uma moto de 50 cilindradas, como centenas de milhares que há em Hanói. "Sente na garupa e vamos dar uma volta nessa loucura, presidente." Obama, então o homem mais poderoso do mundo, prestes a embarcar numa limusine trazida de Washington de onde podia acionar os códigos nucleares que destruiriam o planeta, colocou a mão no ombro de Bourdain. "Tony, se há um cara que eu invejo esta noite é você. Mas eles não deixam," e apontou os seguranças que sorriam à volta. Nada disso impediu que Bourdain se suicidasse tragicamente na Alsácia, enforcando-se num hotel de Kaysersberg.

No dia seguinte ao jantar vietnamita, talvez querendo acelerar os compromissos externos, fui buscar um livro perto da gare Saint-Lazare. Na volta, a caminho da Opéra, onde pretendia tomar um café e ler o jornal, meus temores quanto a um novo confinamento se adensaram. Para o Primeiro-Ministro falar naquele tom era porque os números estavam piorando nos hospitais, longe do olhar do público. No bar, com vista para certa loja de roupas, a memória mais uma vez me deu uma ajuda.

Por volta de 1983, passei uns dias de trabalho na Arábia Saudita e no Kuwait, onde jorravam os petrodólares. Foram 10 dias de descobertas em que o fausto das instalações de nada me serviu. Que graça tinham os hotéis luxuosos se à hora do jantar eu comia um carré de cordeiro neozelandês acompanhado por suco de pêssego viscoso? Finda a missão, cheguei aqui para dois dias de descompressão. Estava hospedado num hotelzinho que ainda hoje existe, chamado Saint-Petersbourg. Na loja da frente, comprei 1 colete xadrez de lã, 2 calças de meia-estação lindas, umas 3 camisas sociais e 1 blazer preto de botões dourados. Como as calças precisavam de ajuste, eu não quis levar os outros artigos. "Mais tarde passo e pego tudo de uma vez." Então fui encarar os outros compromissos.

De volta ao hotel, vi que a loja já estava fechada. O dia seguinte era feriado na França e eu viajaria à noite. Deixei um bilhete embaixo da porta, que não sei se alguém viu. "Guardem minhas compras. Alguém passará em meu nome nas próximas semanas." Mas fui esquecendo, esquecendo. O fluxo de gente conhecida que vinha para cá não era o de hoje. Melhor dizendo, não era o que costumava ser até o ano passado. As pessoas que vieram aqui na época alegavam sempre um empecilho ou outro: era contramão, iam ficar na Rive Gauche, estavam cheias de bagagem. Mas logo chegou minha vez de regressar.

Quando voltei, a Armand Thierry estava em reforma, o estoque tinha sido transferido para não levar poeira. "Onde é o depósito?" Os pedreiros não sabiam informar. Só se viam tapumes e andaimes. "O senhor não deveria ter deixado a nota dentro das compras. Sem uma evidência legal, a gente nem tem como abrir uma investigação interna." Acho que era alguma coisa como mil francos.

Em pleno 2020, entrei lá. "Não tenho nenhuma ilusão de reembolso. É só uma curiosidade. Com a informatização, vocês não têm casos em aberto de mistérios que jamais foram resolvidos, de clientes-fantasmas?" Contei a história. Quando eu disse que era uma compra de 1983, a expressão dela foi inesquecível. Na perspectiva de seus 25 anos, era a mesma coisa que alguém me abordasse e reclamasse de um extravio ocorrido na Segunda Guerra. *C'est la vie*.

Domingo desses morreu o gatinho de minha amiga Cora Rónai. Já há algumas semanas, a agonia de Tobias estava se desenhando de forma inquietante e até leigos totais em temas veterinários como eu apostavam que o fim estava próximo. Fotografado nas mais variadas posições, Tobias viveu 7 anos, que foram para um gato o que teriam sido 7 décadas gloriosas para um rei venturoso. Pelo que sei da dona e da rotina que os entrelaçava, Tobias era dos mais queridos de uma família de 7 membros. Da janela, tinha a seus pés uma exuberante paisagem de mata, pedra e água na cidade mais bela do mundo. Cora foi pródiga em carinhos, mimos, rações premium – o que imagino fosse caviar beluga para a realeza –, e Tobias recebia até a visita ocasional de macacos, que ele contemplava através da rede da janela com a serenidade de quem não se sente ameaçado. Afilhada de Aurélio Buarque, de quem o pai Paulo era amicíssimo, não duvido que este bichano deva o nome altaneiro ao sergipano Tobias Barreto que em Escada, no meu estado, criou o jornal *Deutscher Kämpfer*, assim mesmo em alemão, língua de que era entusiasta, além de ser ele o patrono da cadeira 38 da Academia Brasileira de Letras. Tudo em Cora tem linhagem. Quando passo no número 14 da rua Lacépède, perto da fonte Cuvier, me lembro que o pai dela, Paulo Rónai, viveu ali entre as guerras.

Para quem não é iniciado nessas lides, mas que acredita entender alguma coisa de amor, ler o que a dona escrevia sobre Tobias podia parecer meio desconcertante. Era mais ou menos o que eu sentia quando cheguei aqui à Europa e percebia um certo exagero no afeto que as concierges portuguesas de Paris dedicavam a seus gatinhos. A explicação mais fácil era que eles as supriam de um amor que lhes faltava dos humanos. Pronto, bastava. Um dia, a gente vê que se trata de um reducionismo brutal. Que o amor não obedece ao princípio da caixa d'água ou da cisterna, e que sempre pode caber mais onde já há muito. E que outras espécies são perfeitamente bem-vindas à arca. Que as zeladoras amam os gatos, continua valendo – como se lê em *A elegância do ouriço*, de Muriel

Barberry, com seu bravo Leon, uma homenagem a Tolstoi, o que não significa que toda concierge seja tão culta e literata.

Há praticamente 15 anos eu convenci mamãe a não falar de minha filha mais velha comigo. Era como se eu lhe negasse legitimidade para isso, como se não a tivesse perdoado por excesso de intrusão numa relação que já tinha elementos de sobra para ser distante. É evidente que ela nunca se conformou com essa regra. Quando exaltada, o que não é raro, diz que eu sempre fui benevolente e generoso com todos os enteados que tive, mas que não me empenhei para conviver com ela. "Você só se interessa pelo destino dos filhos quando está de olho na mãe deles. Quando se desinteressa pela mãe, os bichinhos podem estar afeiçoados, mas você dá as costas como se eles não existissem. Isso é bem da família de seu pai. Gente não é um lenço usado que se descarta. Para seu pai, ou as pessoas faziam o que ele queria que elas fizessem ou caíam em desgraça, iam parar na Sibéria, como ele mesmo dizia. Nem você, que era a pessoa que ele mais idolatrava, escapou do degredo. Pelo menos durante algum tempo. Ele dizia que você era como os arquivos da CIA, que ficavam secretos por 10 anos. Uma vez eu disse que se você era assim, a culpa era dele, que forçava as pessoas a dizer o que ele queria ouvir, e não o que elas sentiam de verdade. Por isso ele morreu tão isolado. Não fosse por mim que engoli tanto sapo, teria tido um fim triste." Fecho os olhos e revejo meu pai falando. "A língua de sua mãe é uma coisa terrível. Na minha infância, a gente dizia que só quem falava desse jeito eram as fateiras da feira, as vendedoras de miúdos, que passavam o dia com as mãos nas vísceras dos animais." A gente achava graça dessa expressão tão inusitada, mas recorrer ao dicionário nunca foi grande sacrifício para mim.

Fosse como fosse, não é fácil lutar com mamãe nesse terreno. Ao contar histórias, ela tem o *timing* perfeito para alcançar o melhor efeito. E depois, tem a mordacidade da palavra exata, le mot juste, tão valorizado aqui na França. Flaubert diante dela encontraria contendora à altura. Quem eu conheci que tivesse tamanha sinonímia no dia a dia? Ninguém. Uma coisa é conhecer as palavras para cruzá-las no suplemento do jornal. Outra é dar-lhes vida na fala cotidiana. Logo, estar no campo oposto ao de mamãe é uma imprudência. Com duas palavras ela desmonta qualquer realeza. E tem uma característica que reluz em Pernambuco, que é a capacidade de identificar em segundos o ponto vulnerável da pessoa, o traço que o indivíduo tem que mais o incomoda, que mais o desestabiliza. É neste ponto nevrálgico que ela atua cirurgicamente, fazendo uma espécie de acupuntura reversa cujo fim não é a cura, senão a derrota do oponente pela dor. Especialmente quando se trata de defender as netas.

"Para você, foi muito oportuno se afastar. Eu estava aqui para equilibrar as forças. E continuo. Diante das primeiras dificuldades, uma convivência que deveria ser um prazer virou um peso e você foi deixando o reencontro para depois. Quando a mãe dela casou, você terceirizou a paternidade. Na circunstância, era até compreensível. Novinha, você disse que se aproximaria quando ela fizesse 12 anos, que não ia mendigar afeto nem dividi-la. Lembro que, quando a gente estava no Marrocos, eu até fiquei otimista. Mas aí você sumiu de novo porque ela morava no Sertão e você nas praças do mundo, ao zimboléu. Ela fez 15 e você disse que tudo só ia melhorar aos

18. Aí quem não quis se afastar mais das irmãs foi ela, com toda razão. Você não perdoou que ela não tenha ido morar em São Paulo. Depois cismou porque ela não quis trabalhar com seu amigo em Nova York. No fundo, sempre querendo tirá-la do espaço dela. Impedindo que ela tivesse uma vida normal. Exatamente como seu pai fez com você e que, graças a Deus, eu não deixei que fizesse com seu irmão. Então, como um tirano, você proibiu que se falasse dela. Saiba que se ela não veio à festa de meus 80 anos, foi por medo de você."

Sob esse fogo cruzado eu tenho uma espécie de pena retroativa de papai. Antes de casar, jamais deve ter passado pela cabeça dele que a bela moça que sonhara em ser aeromoça da Panam podia ser tão cáustica quando julgava seu senso de justiça ultrajado.

"Sabe o que vai acontecer? Você só vai ligar para ela no dia em que eu morrer. Eu sei como você funciona. Você queria que eu tivesse feito o quê? Que eu a deixasse na geladeira para ser solidária à sua cara feia? Meus deveres de avó vão muito além de sua empáfia de pai de merda. Nesse ponto, você tem que admitir seu fracasso. Se esse seu bucho é indecente, pelo menos é problema só seu, você se estoura sozinho no oco do mundo que é onde você gosta de viver. Mas sua filha é sim problema meu. Se você acha que eu estou invertendo a hierarquia, pois que seja, vá ao Supremo, procure o Papa. Seu pai era assim. Quando você não fez o que ele queria, ele mudou, agiu exatamente como você. Quando você começou a brilhar de novo, num instante ele veio pedir créditos. Filho a gente ajuda na baixa e deixa os outros parabenizarem na alta. Quem diz o que quer, ouve o que não quer. "

Zagreb. Minha filha ia casar na Croácia em plena pandemia. Minutos depois chegou um endereço pelo telefone, a foto dela acariciando um gatinho parecido com o de Cora. Ao lado, um rapaz alto e que sorria com certa timidez. Era o noivo eslavo. Não me faltava mais nada nessa pandemia.

Ontem o dr. Fermat ligou cedo. "Podemos anular a consulta de hoje e nos ver na tarde do sábado? Assim terei mais tempo. Minha mulher está no campo e ficarei em Paris." Gostar, não gostei. Sábado é um dia bom para fazer de tudo um pouco — menos para ir ao médico. "Acho ótima ideia. Diga a hora." À tarde, cheguei à linda praça que tinha tons outonais. Ele fez rasgados elogios aos exames. *Incroyable*! "Tem 1 ou 2 coisas aqui fenomenais. Uma delas eu nunca vi num homem de 60 anos. Não há nenhum sinal de insuficiência: rins ótimos, fígado bom e um pâncreas incrível. O açúcar já era para dar alteração, e não deu. Colesterol excelente! Vamos ver a pressão de novo." Tremi. Era um péssimo dia para isso, eu estava tenso ainda sob impacto das notícias recentes e dormira pouco. "O senhor já viu da outra vez. Estava normal," amarelei. "Vamos tirar de novo." Eu sabia que dessa vez daria alta. E deu. "Não está péssima. Mas 15 por 9 é alta para quem toma remédio." Não havia de ser nada. Recomendou um diurético, e manteve o resto da medicação. "Se o senhor perdesse peso, iria viver muito. Mas isso eu já disse. Mais do que isso, não dizemos na França. É ou não uma pena que o senhor não adote uma higiene de vida mais adequada? *C'est vraiment dommage*..."

Admiti ao dr. Fermat que me sinto mais tranquilo à noite quando sei que tenho na geladeira umas fatias de frios para qualquer crise existencial. "Digamos que meus dramas filosóficos se diluem com um salame de alho, uma mortadela com pistache, uma fatia de rosbife." Ele fechou os olhos, franziu a testa e a máscara começou a se mexer, ecoando a voz articulada. "Nesse caso recomendo vivamente que o senhor não tenha essas coisas em casa. Justo à hora de dormir, quando a sinvastatina vai começar a diluir o colesterol, o senhor ingere mais?" Entendi. "Pela manhã então é mais saudável?" Ele foi veemente, estava quase irritadiço.

"Não proibimos nada. Primeiro porque fere a tradição, atenta contra símbolos nacionais. Todos nós descendemos de um queijeiro, de um açougueiro, de um viticultor. Mesmo os que descendem de matemáticos apreciam a boa cozinha desde cedo, isso eu garanto. Segundo porque ninguém respeitaria uma proibição – talvez só os jovens, que são mais influenciáveis. E por último, porque o paciente vai comer de todo jeito, logo melhor que o faça sem culpa. A palavra-chave é moderação. E um pouco de bom senso. Não coma fora da mesa. Não coma de pé. Está com fome? Beba água. Aos 78 anos, tenho o mesmo peso que tinha aos 24. Se engordo, me seguro. *Voilà.*"

Sem achar o que dizer, acrescentei: "Não serei a vergonha de seu consultório. Quando voltar, estarei melhor." Ele foi condescendente. "Não se preocupe. Seja a alegria de sua família, monsieur." Recebi isso como uma facada. Para desviar o foco da palavra crítica, contei-lhe que um amigo vai à terapeuta do convênio porque as finanças estão em baixa. "Ele me falou que mal chega, ela o manda subir na balança. Se não perdeu peso, encerra a sessão e ameaça que não tratará mais dele. Só tem conversa se perdeu um quilinho pelo menos." O dr. Fermat pareceu perplexo. "Parece *révolutionnaire*. Sou da pátria de Lacan – entre nós, ele fumava muito –, mas essa doutora parece ser muito boa."

Vou ter saudades do dr. Fermat. É meu momento de conversa com homem. Começo a entender porque mamãe gosta tanto de médico. Não é conversa de amigos, mas é quase. Mas então, quando eu já ia colocar o pulôver, ele perguntou: "E aí, vai ficar em Paris de vez?" Ri. "Tudo é no gerúndio, *docteur*. Vou ficando. Tenho um livro para acabar e meu país ri de 150 mil cadáveres. Vou aguardar." O tom mudou. "Então quero que faça mais dois exames que não pedi da outra vez. O laboratório guarda sangue, eles farão o teste de ferritina com o que restou. Seja como for, também queria que fosse ver um colega meu. Leve esta carta a ele. Não posso entender tudo na medicina. Quero ouvir o que ele tem a dizer."

Era como se eu esperasse isso há tempo. "*Merde, docteur. Pardonnez le gros mot*. Terei tempo de vida para terminar meu livro?" Ele ficou mais nervoso do que eu. "O mais provável é que não seja nada. E se for, é fácil resolver, nos estágios iniciais. Bon courage." Saí meio sem rumo. Ah, então é assim que a gente começa a morrer? Caminhei até o *La Perle* para ver as pessoas passarem. Dei sorte de conseguir um bom lugar. Tomei um conhaque. Li a carta dele ao colega. Na Europa, a caligrafia é esmerada. A morte é sóbria, discrète. Nas pessoas, as cores da estação eram belas. Uma moça jogava charme logo à frente. Odeio oscilar entre a autopiedade dos trágicos e a euforia dos bobos. A meu modo, vivi com classe. Não pretendo mudar. Olhei a mocinha pela última vez e pedi a conta. No metrô, pensei: ainda não deve ser a hora. Mas já vi como tudo começa quando for para valer, quando o pior se tornar irrecorrível.

Capítulo 36

O toque de recolher
(Final de outubro)

O toque de recolher reduz sensivelmente a oferta culinária para o jantar. Não há vivalma nas ruas depois que anoitece. Alguns restaurantes ainda trabalham no almoço, mas quem vai querer abrir à noite para baixar as portas cedo? Os mais jovens, aqueles a quem devemos essa *rentrée* espetacular do vírus, compram comida e birita e fazem pequenas confraternizações em casa. No lugar deles talvez fizesse o mesmo. Faz 40 anos que não tenho 20 anos, mas ainda estou lembrado de que não era dos dez mais obedientes ao interesse coletivo.

Com esse quadro, o jeito é comprar o jantar pouco antes das 7 para que ele seja entregue quentinho, minutos antes do noticiário. No primeiro dia, para estrear a temporada, comprei *gyoza*, os pasteizinhos japoneses de origem chinesa. Normalmente, prefiro-os ao vapor, mas hoje só havia fritos. Enquanto comia, a memória operava sua parte. Em priscas eras, morei perto de um restaurante chinês de São Paulo, na rua Morato Coelho. Nos sábados de inverno, eu ia lá pegar minhas encomendas.

Uma noite fiz o caminho devagarinho pela calçada da rua Artur Azevedo, enquanto fumava um baseado. Ao virar a esquina, bem na frente do restaurante, uma perua veraneio da truculenta patrulha da ROTA, pintada de laranja e preto, sediava uma campana, com toda cara de que os policiais estavam à espera de alguém. Lá dentro, a estática infernal do rádio cuspia instruções ininteligíveis e os 4 meganhas faziam cara de pouca prosa e algum fastio, sinal de alerta máximo. Talvez mais efusivo do que o normal, porque quem deve teme, lancei-lhes um sonoro boa noite como se fosse apresentador de programa de rádio. Eles mal resmungaram uma resposta. Teriam percebido alguma coisa? Resolvi dar a volta no quarteirão pela rua Pinheiros para voltar pelo mesmo ângulo, na tentativa de causar melhor impressão da segunda vez e descaracterizar a culpa. "Ainda por aqui? Esqueci o talão de cheque. Vou pegar uns pasteizinhos. Estão servidos? Já jantaram?" Eles se olharam em silêncio e um deles disse um obrigado que me pareceu embutir toda a indiferença do mundo.

Nada bom aquilo. O pior era que o pessoal do restaurante tinha meu telefone. Eles podiam chegar a mim, se tivessem achado minha conduta suspeita. Meu pacote estava pronto. "Neide, me faça mais uma bandeja do frito, meu bem. Também para a viagem, chegou um convidado novo," menti. E pedi uma cerveja para esperar enquanto conversava com as famílias de chineses que lotavam o local. *Ni hao ma*? Entre divertida e preocupada, ela apressou o pedido. Se não gostasse muito dela e ela de mim, eu diria que queria que eu fosse embora logo. Pela terceira vez em 20 minutos, abordei a ROTA. "Oi, sou eu de novo, desculpem. É que o amigo ali disse obrigado. Mas esqueci de perguntar, como se diz aqui, se é 'obrigado sim', ou 'obrigado não?' Por via das dúvidas, eu trouxe uma bandeja para esquentar a noite de quem trabalha. Sabem, eu sou do Nordeste. Se há um povo que preza a cultura da hospitalidade, é o nordestino. É nosso lado mouro. Vocês estão no meu bairro, então..."

Um deles saltou, coçou a perneira onde tinha um revólver, botou a mão pesada no meu ombro e me fitou: "Tamos aqui de campana, ô gordo. Vai pra casa fumar teu bagulho e não enche. O meliante que tá solto não é de brincadeira. Agora vaza. E vê se fecha a braguilha, porra. Vamos ter um pouco de respeito." Como é o mundo? O sujeito vai fazer uma gentileza e só leva na cabeça. Eu abria a porta de casa quando eles passaram em disparada em direção ao estacionamento do supermercado, de sirene ligada e pistolas em punho. Não tive dificuldade em comer uma porção dupla.

Pensei em tudo isso enquanto comia os *gyozas* de uma noite sem luz, sem falas, sem risos e até sem polícia. Era boa a vida que se vivia naqueles tempos. É sem maior sentido esta que eu vivo hoje. Escrevo livros que não sei se alguém vai ler, e faço planos para uma vida que pode acabar ao primeiro sinal de transtorno respiratório.

Enquanto a faxineira trabalhava, fui me refugiar no Jardin des Plantes com 2 passes no bolso para estar coberto contra eventuais *Blitze* de verificação. Assim, minimizava o risco de levar uma multa de 135 euros. O dia estava propício para uma caminhada porque o céu era de um azul prístino e a temperatura de 10°. Passear pisando folhas mortas é fonte de grande realização interior. Faz bem aos pés, que ficam livres das irregularidades dos pedregulhos e seixos, e inspira renovação. Morrer para renascer, o ciclo da existência sob forma de um imenso teorema ocre-laranja que estala sob a sola dos sapatos. Não há mesmo estação mais majestosa, não há luxo natural que se lhe compare. Queria viver um pedaço de outono no lago Baikal. Se já tive a certeza de que isso iria acontecer, agora já tenho menos, o que só torna o sonho mais tentador.

Antes de levantar da cama, enquanto alongava os músculos, concluí que continuo enredado em fazer o que mais sei: enganar. Mais do que tudo, acho que manipulo meus próprios humores à base de rações de autoengano, em nome da sobrevivência. Hoje elas estão a serviço da preservação da integridade física. Até por saber que se o corona se instalar em meu corpo e começar a rodar aqui dentro como um aplicativo em carregamento, minhas chances de escapar vivo são mínimas.

Já no ontem distante, lutei pela sobrevivência da alma. E paguei o preço para viver uma vida bastante próxima do que queria. Admito que já me escondi por trás de uma persona para enganar melhor e que sempre calculei com alguma habilidade o momento de abandonar uma máscara para usar a outra ou, a depender da ocasião, para me apresentar de cara limpa. Não devo ser diferente dos ciganos que vejo arrastando crianças nas imediações do Panthéon. Para viver a vida de acordo com seu credo, para dar vazão à natureza semovente que faz deles serem quem são. Ora eles afagam cachorros que tomam emprestados, ora aliciam seus filhos, ora estudam olhares suplicantes no espelho e entoam cantochões para esmolar – embora sem a dramaticidade dos eslavos.

Eu também exercito coreografias internas para assegurar a paz de uma hora, de um dia, de uma semana, de um mês, e assim vai. Já não ouso pensar em anos. Mas já me vali de tapaderas sofisticadas quando se tratava de garantir a vida tal como ela me interessava. Fiz papai crer que eu me espelhava em exemplos que não me falavam ao coração tanto quanto ele gostaria que falassem. Incorporei a meu acervo elementos que indicassem essa sintonia. Mas a essência da jogada toda era outra. Como acontece a muitos jovens, a hora chegaria de abandonar a nau dos fingidores. De tão bem que fazia seu papel, aliás, os próprios russos chegaram a desconfiar que Kim Philby também podia estar enganando-os.

O que me parece certo é que foi a notícia do casamento que me fez ver que todos pagam uniformemente o preço de um cover, de uma encenação, mesmo que não estejam no epicentro do terremoto. Seria hora de humanizar o coração? De raspar as camadas de cola que vazaram dos sulcos e empedraram em torno dele? De limá-las com uma espátula, como o pintor que desbasta tinta velha? Uma boa resposta para isso eu hei de encontrar. Nem que seja no avião a caminho de Zagreb, nem que essa seja minha última reflexão Ou será que essa determinação se desvanecerá nos dias seguintes, passado o impacto da notícia do casamento?

Estou sem jeito, evitando falar com mamãe, desconcentrado nos pensamentos. Depois do café da manhã, fui para a poltrona pensando em ler o jornal para em seguida atacar o trabalho. Mas cochilei. A culpa é um pouco do dr. Fermat. Desde segunda-feira, estou tomando metade da dosagem do bromazepam e só uma poeirinha de Stilnox. Teve dias de adormecer às 3 horas e despertar às 7 com pesadelo. Resultado: precisei compensar no cochilo da poltrona. Não é fácil agradá-lo. Desde a primeira consulta percebi isso. "Durmo bem. Para enfrentar as circunstâncias, tomo um pedacinho de

Stilnox." Ele não concordou comigo. "Mas isso não é dormir bem." Bati o pé. "É uma dosagem pequena." Ele, idem. "Quem disse? Qualquer dosagem disso é grave. Gera dependência. Tem que parar urgentemente." Abri o jogo. "Então já vou avisando que tomo também um pedacinho de bromazepam depois do jantar para desacelerar. Se não fizer isso, a cabeça fica muito estimulada, não consigo frear o trem." Não sei se ele tinha um apego especial ao sistema ferroviário, mas não gostou.

"C'est scandaleux! O senhor é um dependente." Tentei me defender. "Eu tinha parado, mas retomei por causa da pandemia." "Pois então reduza tudo à metade. E em 2 semanas elimine essas drogas de sua vida. A impressão que me dá é que no Brasil vocês se medicam em excesso." Acatei. "Vou tentar. Pensei que com meu tamanho, seria inofensivo." "Não, não é. Pode comprometer sua memória." Tentei salvar minha altivez, manter a liturgia da primeira consulta. "Tem gente que diz que seria até bom. Que lembro de coisa demais. Até do que não devia." Ele reagiu. "Isso é uma bobagem. E depois o senhor quer ser escritor, se entendi bem. Como pode um escritor não ter memória?" "Ora, escritores inventam, dr. Fermat." Aqui ele concordou. "É verdade. Mas para mentir tem que ter memória. Um mentiroso sem memória cai em descrédito. Um dia diz que namorou Catherine Deneuve e no outro que foi na verdade com Sophia Loren." Rimos. "Mentiroso de bom gosto esse seu." Ele ficou me olhando de cenho franzido por cima da máscara. "De qualquer forma, console-se. Na medicina também mentimos uma enormidade." Fiz ar de chocado. "Mas isso não é contra a ética?" "Sim e não. É claro que não vamos reduzir um câncer a uma gripe. Mas tenho pacientes para quem se

eu disser a verdade crua dos fatos, eles vão sumir e prejudicar mais sua saúde. Então temos que suavizar para manter a sintonia." Aquilo era previsível, mas me desconcertou vindo dele. "Espero que o senhor não esteja se valendo dessa prerrogativa agora..." *Pas du tout*..., disse sem convicção. A sensação que tenho é que vou perder essa batalha. E que nem meu livro vai me salvar. O mundo vai mal. "Veja, bromazepam é um veneno também para sua... sua sexualidade." Respondi sem dificuldade. "Esse é um lado bom, então. Aposto que seus pacientes não devem estar muito ativos nesses tempos que a gente vive." "Tem de tudo, *vous savez*. A vida retomará. Não jogue as armas no rio. Não encharque a pólvora."

Gostei do otimismo dele. "Se tudo se normalizar e admitindo que o bromazepam tenha feito estrago, posso tomar um viagra para, digamos, causar impacto? Para deixar um bom souvenir." "É claro! Sua saúde cardíaca é boa. Se quiser, passo tadalafil." Aquilo era animador. "Agradeço, era só curiosidade. Por enquanto, não será útil. Talvez na primavera." Só quando falei, me dei conta do quanto era melancólica aquela perspectiva. "Mas o senhor não é um urso para acasalar segundo a estação. Pode usar sua *imagination*. É prática consagrada no reino animal." "Eu sei, mas para a abstração, a gente não precisa de Viagra. Só para o combate corpo a corpo, na guerra de trincheiras." "Trincheiras? É bom. *Comme vous voulez*. Promete que vai eliminar os remédios?" "*C'est promis, docteur.*" "Talvez o senhor devesse ler e escrever menos. Assistir uns filminhos, digamos, energizantes. Todo mundo na França tem canais preferidos. E assim o senhor come menos." "Admito que há uma certa compensação *en marche*." "*Exactement.* Respeite as vontades do corpo. Mas só as boas."

Dos 10 aos 20 anos, ganhei uma aposta atrás da outra. Lembro do dia em que voltei do Colégio São Luiz com notas surpreendentemente boas depois de uma trajetória até então sem brilho. Cheguei embalado por um elogio de dona Dulce, anotado na cadernetinha: "Excelente aproveitamento. Esforçado e muito interessado." A repercussão em casa foi positiva e deve ter deixado meus pais mais confiantes, o que se traduziu em mais autonomia, ouro para um obcecado pela liberdade. Era irônico pensar que no começo do ano letivo eu não gostava da professora. Anos mais tarde, com mais de 50 anos, eu almoçava com mamãe no Recife quando a vi com uma amiga a uma mesa vizinha. É lógico que ela jamais poderia me reconhecer, 40 anos depois da despedida. Chamei o garçom e disse que a conta dela era minha, que ele dissesse que já fora acertada por um admirador. Foi com ela que comecei a me inventar. Foi o empenho em ter um mínimo de mérito reconhecido que me preparou, sem que eu soubesse, para entrar no Colégio de Aplicação, de cuja existência eu não desconfiava até a véspera dos exames. Mamãe disse, marota: "Você não vai passar no exame. Se não passar, que é o que deve acontecer, vale a experiência. E se passar, a decisão é sua. O que custa tentar?" Mas eu fui aprovado.

"Quer dar uma olhada na escola?" Eram salinhas acanhadas na rua Nunes Machado, ao lado de uma fábrica de guaraná. As instalações sumiam diante do colosso do São Luiz e dos dois campos de futebol em que me vejo jogar em sonho até hoje. Mesmo assim, alguma coisa naquela proposta despojada me fisgou. Por trás de uma fachada tão singela devia se esconder um mistério que valia a pena ser descoberto. Ali se criou um ciclo virtuoso. As viagens multiplicariam o impacto da informação que, com o tempo, ganhou ares de história vivida, à medida que aprendi a contá-las, realçando o que me interessava. Mais do que isso, ao esconder a sensaboria dos eventos anódinos, criava um suspense que, na cabeça do ouvinte, podia levá-lo a crer que eu sabia mais do que admitia. E não todo o contrário.

Mais tarde, contando minhas andanças a tio Pipe, então doente terminal de um câncer de pulmão, ele me crivou de perguntas sobre a vintena de países onde eu já estivera. Os olhos de papai brilhavam. O papagaio do tio me olhava com tristeza. Então o temido patriarca virou-se para o irmão e, pesando cada palavra, sentenciou: "Você criou um infeliz. Um menino que com essa idade já viveu tantos prazeres, vai ser um adulto insatisfeito. Vai crescer insaciável. Não vai sentar à mesa sem repetir o prato, não vai beber uma cerveja sem tomar a segunda, não vai casar com uma mulher sem pensar na do vizinho. Para o Brasil, está perdido. Para Pernambuco, nem se fala. Você perdeu seu filho. A foto do momento impressiona. Estou a um passo da morte, digo o que penso." Papai odiou meu tio naquela hora. Abreviou a visita e fomos embora. "Que culpa tenho eu se ele não pôde ter filhos? Não sei como o pau dele não caiu de tanta gonorreia." Meu pai não admitia que se questionasse o modelo de sucesso que concebera.

Os maus presságios não pararam ali. Quando fui morar na Alemanha, uma prima mais velha, que era psiquiatra, foi ao aeroporto despedir-se de mim. Então, arregalando os imensos olhos verdes, me levou a um canto do balcão da British Caledonian e, com ar conspirador e brincalhão, disse que eu tomasse muito cuidado para não fazer tudo o que queriam que eu fizesse. Que aproveitasse aquele ano para descobrir meus caminhos com tranquilidade, que esquecesse os anseios alheios e ficasse mais ligado a outras verdades. "Imagino que você saiba quais são. Se não souber, não apresse o tempo. Ninguém sabe tudo de si." Então me beliscou as bochechas e deu meia-volta. Quando foi me levar até a área de embarque, papai quis saber a todo custo o que ela me dissera. Eu desconversei.

Na cabeça dele, parece que todos tentavam sabotar seu projeto mais caro, aquele que mais o motivava a ganhar dinheiro. Naquela época, toda semana ele me mandava um exemplar da revista VEJA. Em alguns deles, uma cédula de 100 dólares. Ocasionalmente, chegava uma carta que se somava às de mamãe, mais regulares. "Aplique-se mas não descuide de você!" O conselho embutia um recado.

Como eu posso morrer sem voltar a ler minhas cartas?

Que cara tem o toque de recolher, aqui chamado de *couvre-feu*? Bastante feia. Mais de 5 meses depois de uma espécie de liberdade condicional, eis que nos sentimos como o passarinho de volta à gaiola. O *déjà vu* nos toma de assalto: faz o mesmo clima da primavera, mas o horizonte é outro. Antes, tínhamos o verão, luz e calor como perspectiva. Agora vem o túnel escuro e úmido do inverno. O silêncio é o mesmo, e igual é a ansiedade em acompanhar as notícias, de ver os hospitais lotados. O que mudou? Ora, você está mais entrevado. Quem você é a 30 de outubro lembra apenas vagamente quem você era a 15 de março. Sete meses e 15 dias atrás, uma hora era tempo suficiente para percorrer o essencial do bairro, carregar compras e voltar de bom astral, feliz em se sentir aconchegado e vencedor de mais um round.

Não era de todo ruim contribuir para o esforço coletivo, trabalhar no que você gostava e se recolher sabendo que o amanhã fatalmente seria melhor. Você aplaudia os médicos da janela e pensava: o vírus vai ficar tonto com essa porrada. Você jurava que a guerra estava quase ganha. Nas ruas vazias de abril, era como se os russos tivessem recuado e as tropas de Napoleão morressem à míngua. Nós éramos os russos heroicos. Hoje em 1 hora você faz metade do trajeto que fazia antes. Forçando o passo, as dores lombares aumentam. Ninguém mais aplaude os médicos das janelas porque a adesão é menos sincera, menos mobilizadora, mais parcial. Há uma urgência sanitária óbvia, mas há uma sensação de farsa, de repetição de um exercício vão. É como recomeçar o tratamento para uma doença de desfecho sombrio e querer acreditar que vai funcionar. Ninguém suporta mais as lives. O confinamento leva as pessoas a pensar na morte, na vida, mas também na velhice. Muita gente vive anos assim: na mesma janela, vendo a mesma paisagem. E se dá por feliz por estar viva. É como nos filmes em que parentes insistem para que os velhinhos abandonem seu país e eles dizem: "Vamos ficar aqui, aqui é nosso lugar, nada pior vai acontecer. Tchau, é hora de ver a novela." Então uns cachorros latem à porta e o pior sucede. Como a vida é assim, o quadro tem como ficar pior. Nem tanto porque tem loucos esfaqueando gente na rua em nome da fé, caso do professor Samuel Paty, que nos desconcerta a todos. E sim porque na sua alma mora um lobo que você precisa amansar.

Hoje pensei na rejeição. Era sobre ela que matutava à hora do jantar depois de ouvir um sutil mas inequívoco *não* de um editor no Brasil que diz ter lido a sinopse do meu romance. Estava ressentido? Não exatamente. Enquanto abria um vinho, um amigo que leu um post que fiz a respeito, disse: "Você foi burro, permita-me dizer. Não se oferece um livro de 500 páginas a um editor fora do eixo Rio-São Paulo. Para a maioria deles, falta dinheiro até para o papel. E não se esqueça de que você só tem tamanho no espelho. Na literatura, você é um anão." E rápido, desconversou: "Conte agora como vai Paris." Disse a verdade. "Um tédio só. Vou ficar enclausurado por pelo menos mais um mês. Aí é que a coluna vai empenar. Paciência. Pelo menos terei tempo para lamber meus fracassos." Quando acabei a garrafa de Côtes du Rhône, fui à janela fumar um charuto.

O bar já estava fechado e a pracinha escura, agora por um mês. Não é que eu fosse todo dia ao café. Era muito perto de casa para que tivesse apelo. Mas era um convívio a que eu já estava habituado. A proprietária me conhecia, e a menina rechonchuda do terraço já sabia o que eu queria: um pint de Heineken para começar, outro para terminar e outro no meio. Eram 14.40 euros que eu arredondava para 18. *Ça y est, c'est bon.* Às vezes pedia um cigarro dela e insistia para que aceitasse 1 euro. Era o único lugar onde eu era minimamente individualizado, afora o consultório de dr. Fermat, cuja chamada não retornei. Agora acabou tudo. Na televisão, vi pessoas chorarem pelo sacristão que estava acendendo as velas quando um lunático matou-o na Basílica de Nice. "Era um homem puro e bom," dizia uma moça linda com sotaque da Martinica. Se os puros e bons morrem assim, o que eu não mereço – eu que não sou nem puro nem bom? Eu estou como a França: perfeito na tática e péssimo na estratégia. Paris é uma festa, admito. Mas uma festa invadida pela polícia, onde os que acabaram bem, foram mandados de volta para casa. Uma mistura de internato com quartel.

Durante a conversinha sottovoce que tenho comigo mesmo quando estou tomando banho, confirmei o que já sabia. Zagreb não me sai da cabeça. Não faz nem tanto tempo que fui lá. Mas agora é diferente. Estou mexido e avariado.

Capítulo 37

As filhas de Cheng
(Novembro)

Quando fui comprar tâmaras, o fruteiro marroquino veio perguntar se eu já vira Pelé. Os olhos cintilaram quando eu disse que até já falara com ele. Estava com amigos da Catalunha num restaurante paulistano. Um deles, um comerciante corpulento e ansioso chamado Xavier, destilava ressentimentos naquela noite. Descobrira que a filha de 22 anos estava saindo com um sujeito que tinha sido seu colega na faculdade, com quase 50. Ora, Xavier era bom exemplo de quem também gostava de namorar com moças que tinham a metade da idade. Haja visto Begônia, a flamejante loira que ele trouxera de Barcelona para um tour sul-americano. O que lhe poderia aplacar o desassossego? Seu sócio o provocava. "Feriste com ferro e com ferro estás sendo ferido. Tens uma impressão assim tão ruim de tua geração?" Até que ambos ficaram transfixados pelo sobrenatural, ou por alguém que cruzara o umbral da porta.

Era Pelé que entrava, com a altivez dos mansos, disputado por olhares e câmeras. De imediato, eles perderam a fome, cruzaram os talheres e se já descabelavam por não ter trazido a máquina fotográfica. Que estúpidos tinham sido! Será que a casa não dispunha de um fotógrafo plantonista? E que pena não terem uma bola para autógrafos! A ansiedade tomou conta da mesa. Fui ao balcão onde Pelé conversava com o barman. Falei como se o conhecesse de uma vida, o que não deixava de ser verdade. "Cara, me ajude! Estou com dois catalães aqui, daqueles que vão ao Camp Nou toda semana ver futebol. Dê uma passadinha na mesa, diga um oi, gaste lá 1 minuto. Vou ficar agradecido e aliviado." E indiquei onde estávamos. Pelé me puxou pelo cotovelo. Na voz inconfundível, disse: "É melhor a gente ir agora, depois fica difícil." Aquilo é que era saber se livrar de uma marcação cerrada. Cruzamos o salão elegante como se estivéssemos varando a zaga inglesa na Copa de 1970, na partida em que ele forçou Banks a fazer a melhor defesa da história. Os catalães levantaram-se para um abraço, com um sorriso que não cabia na boca. Xavier parecia reconciliado com o mundo. Se duvidar, já perdoara o amigo que queria ser seu genro. Enrique tocava no ombro de Pelé como quem quisesse se imunizar, acariciando uma divindade. Enquanto eles falavam, histórias sobre Pelé me voltavam. Em 1976, vi meninos jogando futebol a metros da mesquita debruçada sobre o Mediterrâneo, em Akko. Pedi a bola para fazer umas embaixadinhas. Divertidos com minhas peripécias, os pequenos árabes faziam troça: "Belé, Belé." O fruteiro marroquino exultava. *Merci infiniment, monsieur.*

No mundo da literatura, os sinais são trocados o tempo todo. Se você escreve bem, nem sempre recebe o aplauso dos seus pares. Se escreve mal, receberá afagos e incentivos. No Japão, os cantores de karaokê mais fracassados são os mais ovacionados. Se você quer ser editado em outra língua, é porque é arrogante. Se você se contenta em ser menos que nacional, é porque vem de terras de muros baixos, é desambicioso ou regionalista. Se você encaminha o livro com uma estratégia de marketing esboçada, é porque você está querendo cooptar o editor com dinheiro. Se você só manda o livro e o currículo, é porque é vaidoso e acha que pode tudo. O fato de escrever por si só não congrega unanimidades. "Você produz muito, isso não é bom." O que nem todos dirão, mas que acham, é: puxe o saco, engaje-se às causas caras ao meio, berre chavões e retuíte platitudes dos consagrados. Em suma, tudo nesse mercado é na base da tentativa e erro. Não há uma regra universalmente aceita. Se fosse engenharia, o prédio não chegaria ao terceiro andar. Os palpiteiros e insiders não são unânimes sequer sobre se escrever é a coisa certa a fazer para o escritor. A maioria deles tem uma produção pífia e passa mais tempo conversando e articulando do que escrevendo. São padres que não rezam missa nem confortam as almas, mas bajulam a Cúria. Isso é admitido por eles próprios. O que é incrível é que isso é um fenômeno generalizado. Não é exclusivo de Belém ou Porto Alegre. Paris segue a mesma toada. Mas talvez seja nessa caça ao tesouro que resida o fascínio. Não basta ter o mapa. É preciso ter sorte.

Filhas, filhas, filhas... Tive um amigo chinês que morreu com pouco mais de 40 anos. Nunca me conformei com o fato. Eu chegava um par de vezes ao ano a Taipé. Voávamos para Kaohsiung ou Keelung, visitávamos várias fábricas e saíamos para jantar cedo. Depois íamos para o cabaré onde conversávamos com cortesãs divertidas que serviam-nos puro malte em copos de cristal, alimentavam-nos com lascas de cenoura no gelo seco como se fôssemos coelhos gigantes e faziam dueto conosco no karaokê. No dia seguinte, começávamos tudo de novo. Era uma dádiva da juventude e Cheng era um colosso da natureza com sua alma de mandarim.

Em Taiwan, não havia a política de um filho por casal. Lá era livre. Ele teve 6, todas mulheres. Seis... *Yi, èr, sān, sì, wu, liù*. Ele as adorava, e era tido por elas como um irmão mais velho. Mas as 7 mulheres da família entendiam que para ele, elas eram motivo de grande vergonha social. Aos olhos supersticiosos dos chineses, se Cheng não tivera 1 filho homem, era castigo por ter feito algo que desagradou à divindade. Isso o torturava. *Bad for reputation. Bad for business*.

Mesmo assim, os negócios iam bem. Taiwan se tornou nosso melhor mercado. Mas ele continuava sem um filho homem. Então arranjou uma concubina, a deslumbrante Miss Liu. Linda, mas frívola, dinheirista e sem alma. Miss Liu era dessa linhagem de mulheres que abana o rosto com cédulas estalando de novas e que se compraz em cheirá-las, lambê--las e passá-las a ferro. Isso dito por Rupert Lo, o melhor amigo dele, o *liaison* de Hong Kong. Para começar, não quis morar em Taipé porque dizia que a poluição era ruim para a pele. Para ela, férias só podiam ser chamadas assim se acontecessem em Paris ou Londres. Na rue du Faubourg Saint-Honoré ou na Old Bond Street. Ora, a Europa não era o mundo de Cheng. Ele gostava de Hong Kong, Cingapura e São Paulo. De lugares divertidos, sim, mas também bons para ganhar dinheiro – e não para queimá-lo nos braseiros da vaidade. Mas curvava-se à vontade dela. Era a continuação de seu nome que estava em jogo. Suas meninas um dia seriam mulheres de outros chineses, e dariam continuidade ao nome deles, não ao dele. Quem haveria de queimar incenso em sua memória quando ele se fosse? Quem lhe tocaria o legado e o *guanxi*? As filhas acompanhavam aqueles lances com dor, mas entendiam o pai.

Miss Liu engravidou. Sim, viria um menino. Ele ficou feliz, mas alguma coisa nele estava dilacerada. Apareceu com um câncer no fígado, ele que bebia só para brindar. Morreu em poucos meses, sem sequer ver o bebê que nasceria na sequência. Miss Liu ficou com a vida encaminhada.

Enquanto penso em Cheng, ouço na televisão que Wuhan está há mais de 5 meses sem um só caso positivo para Covid e parece ter vencido a guerra. E pensar que é por causa de um foco no mercado público de lá que estou imóvel há tantos meses. O correspondente francês mostrou uma cidade a pleno vapor, trepidante, como é de regra na China. Restaurantes abertos, comida vendida na rua, boates lotadas e uma juventude renascida depois do confinamento que foi de janeiro a abril. Aqui na Europa, ficamos invejosos da alegria alheia. "Estamos muito melhores do que antes," diziam os estudantes empolgados, como se recitassem um discurso ensaiado. Já aqui eclodem focos de insurreição contra o novo lockdown, calculado para evitar a superlotação hospitalar e para salvar as festas do fim do ano. Em Wuhan, a máscara não é sequer mais obrigatória. São bem conhecidas as condicionantes culturais que pautam o Ocidente e o Oriente. Certas horas, queríamos ter nossa noção intrínseca de liberdade individual da tradição greco-latina, inserida no quadro de obediência coletiva dos orientais. Mas não dá para ter tudo nessa vida.

Caí na besteira de publicar essas impressões numa rede social. Fui acusado de ingênuo ou manipulador. Será que tenho simpatias inconfessas pela China? Minha resposta foi simples: não concebo que a France 2, um prestigioso canal que recebe as mais altas autoridades, tenha resolvido montar uma farsa dessas dimensões. Ou será que enlouqueci? Depois da cobertura das eleições americanas, da mobilização europeia em torno da pandemia, da retomada das aulas e das homenagens ao professor degolado pelo terrorismo, eu estava em franco uso das faculdades mentais quando vi e ouvi o repórter da emissora passear pela noite de Wuhan, entrevistar as pessoas e filmar centenas delas nas situações que retratei. O repórter era o rosto da emissora quando a população esteve trancada durante 4 meses – até que eles erradicaram o vírus. E ouvi também quando ele disse que depois de detectado um caso positivo em Kashgar, eles confinaram 4,5 milhões de pessoas até testar todo mundo. Inimaginável!

China, Japão e a Taiwan de Cheng são excelentes exemplos do que não somos. Os asiáticos têm características de comportamento diametralmente diferentes das nossas. Apesar dos aglomerados do metrô de Tóquio ou Xangai, a norma social consagra o cumprimento sem toque físico. As crianças gargarejam em casa e na escola. Banho é uma constante. Toalhinhas quentes e frias integram a norma de hospitalidade do local mais suntuoso de Hong Kong a um pulgueiro do deserto de Gobi. A repressão social ao desvio é avassaladora. Muitas vezes não é preciso que a autoridade sancione uma conduta inadequada. A sociedade o faz. No Ocidente, é bonito ajudar o bandido a fugir. Lá é vergonhoso deixá-lo escapar.

Lá a mentalidade é intrinsecamente coletivista. Primeiro o grupo, depois o indivíduo. Treinados para lidar com terremotos, tufões e cataclismos, o que conta é a segurança geral.

Para isso, cada elo tem que funcionar bem sob pena de quebrar a corrente de comando. Ninguém precisa ensinar isso a alguém, eles já aprendem de berço a ser assim. Se acontecesse um terremoto em Osaka, cada um saberia hoje o que fazer: onde se abrigar, para quem ligar, o que perguntar, o que o grupo espera dela e onde tem água potável, comida liofilizada e equipamentos de comunicação de alta resolução para falar sob camadas de escombros.

Sendo a China autoritária ou não, e é, os demais países também têm imenso senso de grupo. É profundo o respeito à seriedade, senão à severidade das diretrizes do Estado. No Ocidente, o individualismo desmoraliza a hierarquia. Trump mandou o povo tomar água sanitária há uns meses e isso ficou por conta do folclore. Um ou outro pobre de espírito se encantou pela sonoridade da hidroxicloroquina e nunca mais deixou de receitá-la para tudo. Macron achou que dobraria o vírus com versos de Verlaine e discurso altissonante. No mundo mediterrâneo, decretou-se o fim do vírus por voluntarismo. Até países pequenos - militarizados e informatizados - tomaram um revés na orelha, como foi o caso de Israel, que ainda teve que aguentar a irracionalidade dos religiosos que lotaram as UTIs. Enfim, temos muitos mistérios e nem tudo a cultura explica.

Isso tudo para dizer que fiquei sentido quando contava a história de Cheng e suas 6 filhas a Pascale, e ela misturou propositadamente as bolas para me encurralar. Sabendo do casamento de minha filha em Zagreb, me perguntou se outra teria sido minha atitude a respeito não fosse ela mulher: "Tu não achas que com um varão, teu sangue nordestino não reagiria como o de teu amigo chinês, que pode ter estragado a vida para ter um filho macho?" Contive minha fúria. E eu que achava que ela ia me perguntar se a China não estava operando tudo isso para derrubar o Ocidente e nos comprar de graça. "Isso que você diz não é um absurdo, Pascale. Mas não pelas razões que você pensa." Então expliquei sucintamente que era uma longa história, mas que se tivesse sido pai de um menino, talvez achasse que o lugar dele era ao meu lado. Partindo do pressuposto duvidoso, admito, de que eu teria mais a acrescentar a ele do que a mãe. E depois porque o suporia mais resistente a embates, se houvesse um litígio. Ela ficou em silêncio e disse que me entendia. Então voltou à pergunta que eu achava que seria original. "Tu achas que a China tem uma responsabilidade direta nisso tudo?" Acho que foi uma forma de sair com delicadeza de um terreno que ela sentiu minado.

A experiência ensina a conter a euforia. Sempre que fatos excepcionais aconteceram, eu pensava cá comigo: armazene bem esse momento, curta o que puder, mas viva-o com moderação. Você vai precisar dessa adrenalina na hora em que chegarem as notícias amargas. A notícia da vacina ontem acendeu uma chama diferente nos nossos corações. Só degenerados e enfermiços podem ter amaldiçoado a boa nova, venha ela de onde vier. Por que diferente? Diferente porque ela não está ligada a nenhum feito individual ou familiar. E sim a uma façanha da humanidade. Foi como se alguém tivesse ido até um ponto inacessível, no alto de uma falésia escarpada, e consertado um fusível num imenso farol avariado. E então esse farol passou a irradiar a luz da esperança, a palavra mais bonita em todas as línguas, não importa como soe – do javanês ao tupi-guarani.

Foi como se cada pessoa morta tivesse sido uma cota dada pelas famílias para um bem maior. Como se os milhões que sofrem para se recuperar fossem acionistas de um ativo da ciência porque foi o sofrimento deles que enriqueceu os protocolos para que, numa lógica cumulativa, chegássemos a um ponto de inflexão. Imensos desafios estão à nossa espera. Mas quando a boa vontade se junta à ciência, cérebros e mãos se ajudam. É possível que nem todas as faixas venham a ser imunizadas a contento. É possível que até campanhas de sabotagem sejam institucionalizadas por degenerados psíquicos. Mas a perspectiva de retomarmos certa normalidade já a partir da segunda metade de 2021 em relativa segurança sanitária, dá a senha para que a gaveta de sonhos possa ser reaberta.

O Brasil estava colorido nas imagens da televisão no dia das eleições. Vi cenas de rua de São Paulo e do Recife, filmadas próximas dos meus pontos de pouso. Numa delas, vi a janela do meu quarto e a varandinha do apartamento onde a carranca do São Francisco resistia impávida, imune à intempérie. Posso negar que senti uma dor aqui dentro? E depois havia aquela atmosfera de Carnaval, de que da vida nada se leva, de confraternização. Se estivesse ali, é claro que não estaria no coração da muvuca, mas os ecos subiriam até mim e isso me alegraria o dia. Aqui, é tudo o contrário. Quando saí pela manhã, depois de preencher o formulário, o que é sempre uma violência, o asfalto estava molhado e o chão cheio de folhas mortas. Os passantes eram raros e tinham ares meio aparvalhados. Em certo sentido, era a volta ao 17 de março com algumas variações. Tinha mais comércios abertos, é verdade, e vi um ou outro passante que sorria, o que era impensável na primavera. Mas se o governo decidiu nos reconfinar, prefiro que adote o modelo radical. Em gestão, a zona cinzenta é um perigo. Se houver espaço para o jeitinho, as boas intenções vão ruir e o dano será colossal. Que governo resiste incólume a um colapso hospitalar?

Para me distrair, fui até a feirinha do boulevard Raspail que já chegava ao fim. As pessoas passavam com flores a caminho do cemitério de Montparnasse. Nos tempos em que fumava, acho até que filei um Gitanes do túmulo de Gainsbourg – de quem jamais gostei –, marca de cigarro que os fãs deixam ali até hoje ao lado de garrafas de Pastis e de bilhetes de metrô. Na saída, passo sempre para dar um *au revoir* a Sartre e a Simone. Resumo do passeio: na feira, entre outras coisinhas, comprei uma fatia generosa de pâté de campagne, boa para comer com pão, picles e um copo de Côtes du Rhône. Depois fui ler um livro e, no meio da operação, matutei sobre como vou pagar as contas. Novembro não é um mês muito feliz na Europa. Em dezembro, temos pelo menos as festas no horizonte, se é que as celebraremos este ano.

Acredito que não seja um cara sombrio de alma, que não esteja tão suscetível à depressão. E evito me mostrar cínico diante dos otimistas. Paris confinada é a negação do otimismo no mundo. Para a maioria das pessoas, a vida é sofrida. É uma provação desafiadora e se resume quase sempre à luta pela sobrevivência. Isso posto, tive uma vida boa, e os pratos da balança se equilibram entre erros e acertos. Não tive um destino glorioso, mas tampouco me despedacei no fracasso. Isso aos olhos do mundo. Aos meus, tive prazeres, e são eles que me alimentam. É para persegui-los que quero continuar vivo, mais do que para marcar meu tempo ou dignificar a vida no abstrato. Dentro dessa perspectiva, na navegação escura por tantos labirintos, gostei da derrota eleitoral de Trump. Quem sabe não tenha sido um discreto fato seminal para que o futuro seja menos trevoso? Lembro dele nos anos 1980 em Nova York. De seus empreendimentos bregas e sem alma. De seu ego enfatuado e do lado anedótico de uma América de limusines, flores de plástico e frases feitas. Trump era uma espécie de Las Vegas em forma de gente.

E no entanto, sendo os EUA um caso de destaque em permitir a seus filhos ascensões fulgurantes e imprevistas, Trump se tornou presidente. Era para ser uma jogada de marketing, era para ganhar visibilidade e revigorar os negócios bambos. E ele calhou de triunfar, dada a saturação da sociedade com o establishment político. A escumalha do mundo pensou: se foi possível lá, por que não aqui? O resto do enredo nós conhecemos. Seja como for, o grande vencedor do embate ainda é o trumpismo. Não fosse a Covid, Trump teria ganhado com facilidade. E apesar de ruim para o mundo, o americano médio acha que ele foi ótimo para os EUA. Isso tem que ser respeitado. Por fim, o tal do fazer política tradicional está morto e sepultado e as pautas lacrimejantes dos governos que buscam consenso em tudo e para tudo, irritam e paralisam a máquina e o eleitorado. O trumpismo deixa lições para os comunicadores e estrategistas eleitorais. Nada garante que não voltará a triunfar. Lá ou em algum outro lugar.

Hoje a televisão mostrou cenas de Portugal. No Centro do Porto, donos e funcionários de restaurantes se insurgiram contra as ordens de fechamento. Se as restrições sanitárias assim o exigem, é uma sensação mortal ter que cerrar as portas por mais umas tantas semanas. Na mesma hora, pensei no amigo Alberto Bago, lá da Póvoa, à frente da livraria-restaurante Theatro, um de meus refúgios preferidos para um copo de vinho e um polvo a lagareiro. Como não ficar condoído ao ver o trabalho de uma vida hibernado, jovens garçons inativos, pendurados no seguro-desemprego, mofando em suas casas diante de guimbas de cigarro, telas de celular e latas de cerveja vazias à volta? Que saudades o jovem chefe deve sentir do calor da cozinha, dos pedidos à queima-roupa, das agruras do progresso, da tensão criativa das noites normais. Que vírus sórdido, que bichinho filha da puta!

E o que dizer da burocracia estatal? Apoiá-la ou apedrejá-la? Com Portugal no coração, dei uma olhada no que poderia ser o jantar. Pois eis que tinha uma fritada de bacalhau no freezer que em um par de horas poderia levar ao forno. Regada a bom azeite do Sul da França e a uns copos de vinho branco, comi compenetrado, pensando na vida. Como sou um delirante, uma espécie de louco manso que não tem razão para reprimir seus muitos e constantes devaneios, imaginei um paradoxo: admito que não gosto da entidade Estado. Mas até seria bom se tivéssemos na arena mundial um colegiado de líderes, gente da estatura de Angela Merkel, que tranquilizasse os que perdem a esperança. Essa voz, falando em nome dos homens de boa vontade, diria em palavras simples que as pessoas se ajudassem, que confiassem no soerguimento financeiro do planeta e na perspectiva de imunização universal para um futuro bastante breve. Que estávamos nos saindo até muito bem para quem levou um susto ainda em janeiro. Já perto do fim do jantar concluí que esse é um vaticínio ingênuo.

Ingênuo porque as linhas demarcatórias da política de hoje pregam justamente o oposto. Tiranetes, ladrões e gangsters precisam da cizânia, da discórdia, da polarização, da catimba e do ódio para existir. Num mundo que acolhesse o tal discurso em que pensei, que lugar caberia a Trump e seu vocabulário de 32 palavras? Onde ficariam as brechas onde o capitão enfia a picareta para fazer a pedra rolar montanha abaixo? Em torno do que se organizariam máfias e bandos, se os Estados que elas cobiçam fossem um estuário de virtudes? Deveria tomar mais um copo de vinho, ver televisão ou escrever? Fiz os 3.

Das ruas de Paris, não vem um ruído. Há os que estão profundamente tristes. Mas deve haver também os que se refugiaram no campo e estão agora tomando uma sopa de cogumelos e sonhando com um passeio na floresta amanhã. Dentro de 40 dias é Natal. Já chegou o catálogo para encomendas de comes e bebes das festas. Antigamente, eu ficava irritado quando via um Papai Noel numa vitrine já em outubro. Este ano, ainda não vi nenhum e lamento. Na TV, uma criança de 4 anos ditava para a avó a carta ao velhinho. Havia tristeza no olhar de ambas. Um facho de luz corta o céu. É um aceno distante da torre Eiffel.

Deve ter sido em meados dos anos 90 que eu entendi que estava dada minha cota à vida das empresas. Que não mais trabalharia nelas, senão para elas. Eu tinha voltado a morar só e já não havia incompatibilidade entre minha alma boêmia e a vida conjugal. Aluguei um apartamento na alameda Casa Branca, perto da Oscar Freire, e resolvi tirar uns meses para mim, longe das pressões domésticas que tinham reduzido a pó minha mais recente aventura conjugal. Interessante foi que no fim do ano, foi com a mesma ex que tinha acabado de deixar que viajei para a Europa, como se fôssemos o casal mais harmônico do mundo. Quem visse de fora mal podia imaginar que vínhamos de uma relação desgastada em que ela não perdoava minha inaptidão para a vida doméstica nem eu suportava os hábitos de consumo dela. Estivemos a ponto de infelicitar um ao outro. Com a separação, passou o deslumbramento e ela voltou ao normal.

O que eu ainda não havia entendido nessa época é que escrever se tornaria o único caminho viável para eu me conectar comigo mesmo. Por mais que tivesse agido em liberdade desde cedo, eu cumprira um script que não era genuinamente meu. Metade do que eu tinha feito correspondia a uma partitura de gente normal. E eu era tudo menos normal. Eu não queria ter empresa, ter casa própria, ter carro, ter família e acumular coisas. Depois que o meu pai morreu, em 2000, empacotei algumas conclusões, levei a um terapeuta da Vila Madalena por 4 meses, 2 vezes por semana. "Eis o que quero da vida." Ele disse a única frase inteira que o ouvi proferir. "Só depende de você." Então me dei alta e acelerei sem olhar para os lados ou para trás. Ter opções e exercê-las é a forma mais pura de alegria.

Fui à rue d'Odessa para comprar um cassoulet no *Au Petit Sud Ouest*. Ao invés de comer às pressas no restaurante, prefiro levar para casa e esquentá-lo no forninho. Perguntei pelo patron, um gordo de maus bofes que só veste preto e mantém a barba desleixada. Com forte sotaque do sul, ele nem sempre gosta quando eu ironizo os horários da casa que, a bem dizer, só funciona entre quinta e sábado. *Le patron a pris sa retraite. Il vit à Narbonne maintenant*. Quase pergunto: e ele precisava de aposentadoria? Por acaso trabalhou um dia? *Passez-lui mon bon souvenir. Dites que c'est l'ami brésilien. Il s'en souviendra*.

Aproveitei que estava ali e fui dar um alô para o amigo senegalês que mantém viva sua lan house ali ao lado. Uma bateria de 20 computadores obsoletos se conecta à internet a 4 euros por hora de navegação. É ideal para descuidistas, espiões, gente sem crédito, terroristas, pedófilos, golpistas e sujeitos como eu que, não sendo nada disso, são marginais à sua maneira. Meu telefone velho de anos só funciona onde haja uma rede wifi gratuita e nunca comprei um chip para falar da rua e do metrô – como vejo todo mundo fazer. Sou assim. Se preciso de uma informação urgente, peço a uma pessoa conectada que me ajude. Até Uber já chamaram. Vendo que eu o espiava da calçada, o senegalês Maurice veio conversar. *Comment allez-vous, monsieur*? Eu costumava ser bom cliente durante anos, mas a Covid nos afastou. E depois, desde que cheguei a Paris, tenho conexão em casa, um luxo de que só desfrutava antes em hotéis. "O senhor não aparece mais para imprimir seus escritos?" E riu tão galhardamente que cheguei a pensar que havia ali uma franca gozação.

Descrente da Covid, achando que é uma ficção impalpável para quem vem do mundo duro que ele conheceu, disse que a loja tem bom movimento e que conseguiu ser enquadrado como atividade essencial. Mesmo com confinamento, ele tem o direito de trabalhar. "Tivemos que adotar os gestos-barreira. Temos álcool gel e dou um lencinho de papel para o usuário limpar o teclado e os fones. O resto é o destino." Quase saindo, eu me lembrei de um antigo frequentador da casa, que estava sempre lá quando eu ia fazer minhas impressões. "O que é feito daquele americano que é mais gordo do que eu?" Ele sorriu. "Imagino que o senhor esteja falando de Mr. Bruce. Tem algum tempo que não aparece. Talvez tenha voltado para Boston com essa crise. Esteja onde estiver, se não morreu, imagino que esteja online." E riu com gosto.

Despedimo-nos e desci a rue de Rennes em direção a Saint-Sulpice. Das figuras inusitadas que a gente vê nesses locais, Bruce era das mais impressionantes dos meados da década passada. Inverno ou verão, fizesse frio ou calor, ele estava naquele locutório da rue d'Odessa. A qualquer momento, entre 8 da manhã e 2 da madrugada, ele ocupava um cantinho perto da máquina de café, e lá pilotava três computadores simultaneamente. Haja orçamento!

Numa única vez, conversamos com mais vagar. Lembro que era um 14 de Julho e eu tinha voltado da parada nos Champs-Elysées. Era o primeiro ano de François Hollande na Presidência e um paraquedista quebrou a perna ao cair no local errado. Isso aconteceu a poucos metros de onde eu estava. A caminho do hotel, passei na loja para pegar umas impressões. Lá estava Bruce sozinho, no comando das máquinas. "Maurice foi almoçar. Volta logo. Se quiser uma senha de acesso, pegue uma das minhas. Tenho várias..." disse em inglês. "Não, obrigado, amanhã eu volto. Foi bonito o desfile do 14 de Julho. Você não quis ir ver?" Ele sorriu. "Vi os Rafales cruzando o ar. Adoro caças. O resto do tempo, estava ocupado," e apontou os computadores.

Naquele dia quente de 2012, foi a segunda vez que ouvi falar de Facebook na vida – de que eu me lembre. Resfolegante, Bruce complementou. "Piloto alguns perfis. Dou *likes* eu mesmo em todos eles e trato de puxar seguidores. Não quero outra vida." Então me contou que era de Massachusetts e que amava Paris. "Desculpe, mas você ama a rue d'Odessa. Quando eu passo, vejo que não sai daqui." Ele me olhou sem graça, como se eu estivesse brincando com uma coisa séria. E submergiu no seu mundo, agora de cara fechada. Naquele dia, saí pensando nos *hikikomori* do Japão – os adolescentes que ficavam 24 horas online, que não saem do quarto, que não tocam na comida que a mãe deixa à porta, salvo umas porcarias para devorar com os dedos.

Capítulo 38

Fim de ano sem apoteose
(Primeiros dias de dezembro)

A rua está vazia. Poucos se aventuram a sair porque chove bastante. Dentro de semanas, o Natal terá ficado para trás e estaremos debruçados sobre 2021 – o ano da redenção ou da rendição. No boulevard Saint-Michel, a polícia aperta os controles e multa pesadamente quem quebra as regras do confinamento. Bem ou mal, as pessoas estão se acostumando a viver de forma diferente. É como se fôssemos aprendendo técnicas de convívio à distância. As pequenas coisas são ritualizadas. O intervalo entre o momento em que a gente faz a cama ao acordar e a hora em que a preparamos para dormir é ínfimo e infinito, curto mas elástico. Quando você deita de madrugada e tenta lembrar o que fez no dia, a primeira impressão é a de que não fez nada. E no entanto, parece que uma infinidade de coisas couberam no intervalo. O tempo é estruturado, mas não é nosso. Imre Kertész falava isso do campo de concentração. O vírus é nosso Franz Hösller, o SS-Obersturmführer de Auschwitz. Aqui como lá, a gente quer passar despercebido, ficar fora do radar dele. Escondidinhos e entocados, somos movidos a esperança. Como estou sempre tendo pensamentos aleatórios, não sei em que medida devido aos remédios, hoje me deu saudades da Alemanha. É bem verdade que já vivi por lá algumas incongruências que nunca esqueci.

Teresa e eu tínhamos acabado de chegar à estação ferroviária de Frankfurt. Depois de 1 semana no Egito, pretendíamos ficar 2 dias em Rothenburg-ob-der-Tauber. Depois disso, voltaríamos para São Paulo. Mas tivemos que mudar nossos planos. Isso porque ela se distraiu no vagão do trem justo quando eu acomodava as malas no compartimento de cima. Um menino de 15 anos, solerte como a fatalidade, lhe afanou a carteira – com algum dinheiro, as fotos dos filhos e nossos passaportes. Quando ela se deu conta do que ocorrera, o menino ainda saía do vagão. Ele mal colocou os pés no chão, e o trem já se pôs em movimento. Sincronia de profissional.

O pior é que ela me apontou o rapaz na plataforma. Eu não tive dificuldade em fotografá-lo mentalmente: moreno, tipo balcânico, cabelo escorrido, camisa de xadrez vermelha, boné desbotado, jeans, sapato preto, uma sacola cinza às costas e o andar universal da malandragem. Ora, como eu não achei adequado deflagrar o alarme por tão pouco, fui correndo até o chefe da composição: "Ligue para a polícia da estação. Ele ainda está nas imediações. Eu posso descrevê-lo com detalhes."

Mas quem disse que o supervisor estava disposto a abraçar minha truculência? Convenhamos, ele foi muito gentil. Entendia perfeitamente minha ansiedade e lamentava que a Alemanha tivesse chegado a esse ponto. Mas tinha um pedido: que eu respirasse fundo, parasse de apontar o relógio indicando que o ladrão ainda estava nas redondezas. Ele sabia. O procedimento, porém – e aí vem ele –, para essas ocasiões, consistia em esperar que chegássemos à próxima estação para, uma vez lá, prestar queixa formal ao posto da Bahnpolizei. Isso feito, um telefonema oficial seria disparado aos colegas de Frankfurt e uma descrição do meliante percorreria as estações de trem do País. Era assim que se melhorava a eficiência do sistema, falou com seriedade.

Lembro que articulei cada uma das sílabas com furor: "Meu caro senhor, eu não estou interessado em melhorar seu sistema. Não é tarefa para mim. Eu só quero recuperar nossos passaportes para dar continuidade à minha lua de mel e não ter que acorrer aos ofícios de um cônsul sonolento que ainda vai me xingar por eu não ter sido mais cuidadoso." *"Nein, nein, mein Herr,"* respondia ele. O importante era respeitar o procedimento, confiar na sabedoria dos que o escreveram, mesmo que o menino tivesse tempo de sobra para jogar os documentos na primeira lixeira de salsicha com mostarda. Complacente com meu imediatismo de subdesenvolvido, dispensou-me sem mais. Voltei para meu assento derrotado.

Oitenta minutos mais tarde, entrávamos na primeira estação: Würzburg. Resignado, consolei Teresa, subestimei a perda e os aborrecimentos e resolvi fazê-la rir com a quadratura alemã. Àquela altura, pelas minhas contas, os passaportes podiam estar tanto no fundo do rio Main quanto nas mãos de algum atravessador interessado naquela cornucópia de carimbos e, especialmente, em mais um recém-adquirido visto americano. E tudo isso por causa de sua excelência, o procedimento. Será que um pouco de jeitinho não lhes teria feito bem? Mas como querer isso de um povo que tem normas escritas até para as eventuais lacunas de procedimentos?

Menos mal. Adiei meus compromissos, entreguei-me aos vinhos da Francônia, me preparei para enfrentar o consulado, peguei os salvo-condutos a caminho do aeroporto e regressamos. O que não impediu Teresa de passar meses repetindo: "Ainda bem que era começo de namoro e você estava apaixonado. Sabendo hoje como você é, acho que me livrei de uma descompostura nuclear." E foi mesmo, pois de alguma forma eu amava aquele passaporte. Todos os continentes estavam nele tão bem representados. Uma coisa é certa: alemão sem procedimento não existe.

Logo será inverno fechado em Paris. Às portas do Natal, teremos o dia mais curto do ano. Até lá, ainda é outono. Outono lá fora e brumas na alma. Nas alamedas do Jardins des Tuileries, as árvores perdem as últimas folhas. No coração, jogam-se fora planos antigos para acolher os novos – se houver primavera. Dos antigos, desisti de ir a Lhasa, no Tibete, conhecer a Potala. A 3.700 metros de altura, iria ficar cismado, o oxigênio é muito rarefeito, não convém me arriscar. Bastaram as vezes que escapei incólume de La Paz, do México, de Bogotá, de Quito e de Cochabamba. Ano passado já sofri no Zugspitze e da vez que fui ao Jungfraujoch fiquei sentado numa espreguiçadeira, com um cobertor nas pernas, tomando conhaque. Prometi que nunca mais ia viver uma cena tão geriátrica. Só se for além dos 80 anos. Para isso, toparia qualquer sacrifício de imagem. Às alturas da Terra, se escapar, vou preferir visitar os cursos de água: Reno, Danúbio, Volga, Douro, Mekong e Nilo. Chegar a pelo menos 80 anos seria glorioso. Seriam 8 anos a mais do que viveu papai, e 8 anos a menos do que mamãe tem hoje. Isso significa que eu viveria basicamente até 29 de março de 2038.

Para conseguir isso, precisaria mandar alguns sinais para mim mesmo. Primeiro, teria que perder uns 20 quilos. Em tese é fácil, mas eu preciso curtir a ideia. Segundo, eu precisaria dar um pouco de manutenção à máquina, fazendo um check up para prevenir as más surpresas. Terceiro, na falta de poder viajar como antes, eleger um domicílio. Com as finanças sacudidas, depois de um ano sem receitas, não posso manter vários. Quarto, preciso ser publicado no Brasil em 2021. O que me interessa fazer algum sucesso em Portugal, se lá conheço tão pouca gente? Isso me manteria à tona, seria vital para a motivação. Por último, quero começar a escrever uma autobiografia, única forma que tenho de me encontrar mais comigo mesmo, de viver a paz interna. Pelo que se vê, são muitos os ajustes.

Gosto de chutar folhas mortas. Se fosse catapultado para o espaço, sem direito a levar nada de material, levaria a voz de mamãe contando a história da festa no céu, quando o urubu deu carona ao sapo dentro do guarda-chuva. A narração do gol do Brasil contra a Inglaterra, em 1970. O som do badalo de uma vaca suíça. O cheirinho dos eucaliptos à entrada de Garanhuns e o apito do vendedor de cuscuz do Recife. E com isso veria a Terra sumir. Abriria uma escotilha no nariz da espaçonave e veria os planetas e suas colorações intrigantes. Seriam como bolas de sinuca espalhadas num fundo preto, uma delas com várias argolas à volta, como a pulseira africana de Dadai. Tenho planos para o outono e para mais dezoito invernos. Que não me vá agora.

No silêncio do almoço, rememorei um momento de enlevo. Estava em Seia, Portugal. Peguei um táxi até Sabugueiro, um dos pontos altos da Serra da Estrela, distante uns 9 km. Depois voltei a pé, sentindo a temperatura subir à medida que chegava o meio-dia e o corpo aquecia a ponto de sentir calor. Fiz uma longa escala no Museu de Pão, admirei a vista que por pouco não alcançava o mar e retomei o caminho. Quase na cidade, li numa placa: restaurante Motta Veiga a 1,5 km. Ora, por que não almoçar lá e fugir das opções da cidade? Não é assim que nascem as descobertas? O lugar estava mais do que fechado: estava inativo há meses. Que desolação eu senti ao ver a igreja de Seia lá longe, sabendo que teria uma longa caminhada a fazer contra a gravidade. O que é mais grave, agora morto de fome e sede. Na estrada, nem sinal de ônibus. Pedi carona aos poucos carros que passavam com famílias em trajes domingueiros e, naturalmente, ninguém parou. Quem seria aquele cigano gordo? Precisava fazer alguma coisa.

Então bati à porta de uma casinhola branca de telhado imaculado e fiz cara de maior abandonado. Teriam um copo d 'água? Alguém poderia me ajudar a voltar à cidade? Será que dava para chamar um táxi? Passava ônibus por ali? Ah, entendo, é domingo. É claro que eu já vira dois carros e um caminhão parados à porta. Com um pouco de conversa o dono se dignou a me levar até a cidade por iniciativa dele. Mostrou-me com orgulho o caminhão: sim, era seu, e ele estava ali só para passar uns dias com a família, mas na verdade pertencia às estradas. Fazia carretos entre Portugal, Espanha e França, rara vez à Itália. Disse-lhe que o invejava e que era um homem cuja profissão eu queria ter. Ele só sorriu. Não, jamais estivera no Brasil, mas conhecera África com a tropa, ainda nos tempos de Salazar. Não me cobrou um euro sequer e, o que é melhor, me levou à porta de um restaurante apinhado de gente, pequenino e concorrido. É duro atravessar janeiro sem beber, mas o *dry January* traz dividendos. É assim que se passa um dia na Serra. Sem pressão, sem assaltos, sem neuroses, sem as tentações do consumo e em silêncio. Na Serra, a gente percebe que o saber viver é escandalosamente simples.

Tudo isso me levou a pensar que se eu fiquei 10 meses em Paris, muitas vezes privado de sair de casa, por que não me fixar em Poços de Caldas? Ou num lugar como Tiradentes, que fica perto e, ao mesmo tempo, longe de cada uma dessas cidades? Isso não faria de mim grande aliado da natureza, ela que me inspira mais medo do que paz. Mas agora estou mais treinado do que antes para aguentar as agruras da vida a baixa temperatura, a vida temperada a alecrim e tomilho, na falta de sal e pimenta. De tanto ouvir que a vida não voltará a ser o que era, me acostumo à ideia dos hábitos frugais e da reflexão. Desconfio que se eu não enlouqueci até hoje, dificilmente vai me faltar juízo adiante. Tampouco quero que me sobre. Enquanto terminava de almoçar, fiquei pensando num amigo que sabe citar de cor 100 peixes do litoral de sua Paraíba natal. Isso é riqueza.

Ouço um som e percebo um movimento por trás da máscara. O homem está querendo me dizer alguma coisa. De coleira na mão, aponta o cachorrinho. "É a estação preferida dele. O bom é que se exercita e dorme melhor." Não achando nada de original a dizer, balancei a cabeça: *Je peux imaginer, monsieur*. Segui caminho pelas alamedas de folhas mortas. Hoje estou bem melhor do que ontem. Ontem, se estivesse em minha casa, teria jogado um copo na parede. Ou uma garrafa. Uma vez fiz isso e foi má experiência. Comecei com um cinzeiro pesado. Gostei. Depois foi uma taça. Depois foram os bonecos de barro e uma estatueta de gesso que eu odiava.

No dia seguinte, a faxineira varria tudo e as lágrimas desciam. Ela não me pedia explicações, era solidária ao que quer que eu tivesse tido, e tentava minimizar o prejuízo colossal. No final, disse: "Posso só fazer uma coisa?" Eu disse que sim. Ela então pegou uma espada que tinha sido de meu bisavô, que eu tinha ganhado de herança, e deu fim. "Desde que essa espada chegou você mudou. Agora vai ficar tudo bem." Nunca mais soube dela.

Estou mais conformado com as ironias desse 2020. Quando muito, estou me sentindo lesado, como se tivesse pagado caro por um quadro falso. Mas o impulso da fúria passou. Parece mesmo que o homem tem razão. Os cachorros se esbaldam no jardinzinho. Brincam com as folhas mortas e correm atrás uns dos outros. O mesmo amigo que viajou comigo no começo do ano com a esposa, perdeu a mãe. Diariamente a gente troca uma mensagem. Nas últimas semanas, a serenidade deu lugar a um vazio enorme, a um sentimento de nau sem porto. Ele me conta do cachorro, figura imprescindível. "Domingo passado, as saudades doíam. Mas aí Thor veio para o meu colo e eu comecei a falar sobre mamãe. Ele ficava olhando para mim, me lambia, parecia entender cada palavra. Não fosse ele, eu teria ficado sem ancoragem. Quando imagino o quanto a gente se divertiu em Budapeste, penso que foi uma alucinação, uma miragem de paraíso perdido." E assim ele vai fazendo a travessia da hora ingrata. Sentei num banco e abri o jornal. As linhas telefônicas de assistência psicológica recebem 20 mil chamadas ao dia. Continuo o passeio.

A meu lado, uma senhora bem constituída caminha com altivez. Quem ela me lembra? Ora, quando ia a Nova York, no final dos anos 80, eu almoçava no *La Caravelle*. Certa feita vi sair do bistrô uma mulher que me era familiar. Como é de regra em Manhattan, ela parecia estar atrasada e só tive certeza de que era Jackie Kennedy quando ela observou o céu e, me fixando nos olhos, disse: "A tarde vai ser molhada." Abriu então um pequeno guarda-chuva e saiu trotando em direção à 5a Avenida. Lembro que dei uma derradeira baforada num Macanudo dominicano e segui-a à distância.

No curto trajeto, era divertido ver a reação dos passantes. Já então, ela se tornara editora da Doubleday e curtia as delícias de ser só mais uma cinquentona a caminho do trabalho. Sem tailleur Chanel nem chapeuzinho cor de rosa, vestia o sóbrio conjunto de lã das elegantes do Upper East Side. Na flor de meus 30 anos, achei-a bela. O mesmo achei da que me deixou para trás e que já não posso alcançar por causa das dores lombares.

Sem espada para exorcizar demônios nem cachorrinhos para apaziguar os instintos, concluo que tudo o que estou vivendo poderia ser bem pior. Ou estou tentado me enganar, meu passatempo mór? Dentro de 4 meses, afinal, já será primavera. É como se essas mesmas folhas que atapetam o chão voltassem a ficar verdes e escalassem as árvores. Já não serão elas, senão suas filhas. Mas ninguém vai notar a diferença. Vida é autoengano ou prazer.

Sem direito a vinho, chorei duas vezes durante o noticiário que anunciou a morte de Maradona. Ou seja, chorei mais do que no ano inteiro. A primeira foi quando revi a arrancada dele em direção ao gol inglês. Quando ouvi a narração do locutor argentino, as lágrimas quentes pingaram na toalha. A segunda foi quando o vi treinando com bola num aquecimento pré-jogo.

Fez embaixadinhas, pintou gato e sapato com a bola. Parecia uma foca amestrada que vi num circo. Aí fui pegar um lenço decente de linho. Não é digno de Diego que fique fungando em toalhas de papel.

Eu não gosto da perfeição. Lembro de uma gravação do violoncelista Rostropovich em que, no meio do solo em estúdio, o microfone captou um suspiro do maestro, num momento de esforço e destreza. Não canso de rever cenas de gols quase feitos que foram perdidos. Elis Regina foi estupenda, mas era excessiva e intensa, até se descobrir mortal. Acho que gosto das pessoas mais pelos seus defeitos, e não apesar deles. Tenho horror a quem se enxerga como probo e virtuoso em redes sociais. Sou velho adepto da teoria do pacote – até em causa própria. Não dá para isolar as virtudes das derrapadas. Não se pode querer viver com Frank Sinatra e querer que, fora do palco, ele se comporte como o corista da igreja. Não há genialidade sem abismo. Não acredito em talento sem angústia. Não há vida sem arrebatamento.

Aceitei o convite da amiga tradutora que passa temporadas em Paris para comer uma raclette que combinava com a tarde fria do domingo. Não podia haver ideia mais primorosa. Cheguei à casa dela tarde para o almoço e muito cedo para o jantar. Ela me disse que era assim mesmo, que esse ritual era conhecido como um ajantarado. Para estar à altura de tanta gentileza, eu disse: "Antes de sair da França, se sair um dia, escrevo para Brigitte Macron propondo o teu nome para a a Legião de Honra. Você já fez mais pela França no Brasil do que a soma de muitos embaixadores." Não pareceu que tenha achado ruim. Ela tinha comprado 2 tipos de queijo – um natural e outro com grãos de pimenta. Na panela fumegante, batatinha água e sal. Depois, tínhamos os pepinos agridoces e a deliciosa bresaola italiana. Por fim, as cebolinhas doces e um vinho branco perfeito. Fazia frio quando saí de lá. Onde mais tinha sentido tanto frio assim em 2020? Em Girona, na primeira semana de janeiro. E em Vichy, em algum momento de fevereiro. O telefone indicava um grau e alguma chance de nevar. Enquanto andava, me lembrei da semana de Natal de 1975 aqui mesmo em Paris, quando fiquei hospedado perto da estação Glacière.

Entre o elevado do metrô e o meu endereço, reinava uma escuridão que eu até então não tinha conhecido. Com a ponta da bota, eu chutava as placas de gelo do chão vitrificado e tomava cuidado para não escorregar. Cheguei ao quarto e vi que o beliche estava ocupado. Eram 2 caras gente boa. O americano era Bill, um sujeito muito grande, talvez tanto quanto eu seja hoje. "Eu trabalho com madeira. Eu as classifico." E me explicou as diferenças entre *wood, timber e lumber*. O outro era Jeff, um australiano. "Sou apaixonado por música contemporânea. Meu sonho é ter um programa de rádio em Melbourne dedicado à cultura francesa." Aquilo me pareceu tão trivial. Eram pessoas que tinham ambições simples. O pai deles não devia culpá-los por querer tão pouco da vida. Talvez até estivessem orgulhosos deles por estarem em Paris. Então veio a pergunta que eu mais temia. Eu tinha 17 anos e tinham me ensinado a pensar grande. "E você, o que pretende fazer?"

Eu fiquei com vergonha de dizer que queria ser um pouco tudo, uma espécie de líder capaz de selar a paz entre os povos em guerra e um dia talvez virar um grande político. "Eu acho que vou fazer cardiologia," disse sem muita convicção. Mas errei o alvo. Com a medicina eu queria dizer que aspirava a ter uma vida normal, a ser médico como o cardiologista da família. Ter uma salinha, um estetoscópio, um aparelho de eletrocardiograma, receitar chuchu e moderação no sal – que era a única coisa que o médico dizia, segundo papai. Mas isso para Bill e Jeff pareceu grandioso. *Wow, like Dr. Barnard, isn't it?* Peguei a deixa para me atribuir um defeito. "Oh, não! Dr. Barnard é um brilhante cirurgião. Meu pai diz que eu não tenho boa coordenação motora. Só clínico." Não foi a melhor resposta. Mas se tivesse dado a resposta verdadeira, que queria ser estadista como Kissinger teria sido pior. Da próxima vez, ia dizer que queria ser agente de viagem ou piloto. Era mais modesto e também meio verdadeiro.

Na manhã seguinte, eles me acordaram. "Está nevando." Bill já ia viajar no fim do dia. Ia para Londres e de lá voaria para os Estados Unidos. Anotou numa página de livro que eu lhe dei seu endereço em Chicago. Dei-lhe o meu no Recife. "Pode ser que um dia eu apareça. Sou louco para conhecer a Amazônia." Sem saber como me virar, ainda disse. "É um pouco longe, mas temos umas matas por perto. Eu te levo lá." Ele se despediu com ares de jogador de basquete. Então caminhei com Jeff até o metrô. Poderíamos nos ver mais tarde, ele ainda dormiria em Paris. "Eu vou percorrer uns endereços que anotei em *Paris é uma festa*." Eu ainda não tinha lido o livro. Caminhei até a casa de meu primo. Em Montparnasse, vi que ia me atrasar e peguei o metrô para Dupleix. Ele estava tiritando quando cheguei lá. Ele tomava leite com um pingo de café dentro de uma cuia, não em xícara. A esposa dele estava grávida. Contei sobre meus novos amigos. "Ficou com inveja da normalidade deles, não foi?" E rimos. Não se tenta enganar impunemente gente do mesmo sangue.

No meio da madrugada, quando vou fechar a janela para encerrar a jornada, observo a rua. Não há um gato vadio, um cachorro ao relento, um mendigo na praça, uma motocicleta, um amante furtivo, um entregador de kebab, uma ambulância, uma coruja, um único vestígio que seja de vida. Sequer escuto o farfalhar das árvores mesmo porque elas estão nuas há 2 meses e galhos secos não farfalham, só estalam. Mas agora, nem isso. Sobre cada superfície adormecida, sobre a lataria dos poucos carros hibernados, fico imaginando quantos focos de coronavírus moram nesses 300 metros que a vista alcança, mas não consigo conceber um rastro, uma pegada, uma gotícula impregnante. O panorama é quase inorgânico. Então entro e consulto meus apontamentos, eu que tenho notas sobre tudo o que aconteceu de importante e de desimportante na minha vida.

Há pouco mais de um ano, a palavra coronavírus começou a aparecer neles. Havia os que já falavam de uma Chernobyl chinesa, mas achávamos que tudo seria contido por lá, com mão de ferro, como Moscou tentou fazer com as emanações da usina nuclear. Ocorre que as radiações do reator ucraniano eram mais voláteis, pegavam carona nos ventos altos e logo foram detectadas na Suécia. Já uma gripe se propaga à base de espirros. A chegada da onda até nós parecia remota, inverossímil, atentatória ao bom gosto e à civilização. E depois, se os orientais eram vulneráveis a uma gripe mais forte, quem garante que ela fosse páreo para nós, ocidentais robustos e comedores de picanha? Se alguém me dissesse que um ano mais tarde eu fecharia a janela com pensamentos sinistros diante de uma paisagem sem alma, eu teria apostado o que quisessem, o que eu tinha e o que eu não tinha, que o cenário apocalíptico estava descartado. Apostando ou não, eu já perdi. Todos perdemos.

A Covid na França se estabilizou num plateau, quando era para ter despencado. A dias do Natal, os hospitais já atingem níveis críticos de ocupação. O fracasso é visível. Para completar, o jovem general Macron testou positivo. Não é um Napoleão, mas é o que temos. Resultado: as imunidades de meia-França despencaram. Lá fui eu me testar. Fiz um tal Trod Antigénique, visto que ainda sofro com uma sinusite e estou sob imensa sobrecarga emocional. Deu não-conclusivo, o que é considerado bom. Tivesse dado positivo, seria má notícia – praticamente fatal. Por esses dias, sai o PCR – tido como o definitivo, o exame soberano. Espero que se mantenha negativo. Nem o resultado parcial bom me levantou o moral. Saí vendo vitrine, sem entender o sentido de comprar livros, de comprar um casaco, de nada. Comprei umas guloseimas modestas mesmo porque estou tomando antibiótico e não posso beber. Cada vez mais, a esperança fica a cargo da vacina.

No fim da rue Tournefort, dei com a pracinha onde vi várias vezes um mendigo conversador, vivaz. Então soube que a Covid o levou no começo de novembro porque no banco que lhe servia de base havia uma foto esmaecida, várias flores despetaladas e 2 potinhos de velas votivas entornados pelo vento. O nome dele era Brice. Sentei algumas vezes para ler durante o passeio. Levei vento durante horas, mas o sol era belo. Foram

5 km de ziguezague. Na porta da editora Chandeigne, especializada em literatura luso-brasileira, namorei alguns títulos. Será que ainda veria um livro meu ali um dia? Era tão provável quanto conhecer o Butão.

Se pudesse pedir uma coisa à autoridade sanitária francesa seria que agisse com objetividade, que se voltasse para uma estratégia de vacinação agressiva, mesmo que fosse ao arrepio de algumas das boas práticas do setor. E que não patinasse no preciosismo de conduta rococó, que não cedesse ao afã de querer agradar a todos, que comprasse as boas brigas, mas que, no final, nos salvasse pela impetuosidade e desassombro. Que fosse dura, se não houvesse alternativa, e que comunicasse sem ambiguidades!

Na última madrugada, fui dormir às 3h. Às 8h despertei, mas ainda era noite fechada e um segundo turno de sono me deixaria com mais disposição para enfrentar o dia. Então dormi até o fim da manhã. Fiz minhas flexões na cama e abri a janela para ver um dia chuvoso pelas bandas do Jardim do Luxemburgo. Saí para comprar os jornais, respirar o ar frio, oxigenar as ideias. Repassei a composição da mesa na casa de Jean-Yves e Pascale: salmão, marrom glacê, queijo com trufas, camembert ao Calvados, tudo isso eles já têm. O que cabe a mim é o assado, o *rôti*. Então, pela terceira vez, verifiquei a hora de pegar a encomenda que fiz: um capão pequeno de 1,9 kg, recheado com *morilles* e *foie gras*. Terminado o passeio regulamentar, conversei com o casal de mendigos romenos que agora acampa em 2 pontos distintos do boulevard Saint-Michel. Na fase final do antibiótico que deu cabo à sinusite, pretendo brindar com vinho tinto para encarar o festim.

Afora o prazer gastronômico, será que há um elemento de sublimação na farra? Uma espécie de autoengano? Se houver é válido porque 2020 foi pura guerra. O corona nos humilhou.

Então voltei para casa e fiquei à toa, tentando fazer coisas objetivas, práticas. Gravei vídeos bobos e mensagens de áudio. Me emocionei, quis apagar, mas já era tarde porque já tinham ouvido do outro lado. Não é que tenha falado nada de errado, mas tem horas em que os sentimentos ficam truncados. E aí a gente promete coisas de cumprimento difícil porque nem tudo depende só da vontade. Com medo de parecer piegas, escrevi coisas pândegas que poderiam ser engraçadas. O resultado é que troquei os canais: fui impessoal com quem deveria ser terno e carinhoso e fui muito pessoal e caloroso com pessoas para quem sequer devia ter gravado.

Peguei minha encomenda e voltei para tomar banho. Ouvi música, abri o jornal mas não me concentrei. Não consegui focar em nada na verdade. Aí pensei que na casa dos amigos, mesmo com a chateação das máscaras e dos lugares bem separados à mesa, tudo ia melhorar. É tempo de ouvir as vozes dos demais convidados, sair da música, do noticiário, do rigor da palavra escrita. Desacostumado a conversar, vou levar um analgésico. Já percebi que o diapasão da voz humana me agride, dá uma dor tipo enxaqueca, atrás dos olhos. Amo cada vez mais o silêncio.

Mais tarde, espero que tudo esteja delicioso, que conversemos em paz e que eu não me exceda. Quando chegar ao endereço deles, a 7 estações de metrô da minha, já será noite fechada. E quando a mesa estiver servida, vamos tirar fotos. Será minha forma de compartilhar com a família uma mesa que mais do que apetitosa, para mim será como um marco de salvação. Lembro das muitas celebrações de *Pessach* de que participei e da alusão ao fim da escravidão no Egito. A mesma passagem me ocorre nessa noite de Natal. É a primeira pós--Covid – o mais incerto de todos os natais por que passou a humanidade em tempos de paz.

Caro Papai Noel, vou ser bem direto porque sei que o dia 24 para você é uma pauleira e eu também tenho muito o que fazer. A primeira confissão é para tranquilizá-lo. Continuo guardando o segredo que mamãe me confiou quando eu tinha uns 5 anos. Bem na hora que eu brigava com meu irmão no carro, ela me mostrou onde você morava. Íamos para Garanhuns e bem no alto da Serra das Russas, ela apontou a casinha branca no fundo do vale. Disse que a fumacinha que saía era de seu feijão com toucinho, e que as renas estavam espalhadas pastando. Quando eu pedi para que fôssemos até lá de surpresa ela disse que não era educado chegar sem avisar. Que você estava de pijama, comendo abacaxi bem à vontade, selecionando as cartas para fazer o roteiro das entregas. Ela advertiu que se eu divulgasse a notícia as outras crianças iam querer ir até lá, e você ia decidir se mudar de Pernambuco. Ora, saindo do estado, já não seríamos as primeiras crianças do Brasil a receber os presentes. Isso era ruim. Então prometi silêncio. Papai dirigia devagarinho naquele trecho perigoso, e logo a casinha sumia numa curva. Eu sonhava em bater à sua porta.

Tempos mais tarde você ficou tão real que o vi. Primeiro tinha a música da Varig: "Estrela brasileira no céu azul, iluminando de norte a sul, mensagens de amor e paz, nasceu Jesus, chegou o Natal. Papai Noel voando a jato pelos céus, trazendo um

Natal de felicidade..." Eu corria do quarto para ver a propaganda na televisão. Até que uma vez fomos visitar os amigos de meus pais na noite de 24. Inquieto para voltar para casa, achando que você ia esquecer meu presente se eu não estivesse na cama, vi um trenó varar o céu. Devia ter umas 20 renas voando à frente e o vento assanhava a sua barba. Cheguei na sala e disse para irmos embora, você já tinha começado a trabalhar. Lembro que os adultos riram, me olharam com um ar divertido, dando a entender que sua memória era gigante, que não havia perigo de que você me esquecesse. Fiquei tão excitado que adormeci de exaustão. Isso não impediu que no ano da bicicleta, você tenha se confundido e me dado um velocípede. Fiquei quase doente. Velocípede era bom para meu irmão que era pequeno. Fomos trocar na Viana Leal, com sua autorização. Achei até que você ia dar uma passada lá para se desculpar, mas nada. Já esqueci.

Acho que decidi ter uma vida internacional por sua causa, se permite a comparação. Mamãe dizia que você decolava ao meio-dia do dia 24 para a África, onde viviam as crianças mais pobres. Chegava lá no escuro, quando para nós ainda era tarde. Que o trenó voador era invisível de dia, por isso que a gente não o via quando sobrevoava o Recife a caminho de Angola. De lá ainda ia para a China e a Lapônia, onde tinha um depósito na neve para as crianças da Europa. Por volta da meia-noite, você cobria o Nordeste. Recife primeiro, e depois o resto do Brasil. Que você só parava para tomar uma guaraná no Rio, quando passava pelo Cristo Redentor e sentava no braço dele para conversar um minuto. Depois ia para os Estados Unidos. E na tarde do dia 25, voltava para a casinha branca. "E depois, mamãe?" perguntávamos eu e meu irmão. "Depois? Depois ele fica dois dias com os pés numa bacia de água quente, toma uma panela de sopa de letrinha e dorme muito." Era uma vida livre, de caixeiro-viajante, de desimpedido, sem ninguém mandando tomar banho ou calçar chinelo para não furar o pé num prego. Sua vida foi um presente inspirador e sou muito grato.

Um dia vieram me dizer que você não existia. Foi horrível! Mas desde pequeno eu tinha uma técnica para me virar nessas situações. Mesmo mortificado por dentro, eu dizia: eu já sabia. Ainda hoje sou assim. Minha preocupação maior era com que alguém dissesse para meu irmão porque eu tinha medo que ele acreditasse nisso. Uns são mais influenciáveis do que outros. Mesmo quando percebi nas aulas de geografia que realmente não dava para você fazer sozinho o planeta todo numa noite, minha crença na sua existência não mudou muito. Se duvidar, dura até hoje. Continuávamos passando pela Serra das Russas e sua casinha estava lá, soltando fumaça branca. Hoje temos quase a mesma idade e eu já estive até na sua casa na neve da Finlândia, onde você tapeia os turistas com um clone para se esconder lá em Pernambuco. Também sou assim. Não gosto que me achem. Se eu tivesse uma barba, seríamos parecidos. Pedidos? Não vou fazer. Desde a bicicleta, quando você não veio ver a troca, fiquei meio assim. Mas se quiser ser legal, dê- -nos a vida de antes de volta. Combine isso na sua escala no Rio, com seu amigo de lá. Isso já basta. Um abraço.

Se voltar a ter Natal para mim, só em 2021. Foi uma noite boa, moderada, sem excessos. Me mantive na faixa dos 2 copos de vinho e não abusei do garfo – só exagerando mesmo na hora dos queijos. Logo mais se abre a contagem regressiva para o fim do ano. Pela primeira vez, o tempo de calendário que sobra é mais ou menos o tempo de que eu preciso para terminar um trabalho. Estou tão desacostumado à falta de pressão que sinto cócegas de pensar que vou ter tempo para ler o livro de Obama, para ver o noticiário e talvez até para dar uma caminhada nas ruas da cidade abandonada. Às vezes tenho a sensação de que a cabeça achou um remanso onde se esconder. Ela vive o tal novo normal – um estado de espírito alerta, típico do de um guarda-costas que se habitua a varrer com o olhar o panorama e identificar na multidão o cara que pode sacar uma arma de fogo.

O corona é esse terrorista de mil faces. O alvo sou eu e só posso contar comigo para me defender. Voltei para casa com cuidado. Cuidado para não tropeçar no degrau, cuidado para não esbarrar num passante, cuidado para não deixar cair o cartão de crédito no guichê eletrônico, cuidado para não torcer o pé, cuidado para não ser pessimista e cuidado para não ser otimista. No meu condicionamento mental, não posso associar palavras como vacina e abril, por exemplo. Eu preciso me enganar e pensar assim: *vacina* e *antes do Carnaval* – por irreal que isso pareça. Como guarda-costas de mim mesmo, eu crio uma realidade paralela. O alvo não percebe os perigos que compete ao protetor detectar. Eu crio minha ingenuidade e a coloco sob a guarda de minha astúcia. Quando vejo meu reflexo no vidro do metrô, não sei se vejo a vítima ou o anjo da guarda, meu amigo ou meu algoz. Não importa.

Subi a escada pé ante pé. A pracinha estava deserta. Não havia luz nas janelas. Deveria estar com sono, mas não estou. O quarto estava quente. Dei uma olhada no WhatsApp. Os amigos gravaram mensagens. Alguns me recriminam – como se não estar no Brasil fosse um ato de deserção. O que mais choca é ver salas conhecidas, mobília familiar, cenários de décadas – e olhos arregalados sobre a máscara. Ver isso aqui na França ainda é suportável, quase desejável. Mas no Brasil, é como se fosse reconhecer um corpo cuja morte eu negasse. Como pode? Andar de máscara em Saint-Germain está na ordem natural do novo normal. Afinal, sou meu guarda-costas. Mas andar de máscara no Recife ou em São Paulo é surreal. No Brasil, a clandestinidade não combina. Chacoalho as pílulas de bromazepam. É ele que funde o alvo e o guarda-costas num sono só e pesado.

Hoje se completam 9 meses e 12 dias que não pego um avião. Grosso modo, são 280 dias sem sair da terra, sequer de Paris. Como não parei de sonhar, apesar de tudo, virei um viajante imóvel. Sempre que olho para o céu e vejo os rastros de ar condensado dos jatos, tenho sentimentos estranhos a ponto de evitar fixá-los por muito tempo. Resisto a me ver dentro do avião. É como se fosse uma arapuca em forma de charuto de espuma e alumínio, ameaçadora à bolha de segurança que construí. Dentro das nuvens, imagino chumaços de coronas à espreita de uma despressurização para irromper pelos corredores como uma brigada homicida e desapiedada.

Não sinto mais falta dos aeroportos. Nem daqueles painéis imensos com 100 destinos assinalados e luzinhas piscando ao lado, indicando o embarque iminente. Não sinto falta nem das lojas nem dos balcões onde tomava o último drinque em terra, antes da longa travessia. Quando percorria as esteiras rolantes, só levava o corpo e a mala. A cabeça e o espírito já estavam longe – em algum burgo europeu, numa montanha dos Estados Unidos ou nos formigueiros humanos do Sudeste da Ásia. Incomoda muito não ter mais saudade de aeroporto ou avião. Só ou acompanhado, a última semana do ano sempre foi o momento mais solene de estar comigo.

Durante os últimos 9 meses e meio, estive pertinho de Notre Dame. De meu endereço, a depender do passo, estou lá em 15 minutos, a ritmo preguiçoso. Quando houve o incêndio em abril do ano passado, eu estava no aeroporto, a caminho do Recife. Admitir que fiquei triste é pouco. Nada, no entanto, me dizia que eu estava para viver tantos meses bem ao lado de uma ferida a céu aberto. Logo que cheguei aqui, e saía para caminhar, eu nem olhava a catedral. De soslaio, via que faltava a flecha, cuja queda senti como uma punhalada. Pelo canto do olho, percebia que ela era como um transatlântico sem mastro e, que, bem ao lado, havia um guindaste enorme para ajudar os operários no desmonte da estrutura metálica, agora calcinada e imprestável, que, se despencasse, destruiria o canteiro. Eu sabia que o trabalho ia bem, que não faltava dinheiro, e que uma equipe competente tocava a missão com otimismo. Desconfio até que Notre Dame fique mais bela e menos vulnerável depois disso. Mesmo assim, eu só passava ali de cabeça baixa. Insistir em encará-la era como olhar a deficiência física de alguém. Mas resolvi que antes do fim do ano venceria minhas reservas para enxergá-la de frente.

Na hora pensei numa conhecida que, tendo enfrentado a quimioterapia, um dia precisou de coragem para se ver no espelho, agora sem um fio de cabelo. E que depois de secar as lágrimas, enrolou um lenço colorido na cabeça. "Até que não ficou ruim..." Me arrepio quando penso no abraço longo que lhe dei, como se quisesse absorver um pedaço daquela dor para mim. Enquanto contornava os tapumes e fotografava os andaimes, admito que nada daquilo me pareceu mais tão dilacerante quanto eu achava antes. Depois dos minutos que custou à retina se acostumar ao caos organizado, o que era só melancolia foi virando esperança. Salvo um improvável novo desastre, Notre-Dame resultará melhor – embora talvez não exatamente a mesma. Então pensei: será que a catedral não seria uma boa metáfora do que foi 2020? Os ciclos foram quase coincidentes. Passado o desespero do pico, veio o desmonte dos sonhos, depois o período de planejamento e o da reconstrução. Com sorte, pode ser que a passagem de 2020 para 2021 seja para nós o que foi a dos anos anteriores para Notre-Dame. Encarando o trabalho de frente e tendo arranjado forças para enfrentar a tragédia da terra arrasada, pouco a pouco recuperamos o ânimo.

Vivi um namoro turbulento na minha juventude. Pernambuco é um estado notoriamente politizado. Ela pouco se importou se eu era mesmo o que diziam: um playboy, um aventureiro, um sonhador. Ainda hoje me pergunto se não era aí que moravam meus parcos atrativos. Para resumir uma história longa, casamos à revelia dos nossos pais e ela foi morar comigo em São Paulo. Vivemos lances épicos para os padrões da época, que já não consagrava mais esse tipo de arranjo. Qual seja, minha futura mulher fugiu de casa e veio encontrar comigo no Sudeste, de onde fomos para a Argentina até os ânimos serenarem. Diante de um fato consumado, de impacto e simbolismo como mandava a regra do cangaço, nos deixaram em paz e, por vontade dela, um padre celebrou uma união fadada a ser feliz e efêmera.

É difícil dizer se teria havido casamento se não tivéssemos encontrado uma oposição tão obtusa. Talvez tudo tivesse se resumido a um namoro que não deu certo, como milhões que terminam todo dia. Aliás, essa é a regra, por definição. Só se passa para o último estágio em situação excepcional. Dessa relação que permaneceu algo proibida, a despeito da normalização das relações de família, tivemos uma filha. Quando nos separamos, ela estava a caminho dos 5 anos. Tivemos pouco convívio. A perda do cimento afetivo fez com que não sentíssemos falta um do outro e fomos deixando o reencontro para mais tarde, para um dia, talvez para nunca mais. Sabê-la morando na Europa não mudava minha percepção dos fatos. Se ela não me procurara em 15 anos, em grande parte porque ao núcleo materno convinha me demonizar, por que deveria eu ter ido mendigar afeto? Sentia nossas obrigações quites. Se não tinham deixado que eu fosse o pai que eu poderia ter sido, e que consegui ser com alguns de meus muitos enteados, que não fosse pai algum. O anúncio do casamento dela em Zagreb, em plena pandemia, sacudiu por uma vez essa resignação.

Impossibilitado de comparecer devido ao cerco sanitário, trocamos mensagens de áudio. Há mais de 15 anos não ouvíamos a voz um do outro com tanta frequência. Interessante que isso aconteceu sem qualquer drama, como se a circunstância desse senso de proporção às coisas, inclusive às retomadas tardias. Falar com ela, estabelecer essa ponte foi a melhor resposta que consegui dar à ameaça da morte, aos perigos da Covid que, agora sob mutação, prometem se alastrar com mais velocidade. Se morrer, essa parte da minha vida não fica descoberta. E, de alguma forma, desonero a dela de um imenso mal entendido para cuja gravidade eu já a alertava desde os 16 anos quando dizia: "Cuidado, você é resultado de um amor proibido." A desobstrução desse canal já foi um dividendo do ano da praga.

Dia bom para mim é quando trabalho muito. É quando preciso me torturar para ir além do que me permitem as forças. É quando me empenho à procura da palavra exata e desmonto um parágrafo inteiro para canibalizar as sentenças prescindíveis, resignado a lançar à lixeira alguns dos trechos que me pareciam mais caros. Se isso não significa dormir vitorioso, equivale a travar uma partida de xadrez com um mestre que, sincero, reconheceu que você jogou bem. Dia medíocre é aquele em que faço de tudo um pouco e nada de importante. Os piores deles não são eles em si, mas a recordação torturante de que muitos foram passados nesse diapasão. Dia ruim, por outro lado, é aquele que passou sem que eu me apercebesse e em que nada fiz para despertar motivado na manhã seguinte. Talvez esse seja o ponto nevrálgico a que chego na madrugada em que sinto um dente latejar e olho um envelope de Tramal onde despontam não mais que 3 comprimidos. Se tomar um agora, como esperar até a vacina? Ou será que acho mesmo que vou conseguir driblar o dentista até o dia da redenção?

Saber que desperto sem um propósito amanhã, sabendo que só restam 3 dias até 2021, eis do que alimentar um desespero. Sei que não sou máquina. Não posso me obrigar a ter rendimento máximo aos 62 anos, depois de nove meses de claustro. Que diferença faz a essa altura que seja em Paris? A verdade é que desconfio que vá demorar até que volte a viver o turbilhão de abril a junho, quando trabalhava 12 horas ao dia e ia dormir com a cabeça cheia de ideias, temendo que a morte me emboscasse sem que eu tivesse tempo de registrar os diálogos de meus personagens imaginários. Querendo ou não, começa a latejar, além do dente, outra pulsão dentro de mim.

Hoje Pascale esteve aqui para se despedir. Apesar dos perigos do Leste, vai passar o réveillon com Jean-Yves em Belfort. "Tenho medo, é claro, mas eu já tinha prometido. Não vou voltar atrás. E o teu novo livro?" Fui sincero. "Não é meu favorito. Foi doloroso escrevê-lo. Fiz como se não tivesse superego, como se o tivesse jogado no lixo. Dei nome aos bois como poucas vezes tinha feito até hoje. O medo da morte operou esse milagre."

Brindamos com vinho branco. Lá fora, uma poeirinha de neve polvilhava a praça. "Eu espero que tu não digas lá que a morte foi uma espécie de coautora dele, não é? Se há coautoria, essa foi a de Paris. Sem querer puxar louros para mim, foi também graças a esse apartamento, à proximidade das livrarias que tudo foi melhor. Se tu tivesses que escrever num subúrbio cheio de imigrantes, terias enfrentado todos os riscos da viagem e voltado para o Brasil. Ou então ido para outro lugar na Europa. Ou não?"

Será que ela estava chorando? "Afinal, teu livro é o quê? Uma autoficção, uma biografia, um romance, um diário? Tenho medo dessas criações porque depois de prontas a gente às vezes não sabe o que fazer com elas. Digo isso por mim." Para confortá-la, fui bem sincero. "Um pouco de tudo. Meu primeiro leitor disse que o charme da coisa poderia estar justamente aí, nessa proposta meio híbrida. Falo de muita coisa, não encobri quase nada. No fundo, acho que é um memorial à beleza, ao passado. Se eu escapar, quero ir atrás do belo onde ele estiver. Mesmo porque agora me sinto apto a vê-lo, a prolongar os prazeres, a adiar as recompensas, a confortar os moribundos, a recitar uma poesia, a cantar desafinado."

Esvaziamos a garrafa com os 2 copos finais. "Tu sabes que em dado momento achei que poderíamos ficar juntos, não é? Sabias de meus sentimentos por ti. Mas aí eu percebi que ias te afastando... Terminei me ligando mais ao Jean-Yves. Eu senti que contigo eu esbarrava contra uma muralha. Não posso negar uma sensação de fracasso." Então abracei-a. "Você foi tudo para mim esse ano. Esse lado sentimental esteve morto. Não foi só por você. O mesmo teria acontecido com qualquer mulher nas circunstâncias. Há um ano, quando saí do Brasil, eu tinha terminado um relacionamento longevo. 2020 era mesmo para ser um ano de reciclagem, de descanso da terra. Eu só não sabia que seria compulsório. Tudo daqui para frente está em aberto. Tudo. Importante era sobreviver. Vamos ver se consigo."

E fizemos um brinde final.

Quando fechei a janela, às 11 da noite, o frio mordia. Chovia uns cristaizinhos de gelo. Agora já na cama e bem agasalhado, o telefone informa que neva lá fora. Deve ser uma neve ralinha, mas é capaz de resistir mais do que o normal porque não tem quem a pise nem carro que a suje. O toque de recolher é severo e a multa é inapelável para quem não tiver um motivo legal para estar na rua a essa hora. O cais do Sena salpicado de neve nessa madrugada é um espetáculo vão, sem alguém para admirá-lo. Já é 30 de dezembro. Dentro de 1 dia, teremos um réveillon draconiano, com regras rígidas. Quem for romper o ano em casa de alguém, tem que dormir lá porque a saída só é liberada às 6 da manhã do dia primeiro. O terceiro confinamento em janeiro parece inevitável. Mas para que pensar nisso agora, às quase 3h da manhã? Lembro de um filme em que um espião-pintor era desmascarado e colocado sob forte interrogatório. O advogado aproveita uma brecha a sós e pergunta se ele estava com medo. Ele respondeu: "Isso ajuda? *Does it help?*" Se não ajuda, melhor pensar nos flocos de neve e nas comprinhas de comes e bebes que vou fazer para o réveillon. Isso ajuda? Isso sim, ajuda bastante.

As festas de réveillon de adulto se pareceram todas. As passagens de ano da infância, não. Os bons réveillons foram os que aconteceram até a adolescência. Das vezes que passamos no Recife, nada marcava tanto quanto o apito dos navios no porto. Todos saudavam o ano com suas sirenes estridentes. O vento nos trazia os ecos que reverberavam no coração. Parecia que o cargueiro estava entrando na sala e era assustador, como na cena de Amarcord, quando o transatlântico irrompe no porto de Rimini e Fellini o vê maravilhado. Mas era em Garanhuns que a festa era completa porque lá era tradição apagar as luzes à meia-noite. Por um longo minuto, sem que fizéssemos contagem regressiva, tudo ficava às escuras e ninguém ousava acender vela, lanterna, isqueiro ou fósforo. Nessas horas, eu abraçava as pernas de minha mãe para que ninguém me sequestrasse ou a levasse para longe de mim. Então, vinha a luz.

Uma hora volto ao Brasil, ainda não sei quando. Aí vou rever os amigos e jamais quis tanto abraçar as pessoas. Um navio abastecido de combustível e víveres fica meses fundeado, sacolejando a muitas milhas da praia. Mas mesmo um navio, feito de aço e sem sentimentos ou vontades, precisa voltar para a doca de manutenção. O casco fica cheio de cracas que se colam e lhe comprometem o avanço, exigindo mais força de motor para navegar cada vez menos. A salinidade corrói o deck e os instrumentos sensíveis vão apresentar dificuldade de leitura e até imprecisão. Atracado, ele passa por uma manutenção de regra e fica novo para reatar com suas múltiplas vocações – levar passageiros, carga ou até virar hotel flutuante. É mais ou menos assim que me vejo.

Na passagem de 2020 para 2021, eu queria seria esconder meu rosto nos cheiros de minha mãe e abraçá-la com tanta ou mais força do que fazia quando era menino em Garanhuns. O que mais temi no ano que ficou para trás, foi que a morte me privasse da chance de revê-la. Mais do que ouvi-la contar pela milésima vez a história da festa no céu, eu quero que ela me conte sobre a alegria com que vamos celebrar seus 90 anos. Foi para isso que sobrevivi. Para contar as histórias que guardo em algum lugar do coração de uma temporada parisiense que não foi como as outras.

Epílogo

"Neste edifício, no rescaldo do ano da Peste de 2020, enlouqueceu o escritor brasileiro FDF, combatente pela liberdade. Tendo aqui chegado a 13 de março para ficar uma semana, foi rendido por 6 enfermeiros e evacuado sob forte sedação na véspera de ser vacinado. Segundo vizinhos, a sanha libertária vinha desencadeando alucinações apavorantes desde a noite anterior, quinze meses depois de sua chegada a este endereço. Agarrado ao gradil, o então residente berrou palavras ininteligíveis na sua língua e os brados foram ouvidos do Panthéon a Notre Dame, causando pânico em anciãos e crianças e trazendo alvoroço às aves do Jardim do Luxemburgo. A caminho do hospital Pitié-Salpêtrière, conseguiu evadir-se da ambulância na altura de Port-Royal, sumindo nos túneis do metrô e teve paradeiro ignorado até 2028, quando reapareceu na cidade de Garanhuns, Brasil, para a comemoração de seus 70 anos, uma vez prescrita ordem de prisão da Interpol. Apesar de discreto a respeito do tema até o fim, alega-se ter ganhado imunidade contra a então temida Covid na travessia do Atlântico, depois de ter sequestrado um sardinheiro numa praia da Póvoa de Varzim, Portugal, onde contava com cúmplices de identidade nunca revelada, e de assestar rumo ao Nordeste do Brasil. Morreu em 2058, no seu sono, como consequência dos excessos incorridos quando da comemoração de seu centenário. Neste endereço, teria cunhado a frase que o celebrizou: 'Paris nem sempre foi uma festa'. Homenagem da Prefeitura a este filho torto da cidade-luz."

Agradecimentos

Obrigado a Karen Szwarc, Ricardo Veras, José Maria de Carvalho Costa e Emanuel Sarinho.

Sumário

Uma pequena explicação 11

Primeira parte 19

Capítulo 1
Um bom lugar para começar o ano
(Girona, primeira quinzena de janeiro).....................................21

Capítulo 2
Viajar: ouvir o coração
(Belgrado, meados de janeiro) 35

Capítulo 3
Exercícios de solidão
(Timisoara, última semana de janeiro) 49

Capítulo 4
"Ela não se chama Corona"
(Paris, primeira semana de fevereiro).......................................65

Capítulo 5
Será que estou só?
(Vichy, de 5 a 16 de fevereiro) 75

Capítulo 6
O inverno da incerteza
(Paris, de 16 a 20 de fevereiro)..87

Capítulo 7
Desculpas pelo que nos tornamos
(São Paulo, 20 a 26 de fevereiro) 97

Capítulo 8
Une valse à mille temps
(Viena, 27 de fevereiro a 2 de março)...109

Capítulo 9
A sobrinha de Gagarin
(Bratislava, 2 de março de 2020) 119

Capítulo 10
Dilema à margem do Danúbio
(Budapeste, de 4 a 8 de março de 2020) 131

Capítulo 11
Só não vá morrer bobamente
(Praga, 8 a 11 de março)...143

Capítulo 12
A um passo do pandemônio
(Budapeste, de 11 a 13 de março) 157

Capítulo 13
Bem-vindo ao fim do mundo
(Heathrow, Londres, 14 de março)..171

Segunda parte...183

Capítulo 14
Que espécie de festa é essa?
(Paris, 14 a 15 de março)..187

Capítulo 15
Aux armes citoyens!
(Paris, 16 e 17 de março)..199

Capítulo 16
Um cabo de atracação ao cais da vida
(18 a 31 de março de 2020) 213

Capítulo 17
Rotina alterada, indagações da memória
(Paris, primeira quinzena de abril) 225

Capítulo 18
Somos como velas
(Paris, penúltima semana de abril) 239

Capítulo 19
A propósito, como vai você?
(Últimos dias de abril) 251

Capítulo 20
Os domingos perdidos
(Primeira quinzena de maio) 267

Capítulo 21
A beleza não entra em recesso com a morte
(Segunda quinzena de maio) 281

Capítulo 22
Apoteose na ponte de Iéna
(Paris, finzinho de maio de 2020) 295

Capítulo 23
A grande Dama da Mutualité
(Primeira semana de junho) 309

Capítulo 24
O veto do editor
(Meados de junho)..323

Capítulo 25
Fogueira da memória
(Um certo dia de junho)..341

Capítulo 26
De volta às calçadas
(Transição de junho para julho)..357

Capítulo 27
Odiar virou moda
(Primeira quinzena de julho) 371

Capítulo 28
Um enigma para o dr. Fermat
(Segunda quinzena de julho) 387

Capítulo 29
Verdade ou mentira?
(Fim de julho)..403

Capítulo 30
Aguente firme, mamãe
(Começo de agosto)..417

Capítulo 31
Na rue Daguerre, XIV ème
(Meados de agosto) 429

Capítulo 32
O telegrafista da Terceira Guerra
(Fim de agosto e começo de setembro).....................................443

Capítulo 33
A arte de iludir a pandemia
(Meados de setembro) 453

Capítulo 34
Francesinha bem humorada
(Final de setembro)..469

Capítulo 35
Alma em rebuliço
(Começo de outubro)..481

Capítulo 36
O toque de recolher
(Final de outubro) 493

Capítulo 37
As filhas de Cheng
(Novembro) 507

Capítulo 38
Fim de ano sem apoteose
(Primeiros dias de dezembro) 525

Epílogo..555

Agradecimentos..557

fonte *Roboto*,
papel *Avena 70g*
impressão *Gráfica Paym*
Dezembro 2024